清末民初
《说部丛书》叙录

The Descriptive Catalogue of "Novel Series" at
Late Qing and Early Republic of China

付建舟　编著

中国社会科学出版社

图书在版编目（CIP）数据

清末民初《说部丛书》叙录 / 付建舟编著 . —北京：中国社会科学出版社，2022.8
ISBN 978-7-5227-0299-5

Ⅰ.①清… Ⅱ.①付… Ⅲ.①小说研究—世界 Ⅳ.①I106.4

中国版本图书馆 CIP 数据核字（2022）第 092118 号

出 版 人	赵剑英
责任编辑	安　芳
责任校对	张爱华
责任印制	李寡寡

出　　版	中国社会科学出版社
社　　址	北京鼓楼西大街甲 158 号
邮　　编	100720
网　　址	http://www.csspw.cn
发 行 部	010-84083685
门 市 部	010-84029450
经　　销	新华书店及其他书店
印　　刷	北京君升印刷有限公司
装　　订	廊坊市广阳区广增装订厂
版　　次	2022 年 8 月第 1 版
印　　次	2022 年 8 月第 1 次印刷
开　　本	710×1000　1/16
印　　张	42.25
字　　数	760 千字
定　　价	218.00 元

凡购买中国社会科学出版社图书，如有质量问题请与本社营销中心联系调换
电话：010-84083683
版权所有　侵权必究

国家社科基金后期资助项目
出版说明

后期资助项目是国家社科基金设立的一类重要项目，旨在鼓励广大社科研究者潜心治学，支持基础研究多出优秀成果。它是经过严格评审，从接近完成的科研成果中遴选立项的。为扩大后期资助项目的影响，更好地推动学术发展，促进成果转化，全国哲学社会科学工作办公室按照"统一设计、统一标识、统一版式、形成系列"的总体要求，组织出版国家社科基金后期资助项目成果。

全国哲学社会科学工作办公室

序

关爱和

付建舟的著作《清末民初〈说部丛书〉叙录》即将出版，这是继《商务印书馆〈说部丛书〉叙录》之后，付建舟的第二部著作，第三部著作《中国现代社团〈文学丛书〉叙录》也即将出版，这三部书稿都是他的国家社科基金后期项目的结项成果，第一部和第三部为后期资助重点项目成果。近些年，付建舟治学可谓成绩斐然，可喜可贺。

付建舟"文学文献类"著作的出版，还可以往前追溯十几年。2010年6月，他与同师门朱秀梅博士合作的《清末民初小说版本经眼录》就由上海远东出版社出版。2013年1月，《清末民初小说版本经眼录二集》由浙江工商大学出版社出版，同年8月，《清末民初小说版本经眼录三集》由中国社会科学出版社出版。2015年1月，《清末民初小说版本经眼录·日语小说卷》与《清末民初小说版本经眼录·俄国小说卷》由中国致公出版社出版，2016年1月，《清末民初小说版本经眼录·清末小说卷》与《清末民初小说版本经眼录·民初小说卷》也由中国致公出版社出版。2016年12月，其全国高校古委会项目结项成果《晚清民营书局发行书目》由黑龙江教育出版社出版。上述著作的出版，既反映他逐渐丰富的资料积累，又反映了他的思考渐趋成熟。多年来，付建舟坚持中国近现代文学文献研究方向，辛勤耕耘，现在到了硕果满园的收获季节。

在致力文献研究方面的工作，付建舟对中国近现代文学运动与文学思潮的研究也颇有收获。其博士学位论文《小说界革命的兴起与发展》以晚清四大小说期刊为依托，从几个方面展开论述，不乏己见。发表的相关论文也反映了中国近现代文学思潮的不懈思考。付建舟在河南大学获得博士学位后，到复旦大学跟随黄霖教授进行博士后研究，其博士后出站报告《中国文学思想观念的近现代转型》，反映了他新的学术进步。

到浙江师范大学工作后，付建舟的学术研究还涉及中国近现代文学转型研究、中国近现代文学期刊研究、女性文学与当代文学研究。在这些研究领域，付建舟都有属于自己的学术收获。

日本学者樽本照雄是付建舟的学术知音，他长期关注付建舟的相关研究成果，并把这些成果吸收到不断更新的《清末民初小说目录》之中。樽本照雄不仅为《商务印书馆〈说部丛书〉叙录》撰写"序言"，还撰写了一万多言的长篇评论《谈谈付建舟著〈商务印书馆《说部丛书》叙录〉》（《苏州教育学院学报》2021年第4期），樽本照雄对付建舟的著述给予高度评价。

博士毕业20余年，付建舟治学，可以说是"水到渠成"。付建舟还在精力充沛的年纪，希望他的学术研究百尺竿头更进一步。

目 录

凡例 ………………………………………………………………… (1)

上 篇

一 时报馆及有正书局《说部丛书》叙录 ……………………… (3)
 《白云塔》 …………………………………………………… (3)
 《侠恋记》 …………………………………………………… (6)
 《新蝶梦》 …………………………………………………… (8)
 《环球旅行记》 ……………………………………………… (11)
 《莫爱双丽传》 ……………………………………………… (12)
 《毒蛇牙》 …………………………………………………… (14)
 《阿难小传》 ………………………………………………… (15)

二 群学社《说部丛书》叙录 …………………………………… (17)
 《铁窗红泪记》 ……………………………………………… (17)
 《禽海石》 …………………………………………………… (19)
 《红宝石指环》 ……………………………………………… (21)
 《双美人》 …………………………………………………… (21)
 《含冤花》 …………………………………………………… (23)
 《佛罗纱》 …………………………………………………… (25)
 《左右敌》 …………………………………………………… (27)
 《美人岛》 …………………………………………………… (28)
 《八宝匣》 …………………………………………………… (30)
 《刺国敌》 …………………………………………………… (32)
 《大人国》 …………………………………………………… (34)
 《失珠案》 …………………………………………………… (35)

《巴黎五大奇案》……………………………………………(36)
《海谟侦探案》………………………………………………(36)
《复朗克侦探案》……………………………………………(38)
《两晋演义》…………………………………………………(39)
《劫余灰》……………………………………………………(41)
《发财秘诀》…………………………………………………(43)
《三玻璃眼》…………………………………………………(45)
《新封神传》…………………………………………………(46)
《上海游骖录》………………………………………………(47)
《盗侦探》……………………………………………………(49)
《学界镜》……………………………………………………(51)
《新泪珠缘》…………………………………………………(52)
《南京杂录》…………………………………………………(53)
《俏皮话》……………………………………………………(54)
《新庵九种》…………………………………………………(55)
《柳非烟》……………………………………………………(57)

三 商务印书馆《说部丛书》叙录……………………………(60)
(一)商务印书馆《新说书》叙录………………………………(61)
《新说书》(第一集)…………………………………………(61)
《新说书》(第二集)…………………………………………(63)
《新说书》(第三集)…………………………………………(64)
(二)商务印书馆《袖珍小说》叙录……………………………(65)
《薄命花》……………………………………………………(65)
《蠢情记》……………………………………………………(67)
《怪医案》……………………………………………………(68)
《海棠魂》……………………………………………………(69)
《黑衣教士》…………………………………………………(71)
《幻想翼》……………………………………………………(72)
《狡狯童子》…………………………………………………(73)
《狡兔窟》……………………………………………………(74)
《罗仙小传》…………………………………………………(76)
《玫瑰花》(下)………………………………………………(77)
《青酸毒》……………………………………………………(78)

《三名刺》……………………………………………………（79）
《三疑案》……………………………………………………（80）
《五里雾》……………………………………………………（81）
《行路难》……………………………………………………（82）
《一声猿》……………………………………………………（83）
《银钮碑》……………………………………………………（84）
《中山狼》……………………………………………………（86）

(三)商务印书馆《新小说》叙录 ………………………（87）
《惨女界》……………………………………………………（87）
《环瀛志险》…………………………………………………（89）
《空中飞艇》(卷上) …………………………………………（90）
《老残游记》…………………………………………………（93）
《女学生》……………………………………………………（95）
《扫迷帚》……………………………………………………（97）
《市声》………………………………………………………（98）
《泰西历史演义》……………………………………………（101）
《侠义佳人》…………………………………………………（103）
《学究新谈》…………………………………………………（105）
《玉佛缘》……………………………………………………（107）
《冤海灵光》…………………………………………………（108）
《中国女侦探》………………………………………………（110）

(四)商务印书馆《说林》叙录 …………………………（111）
《说林》(第一集) ……………………………………………（111）
《说林》(第二集) ……………………………………………（112）
《说林》(第三集) ……………………………………………（114）
《说林》(第四集) ……………………………………………（116）
《说林》(第五集) ……………………………………………（117）
《说林》(第六集) ……………………………………………（119）
《说林》(第七集) ……………………………………………（120）
《说林》(第八集) ……………………………………………（123）
《说林》(第九集) ……………………………………………（125）
《说林》(第十集) ……………………………………………（126）
《说林》(第十一集) …………………………………………（128）
《说林》(第十二集) …………………………………………（129）

《说林》(第十三集) ……………………………………………（130）
《说林》(第十四集) ……………………………………………（133）

四　小说林社《说部丛书》叙录 ……………………………（136）
 （一）小说林社《小本小说》叙录 ……………………………（137）
  第一集 …………………………………………………（137）
  第二册《红泥记》………………………………………（137）
  第三册《钱塘狱》………………………………………（137）
  第四册《瑶瑟夫人》(下卷) ……………………………（138）
  第五册《文明贼》………………………………………（140）
  第六册《埋香记》………………………………………（142）
  第七册《雾中案》………………………………………（143）
  第八册《黄钻石》………………………………………（144）
  第二集 …………………………………………………（144）
  第一册《鬼室余生路》…………………………………（144）
  第二册《里城狱》………………………………………（146）
  第三册《小红儿》………………………………………（146）
  第四册《凤卮春》………………………………………（147）
  第七册《海门案》………………………………………（149）
  第八册《三疑案》………………………………………（149）
  第三集 …………………………………………………（150）
  第二册《金篛叶》………………………………………（150）
  第三册《瓮金梦》………………………………………（151）
  第四册《将家子》………………………………………（152）
  第五册《黑革囊》………………………………………（153）
 （二）小说林社《聂格卡脱侦探案》叙录 ……………………（154）
  《聂格卡脱侦探案》(十六册) …………………………（154）
 （三）小说林社《马丁休脱侦探案》叙录 ……………………（158）
  《马丁休脱侦探案》(三集) ……………………………（158）

五　改良小说社《说部丛书》叙录 ……………………………（160）
 《幻梦奇冤》……………………………………………………（160）
 《绘图醋海波》…………………………………………………（161）
 《绘图醋鸳鸯》…………………………………………………（162）

《绘图断肠草》……………………………………（163）
《绘图恶少年》……………………………………（163）
《绘图飞行之怪物》………………………………（164）
《绘图官场笑话》…………………………………（165）
《绘图鬼世界》……………………………………（167）
《绘图柜中尸》……………………………………（168）
《绘图黑籍冤魂》…………………………………（169）
《绘图滑头世界》…………………………………（171）
《绘图傀儡侦探》…………………………………（172）
《绘图六路财神》…………………………………（172）
《绘图六月霜》……………………………………（174）
《绘图美人兵》……………………………………（175）
《绘图秘密自由》…………………………………（176）
《绘图女学生》……………………………………（177）
《绘图骗术翻新》…………………………………（178）
《绘图色界之恶魔》………………………………（178）
《绘图伪票案》……………………………………（180）
《绘图温柔乡》……………………………………（181）
《绘图五日缘》……………………………………（182）
《绘图新花月痕》…………………………………（183）
《绘图新列国志》…………………………………（185）
《绘图新三国》……………………………………（187）
《绘图新三笑》……………………………………（189）
《绘图新上海》……………………………………（190）
《绘图新西湖佳话》………………………………（194）
《绘图新西游记》…………………………………（196）
《绘图新笑林广记》………………………………（198）
《绘图新中国》……………………………………（199）
《绘图学堂笑话》…………………………………（200）
《绘图鸳鸯剑》……………………………………（201）
《绘图珠江艳史》…………………………………（202）
《机器妻》…………………………………………（203）
《军界风流案》……………………………………（205）
《浪子回头》………………………………………（206）

《奈何天》……………………………………………（207）
《破镜重圆》…………………………………………（209）
《色媒图财记》（卷上）………………………………（210）
《社会现形记》………………………………………（212）
《绘图苏州繁华梦》…………………………………（214）
《新水浒》……………………………………………（215）
《新苏州初编》………………………………………（216）
《新野叟曝言》………………………………………（217）
《真杏花天》…………………………………………（222）
《中外新新笑话》……………………………………（224）

六 国华书局《说部丛书》叙录……………………（226）
（一）国华书局《李著十种合刊》叙录……………（226）
《伉俪福》……………………………………………（227）
《同命鸟》……………………………………………（228）
《鸳湖潮》……………………………………………（230）
《千金骨》……………………………………………（233）
《红粉劫》……………………………………………（233）
《辽西梦》……………………………………………（237）
《双缢记》……………………………………………（240）
《昙花影》……………………………………………（243）
《賈玉怨》……………………………………………（246）
《茜窗泪影》…………………………………………（253）
（二）国华书局《说部汇编》叙录…………………（255）
《电术新谈》…………………………………………（256）
《虚无党假相案》……………………………………（256）
《情海惊涛录》………………………………………（257）
《狎邪镜》……………………………………………（258）
《鹦鹉晚香记》………………………………………（259）
《侦探界之王》………………………………………（260）
《京华黑幕》…………………………………………（260）
《战场絮语》…………………………………………（261）
《红楼梦补演》………………………………………（262）

下　篇

七　中华书局《小说汇刊》叙录 …………………………………… (265)
　　《心狱》 ……………………………………………………………… (265)
　　《旅行笑史》 ………………………………………………………… (267)
　　《十之九》 …………………………………………………………… (268)
　　《酒恶花愁录》 ……………………………………………………… (270)
　　《奇童纵囚记》 ……………………………………………………… (272)
　　《风俗闲评》 ………………………………………………………… (273)
　　《熏莸录》(初编、续编) …………………………………………… (274)
　　《归梦》 ……………………………………………………………… (275)
　　《红女忏恨记》 ……………………………………………………… (276)
　　《婀娜小史》(初编、二编、三编、四编) ………………………… (278)
　　《脂余粉剩》 ………………………………………………………… (279)
　　《云想花因记》 ……………………………………………………… (280)
　　《犹龙录》 …………………………………………………………… (281)
　　《红颜知己》 ………………………………………………………… (282)
　　《惊婚记》 …………………………………………………………… (283)
　　《庐山花》 …………………………………………………………… (284)
　　《冰天艳影》 ………………………………………………………… (285)
　　《拿破仑之情网》 …………………………………………………… (286)
　　《郁金香》 …………………………………………………………… (288)
　　《千金诺》 …………………………………………………………… (289)
　　《恋海之恶波澜》 …………………………………………………… (291)
　　《天刑记》 …………………………………………………………… (292)
　　《情祟》 ……………………………………………………………… (293)
　　《火中莲》 …………………………………………………………… (294)
　　《鸳鸯小印》 ………………………………………………………… (295)
　　《情铁》 ……………………………………………………………… (296)
　　《情竞》 ……………………………………………………………… (297)
　　《劫外昙花》 ………………………………………………………… (298)
　　《波兰遗恨录》 ……………………………………………………… (300)
　　《雄风孤岛》 ………………………………………………………… (301)

《小拿破仑别记》………………………………………（302）
《积雪东征录》…………………………………………（303）
《克利米战血录》………………………………………（305）
《黑肩巾》………………………………………………（306）
《欧陆纵横秘史》………………………………………（307）
《木乃伊》………………………………………………（310）
《帐中说法》……………………………………………（312）
《鲍亦登侦探案》（三集）………………………………（313）
《特甫侦探谈》（三集）…………………………………（314）
《福尔摩斯侦探案全集》（凡十二集）…………………（317）
《福尔摩斯别传》………………………………………（325）
《纪克麦再生案》………………………………………（326）
《蛇首》…………………………………………………（327）
《死虱党》………………………………………………（329）
《夺产案》………………………………………………（329）
《巴黎之剧盗》（正编、续编）…………………………（330）
《怪手》…………………………………………………（333）
《犹太灯》………………………………………………（334）
《八一三》………………………………………………（336）
《石麟移月记》…………………………………………（336）
《窃中窃》………………………………………………（337）
《科学罪人》……………………………………………（338）
《猫探》…………………………………………………（339）
《细君塔》………………………………………………（340）
《国际侦探秘记》………………………………………（341）
《梅林雪》………………………………………………（343）
《侦探之敌》……………………………………………（344）
《儿童历》………………………………………………（345）
《蝶归楼传奇》…………………………………………（347）
《病玉缘传奇》…………………………………………（350）
《孟谐传奇》……………………………………………（352）
《女才子记传奇》………………………………………（353）
《欧美名家短篇小说丛刊》（三册）……………………（354）
《瘦鹃短篇小说》………………………………………（358）

《天笑短篇小说》 …………………………………………… (359)
　《翻云覆雨录》 ……………………………………………… (360)

八　文明书局《小本新小说》叙录 ………………………… (363)
　第一集 ………………………………………………………… (365)
　　《血巾案》 …………………………………………………… (365)
　　《魂游记》 …………………………………………………… (366)
　　《残梦斋随笔》 ……………………………………………… (368)
　　《黄金劫》 …………………………………………………… (370)
　　《桃源惨狱》 ………………………………………………… (371)
　　《碧玻璃》 …………………………………………………… (373)
　　《花蠹》 ……………………………………………………… (374)
　　《吴田雪冤记》 ……………………………………………… (375)
　　《水底鸳鸯》 ………………………………………………… (377)
　　《斗富奇谈》 ………………………………………………… (379)
　第二集 ………………………………………………………… (381)
　　《盗花》 ……………………………………………………… (381)
　　《沥血鸳鸯》 ………………………………………………… (383)
　　《美人心》 …………………………………………………… (384)
　　《菊儿惨史》 ………………………………………………… (386)
　第三集 ………………………………………………………… (387)
　　《一粒钻》 …………………………………………………… (387)
　　《石姻缘》 …………………………………………………… (388)
　　《阉女》 ……………………………………………………… (389)
　　《生死情魔》 ………………………………………………… (390)
　　《仇情记》 …………………………………………………… (392)
　　《说鬼》 ……………………………………………………… (393)
　　《车中女郎》 ………………………………………………… (395)
　第四集 ………………………………………………………… (396)
　　《天界共和》 ………………………………………………… (396)

九　亚东图书馆《名家小说》叙录 ………………………… (398)
　　《白丝巾》 …………………………………………………… (399)
　　《孤云传》 …………………………………………………… (400)

《绛纱记·焚剑记》……………………………………（401）
　　《女蜮记》………………………………………………（404）
　　《双枰记》………………………………………………（406）
　　《说元室述闻》…………………………………………（409）
　　《西冷异简记》…………………………………………（410）
　　《侠女记》………………………………………………（412）
　　《孝感记》………………………………………………（413）
　　《啁啾漫记》……………………………………………（415）

十　交通图书馆《名著小说一千种》叙录 ………………（417）
　　《爱国英雄小史》………………………………………（417）
　　《情天绮语》……………………………………………（419）
　　《名闺奇缘集》…………………………………………（421）
　　《六十四奇案》…………………………………………（423）
　　《稗史秘籍》……………………………………………（425）
　　《清代名人轶事》………………………………………（427）
　　《漫游志异》……………………………………………（429）
　　《外交思痛录》…………………………………………（431）
　　《世界亡国稗史》………………………………………（434）
　　《香艳大观》……………………………………………（436）

十一　振民编辑社《武侠小说丛书》叙录 ………………（437）
　　《风尘奇侠传》…………………………………………（438）
　　《剑侠骇闻》……………………………………………（443）
　　《武侠大观》……………………………………………（445）
　　《红茶花》………………………………………………（450）
　　《侠义小史》……………………………………………（453）
　　《三十六女侠客》………………………………………（455）
　　《双侠破奸记》…………………………………………（458）
　　《侠士魂》………………………………………………（461）
　　《红胡子》………………………………………………（462）

十二　济宁中西中学校《小说丛集》叙录 ………………（468）
　　《爱仇儶》………………………………………………（469）

《黑太子》 …………………………………………………… (470)
《孝子传》 …………………………………………………… (471)
《义仆救主记》 ……………………………………………… (472)
《覆舟轶事》 ………………………………………………… (474)
《贤昆仲》 …………………………………………………… (475)
《神工奇谈》 ………………………………………………… (476)
《哑女轶事》 ………………………………………………… (478)

十三　宏文图书馆《时事小说》叙录 ……………………… (480)
(一)宏文图书馆《时事小说》叙录 ………………………… (480)
《安福秘史》 ………………………………………………… (480)
《安福趣史》 ………………………………………………… (482)
《东南烽火录》 ……………………………………………… (484)
《江浙战史》 ………………………………………………… (486)
《李纯轶事》 ………………………………………………… (490)
《民国三百件希奇案》 ……………………………………… (493)
《妖人李彦青》 ……………………………………………… (494)
《(壬戌)奉直战史》 ………………………………………… (497)
《伍廷芳轶事》 ……………………………………………… (499)
(二)宏文图书馆《女界四大风流奇案》叙录 ……………… (500)
《三姨太太》 ………………………………………………… (500)

十四　滑稽编辑社《滑稽小说大观》叙录 ………………… (503)
《怕老婆日记》 ……………………………………………… (503)
《瘟生日记》 ………………………………………………… (505)
《守财奴日记》 ……………………………………………… (508)
《牛皮大王日记》 …………………………………………… (510)
《顽童日记》 ………………………………………………… (513)
《拍马日记》 ………………………………………………… (515)

十五　世界书局《说部丛书》叙录 …………………………… (519)
(一)世界书局《三种演义》叙录 …………………………… (519)
《琵琶记演义》 ……………………………………………… (519)
《桃花扇演义》 ……………………………………………… (522)

《西厢记演义》……………………………………………（524）
　（二）世界书局《四大奇谋全书》（正续集）叙录…………（525）
　　《中外名将作战计划奇谋秘计》……………………………（525）
　　《恶律师与司法官大斗法奇谋秘计》………………………（528）
　　《对待万恶社会侦探破获机关奇谋秘计》…………………（530）
　　《恶讼师与绍兴师爷斗法奇谋秘计》………………………（532）
　　《恶讼师与绍兴师爷斗法奇谋秘计续集》…………………（535）
　　《恶律师与司法官大斗法奇谋秘计续集》…………………（536）
　　《中外名将作战计划奇谋秘计续集》………………………（538）
　（三）世界书局《四宫艳史》叙录……………………………（540）
　　《清宫艳史》…………………………………………………（540）
　（四）世界书局《四大全史》叙录……………………………（541）
　　《年羹尧全史》………………………………………………（542）
　　《西太后全史》………………………………………………（544）
　（五）世界书局《十家说粹》叙录……………………………（545）
　　《独鹤小说集》………………………………………………（545）
　　《禹钟小说集》………………………………………………（547）
　　《红蕉小说集》………………………………………………（548）
　　《海鸣小说集》………………………………………………（549）
　　《瞻庐小说集》………………………………………………（551）
　　《叔鸾小说集》………………………………………………（553）
　　《卓呆小说集》………………………………………………（555）
　　《西神小说集》………………………………………………（556）
　　《舍我小说集》………………………………………………（558）
　　《枕绿小说集》………………………………………………（560）

十六　中华图书馆《说部丛书》叙录…………………………（562）
　（一）中华图书馆《退醒庐小说十种》叙录…………………（562）
　　《一线天》……………………………………………………（562）
　　《孤鸾恨》……………………………………………………（564）
　　《破蒲扇》……………………………………………………（565）
　　《一粒珠》……………………………………………………（565）

十七　大东书局《说部丛书》叙录 …………………………………(567)
　　(一)大东书局《新小说丛书》叙录 ………………………………(567)
　　　《软监牢》 …………………………………………………………(568)
　　　《箱尸》 ……………………………………………………………(569)
　　　《斑竹痕》 …………………………………………………………(570)
　　　《春痕秋影》 ………………………………………………………(571)
　　　《孤掌惊鸣记》 ……………………………………………………(573)
　　　《赖婚》 ……………………………………………………………(575)
　　　《侠盗查禄》 ………………………………………………………(577)
　　　《尸变》 ……………………………………………………………(578)
　　(二)大东书局《名家小说丛刊》叙录 ……………………………(579)
　　　第一集 ……………………………………………………………(580)
　　　《滑稽世界》 ………………………………………………………(580)
　　　第二集 ……………………………………………………………(581)
　　　《倡门小说集》 ……………………………………………………(581)
　　(三)大东书局《亚森罗苹案全集》叙录 …………………………(582)
　　　《贼公爵》(第一、二册) …………………………………………(582)
　　　《虎齿记》(第三、四、五册) ……………………………………(584)
　　　《金三角》(第六、七册) …………………………………………(586)
　　　《古灯》(第八册) …………………………………………………(588)
　　　《三十枢岛》(第九、十册) ………………………………………(589)
　　　《短篇五种》(第十一册) …………………………………………(590)
　　　《短篇四种》(第十二册) …………………………………………(592)
　　　《鸣钟八下》(第十三、十四册) …………………………………(594)
　　　《双雄斗智录》(第十五册) ………………………………………(595)
　　　《一纸名单》(第十六册) …………………………………………(597)
　　　《古城秘密》(第十七、十八、十九、二十册) …………………(598)
　　　《空心石柱》(第廿一、廿二册) …………………………………(601)
　　(四)大东书局《名家说集》叙录 …………………………………(603)
　　　《江红蕉说集》 ……………………………………………………(603)
　　　《何海鸣说集》 ……………………………………………………(604)
　　　《沈禹钟说集》 ……………………………………………………(604)
　　　《许指严说集》 ……………………………………………………(605)
　　　《毕倚虹说集》 ……………………………………………………(606)

《张碧梧说集》 …………………………………………………… (607)
《赵苕狂说集》 …………………………………………………… (608)
《严芙孙说集》 …………………………………………………… (609)

十八　北新书局《欧美名家小说丛书》叙录 ………………… (611)
　《处女的心》 ……………………………………………………… (612)
　《春潮》 …………………………………………………………… (613)
　《法国名家小说杰作集》（卷上） ……………………………… (614)
　《法国名家小说杰作集》（卷下） ……………………………… (615)
　《曼殊斐尔小说集》 ……………………………………………… (616)
　《契诃夫短篇小说集上》 ………………………………………… (617)
　《显克微支小说集》 ……………………………………………… (618)
　《我的旅伴》 ……………………………………………………… (619)

十九　其他书局《说部丛书》叙录 …………………………… (621)
　（一）开明书店《侦探谈》叙录 ………………………………… (621)
　　《侦探谈一》 …………………………………………………… (621)
　　《侦探谈二》 …………………………………………………… (625)
　　《侦探谈三》 …………………………………………………… (627)
　　《侦探谈四》 …………………………………………………… (629)
　（二）作新社《小说丛书》叙录 ………………………………… (631)
　　《孟恪孙奇遇记》 ……………………………………………… (632)
　（三）乐群小说社《小说丛书》叙录 …………………………… (633)
　　《当头棒》 ……………………………………………………… (634)
　　《学生现形记》 ………………………………………………… (635)
　（四）小说进步社《说部丛书》叙录 …………………………… (636)
　　《新笑林广记》 ………………………………………………… (636)
　　《新新三笑》（初编） ………………………………………… (637)
　　《金钱龟》 ……………………………………………………… (638)
　　《最新女界鬼蜮记》 …………………………………………… (640)
　（五）最新小说社《说部丛书》叙录 …………………………… (642)
　　《夜花园之历史》 ……………………………………………… (642)
　（六）译新书社《说部丛书》叙录 ……………………………… (644)
　　《海外奇缘》 …………………………………………………… (644)

（七）东亚书局《说部丛书》叙录 ……………………………（645）
《情奴遗爱录》 ……………………………………………（645）

参考文献 ……………………………………………………（649）

后　记 ………………………………………………………（651）

凡　例

一、清末民初（1895—1927），以"说部丛书"为名或以其他名称为名的"小说丛书"有数十种，本著尽量更多地囊括这些"说部丛书"，并逐一展开叙录。

二、清末民初商务印书馆出版的"小说丛书"除《说部丛书》外，还有《林译小说丛书》《欧美名家小说》系列、《小本小说》系列等，因有《商务印书馆〈说部丛书〉叙录》（北京：中国社会科学出版社2019年）出版，这些丛书不再重复叙录。

三、本叙录正文分十九个部分，大体按照各"说部丛书"出版时间由先而后排列，每种"说部丛书"内部所叙录的作品，有编号者，依原有编号排序，无编号者，或依广告原序排序，或依书名首字音序升序排列。

四、本叙录以笔者所见的作品版本为基础，同时参考学界相关研究成果加以补充，使叙录的内容更加丰富全面。

五、每部作品叙录的内容包括作品名称、原著者与译者、所属丛书及其编号、出版时间、章节要目、序跋摘录以及其他相关文献的摘录如作品广告。对作品原著者与原著的考证，是本叙录的一个重点，这种考证尽量广泛吸收学界现有的研究成果。

六、有编号的，依原编号排列；无编号的，或依广告原序，或按书名首字拼音升序排列。

七、叙录中，原稿汉字脱落或漫漶，难以辨识者，以符号"□"代替。

八、为了突出文献价值，书中许多地方没有追求统一，如"廿一日"不改为"二十一日"，有的定价用"大洋"，而有的用"洋"，不统一改为"大洋"，仍保留"洋"。

上 篇

一　时报馆及有正书局《说部丛书》叙录

有正书局是时报馆主人狄楚青（葆贤）于1904年在上海创办的一家小型民营书局。[①] 主要出版书画碑帖、墨迹和文艺作品尤其是新小说，这一出版特点见诸《有正书局发行各种名画外册价目》《（有正书局）发行各种碑帖墨迹价目》《（有正书局）习字之好模范》《有正书局出版各种小说》等。该社与时报馆可谓一而二、二而一。其宗旨是传播传统文化，宣传新小说。有正书局的母体时报馆发行的《时报》在当时上海滩上与《申报》《新闻报》形成三足鼎立之势。有正书局图书的发行依托时报馆的发行网络。[②]

《白云塔》

《白云塔》，"小说丛书第一集第一编"，原载光绪三十一年三月初十日即1905年4月14日开始在上海《时报》上连载，至光绪三十一年五月二十日即1905年6月22日载毕。【上海图书馆藏】

[樽氏目录112] 记载，押川春浪《传奇小说　银山王》东京堂1901.6、博文馆1903.6（徐念慈）《白云塔》之即《银山女王》。即日本押川春浪原著。

凡五十节（第五十节题"第五十回"，其均署为"第一""第二"等），有节目，依次为：

第一　亚丁埠　　　　　　第四　马车、伯爵邸
第二　三月十一　　　　　第五　奇人
第三　塔　　　　　　　　第六　跳舞会

[①] 朱联保：《近现代上海出版业印象记》，上海：学林出版社，第214页。
[②] 参见付建舟《有正书局》，付建舟编：《晚清民营书局发行书目》，黑龙江教育出版社2016年版。

第七　（暂缺）
第八　林间之信
第九　白衣儿
第十　家产
第十一　轮船
第十二　石公子
第十三　山路
第十四　山路二
第十五　山贼
第十六　老尼
第十七　戒指
第十八　破鞋
第十九　金刚石扣子
第二十　小猴子
第二十一　火
第二十二　出山
第二十三　客店
第二十四　（暂缺）
第二十五　塔顶
第二十六　小船
第二十七　奇人之家
第二十八　第二奇人
第二十九　第二奇人之家
第三十　不思议之器具
第三十一　奇谈
第三十二　（暂缺）
第三十三　四月初二
第三十四　清水溪头
第三十五　牧童
第三十六　斗象
第三十七　红叶公子
第三十八　小轮船
第三十九　红…绿
第四十　石公子之心
第四十一　夜半
第四十二　……热……冷
第四十三　大地震
第四十四　大地震
第四十五　欢迎与索债
第四十六　欢迎与索债
第四十七　房屋
第四十八　小马夫
第四十九　塔上美人
第五十回　大复仇

光绪三十一年六月廿一日（1905年7月23日）、廿二日（24日）、廿三日（25日）、廿五日（27日）、廿八日（30日），《时报》上的"小说余话"栏目，刊载了江阴礼延学舍静观撰写的《白云塔投书》，主要谈了侠义、爱情、正气、深心、尘障、嫉妒、势利、险诈八个方面，且重点谈了忠、孝、节、义这四种善念，与奸、盗、邪、淫这四种恶念。摘录如下：

《白云塔》，小说也，然可作一则史鉴读，何也？以其扬善惩恶故。《白云塔》，又寓言也，然可作一场事实观，何也？以其斟情酌理故。今请一一标明其四种善念四种恶念而解释之。
　　一曰侠义
　　解曰：为《白云塔》之主人翁者，风伯也。故无风伯，则《白云塔》可以不作,何也?以其无侠义故。惟有风伯之侠义,故一切可惊可快可喜可恨之事实,靡不赖以发生。……

　　一曰爱情

　　解曰:人孰无情,而情每钟于男女之交际,此小说家所习闻也,而《白云塔》之所谓爱情,则更有特异之点焉。写石公子与枫子之恩爱,每于无情处见真情。……

《白云塔》单行本,封面题"写情小说","小说丛书第一集第一编","上海四马路时报馆印行"。卷首署"冷译",原著者不详。又题《白云塔》"一名《新红楼》"。版权页署光绪三十一年(1905)九月二十日初版,"译述者　上海时报馆记者","印刷所　时报馆活版部(上海四马路)","发行所　时报馆(上海四马路)","发售处　有正书局(上海、北京)"。全一册,135页,定价大洋三角半,后又改定价为大洋四角。【上海图书馆藏】

凡四十九回,有简要回目,回目与《时报》刊载本略有出入,兹录前十回回目如下:

　　第一回　亚丁埠　　　　　　第六回　奇人
　　第二回　三月十一　　　　　第七回　奇人之历史
　　第三回　塔　　　　　　　　第八回　跳舞会
　　第四回　马车　　　　　　　第九回　林间之信
　　第五回　伯爵邸　　　　　　第十回　白衣儿

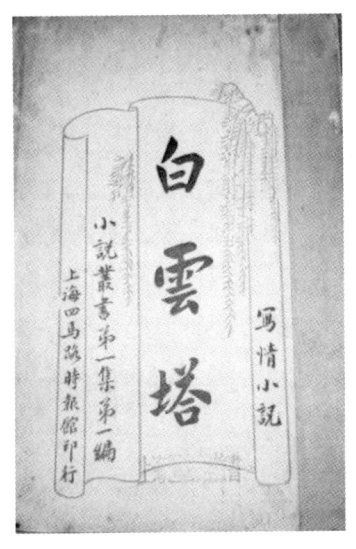
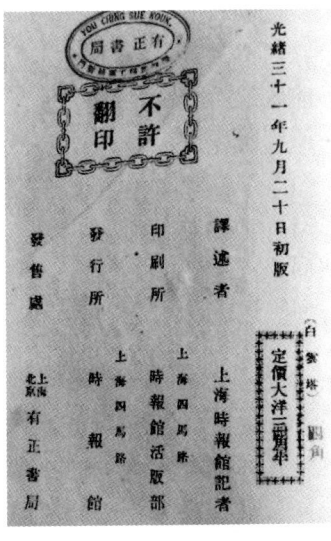

卷首有"约言",其文为:

一、此稿参酌东西译本,而加以自构者,非纯然译文,亦纯然自作。

一、所谓新红楼者,因篇中有红楼故名,与名世之《红楼梦》,如风马与风牛。

一、此稿虽非讽世之作,然细寻之,当得言外意。

一、此稿作者本四种善念与四种恶念,组合而成者。阅者如能于此稿登完后,发明四种善念为何,四种恶念为何,一一证明而解释之,本馆当择其最精切之前三名,赠以《新新小说》全年一份,及《火里罪人》全部(均俟出版后)。

一、是书译以登时报者,故有如以上云云。

《侠恋记》

《侠恋记》,版权页署"译述者　上海时报馆记者","印刷所　时报馆活版部(上海四马路)","发行所　时报馆(上海四马路)","发售处　上海广智书局及内地各书坊"。光绪三十年(1904)十一月十八日初版。全一册,92页,定价大洋贰角半。此书还于光绪卅一年(1905)十一月廿五日再版,再版封面题"侦探小说""小说丛书第一集第四编""时报馆印行"等字样。版权页的发售处改为上海与北京两地的有正书局。其他信息依旧不变。

目录首与正文首均题"多情之侦探侠恋记"。凡四十六回,有回目,无序跋。前后十回回目分别为:

第一回	怪客	第六回	比剑
第二回	千金之俸	第七回	入狱
第三回	绝世美人	第八回	美人实是仇敌
第四回	跳舞会	第九回	美人之信
第五回	强盗	第十回	伯爵之仆

一 时报馆及有正书局《说部丛书》叙录　7

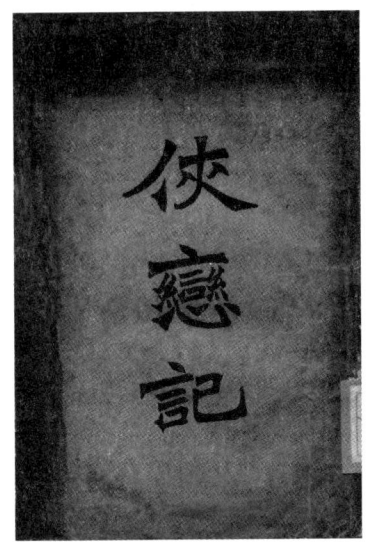
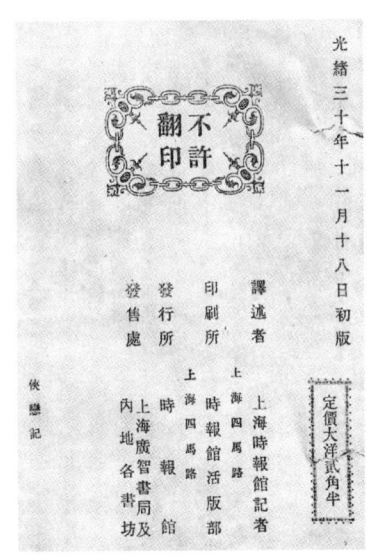

第三十七回　追……逃　　　　是谁？
第三十八回　金牌之效　　　　第四十三回　警察长捕房
第三十九回　美人捕房　　　　第四十四回　虚无党
第四十回　　野心勃勃　　　　第四十五回　护照
第四十一回　小林捕房　　　　第四十六回　火车
第四十二回　终局的胜利毕竟

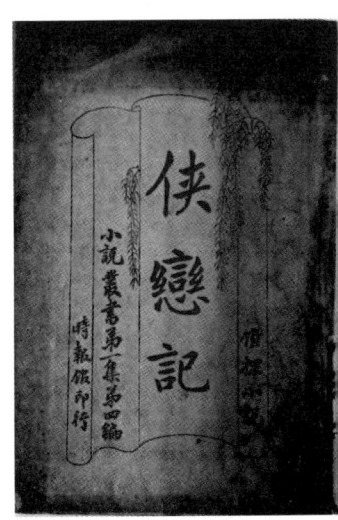
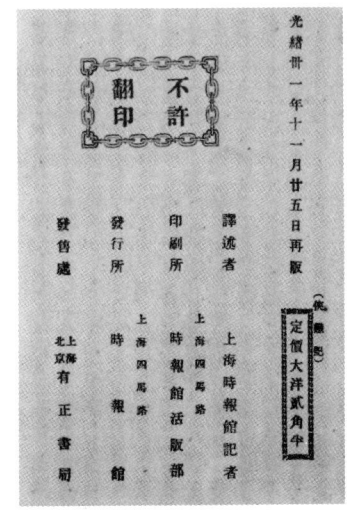

《侠恋记》是晚清比较早用白话翻译的作品，译者语言功底很强，译文流畅而优美，是很成熟的白话，兹录一段略窥一斑：

> 却说俄罗斯全国地跨欧亚，他的京城叫做圣彼得堡。这圣彼得堡在欧洲各大国中也算是一个数一数二的大都会，休说有事时，就是在平日，也是人山人海，车往马来。有一日，正在热闹中，只见急忙忙来了一个伟丈夫，生得眉开眼大，鼻直口方，须发全黑，皮肤微黄，看来却是一个东洋人种。这东洋人背后又有一个男儿，也生得十分壮健，黄须半部，碧眼一双，低了头，也急忙忙的自后赶来，赶到那东洋人身边，便伸手将那东洋人的臂膀一拉。那东洋人急回头看时，却是一个素不相识的俄罗斯人，见那东洋人回了头，便向前脱了帽，略施一礼，说着一句半通英语，笑道："小林兄，请了。"那东洋人听得叫他小林，便吃一惊，你道这东洋人为何吃惊，原来他果然叫做小林。他原是个日本武官，生平最喜探入密事，为人甚是精细，又学得一身武艺……

《新蝶梦》

《新蝶梦》，"小说丛书第一集第五编"，原载于上海《时报》，时间起于光绪三十一年十月十四日即1905年11月10日止于同年十一月廿三日即12月19日，其间偶尔中断连载。未署原著者，只署"冷"。这是陈景韩译本。【上海图书馆藏】

刊载前一日，《时报》发布告示云："言情小说新蝶梦明日始载"，以引起读者的注意，提醒读者届时不要错过。首日，刊载《再告罪》一文，其后有《声明》，云："此书原本为意大利人所作，甚冗长，有二十万言，今今节译其一二万言，数旬可了。""此书为作者自述口气，译之仍其旧。书中所谓我者，作者自称也。"然后才载小说正文，仅载一小段，其云："看官，我乃鬼也，我虽在此执笔作文，然我早死，人死谓鬼，而况我所遇的人，所见的事，无意非为鬼为蜮，禽兽不如。看官，切勿骇异我言，我年未三十，而我发已白。有人问我白发的缘故，才知我说我是鬼的话一点不差。"这段文字在单行本中略有变化，如"白发的缘故"改为"白发之故"；"才知我"改为"才知道我"。

《新蝶梦》有两种版本，一为初版本，二为再版本。正文首署"意大利波伦著""冷译"。初版本封面题"写情小说新蝶梦""小说丛书第一集第五编""时报馆印行"。版权页署光绪三十二年（1906）二月初六日出版，"译述者　上海时报馆记者"，"印刷所　时报馆活版部（上海四马路）"，"发行所　（上海四马路、北京厂西门）有正书局"。全一册，60页，定价已涂黑，不详。【复旦大学图书馆藏】初版本的封面和版权页与再版本的基本相同，从略。

［樽氏目录3892］记载，Marie Corelli "*Vendetta, A Story of One Forgotten*" 1886。黑岩泪香《白发鬼》，《万朝报》（1893.6.23—12.29）。《白发鬼》初后篇、扶桑堂1894。据查，Marie Corelli（1855—1924）为英国女作家，从1886年她的第一部长篇小说问世到第一次世界大战，她获得了巨大的成功，其长篇小说的销量超过当时最流行的柯南达尔、威尔士、吉普林作品的销量之和。原署她为"意大利"有误。

《新蝶梦》再版本正文首署"意大利波伦著""冷译"。封面题"写情小说新蝶梦""小说丛书第一集第五编""发行所有正书局"。版权页署光绪三十二年（1906）二月初六日出版，光绪三十三年（1907）六月三十日再版。"译述者　上海时报馆记者"，"印刷所　时报馆活版部（上海四马路）"，"发行所　时报馆（上海四马路）"，"发行处　（上海、北京）有正书局"。全一册，60页，定价大洋一角五分。【复旦大学图书馆藏】【北京师范大学图书馆藏】

卷首有《新蝶梦弁言》，兹录如下：

> 余译此《新蝶梦》，余于译笔丑劣之外，更有不得不先向阅者告罪者，阅者请于阅《新蝶梦》之先，一阅我言。
>
> 情难言者也，言之而失其轨，能使人志气沮丧，性情昏迷。今余于此中国人气沮丧昏迷之时，而又译此言情小说，是不啻以水济水也。余罪一。
>
> 情又不当破之者也。世界之所以营营而不寂死者，以其有情以相系也。情也者，人类之粘液质也，假使人类而尽去情，则父子、夫妇、兄弟、朋友之间，已索然而无味，矧其能维持世界也。今既言情矣，而又破之，是不但不利我国家，且不利我人类也。余罪二。
>
> 以知情之人而言情，而破情，虽于国不利，于人不利，而于情固能言之，而能破之也。虽有二失而尚有一得。若余也者，固蠢然一物，不识情为何事者也，而乃亦欲缘人之意而译之，真所谓寄五声于聋，辨五色于盲者也。余罪三。
>
> 此三罪之外，有一至深且巨，为阅者所必不肯赦者，则为对于妇

女。夫妇女者,非今世新人,所谓神圣不可侵犯者乎?而余亵渎之,亵渎之,亵渎之,而至再三亵渎之,使读者而为妇女,其必不我赦也;使阅者而为尊敬妇女之人,其必不我赦也;使阅者非有深仇宿恨于妇女之人,亦必不我赦也。而余乃绝无所仇恨于妇女,而以无意识译之,以无意识译之,其事虽非由我而造,其事实而由我而传,而余之罪亦不可以逭。余罪四。

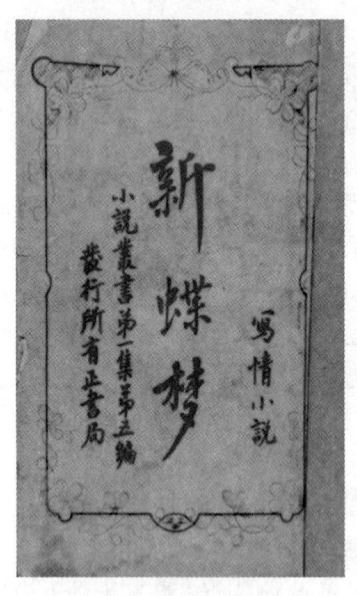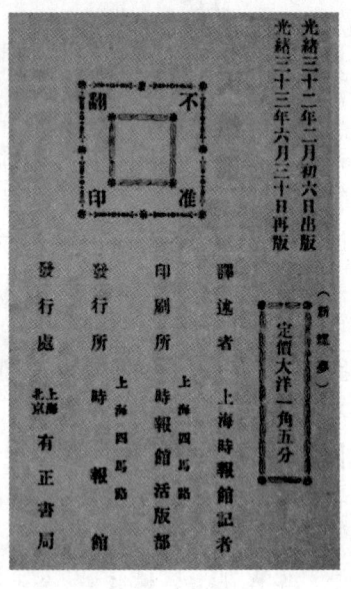

因此四罪,欲执笔译之而投之者屡矣。然屡投之而又屡欲译之者,则以言情之事,人所喜闻。方今东西文明之说,渐输入我国,翻译之业,于兹大盛,其中又以小说为尤多,而小说之中则以言情者为人所喜闻而尤多。夫情,人心中最微妙高尚之物也。若徒以男女相爱之情,则其情丑矣。故言情者,至于男女则必假以险阻艰难之事以显其情之贞洁。言情之小说为写男女之相爱,而其所写之事,则必为欲相爱而不可得。盖以岁不寒,不足以知松与柏;而境不逆,不足以见情之深远也。故言情之小说,必写其情如帝天,而阅之者亦必视其情如帝天。视如帝天,则必于情无或有敢非者,见有类似者,即曰情也情也,而醉焉梦焉,且死生焉,则必胥我国人而尽陷于情之涡焉,是则将尽我所输入之新思想新学问而不足以供情之作用也,又奚暇及他事哉?故余之译此《新蝶梦》也,乃为写其情之一方面,见用情之人,亦有时而误,以稍杀言情者之势力。故虽知有罪，欲舍之而不能也。至于亵渎妇女之罪，俟此书译尽后，更译一与此书相反之书，以之自赎，阅者鉴之。

《新蝶梦弁言》之后有译者的两点《声明》，其文为：

一、此书原本为意大利人所作，甚冗长，有二十万言。今仅节译其一二万言。

二、此书为作者自述口气，译之仍其旧，书中所谓我者，作者自称也。

《环球旅行记》

《环球旅行记》，封面题"游记小说"，"小说丛书第一集第七编""发行所有正书局"。正文首署"（雨）"。版权页译述者为上海时报馆记者，印刷者为时报馆活版部（上海四马路），发行所为时报馆（上海四马路），发行处为上海与北京两地的有正书局。光绪三十二年（1906）二月初六日出版，光绪三十三年（1907）六月三十日再版。全一册，定价大洋四角。【上海图书馆藏】

全书分三十章，有章目，无序跋。章目依次为：

第一章　福掰闲居	第十六章　麻剌甲海峡
第二章　得健仆	第十七章　星嘉坡
第三章　赌游地球	第十八章　香港
第四章　夜发	第十九章　沽饮
第五章　舆论	第二十章　失仆
第六章　侦探	第二十一章　福赴横滨
第七章　苏彝士河	第二十二章　柏流落日本
第八章　闲谈	第二十三章　主仆相逢
第九章　红海及印度洋	第二十四章　太平洋
第十章　印度	第二十五章　桑港（即旧金山）
第十一章　市象	第二十六章　太平铁道
第十二章　殉葬	第二十七章　冒梦历史
第十三章　拯妇	第二十八章　乘车过危桥
第十四章　殑伽河流域	第二十九章　盗劫汽车
第十五章　保证金	第三十章　救仆

第三十一章　乘撬　　　　第三十五章　捐金
第三十二章　重金雇船　　第三十六章　赌胜
第三十三章　越大西洋　　第三十七章　得妇
第三十四章　返伦敦

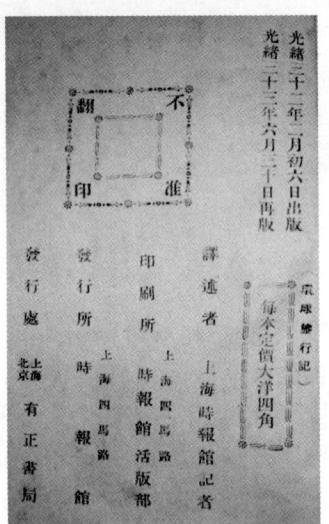

《莫爱双丽传》

　　《莫爱双丽传》，封面题"写情小说"，"小说丛书第一集第八编""发行所有正书局"。正文首题"侦探小说"，"泪香小史译"。版权页署光绪三十二年（1906）七月十五初版，光绪三十三年（1907）八月中旬再版。"译述者　上海时报馆记者"，"印刷者　时报馆活版部（上海四马路）"，"发行所　时报馆（上海四马路）"，发行处为上海与北京两地的有正书局。全一册，定价大洋三角。初版本【上海图书馆藏】，再版本【首都图书馆藏】

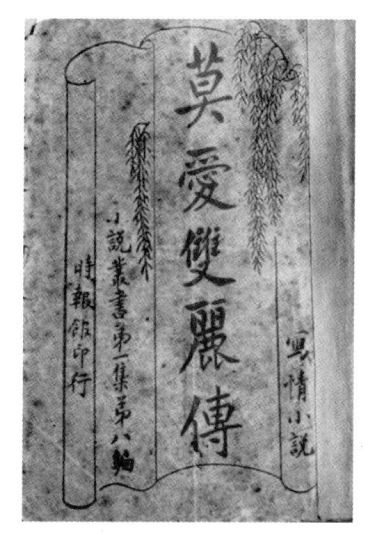

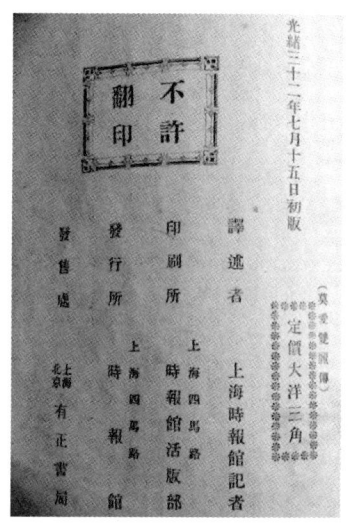

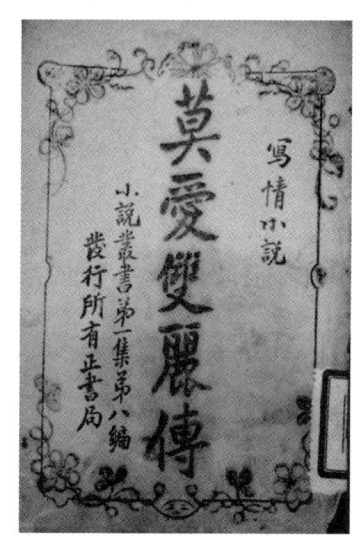

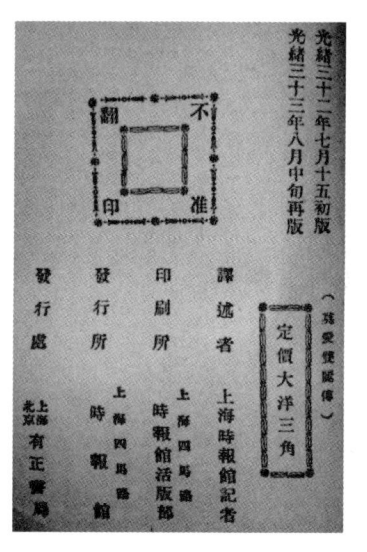

［樽氏目录2369］记载，Bertha Clay "*At War with Herself*"、黑岩泪香《古王宫》，扶桑堂1900.8.1。由此可知，《莫爱双丽传》原著者为英国女小说家Bertha Clay，其简介参见《忏情记》篇。

不分章节，无序跋。

采用白话翻译，兹录一段如下：

予自昨年受文凭为纽约府之律师，不欲即露头角，故未楬（揭）

亟以示于人，即在予友密利事务所为之襄助，居恒郁郁，窃愿得一非常事件，就予裁决，以震世人耳目，则声价得以骤增，然后悬牌，始不为人冷视。立愿如此，然能如愿与否，亦不可知。一日，忽有一年约二十五六之男子，形状似为书记者，面现惊悸色，跟跄奔入事务所，齿牙相击急遽，而言曰：杀！！！！！不好！！！！！且言且行，适立予之机旁。予曰：密利已赴华盛顿，须二三日始回，一切事务，悉嘱予代理。君来自何方，系有何事，可告予，无异告密利。彼闻予言，回首四望曰：密利先生不在此乎？予曰：先生二三日当即归，有事予可代理。

《毒蛇牙》

《毒蛇牙》，原著不详，笑（包天笑）译。封面题"侦探小说""小说丛书第一集第九编"。光绪三十二年（1906）九月十五日初版。发行所为时报馆（上海四马路），译述者为上海时报馆记者，印刷所为时报馆活版部（上海四马路），发售处为上海和北京两地的有正书局。全一册，凡147页，定价大洋三角。

全书共十六章，无章目。

卷前有"弁言"，其文为：

> 我译《毒蛇牙》，我先告罪。
> 读《毒蛇牙》，使人惊悸，我罪一。
> 读《毒蛇牙》，使人烦懑，我罪二。
> 读《毒蛇牙》，使人怆恻而无欢，我罪三。
> 虽然，我尚有数语告读者：
> 无耐性者，不能读《毒蛇牙》；
> 无悟性者，不能读《毒蛇牙》；
> 无科学思想者，不能读《毒蛇牙》；
> 无道德思想者，不能读《毒蛇牙》。
> 译《毒蛇牙》之第一日。译者记。

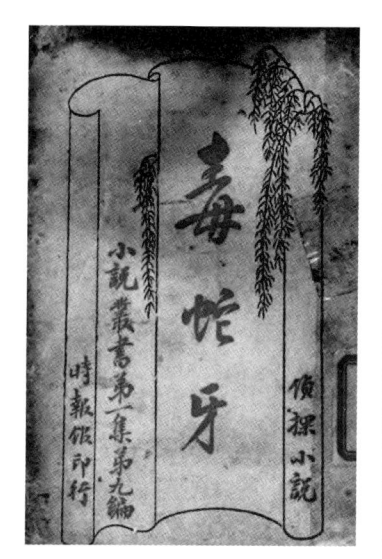

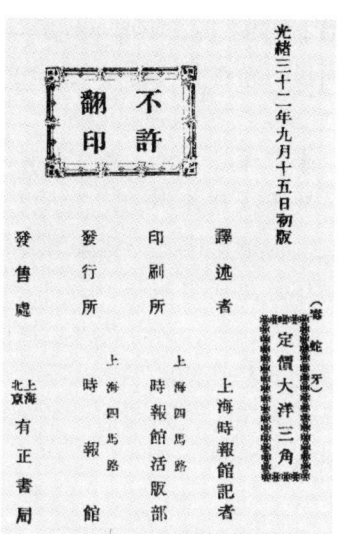

《阿难小传》

《阿难小传》，写情小说，原著者英国立顿，译述者上海时报馆记者，光绪三十一年（1905）十一月初十日初版。发行所为上海与北京两地的有正书局，印刷所为时报馆活版部（上海四马路）。上下卷共二册，每册定价大洋二角五分。【复旦大学图书馆藏】【上海图书馆藏】

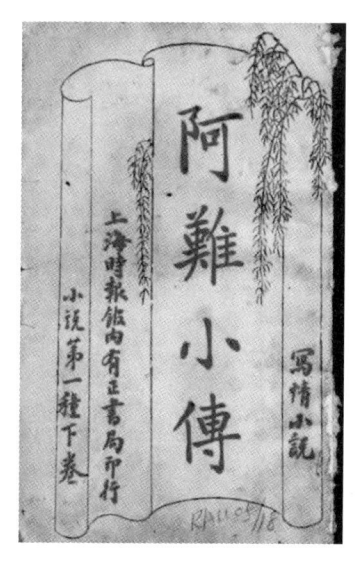

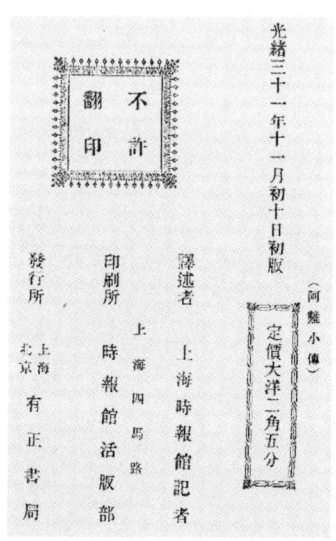

全书上卷94页，下卷88页。上卷十五回，下卷十回，合计二十五回。无回目。卷首有"冷序"，全文如下：

　　余曾译日人抱一庵主人所译英人笠顿氏《圣人欤？盗贼欤？》小说，载于《新新小说》上，才及七回，而知平公亦译是书，行将脱稿矣。因请而读之，觉其词其句，其情其境，其雅之与俗，其幽远之与陋鄙，虽同出一书，而其相去也，不啻天壤。余由是以知天下万事，苟有所作，必与其人之性情相近也，乃能相宜。以余之粗直，而欲译此幽怨悱恻之小说，不知自最。宜乎其俗与陋鄙而不可耐也。余喜是害之不为先余成也，并喜阅是书者之得舍瓦砾而取金玉也。急投弃其余稿而记一言。

二　群学社《说部丛书》叙录

群学社（群学书社）由沈济宣（沈季仙）于1903年在上海创办，这是一家小型的民营书局。① 该社接替乐群书局主办《月月小说》。光绪三十二年（1906）九月，乐群书局经理汪惟父（庆祺）在上海创刊《月月小说》（月刊），不久聘请吴趼人为杂志总编辑，自第9号起，群学社经理沈济宣接办《月月小说》，聘请许伏民为编辑。《月月小说》前后出版二十四期。开风气之先的《月月小说》影响颇大，被誉为晚清四大小说期刊之一。群学社的宗旨为"辅助教育、改良社会"，"开通风气"。该社的出版物主要有教科书、社科著作以及文学书籍，其文学书籍主要是根据《月月小说》杂志重新编辑出版的《说部丛书》，凡五十四种。其发行网络不详。②

《铁窗红泪记》

《铁窗红泪记》，法国嚣俄（即维克多·雨果）原著，题"哲理小说"，《说部丛书》第一种。原载《月月小说》第1—18号，版权页信息为：编辑者为群学图书社，印刷者为汇通印局，发行所为群学社图书发行所（上海四马路棋盘街口）与外埠各大书庄。版权页署宣统贰年（1910）正月印刷，宣统贰年（1910）三月发行。全一册，凡140页，定价洋四角。

有章节。

该作为长篇小说译作，文言翻译。

该作还有另一种版本，封面题"铁窗红泪记"，版权页信息为：编辑

---

① 朱联保：《近现代上海出版业印象记》，第381页。
② 参见郭浩帆《关于〈月月小说〉——〈月月小说〉及其与乐群书局、群学社之关系》，《出版史料》2002年第2期；魏金婷《晚清小说繁荣背景下的群学社研究》，硕士学位论文，吉林大学，2016年；付建舟《群社社（亦称群学社）》，付建舟编：《晚清民营书局发行书目》，黑龙江教育出版社2016年版。

者为群学社图书发行所，印刷者为汇通印局，发行所为群学社图书发行所（上海四马路棋盘街口）与外埠各大书庄。宣统贰年（1910）正月印刷，宣统贰年（1910）三月发行。全一册。

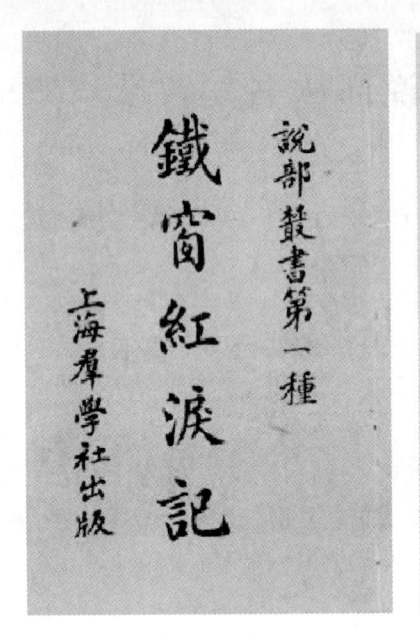

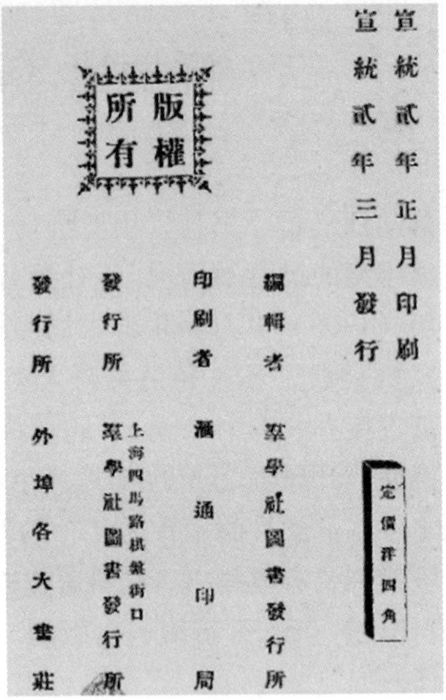

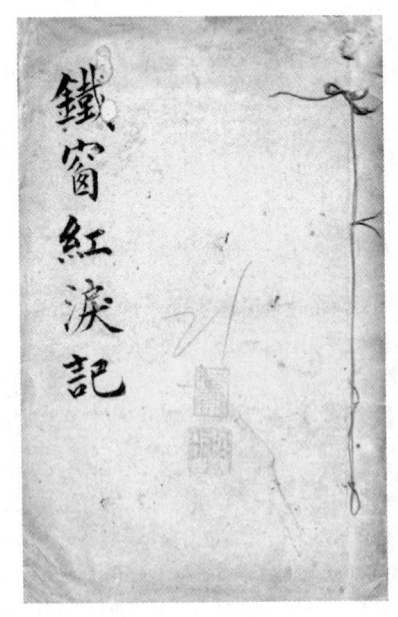

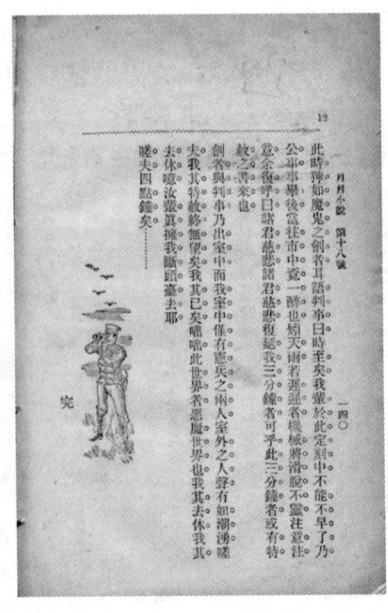

该版本直接采用《月月小说》排印本组合装订，凡140页。

《禽海石》

《禽海石》，清代符霖编辑。题"言情小说"，扉页标《说部丛书》"第二编"，而不是"第二种"。原载《月月小说》第1—18号。版权页信息为：编辑者为符霖，印刷者为上海官书局，发行者为群学社，总发行所为群学社（上海棋盘街北段）。光绪三十二年（1906）四月初版，光绪三十二年（1906）四月发行。全一册，98页（按：第98页错标为90页），定价大洋六角。

该作为中篇小说创作，凡十回，有回目，依次为：

第一回　恨海难填病中寻往迹
第二回　情天再补客里遇前缘
第三回　会龙华雪泥留旧爪
第四回　印鸥盟风月证同心
第五回　几许欢娱中霄顷缘酒
第六回　无端恶剧何处觅黄衫
第七回　舐犊情深许谐秦晋
第八回　冥鸿见远忽去幽燕
第九回　烽火惊回前游成一梦
第十回　彩云散后遗恨结千秋

卷首有《禽海石弁言》，卷末无跋。《禽海石弁言》兹录如下：

> 襄闻谭浏阳言：造物所以造成此世界者，只是一"仁"字，余窃以为不然。盖仁字之范围甚褊（偏），未足以组织乾坤、纲维宇宙也。余以为造物之所以造成此世界者，只是一"情"字。世界上一切形形色色，如彼山川人物、草木鸟兽，何一非情之所集合者？使世界而无情，则天必坠、地必崩，山川人物、草木鸟兽，将莫不化为冰质，与世界末日无以异。故凡生存于此世界者，莫不有情。儿女之情，情之小焉者也。特是人为万物之灵，自人之一部分观之，则凡颠倒生死于情之一字者，实足为造物者之代表。是以善言情者，要必曲绘夫儿女悲欢离合之情，以泄造物者之秘奥而不厌其烦。兹编为言情小说，可与天下有情人共读之。读之而能勃然动其爱同种、爱祖国之思想者，其即能本区区儿女之情而扩而充之者也。若如谭浏阳所言，则造物不仁，以人为刍狗之说，余当起浏阳于九原，请其下一转语。

乙巳长至前五日著者识。

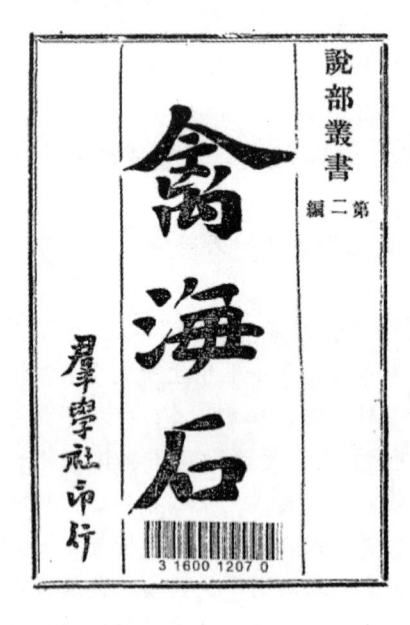

《红宝石指环》

《红宝石指环》（封面题"一名八角室"，正文首题"一名八角室"，应为"八角室"），英国宓德原著，张瑛译，题"家庭小说"，《说部丛书》第三种。原载《月月小说》17—20号及23号。版权页信息为：编辑者为群学图书社，印刷者为群学图书社，发行所为月月小说社（上海四马路东）与群学图书社（四马路九和里）。宣统元年（1909）六月发印，宣统元年（1909）七月初版，全一册，凡110页，定价洋四角。【宣统元年版藏北京师范大学图书馆、宣统二年版藏上海图书馆】宣统二年版本的封面和版权页与宣统元年版本的基本相同，从略。

该作为长篇小说译作，文言翻译。凡十章，有章目，依次为：《探亲》《一礼拜之信息》《红宝石指环出现》《多情多义之林三妹》《相似之指环》《保全极克之名誉》《重游故宅》《秘密之遗嘱发现》《天缘巧合》《达其美泼之希望》。

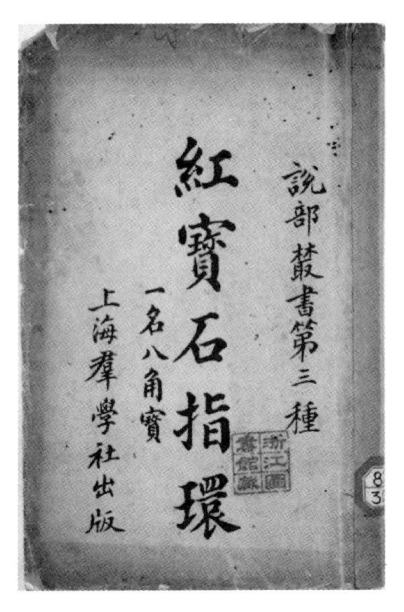

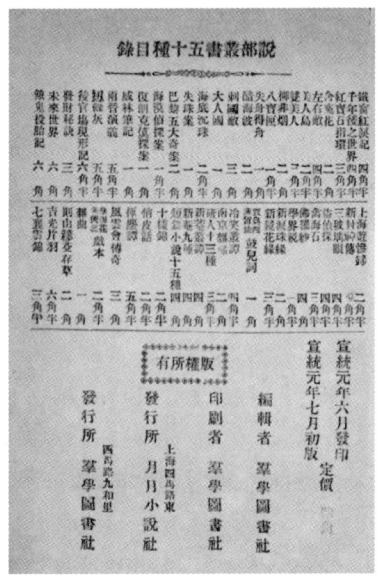

《双美人》

《双美人》，扉页题《说部丛书》"第三编""上海群学社印行"。版权页信息：编辑者为群学社，印刷者为中新印书局，发行者为群学社，总发行所为群学社（上海棋盘街北段）。光绪三十二年（1906）四月初版，光绪三十二年（1906）闰四月发行。全一册，115页，定价大洋□角。

该作为言情小说译作，与《血蓑衣》为同一部著作。《血蓑衣》介绍如下。

《血蓑衣》，日本村井弦斋原著，商务印书馆编译所译述。上海商务印书馆丙午年（1906）六月初版、民国二年（1913）十二月再版。《说部丛书》四集系列初集第五十编，封面题"义侠小说"。发行者为商务印书馆，印刷所也为商务印书馆（上海北河南路北首、宝山路）。总发行所为位于上海棋盘街中市的商务印书馆，分售处为全国各地乃至海外的商务印书馆分馆，凡27处。全书一册，107页。每册定价大洋贰角伍分。

凡五十一节，无节目。无序跋。

其梗概为：

筑后川畔，佐贺境内。著名演说家民野魁的妹妹民野莲，因兄长在选举动乱中遭暴徒袭击丧命，遂取其仇敌髭野郡长的首级。另外，长崎大浦星月晋的女儿星月莲因父亲逝世，在寻访东京的叔父星月洁男爵的途中去往佐贺，欲向父亲自由民权运动的同事民野魁借旅费。巧的是芳名相同的两位美人在森林中偶然相遇。在看见民野莲蓑衣上的血迹、证实了报仇一事后，星月莲身中党派相斗的流弹而倒地。警察迅即赶来，民野莲只得扮成星月莲。真正的星月莲在火速赶来的半井医生的救治下，奇迹般地活了下来。但民野莲并不知情，去了东京。

星月男爵的府邸。夫妻没有子女，对阿莲宠爱有加，要收她作养女，阿莲深感为难。男爵夫人想让工部大臣秘书、自己的外甥浮岛波之助娶阿莲为妻，以为后嗣，而男爵却把陆军少尉武田勇作为候选。武田对阿莲颇像同乡亲友民野魁、而且说话有佐贺口音感到大惑不解。而浮岛波之助的目的不过是占有男爵家的财产。

一天，已结为夫妇的半井医生和星月莲来到男爵家，新来的阿莲指骂假阿莲是罪魁祸首。男爵夫人和波之助欲将阿莲赶出家门，男爵却说不管有什么事情也喜欢阿莲的人品。武田知道报仇的事情后也很感动，并向阿莲求婚。但是，阿莲决心向警察自首。武田想出妙策，打算乘军用飞船（气球）逃往国外，但在实施前阿莲已向警察投案。

星月莲决心成为男爵家的养女，连丈夫也抛弃了，进入公馆，但男爵却给她钱财，宣布断交。她不理睬的半井医生也躲着她，星月莲精神错乱，在新桥车站出尽洋相，被男爵的朋友、律师道野公成看见。因此，虽以为审判对民野莲有利，却因为她自认有罪而判处有期徒刑15年。武田和阿莲相约15年后再会。①

《血蓑衣》有则广告，其文为：此书叙一侠女子手刃兄仇，仓皇出走。虽主者刮目，终不自安，投首公庭，自就刑典。经执法科罪减等为徒，英奇之概，以沈著之译笔传之，益觉生气跃然，且陪衬处更皆神采飞动，杰作也。洋装一册，价洋二角五分。

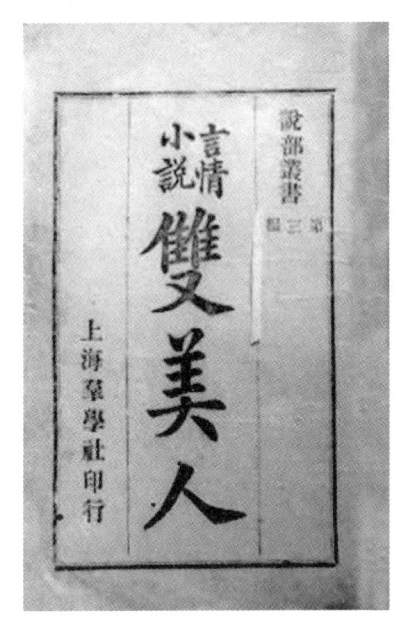

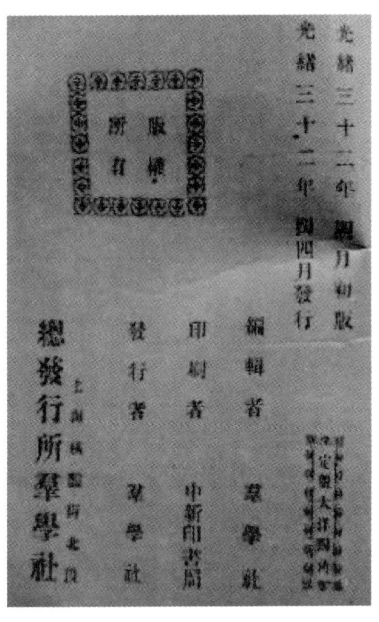

《含冤花》

《含冤花》，英国培台尔原著，樨桂（周桂笙）译，题"教育小说"，《说部丛书》第四种。原载《月月小说》第10、12、14—16号。版权页信息为：编辑者为群学图书社，印刷者为群学图书社，发行所为月月小说社（上海四马路东），发行所群学图书社（四马路九和里）。宣统元年

---

① 日本饭塚容：《〈血蓑衣〉的来龙去脉——村井弦斋〈两美人〉的变形》，黎继德译，（http://www.njucml.com/news_detail.asp?id=1131）南京大学中国新文学研究中心网站，胡星亮：《中国现代文学论丛》（第四卷），上海人民出版社2009年版。

（1909）六月发印，宣统元年（1909）七月初版。全一册，凡 64 页，定价二角。

该作为长篇小说译作，凡二十章，有章目，依次为：

第一章　家庭教育
第二章　赠蓝与赠衣
第三章　薏苡冤
第四章　狱中之梅兰
第五章　诚实乃至宝
第六章　狱中絮语
第七章　梅兰发遣
第八章　慈爱之老农夫妇
第九章　洁白可爱之花
第十章　易箦时之遗训
第十一童　狭路之相逢
第十二章　梅兰被逐
第十三章　墓下之巧遇
第十四章　爱来雷之告墓
第十五章　大树上之鸟巢

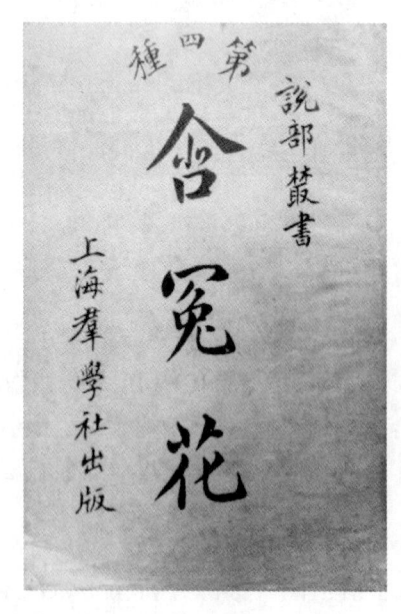

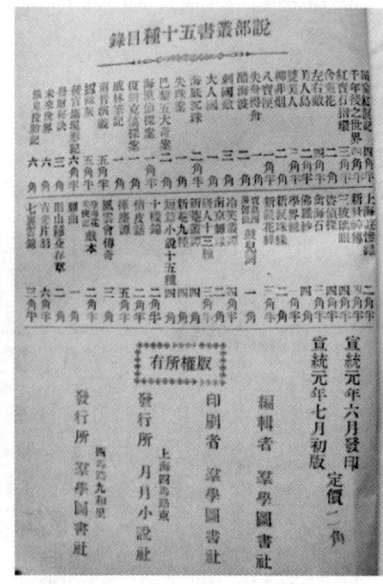

第十六章　光复洁白之名誉
第十七章　钻石之记（纪）念
第十八章　松舍之酬报
第十九章　以德报德
第二十章　完全之结果

译文流畅，兹录第一章"家庭教育"篇首一段如下：

路德杰姆司，德意志之婺人子也。年未弱冠，学树艺之术于爱去倍革之于爵府中之园丁某。性极聪慧，能尽得种花诀，其师爱之如己出。杰姆司之为人，极诚笃，遇人又复谦和，因此为爱去倍革地方之人所尊敬。毕业后，执事于子爵府中，子爵见其忠诚无贰，朴实无华，心甚爱之。及杰姆司年已老，子爵遂赐伊茅屋数椽，腴地十亩，为之养赡。杰姆司既得主人之厚赐，不胜感激，因就茅屋为宅，圈地为园圃，尽出其技以莳花植木，颐养余年。

《佛罗纱》

《佛罗纱》，英国亨忒哈乃原著，陈寿彭笔译，夏元鼎润辞，题"言情小说"，《说部丛书》第四编。原载《月月小说》1卷第7号。缺版权页。分上下两册，每册一卷。上卷83页，下卷79页，定价洋四角。【苏州图书馆藏】【南京图书馆藏】

上卷十五节，下卷十八节，合计三十三节，有节目，依次为：

上卷

一　挥脱来之买岛　　　　九　密道中之格斗
二　进岛遇险　　　　　　十　定情
三　宿岛主宫　　　　　　十一　被获
四　老妪之言　　　　　　十二　跳舞
五　挥与法辣之格斗　　　十三　激众
六　佛罗纱之出现　　　　十四　老妪与康之誓言
七　翻伦雪斯康　　　　　十五　玳瑁供词
八　访密

下卷

十六　康思堆太唔被因　　十八　马拉甲之入宫
十七　代耐自述　　　　　十九　议婚

二十　　缘悭　　　　　　　　　二十七　出密道
二十一　爱憎互异　　　　　　　二十八　马拉甲遇刺
二十二　挥脱来与佛罗纱之缔姻　二十九　遗书之发见
二十三　纵囚　　　　　　　　　三十　　亚历思次
二十四　计遣代耐　　　　　　　三十一　解婚
二十五　康妇被戕　　　　　　　三十二　船将周旋
二十六　克挥二人之同媒　　　　三十三　蒙赦还乡

周桂笙《说小说·奇情小说〈佛罗纱〉》如是说：

　　佛罗纱者，乃嶷崖泊岛中一女主之名也。嶷崖泊岛崛起于地中海，长广四十余里，为土耳其南之属境。其地膏腴天赋，百谷蕃衍，树木蓊翳，风景绝佳，四时晴雨，皆成美观。惟是此岛自古以来，闭关自守，不与人通，故岛民知识鄙陋，性情拘执，一切举动，近乎野蛮，几难理喻，而对于岛王则极尊敬服从，有古专制之遗风焉。其先岛主相传之号，曰史帝芬拿破勒思，抚有全岛，万民贴服。岛主衣租食税之外，仅岁纳英金百磅为土政府寿，余俱独享，故甚富饶；然至岛主而中落矣。亡何，岛主春秋既高，政事不免于惰废，而其子复放荡不羁，无能约束，日与从兄康思堆太吪漫游伦敦、巴黎间，荒淫无度，挥霍甚豪。尤好博，千金一掷，不稍吝，以致逋负累累，无以为偿，旋即早世。于是索逋者乃群集于岛主一人。岛主罗掘既空，无复为计，不得已谋贷其岛，土政府允焉。先是有英人挥脱来者，新袭遗产，谋购别业，喜岛地静僻，愿以巨金相易，遂辗转入岛，而岛中人不能从也。交哄久之，岛主逝，女主佛罗纱嗣位，与挥脱颇相爱悦，而女之从兄康思堆太吪嗾之，几至不测。康故有妻，秘不使出，而欲强女与之婚，且夺其位焉。挥出死力以救之，康败，女主乃适挥云。全书三十有三章，波澜迭起，奇偶相生，阅之殊有五光十色，目不暇给之概，译笔亦甚饰，诚近今不可多得之作也。惟条理不甚连贯，倏东倏西，状极凌乱，亦是一病。此自是著者之过，然亦可见译书之难矣。①

---

①　录自阿英编《晚清文学丛钞·小说戏曲研究卷》，中华书局1960年版。

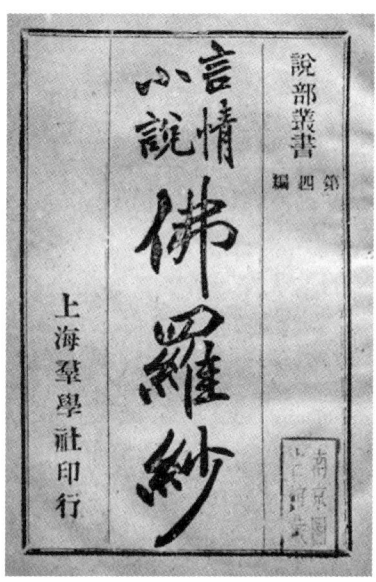

《左右敌》

《左右敌》，原著者不详，周桂笙译，题"奇情小说"，《说部丛书》第五种。原载《月月小说》第4—9号。版权页信息为：编辑者为群学社图书发行所，印刷者为汇通印局，发行所为群学社图书发行所（上海四马路棋盘街口）与外埠各大书庄。版权页署宣统贰年（1910）正月印刷，宣统贰年（1910）三月发行。全一册，凡150页，定价洋五角。

该作为长篇小说译作，文言翻译。凡十二章，有章目，无序跋。章目依次为：应聘、勘矿、窃探、遇美、应变、擒渠、仇陷、乔装、探穴、请援、夜袭、胜圆。

该译作为白话体，兹录一段如下：

> 我生平虽以美洲合众国内之一座纽约城称为我之家乡，其实数年以来，风尘仆仆，外出之日多，家居之日少。今日恰好又归到家乡来，原来我前者应南美洲巴西国中一位大资本家谈少杜先生之重聘，承乏矿务工程师之职，勘察矿山，颇著成效，布置开辟，尚皆顺手。现在事竣归来，将数年馆穀赢余，不免取出，归并一处，积少成多，为数却也不菲。顷已送往银行存放生息，将来母子相生，愈积愈多，

他日万一年老无力，不能工作，我即可倚此度日，差堪自养，就可不必仰面求人矣。且我从前既是难得归来，不常在家，今日借此也可在家乡之中，稍稍享数十天清闲之福，略略与亲戚故旧盘桓聚首，一藉以抒离情别绪，然后再设法承缆别项工程，亦不为迟，何须亟亟。

杨世骥对周桂笙流畅的白话译文颇为赞扬："林译小说的盛极一时，是因为利用那一手'继承方、姚道脉'的古文做工具，而周则完全是一种平易的报章体的文字，这在当日翻译界实在是一种大胆的尝试……他的《左右敌》、《失舟得舟》、《含冤花》诸译，就技巧言，皆不失为很好的文字。"①

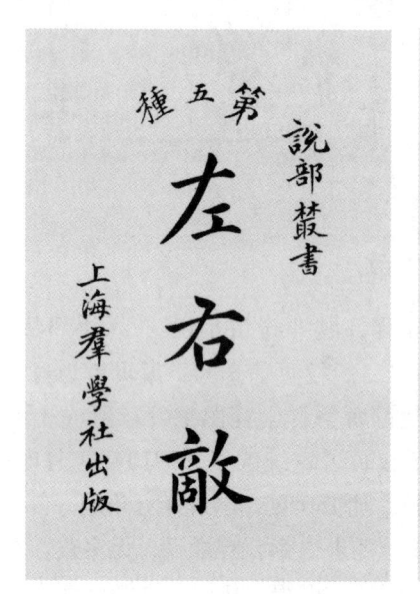

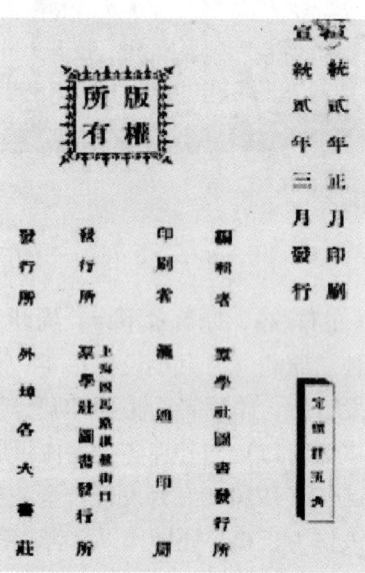

《美人岛》

《美人岛》，日本鹿岛樱巷原著，张伦译，目录页题"教育小说"，正文首题"冒险小说"，《说部丛书》第六种。原载《月月小说》第9—23号。版权页信息为：编辑者为群学社图书发行所，印刷者为汇通印局，发行所为群学社图书发行所（上海四马路棋盘街口）与外埠各大书庄。宣

---

① 杨世骥：《文苑谈往》第1集，中华书局1945年版。

统贰年（1910）正月印刷，宣统贰年（1910）三月发行。全一册，凡90页，定价洋三角。

该作为长篇小说译作，凡三十章，有章目。章目依次为：

第一章　樱园

第二章　姬隐

第三章　怪美人

第四章　新奇之广告

第五章　电气装置之邮信箱

第六章　惊世之怪事

第七章　（按：原缺）

第八章　黑装之恶汉

第九章　二姬之遗传

第十章　奇箱

第十一章　一万圆之写真

第十二章　意外之证人

第十三章　怪事业之牺性

第十四章　世界最新之异闻

第十五章　理想之新产物

第十六章　婚约

第十七章　新探险船

第十八章　决死之壮图

第十九章　新消息

第二十章　美男乡

第二十一章　老绅士

第二十二章　秘密目的

第二十三章　理想之生活

第二十四章　美男美女婚配之特约

第二十五章　美人船

第二十六章　女王

第二十七章　日本代表之两美人

第二十八章　侦探之上陆

第二十九章　要求女王策

第三十章　结婚

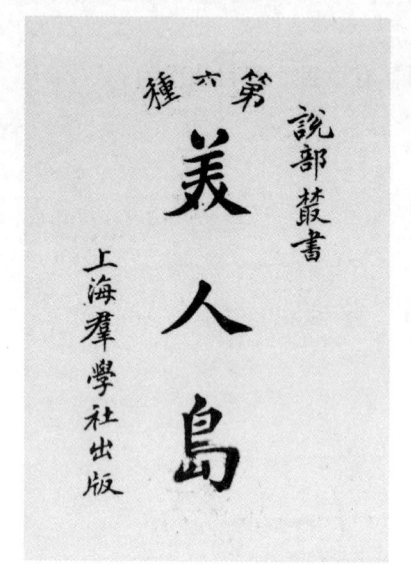

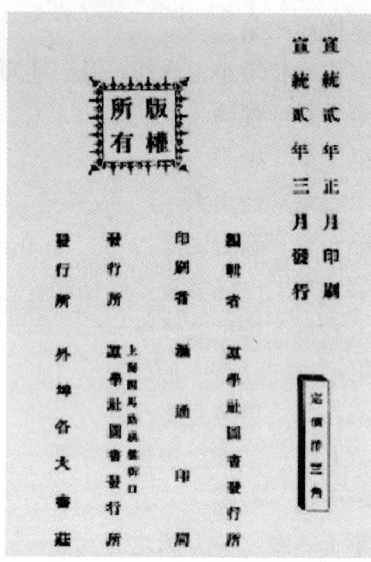

《八宝匣》

《八宝匣》，上海知新室主人（周桂笙）译，题"虚无党小说"，《说部丛书》第九种。原载《月月小说》第1—2号。版权页信息为：编辑者为群学社图书发行所，印刷者为汇通印局，发行所为群学社图书发行所（上海四马路棋盘街口）与外埠各大书庄。宣统贰年（1910）正月印刷，宣统贰年（1910）三月发行。全一册，凡58页，定价洋二角。【宣统二年版藏上海图书馆】

该作为短篇小说译作，文言翻译。无序跋。

篇末有译者的一段议论，兹录如下：

译者曰：俄罗斯之有虚无党，亦天地间一大怪物哉。其党人之众多，举动之秘密，才智之高卓，财力之雄厚，手段之机警，消息之灵通，盖久为欧洲各国所称道矣。若此篇所传之所谓赖柴洛夫者，其处心积虑既如彼，布置缜密复如此，亦庶几可以一逞矣。乃忽有拓拔子谷其人者，无端而忽萌贪念，至于丧身。竖子无知，败乃公事，鬼神不测之机，至是而全归泡影。吾知读者亦皆为之败兴，而有惜乎不中之叹也。顾虚无党何以不生于他国，而为俄所专有，则为专制政府之所竭力制造而成，可断言也。吾闻专制之国，其君主尊无二上，臣罔敢不服从。顾乃有拓拔子谷者，甘冒不韪，显盗贡物，抑亦异己。岂非贪黩无法之夫，亦为专制国之出产物哉。彼虽以此而卒罹杀身之祸，然犹未足以蔽其辜也。何也？若而为人，不独为虚无党之罪人，抑亦为俄罗俄之罪人焉。

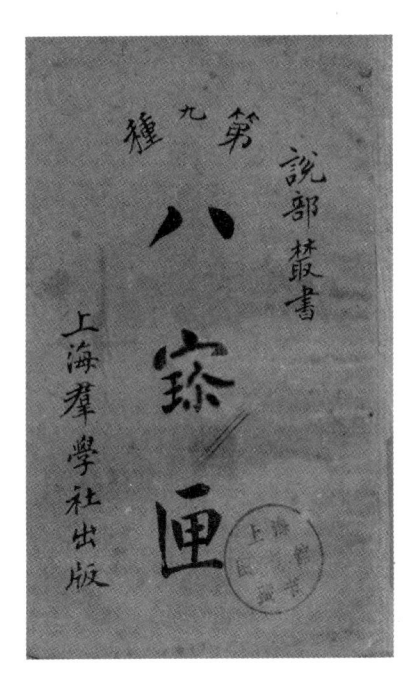

此外还有另一种版本，扉页标"虚无党小说""上海知新室主人"。该版本版权页信息：译述者为周桂笙（月月小说社总译述），参校者为谢不敏（月月小说社参校员），印刷者为汪惟甫（月月小说社），发行者为乐群书局及月月小说社，总发行所为上海乐群书局。光绪三十二年（1906）九月十五日印刷，十月十五日发行。全一册，定价大洋二角五分。

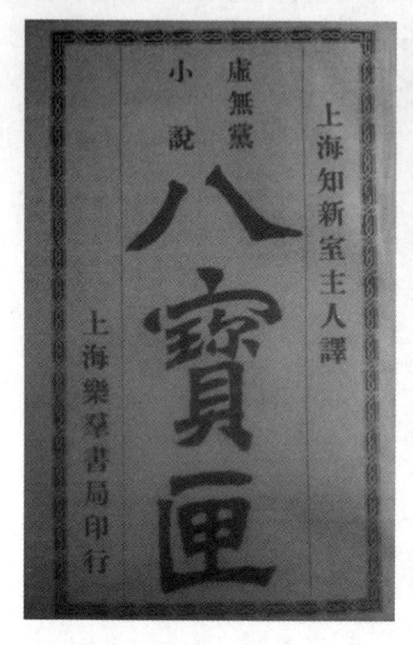

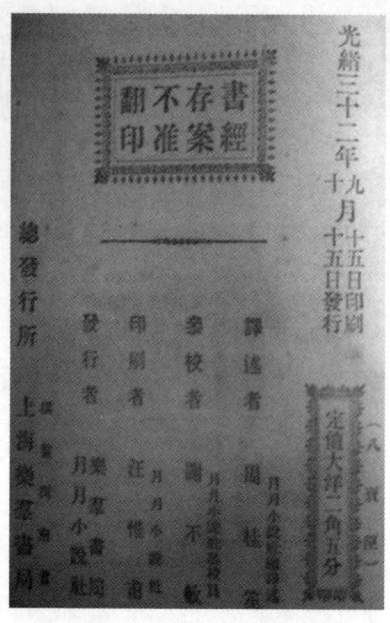

《刺国敌》

《刺国敌》，角胜子译述，真实姓名及生平不详，题"国民小说"。《说部丛书》第十二种，原连载于《月月小说》第1—10号。版权页信息为：宣统元年（1909）七月初版，定价三角。宣统二年（1910）三月再版发行，凡108页，定价四角。【北京师范大学图书馆藏】

该作为章回小说，共二十二回，有回目，如下：

第一回　角胜子详说自由义　极乐国失去独立权
第二回　虹突华村中遭横祸　露槎冷湖上发奇声
第三回　杀暴吏白芦泱逃难　疑追兵鲁河求发狂
第四回　怀狐疑英雄问详情　发虎威武士施救济
第五回　白浪滔天逃难人越湖脱险　红光匝地得胜兵纵火行凶
第六回　走穷途良朋援手　谋复国贤妇谏夫
第七回　建城郭人民供贱役　颁法律管领定苛章
第八回　夺耕牛兵卒肆横暴　护家蓄豪杰逞雄威
第九回　罗肫之甘心为国贼　贾仅诗正意训家人
第十回　梅露樨畏罪私逃匿　老亨利无辜受非刑

第十一回　裴露姬真心劝知己　罗肫之回意听情人
第十二回　史多酒忧国访同志　花尔斯爱民问近情
第十三回　梅勇士一心会老父　史长者百计救居民
第十四回　榴多楼深夜开密会　瓜沥丝祭日定起兵
第十五回　脱奴君携子遇横暴　坞柳洲诸友檐忧惊
第十六回　恶管领任意施苛政　勇童子趋步就奇刑
第十七回　罗大臣愤击暴主　脱英雄忍射佳儿
第十八回　中苹果脱奴出险　违公论管领行权
第十九回　见爱子感伤夫壻（婿）　染沉疴遗嘱同胞
第二十回　挥热泪伯爵游世　抱冤屈寡妇拦舆
第二十一回　发雕翎管领被刺　破鲸浪侠士潜逃
第二十二回　扫除敌仇恢复独立　崇拜英雄收回自由

小说第一回议论较多，颇能体现当时小说的一种共同特点，摘录如下：

> 话说地球上的国度，总有几十百千，这几十百千的国度，细细算起来，不过几十百国度，可以算得实实在在是一个国度，其余的不是为他人侵灭，就是为他人附属，不是没有政治的思想，就是没有建设的资格。这种国度，不配有称国的名号，总要被天演里淘汰了的。但这几十百可以算得是国的国度，再细细算起来，也只有几十国度，可以算得完完全全是一个国度，余的或者只晓得联络了别国，借别人的势力，去侵灭别人；或者只靠着祖宗的名誉，从前的雄威，没有人晓得他的内容，由着他摆个空架子罢了。但这几十可以算得完全国的国度，再细细算起来，也不过六七八国，可以雄视着地球上，种种由他作主，能够长长久久保住他的自由，没有人敢侵犯他的，余的不过行了一点鬼计，装了一点强横，趁那不整顿的国度里去行点手段罢了。……所以中国人终于为着难字的病症，总没有大家尝着真真不二价的自由味道。列位，你们看西洋人将自由，说道："自由是面包，不可一日无。"东洋人讲自由，说道："板垣虽死，自由不死。"可晓得，他们的百姓都迷信着自由两个字，都有自由的思想、自由的性质、自由的资格，没个人不保住自己的自由，没个人的自由肯被别人家夺去，所以他们的国度自然强起来，自然没人去侵夺他。

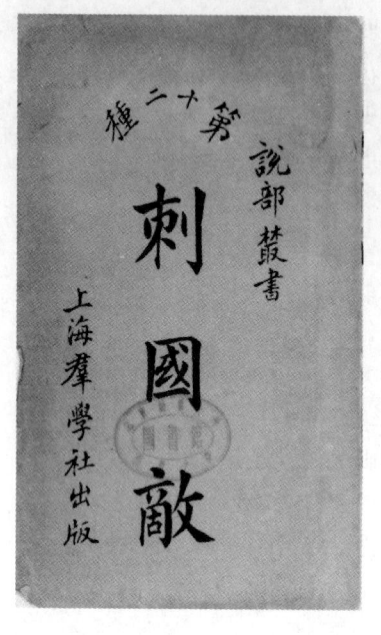

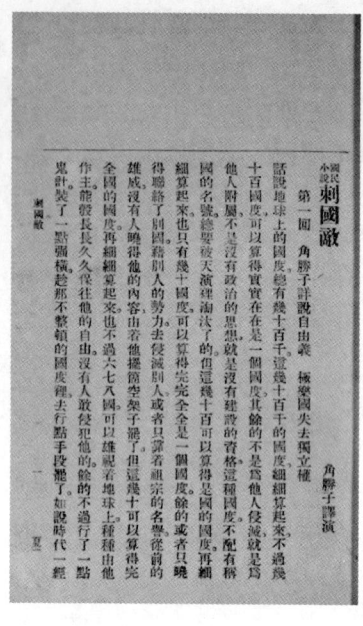

《大人国》

《大人国》，《说部丛书》第十三种。原载《月月小说》第6—8号，标"寓言小说"。缺版权页。全一册，群学社于光绪三十四年（1908）初版，凡114页，定价洋一角。【藏北京师范大学图书馆】

篇末附《山海经》一则：

> 钟山之神，名曰烛阴，视为昼，瞑为夜，吹为冬，呼为夏。不饮，不食，不息，息为风，身长千里。

《山海经·大荒东经》中记载：

> 东海之外，大荒之中，有山名曰大言，日月所出。有波谷山者，有大人之国。有大人之市，名曰大人之堂。有一大人踆其上，张其两耳。

《山海经·大荒北经》中记载：

> 有人名曰大人。有大人之国，釐姓，黍食。有大青蛇，黄头，食麈。

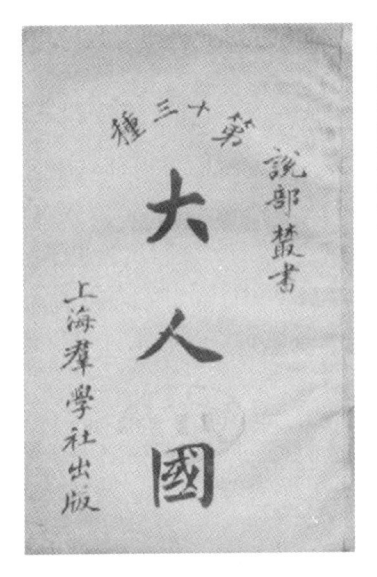

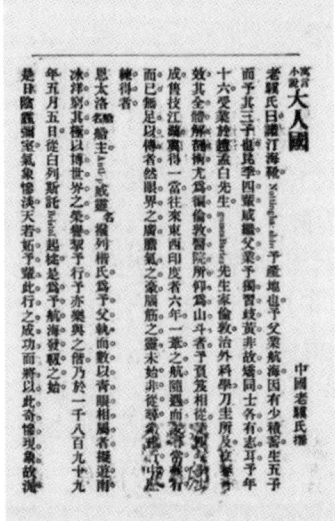

《失珠案》

《失珠案》，马江剑客述，天民记，题"中国侦探小说"，《说部丛书》第十五种。以"失珠"为题目原载于《月月小说》15—17号。缺版权页。全一册，凡34页，定价一角（根据广告）。群学社于宣统二年（1910）三月初版发行单行本。【藏复旦大学图书馆】

凡六章，无章目。无序跋。

该版本直接根据《月月小说》版本组合装订。无版权页。

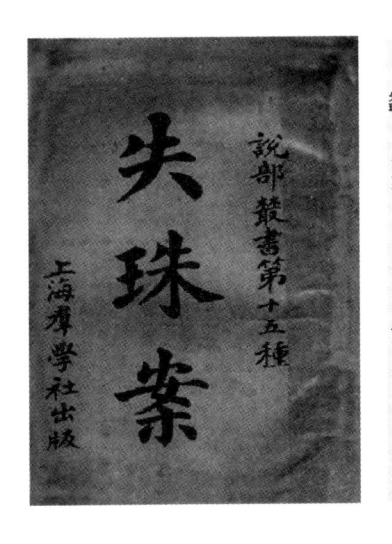

《巴黎五大奇案》

《巴黎五大奇案》，英国白髭拜原著，仙友译。《说部丛书》第十六种。原载《月月小说》第1、3—6号，标"侦探小说"。版权页信息为：编辑者为群学社图书发行所，印刷者为汇通印局，发行所为群学社图书发行所（上海四马路棋盘街口）与外埠各大书庄。版权页署宣统贰年（1910）正月印刷，宣统贰年（1910）三月发行。全一册，定价洋二角五分。【上海图书馆藏】

该作为短篇小说集，文言翻译。收入《双尸祭》《断袖》《珠宫会》《情姬》《盗马》，凡五篇。无序跋。

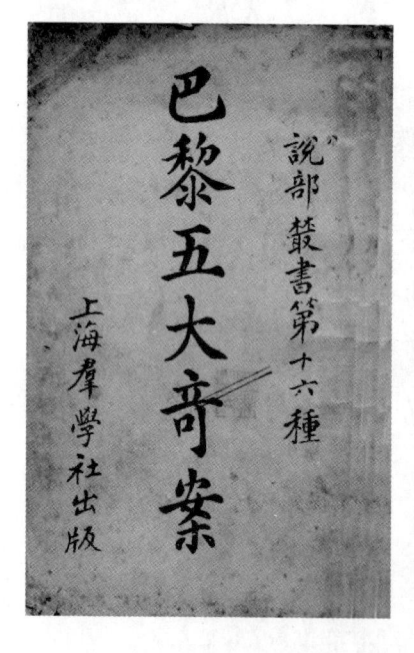

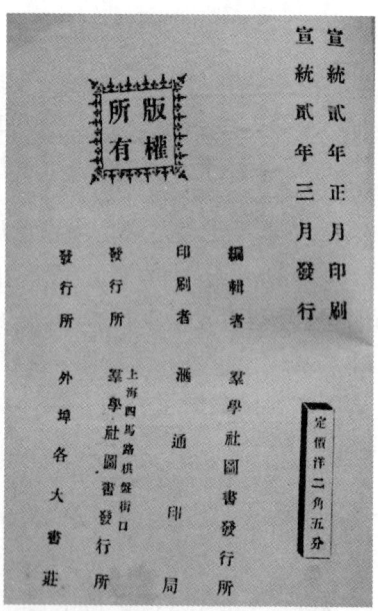

《海谟侦探案》

《海谟侦探案》，英国哈华德著，杨心一译，题"侦探小说"，《说部丛书》第十七种。该版本未见。原载《月月小说》第3、6、8号。所见版本版权页信息为：著作者为吴趼人，印刷所为中新书局，发行所为群学书社（上海四马路中），分售处为外埠各大书庄。民国三年（1914）二月初版，民国四年（1915）四月再版。全一册，凡56页，定价大洋二角

二 群学社《说部丛书》叙录

五分。

该作为短篇侦探小说集,目录为:

(一)《剑术家被杀案》

(二)《守钱虏再生记》

(三)《墓中尸案》

无序跋,卷末录有《吕氏春秋》中这样的话:人之情莫不有轻,莫不有重,有所重则欲全之,有所轻则以养所重。

《海谟侦探案》共收录《剑术家被杀案》《守钱奴再生记》《墓中尸案》三篇。同《复朗克侦探案》相似,《海谟侦探案》中的三篇小说同样是以第一人称"余"来再现侦探戈海谟的破案经过。但是却采用"余"对海谟讲述所见所闻的方式将读者带入破案情节中来,令读者耳目一新。如《剑术家被杀案》开篇就写:

> 某晨,余谓海谟曰:君不见今日报端剑术家白路义被刺一节乎?海谟急取读一过。①

之后海谟便开始侦破此案,最终找到真凶,原来是白路义饲养的白驹破栏而出,白路义拔剑而出且攻且御,不料其角突入白路义胸中而致死。

《守财奴再生记》开篇如出一辙:

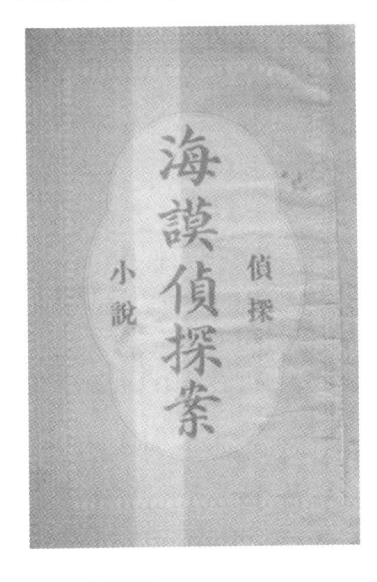

---

① 《月月小说》第 3 号,第 178 页。

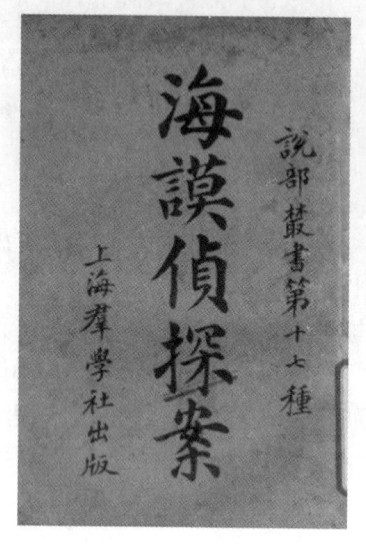

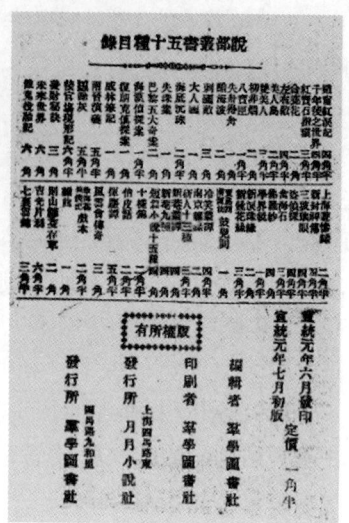

某晨，余方据案阅晨报，突闻扣户者，急应曰："请入。"意必旧同学方君来访，孰知启户入者即我好友戈海谟也。海谟即入，询余曰："今晨报端有异闻否？"余曰："鲁兰若已归。"海谟曰："呵！守财奴归视其一生所积聚矣，是诚可异。"①

随即，海谟开始留意鲁兰若的相关消息，发现消失甚久而归来的鲁兰若与往常相差甚远，便展开层层调查，后揭露真相：鲁兰若并非本人，而是由其生前唯一挚友东方白雪伪装而成。东方白雪刻意伪装是为了将鲁兰若生前的财产取走以资助他人，完成好友的心愿。

《复朗克侦探案》

《复朗克侦探案》，英国麦伦原著，觉一译，题"侦探小说"。《说部丛书》第十八种。原载《月月小说》第19、20、24号。缺版权页。全一册，定价一角五分。【宣统元年版藏上海图书馆】

该作为短篇小说译作，文言翻译。收入《两罗勃以利》《少女失父案》《梅伦奎复仇案》三篇。无序跋。

---

① 《月月小说》第6号，第199页。

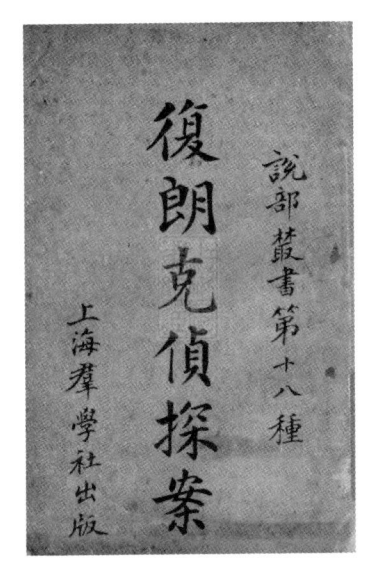

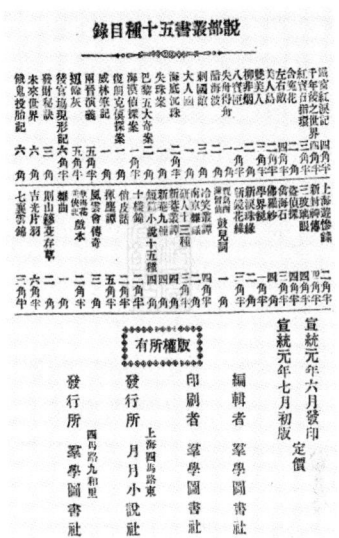

《两晋演义》

《两晋演义》，吴趼人著，《说部丛书》第二十种。原载《月月小说》第1—10号，标"历史小说（甲部历史小说第一种）"。缺版权页。

该作为长篇小说，凡二十三回，未完。正文有眉批、夹注及回后评语。有回目，依次为：

序
第一回　晋武帝平吴恣淫佚　　册贾妃祸水伏宫闱
第二回　假遗诏杨骏恣威权　　正中官贾妃要册立
第三回　恣威权庸人取败　　灭伦理恶妇废始
第四回　辅王室宗藩争政权　　诛大臣内宫传假诏
第五回　兔死狗烹楚王故戮　　逼夫弑母贾后行凶
第六回　杨太后饿死金墉城　　卫元德投降鲜卑部
第七回　报私仇孙秀召边衅　　觊政柄赵王结中宫
第八回　恣猖獗齐万年称帝　　笃忠贞周孝侯捐躯
第九回　锦障金灯石崇斗富　　焚琴煮鹤绿珠坠楼
第十回　征氐羌孟观领重兵　　废太子中宫施毒计
第十一回　恶贯满盈中宫饮鸩　　威权纵恣同室操戈
第十二回　惑群小赵王窃神器　　讨国贼宗室起义兵
第十三回　诛篡逆惠帝复辟　　弄威权齐王被戕

第十四回　觊大位两镇称兵　误昏庸一王死难
第十五回　走贤王东晋肇丕基　纵刘渊中华开扰乱
第十六回　遭寇乱惠帝返洛阳　报父仇李雄霸全蜀
第十七回　托汉裔刘渊称王　乱晋室张方劫驾
第十八回　勇石勒匹马敌晋兵　恶张方专权召内乱
第十九回　伤时局刘弘劝和　拟迎驾周权被戮
第二十回　拟媾和河间杀张方　启纷争李成即帝位
第二十一回　奉伪诏成都王身死　误中毒晋惠帝驾崩
第二十二回　谋造反陈敏死建业　代报仇汲桑下邺城
第二十三回　归茌平汲桑被杀　投刘渊石勒封王

卷首有吴趼人撰写的《〈两晋演义〉序》，摘录如下：

自《三国演义》行世之后，历史小说层出不穷。盖吾国文化开通最早，开通早则事迹多。而吾国人具有一种崇拜古人之性质，崇拜古人则喜谈古事。自周、秦迄今，二千余年，历姓递代，纷争无已，遂演出种种活剧，诚有令后人追道之，犹为之怵心胆、动魂魄者。故《三国演义》出，而脍炙人口，自士夫以至舆台，莫不人手一篇。人见其风行也，遂竞效为之。然每下愈况，动以附会为能，转使历史真相，隐而不彰，而一般无稽之言，徒乱人耳目。愚昧之人读之，互相传述，一路吾古人果有如是种种之怪谬之事也者。呜呼！自此等书出，而愚人益惑矣。吾尝默计之，《春秋列国》以迄《英烈传》《铁冠图》，除《列国》外，其附会者当居百分之九九。甚至借一古人之姓名，以为一书之主脑，除此主脑姓名之外，无一非附会者。如《征东传》之写薛仁贵，《万花楼》之写狄青是也。至如《封神榜》之以神怪之谈，而借历史为依附者，更无论矣。夫小说虽小道，究亦同为文字，同供流传者。其内容乃如是，纵不惧重诬古人，岂亦不畏贻误来者耶！等而上之者，如《东西汉》《东西晋》等书，似较以上云云者略善矣；顾又失于简略，殊乏意味，而复不能免蹈虚附会之谈。夫蹈虚附会，诚小说所不能免者；然既蹈虚附会矣，而仍不免失于简略无味，人亦何贵有此小说也？人亦何乐读此小说也？况其章回之分剖未明，叙事之不成片段，均失小说体故，此尤蒙所窃不解者也。

月月小说社主人，创为《月月小说》，就商于余。余向以滑稽自喜，年来更从事小说，盖改良社会之心，无一息敢自已焉。至是乃正襟以语主人曰：小说虽采家百，要其门类颇复杂，余亦不能枚举。要而言之，奇正两端而已。余畴曩喜为奇言,盖以为正规不如谲谏,庄语不如谐词之易入也。然《月月小说》者,月月为之,使尽为诡谲之词,毋亦徒取憎于社会耳。无已,则寓教育于闲谈,使读者于消闲遣兴之中,仍可获益于消遣之际,如是者其为历史小说乎!历史小说之最足动人者,为《三国演义》,读至篇终,鲜有不怅然以不知晋以后事为憾者。吾请继《三国演义》以为《两晋演义》。虽坊间已有《东西晋》之刻,然其书不成片段,不合体裁,文人学士见之,则曰有正史在,吾何必阅此;略识之无者见之,则曰吾不解此也。是有小说,如无小说也。吾请更为之,以《通鉴》为线索,以《晋书》《十六国春秋》为材料,一归于正。而沃以意味,使从此而得一良小说焉。谓为小学历史教科之臂助焉可,谓为失学者补习历史之南针焉亦无不可。其对于旧有之《东西晋》也,谓余此作为改良彼作焉可,谓为余之别撰焉亦又无可。庶几不以小说家言,见消大方,而笔墨匠亦不致笑我之浪用其资料也。主人闻而首肯。乃驰书告诸友曰:吾将一变其诙诡之方针,而为历史小说矣。爱我者乞有以教我也。旋得吾益友蒋子紫侪来函,勖我曰:撰历史小说者,当以发明正史事实为宗旨,以借古鉴今为诱导,不可过涉虚诞,与正史相刺谬。尤不可张冠李戴,以别朝之事实,牵率羼入、贻误阅者云云。末一语,盖蒋子以余所撰《痛史》而发也。余之撰《痛史》,因别有所感故尔尔,即微蒋子勉言,余且不复为。今而后尤当服膺斯言矣。操笔之始,因记之以自励,著者自序。

《劫余灰》

《劫余灰》,吴趼人著,题"苦情小说",《说部丛书》第二十一种。原载《月月小说》第10—24号。缺版权页。全一册,凡176页,定价洋六角五分。上海广智书局于宣统元年(1909)最先出版单行本,后群学社于宣统二年(1910)三月出版发行。群学社版【天津图书馆藏】

该作为长篇小说,文中间有眉批,凡十六回,有回目,依次为:

第一回　谱新词开卷说痴情　借导言老人商了愿
第二回　订新亲文章欣有价　惊噩耗快婿忽无踪
第三回　南海县演出无头案　朱婉贞初遇丧心人
第四回　心旷神怡贪观花埭景　手忙脚乱遍觅掌中珠
第五回　祸起萧墙恶人施毒手　羁身暗室淑女悄投缳
第六回　返芳魂再遭磨折　筹妙策强作周旋

第七回　机警芳心百般运计　淋漓箴血一纸呈词
第八回　李明府推敲知底蕴　朱婉贞仓猝又沉沦
第九回　遇救援一命重生　完节操三番就死
第十回　情扰成魔魂游幻境　死而复活夜走尼庵
第十一回　老尼姑粲说淫欲情　朱婉贞历遍灾晦病
第十二回　三折肱名医愈烈女　一帆风侠士送娇娃
第十三回　朱婉贞归家诉别绪　陈六皆劝酒试奸徒
第十四回　信胡言访求到西粤　寻劣弟踪迹走湖南
第十五回　奸诈人到底藏奸　节烈女奔丧守节
第十六回　苦志廿年旁枝承嗣续　归人万里意外庆团圆

卷首有作者的长篇大论，摘录如下：

　　离合悲欢，消磨尽，青春年少。回首处，前尘如梦，中心孔悼。万里追随形共影，寸衷保守贞和孝。鬓萧萧、留得女儿身，芳晖耀。

　　遍涯角，充覆帱。凭到处，情丝绕。凭海枯石烂，独标清操。记事幸存稗史在，写真笔看文人掉。到而今，剩得劫余灰，供凭吊。——右调《满江红》。

　　情，情，写情，写情，这一个情字，岂是容易写得出，写得完的么？还记得我从小读书时，曾经读过《中庸》。那第十二章上，有两句道："夫妇之愚，可以与知焉，及其至也，虽圣人亦有所不知焉。夫妇之不肖，可以能行焉，及其至也，虽圣人亦有所不能焉。"又有两句道："语大，天下莫能载焉；语小，天下莫能破焉。"这一章书，本来是子思解说"君子之道"的说话，然而这两句，我却要借重他解说一个"情"字。

　　大约这个"情"字，是没有一处可少的，也没有一时可离的。上自碧落之下，下自黄泉之上，无非一个大傀儡场。这牵动傀儡的总线索，便是一个"情"字。大而至于古圣人民胞物与、己饥己溺之心，小至于一事一物之嗜好，无非在一个"情"字范围之内。非独人有情，物亦有情。如犬马报主之类，自不能不说是情。甚至鸟鸣春，虫鸣秋，亦莫不是情感而然。非独动物有情，就是植物也有情。但看当春时候，草木发生，欣欣向荣，自有一种欢忻之色；到了深秋，草木黄落，也自显出一种可怜之色。如此说来，是有生机之物，莫不有情。然则，我借重《中庸》的几句话解说"情"字，是不错的了。但是"情"字也有各种不同之处，即如近来小说家所言艳情、爱情、哀情、侠情之类，也不一而足，据我看去，却是痴情最多。说到这里，我且先和看官们说一件可笑的故事。

　　看官，像这种人的举动，便可叫做痴情。如此说来，非独人对于人有情，即人对于物，物对于人，亦是有情的。你说这"情"字所包，广不广呢？自从世风不古以来，一般佻侻少年，只知道男女相悦谓之情，非独把"情"字的范围弄得狭隘了，并且把"情"字也污蔑了，也算得是"情"字的劫运。到了此时，那"情"字也变成了劫余灰了。我此时提起笔来，要抱定一个"情"字，写一部小说，就先题了个书名，叫做《劫余灰》。闲话说完，言归正传。

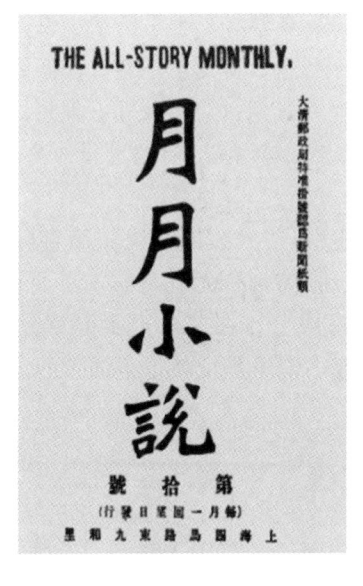

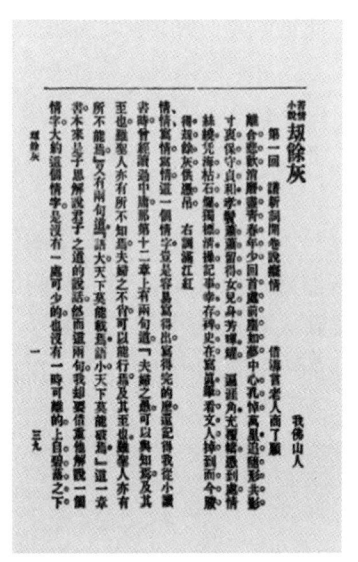

《发财秘诀》

　　《发财秘诀》（一名《黄奴外史》），吴趼人著，题"社会小说"，《说部丛书》第二十三种。原载《月月小说》第11—14号。缺版权页。全一册，定价洋二角。宣统元年版。【中山大学图书馆藏】

　　该作文内有眉批旁评，每回末有作者自评。光绪三十四年（1908，具体月份不详）初版发行单行本。宣统元年（1909）七月再版定价三角。

　　该作为长篇小说，凡十回，有回目，依次为：

第一回　辟香港通商初发达　卖料泡穷汉得奇逢
第二回　察嗜好货郎逐利　发储藏夫妇称金

第三回　开店铺广交亡命　充汉奸再发洋财
第四回　区牧蕃初登写字楼　陶庆云引见咸水妹
第五回　学洋话陶庆云著书　犯乡例花雪畦追月
第六回　五木无灵少爷卖猪仔　一条妙计财主仗洋人
第七回　洋奴得意别有原因　土老赴席许多笑话
第八回　花雪畦领略狠心法　杭森娘演说发财人
第九回　世态炎凉寸心生变幻　荣枯得失数语决机关
第十回　舒云旃历举得意人　知微子揭破发财诀

第十回回末评摘录如下：

　　此结章矣，何其言之痛也。……著者常言，生平所著小说，以此篇为最劣。盖章回体例，其擅长处在于描摹，而此篇下笔时，每欲有所描摹，则怒眦为之先裂。顾于篇首独写一区丙，篇末独写一雪畦，自余诸人，概从简略，未尽描摹之技也。虽然，读者已可于言外得知矣。

阿英《晚清小说史》对该作的评述为："《发财秘诀》简直可以说是当时一班洋奴的照妖镜，写出他们的心肝肺肾，无耻与忘本。要说缺点，那就是吴趼人自己指出了的，缺少描写成分，在艺术上不能算是成功之作。但他的'嫉恶如仇'心怀，在这部小说里是反映得很强烈的。"

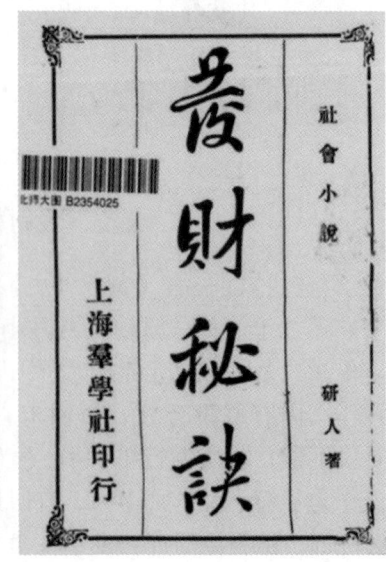

《三玻璃眼》

《三玻璃眼》，英国葛威廉原著，罗季芳译，题"侦探小说"，《说部丛书》第二十六种。原载《月月小说》第 1—7、9、11、13 号以及第 16 号。版权页信息为：编辑者为群学社图书发行所，印刷者为汇通印局，发行所为群学社图书发行所（上海四马路棋盘街口）与外埠各大书庄。宣统贰年（1910）正月印刷，宣统贰年（1910）三月发行。全一册，凡 104 页，定价五角。【北京师范大学图书馆藏】

该作为长篇小说，文言翻译。凡十九章，有章目，依次为：

卷上	第十章　女伶遇害
第一章　债（赁）屋起衅	第十一章　网罗密布
第二章　婚书伪造	第十二章　证人误认
第三章　名媛失德	第十三章　误堕奸媒
第四章　贷款坠计	第十四章　深院拾遗
第五章　顶楼密查	第十五章　花坞密谈
第六章　狡计难破	第十六章　钱神可贵
第七章　女伶任侠	第十七章　幽窟探踪
第八章　系狱沉冤	第十八章　奇冤昭雪
第九章　三入顶楼	第十九章　共庆重逢
卷下	

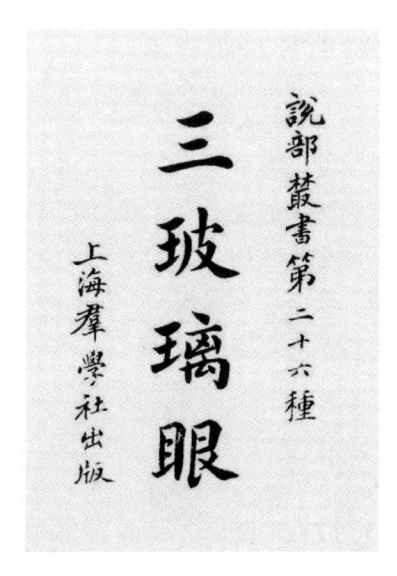

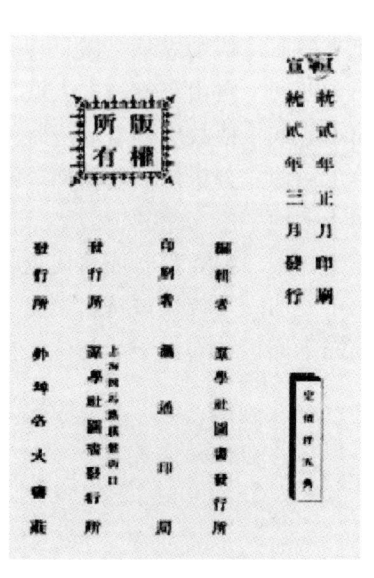

《新封神传》

　　《新封神传》，大陆著，题"滑稽小说"，《说部丛书》第二十七种。原载《月月小说》第一年（1906）第一、二、三、四、七、十号，连载十五回。版权页信息为：编辑者为群学社图书发行所，印刷者为汇通印局，发行所为群学社图书发行所（上海四马路棋盘街口）与外埠各大书庄。宣统贰年（1910）正月印刷，宣统贰年（1910）三月发行。全一册，160页，定价洋四角五分。【上海图书馆藏】

　　全书凡二十回，有回目，无序跋，回目依次为：

　　第一回　罗刹国子牙再封神　　南非洲侨民入黑狱
　　第二回　元始天尊大展法力　　净坛使者又抱孤鸾
　　第三回　趁时髦改变洋装　　　讲运动坐卧安乐
　　第四回　吃牛肉力劝开荤　　　学方言秘传捷径
　　第五回　世态炎凉龙王借债　　事情仓卒八戒拔毛
　　第六回　老学究看报吃惊　　　留学生捕房作贼
　　第七回　坐火车雷奔电掣　　　说大话海阔天空
　　第八回　一本万利官场现形　　嚼文咬字腐儒受辱
　　第九回　商善赞巴结西装客　　朱不呆急求外国医
　　第十回　洋大人警局索要犯　　商善赞置酒陪小心
　　第十一回　碰道台善赞趋势　　游上海子牙见妖
　　第十二回　拾维新屁富翁解囊　吃学堂饭子牙入套
　　第十三回　谈中立学究做总理　打连手账房要除头
　　第十四回　自由车难过夫人城　革命军断送留学界
　　第十五回　谈故事挖着痛疮眼　荐教习打倒酸醋瓶
　　第十六回　分束修利益均沾　　回讲义文章有价
　　第十七回　广交结酒馆盟心　　苦营求账房屈膝
　　第十八回　编教科八戒情代抢　瞎问难子牙贻笑柄
　　第十九回　姜校长被挤出学堂　猪天篷改途作巡检
　　第二十回　结封神子牙归位　　捐道台八戒投胎

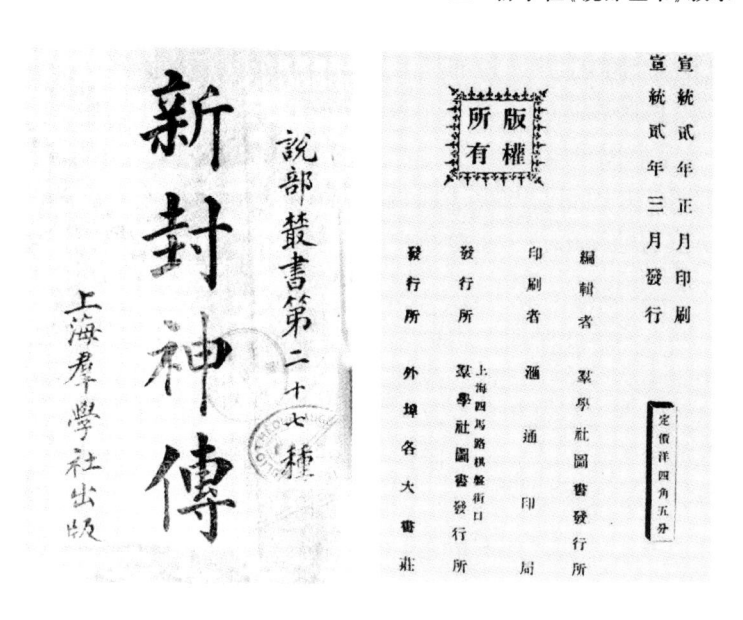

《上海游骖录》

《上海游骖录》，吴趼人著，题"社会小说"，《说部丛书》第二十八种。原载《月月小说》第 1 年第 6—9 期，光绪丁未年二月十五日至四月十五日（1907 年 3 月 28 日至 5 月 26 日）（参见《樽氏目录》）。后出版单行本，有三种版本。其一，与《柳非烟》的合订本。封面题两书书名，内封署"我佛山人撰""社会小说""上海游骖录"。第一回首书名之下书"趼"。该版本是《月月小说》刊本的汇集本，正文版式未变。无版权页。【南京图书馆藏】

凡十回，有回目，无序跋，回目依次为：

第一回　恣毒焰官兵诬革命　效忠忱老仆劝逃生
第二回　家散人亡思投革命党　乘风破浪初逢留学生
第三回　论党人乡老微言　阅新书通儒正误
第四回　喜慰三生得逢志士　横陈一榻（榻）纵论新书
第五回　论窑工窳败识由来　谈保险利害权得失
第六回　屠牖民巷中交女友　幸望延涉足入花丛
第七回　革命党即席现奇形　李若愚开诚抒正论
第八回　程小姐挥拳打浪子　李若愚掉舌战僿儿
第九回　论时局再鏖舌战　妒同类力进谗言
第十回　因米贵牵连谈立宪　急避祸匆促走东洋

其二，上海群学社"说部丛书"本，被列为群学社《说部丛书》第二十八种。该版本也是《月月小说》刊本的汇集本，正文版式未变。缺版权页。【上海图书馆藏】

凡十回，有回目，与上述回目相同。卷首无序，卷末有著者"著者附识"所撰写的识语，其文为：

各人之眼光不同，即各人之见地不同；各人之见地不同，即各人所期望于所见者不同；各人期望于所见者不同，即各人之思所以达其期望之法不同。以仆之眼，观于今日之社会，诚岌岌可危，因非急图恢复我固有之道德，不足以维持之，非徒言输入文明，即可以改良革新者也。意见所及，因以小说体，一畅言之。虽然，此特仆一人之见解耳。一人之见，必不能免于偏。海内小说家，亦有关心社会，而所见于仆不同者乎？盍亦各出其见解，演为稗官，而相与讨论社会之状况欤？著者附识。

其三，《上海游骖录》，吴趼人著，《月月小说》丛编之二。版权页信息为：著作人为吴趼人，发行所为群学会社（上海四马路九和里），发行所月月小说社（上海四马路九和里），印刷者为月月小说社。光绪三十四年（1907）六月付印，光绪三十四年（1907）七月出版。全一册，94页，定价大洋三角。【中国国家图书馆藏】

篇末有著者吴趼人的附识语与前者相同，从略。

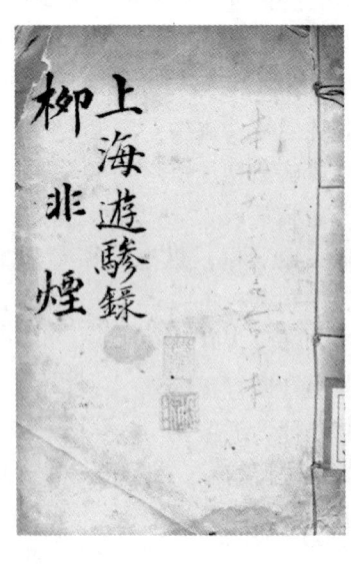

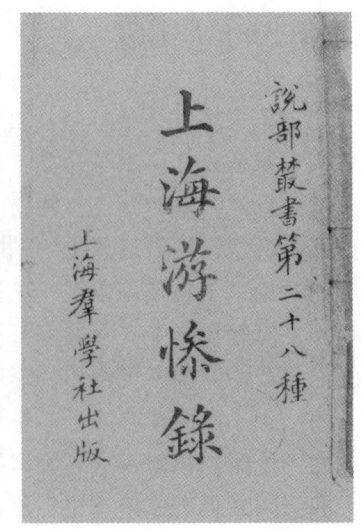

二　群学社《说部丛书》叙录　　49

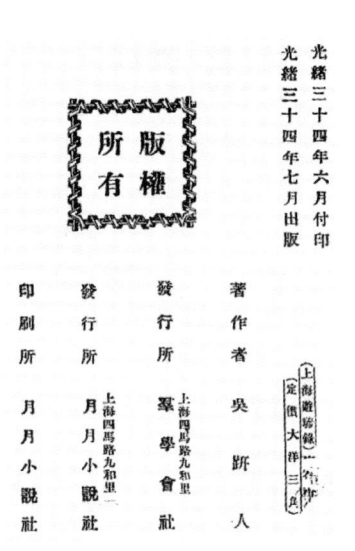

《盗侦探》

《盗侦探》（一《金齿记》），解朋著，迪斋译，题"侦探小说"，《说部丛书》第二十九种。《月月小说》第 2—3、10、12、17—19 号以及第 21—24 号。缺版权页。全一册，凡 116 页，定价洋五角。【北京师范大学图书馆藏】

该作为长篇小说译作，凡二十二回，有回目，具体如下：
第一回　　怀凤怨酒楼成狭路　　结新交马市共游观
第二回　　情脉脉绿阃话芳衷　　乱轰轰黄昏来惊（警）察
第三回　　得凶信佳人惊（警）碎胆　　仗侠情新友托知心
第四回　　急友难愤身作侦探　　对尸亲辨色起疑心
第五回　　验尸场医生争尸格　　疑冤狱义友证冤情
第六回　　裁判所铁据陷沉冤　　作证人玉容初出见
第七回　　憨柏升无心漏消息　　狠媒母有意用娇娜
第八回　　郏阶一线授生机　　罗梦因心成幻想
第九回　　得锉叉凿墙出险　　攀铅线借镜逃亡
第十回　　匿亡命屠伯仗义　　询逃狱邓成疑奸
第十一回　瞒警吏罗梦扮畜　　侦罪人娇娜誓天
第十二回　研虚究实　　悬金作赏
第十三回　得一纸书娇娜就职　　听隔壁话罗梦尽言
第十四回　离陷阱又迷罗网　　改名字暂作新兵

第十五回　老妪谭秘事　闺秀锁空房
第十六回　围炉细语别有深谋　夤夜叩门知怀隐事
第十七回　施狡谋弱女挈亡　假电报医生中计
第十八回　真凶露面　侦探遭殃
第十九回　闻军歌营中识壮士　投书信禁内问凶人
第二十回　搜抽斗凶手逞强　听板壁老仆救主
第二十一回　述原委案证三曹　洗沉冤功成一齿
第二十二回　救罗梦反生耿德文　圆娇娜功归邓侦探

第一回卷首有"小引"，兹录如下：

> 侦探，有司之事也，专家之学也。常人而为侦探，奇矣；盗而为侦探，尤奇之又奇者也。然捕盗莫如侦探，而善侦探尤莫如盗。故误用之而足为社会祸者，即正用之而足为社会福。邓成，盗也，而是书中乃为一警练敏捷之侦探，则知善为盗者，固无不善为侦探者也，要视用之何如耳。然一节之长，君子不弃。盗而为盗，则盗之，以其为盗也；盗而为侦探，则侦探之，以其为侦探也。盗也，而能为侦探，则侦探所能为者，从可知矣。吾视之，吾熟视之。吾国方研究侦探之学，吾不禁为道德沦亡之社会惧也。盗而能为侦探，吾之所舆也，侦探之果终于侦探否？吾不忍言，吾不敢言也。乃译《盗侦探》。

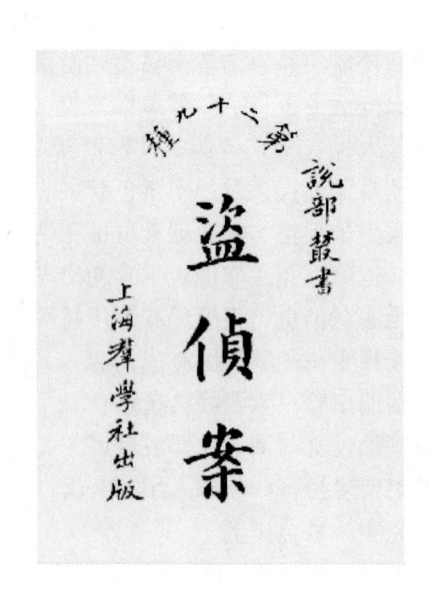

《学界镜》

《学界镜》，赝叟著，题"教育小说"，《说部丛书》第三十二种。原载《月月小说》第2年第9—12期，即总第21—24期。编辑者为群学图书社，印刷者为群学图书社，发行所为月月小说社（上海四马路东），发行所群学图书社（四马路九和里）。宣统元年（1909）六月发印，宣统元年（1909）七月初版。后出版单行本，版权页署宣统元年（1909）六月发印，宣统元年（1909）七月初版。全一册，定价不详。【上海图书馆藏】

凡四回，未完，有回目，无序跋。回目依次为：

第一回　喜学成电催归祖国　问目的语出动宾筵
第二回　备欢迎细读历史　惊疾病急返家园
第三回　慨现状全无公德心　识催眠论说骇科派
第四回　神经病详问疗治法　女学生欢迎演说词

赝叟乃谈善吾的笔名。"在《神州》时笔名'赝叟'，在《民立》时则标'老谈'，在新闻报则用'化民'。""赝叟"的笔名还在《月月小说》和1909年的《安徽白话报》使用过。光绪三十四年（1908），《月月小说》第二十一号开始连载"教育小说"《学界镜》，则署名"雁叟"。雁与赝取同音通用，似不像用"赝"寓"假"的，看来"赝叟"并非只为作《逸编》特设的。①

《学界镜》体现了晚清小说创作的一个鲜明特点，即小说与政论的融合。作者根据自己的创作激情，随时在小说中插入自己的议论，发表自己关于某种问题的见解，这里主要是关于"教育问题"的见解，例如："教育一事，我以为其义甚广，仅就学堂而谈教育，未免太狭。在外国行强迫教育，无人不入学堂，而又普通专门各学堂，极其完备。只要将各种学堂办得完全充满，使各受相当之教育，还可以算教育普及。"又如"我的宗旨：办学堂要先就各种学堂的性质上注意，譬如蒙小学堂，则先去其遗传的劣根性，养成其种种道德心；军事学堂，则振其尚武的精神，而发其爱国心；工商各学堂，则导其合群的思想，而动以竞争心，而又教授合法。课程完全、加以形式整齐，规则缜密，何愁这学堂不办得精神完满"。类似的情况在这部小说中并不少见。

---

① 张云：《清末民初关涉〈红楼梦〉之小说要述》，《红楼梦学刊》2010年第4期。

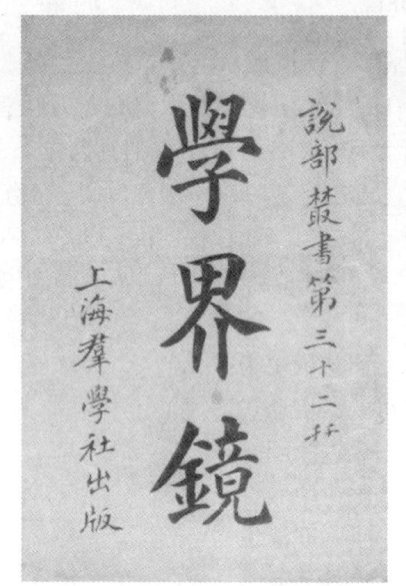

《新泪珠缘》

《新泪珠缘》，天虚我生（陈蝶仙）著，题"心理小说"，《说部丛书》第三十三种。原载《月月小说》第19—21、24号。缺版权页。全一册，定价洋二角。

该作为长篇小说，凡八回，有回目，具体如下：
第一回　因印书提论旧光学　代引擎拟造新水机
第二回　换袈裟和尚冒军人　保坟墓乡愚惑神道
第三回　订合同教授新名词　做水陆牵引老檀槭
第四回　解佛号截取多心经　反众意独创有思论
第五回　柳夫人小病怕心烦　秦公子大才工理想
第六回　趁心思造记声机器　刮脂膏开游艺学堂
第七回　挽利权核算点灯账　见爱情搅乱围棋盘
第八回　咬舌尖言说徐官人　参情禅羡煞秦公子

《新泪珠缘》是《泪珠缘》续作。原作与续作的作者都是陈蝶仙。《月刊小说平议》评价此书"叙事甚佳，笔法亦雅秀。余谓作白话体，宜简洁而明画，句法须圆活，一人有一人之声口，使阅者如见其人，不宜如

《未来世界》之嵌用骈骊语，令人欲呕。本书之可爱，即在无以上诸病尔"①。

《南京杂录》

《南京杂录》（一名《蛾述轩随笔》），龚寿图著，题"笔记小说"，《说部丛书》第三十七种。原载《月月小说》第14—18号。版权页信息为：编辑者为群学社图书发行所，印刷者为汇通印局，发行所为群学社图书发行所（上海四马路棋盘街口）与外埠各大书庄。宣统贰年（1910）正月印刷，宣统贰年（1910）三月发行。全一册，定价洋伍角五分。【上海图书馆藏】

卷首有作者龚寿图撰写的《蛾述轩随笔原序》，兹录如下：

> 偶读《酉阳杂俎》及《阅微草堂》《聊斋志异》诸书，见所纪奇奇怪怪，觉暗室风生，灯光如豆，细思幽冥之事，难必其无，福善祸淫，诸书俱载。在金陵寓斋，暇无所事，因取笔就生平之所见闻，拉杂书之，日三五则，有人来谈因果，亦谨志之，不意成帙，因命之曰《南京随笔》。所之，未就芟夷，只记其事之情由而已。光绪庚寅

---

① 《小说新报》1915年第1期，第154页。

年二月龚寿图仲人甫自序。

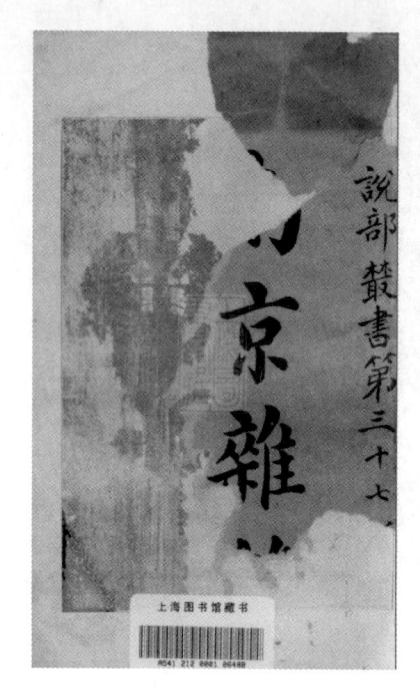

《俏皮话》

《俏皮话》，吴趼人著，《说部丛书》第四十三种。原载《月月小说》第13—24号。版权页信息为：编辑者为群学社图书发行所，印刷者为汇通印局，发行所为群学社图书发行所（上海四马路棋盘街口）与外埠各大书庄。宣统贰年（1910）正月印刷，宣统贰年（1910）三月发行。全一册，凡78页，定价洋二角五分。

《俏皮话》收入《畜生别号》《虫类嘉名》《指甲》《背心》《苍蝇被逐》《田鸡能言》《海狗》《野鸡》《蝗螟为害》《乌龟雅名》《猪讲天理》《狗懂官场》《地方》《地棍》《猫辞职》《狼施威》《膝》《面》《蛇》《鸡》《龙》《虎》《论蛆》《腌龙》《借用长生》《捐躯报国》《误字》《送匾奇谈》《乌龟与蟹》《凤凰孔雀》《鹧鸪杜鹃》《蜘蛛被骗》《虾蟆感恩》《大字名片》《红顶花领》《平升三级》《赏穿黄马褂》《活画乌龟形》《财帛星君》《观音菩萨》《文殊菩萨》《臀宜受罪》《人种二则》《手足错乱》《民权之现象》《思想之自由》《虾蟆操兵》《日疑》《空中

楼阁》《猫虎问答》《赤白不分》《肝脾涉讼》《金鱼》《银鱼》《驴辩》《守财虏之子》《外国人不分皂白》《蠹鱼》《蚊》《骨气》《松鼠》《鸦鹰问答》《脚权》《蛇教蚓行》《蛾蝶结果》《铜讼》《木嘲》《轿夫之言》《孔雀篡凤》《误入紫光阁》《辱国》《不开眼》《强出头》《徒负虚名》《民主国举总统之例》《狗》《猫》《手足》《代吃饭代睡觉》《只好让他趁风头》《居然有天眼》《不少分寸》《记壁虎》《獬豸》《记鼠》《记狗》《角先生》《引经据典》《关痛痒不关痛痒》《聪明互用》《蛇象相争》《吃马》《性命没了钱还可以到手》《空心大老官》《无毒不丈夫》《龙》《虎》《羊》《榆钱》《纨扇》《变形》《论象》《洋狗》《水虫》《牛的儿子》《蛇着甲》《孔子叹气》《开门揖盗》《骨气》《蛇想做官》《羽毛讼》《水火争》《涕泪不怕痛》《蛆》《虫族世界》《走兽世界》《火石》《水晶》《黄白》《团体》《放生》《送死》《作俑》《山神土地》《雄雄风》《投生》，凡一百二十六则。

在《畜生别号》之前，作者有一段小言（略）表达他喜欢诙谐之言。

《新庵九种》

《新庵九种》，《说部丛书》第三十九种。原载《月月小说》第13—24号。版权页信息为：编辑者为群学社图书发行所，印刷者为汇通印局，发行所为群学社图书发行所（上海四马路棋盘街口）与外埠各大书庄。宣统贰年（1910）正月印刷，宣统贰年（1910）三月发行。全一册，凡166页，定价洋四角五分。

《新庵九种》的作者为周桂笙（1873—1936），名树奎，字佳经，又字辛庵、新庵、惺庵、新厂，号知新子等。

凡九篇，有篇目，依次为：

（一）猫日记

（二）红痣案

（三）妒妇谋夫案

（四）飞访木星

（五）水深火热

（六）自由结婚

（七）伦敦新世界

（八）上海侦探案

（九）玄君会

《红痣案》篇首署法国纪善原著，上海新庵室主人周桂笙译述。且有

《原序》，兹录如下：

> 近世所传侦探小说，莫不由心所造。其善作文者，尤能匠心独运，广逞臆说，随意布局，引人入胜。大率机警灵敏，奇诡突兀，能使读者刿心怵目，骇魄荡魂，可惊可喜，可歌可泣，恍若亲历其境，而莫知其伪。呜呼！小说家之狡狯神通，竟至于斯，亦可谓之极尽能事也已。然而美则美矣，纯出理想，无裨实际，其间所陈种种侦探方法，坐而言者，未必遽能起而行之，毋亦纸上谈兵，徒为快心之论而已。虽然，理想者，实事之母也。天下事，必先有理想以为之导，而后事实继焉。故二者互为表里，和需而成，未可偏废也。第理想亦有时而穷，惟事实乃随时可有，千变万化，所在而异。是故实事侦探之神奇活泼，光怪陆离，洵有愈于理想小说，不止倍蓰者，我盖观于高龙侦探案而益信矣。
>
> 高龙先生者，前法兰西巴黎警务总长也，与余为莫逆交。平素任事精勤果决，勇敢有为，饶有肝胆，不辞劳瘁，益之以活泼之心思，灵敏之手腕，故其当时有益于彼都人士者，良非浅尠。盖巴黎警务总长者，握有无限之威权者也。都中警察，悉听指挥，而市民亦莫不受辖于其治权之下。然偶或不慎，辄遭指斥，以一身为群怨之府，众矢之的。苟非奇才异能之士，断难一日安于其位。而高龙先生措置一切，绰有余裕云。
>
> 畴昔之日，余偶过访，入其书斋，见诸物累累，百货杂陈。或悬诸壁，或积于地。甚有高如阜，叠若山者。余骤睹之，不觉骇且笑曰："是何异赃私罪案之陈列所耶！"高君亦闻而轘然。时方手持一编，巨而且厚，不类常书。询之始知为君日记之所积也。诸凡身历之案，靡不具载其中，绘图列说，美备详尽，有非寻常记载所得仿佛其万一者。盖探获者有载，未获者亦有载。要之，无一非记实之文也。余见而好之，不忍释手，辄以付之剞劂为请。高君莞尔曰："诸案之中，且有未经裁判，不知究竟者，何事遽灾梨枣耶！"既而余以选别之言进，君始首肯焉。余乃乞之以归，详尔披览，不觉愈读愈爱，亟为删节编次，迻成书若干篇，付诸手民，以公同好。全书既成，为志缘起如此，亦聊以纪实云尔。
>
> 纪善谨志

《猫日记》篇末有知新子的评点，摘录如下：

二 群学社《说部丛书》叙录　　57

　　知新子曰：地球万物，人为最灵，心有所欲言，口无不能道之，而言语之外，且有文字以通之四远，传之永久焉。不宁惟是，近世海通以来，文明日进，启交通利便，视重瀛犹户庭，举凡东西各国文字学术，辗转翻译，无不皆通。于是，中外古今，庶几无不通之情，不达之意矣。虽然，是岂易言哉。姑就吾中国言之，上德每不能下宣，下情每壅于上闻。夫天子一人，身居九重，不能与国人相接，亦势使之然。然宁独君与民为然哉？官民之间，阻隔尤甚，甚至官与官隔膜，民与民亦隔膜。虽不至若古者鸡犬不相闻，老死不相往来之甚。要已血脉不贯，麻木不仁久矣。……

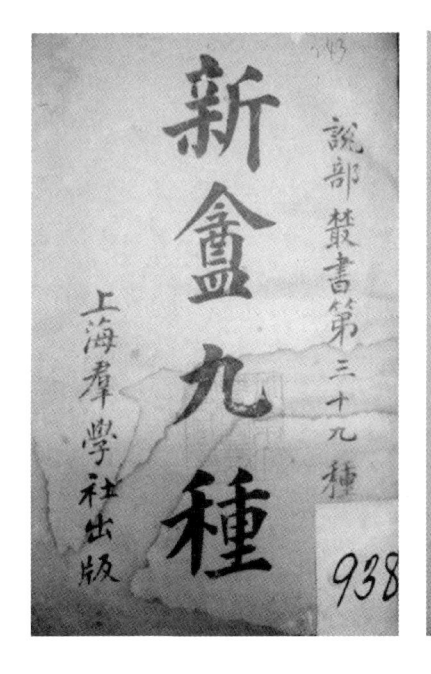

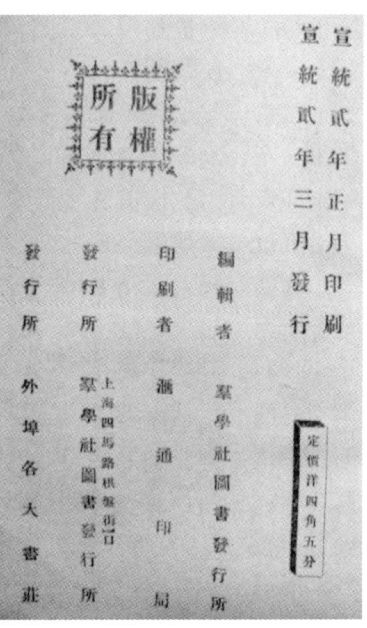

《柳非烟》

　　《柳非烟》，天虚我生（陈蝶仙）著，题"社会小说"，《说部丛书》第□种。原载《月月小说》第 1 年第 11 期至第 2 年第 6 期，光绪丁未年十一月十五日至戊申年六月（1907 年 11 月 19 日至 1908 年 7 月）（参见《樽氏目录》）。该书有多个版本，其一为与《上海游骖录》的合订本。封面题两书书名，内封署"柳非烟"。该版本是《月月小说》刊本的汇集本，正文版式未变。无版权页。

凡二十一章，有章目，无序跋，章目依次为：

第一章　突来之客

第二章　没情理之举动

第三章　青年妇人

第四章　怪客之来

第五章　施遜生之敌

第六章　美满之希望

第七章　侥幸入城

第八章　柳非烟之历史

第九章　夤夜扣门

第十章　非烟被劫

第十一章　侠情变换

第十二章　非烟死乎恶人死矣

第十三章　劫非烟者孰知非位明

第十四章　第二次美满之希望

第十五章　又是个突来之客

第十六回　恶人之结果

第十七回　园中之约

第十八回　危哉侠男儿

第十九回　冤狱冤狱

第二十章　柳非烟之结局

其二题"侠情小说"，原连载于《月月小说》第11—18号，标"侠情小说"。群学社于宣统二年（1910）三月发行单行本，定价二角。

《柳非烟》承袭了明清"才子佳人"小说模式，讲述书生才子施遜生与少女柳非烟历尽波折而终成眷属的爱情故事。柳非烟自幼无父，母亲靠引富家子弟聚赌玩乐维持家计。公子施爱生怜非烟之身世，特修别墅予非烟舍之。施遜生随兄游玩时初遇非烟，念念不忘。怎奈柳母嫌贫爱富，以遜生穷苦为由逼迫非烟嫁给财主卫默生。非烟心系遜生，宁死不嫁。卫默生为得美人，不惜暗杀遜生以置其于死地，幸得侠客陆位明舍身相救。在陆位明的帮助下，施、柳二人最终长相厮守。

小说标"侠情小说"，说明陈蝶仙的写作初衷并非简单地只写爱情，而是将"侠义"也放在至关重要的位置上，突出"侠"与"情"。小说中，陆位明便是集侠义与情义于一身的人物形象。陆位明同柳非烟自幼相识，早已寄情于非烟，当得知非烟已有心上人时，便暗暗决定成全非烟。他用学所的易容术救非烟于水火中，仗义惩治卫默生，四处探访被通缉的施逖生的下落，为施、柳二人购置房屋，这些行为处处彰显出陆位明身上的"侠情"。

笔者所见为与《上海游骖录》的合订本。封面题两书书名，内封署"柳非烟"。该版本是《月月小说》刊本的汇集本，正文版式未变。无版权页。【南京图书馆藏】

《柳非烟》，天虚我生（陈蝶仙）著，题"侠情小说"。章回小说，标二十章，却有两个十六章，实际共二十一章。原连载于《月月小说》第11—18号。群学社于宣统二年（1910）三月发行单行本，定价二角。

陈蝶仙（1897—1940），浙江杭州人，原名寿嵩，后改名为栩，字栩园，别号天虚我生，南社社员。陈蝶仙少负才名，善诗词辞章、小说撰著。得《申报·自由谈》创始人王钝根赏识，力荐其为杂志《女子世界》主编，后又主笔《申报·自由谈》《游戏世界》等杂志。早年为鸳鸯蝴蝶派的代表作家之一，其创作的小说大多为才子佳人式的爱情故事。

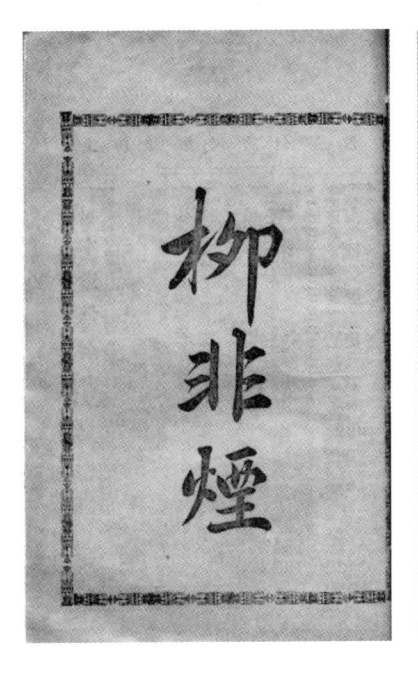

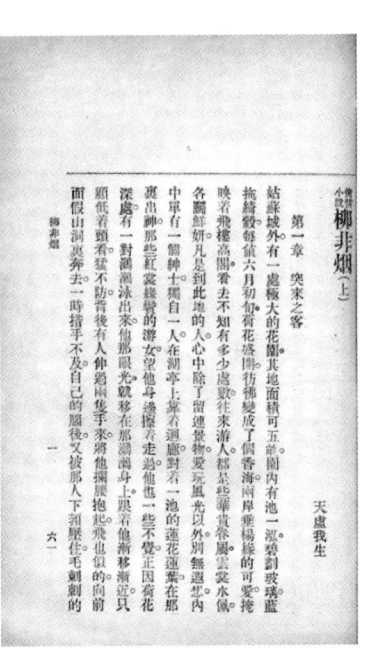

三　商务印书馆《说部丛书》叙录

商务印书馆是夏瑞芳、鲍咸恩、鲍咸昌、高凤池于1897年在上海创办，这是1949年前我国最大的民营出版机构，集编辑、印刷、出版、发行于一体，是全国出版界的龙头。其关键部门是编译所，关键人物是编译所所长。编译所分张元济时代与王云五时代。1902年，张元济进入商务印书馆历任编译所所长、经理、监理、董事长等职。作为维新派人士，张元济希望开启民智，以"扶助教育为己任"作为出版宗旨，获得夏瑞芳的赞同。1921年，由胡适推荐到商务编译所工作。王的出版宗旨为"教育普及、学术独立"，并改革商务的机构组织。商务印书馆的出版物主要有这样几大类：传统古籍、教科书、西方近现代政治书籍、社科书籍、科技书籍以及文艺书籍，尤其是大型丛书，如百衲本《二十四史》《四部丛刊》《续古逸丛书》《万有文库》《中国文化史丛书》《大学丛书》《说部丛书》等。该馆在全国乃至海外建立了自己庞大的网络系统，分馆林立，发行渠道比较畅通。其分馆最高峰达四十五家，分别位于北京、天津、保定、奉天、吉林、长春、龙江、济南、东昌、太原、开封、洛阳、西安、南京、杭州、兰籔、湖州、吴兴、安庆、芜湖、蚌埠、南昌、兖州、九江、汉口、武昌、长沙、常德、衡州、成都、重庆、福州、厦门、广州、潮州、韶州、汕头、中国澳门、中国香港、桂林、梧州、云南、贵阳、石家庄、哈尔滨地区以及新嘉坡。①

---

① 《吟边燕语》"小本小说"民国十二年（1923）六版本版权页，付建舟：《商务印书馆〈说部丛书〉叙录》，中国社会科学出版社2019年版，第8页（参见朱联保《近现代上海出版业印象记》，第333页）。

（一）商务印书馆《新说书》叙录

《新说书》（第一集）

《新说书》（第一集），章回小说，无锡孙毓修编纂。上海商务印书馆民国二年（1913）九月初版，民国五年（1916）六月三版。发行者、印刷所与总发行所均为上海商务印书馆，分售处为外埠商务印书馆分馆。全一册，凡70页，每册定价大洋壹角贰分，外埠酌加运费汇费。【中国国家图书馆藏】【上海图书馆藏】

凡六回，有回目，依次为：

第一回　管社村发表爱乡心　泰伯祠乱说新评话
第二回　地圆论感动女主　新世界便宜白人
第三回　莽地球初次环游　熟苹果试明吸力
第四回　老太阳儿孙绕膝　巧地球昼夜匀分
第五回　因寒暑划分三带　论兴衰平列五房
第六回　主实验打开五重门　新纪元发明三大事

回目末有《编者识》，兹录如下：

阅者览左（按：应为"右"）开支目录，即知《新说书》第一册，簇新六回书，盖以地理为题目矣。地理之学，亦浅显，亦奥妙，与吾人之关系最大。此书所说，盖专注意于人生的地理，惟择数个重大之题目，尽情发辉（挥），而按时势以立言之意，自于言外见之，虽不效贾生之痛哭流涕，而听者已不胜其忧患思奋之心矣。

民国二年癸丑三月　编者识

卷首有《新说书序例》，兹录如下：

市集之中，人庞语杂，吾人过之，绝无赏心娱目之事也。墙角空地之中，破垦荒场之内，有携一桌一鼓一醒木，而指手画脚，以演讲《三国志》《水浒》等书者，谓之露天说书。说书之事古矣，考之于书，始于北宋之宫禁中，后之《三国志》《水浒》所由作也。今乃愈推愈广，有说之于露天者，亦可见社会相需之殷矣。其时板凳七八条，围而坐者，倾耳敬听，扬扬然若有得意之色，而普通人胸中，一番论古之识，一段愤世之念，皆缘此而发生。譬之教育，演义小说，其课本也；露天说书之人，其教师也。然说书者之感人之速，有甚于学校之教育矣。近自共和成立，宣讲之员，着于典章，通俗之教，集成盛会，诸君子将灌输新智识，改铸新国民之故，采用说书之旧方，莘莘学人，不惜摹仿柳敬亭之口吻，是诚得其道矣。顾说书之方虽良，而其所挟以为佐使之旧小说，则必不能适用，犹之方可用古，而药品则不能陈腐也。仆也不敏，窃以佣笔余沈，乃仿《童话》《少年杂志》杂志诸书之体，别成此书，陆续编纂，质诸同好，意不徒备新说书者之采纳，即粗知文义之公民，负书包出入于小学校之少年，手此一编，亦必有如刘更生所云，皆可喜可观者焉。既发其志趣，并粗述其例如左。

一新说书之材料，取于科学、实业、历史三类，其文体则演义的，其构造则故事的。

一新说书之作，原为浅人说法，当如编小学教科书，选字撰句，悉心体贴，期不费解而得其趣。

一新说书之词调，多比喻，多插科，虽迁就社会之心理，仍不害教育之本旨。

一新说书每一回终，附释义数则，发辉未尽之蕴，用浅显明快之文言，可作教科书观。

《新说书》（第二集）

《新说书》（第二集），章回小说，演词者无锡孙毓修。上海商务印书馆民国三年（1914）四月初版，民国十二年（1923）五月四版。发行者、印刷所与总发行所均为上海商务印书馆，分售处为外埠商务印书馆分馆。全一册，凡76页，每册定价大洋壹角贰分。【中国国家图书馆藏】【上海图书馆藏】

凡六回，有回目，依次为：

第一回　管社村学生真得意　国庆节乡老漫谈天
第二回　民主国祖功宗德　清教徒创业垂基
第三回　辟荒岛鲁敏孙是先师　赴美洲五月花独冒险
第四回　作平民真享平等福　讲自治大畅自由权
第五回　卡佛尔揤成民主业　华盛顿初奏独立功
第六回　法兰西革命同儿戏　管社村国庆初散场

目录后有《编者识》，兹录如下：

阅者一观右开之目录，则知《新说书》第二集之题目，是美国独立以前，百有二人之故事矣。世人崇拜华盛顿，则喜读《华盛顿传》；世人艳羡美国独立，则喜读《美国独立史》，然皆非其本也。夫千寻之木，必起于种子；万里之程，必始跬步，言事必有其本也。言归乎本，则必推此百有二人。昔日本西乡隆盛与人过大坂城，指巍峨之城墙曰："此城古而有名，然所以成其名者，彼无名之甄石耳。"吾亦曰：华盛顿之圣也，独立战之义也，皆有名之英雄，而彼百有二人者，实无名之英雄也。社会之大患，在于千万人中不能得一无名之英雄，而惟有一有名之英雄。此等现象，于共和国尤不合宜。成吉斯汗（即《元史》所称之太祖，今东西文书中多举其名。汗即蒙古之尊号也。）蒙古之大帝也。亚力山大，马基顿（小亚细亚之古国）之雄主也。当其生也，据蕞尔之地，斩木为兵，揭竿为旗，其势莫当，强国请服，弱国入朝，可谓壮哉！而使其民不商而富，不学而强，如侏儒国人，巨无霸负之而趋，渺渺之躬，骤然有曹交九尺之长。曾几何时，而其所负之而趋之英雄，锺沉漏尽，日落西山，国民之势力，遂亦一落千丈，复其侏儒之面目，而不能自立矣。此于专制之国且然，而况共和之国，以平民为主，以政府为客者耶？社会之相需无名之英雄，盖如此其急也。无名英雄产出之时，亦有征候可验乎？则应之曰：有，如其时，风俗醇厚，社会平和，则可决其为无名英雄产出之征候矣。今我开国之初，欲望有名之英雄出世，旋乾转坤，使我国有光荣于世界，必先吾侪皆勉为无名之英雄而后可。悠悠万事，惟此为大。《新说书》之取材于百有二人也，岂徒据以为开篇之资？作者之胸中，盖有无限之低徊焉，法事亦近世之龟鉴也，故取以为殿。

中华民国三年一月十四日　　编者识

《新说书》（第三集）

《新说书》（第三集），章回小说，无锡孙毓修编纂。上海商务印书馆民国二年（1913）九月初版，民国五年（1916）六月三版。发行者、印刷所与总发行所均为上海商务印书馆，分售处为外埠商务印书馆分馆。全一册，凡70页，每册定价大洋壹角贰分，外埠酌加运费汇费。【中国国家图书馆藏】【上海图书馆藏】

凡六回，有回目，依次为：

第一回　管社村新年聚首　郭子爱海外伤心
第二回　割台湾羞作奴隶人　阅地图勾出兴亡话

第三回　老同胞鸦片种遗毒　莽洋人五口闹通商
第四回　叶总督身囚印度　咸丰帝驾幸热河
第五回　属地去唇亡齿寒　租界开反客为主
第六回　各勉力鉴于日本　负责任光我中华

回目末有《编者识》，兹录如下：

  阅者一览右开支标目，则知《新说书》第三集，盖以国耻为题目矣，幸国尚存耳。今尚有此国耻之名也，然则人而有国，固人之大幸；国而有耻，亦国之大幸也，知耻则近乎勇矣。呜呼！夫差呼廷，作易者其有忧患。三户亡楚，诵诗者能勿动容？柳敬亭抚树泫然，蔡中郎沿村听说，知我罪我，夫复奚辞。

  中华民国四年龙集乙卯初春　编者识

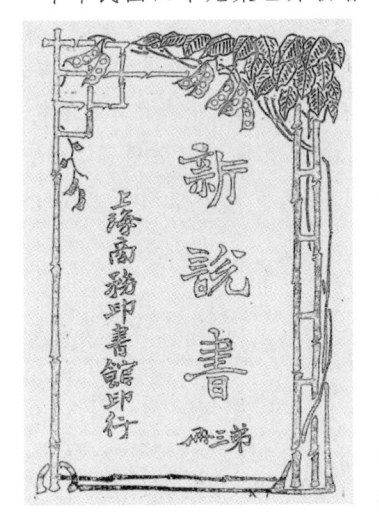

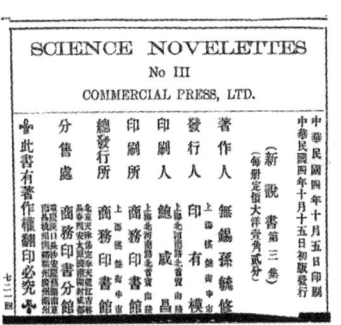

（二）商务印书馆《袖珍小说》叙录

《薄命花》

《薄命花》，封面与扉页题"袖珍小说"，没有编号。再版本版权页署光绪三十三年（1907）六月初版，光绪三十三年（1907）十月再版。原著者为日本柳川春叶，译述者为钱塘吴梼，发行者、印刷所与总发行所均为商务印书馆，分售处为外埠商务印书馆分馆十二家。全一册，凡57页，每册定价大洋壹角。

六版本版权页与再版本大体相同，差异处为丁未年（1907）六月初版，民国六年（1917）四月六版。分售处为外埠商务印书馆分馆四十五家。

该译作应该为中篇虚无党小说，不过《樽本目录》标为科学小说，可供参考。全文不分章节，无序跋。其英文名为 *Yanagawa's A Nihilist Lady*，日文名为《虚无党の女》，日文本载日本杂志《太阳》10卷11号（1904年8月1日）。①

该译作为白话体，兹录两小段如下：

> 岱拉那夫外面似和虚无党来往，情意殷殷，谁知其实乃是俄国政府的走狗。直到死后，党中才传说出来。古语说得好，自作孽不可逭，正是这个情景了。你道他究竟如何结果？有一次，虚无党会员设法在俄皇宫殿中，埋伏下爆裂炸药，意欲谋弑俄皇，岱拉那夫也在内中帮助，不意正在抛取炸弹，无端已自爆炸起来，将岱拉那夫身体炸成齑粉。

> 这一下子，岱拉那夫被虚无党报了前仇。事后猜疑这事，个个说是虚无党有意将炸弹如此做成，将他轰毙。我听了这话，也很相信咧。

---

① 参见樽本照雄《清末民初小说目录》第九版，第418—419页。

三　商务印书馆《说部丛书》叙录　　67

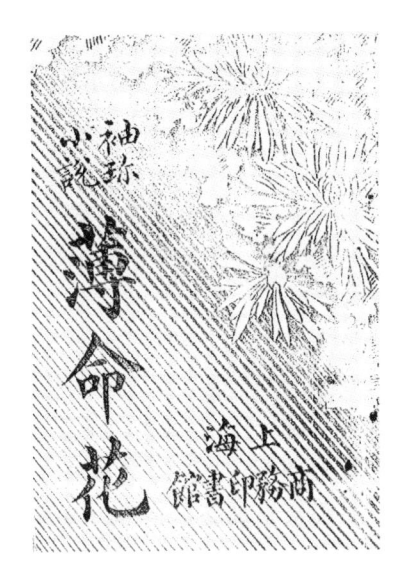

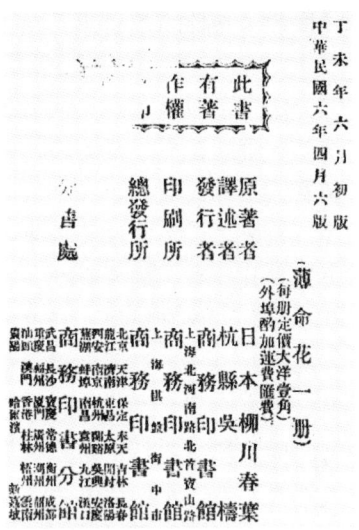

《蠹情记》

　　《蠹情记》，封面与扉页题"袖珍小说"，没有编号。再版本版权页署光绪三十四年（1908）八月初版。原著者为英国颙克瑞，译述者为商务印书馆编译所，发行者、印刷所与总发行所均为商务印书馆，分售处为外埠商务印书馆分馆十三家。全一册，凡86页，每本定价大洋壹角五分。此外还有1914年三版本。

　　该译作为章回体社会小说，凡十三章，无章目，无序跋。

该译作为文言体，兹录第一章中的一段如下：

当法皇路易第十八二次回国时，英人多来欧洲大陆游历。时比国都城勃鲁悉斯，有一孀妇名鸠丽安那，依其母客赖波以居。其夫名卫猎斯累，生为武职，于一千八百十五年战死。初鸠丽安那与卫猎斯累相昵，欲嫁之，客赖波梗其事，偕逃至比国，以是颇不悦于母氏，音问不达者且数岁。其壻既死，遗腹孪生二女，贫困几无以自活。客赖波稍稍怜之，徙与同居。斯时鸠丽安那之室，所号称长物者，惟索欠书与质物券耳。去俄国之境，较比邻为近。卫猎斯累固多贵显戚，以客赖波尝为女佣，多蔑视其女。鸠丽安那之婚卫猎斯累也，又以私奔，贵戚益鄙之。卫猎斯累既死，卒无半粟之济。客赖波略有余资，以无子故，思因女以毕其年，鸠丽安那则籍母资以存活，二孀共处，相依为命。鸠丽安那美丰姿，虽为未亡人，铅华未尝去侧。二女生时，值其父逝世顷，鸠丽安那摧伤怫郁，乳汁遂竭，无力雇乳佣，择邻人之诞儿者哀之，乞哺其女。乳者虑分其子食，靳之。女恒尽夜啼，此双雏生即寄食，且不得一饱。

《怪医案》

《怪医案》，封面题"袖珍小说"，没有编号。美国企格林原著，商务印书馆编译所译述，上海商务印书馆光绪三十四年（1908）二月初版。发行者、印刷所与总发行所均为商务印书馆。分售处为外埠商务印书馆分馆十二家。全一册，凡83页，每册定价大洋壹角伍分。【上海图书馆藏】【中国国家图书馆藏】

该译作为章回体侦探小说，根据文中的主人公译名"尼卡忒"可知，该作是《聂克卡脱侦探案》之一。

凡十二章，有章目，无序跋，章目依次为：

第一章　橡皮球　　　　　　第七章　奇巧之制造
第二章　警员之报告　　　　第八章　活动椅
第三章　电话之问答　　　　第九章　夜遁
第四章　锢友　　　　　　　第十章　巨人复现
第五章　车中肆谈　　　　　第十一章　深潭
第六章　可怖之巨人　　　　第十二章　逮捕

三 商务印书馆《说部丛书》叙录　69

该译作为文言体，兹录一段如下：

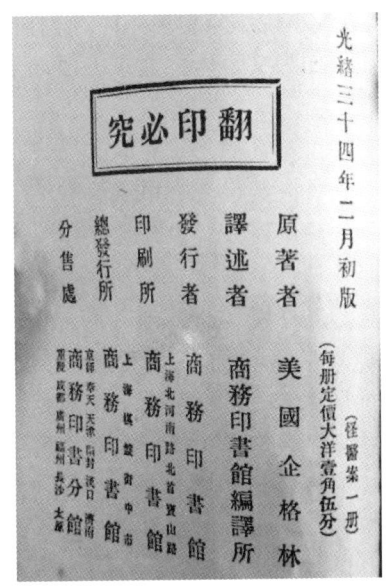

尼卡忒一跃自地上起，即出囊中桔手之具，桔其□手，旋呼登企及巴脱薛二人至。二人见楷特们就擒，欣慰无已。时楷特们已渐渐而苏，然一任尼卡忒之相诘，绝口不言，三人遂亦一笑置之，而石人所在，终不可得。遍觅林中，竟无踪迹，彼殆已先期毁弃之矣。当时巴登既入，尼卡忒谓巴脱薛曰：客寓前所停之汽车，君可速乘之来，以便拽此坏车，而我等亦可乘归也，巴脱薛应命去。未几，即闻汽笛呜呜，车已抵林前矣。尼卡忒即命将坏车附属于后，并挽楷特们共坐车中，驰回纽约，报告警署，复锢楷特们于狱，其后遂科以终身监禁云。

《海棠魂》

《海棠魂》，封面题"袖珍小说"，没有编号。英国布斯俾原著，薛一谔、陈家麟合译，民国十二年（1923）七月五版。发行者、印刷所与总发行所均为商务印书馆。全一册，凡99页。缺封面与版权页。【天津图书馆藏】

该译作为章回体言情小说，凡二十四章，无章目，无序跋。

根据古二德的考证，原著者布斯俾英文名为 Guy Newell Boothby，原作英文名为 The Beautiful White Devil，1896 年面世。而根据陈大康所著的《中国近代小说编年史》，中文译作出刊于光绪三十四年（1908）六月。①

该译作为文言体，兹录一段如下：

> 忽一帆船至，将及二人沉没处，此时间不容发，饶蛮务身已坠入，仅余其髻。舟中人力挽之，不胜，合数人齐挟之上。既出水面，二人均腹涨如匏，气已不续。舟人思复投之海中，忽舱中一少妇出，趋视曰：此我主也。又一少妇曰：此非饶蛮务先生乎？须臾二人俱生。亚籁视之，男为逸来，昔日病痘几殆，饶蛮务治之得生者，女即其妻宰引也。自凹露卧士往英，孤星来迎亚籁，英军舰乘隙来袭，因前得伊宾顿所绘图，悉其要陀，巢穴遂毁。宰引母家在法兰西，因偕其婿往，忽遇亚籁于此救之得生。亚籁既无家可归，乃相偕至法。饶蛮务藉（籍）医自给，卒致巨富。亚籁永为良家妇，更无人道其前事者。凹露卧士遮内悌，则永葬鱼腹，招魂不返矣。

上海戊申年（1908）七月廿七日《时报》上载有《海棠魂》广告，其文为：医生饶蛮务悦一女海盗，求偶不遂。殆后此二人经险难，终成眷属。情节曲折有致。言情小说，一角五分。

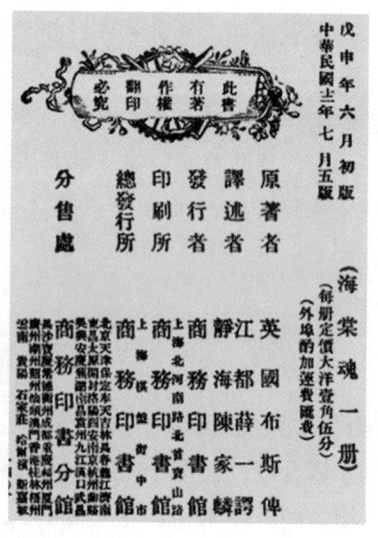

---

① 参见樽本照雄《清末民初小说目录》第九版，第 1488 页。

《黑衣教士》

《黑衣教士》（今译为《黑修士》），封面题"袖珍小说"。初版本版权页署光绪三十三年（1907）六月初版。原著者俄国溪崖霍夫（契诃夫），译述者日本薄田斩云，重译者钱塘吴梼。发行者、印刷所与总发行所均为商务印书馆。分售处为外埠商务印书馆分馆十二家。全一册，凡87页，每本定价大洋壹角伍分。【复旦大学图书馆藏】三版本版权页署丁未年（1907）六月初版，民国二年（1913）十一月三版。原著者、译述者、重译者以及发行者、印刷所、总发行，以至页、定价，均与初版相同。只是分售处由此前的十二家分馆增加到二十四家。【复旦大学图书馆藏】三版本的封面和版权页与初版本的基本相同，从略。

凡九章，无章目。篇首无序言。全文采用白话翻译，兹录一段如下：

> 马齐司笪地方，有个姓安特立华列维戌，名叫柯林的男子，为因过于劳动，心神非常纷乱，也不找个医生治疗，却取个放任主义，听其自然。有一天，在某处酒席之上，对一个行医为业的友人，谈起这个病症。那医生就劝他每逢春夏两季，最好到乡村里居住。其时恰好卜利索加妙龄处女丹霞白叔特斯开寄来一封极长的书信，内中文句是敦促柯林前往他那边去，和他父亲一起同居的意思。恁地，柯林出门下乡的主意益发打定。

篇末有一段附记，兹录如下：

> 原本有跋云：此篇作者安敦溪崖霍夫，与哥尔基齐名，为俄国文坛健将。其为小说，专以短篇著，世称俄国之毛拔森（莫泊桑）。文章简洁而犀利，尝喜抉人间之缺点，而描画形容之，以为此人间世界，毕竟不可挽救，不可改良，故以极冷淡之目，而观察社会云。今年七月中旬，旅于德国而逝，年四十四，世界文坛又弱一个矣。

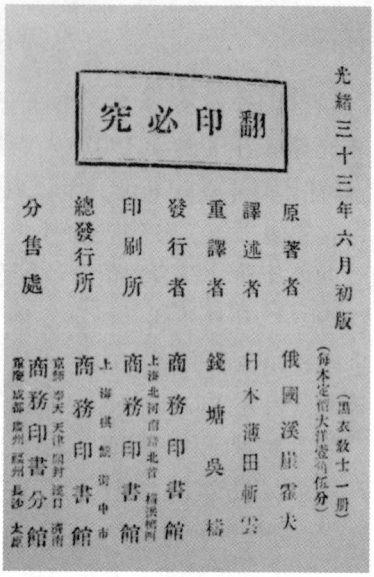

《幻想翼》

　　《幻想翼》，封面题"袖珍小说"。美国爱克乃斯格平原著，商务印书馆编译所译述。原载《绣像小说》53—55期，刊年未记，樽本照雄认为，第55期实际刊年可以推定丙午年（1906）闰四月。① 三版本版权页署戊申年（1908）二月初版，民国三年（1914）八月三版。发行者、印刷所与总发行所均为商务印书馆。分售处为外埠商务印书馆分馆二十四家。全一册，凡61页，每册定价大洋壹角。

　　该译作为短篇科学小说，凡十五章，无章目。卷首有《原序》，兹录如下：

　　　　余素嗜星学，久经考测，著成一书，而欲问诸同人，又因理界奥衍，解人难索。爰取原书之显而易见者，演成浅说，俾初学之子，引为明镜，且以资家庭教育云尔。
　　　　　　爱克乃斯格平识

---

① 参见樽本照雄《清末民初小说目录》第九版，第1841页。

三　商务印书馆《说部丛书》叙录　73

该译作为文言体,兹录一段如下:

> 霭珂曰:似此冷寂世界,必非人物所宜,诚不如和煦之地球上,托足优游,尽吾学问,以建事业,为足快也。吾其归乎?焭儿曰:今日之游,所以练尔翼,夫而后,子之翼可翱翔于学界中矣。向者,子之学,方立门外,胸中之疑窦,犹夜景之未明;夫而后,破晓达旦矣。言未已,而海王星倏忽不见,回视焭儿,则又不知何往,惟见草茵之上,日色朦胧,乃悟所至皆梦境也。

篇末有述者的一句评语,兹录如下:

> 述者曰:志士求学,往往凝神不已,致生幻想,幻想不已,乃成幻梦,如霭珂者,可谓小子有造。

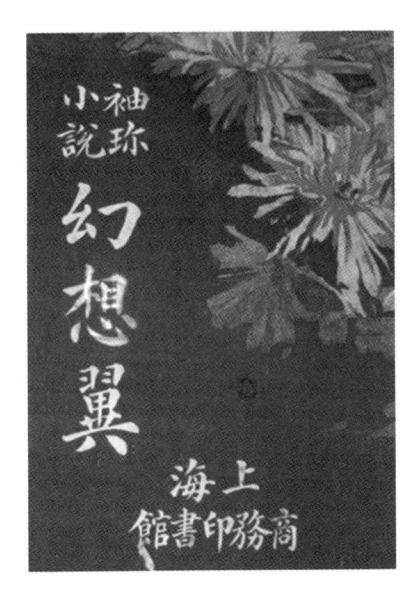

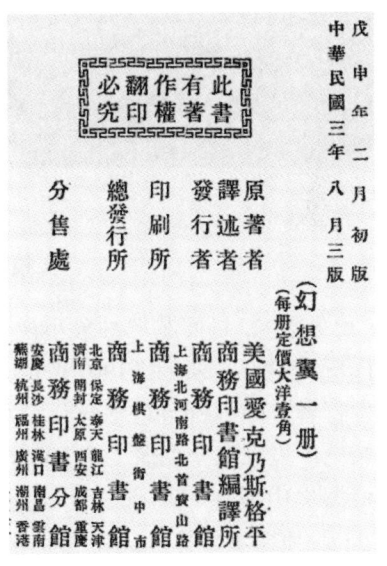

《狡狯童子》

《狡狯童子》,封面题"袖珍小说",没有编号。英国式勤德原著,商务印书馆编译所译述。光绪三十三年(1907)八月初版,光绪三十四年(1908)夏月再版。发行者、印刷所与总发行所均为商务印书馆。分售处为外埠商务印书馆分馆十二家。全一册，凡106页，每册定价大洋壹角伍分。

《狡狯童子》是《黄钻石》的不同译本（见载于《小说林》第九期上的觉我（徐念慈）的《余之小说观（上）》），为章回体侦探小说，凡三十二章，无章目，无序跋。

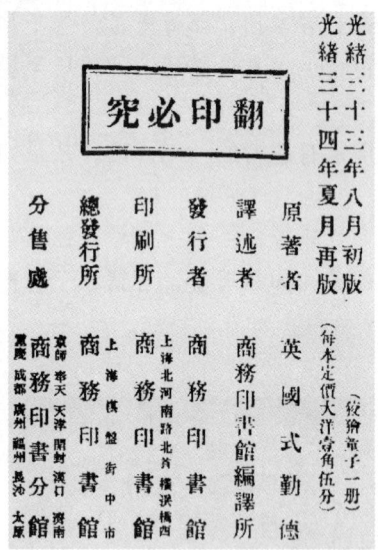

光緒三十三年八月初版
光緒三十四年夏月再版
（每本定價大洋壹角伍分）
（狡狯童子一冊）

究必印翻

原著者　英國式勤德
譯述者　商務印書館編譯所
發行者　商務印書館
印刷所　上海北河南路北首棋盤街西
總發行所　上海棋盤街中市商務印書館
分售處　京都 奉天 天津 開封 濟南 重慶 成都 廣州 福州 長沙 太原 商務印書館分館

《狡兔窟》

《狡兔窟》，封面题"袖珍小说"，没有编号。原著者不详，商务印书馆编译所译述，丁未年（1907）四月初版，民国十二年（1923）七月六版。发行者、印刷所与总发行所均为商务印书馆。分售处为外埠商务印书馆分馆三十三家。全一册，凡103页，每册定价大洋壹角伍分。

根据文中侦探"尼卡忒"（通常译为"聂克卡脱"）可知，该作为《聂克卡脱侦探案》之一，中篇小说。章回体，凡十三章，有章目，无序跋。章目如下：

第一章　舞蹈相仇　　　　第六章　中途疑遇
第二章　酒肆密谈　　　　第七章　故示端倪
第三章　诡谋得售　　　　第八章　大肆剧争
第四章　幽窟容身　　　　第九章　世界奇刑
第五章　探踪未遂　　　　第十章　以伪乱真

第十一章　祸福变更　　　　　第十三章　匪众成禽
第十二章　重临幽窟

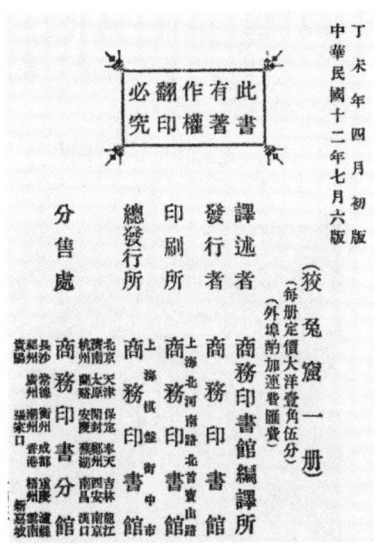

该译作为文言体，兹录第一章中的一段如下：

　　正欲举枪报之，忽闻砉然一声，一弹如飞而至，已将麦哥伦击倒，旋见皮虎佛掷枪以还其众，蹴躃而前，谓尼卡忒曰：本欲系其要害，即置之死，因君欲其苟活，庶可解送公堂，治以应得之罪，我敢以生者献。尼卡忒欣喜异常，握皮虎佛之手，致谢毕，向众言曰：诸君乎，此事今日已成结果，虽曰傲天之幸，获告成功，然亦仗诸君之力，同心协助以至于此也。诸君诚不愧为西方之美人，此后惟望再得相聚。众人闻言，一时皆未作答，皮虎佛代答曰：数年巨患，除之一旦，君乃可称我美极伟大之人物。歪俄明省隆道村诸人，莫名感谢，言讫，遂各驰归隆道，握手而别。尼卡忒将楷麦二人，送入医院，为治其创，已则赴公堂控告，其后果治二人以永禁之罪，而尼卡忒则仍优游于世界中也。

《罗仙小传》

《罗仙小传》，言情小说，英国霍旨因原著，商务印书馆编译所译述，商务印书馆丁未年（1907）五月初版，民国十二年（1923）七月五版。商务印书馆"袖珍小说"丛书之一。发行者、印刷所、总发行所均为商务印书馆，分售处为全国各地商务印书馆分馆三十三家。全一册，凡86页，每册定价大洋壹角伍分。

凡十一章，无章目，无序跋。

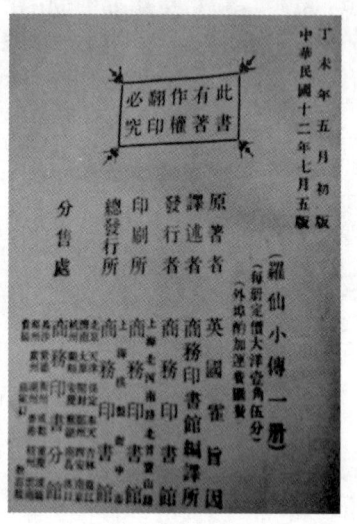

该作为文言体，兹录一段以见一斑：

> 已而室内声寂然，罗仙若大为余言所感动，附耳语余曰：是乃一佳结果，君信之乎？余率尔答曰：余信之深。罗仙曰：信如是说，洛白特君乎！君必得一佳偶，而君子之子女，必得享厚福，将来大名鼎鼎，世界上无限之荣誉也。余曰：罗仙！卿亦信此乎？罗仙曰：诺！余曰：然则求卿再允为余妻。罗仙大声曰：否否！勿言及此。余曰：余必言此。余知灾祸与幸福相抵制，终必为幸福所胜。罗仙起立欲走，且言曰：君毋抵制，终引妾心动。余追及之，置手于其颈上，而挈入室中，余曰：罗仙乎！余爱卿，卿亦既知之矣。余脑中所贮，更无别物，惟有爱卿之一念耳。故余自思，必得与卿为耦，爱力所及，灾难不足以阻之。罗仙乎！余亲爱者乎！卿即余身也。余待卿已数年

三　商务印书馆《说部丛书》叙录　77

之久，心心相印，乌能分手耶？已矣。余决不能使卿脱然世外也。罗仙迟疑久之，忽就余前，与余握手，旋仆（扑）余怀内，嘤嘤啜泣，云已愿承认为余妻矣。是夜即电告余父，涓吉成礼。以上所述，事去今已三十五年矣，幸福果可胜灾祸哉？

《玫瑰花》（下）

《玫瑰花》（下），封面题"袖珍小说"，没有编号。版权页署原著者为尼楷忒星期报社，译述者为商务印书馆编译所，发行者、印刷所与总发行所均为商务印书馆。上海商务印书馆光绪三十三年（1907）五月初版。分售处为外埠商务印书馆分馆十二家。全一册，凡 90 页，每册定价大洋壹角伍分。三版本出版于民国三年（1914）八月。三版本的封面和版权页与初版本的基本相同，从略。

原著者尼楷忒为 NICK CARTER，当时往往译为"尼卡忒"，通常译为"聂克卡脱"，出自美国。该译作为章回体侦探小说，凡十章，无章目，无序跋。

该译作为文言体，兹录一段如下：

> 尼楷忒未返纽约之前，发电至特赖斯盾，告乔瑟亨医士，乞善治威蜚阑之子，俄得回电允之。尼楷忒复示威蜚阑，嘱即日启行，于是威蜚阑感激无地，从此痛自纠绳，卒以善行见称闾里云。

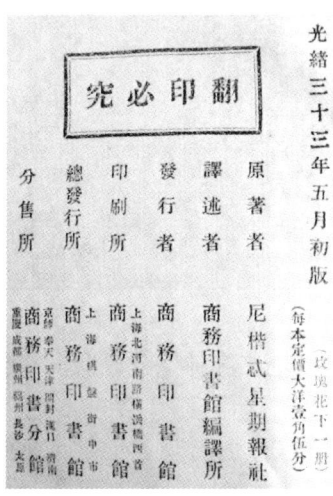

《小说管窥录》关于《玫瑰花》（下）的论述为：此书亦为聂格卡脱探案之一，发行于上年。旧金山大地震后，有一火车客盖敦斐，挟银券往旧金山。途中遭德林肱箧，不意券早失去。由聂侦得，为德林妻妹所窃，查得券于玫瑰花下，始得返赵璧。

《玫瑰花》（下）有则广告，其文为：此书叙盖敦斐挟银券往旧金山，途中遭积贼德林肱箧，不意券已早失。侦者尼楷忒诇为德林妻妹威蜇兰所窃，诘得实，券藏玫瑰花下，仍返诸盖，贼亦自此改行。中写地震事尤极荼火之观。洋装一册，价洋一角五分。

《青酸毒》

《青酸毒》，扉页题"袖珍小说"，没有编号。英国格理尼原著，商务印书馆编译所译述，光绪三十四年（1908）八月初版。发行者、印刷所与总发行所均为商务印书馆。上海商务印书馆，分售处为外埠商务印书馆分馆十三家。全一册，凡70页，每册定价大洋壹角。

该译作为侦探小说，不分章节，无序跋。

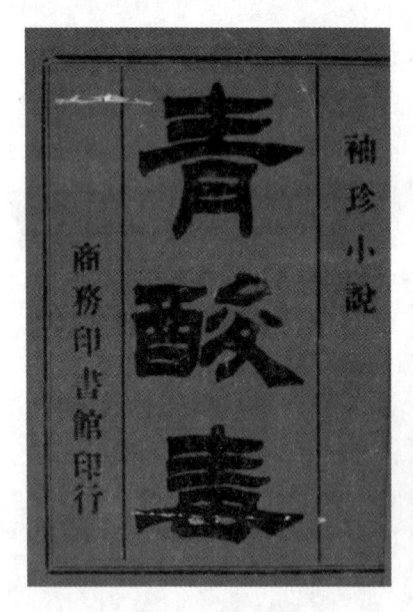

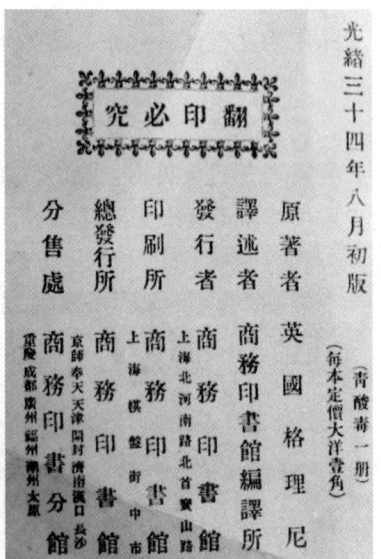

该译作为文言体，兹录两段如下：

语云：少不更事，言阅历鲜则胸无所主也；然则阅历既多，自能胸有所主，故世之论人，恒佩见多识广者。正以此也，持此以求社会人物，其惟大侦探家乃足当之。

美国名侦探某，尝为人查一要案，案新奇，颇饶兴味，乃官场朋比为奸，突造伪银券，发布四境，受欺被害者，殆不可胜计。侦探方数数出访，不获要领。忽又发见一奇事，事出华盛顿之邮局中，局长特发函报告侦探，略云近日局中，每有投函，不知其主名，函筒上之称谓，奇妙已甚，盖止有x、y、z三字头而已。且逐日有是函，事诚离奇，愿君来此一探。侦探读报告，以为此事大可疑，或与伪银券案有关系，遂往。

《三名刺》

《三名刺》，封面与扉页均题"袖珍小说"，没有编号。英国葛威廉原著，商务印书馆编译所译述，上海商务印书馆光绪三十三年（1907）六月初版，光绪三十三年（1907）孟冬再版。发行者、印刷所与总发行所均为商务印书馆。分售处为外埠商务印书馆分馆十二家。全一册，凡120页，每册定价大洋贰角。

该译作为章回体侦探小说，凡八章，有章目，无序跋，章目依次为：

第一章　怪蛇之发见

第二章　奇刺

第三章　园中惊遇

第四章　药肆

第五章　中毒

第六章　搜宅

第七章　幽室之尸

第八章　伊伐之供词

该译作为文言体，兹录第一章"怪蛇之发见"中的一段如下：

恩温蕃曰：余与余友顾理察同为伦敦报馆之访事员，顾理察为人足智多才，曾隶军籍，兼精医学，其足迹几遍全球，故识见尤广。始以新闻送登报章，类能探幽搜奇，一新耳目，其名遂益著。今充彗星报馆总访事员。其学术才智，无一不佳，所缺憾者，性嗜酒耳。居常啣一烟筒，助其思索，虽在校场谒大统领，亦未尝去诸口。性缄默，然每一发语，虽遇守口如瓶者，亦能钩索得其秘要，故复礼街中，咸目之为秘密探事。凡伦敦报馆，一经延之，无不信息灵通，利市三倍。且彼所探得之事，优胜于侦探。

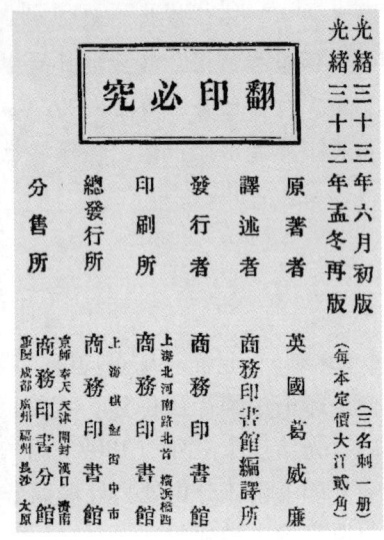

《三疑案》

《三疑案》，封面题"袖珍小说"，没有编号。原载《绣像小说》60—62期。英国男爵夫人奥姐原著，商务印书馆编译所译述，上海商务印书馆丁未年（1907）九月初版，民国六年（1917）四月五版。发行者、印刷所与总发行所均为商务印书馆。分售处为外埠商务印书馆分馆四十五家。全一册，凡55页，每册定价大洋壹角。

原著者为 Baroness Orczy，原著为 *The Case of Miss Elliott*，问世于1905年。该著包括三个短篇：伊兰案"The Case of Miss Elliott"、雪驹案"The Hocussing of Cigarette"、跛翁案"The Lisson Grove Mystery"。①

该译作为浅近文言体，兹录《伊兰案》篇首一段如下：

异人枯坐室奥，以线作结，若有所思。俄而置线衣袋中，徐语我曰：夫人曾闻近来有一惨剧乎？妇医颇丁厄运也。报纸载有新闻，题

---

① 参见樽本照雄《清末民初小说目录》第九版，第3758—3759页。

曰《谋害邪？自杀邪？》。有女名伊兰者，系沙夫亚调养医院之女医，近忽暴死，莫知其故。余谅侦探亦复不能破此疑案也。我因诮之曰：然则君果能破之矣。曰：余脱能之，徒贻笑于人耳。今姑为夫人述其事之梗概。

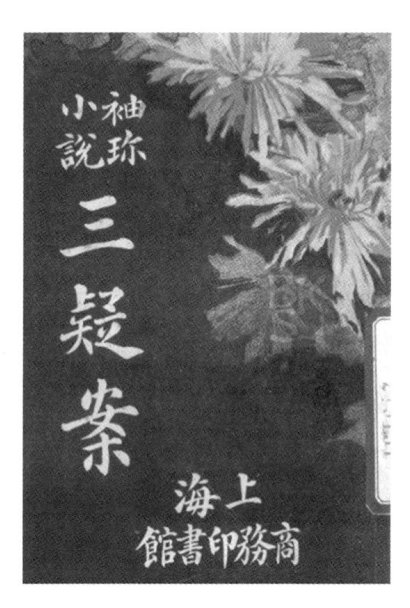

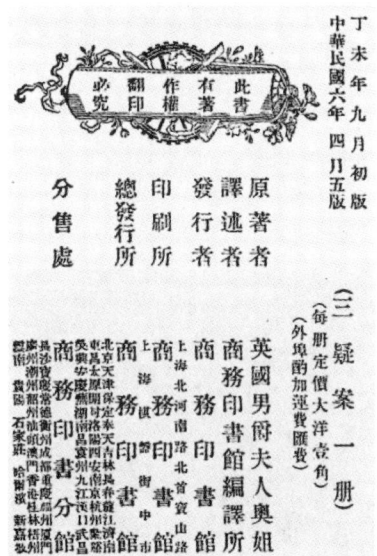

《五里雾》

　　《五里雾》，封面题"袖珍小说"，没有编号。日本上村左川原译，杭县吴梼重译，上海商务印书馆丁未年（1907）七月初版，民国二年（1913）十一月三版。发行者、印刷所与总发行所均为商务印书馆。分售处为外埠商务印书馆分馆二十四家。全一册，凡82页，每册定价大洋壹角伍分。【南京图书馆藏】【中国国家图书馆藏】

　　该译作为章回体言情小说，原著者为法国的 Henri René Albert, Guy DE Maupassant，即莫泊桑，原著为 *Monsieur Parent*。[①] 上村左川的译名为《五里雾中》，刊载日本杂志《太阳》8卷4—5号（1902年4月5日至5月5日）。全文，不分章节，无序跋。

　　该译作为白话体，兹录一段如下：

[①] 参见樽本照雄《清末民初小说目录》第九版，第4600页。

没罪没恶的佐治，在公园路旁搭一座小山，嬉戏玩耍。两只手尽捧过砂土，渐渐堆上去，变成金字塔形状。又拾些栗树叶子，洒在小山顶上。他父亲坐在一张铁椅，一般慈善宠爱的容貌，一心一意凝睇着小儿子那边。那时，游人如蚁的一座小小公园之中，他除了儿子之外，好似一个别人也不曾看见。一条圆转如轮的小花径之中，这边那边，小童也聚得很多，都在那里游戏，惟有这佐治，只顾自己一人，并不和人作队打伙。傍（旁）边呢，保姆们（就是乳娘），颜色新鲜的帽子纽穗，披在脑后，手里提着丝布包的东西，一起两三个人，缓缓移步，和几个小姑娘立在小径空处，喁喁谈话移时。

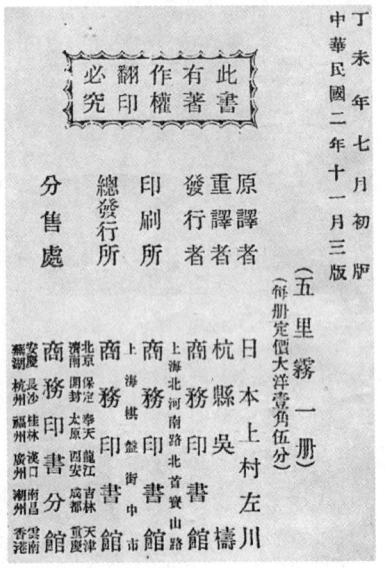

《行路难》

《行路难》，封面题"袖珍小说"，没有编号。初版本版权页信息为：原著者为美国达滨，译述者为商务印书馆编译所，发行者、印刷所与总发行所均为商务印书馆。分售处为外埠商务印书馆分馆十二家。光绪三十四年（1908）正月初版。全一册，凡73页，每册定价大洋壹角伍分。四版本版权页的不同信息为：分售处为外埠商务印书馆分馆三十三家。戊申年（1908）一月初版，民国十二年（1923）七月四版。四版本与初版本的封面和版权页大体相同，从略。

该译作为义侠小说，中篇，章回体，凡十章，无章目，无序跋。

该译作为文言体，兹录一段如下：

> 阿辣斯嘎境，啼河之旁，有赫威生旅店在焉。此旅店踞啼河之要冲，为往企尔科山径及哥郎逖必由之路，故旅客之投止者，无日无之。虽蕞尔山村，而气象颇为繁盛。一日，天方薄暮，寒威凛冽，有往福利拉旅客多人，相继投宿。维时积阴甫霁，冻雪初融，泥泞载路，跋涉者颇以为苦，诸客衣御寒之衣，装束略相同，悉以法兰绒短衣褶内，外袭以裘。中有女子名吗庐雪者，豆蔻年华，芙蓉笑靥，固僊僊绝代姝也。披蓝绒短衣，以白色绣巾环其颈，皓齿明眸，发光可鉴，同宿者皆属目焉。无何，天渐暝，众遂步入餐堂，以次就坐，各脱帽置案侧。盖寒威虽逼人，而餐堂蓺一巨火炉，转觉煖气之薰燠也。店中侍者伺应殷勤，未尝少懈，诸客皆程途劳瘁，饥馁异常，刀匕并举，不闻语声。

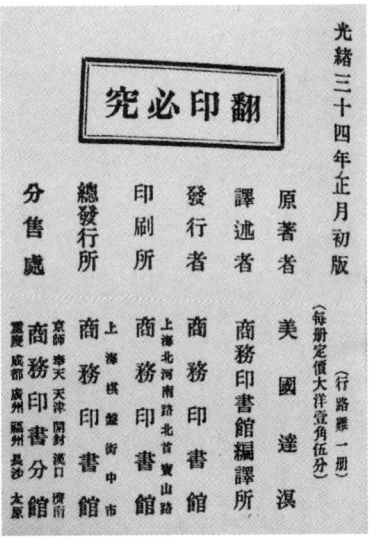

《一声猿》

《一声猿》，封面题"袖珍小说"，没有编号。原著者不详，商务印书馆编译所编纂，上海商务印书馆戊申年（1908）八月初版，民国十二年

(1923) 七月四版。发行者、印刷所与总发行所均为商务印书馆。分售处为外埠商务印书馆分馆三十三家。全一册，凡89页，每册定价大洋壹角伍分。

该译作为章回体侦探小说，凡十章，无章目，无序跋。

该译作为浅近文言体，兹录一段如下：

冻云密合，残月微茫。当此午夜沉沉，万动俱息之际，英伦城外之打克洛村中，忽有一男一妇，蒙犯霜露，相将疾走于森林灌木间。妇人抱一锦绷，紧贴怀中，且行且返顾，一若惟恐人之蹑其后者。男子则短小精悍，身著夕服，手提一皮包，颇沈重，测其状，殆与妇人相约而私奔者欤？男子忽顾谓妇人曰：阿奢，此地去伦敦，殆二十余哩，彼辈醒时，尚能追及否？妇人曰：否，否。彼辈非天明不能醒，醒而侦查余等举动，又耗若干时，余与汝早翱翔天外，不可踪迹矣。

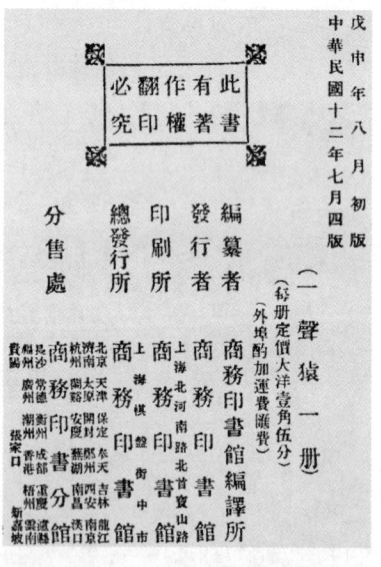

《银钮碑》

《银钮碑》（即《当代英雄》第一部分《贝拉》），封面题"袖珍小说"。俄国莱门武甫（莱蒙托夫）原著，吴梼译述。发行者为商务印书馆。光绪三十三年（1907）六月初版。发行者为商务印书馆，印刷所为商务印书馆（上海北河南路北首横滨桥四），总发行所为商务印书馆（上海棋盘街中市），分售处在全国各地主要城市有商务印书馆分馆十二家。全一册，凡87页，每本定价大洋壹角伍分。【上海图书馆藏】

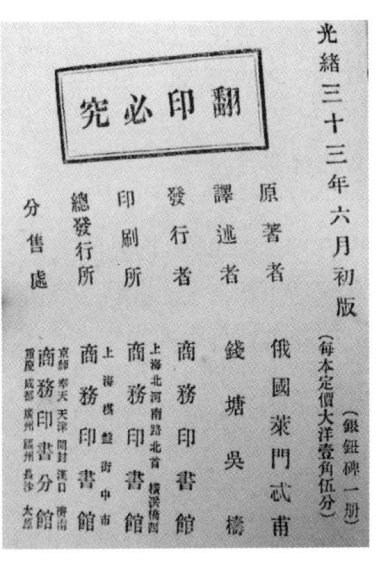

该作曾由日本蹉跎的家主人译为《当代の露西亚人》，刊载《太阳》杂志第10卷第5号（1904年4月1日），吴梼根据日译本转译。[1]

不分章节，无序跋。采用白话翻译，兹录一段如下：

> 我从高加索属下一个市府查里斯，雇一辆往复马车，坐了上路。我今番旅行，所带行李物件只有高加索山间科罗查地方一篇《旅行日记》，装满了半个小皮包，此外并无长物。及至我马车驶入奎虾尔谷间的时候，一轮太阳早已隐闪在白雪皑皑的一山后面。那赶车马夫意欲趁天色未暮赶上奎虾尔山，不住将鞭子催马，嘴里一面讴唱着山歌。可知奎虾尔溪谷之中，要算这里是最好的绝景，犹如图画一般。四面围着嵯峨峻削的嶂壁：有的是赤色露骨山岩；有的是绿色常春藤处处盘绕；有的是经霜红叶枫林，宛然戴着冠帽。还有几处，或是土石崩坏的悬崖；或是被那山水流空黑魆魆的洞窟。抬头一望，那边白雪饰得如条银练，高挂在天，却看似在脚下的，乃是阿拉瓜川流和那从黑暗岩端狭处铿然铿然迸出来的许多无名溪流细河，四方汇合，曳

---

① 参见樽本照雄《清末民初小说目录》第九版，第5482页。

着银丝条，又被岩石湍激，冲起波浪来，晃晃地犹如许多条长蛇，在那里蠕动。

过了一会，已到奎虾尔山半麓。马夫赶到一家旅馆门首，当即停住暂歇。那里有村民山民两伙，约莫各有十几人，聚集一堆。近处还有一伙骆驼商人，也宿在此处。我为因马车难以上山，特地雇用六头牛，在前牵引。此山路程凡有二俄里，为时正是初秋，山路上早已有薄冰铺得滑滑地。

1907年9月22日即光绪三十三年丁未八月十五日，《小说林》第五期刊载"新书绍介"，关于《银钮碑》的信息为：商务袖珍本，定价一角五分。旅客赶程高加索山中，途过一中尉。适天雪，同宿一农家中。二人闲谈，由中尉谈前所经历奇事。女子白爱娜为喀斯皮梯所劫，受伤而死，因将其情人配邱林所给之银钮，嵌于墓碑上，故定为书名。

《中山狼》

《中山狼》，封面题"袖珍小说"，美国女子文龙原著，商务印书馆编译所译述，商务印书馆丁未年（1907）十月初版，民国二年（1913）十一月再版。发行者、印刷所、总发行所均为商务印书馆，分售处为全国各地二十四家商务印书馆分馆。全一册，凡136页，每册定价大洋贰角。【首都图书馆藏】

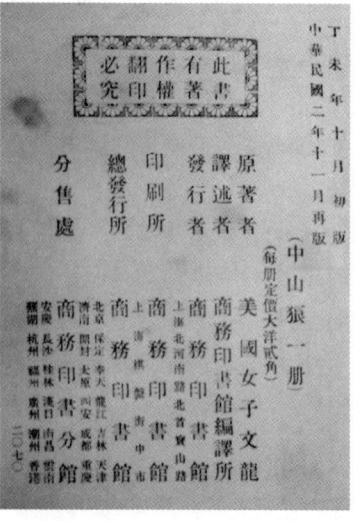

该作为警世小说，凡十五回，有简要回目。回目依次为：归牧、客至、惊艳、媪谏、拒婚、乞言、宾聚、得踪、溺水、说魔、秘谈、暗追、出走、书嘱、舟挈。

全文采用白话翻译，兹录一段如下：

> 奇怪——，奇怪——，北加老律那（在美洲）山上何等美丽，周围葱翠，如碧色锦屬一般，可入画图，可供诗料。这个景致是地球上最动人流连赏玩的了。世上的人不在我们可爱的阿美利加，探访天然好景，反经过重洋，冒险去游历旧世界。咦！这不是自寻烦恼吗？他们到英伦爱尔兰、苏格兰，游玩了许多名胜，又到意大利，看太阳光销灭的时候，将玫瑰色嘴唇与最有名的奈泊尔海湾接吻，将青黄的颜色渲染了奈泊尔山峰。又到过科穆湖（在意大利北境），立在岸上，望爱而泊斯山，层峦叠秀，还有费斯维（在意大利）火山，火焰喷薄……

（三）商务印书馆《新小说》叙录

《惨女界》

《惨女界》，吕侠人编纂，封面题"新小说"商务印书馆编译所校订，上海商务印书馆光绪三十四年（1908）五月初版。发行者、印刷所与总发行所均为商务印书馆，分售处为外埠商务印书馆分馆十三家。全二册，上册200页，下册185页，合计385页。每部定价大洋捌角。上下册封面相同，上册封面载录，下册封面从略。三版本版权页信息与初版本大体相同，从略。

三版本版权页信息与初版大体相同，不同的是：戊申年（1908）三月初版，民国三年（1914）九月三版，外埠商务印书馆分馆由此前的十三家增加到二十八家。三版本上印的初版时间与初版有差别，初版印的是"五月"，而三版印的是"三月"。两个版本的封面相同。

全书三十回，上下两册各十五回，有回目，无序跋。
第一回　金屋无情瑶草谢　画楼有梦剑花寒
第二回　述往事情伤小儿女　演宗派技绍老英雄
第三回　遭磨折仓皇避难　遇追兵慷慨捐躯

第四回　朱正心一刺七霸王　黄秋容初避碧云舍
第五回　寒夜酒初作碧云小叙　平权议畅谈婚姻自由
第六回　背伦理初闻子殴母　迫贫穷暂借屋租人
第七回　狡狯人畏强凌弱　流离女含屈难伸
第八回　诉公理穷女号天　重贞节老夫杀子
第九回　朱正心二刺七霸王　黄秋容闲游浦口镇
第十回　碎鸳鸯预兆警芳心　作虎伥外交奏奇绩
第十一回　泄公愤拚拆散好逑　仗众力竟私和人命
第十二回　大江边贤豪分手　中秋节倩女离魂
第十三回　怜枉死有意复深仇　试侦探无心逢秘密
第十四回　憨小婢惊逢剧贼　美娇娃遁入空门
第十五回　访故旧公子绝迹　失遗物小婢蒙冤
第十六回　恸蘼芜怅望家山　梦红楼同悲身世
第十七回　秦小姐大闹京师　袁小野整饬内治
第十八回　洒血泪伤心邻女话　猛回头苦惊旧游时
第十九回　廿年前事看我优强　末路如何杀人以逞
第二十回　惊噩梦倩女赴泉台　发阴私子行惊鬼信
第二十一回　匕首无情鸳鸯同命　游人不返鱼雁传书
第二十二回　赚钱财别开生面　结密约漏泄春光
第二十三回　拚玉碎怨女魂销　奏清歌畸人警世
第二十四回　深怒积怨暗杀人　雪恨报仇立地成佛
第二十五回　悟三生事旅店梦前缘　复九世仇两人随逝水
第二十六回　冷公馆女英雄告终　观奕居黄秋容话别
第二十七回　郭屠户长安试铁椎　黄秋容郧阳遇强盗
第二十八回　黄秋容误作新嫁娘　朱正心三刺七霸王
第二十九回　权无敌正命成都府　黄秋容独游峨眉山
第三十回　峨眉山老色相都空　江上峰青曲终人杳

上海戊申年（1908）七月廿七日《时报》上载有《惨女界》广告，其文为：极为黑暗之社会，男子压制其妇，而黄逸以一女子，具大神力，为雪不平，使女界轩然吐气，能令读者鼓掌跃起，满浮大白杰作也。社会小说，二册八角。

三　商务印书馆《说部丛书》叙录　89

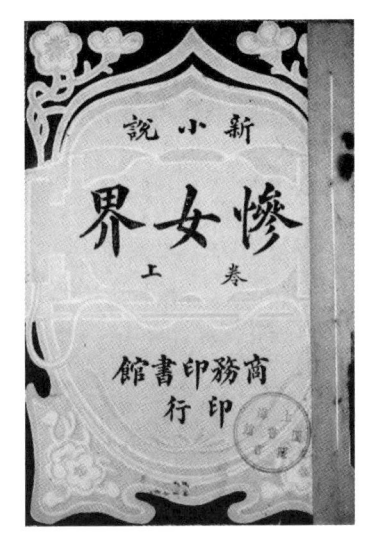

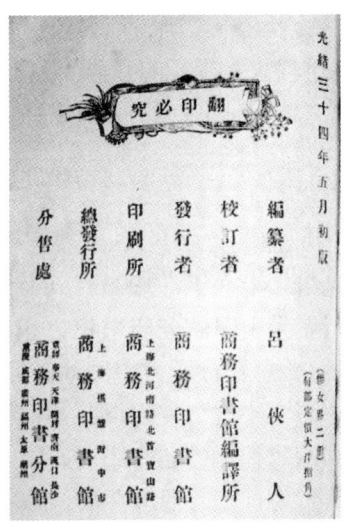

《环瀛志险》

　　《环瀛志险》，正文首署奥国维也纳爱孙孟著，"新小说"丛书版本未见，所见者为光绪三十二年（1906）十二月二版本。版权页信息：翻译者为中国商务印书馆编译所，发行者为中国商务印书馆，印刷所为中国商务印书馆（上海北福州路二号），总发行所为中国商务印书馆（上海棋盘街中市）。光绪三十一年（1905）六月初版，光绪三十二年（1906）十一月二版。发行者、印刷所与总发行所均为商务印书馆，分售处为外埠商务印书馆分馆十三家。全一册，定价每部大洋二角。

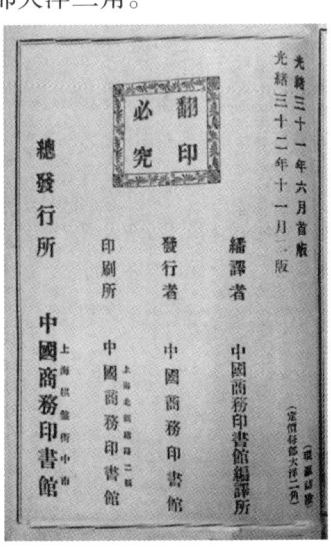

全书故事凡十二则,篇名依次为:《神坛斗狼》《探穴遇水》《估客逢凶》《林游遇火》《山行陷阱》《远畋遇盗》《狮口余生》《远游苦况》《泅海失援》《良医殉术》《烟突失坠》《坠崖折胫》。

《空中飞艇》(卷上)

《空中飞艇》(卷上),未署原著者,翻译者为海天独啸子。中国商务印书馆光绪二十九年(1903)八月初版,光绪三十一年(1905)九月再版。发行者为中国商务印书馆,印刷所为中国商务印书馆(上海北福州路第二号),总发行所为中国商务印书馆(上海棋盘街中市),未列分售处。题"科学小说"。全一册,凡 50 页,定价每本大洋二角五分。【中国国家图书馆藏】此外还有民国四年(1915)十二月四版本。卷下未见。

原著者为日本的押川春浪,原名为《日欧竞争 空中大飞行艇》,大学馆 1902 年 3 月出版,世界怪奇谭第三篇。民权社光绪二十九年(1903)七月出版。[1]

凡十四节,有节目,依次为:
第一节 绘岛女史奇珍悬赏
第二节 日法志士置酒谈心
第三节 俱乐部席间来博士
第四节 贵妇馆月下逢美人
第五节 竞争场壮士斗驰骤
第六节 胭脂马美人夺锦标
第七节 幌车中魂销博士
第八节 美术馆画挑佳人
第九节 学士飞艇著成绩
第十节 伯爵泛舟约知交
第十一节 小湖泛艇博士异变
第十二节 书阁置酒美人压惊
第十三节 说婚姻横遭美人怒
第十四节 访知己折破奸鸳谋

---

[1] 参见樽本照雄《清末民初小说目录》第九版,第 2362 页。

三 商务印书馆《说部丛书》叙录 91

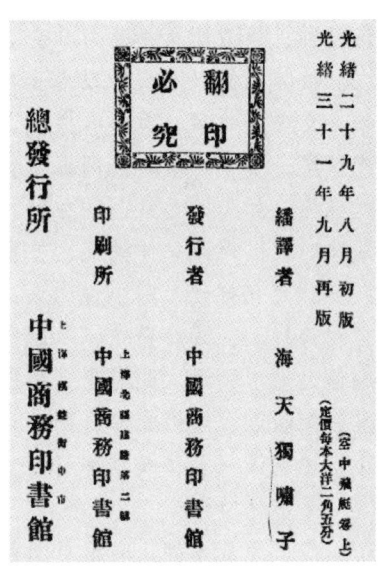

卷首有译者《弁言》，摘录如下：

小说之益

小说之益于国家、社会者有二：一政治小说，一工艺实业小说。人人能读之，亦人人喜读之。其中刺激甚大，感动甚深，渐而智识发达，扩充其范围，无难演诸实事，使以一科学书，强执人研究之，必不济矣。此小说之所以长也。我国今日，输入西欧之学潮，新书新籍，翻译印刷者，汗牛充栋。苟欲其事半功倍，全国普及乎？请自科学小说始。

小说之于社会国家

小说者，自然感情之发泄，一关于地理位置，一关于风俗习惯者也。如古代希腊、罗马，富于文学之思想，其间名家，至今尤脍炙人口。今之世，小说著作，以法兰西为盛。法俗风逸淫靡，小说家善道儿女事，识者谓于此观国风焉。我国国于东亚大陆，土地膏腴，山河秀灵，国民对此自然美丽之感情，形诸诗歌，形诸小说，形诸绘画者，莫不雅驯文华，极一时之盛。数千年来，文人学士，沉溺于中，流而不返，而政治之基，亦以之绝。识者谓之右文之国，观其沿革，良有以也。

我国小说之力

我国说部多名家，绮丽缠绵，盛矣！观止矣！然作者好道风流，说鬼神，势力所及，几为社会之主动力，虽三尺童子，心目中皆濡染之。故其风俗，人人皆以名士自命，人人皆以风雅自命。妇人女子，慕名女美人故事，莫不有模效之心焉。至其崇信鬼神之风潮，几于脑光印烙，牢不可破。民间爆发者辈，亦皆假此为利器，振臂一呼，四处皆应，如先时之红莲、白莲，近时之义和团，皆职是也。虽然，居蒙昧时代，得此一伸民气，亦良佳。今者世界文明，光焰万丈，此等网罗，允宜打破，则小说之改革尚焉。顾虽言改革矣，毋如我国民，自欧势拦入，政府窘迫，一蹶再蹶而后，相顾失措，四望彷徨之时，脑筋之影泡顿渴。此时正宜慎选其材料，改换其方略，以注射之，使其新知新识，焕然充发，则小说之急于改革尤尚焉。日本维新之先，小说中首译《经国美谈》等一二书，非无故也。

是书之特色

是书为日本押川春浪君所著，以高尚之理想，科学之观察，二者合而成之。一名曰《日欧竞争》。著者为日本小说名家，久为学界所欢迎。其间思想陆离，层层变化，说情说景，宛然逼真，读之者无不拍案叫绝，盖小说书中卓绝之珍本也。飞行之艇，虽为优孟之言，而其实固意中事。吾尝评我国小说，至所谓"封神""唐传"野陋不堪之书，叹曰：不可及也。我国理学道学者流，安能思想自由若此？今且为常事矣。飞艇亦然。今世纪已为汽电渡移之时代，安知异日所谓兵舰者，皆弃而不用，较国之势力，数飞艇以对乎？又安知异日所谓飞艇者，皆嫌其硕大滞濡，而另有他物以胜之乎？理想者，非空物也。

译述之方法

是书原本为二厚帙，本卷名曰《空中飞艇》，续卷名曰《续空中飞艇》。今易之为三卷：一上卷，二中卷，三下卷。卷中多日本俗语，今代以我国文话。凡删者删之，益者益之，窜易者窜易之，务使合于我国民之思想习惯，大致则仍其旧。至其体例，因日本小说，与我国大异，今勉以传记体代之。若夫谬误之处，则俟我国达者勉赐裨正，所厚幸也。

《老残游记》

《老残游记》，商务印书馆"新小说丛书"版本未见，所见版本为上海百新公司 1923 年版本。版权页信息：原著者为洪都百练生（刘鹗），批阅者为胶州傅幼圃，校阅者为澄江徐鹤龄，印刷者为百新公司，总发行部为百新公司，发行人为徐鹤，代发行有本埠与外埠各书局。民国五年（1916）八月照刘氏原本印行出版，民国十一年（1922）四月第十八次重印出版，民国十二年（1923）四月第十九次重印出版。上编一册，定价大洋八角。下编一册，定价大洋一元。上下编各二十章，合计四十章。

全书凡四十章，有章目，依次为：

第一章　土不制水历年成患　风能鼓浪到处可危
第二章　历山山下古帝遗踪　明湖湖边美人绝调
第三章　金线东来寻黑虎　布帆西去访苍鹰
第四章　宫保求贤爱才若渴　太尊治盗疾恶如仇
第五章　烈妇有心殉节　乡人无意逢殃
第六章　万家流血顶染猩红　一席谈心辨生狐白
第七章　借箸代筹一县策　纳楹闲访百城书
第八章　桃花山月下遇虎　柏树峪雪中访贤
第九章　一客吟诗负手面壁　三人品茗促膝谈心
第十章　骊龙双珠光照琴瑟　犀牛一角声叶箜篌
第十一章　疫鼠传殃成害马　痾犬流灾化毒龙
第十二章　寒风冻塞黄河水　暖气催成白雪辞
第十三章　娓娓青灯女儿酸语　滔滔黄水观察嘉谟
第十四章　大县若蛙半浮水面　小船如蚁分送馒头
第十五章　烈焰有声惊二翠　严刑无度逼孤孀
第十六章　六千金卖得凌迟罪　一封书驱走丧门星
第十七章　铁炮一声公堂解索　瑶琴三叠旅舍衔环
第十八章　白太守谈笑释奇冤　铁先生风霜访大案
第十九章　齐东村重摇铁串铃　济南府巧设金钱套
第二十章　浪子金银伐性斧　道人冰雪返魂香
第二十一章　携眷回乡路逢故友　勾留逆旅巧遇姑娘
第二十二章　老夫人训侄叙家常　祝清虚游山邀益友
第二十三章　招商店至亲惜别　黑龙潭逆旅留宾

第二十四章　求其友声订交倾盖　巧譬物理垂钓深潭
第二十五章　黑龙潭边风云变色　蒿里山内宾主偕游
第二十六章　访古迹相偕游岱庙　理行装乘兴登泰山
第二十七章　葡爪寺和尚待茶　斗姆宫淫尼宴客
第二十八章　探真相巧入眠云阁　游极巅借住碧霞宫
第二十九章　登艳顶五更观日出　会方丈三教纵谈锋
第三十章　黄华洞内快睹仙踪　碧霞宫前畅谈天道
第三十一章　世局变迁高僧先觉　感恩醉报魏氏传书
第三十二章　魏诚报恩赠骏足　老残游历进燕京
第三十三章　徐子平慨赠升元帖　铁补残移居稽古斋
第三十四章　翁尚书抑郁染沉疴　铁先生展才施国手
第三十五章　托庇居停神医发达　谈论朝政尚书自危
第三十六章　感群鸟避患京城　赠古书多情伐良友
第三十七章　太原府仗义救难士　条梅楼无心遇故人
第三十八章　铁补残受聘为经理　王兴汉张筵悦嘉宾
第三十九章　受职还乡阖家欢聚　购机聘匠亲泛重洋
第四十章　伤黍离感通警梦　写怀抱慷慨吟诗

上编有《读老残游记感言》和作者《自序》，前者从略，后者兹录如下：

> 婴儿堕地，其泣也呱呱；及其老死，家人环绕，其哭也号咷。然则哭泣也者，固人之所以成始成终也。其间人品之高下，以其哭泣之多寡为衡。盖哭泣者，灵性之现象也，有一分灵性即有一分哭泣，而际遇之顺逆不与焉。
>
> 马与牛，终岁勤苦，食不过刍秣，与鞭策相始终，可谓辛苦矣，然不知哭泣，灵性缺也。猿猴之为物，跳掷于深林，厌饱乎梨栗，至逸乐也，而善啼；啼者，猿猴之哭泣也。故博物家云：猿猴，动物中性最近人者，以其有灵性也。古诗云："巴东三峡巫峡长，猿啼三声断人肠。"其感情为何如矣！
>
> 灵性生感情，感情生哭泣。哭泣计有两类：一为有力类，一为无力类。痴儿騃女，失果则啼，即遗簪亦泣，此为无力类之哭泣；城崩杞妇之哭泣，竹染湘妃之泪，此有力类之哭泣也。有力类之哭泣，又分两种：以哭泣为哭泣者，其力尚弱；不以哭泣为哭泣者，其力甚劲，其行乃弥远也！

《离骚》为屈大夫之哭泣,《庄子》为蒙叟之哭泣,《史记》为太史公之哭泣,《草堂诗集》为杜工部之哭泣;李后主以词哭,八大山人以画哭;王实甫寄哭泣于《西厢》,曹雪芹寄哭泣于《红楼梦》。王之言曰:"别恨离愁,满肺腑难陶泄。除纸笔代喉舌,我千种想思向谁说?"曹之言曰:"满纸荒唐言,一把辛酸泪;都云作者痴,谁解其中意?"名其茶曰"千芳一窟",名其酒曰"万艳同杯"者:千芳一哭,万艳同悲也!

吾人生今之时,有身世之感情,有家国之感情,有社会之感情,有种教之感情。其感情愈深者,其哭泣愈痛:此鸿都百炼生所以有《老残游记》之作也!

棋局已残,吾人将老,欲不哭泣也得乎?吾知海内千芳,人间万艳,必有与吾同哭同悲者焉!

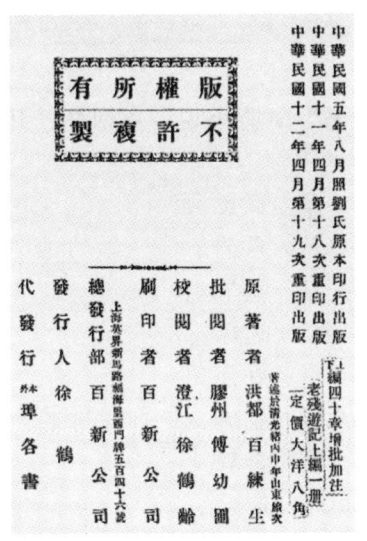

《女学生》

《女学生》,社会小说,王理堂编,民国六年(1917)二月初版。全一册,凡112页,每册定价大洋贰角伍分。

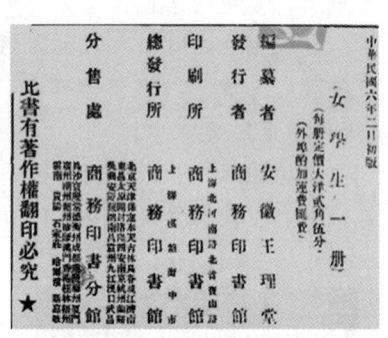

该书为中篇小说，章回体，凡三十章，有章目，无序跋。章目依次为：

第一章　孤女	第十六章　办学
第二章　求学	第十七章　书空
第三章　辍学	第十八章　辞职
第四章　远嫁	第十九章　分飞
第五章　好合	第二十章　自缢
第六章　生疏	第二十一章　写韵
第七章　奇梦	第二十二章　遭诬
第八章　遐思	第二十三章　被诱
第九章　寄函	第二十四章　大病
第十章　失欢	第二十五章　遇婢
第十一章　出游	第二十六章　就医
第十二章　得友	第二十七章　稍痊
第十三章　纵谈	第二十八章　转重
第十四章　问世	第二十九章　夫亡
第十五章　演说	第三十章　从叔

《扫迷帚》

《扫迷帚》，社会小说，壮者编纂，商务印书馆编译所校订，光绪三十三年（1907）七月初版。发行者商务印书馆，总发行所商务印书馆（上海棋盘街中市），印刷所商务印书馆（上海北河南路北首横滨桥西），分售处各地商务印书馆分馆。全一册，凡103页，每本定价大洋贰角伍分。

共二十四回，有回目，无序跋。

第一回　挈领提纲全书大旨　开宗明义箴世名言
第二回　驳命数大儒口吻　辟神道末俗砭针
第三回　嗤讨替语语解颐　斥祈禳言言动听
第四回　鬼出会满城鬼气　瞎算命一片瞎谈
第五回　辨吴谚通人多识　说女界志士伤心
第六回　拜僧成习妇德失修　为妓毁妆情丝益固
第七回　鳏夫赚孀妇女巫弄权　弱质羡宜男卜人私语
第八回　官惑堪舆徒资喔喙　神医疾病实骇听闻
第九回　学使媚神侈陈仪仗　邑令修塔浪掷金钱
第十回　青阳遇祟一派胡言　黑夜偷油霎时露迹
第十一回　建仙祠奸徒敛财物　证白骨开验破群迷
第十二回　说对脐大会无遮　乞开锁立关广募
第十三回　怪现象娇女诪张　真晦气同人说破
第十四回　信左道返魂乏术　灌秽汁厚报亲尝
第十五回　进香求福堪笑冥顽　宣卷禳灾大伤风化
第十六回　赛大会酿成械斗　养巨害妄祷山神
第十七回　阎王请吃肉语涉诙谐　闰月屏讹言事征畴昔
第十八回　谈厌胜幻说惑人　述巫觋恶风遍地
第十九回　演剧迎神托言祈赛　悬灯结彩粉饰太平
第二十回　遭疫疠向瘟部乞怜　沿陋习请僧尼礼忏
第二十一回　旧城隍神像遭殃　新狐仙香烟成市
第二十二回　猛将神坐踞堂皇　张天师技穷狼狈
第二十三回　试白刃作法戕己　照红鸾冲喜成灾
第二十四回　修志书独出心裁　施棒喝顿开茅塞

该书的第一回承担了部分序跋的功能，作者明确表达创作的主旨，"挈领提纲全书大旨　开宗明义箴世名言"。作者认为，阻碍中国进化的大害，莫若迷信。"黄种智慧，不亚白种，何以到了今日相形见绌！其间必定有个缘故。乃因子千年人心、风俗、习惯而成，也不是一朝一夕的事。大凡草昧初开之世必借神权，无论中西，皆不能越此阶级。"因而，要救中国，要强种保国，就必须从改革习俗入手。欲改革习俗，就必须冲决重重藩篱，封建迷信首先应改革。

书中有商务印书馆出版发行的《说部丛书百种》广告。

《扫迷帚》有一广告，内容为：此书以破除迷信为宗旨，凡二十四回。语语砭针，层层辩论，又涉笔成趣，兴味深长。今日虽科学发明，顾多囿于习俗。小说入人最捷，醒愚祛蔽，编者实具苦心焉。洋装一册，大洋二角五分。

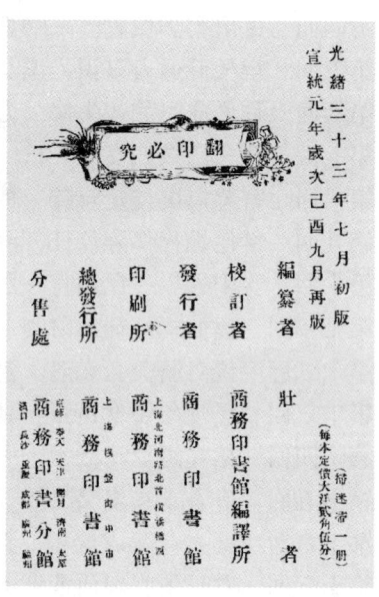

《市声》

《市声》，社会小说，姬文著，商务印书馆编译所校订。光绪三十四年（1908）三月初版，光绪三十四年（1908）八月再版。发行者商务印书馆，总发行所商务印书馆（上海棋盘街中市），分售处各地商务印书馆分馆，印刷者商务印书馆（上海北河南路北首宝山路）。上下两册，全书170页，每部定价大洋伍角伍分。再版与初版的封面和版权页基本相同，上册和下册的封面也基本相同。再版本下册封面和版权页载录，其余从略。

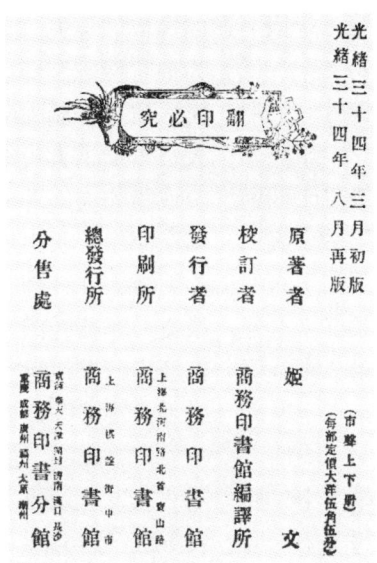

共三十六回，上下卷各十八回，有回目，无序跋。
第一回　折资本豪商返里　积薪工贫友登门
第二回　备酒筵工头夸富　偷棉纱同伙炉奸
第三回　办棉花赚利壮腰缠　收茧子夸多合股份
第四回　话蚕桑空谈新法　查账目访悉弊病
第五回　还花银侠友解囊　遇茶商公司创议
第六回　扬州府豪商出世　上海滩茧市开盘
第七回　九五扣底面赚花银　对半分合同作废纸
第八回　请茶商讲求新法　小席伙独积薪工
第九回　念贫交老友输财　摇小摊奸人诱赌
第十回　靠戚眷浪子得安居　进箴规世交成隙末
第十一回　王小兴倒帐走南洋　陆桐山监工造北厂
第十二回　改厂房井上结知交　辞茶栈伯廉访旧友
第十三回　说艺事偏惊富家子　制手机因上制军书
第十四回　工师流寓出怨言　榆夫惑人用巧计
第十五回　兴工业富室延宾　捐地皮滑头结客
第十六回　赔番菜买地又成空　逃欠户债台无可筑
第十七回　专利无妨营贱业　捐官原只为荣身

第十八回　开夜宴老饕食肉　缝补子贫妪惊心
第十九回　大请客逼走蠢夫　巧骗钱钱愚弄傻子
第二十回　逞凶锋悍妇寻夫　运深谋滑头捐地
第二十一回　为捐官愿破悭囊　督同伙代售湿货
第二十二回　卖贱质折却偒来资　得主顾欢迎上门客
第二十三回　大资本加捐大头衔　假性情暗换假官照
第二十四回　争戒指如夫人动怒　垫台脚阔门政宴宾
第二十五回　炫东家编子吹牛皮　押西牢委员露马脚
第二十六回　办军装太守开颜　送首饰商人垫本
第二十七回　谈交易洋行爱国　托知音公馆留宾
第二十八回　穆经理行踪诡秘　萧翻译酬应精明
第二十九回　脱手失官银委员遇骗　从容开货价买办知机
第三十回　谈骗局商界寒心　遇机工茶楼把臂
第三十一回　刘浩三发表劝业所　余知化新造割稻车
第三十二回　农务机千塍并举　公司业两利相资
第三十三回　留学生说明实业　小富翁信用高谈
第三十四回　扶工业高人远见　派捐资财房替进
第三十五回　卷烟厂改良再举　织布局折阅将停
第三十六回　提倡实业偏属乡愚　造就工人终归学业

第一回首几段文字类似"楔子",摘录如下:

陶顿今何在？只偹般员规方矩，千年未改！谁信分功传妙法，利市看人三倍？但争逐锥刀无悔。安得黄金凭点就，向中原淘尽穷愁海？剩纸上，空谈诡。　饮羊饰彘徒能鬼，又何堪欧商美贾，联镳方轨？大地英华销不尽，岁岁菁茅包匭。有外族持筹为宰，榷税征缗成底事。化金缯十道输如水。问肉食，能无愧？

这一首"贺新凉"词，是商界中一位忧时的豪杰填的。这豪杰姓华，名兴，表字达泉，浙江宁波府鄞县人氏，世代经商为业，家道素封。只因到得达泉手里，有志做个商界伟人，算计着要合洋商争胜负时，除非亲到上海去经营一番不可。他就挟了重赀，乘轮北溯，及至到得上海，同人家合起公司来，做几桩事业，都是极大的成本，就只用人多了，未免忠奸不一，弄到后来年年折阅，日日销耗，看看几个大公司支持不住，只得会齐了各股东，把出入款项帐目，通盘结算，幸而平时的生意还好，不至再要拿出银子去赎身。但是生生把百万家私，折去了九十多万，所存五六万银子，想留着做个养命之源，不敢再谈商务了。

《泰西历史演义》

《泰西历史演义》，封面题"新小说"，历史小说，洗红庵主撰（版权页署中国商务印书馆编译所著辑）。光绪三十二年（1906）岁次丙午季夏首版。光绪二十九年（1903）五月至光绪三十年（1904）十月《绣像小说》第一至十三、第十五至二十一、第二十三至二十五、第二十九至三十八期分期连载。总发行所中国商务印书馆（上海棋盘街中市）与中国商务印书馆分馆（京师、奉天、天津、开封、汉口、广州、福州）。发行者中国商务印书馆，印刷所中国商务印书馆（上海北福建路第二号）。全一册，凡209页，每本定价大洋三角。

全书凡三十六回，有回目，无序跋。回目如下：

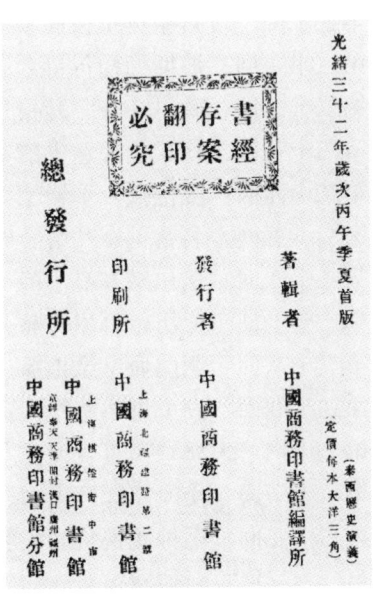

第一回　拿破仑科嘉西挺生　鼐利孙亚布其取胜
第二回　复前仇再破奥大利　行新政重整法兰西
第三回　拿破仑藉端挑衅　惠灵吞乘隙奏功
第四回　登坛坫惠灵吞立约　焚都城拿破仑逃生
第五回　困孤岛拿破仑初避难　扼险地惠吞再鏖兵

第六回　防腹患安插希利纳　病胃痫结束拿破仑
第七回　通易有无商局起色　转移风俗政府推恩
第八回　反武德妇稚遭殃　克印度仇雠授首
第九回　行善政纲举目张　革旧俗风行雷厉
第十回　培元气布尔致治　听谗言罅礼出奔
第十一回　藕连丝幸主神器　拿破仑得正首邱
第十二回　防内患重兵充里巷　奔异国庸主受风尘
第十三回　拉马汀暂主朝廷　叙利亚幸保土地
第十四回　失民心麦客思迷怜被杀　犯军忌鲁意拿破仑丧师
第十五回　犯邻国君主困重围　蹈覆辙英雄悲末路
第十六回　本历史细谈政治　重民权永享太平
第十七回　波路氏守志抚遗孤　华盛顿发端探险地
第十八回　争界限华盛顿出使　窥虚实法兰西进兵
第十九回　华盛顿奏绩疆场　乌布也贻误军国
第二十回　攻营垒英军奋虎步　返乡里美主结鸳盟
第二十一回　波斯顿初行苛令　勒兴顿始建奇勋
第二十二回　香巴仑获大胜报告　壑铁谋布独立章程
第二十三回　乌忒盘无意失前寨　华盛顿有心守炮台
第二十四回　脱伦顿一军皆惊　特拉威两雄并峙
第二十五回　名盛见疑几解金印　功成者退重整玉鞭
第二十六回　培尔嫩有心小隐　华盛顿撒手西归
第二十七回　亚历帝暮岁育麟儿　那达后深宫除蛊贼
第二十八回　洒鹃血皇亲抱冤　纵马蹄贵绅败兴
第二十九回　湖上制船修军人资格　海中布炮振国民精神
第三十回　大海乘风直言谏主　深宫纵火独力擒奸
第三十一回　受风霜深怀去国悲　涉波涛喜获济川具
第三十二回　学神龙携从去伦敦　梦雄鹫进兵伐瑞典
第三十三回　新加驼被选入深宫　查列斯受围守穷谷
第三十四回　捋虎须雄王复坚垒　宾龙驭狂主㧾家庭
第三十五回　吊宿草雄主慨前贤　进良箴直臣论先帝
第三十六回　传大统寓慎重心思　写遗嘱见精神主义

商务印书馆出版的新小说不少，其广告宣称，所出版的新小说有二百余种，"另印目录函索即赠伦理、政治、军事、历史、实业、社会、科学、义侠、侦探、冒险、滑稽、寓言、言情、神怪各类，无不具备"。

《侠义佳人》

《侠义佳人》，封面题"新小说"，绩溪问渔女史编纂，商务印书馆校订，上海商务印书馆宣统元年（1909）四月初版。发行者为商务印书馆，印刷所为商务印书馆（上海北河南路北首宝山路），总发行所为位于上海棋盘街中市的商务印书馆，分售处为全国各地乃至海外的商务印书馆分馆，凡 18 处。初集一厚册，每本定价大洋伍角。

初集凡二十回，有回目。二集凡二十回，有回目。回目依次为：

第一回　说开端村人好利　爱莲钩乡女愚顽
第二回　老媪有心教傲逆　小姑无义播雌黄
第三回　少见寡闻以人为鬼　多迷善忌敬鼠为仙
第四回　谈哲学证明无鬼物　听演说激动爱人心
第五回　讲新理若是若非　论旧学似嘲似骂
第六回　为出洋夫妻反目　因择壻（婿）姑媳生嫌
第七回　义重情深弱女涉重洋　求才问学宏仁访益友
第八回　遇知己竟谈一夕　聘参谋虚掷千金
第九回　假排场嗔奴叱婢　喜妆饰傅粉添香
第十回　张寿安学侦探手段　木本时怀诈骗人心
第十一回　孟宏仁量宏不惩恶　夏智民无智受欺凌
第十二回　夫妇伤和衅由艳婢　妻妾交哄过在良人
第十三回　怨母偏怜出言不逊　要郎专宠永矢弗谖
第十四回　白酰洗痔三朝罚跪　明珠赐妾一夕同逃
第十五回　狂夫说自由个人自由　贤女论平等一律平等
第十六回　吃鱼翅根根细嚼　咽乌烟滴滴生吞
第十七回　晓光会选举副会长　江阴县创设女学堂
第十八回　请教员饱观黑暗　访知己再见光明
第十九回　因记过老媪几拼命　讲修身学生起风潮
第二十回　见色迷心荒唐学子　废时失业赌博先生
第二十一回　陷同胞老姊诖弱妹　重朋友侠士拯贤媛
第二十二回　浅笑微颦夫人失玉　花香月冷侍婢寻欢
第二十三回　绾同心萧芷芬义订鸳盟　抢情郎樊阿品惊回蝶梦
第二十四回　愿从军慨然论国事　假疯魔丑语托神言
第二十五回　文明婚逢人赠小照　浮荡子温语结芳心
第二十六回　喜新厌旧弃妇如遗　说暴言残惊魂若失

第二十七回　入幽室美人作侦探　雪沈冤会长断离婚
第二十八回　为贤妻名园另筑　会嘉宾旨酒谈心
第二十九回　赠名花珠沉玉碎　通寡嫂蝶妒蜂狂
第三十回　剿匪巡河伐薪有罪　论风言水迷信堪嗤
第三十一回　爱父怜弟孝思有义　勤王救壻（婿）侠骨柔情
第三十二回　湖光山色佳人联袂　金屋璇闺荡女怀春
第三十三回　自由婚姻新娘说新理　专制手段穷妇入穷途
第三十四回　和尚说台基佛门纳垢　残疾好渔色金屋藏娇
第三十五回　妓院寻夫多才主笔　街头泼粪有智乡愚
第三十六回　忍心害理计伤婢女　贞风烈操义殉儿夫
第三十七回　失绒线课堂大搜索　讲道学隔院少防闲
第三十八回　奋流言锋芒自试　开谈会唇舌交攻
第三十九回　听演说突然起争衅　为参观平地闹风潮
第四十回　家庭不睦二姨诅妇　闺阁多情五女争夫

卷首有作者绩溪问渔女史于光绪三十四年戊申（1908）孟冬在蕉雨轩撰写的"自序"，其文为：

　　凡物不平则鸣。其鸣之大小抗卑虽不同，而其不平之气则一也。金石激而后鸣，人心感而后鸣。吾心之感久矣，无已，其举吾心之所感，而托鸣于《侠义佳人》乎？

　　吾心之感非一端，而最烈者，则莫若吾女界之黑暗也。吾生不幸而为女子，受种种之压制。考吾女子之聪明智慧，非逊于男子，而一切自由利益，则皆悬诸男子之手，天下之事，不平孰甚？然吾女子未尝言其非也。近今有倡女权者矣，有倡自由者矣，而凤毛麟角，自由者一二，不自由者千万，若欲举吾女子而尽复其自由之权，难矣哉！夫男子之敢施其凌虐，而吾女子之所以甘受其凌虐者，何也？其中盖有故焉：一则男子以为吾女子胆小如鼠，虽受其凌虐，必不敢举而暴诸世；一则吾女子性懒如猫，事事仰赖于人，虽受男子之凌虐，而不敢诉于世。积是二因，逐成恶果。去之不能，拔之不得，辗转相承，演成今日之黑暗女界。其中男子虽为祸首，抑吾女子岂无过欤？谚云："木腐而后虫生。"果吾女子能如泰西女子之文明高尚，则男子方敬之，畏之，亲之，爱之之不暇，又何敢施其专制手段哉？

　　作者不敏，不能著书立论，唤醒吾女子脱离黑暗，同进文明，以享吾女子固有之权，故聊为小说体，录以平日所见所闻，复参以己见，错杂成篇。虽不足供大雅一笑，而私心则窃愿吾女子睹黑暗而思文明，观强暴而思自振，庶几近之矣。此《侠义佳人》之所以作也。

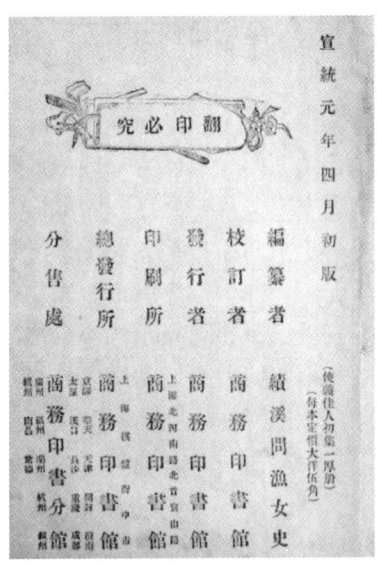

《学究新谈》

《学究新谈》，吴蒙著，原载《绣像小说》第47—52、55—72期，时间是光绪三十一年（1905）三月至光绪三十二年（1906）三月，共载二十五回，未载毕。商务印书馆戊申年（1908）六月廿二日初版，民国四年（1915）八月十九日再版。封面题"新小说"，版权页署发行兼著作人为商务印书馆，右代表人为印有模，印刷人为鲍咸昌，印刷所与总发行所均为商务印书馆，分售处有外埠商务印书馆分馆二十八家。上下两册，定价肆角。上册189页，下册173页，每部定价大洋陆角。笔者所见为再版本。【复旦大学图书馆藏】

全书分上下两卷，每卷一册，共二册，封面相同。每卷十八回，共三十六回。有回目，无序跋。前九回与后九回回目分别为：

第一回　废时文茶楼图恢复　　媚高足草稿尽恭维
第二回　遭掷地激恼老迁儒　　效怀沙喜逢阔总教
第三回　学界开明热肠善导　　课堂指点豆眼初开
第四回　中年好学师范麤（粗）成　　梦境闻歌公民启会
第五回　钦使发言力铖弊病　　国民演税平惹风波

第六回　谈学务师生矛盾　唤馆子主客龃龉（龌龊）
第七回　开学堂谋占寺僧基　荐教员密话师生谊
第八回　和尚有财输学界　豪奴得势辱斯文
第九回　鲁子输畅谈学务　何新甫侵辱名师
……
第二十八回　精国新语编教科书　述学区大有开通象
第二十九回　戒躐等夏仰西讽世　识公益陆静甫誉儿
第三十回　黉舍有规因陋就简　学堂难办校散生归
第三十一回　苦学生商量候考　自由会颠倒迷花
第三十二回　抱热诚捐躯殉学　慕义风革面皈真
第三十三回　保安宁片言息事　说权利数语解疑
第三十四回　补运动诸生高会　应考试旧学商量
第三十五回　经验已深改良规则　教授无法未了风潮
第三十六回　一时现象都入梦中来　千古伟人总待洪钧铸

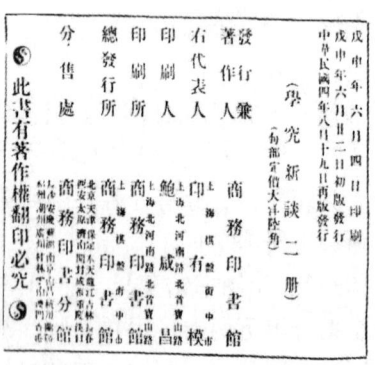

第一回首有《寄调高阳台》一词，表达了著者之意，兹录如下：

　　酸态唆毫，腐情弄墨，年年客馆萧条。几度维新，头巾依旧难抛。联翩三五青春侣，捧西书劝效时髦。尽孤他独立精神，平等风潮。

而今科学初开悟，惜普通未得，压制徒劳。旧学商量，何堪贻误儿曹。从前铸错嗟无及，况错中又堪嘲，愿诸君宁尔神经，听我唠叨。

《玉佛缘》

《玉佛缘》，作者署"嘿生"，原载《绣像小说》53—58期，《樽氏目录》谓，"刊年不记［乙巳6.1 – 8.15（1905.7.3 – 9.13）とするは误り］第53—58期实际の刊年は推定丙午1906 三月—六月"。后出版单行本。笔者所见为初版与再版两种。初版本题"新小说"，光绪三十四年（1908）三月初版，编纂者为嘿生，校订者为商务印书馆编译所，发行者、印刷所与总发行所均为商务印书馆，分售处为各埠商务印书馆分馆十三家。全一册，87页，每册定价大洋壹角伍分。【上海图书馆藏】再版本版权页署戊申年（1908）三月初版，民国三年（1914）六月再版，编纂者为嘿生，校订者为商务印书馆编译所，发行者、印刷所与总发行所均为商务印书馆，分售处为各埠商务印书馆分馆二十八家。全一册，凡87页，每册定价大洋壹角伍分。【上海图书馆藏】再版本与初版本的封面和版权页基本相同，前者载录；后者从略。

凡八回，有回目，无序跋。回目依次为：

第一回　贫尼姑设法赚钱　老贡生修行得子
第二回　试相法状元改扮　释疑团名士谈天
第三回　求仙求佛无计挽回　即色即空偏多牵惹
第四回　敲木鱼勾通灶下养　迎玉佛哄动市中人
第五回　看出会大开眼界　谈碑文独创新谈
第六回　仗佛力和尚犯规　觅仙水贤姬罹厄
第七回　五间楼暗藏春色　八个字评定终身
第八回　惑青鸟绮龄早逝　讽金经玉佛归真

篇首有段话类似"楔子"，兹录如下：

无灾无害到公卿，道是神天玉汝成。漫证前因皈净土，锡兰岛畔问三生。认取天花着体无，维摩身世太模糊。千声佛号千金买，小筑名园当给孤。

这两首七绝，是一个瓣香侍者，题在八功德水旁边无量寿寺殿里玉佛龛前七宝幢间飘带上面的。你道这无量寿寺,是怎样募化造成的?说来却是话长。

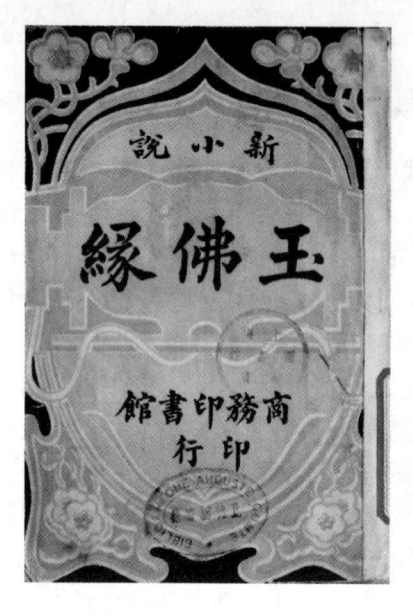

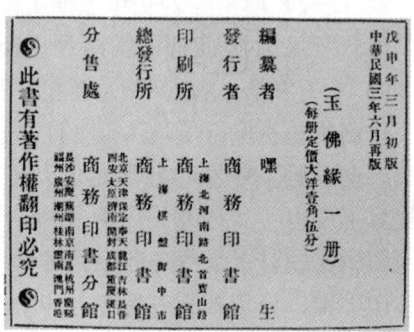

《冤海灵光》

《冤海灵光》,林纾著,原载《小说月报》6卷10—12号(1915.10.25—12.25)。上海商务印书馆民国五年(1916)六月初版。封面题"新小说"。版权页署编纂者为闽侯林纾,发行者、印刷所与总发行所均为商务印书馆,分售处为各埠商务印书馆分馆四十五家。全一册,凡87页,每册定价大洋贰角伍分(外埠远近酌加邮运费汇费)。【上海图书馆藏】

全书凡七章,无章目,无序跋。

第一章是作者对于讼狱的见解,颇与序言相类似,兹录如下:

> 林先生曰:中国之听讼,一去刑讯,则为累滋甚。治狱而不用刑,仁者之政也,顾必得情始无冤狱。试问欲得其情,将待罪人之自言耶?抑须侦探之力?欧西之侦探,多半具有学术,无待扇巧构阱,但循声以求迹,因迹而造微。试问中华有是人耶?然欧西虽有

其人，有时尚为耳目所误。矧中华审判之所，既无秘密之费，足以驱使智能之士，发覆探逆于幽暗之地，对簿之时，一力求索证据，证实而据显者，狱因以决。然亦有罪人不承，而爰书已定者。此固凭诸律法，而死者终有烦言。第较之三木之下，无待辩而屈服者，固已臻于文明之地。惟问中国此时果皆文明邪？问官之决狱，絮絮作老妪语，推究及于细微，顾皆失当之问，愈推愈廓，至于不得涯岸而尚弗止。一事经数十推，至无可如何？乃决然曰：按律而情真，罪当矣。乃罪人之抗辩，律师之指摘，尚自谓无隙可乘，而检察官且瞠目不能答，不期其竟就于死刑也。平心而论，文明之决狱，流弊固至此，而较诸当日蛮野之时，县庭之需索，两造为丁胥皂隶所鱼肉，狱未直而家已倾者，相去远矣。为今日计，不用刑亦大佳事，但须推求侦探之学，用聪敏端直之人，探取真情，然后上执定律，下凭铁证，庶几其无冤狱矣。余非法律中人，且今日学法政者，在林满林，在谷满谷，一闻吾说，将捧腹大笑，以为狂瞽。然此半新不旧之说，自谓亦无忤于新政。惟欲述当时之决狱，则不能不叙当时之刑讯，恐时流以吾书所言，将欲复其故步，故不能不先探吾胸臆，弁诸其端，俾读者谅焉。

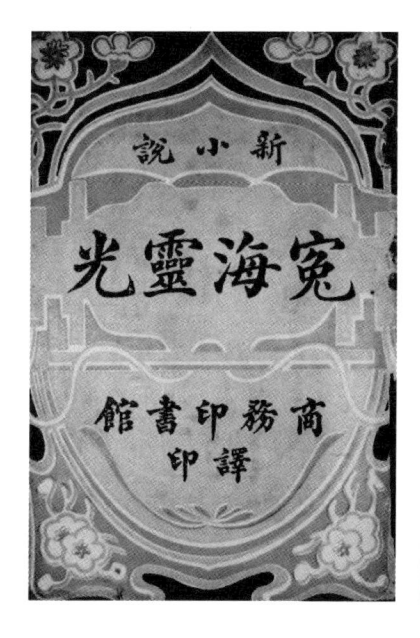

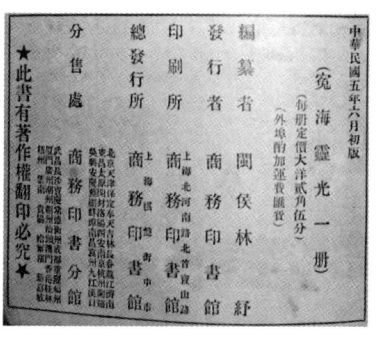

《中国女侦探》

《中国女侦探》，封面题"新小说"，阳湖吕侠著，商务印书馆编译所校订。光绪三十三年（1907）七月初版。发行者商务印书馆，总发行所商务印书馆（上海棋盘街中市），分售处各地商务印书馆分馆，印刷者商务印书馆（上海北河南路北首宝山路）。全书凡123页，每本定价大洋叁角。

该书收入《血帕》《白玉环》《枯井石》三篇。无序跋。

作者吕侠，生平事迹不详。

《中国女侦探》有一广告，内容为：是书共分三大案，合成一册。中叙一毗陵女子及女友数人俱习武事，而尤研究西国侦探之术。上二案彼所口述，下一案即彼数女子所破。其情事之奥奇，钩距之精深，及种种手段之灵妙，变化百出，诚为侦探界生色也。每册三角。

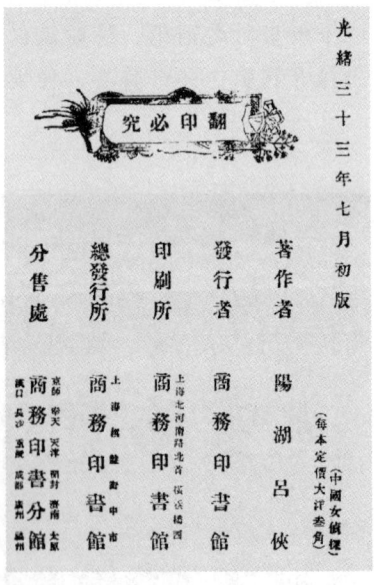

（四）商务印书馆《说林》叙录

《说林》（第一集）

《说林》（第一集），民国三年（1914）一月初版，编纂者商务印书馆编译所，发行者、印刷所与总发行所均为上海商务印书馆，分售处为外埠商务印书馆分馆。全一册，凡98页，定价大洋贰角。

该集为文言短篇小说集，收入《钻石案》（莼农）、《碧玉环》（莼农）、《明珠宝剑》（莼农）、《堕溷花》（指严）、《三家村》（指严）、《化外土》（朱炳勋）、《凌波影》（湘屏）、《周郎怨》（松风）、《支那旅行记》（佚名）、《桃李鸳鸯记》（觉民），凡十篇。无序跋。

《明珠宝剑》篇末有这样一段解说："此事故老相传久矣，幼即习闻之，惟为悉为何时事。向阅诸家笔记，均无载及之者。暑气偶退，凉雨宜人，因忆录之，以其珠儿偶剑儿也，因以明珠宝剑名其篇。"

《三家村》篇末有这样一段评说：

> 指严曰：潄兰一弱女子，身居僻壤，略识之无，乃日与枭獍鬼蜮之奸谋相搏战，卒能自保幽芳，蝉蜕浊秽，瞯然泥而不滓，可不谓之难乎哉！然于程生钟情甚，徒以中菁奇冤，椿萱惨变，不忍复享人间之乐，甘一瞑以谢天下，用情之苦，殆书史以来所未有也。呜呼！烈矣。

《支那旅行记》篇末有这样一段评说：

> 吾国俗人，不辨他国名称，无论何国均称之曰外国，一若合世界之大，仅得中国外国两地也者。习俗相沿，士夫不免，然则其讥粤人之称他省为外江，毋亦以五十步笑百步耳。再识。

《桃李鸳鸯记》篇末有这样一段评说：

> 觉民曰：是篇状男爵之骄恣，保姨之顽固，鬼盗之盛炽，莫不活现。事本得诸传闻，而一经渲染，毫发如生，欧文诚奇才也。独是统

此篇以观之，则师道夜劫，于亡友为不义；女郎私奔，于良人为不节；即老父不较，抚心能勿自愧乎？然平心论之，女郎之与子爵，虽订婚姻，未尝觌面。书中已一再申明，则李代桃僵，非个中人其孰能洞其秘密。女郎之误果，谁之咎欤？观此可知，婚姻专制之弊，乃至于颠倒鸳鸯。若夫师道之行，虽有玷乎友谊，然而孽海狂波，情场浩劫，千古少年，往往有因堕落情网而演出可惊可叹之悲观者。以视师道，抑又甚焉，吾又何独责乎师道也哉？

《说林》（第二集）

　　《说林》（第二集），民国三年（1914）一月初版，编纂者商务印书馆编译所，发行者、印刷所与总发行所均为上海商务印书馆，分售处为外埠商务印书馆分馆。全一册，凡98页，定价大洋贰角。【中国国家图书馆藏】

　　该集为文言短篇小说集，收入《佛无灵》（抱真）、《卖药童》（桌呆）、《不如醉》（潘树声、叶诚）、《卖花生》（啸天生）、《美人局》（朱炳勋）、《香囊记》（指严）、《狱卒泪》（怅庵）、《汽车盗》（陆仁灼），凡八篇。无序跋。

三 商务印书馆《说部丛书》叙录 113

《不如醉》为美国欧文原著,译文分七章,无章目,无序跋。

《卖花生》原著者不详,啸天生意译,篇末有译者这样的一句评语:"啸天生曰:吾译此篇,吾为一般之夺勒波惧。"

《美人局》篇末有作者这样的一段评语:

> 记者曰:吾闻之,某处禁烟局司事,尝大索民间烟枪,聚而焚诸市。市人见者,咸啧啧称叹,而不知其家中所匿存之象牙翡翠诸贵重之枪,累累焉,且不可数计。每私运之沪,而售善价焉。盖自各地禁烟局之设,而地方无赖,往往夤缘其间,得挂一名充一职者,即四出而敲诈人民,视为生财之薮。既得财,辄又纵之吸食,不复过问,不然,何各地禁烟局林立,而城乡市镇中,私设灯以售吸者,比比而是。若辈且熟视之,若无睹也。俚谚云:强盗遇了贼,若某司事者,盖似之矣。吾记此事毕,不禁为引一大白曰:快哉此打。

《狱卒泪》篇首有这样的一段议论:

> 刑讯之惨,其作俑于秦乎?赵高诬李斯,下狱吏,榜掠千余,遂诬服,自是狱吏之威,累代如出一辙。郅宁鹰鸷,张赵鉤距,炎汉仁风,因兹斲丧。武曌据位,酷吏当阳,而定百脉。突地吼,死猪愁,求破家之新名词,连篇累牍而出之,其虐可知矣。不谓鞔近世刑私之

惨，则非特助纣为虐，且益以青出于蓝，于是衙亭廨舍之旁，皆血肉横飞之地，私幽闭禁，拷掠冻饿，无所不至，必饱其欲而后已。虽有健者，偶发见而摧锄之，然靳靳难得，流毒且遍天下焉。噫！新刑律未颁，而旧刑讯加厉，此时之民，盖如晋师渡河，舟中之指可掬，无有倖免者，其哀又可知矣。

其篇末有作者这样的一段评语：

怅庵曰：刑讯至今日而未已。官司之不能遵守□国家法度，其弊害尚可言哉！赭衣载道，呼詈满堂，过其邑者十人而九，如是则改良之望安在？今各省设高等审判检查矣。必有扫荡澄清之日，则老狱卒之泪，庶几其可乾也乎。若夫监狱之秽浊，虐待无人理，而待质暂押之所，拘留寄顿之场，皆不肖差役，挟诈行私所附丽。一切整顿光明之，果有此老狱卒，而畀以新法典狱官之知识，其能造福于他日之囹圄也，可必矣。

《说林》（第三集）

《说林》（第三集），民国三年（1914）一月初版，编纂者商务印书馆编译所，发行者、印刷所与总发行所均为上海商务印书馆，分售处为外埠商务印书馆分馆。全一册，凡84页，定价大洋贰角。【中国国家图书馆藏】

该集为文言短篇小说集，收入《情天红线记》（凤雏）、《一日三迁》（长佛）、《探囊新术》（怅庵）、《百合魔》（泣红）、《采蘋别传》（指严）、《程大可》（眉韵）、《呜呼》（双影）、《三人家》（负剑生意译）、《霜钟怨》（南溟），凡九篇。无序跋。

《情天红线记》篇末有作者凤雏这样的一段评语：

凤雏曰：彩云易散，娲石无灵，使青衫之中无黄衫，红袖之中无红线，则为普天下之才人倩女扬眉吐气者谁乎？幸也空空妙手，一击竟中，爱河潮热，香国春浓，于是情种茁，情根茂，情田大获。

《探囊新术》篇末有作者长佛这样的一段评语：

怅庵曰：昔人笔纪中谓某甲薄游京师，见一家有出售荷包招帖者，入而询之，则荷包无有也。一妇人牵臂搜索，卒被攫金而出，事与此相类，异哉。辇毂之下，而有此淫盗之窟，敲肤剥髓，视若营业。有司不能惩治，可谓首善之羞矣。虽然，悉列衣冠，而不能束身圭璧，辄冶游闲荡，窥入室家，则安往而不可获咎。君不闻沪滨十里间，亦有所谓仙人跳，活络门闩等谚语乎？一入其中，则财物空而身名俱败。旅人之初临此地者盖，常慎之又慎矣。

《百合魔》篇末有作者泣红这样的一段评语：

> 泣红曰：我草此《麦玛韩辞职记》，使我神经忽感受异常之惊怖，夜叉罗刹，牛鬼蛇神，纷纷突起于脑际，嗜欲之陷人也大矣哉。夫麦玛韩为共和党之大人物，其心如精铁，如坚石，寝馈共和，歌舞共和，而不可摇撼，乃以一念之爱花，陡感召花妖于孽海，挥白刃于瓠齿，溅赤血于樱唇，光明灿烂之三色旌，几为此妖娆狐媚之百合花所夺，身败名裂，竟以失位，悲夫。

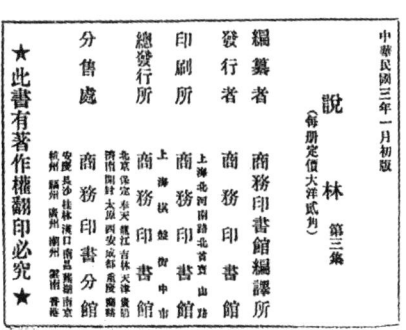

《呜呼》篇末有作者这样的一段评语：

> 吾之作此书也，本可迳寄报馆，顾信笔书此，于吾党情形，略有

牵涉，则不可不邮示同人，求得彼辈之许可。彼等苟不忍违吾意者，必能为吾间接投递，使区区苦心，得大白于天下。逆计此书披露，当在吾死后三数日间，其时舆论如何，吾固不暇计及。吾之遗产，则尽以付吾保姆某姬，酬彼十余载抚育之谊。吾书至此，心事尽矣。顾犹愿为吾同志诸君，大声告曰：勉之前途，毋为富贵所移，毋为威武所屈，毋使闺中人吞声泣血而剚刃于其胸也。呜呼！

《说林》（第四集）

《说林》（第四集），民国三年（1914）三月初版，编纂者商务印书馆编译所，发行者、印刷所与总发行所均为上海商务印书馆，分售处为外埠商务印书馆分馆。全一册，82页，定价大洋贰角。【中国国家图书馆藏】

该集为文言短篇小说集，收入《毒龙小史》（怅庵）、《不疯人院》（东侠、□侯）、《莲娘小史》（前度）、《巫风记一》（不才）、《巫风记二》（不才）、《巫风记三》（不才）、《二十世纪之新审判》（水心），凡七篇。无序跋。

《毒龙小史》篇末有作者怅庵这样的一段评语：

怅庵曰：双玉奇才也，卒为龙鳌所毒，乃转以毒人。今其余毒，盖未尽焉。独不闻沪渎之翻戏女总会等，犹变幻日出而不已耶！

《巫风记一》篇末有作者不才这样的一段评语：

不才曰：以淫杀劫虏对付巫者，迷信人必以为大不道，然实孝子悌弟也。安得尽如布商弟村农子者，以扫荡此妖云毒雾之社会哉？

《巫风记二》篇末有作者不才这样的一段评语：

不才曰：巫风之鼓荡社会，至于蔑伦背理，妨害人道，而终不一悟，哀哉！某庙祝之歆于利而交友失其信，某君父子迷信而暴爱子之骨，捐室家之乐，某教至为人夺妇而杀其夫，淫恶尤甚，而诵大学以作祓教之伥鬼，异想天开，实为闻所未闻，则士大夫而亦甘炀贱巫之龟矣。一巫也，足以破坏五伦而有余，且或假五伦或面具焉。呜呼！

巫术之进化欤？抑人心之为患也。

《巫风记三》篇末有作者不才这样的一段评语：

> 不才曰：粤道甬巫，津沽姑娘子，皆售技者也。然设诈害人，草菅性命，为社会之蠹。俞某以能文士人，而托于冥役以讽世，何择术之不慎也。牒文故纸之欺茂愚妇，狐鸣篝火之甘为人妖，人心之坏，至于此极，而皆托于巫术以行之，是以君子愿多一某商弟者发其隐覆，而不愿更有如俞某者出而扬其颓波也。

《二十世纪之新审判》篇末有作者水心这样的一段评语：

> 水心曰：吾初聆高某赖婚事，不觉拍案大呼曰：怪！怪！天下竟有此人面兽心之伧父，天下竟有此丧心病狂之少女。及聆至骏儿愤毁婚约，则又浮一大白曰：快哉！健男儿虽奴亦何害？

《说林》（第五集）

《说林》（第五集），民国三年（1914）三月初版，编纂者商务印书馆编译所，发行者、印刷所与总发行所均为上海商务印书馆，分售处为外

埠商务印书馆分馆。全一册，凡 83 页，定价大洋贰角。【中国国家图书馆藏】

该集为文言短篇小说集，收入《风流犬子》（朱树人）、《榜人女》（指严）、《碧血花》（非吾）、《胭脂雪》（赵绂章）、《退卒语》（蛮儿）、《冤禽语》（恨人）、《病后之观念》（朱树人），凡七篇。无序跋。

《风流犬子》由法人孟第来氏原著，朱树人译。

《榜人女》篇末有作者指严这样的一段评语：

> 指严曰：因果旧说，达人所不道，然淫恶之人，天夺其鉴，高明之家，鬼瞰其室，是亦情理之常，而影响报施之所不能免者也。某公子纵欲败度，横恣无礼，戕贼人子，不知凡几，卒辗转受报于贫女之手，楚公子固所谓余杀人子多者非邪。迨夫某生情种，不忘故剑，一念通神，妖梦是践，公子之伎俩虽多，终难倖逃法网。毒哉，淫恶之神怒民怨也。在公子暗折繁枝，空牀抛下，宁不自以为得计，又乌知为鬼揶揄，身膏斧锧，其机即伏于是哉。世之自诩风流者，视此当复何如？

《冤禽语》篇首有作者恨人这样的一段评述：

用情之难，至家庭之变而极。堂上簸钱，柳梢月上，不独播为口实，抑亦爱河风起，孽海潮生，令身亲其境者，饮恨吞声，椎心泣血，常觉埋愁之无地也。然正有饱经霜雪，枯叶犹青，委曲蒙翳，轮囷如昔者。虽终怨女，未惑金夫。且拯人于危，益标风义。余草此，不禁为之于邑靡既也。

其篇末有这样的一段评语：

恨人曰：余友猬公，归自关外，为余言某生之佚事如此。遭逢家难，奋不顾身，至抉胸陷胆以求一逞。虽其事或未必尽轨于正，其遇亦可伤矣。余独怪夫篇中之所谓某公者，袭富盛之势，长淫昏之恶，蒸报麀乱，视为固然。礼失求野，独一二用情儿女，尚留正气于天地间，悲夫微哉！君子于此，足以觇世变矣。

《说林》（第六集）

《说林》（第六集），民国三年（1914）三月初版，编纂者商务印书馆编译所，发行者、印刷所与总发行所均为上海商务印书馆，分售处为外埠商务印书馆分馆。全一册，凡90页，定价大洋贰角。【中国国家图书馆藏】

该集为文言短篇小说集，收入《棋缘小纪》（指严）和《自治地方》（刍狗），凡二篇。无序跋。

《棋缘小纪》篇首有作者这样的一段评述：

> 东瀛三岛间，弹棋之精，几视为一种专门科学，结会社，置俱乐部，研究而角胜者，千室之邑，必有其处。一称国手，则全国谈艺家属耳目焉。所至倒屣逢迎，一枰之值，千金无所吝，馈遗苞苴，拜谒门下，求一指点为针度者，实繁有徒。彼国手者，亦颐指气使，与时流竞崖岸，薄卿相，傲王公矣。闻者旧言，唐时自中国流传东土，至今媲美弈秋者，殆不下数百家，而在中国，则虽代有名家，然一般社会，殊无此风靡酷嗜之盛轨。艺林佳话，今属神山，殆已当之无愧，不谓吴下小儿，却有一段艳史，为佳话中之佳话者。亟书之，以媚吾土之橘隐家。

《自治地方》凡十四章，无章目，无序跋。第十四章首有这样几段话，兹录如下：

> 友说，地方自治的一篇大文章，难道就从此完结？
>
> 小可说，只怕不能，后来的自利自尊，未必永永和现在的自利自尊一样；后来的议长总董，未必个个和现在的议长总董一样。只是照目下情形看来，总算得不完之完。小可要学《申报》上的妙法，在第十三章书的后面，写上未完两字，却暂且阁笔不提。
>
> 友说，我还要问你到山穷水尽。你前回所说第一第二两件大可怜大可恨的事，到底怎样？
>
> 小可道，先说第二件。前回早说自尊志常两人情意，一天深似一天，只是自尊从考试举贡回来，常发喘病，地方上一切事情，都让驷足自强等代他去办。及至投票以后，自尊被举为总董，心中一喜，病亦渐渐好了。

《说林》（第七集）

《说林》（第七集），民国三年（1914）六月初版，编纂者商务印书馆编译所，发行者、印刷所与总发行所均为上海商务印书馆，分售处为外

埠商务印书馆分馆。全一册，凡 81 页，定价大洋贰角。【中国国家图书馆藏】

该集为文言短篇小说集，收入《猪仔还国记》（指严）、《掠卖惨史一》（指严）、《掠卖惨史二》（指严）、《女权泪》（苏庵）、《齐妇冤狱》（苏庵）、《饲猫叟》（不才）、《屠沽记》（不才）、《土窟余生》（朱树人），凡八篇。无序跋。

《猪仔还国记》篇末有这样的一段评语：

著者曰：近日欧美，奴禁垂绝，而南洋群岛招工，辄华人是利，奸民遂以同胞为市，黑奴惨剧，复见于今日之华工，毒哉！官吏知悬为禁令，而不知正本清源之法，在本国扩张生计，吾恐害马之终不能去也。

访事某君，有心人也。然其人要非圣贤，特亲见此酸心棘鼻之事，遂油然有悲天悯人之观。乡里善人，见闻囿于一乡一邑，虽习言爱国保种，究不知此新名词中有若何意味也。是篇所言虽简，其功不可没已。百尔君子，其有以类是之小说见贶者乎？鄙人则祷祀求之。（本社记者附志）

《掠卖惨史一》篇末有这样的一段评语：

记者曰：观此二事，则掠卖窟中之黑暗惨酷，岂复知有人间世哉。自法令不修，教化不行，社会中淫盗相寻，险恶增进，非身历其境者，往往思议俱穷，而一入陷阱，或终身不得自拔，遂无可告世人之隙。仅仅一二获天祐者，乃如佛氏之所谓超生，所语乃见一斑耳。然即此情境，已足令人心惊骨折矣。呜呼！何物恶魔，罗刹建国，竟得攫尸射影，横行于光天化日之下哉。

《掠卖惨史二》篇末有这样的一段评语：

记者曰：夺之保抱提携中，为贩卖奇货，贼人之子，独人之父母，其恶毒亦已甚矣。况复鞭挞箠楚，求死不得，眼前地狱，孰有过于是耶？某村人子以侠骨战虎狼间，捐躯殉义，卒成大将军之功名。虽云醴泉芝草，殆亦冰霜蘗苦之境遇，有以激厉之也。呜呼！酷哉！昔窦皇后弟少君，为人所掠卖，卒为贵戚；乐布亦为人掠卖，为奴于燕。以某大将军较之，更能自见头角，足为掠卖史中生色矣。

《齐妇冤狱》篇末有苏庵这样的一段评语：

苏庵曰：二姑以夫幼儿疑，遂致魔障纷乘，几几不能解脱。加以姑恶父顽，即微珠生，亦难免于陁，而卒能委曲求全，不坠贞洁之志。呜呼！难矣！然早婚长妻之恶俗，乌可不惩哉！

《饲猫叟》（不才）篇首有这样的一段议论：

侠以武犯禁，千古病之。世际承平，民气缜密，自多束身轨范，无敢放言诡行，自陷大戮者。亡清之季，革命风说，潮流益竞，当局搢绅，又参以猜疑，遂成草木皆兵之象，实则行踪偶异，在在有之，迹涉疑似，妄兴大狱，激且生变，岂国之福哉？若夫砥行立名，声施天下，势足以犇走豪杰，力足以摧撼文网，大侠之能，久绝于后世矣！

《饲猫叟》（不才）篇末有这样的一段评语：

不才曰：少时往来里闬，曾购叟所灸肉尝之，嗣病其不洁，过辄掉首。然偶值春秋佳日，必见湫隘之蜗庐中，设小盎莳花数种，含芬吐艳，若蔷薇，若玫瑰，若菊而菊，尤靓美，扶摇多雅致，窃洒然异之，以为叟必非秽贱人也。及闻友言，则风尘物色之感，犹浅之乎视叟矣。

《屠沽记》（不才）篇末有这样的一段评语：

不才曰：昔人谓一行之善，必于人有济，岂不信哉！鲍老失业之野叟，而能仗义恤孤；高阳酒徒，自食其力，而能尽忠社会，至今里中人有余思焉。某有道先生为余道两家轶事，犹虎虎有生气。噫嘻！可无志欤？

《土窟余生》篇末有这样的一段评语：

外史氏曰：予参考三家之纪载，而作此简短之传。三家者，一英人兰特来郎氏，其二则哇希氏与忽乐利伯爵也。三家纪载互异，其评论亦各别。兰氏谓茄司摆尔，实一欺妄之徒，造无稽之谈，以愚弄全欧人士。哇氏则谓茄司摆尔，乃患非士的利亚病（妇女狂病）者也，不然，必其患神经病者也。因其精神错乱，乃至处心积虑，以谋自尽。亦有以茄司摆尔为拿破仑第一之子者，此则不根之谈矣。既无事实以为左证，其孰从而信之？数说之外，尚有一说，其说以为茄司摆尔，乃巴颠大公国（亦德联邦之一）之世子也，为其弟所逼，遭遇惨酷，乃成不慧之子。十六岁时被放于外，既而杀之以灭口。此说最为近理，乃忽乐利伯爵之所主张也。证据赅备，足以自圆其说。然攻之者尚众，故终以墓表所云，无名氏见杀于无名氏一语，最为平允云。

《说林》（第八集）

《说林》（第八集），民国三年（1914）六月初版，编纂者商务印书馆编译所，发行者、印刷所与总发行所均为上海商务印书馆，分售处为外埠商务印书馆分馆。全一册，凡80页，定价大洋贰角。【中国国家图书馆藏】

该集为文言短篇小说集，收入《微笑》（桌呆）、《死后》（桌呆）、《秘密室》（桌呆）、《火花斧》（共谊）、《大仲马在建瓯大著作》（瘦鹃），凡五篇。无序跋。

《微笑》（桌呆）篇首有这样的一段议论：

常言道，病从口中入，祸从口中出；又道，是非只为多开口，烦恼皆因强出头。如此看来，一张嘴，实在不是好东西，所以金人三缄其口，慎言也是修身的要诀。那知一味不言不语，其中也能生出许多事情来，这是什么缘故呢？

词胜不如意胜，事奇不如文奇。是篇通体白描，而意味隽永，传神阿堵，而故实全无，洵文字之空灵者。

《死后》（槀呆）凡十一节，无节目，无序跋。

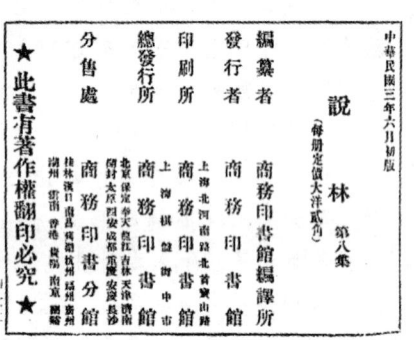

《秘密室》（槀呆）篇末有外史氏这样的一段评语：

外史氏曰：余读《小说月报》至《卖药童子》，未尝不废书而叹曰：怨毒之于人甚矣。此少年者，一复仇之孝子也。顾彼之所历，一昼夜间事，而此则蓄志至十余年之久，理之官，不直，待其母之终而身击之。且其父溺死事，得之于母，视彼所亲历亦有间，而皆为不可没。夫使二人者幸而不死，投身社会，本其至诚之一念，扩之充之，知必有为社会之光荣者。然而竟死，死者固视天地之大，其大且重未有如彼之复仇也者。此殆我国数千年伦理之学理，有以范之于无形耶？少年徐姓，名禄，死之年二十有五。黄沙白草之间，夕阳一片，有墓笠起，村之中无老幼男女，过之者至今犹呼徐孝子、徐孝子不置。

《大仲马在建瓯大著作》由美国亨利哈特著，周瘦鹃译。全文不分章节，无序跋。

《说林》（第九集）

《说林》（第九集），民国三年（1914）六月初版，编纂者商务印书馆编译所，发行者、印刷所与总发行所均为上海商务印书馆，分售处为外埠商务印书馆分馆。全一册，凡84页，定价大洋贰角。【中国国家图书馆藏】

该集为文言短篇小说集，收入《新论字》（焦木）、《赣榆奇案》（焦木）、《村老妪》（焦木）、《露西旅客》（焦木）、《冰洋双鲤》（澍生）、《动物院叟》（澍生）、《糖果中之炸弹》（步云）、《科西嘉童子》（瘦鹃）、《秋扇影》（欧云），凡九篇。无序跋。

《露西旅客》由亨利彭耐原著，焦木（恽铁樵）译。其篇末有这样的一段评语：

> 译者曰：吾读露西亚史，知其民多疑，鲜事蓄积，待人尚仪文，而贸易寡信用而已，不料其居民榛狉如是之甚也。躷凡为其国西部之大都会，墨斯科圣彼得堡，尤为首善之区。然而，荆棘弥天，勿剪勿伐，则其他可知矣。亨利述此，谓是十九世纪事，或者近来民德孟晋，顿改旧观欤？安得吾国人昨自俄归者一详询之？

《冰洋双鲤》原名为 Found in Bottle，原著者不详，澍生译。不分章节，无序跋。

《糖果中之炸弹》（步云）其篇末有译者这样的一段评语：

> 译者曰：妒贤疾能，排斥异己，古今同慨，然胡竟如是之酷耶？彼无行之女优不足惜，而人心之险，亦重可慨已。噫！

《科西嘉童子》（瘦鹃）篇末有译者这样的一段评语：

> 崇拜英雄之心理，欧亚略同。西人之于拿破仑，无智愚贤不肖，

皆乐道之。近见《大陆报》中《拿破仑鬼》一篇,事既幻怪,文尤詼诡,与此篇合刊,可名《拿翁逸史》,当迻译之以饷读者。(即《拿破仑之鬼》见《小说月报》四卷二号)

《秋扇影》由欧云根据英国爱塞宾耐尔剧本改写而成。凡四章,无章目,无序跋。

《说林》(第十集)

《说林》(第十集),民国三年(1914)六月初版,编纂者商务印书馆编译所,发行者、印刷所与总发行所均为上海商务印书馆,分售处为外埠商务印书馆分馆。全一册,凡85页,定价大洋贰角。【中国国家图书馆藏】

该集为文言短篇小说集,收入《侦探谈片》(英国史克挨笔记、遹声译)、《旅馆案》(逃时)、《科名泪》(王善余)、《磨坊主人》(周瘦鹃)、《明珠坠渊记》(三郎),凡五篇。无序跋。

《侦探谈片》由遹声根据英国史克挨笔记翻译而成,具体篇名为《情天蠹》,不分章节,无序跋。

《科名泪》(王善余)篇首有这样的一段议论:

三　商务印书馆《说部丛书》叙录　127

　　科举之废，十五年于兹矣。溯自李唐作俑，宋元明相继益盛，清以胡族主中夏，益因我所喜者而施之，国家重视之，士夫艳羡之，人才登进，此为正途。迂腐盈廷，用违所习，民智日塞，国势日衰，其影响至今日而未已。吾不暇为专制君主哀，而重为社会痛也。自有科举，读书人心縈利禄，父诏其子，妻勉其夫，其毒中人，如病之传染，不可以医药治庸。讵知三年一试，应者万人，题雁塔唱鸿胪者，如彩票之得头标耳。下此者勒帛滤遭，名心顿死，黄槐屡度，青眼难邀。一般可怜虫，固已不胜其凄楚，益以家风寒素，四壁萧条。苏季还乡，裘马都尽，刘蕡下第，文字无灵，若而人者，纵不殉之以身度，亦穷困逼人，褊躁以死矣。呜呼！青氈敝尽，未标姓氏于人间；黄土累然，已葬文章于地下，如吾所闻之沈生，尤可悲也。

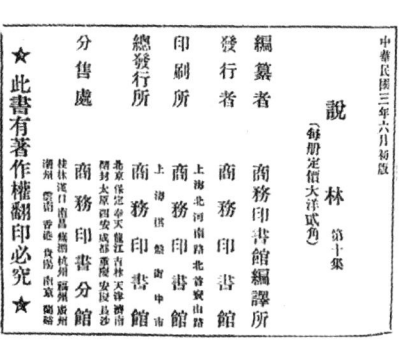

其篇末有这样的一段评述：

　　著者曰：余与沈生同乡里，知之备详。当沈丧时，曾为文以哀之。后不十年，科举旋废，痼疾既去，春梦都醒，旧事凄清，何劳哓舌。顾余念国民性质，蹈故习常，崇尚虚浮，羁縻好爵，不从实际上着想，仍在功名中讨生活，古今前后，如出一途。非科举而等于科举之误人，笑沈生终恐蹈沈生之覆辙。表而出之，此则余之微意也。

《明珠坠渊记》（三郎）篇首有这样的两段议论：

　　春雨廉纤，寓楼蛰伏，欲操笔有所记，杂绪万端。忽有一事，来吾脑中，忆曩与恧君对坐谈家常话，恧君喜举里巷琐闻，虽一时闲谈，多足资社会家庭间之研究。尝述一女子，遭意外之不幸，致以清洁高贵之身，溷迹烟花者数载。虽还合浦之珠，已等章台之柳，非关不德，竟失贞名，各为之欷歔不已，请以语当世，或异于谈怪志异者流也。

　　人不幸而为妓，君子悯之，故有不惜千金而为之脱籍者，莫不视为豪举。然野鸟之性，往往难就樊笼，习于下流，心志易趋邪僻。其有构家庭之祸，而害及子女者，则尤可痛已。

《说林》（第十一集）

　　《说林》（第十一集），民国三年（1914）六月初版，编纂者商务印书馆编译所，发行者、印刷所与总发行所均为上海商务印书馆，分售处为外埠商务印书馆分馆。全一册，凡85页，定价大洋贰角。【中国国家图书馆藏】

该集为文言短篇小说集，收入《加波拿里党》（徐石禅）、《虚无党复仇记》（心一）、《劫灰记》（质疑）、《剑绮缘》（宣樊），凡四篇。无序跋。

《加波拿里党》原著者不详，石禅徐远译述。不分章节，无序跋。

《虚无党复仇记》由英国葛威廉原著，心一译。不分章节，无序跋。

《劫灰记》不分章节，无序跋。

《剑绮缘》分八章，无章目，无序跋。第一章篇首有这样一段议论，兹录如下：

> 诸君，吾固中国人，亦美洲一小工也。少年读书，即喜为壮游，嗣以衣食粗足，家族咸鄙，咸尼余行，以为风尘奔走，皆贫婆者不得已而为之，以子富有，正宜安享清福，何事远出？天下惟才力卓绝之人，方不为境所限，而人亦无从而尼之。如余者，则固志虑薄弱，不能移人，而常为人所移者也。以故自闻此言，壮游之心，一时冰涣。

第八章篇末有这样一段文字能够体现作者的文化观念，兹录如下：

> 其后秀君卒嫁一青年之学生，盖有学问而具干才者。秀君今已生子，将来夫妻幸福，正未可量。太夫人亦健存，周生夫人尤能守礼，家庭气象甚和雍也。余今犹独身，以此一千四百金元之母财，年生利子，资我生活。闻人言，《史记·游侠传》甚佳，明日将往购而读之。

《说林》（第十二集）

《说林》（第十二集），民国三年（1914）七月初版，编纂者商务印书馆编译所，发行者、印刷所与总发行所均为上海商务印书馆，分售处为外埠商务印书馆分馆。全一册，凡88页，定价大洋贰角。【中国国家图书馆藏】

该集为文言短篇小说集，收入《壹元银币之旅行谈》（靖之）、《红菜台》（抚掌）、《鬼语》（潜夫）、《十字碑》（况梅），凡四篇。无序跋。

《鬼语》由英国迭更司原著，潜夫译。不分章节，无序跋。

《十字碑》包括《卜居》《就学》《晚归》《嬉游》《艳嘖》《情觏》

《订婚》《赠别》《计赚》《哀祭》，凡十节，无节目，无序跋。

《说林》（第十三集）

《说林》（第十三集），民国三年（1914）七月初版，编纂者商务印书馆编译所，发行者、印刷所与总发行所均为上海商务印书馆，分售处为外埠商务印书馆分馆。全一册，凡113页，定价大洋贰角。【中国国家图书馆藏】

该集为小说集，收入《戏迷梦》（苍园）与《侠女郎》（吴梼），凡二篇。《戏迷梦》原载《小说月报》第3卷第8—10号，1912年11月至1913年1月，刊毕。该作为章回体，凡十回，有回目，无序跋。

该作共十回，有回目，回目依次为：

第一回　黑甜乡快聆妙曲　戏迷梦演说来由
第二回　苦口婆心改良社会　借题寄慨唤醒愚蒙
第三回　谈戏剧追原祸始　论改革借证他邦
第四回　游天宫打开眼界　观世局别有心肠
第五回　铁拐李居然官派　金罗汉假作威风
第六回　天上天神仙怪状　梦中梦旧雨欢迎
第七回　话前缘天宫黑暗　叙往事人海浮沉

第八回　真权利高谈义务　鬼学生独占便宜
第九回　黄鹤楼平地遇险　诸葛亮舍命归山
第十回　六王爷钦点翠屏山　亡国奴惊醒满洲梦

第一回开篇数段类似"楔子",摘录如下:

哈哈,看官,在下这么擘空而来,诸君不要说我唐突。我这好有一比。好比那做八股的风味,昂头天外,眼光四射。这有一个名目的,叫做挺而硬,八股的家数,拿来编小说,又腐败,又是新鲜。这岂不是双管齐下吗?闲话不表。看官,你道这曲儿是谁唱啦?说来亦狠(很)奇怪。这人姓吴单名一个美字,混名戏迷,是从前北京最有名的角儿。这戏迷先生的历史,谈起来话长得狠(很)呢。他一家之中,公孙父子婆媳,个个都讲究听戏的。今儿听了,明儿又听,日里听了,晚上又听。听了之后,回来睡着也唱,吃着也唱,走着也唱,简直出恭小便时的时光,眼睛闭着,嘴里也是哼着。所以祖传到戏迷手里,就成了一个积癖。倘若遇着这一日是个忌辰,他就十分难过,寝食不安。那副神情,犹如从前的书呆子,半痴半颠的,仿佛入了什么魔障一般,因此大家送了他一个美号叫做"戏迷"。

《侠女郎》由日本押川春浪著,吴梼萱中译,为章回体,凡八回,有回目,无序跋。回目为:

第一回　夺锦标名姬赛马
第二回　散银币侠女犹龙
第三回　歼暴客黄衫义愤
第四回　探绝险翠袖单寒
第五回　走燐火岩石飞空
第六回　穿隧道金钻耀彩
第七回　子夜斗歌名姬出险
第八回　国民兴颂侠女蜚声

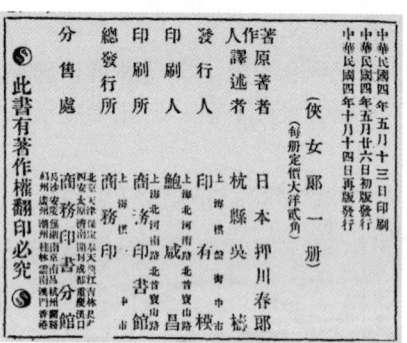

《侠女郎》，原载《小说月报》第三卷第十至十一号（1913年1月至2月），署日本押川春郎原著，中华吴梼甍中译。每期刊载四回，凡八回，与上文八回回目相同，从略。有回目，无序跋。

《侠女郎》还有另一种版本，《说部丛书》四集系列第二集四十七编，民国四年（1915）五月十三日印刷，民国四年（1915）五月廿六日初版发行，民国四年（1915）十月十四日再版发行。再版本封面题"冒险小说"，版权页署原著者日本押川春郎，译述者杭县吴梼，发行人为印有模，印刷人为鲍咸昌。总发行所为位于上海棋盘街中市的商务印书馆，分售处为全国各地乃至海外的商务印书馆分馆，凡28处。全一册，凡75页，每册定价大洋贰角。上海图书馆藏（两种版本）、复旦大学图书馆藏（两种版本）、中国国家图书馆藏（再版本）。凡八回，有回目，无序跋。

回目与《小说月报》刊本相同。

《说林》（第十四集）

《说林》（第十四集），民国三年（1914）七月初版，编纂者商务印书馆编译所，发行者、印刷所与总发行所均为上海商务印书馆，分售处为外埠商务印书馆分馆。全一册，凡96页，定价大洋贰角。【中国国家图书馆藏】

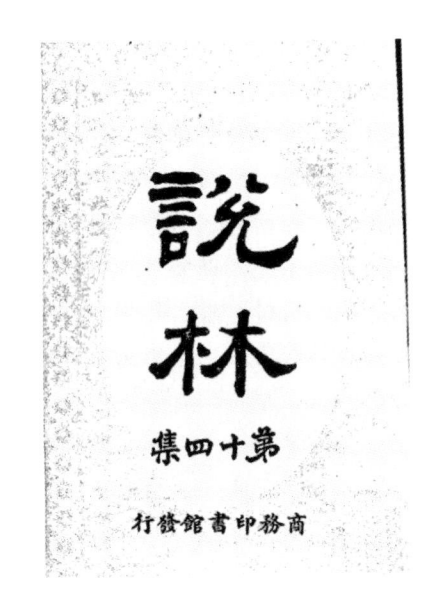

该集为文言短篇小说集，收入《空未能空》《泥忆云》《出山泉水》《七十五里》《雁声》《欧蓼乳瓶》《孽海暗潮》《鞠有黄花》《洞庭客话》，均为恽铁樵所撰述（包括改译），凡九篇。

《空未能空》根据《威克斐牧师传》中 The Hermit 篇改译而成。《出山泉水》译自《海滨杂志》。《雁声》朗山原稿，恽铁樵润色。《欧蓼乳瓶》为译稿，原著者不详。

卷首有《叙》，兹录如下：

《汉书·艺文志》：小说者流，盖出于稗官，街谈巷语，道听涂说者之所造也。余杭章太炎氏衍明其义，谓《庄子·天下篇》，举宋钘尹文之术列为一家。今尹文入名家，而宋子只入小说。以意揣之，宋子上说下教，强聒不舍。盖有意于社会道德者，街谈巷议所以有益于民俗也。仆独谓太史公，天下良史也。顾自己意有所郁结不得摅、故著书辞称微妙难识，述封禅则尚迂怪而羞儒生，传司马相如则悦男女而倍礼教，序游侠则进处士而退奸雄，是亦稗官之遗意也。恽子生于衰季之世，闵流俗之慆淫，嫉贪夫之在位，故其所著书，轻禄仕，贵武侠，道男女好悦之辞，微言讽刺，不少概见，辄亦有与太史公之意相符者，岂匪太炎所谓有意于社会道德者欤？故其为文也，甚质而不俚，有先人大云之流风焉。顾恽子不以自多，远道邮所著相示，其辞有曰：际此斯文衰歇，瓦釜雷鸣，不谓有抱残守缺之人如吾子者，于茫茫人海中得傥遇之，此某愿北面师事者也。然仆则何足以当此？惟世之治文字者，必远祖太史公而近祢望溪海峰两先生，惜抱姚先生继之，治其术瘉精，号桐城派，当海峰之世。吾侯山钱氏有伯垌字鲁思者，于仆为诸父行，亲受业海峰之门，时时诵其师说于恽子先人大云及张茗柯两先生，遂尽弃其考据骈俪之学而学焉。于是阳湖古文之学特盛，陆祁孙七家文钞序言之，此足证两家先人以文字缔交之既久也。始仆年十七八，时气瘉盛，视天下事无屑措意者。既获交桐城严钊，骤睹仆所为文，诧曰：一何似吾师吴挚翁先生也。仆初不识吴先生为何如人，严以先生文见馈，仆心好之，乃肆力治吴先生之学不衰。今恽子虚怀下交，自渐学问文章，不逮鲁思伯一，而恽子渊源家学，必能绍其先人大云遗绪无疑也。仆倘获厕于友生，一如吾家鲁思之例，死不配矣。遂为叙其大凡如此，不知恽子其何以慰我也。

无锡钱基博

《七十五里》篇末有"著者自识"：

早岁同学中，或攻苦过当，或运动剧烈，致夭折者，如江阴沙君，同邑程君，华亭余君。吾文中云某，不啻为之写照，握管凝想，历历在目，令人增宿草之悲。意诸家父兄，未必不归咎学校，充类至义之尽，亦教育阻力之一原因也。然学校岂任咎哉？吾愿莘莘学子，以守规则为前提，不循规则，非稳健之道也。博塞读书，美恶虽异，而亡羊则均。呜呼！著者自识。

《鞠有黄花》篇首有一段议论：

铁樵曰：昆陵西北丹阳之境，有山曰九陵，吾家远祖之墓在焉。

童时常至其地，冈峦瘦绉，林木潇翳，如置身画图，涤去尘俗。然山中居民类榛榛狉狉，如上古原人。犹忆当日土人以蛙菌者相饷。菌类麻菇，而巨，味如生半夏，才一咀嚼，舌本钝麻，不堪下咽。询之，则山中人视此为美馔也。余撰是篇既竟，以示友某，友曰：君亦知媞嬧故金牛镇土倡，而九陵山中之土人子乎？彼由金牛而无锡，而苏州，而上海，遂有以后事。以彼山僻不文之区，而产此尤物，且为妓以色艺著，为学生以声誉著，为将军为夫人，无所之不崭然露头角焉。当时浣纱伴，莫得同车归。将军之身世，宁不奇哉？余亦为之怃然为间曰：奇！已而笑曰：以媞嬧而曾饱饫蛙菌真奇之又奇者也。

其篇首有这样一段评述：

嗜读小说诸君，亦曾一浏览《繁华梦》乎？《繁华梦》者，清光绪之季，识官场北里琐事者也。其所叙述皆社会腐败之尤，故作者亦几以禹鼎温犀自负。然而个中人物，曾为如火如荼之革命事业者正不乏人，未许一笔抹煞。以余所知，媞嬧将军，其可传者也。

《洞庭客话》篇首有这样一段议论：

明社既屋，孑遗黎民，抱攘夷主义，创为秘密会社，豪杰之士，争归附之。虽未有效，然个中人轻生死重然诺，疾病颠危相扶持，而复群策群力，诛锄贪暴，其为团体视晚近来醉心欧化者之所为，殆有过之无不及者。满清政府以其害己也，名之曰匪，众人不察，亦从而匪之，再传而后，忘其本旨，人格亦稍下矣。然而，条律井严，组织完善，非无赖恶汉盲无知识者之所能为。有断然者，以余所闻，其大略可得言焉。

其篇末有这样一段评述：

铁樵曰：是篇与日人平山周氏所著《中国秘密会社》，可以互证。篇首攘夷主义云云，与反涓复汩之说，若合符节，可知革命之深入人心者，不仅在中流社会矣。独惜个中人物，类不学无术，思想卑劣，是以每下愈况久而无功。如王大汉者，以烧学堂洋关为能事，亦义和拳之流亚也。虽甚勇悍，何足道哉？

四　小说林社《说部丛书》叙录

小说林社由孟芝熙（即曾朴）、丁芝孙、朱积熙（即徐念慈）三人于1904年（甲辰）8月在上海创立，这是一家小型的民营书局，也是近代中国第一家专门出版新小说作品的出版社。"先生（曾朴）真切地认识了小说在文学上的特殊地位，因此想要打破当时一般学者轻视小说的心理，纠集同志，创立一家书店，专以发行小说为目的，就命名叫小说林。"（曾虚白《曾孟朴先生年谱》）该社宗旨是"专以发行小说为目的""提倡译著小说"，或者正如《谨告小说林社创设宏文馆之趣意》所说"以稗官野史之记载，寓诱革俗之深心"，"发行各种小说"。《小说林》是小说林社创办的唯一一份文学刊物，光绪三十三年正月（1907年2月）在上海创刊，由小说林总编辑所编辑，黄人、徐念慈任主编，至光绪三十四年九月（1908年10月）停刊，共出版12期（第9期后刊发"新年大增刊"）。《小说林》被誉为晚清四大小说期刊之一。小说林社从1904年9月到1908年初三年多的时间里，先后出版了关于历史、地理、科学、军事、侦探、神怪、言情、国民、家庭、社会、冒险、滑稽12类共120多种小说，并发行了丛书"小本小说"。其发行网络不详。[①]

[①] 参见关家铮《关于小说林社》，《图书馆建设》2001年第6期；郭浩帆：《〈小说林〉杂志与小说林社》，《出版史料》2001年第6期；付建舟：《小说林社》，付建舟编：《晚清民营书局发行书目》，黑龙江教育出版社2016年版。这一部分与颜梦寒合撰。

（一）小说林社《小本小说》叙录

第一集

第二册《红泥记》

《红泥记》，英国包福著，竹书译，封面印《小本小说》第一集第二册。版权页信息为：编辑者为小说林总编译所，印刷者为小说林活版部（上海派克路福海里），发行者为小说林总发行所（上海棋盘街中市），分售者为各省书局。丙午年（1906）八月初版，同年同月发行。全一册，凡154页，定价二角半。【上海图书馆藏】

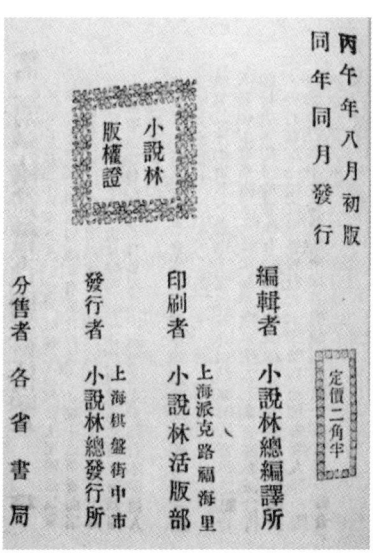

第三册《钱塘狱》

《钱塘狱》，讷夫著，《小本小说》第一集第三册。版权页信息为：编辑者为小说林总编译所，印刷者为小说林活版部（上海派克路福海里），发行者为小说林总发行所（上海棋盘街中市），分售者为各省书局。丙午年（1906）十月初版，同年同月发行。全一册，凡88页，上册定价三

角。【上海图书馆藏】

分上下两卷，每卷五回，合订一册。凡十回，有回目，无序跋。回目依次为：

第一回　苏州城好官出世　钱塘县冤狱投呈
第二回　好姻缘邻里相夸　富妆奁亲朋共羡
第三回　县官私访无真据　冤犯熬刑竟屈招
第四回　再探监黎母含悲　暂绝泣姚妻复活
第五回　告御状闻凶信折回　慕名探分家私告白
第六回　揭贴登门偏遭呵斥　寻消问息煞费心机
第七回　为探案遵陆走京畿　遇匪徒失财丐驺卒
第八回　泰安府两探寻踪　前门街真凶觌面
第九回　亲王府倚赖夸豪　义成店开张醵饮
第十回　雪寄冤始泯贞姬怨　析家产聊酬侦探功

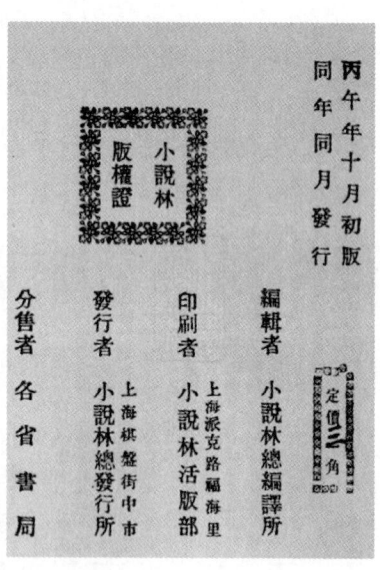

第四册《瑶瑟夫人》（下卷）

《瑶瑟夫人》（下卷）（言情小说），李涵秋著，《小本小说》第一集第四册。版权页信息为：编辑者为小说林总编译所，印刷者为小说林活版部（上海派克路福海里），发行者为小说林总发行所（上海棋盘街中市），分售者为各省书局。丙午年（1906）十一月初版，同年同月发行。全书

一册，凡118页，定价二角。【中国国家图书馆藏】

全书分上下两卷，每卷一册。上册二十章，有章目。

下册无目录页，章目散见于正文。共十八章，有章目（其中第十七、十八章，原文缺章目）。章目依次为：

第一章　绣雨女郎	第十章　危亭
第二章　一颗玉弹会打出两颗弹来	第十一章　双寰探险
	第十二章　又进一个人来
第三章　餐馆与火车	第十三章　裁判所之晤会
第四章　幽室	第十四章　宣告死刑
第五章　虎背桥之大风雨	第十五章　狱决
第六章　好大鱼好大鱼	第十六章　一男一女
第七章　网香居	第十七章　（按：原缺章目）
第八章　俨然熊明伺姬	第十八章　（按：原缺章目）
第九章　血腥	

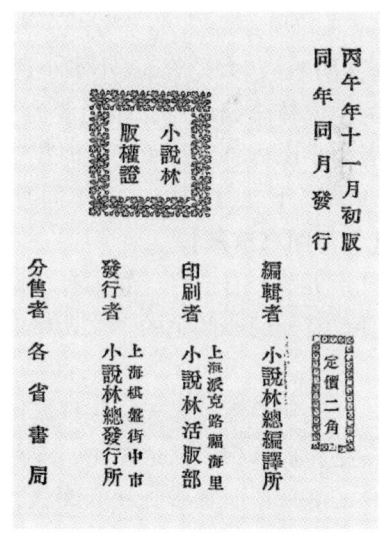

篇末有"题跋"，兹录如下：

《瑶瑟夫人》一书，吾友沁香阁主涵秋氏作也，顽艳哀感，不可思议。其叙事处善用藏锋笔法，若出之伧父，则瑶瑟动身后必叙熊明入室，乃藏而不露，于榕玉皮袋内忽露黑云飞，熊必能达其目的一语，不特瑶瑟不解，仆亦不解也。火车上仿佛见一女人之背，阅者必以为榕玉，以剑眉少年为波爱，斯固不知其为熊明为美洛也。瑶瑟请律师申诉，偏请到榕玉之父，奇乎？不奇。石洞中必遇好人，以为摩立救星，偏遇熊明。写瑟瑶一心为夫，不暇他计，情之深处，入木三分。绣雨落水之时，渔父救人，必为绣雨无疑矣，而非绣雨。绣雨，情侠，忽遇帮手，迟之，又久不知其姓氏，至摩立法场授首，突与榕玉并至，是何狡狯？是何神勇？法场群声偕作，当日情景活现纸上。余谓群声偕作之外，又有一声，则阅者拍案叫好之声也。其盘空硬语，得之《离骚·山鬼》《南华·秋水》，唐元装西游故事，何足道哉！石洞中说白数言，昔为摩立君得意上场，今为摩立君伤心结果。申公说法，感及顽石，乃知葩经全部本乎无邪，玉溪香奁可以悟道。仁者见之为仁也，智者见之为智也，独情也乎哉？

丙午秋日　醉六居士吉仪氏识

第五册《文明贼》

《文明贼》，大爱著，《小本小说》第一集第五册。版权页信息为：编辑者为小说林总编译所，印刷者为小说林活版部（上海派克路福海里），发行者为小说林总发行所（上海棋盘街中市），分售者为各省书局。丙午年（1906）十二月初版，同年同月发行。全一册，凡64页，定价一角半。【上海图书馆藏】

凡十五节，有节目。卷末有"跋"，从略。

卷首有云间一鹤生的"文明贼题词"，其词为：

文明浪涌浛寥天，一纸新闻海内传。妙绝爱华侦探手，怎教亚福不垂怜。春回大陆透韶光，万紫千红尽逞强。社会转移谁作宰，堂堂侠士竟跳梁。催眠奇技具豪风，世态炎凉在眼中。鹿孝酒帘飘扬处，有人侘傺话英雄。发迹原从泳气钟，一朝睡眼失朦胧。先生秘密终何用，遂使君家起蛰龙。风流千古艳新婚，灿烂名花种德门。莫谓自由真不死，罗兰妙语有谁伦？公园巧得锦鸡名，邂逅相逢笑语倾。宇内知音能有几，成连海上最移情。玉轴牙籤翰墨场，醰醰书味暗生香。一朝公案无端破，志士何曾作主张。欧风墨雨多奇境，快读新书感不禁。绅士一经长叹后，馀音犹绕数峰青。

四 小说林社《说部丛书》叙录　141

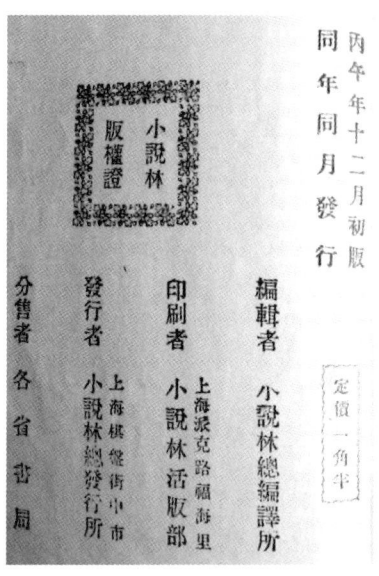

云间一鹤生的"文明贼题词"之后有品石山民的"题文明贼"，其词为：

> 滔滔颓俗幻狂澜，妆点鸱枭作凤鸾。买得人心齐鼓掌，何殊优孟着衣冠。孔颜面目盗跖心，劳氏怀惭对影衾。为借温峤犀一照，意珠脑电显阴森。文明侠客太离奇，秘密公文被窃时。两次署名无破绽，面红耳赤隐全披。女儿花发焕文明，慧剑欣看斩棘荆。灌溉自繇（由）初出现，纷纷弃箧负前盟。陇头望蜀蜀山青，争订丝萝赋小星。巧得爱华佳话播，盗名遗实警冥冥。香车宝马烂盈门，艳福争传鹿孝村。数叠琴声齐奏后，捧觞寿上北堂萱。名缰利锁趁豪华，社会于今酷尚奢。一片浇风民族耻，挽回端赖笔生花。言言刮垢磨光旨，事事抽丝剥茧成。我亦伤时歌哭子，短章吟罢黯孤檠。

品石山民的"题文明贼"之后有著作者大爱撰写的"赘语"，兹录如下：

> 文明贼非文明之贼，乃贼之文明，此为本书之定义。
> 《文明贼》为补救社会而作，故曰社会小说。

《文明贼》者，社会小说也。社会者，多数人之所积也。故著《文明贼》者，愿多数人读之。

《文明贼》者，社会小说也。社会者，行之实验场也。故读《文明贼》者，当注意夫言行。

读《文明贼》而言行两歧者，愿摧烧之。

读《文明贼》而言行一致者，当欢迎之。

未读《文明贼》而言行两歧者，愿一读之。

未读《文明贼》而言行一致者，当百读之。

全书入一人口气，一人者何？亚福先生也。

此书虽为社会小说，亦侦探小说也。侦探者何？亚福与爱华是也。

此书虽为社会小说，亦言情小说也。言情者何，钱志士与贾女士是也。

曰中华泰晤士者，记始也。无中华泰晤士，则此书从何说起。

曰催眠术者，记侦探之变相也。

曰自繇（由）结婚者，记青年幸福之一也。

曰锦鸡公园者，记邂逅相遇，爱情浓郁也。

曰寄赠书者，记五载前之两小无也。

曰《文明贼》之发见，记书中主人翁也。援欧美小说例，不以喧宾夺主为嫌。

曰口供者，记文明贼之历史也。口供为贼所同有，文明贼亦贼耳。

曰绅士长叹者，记终也。无绅士之长叹，则此书永无尽期。

第六册《埋香记》

《埋香记》，《小本小说》第一集第六册。卷首署伯熙陈荣广著。版权页信息为：编辑者为小说林总编译所，印刷者为小说林活版部（上海派克路福海里），发行者为小说林总发行所（上海棋盘街中市），分售者为各省书局。丙午年（1906）十二月初版，同年同月发行。全一册，凡46页，定价一角。【上海图书馆藏】

全书不分章节，无序跋。

该著使用浅近文言，十分流畅。

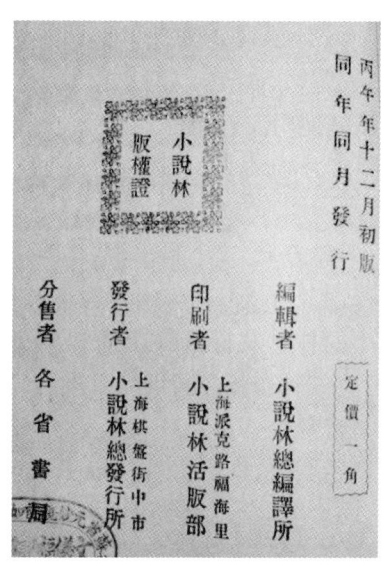

第七册《雾中案》

《雾中案》，《小本小说》第一集第七册。版权页信息为：译述者为笑我生，印刷者为小说林活版部（上海派克路福海里），发行者为小说林总发行所（上海棋盘街中市），分售者为各省书局。丁未年（1907）正月初版，同年同月发行。全一册，凡90页，定价二角。【上海图书馆藏】

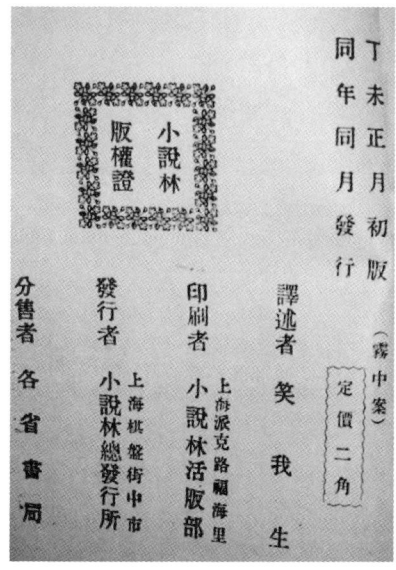

全书不分章节，无序跋。

该著使用浅近文言，十分流畅。

第八册《黄钻石》

《黄钻石》，《小本小说》第一集第八册。英国苏琴著。版权页信息为：译述者为越卤，印刷者为小说林活版部（上海派克路福海里），发行者为小说林总发行所（上海棋盘街中市），分售者为各省书局。丁未年（1907）三月初版，同年同月发行。全二册，凡194页，定价五角。【上海图书馆藏】

《黄钻石》即为《狡狯童子》（徐念慈）

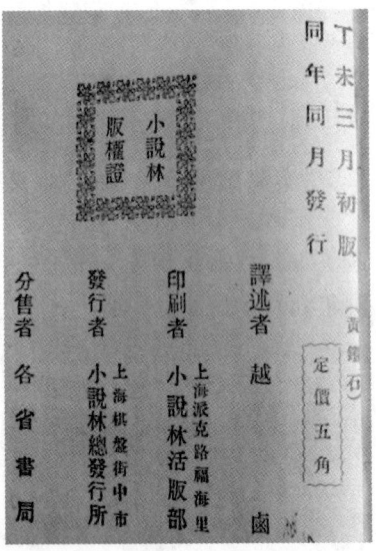

第二集

第一册《鬼室余生路》

《鬼室余生路》，《小本小说》第二集第一册。篇首著"英文原本""中国方笛江译"。版权页信息为：译述者为小说林社编译所，印刷者为小说林活版部（上海派克路福海里），发行者为小说林总发行所（上海棋盘街中市），分售者为各省书局。丁未年（1907）五月初版，同年同月发

四 小说林社《说部丛书》叙录 145

行。全一册，凡194页，定价三角。【上海图书馆藏】

全书凡三十六节，有节目，无序跋。节目依次为：

鬼室一	妒毒十九
女窃二	宣秘二十
惊毙三	夕报二十一
医踪四	郭洪二十二
危机五	秘书二十三
饮刃六	异客二十四
弹的七	外衣二十五
冤陷八	异闻二十六
裁判九	私探二十七
鬼父十	臆诉二十八
暴行十一	实验二十九
受缚十二	推解三十
奇死十三	密勘三十一
怪声十四	大惊三十二
健妇十五	佳报三十三
猫鼠十六	探述三十四
恶葵十七	密侦三十五
逼议十八	结案三十六

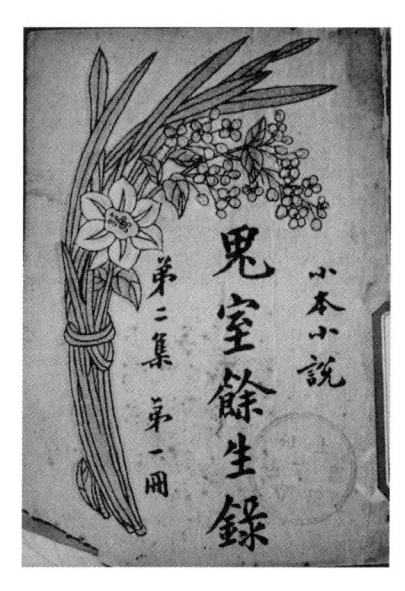

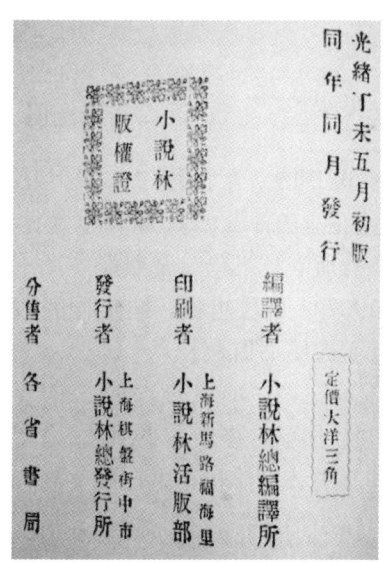

第二册《里城狱》

《里城狱》,《小本小说》第二集第二册。版权页信息:编译者为罗蕊原著,印刷者为小说林活版部(上海新马路福海里),发行者为小说林总发行所(上海棋盘街中市),分发行所为宏林书局(苏州珠明寺前)与常熟海虞图书馆,分售者为各省书局。光绪丁未年(1907)九月初版,同年同月发行。全二册,凡278页,定价四角。【上海图书馆藏】

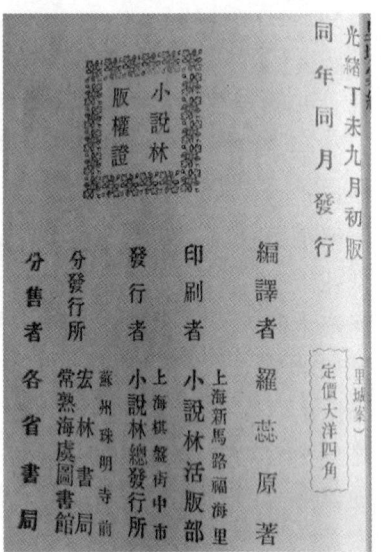

第三册《小红儿》

《小红儿》,封面题"小本小说第二集第三册"。版权页署"品花小史著、伴花小史评","印刷者小说林活版部","发行者小说林总发行所","分发行所宏林书局、常熟海虞图书馆","分售者各省书局"。光绪丁未年(1907)九月初版,同年同月发行。全一册,凡60页,定价大洋一角。【上海图书馆藏】

凡十二节,有简要节目,依次为:奇女子、侠少年、拯友、幽囚、须!须、出狱、夜话、小别、入梦、出梦、璧合、囊中之头。正文前署名"品花小史著、伴花小史评"。卷首有"弁言",卷末无跋。卷首有伴花小史撰写的"弁言",兹录如下:

游山一乐也，玩水一乐也，吟风一乐也，赏月一乐也。然游山、玩水、吟风、赏月虽乐，而终不如读《小红儿》之乐，何以故？盖《小红儿》之节，穆如清风；《小红儿》之心，皎如明月；《小红儿》品格之高，则屹屹然山也；《小红儿》柔情之深，则滔滔然水也。故读《小红儿传》者，如对高山，如临流水，如清风之爽人胸境，如皓月之沁人心脾，良辰美景，月白窗虚，临风一读，其乐何如？伴花小史

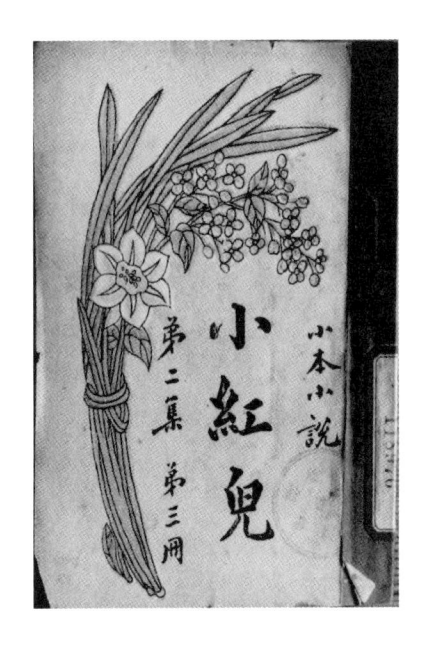

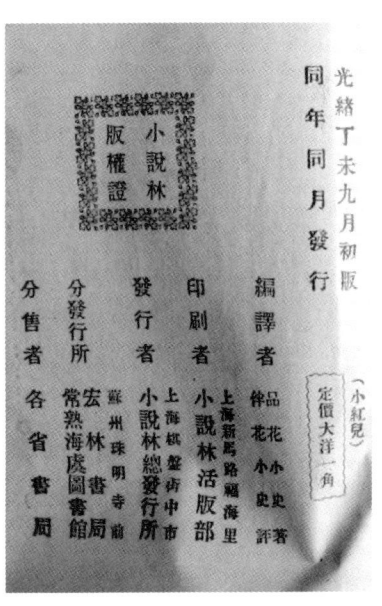

第四册《凤厄春》

《凤厄春》，题"义侠小说"，浙江蒋景缄著，上海·小说林社"小本小说第二集第四册"，光绪丁未年（1907）八月初版，同年同月发行。印刷者为小说林活版部（上海派新马路福海里），发行者为小说林总发行所（上海棋盘街中市），分售者为各省书局。全一册，凡44页，定价大洋一角。【上海图书馆藏】

正文首署"浙杭蒋景缄著"，版权页署"编译者铤夸"，由此推测"铤夸"可能是蒋景缄的笔名。该作是创作还是译作，尚待考。

凡十章，有章目，章目依次为：

第一章　医士	第六章　侦探血案之旅行
第二章　山中别墅	第七章　室内遇险
第三章　移花接木	第八章　隧道发现
第四章　体质互换之借证	第九章　意外之缔婚
第五章　嬴任庄血案	第十章　总结

卷首有作者"凤厄春小叙",兹录如下:

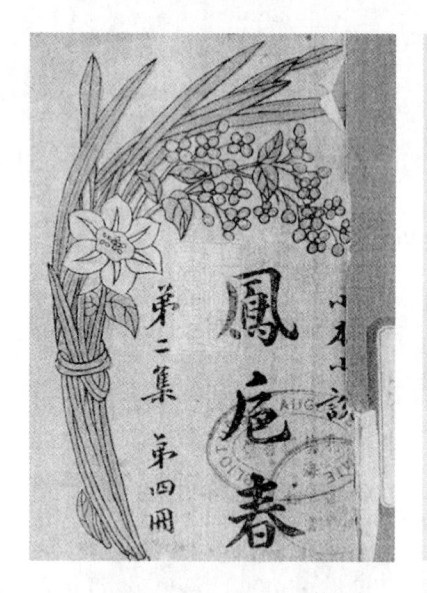

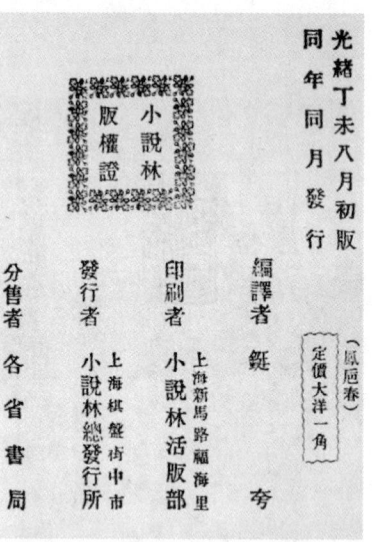

　　昔蜀王时有丈夫化为女子,王聘为妃。宋徽宗朝,酒家妇生须及寸,皆体中所含之质,完全发现,与一部分发现之特征,前代灾祥符瑞之说,充于耳鼓。此种不经见之事,辄以为国家征应,慎已。今值医学昌明,全体解剖之学日有进步,而此最要之问题,最新之思想,吾国中或以为猥琐不足道者。乃数百年前,忽有医学巨子,首先发明,讵非至可惊奇者乎?夫男女体质,不过内外反对而已,而转易时之变病,辄足致死,如篇中徐君所云,关系亦綦重矣。余学极谫陋,愧未能发挥徐君心得,第于凤英历史,以采撷所及者,著为此篇,世或有乐阐斯旨者乎?匪所不逮,非独鄙人之幸也。著作识

第七册《海门案》

　　《海门案》，封面印《小本小说》第二集第七册。版权页信息：编辑者为穷汉，印刷者为小说林活版部（上海新马路福海里），发行者为小说林总发行所（上海棋盘街中市），分发行所为苏州宏林书局（苏州珠明寺前）与常熟海虞图书馆，分售者为各省书局。光绪丁未年（1907）十月初版，同年同月发行。全一册，凡120页，定价大洋二角。【上海图书馆藏】

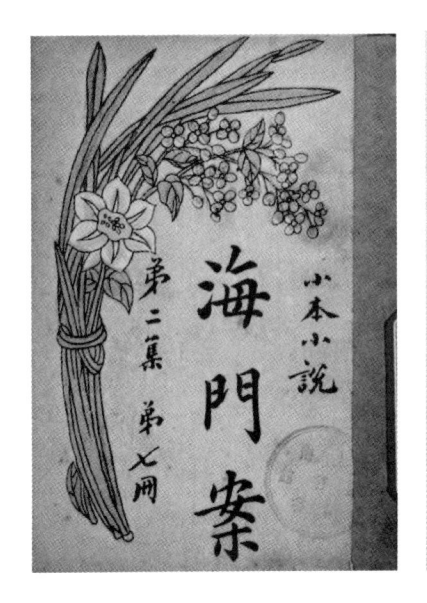

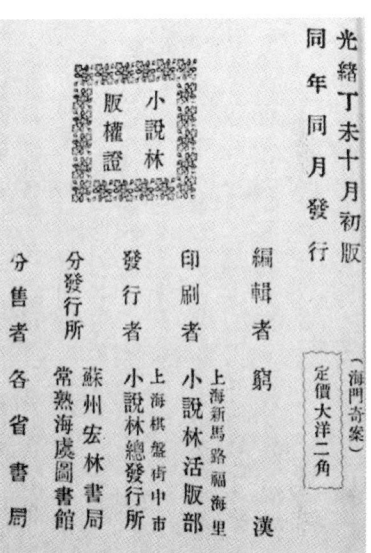

第八册《三疑案》

　　《三疑案》，《小本小说》第二集第八册。版权页信息：编辑者为小说林编辑社，印刷者为小说林活版部（上海新马路福海里），发行者为小说林总发行所（上海棋盘街中市），分发行所为苏州宏林书局（苏州珠明寺前）与常熟海虞图书馆，分售者为各省书局。光绪丁未年（1907）十一月初版，同年同月发行。全一册，凡194页，定价大洋四角。【上海图书馆藏】

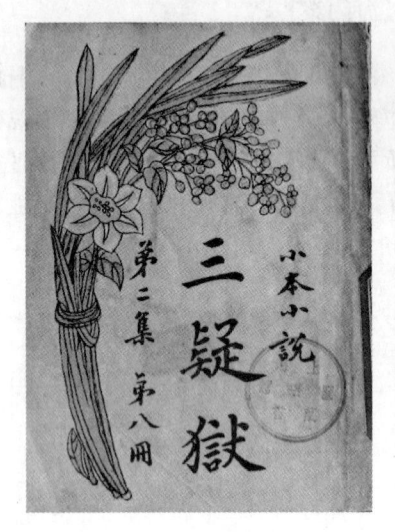

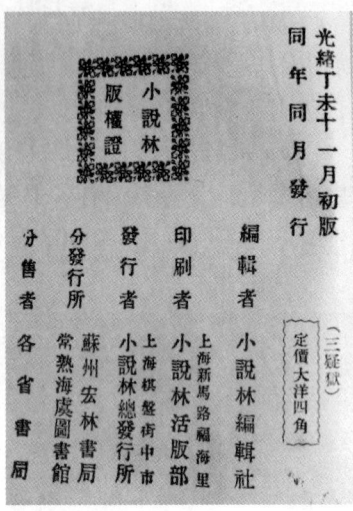

第三集

第二册《金篾叶》

《金篾叶》，题"义侠小说"，浙江蒋景缄著，上海·小说林社"小本小说第三集第二册"，光绪戊申年（1908）三月初版，同年同月发行。印刷者为小说林活版部（上海派新马路福海里），发行者为小说林总发行所（上海棋盘街中市），分发行所为苏州宏林书局与常熟海虞图书馆，分售者为各省书局。《小本小说》第三集第二册。全一册，44页，定价大洋壹角。【上海图书馆藏】

凡十一章，有章目，无序跋。章目依次为：

第一章　刃仇　　　　　第七章　贞墨
第二章　暴客　　　　　第八章　孝赚
第三章　惨爱　　　　　第九章　劫悮
第四章　禽魁　　　　　第十章　易容
第五章　丐诡　　　　　第十一章　归宿
第六章　盗侠

四 小说林社《说部丛书》叙录　　151

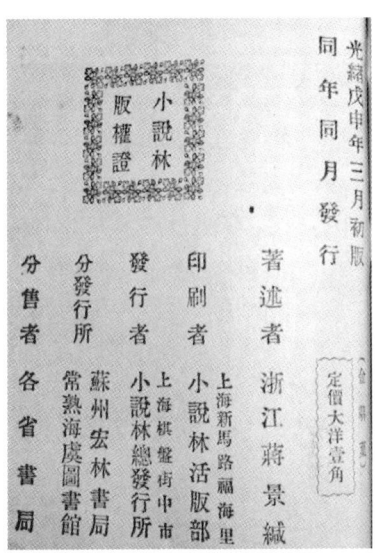

该作有骈体之风，摘录两段如下：

> 綵胜斗门悬，屠苏酒醒，春人兴好，红日将升，诚一天新气象哉。斯时东台市面，除爆竹声之外，更无他响。盖咸丰某年正月元旦也。东台地滨海，辖盐场者三十六，富商盐贾多居之，枭匪亦以时出没其间。以丁溪小海为荟萃，故劫掠焚杀，抗官拒捕，时有所闻，而善类受池鱼之殃者，颇亦不乏。

> 是时天街尘静，万户森严，各以祀天地、接灶神等俗事，忙冗于室，贺岁之人，以时间尚早，均未出。邑之东街后趋盐分司署，有僻街一，仿卢茶社在焉。茶社旁则为邑之捕役周春家。

第三册《瓮金梦》

《瓮金梦》，湖州现愚著述，光绪戊申年（1908）三月初版，同年同月发行。小说林活版部印刷，小说林总发行所发行，苏州宏林书局与常熟海虞图书馆分发行，各省书局分售。《小本小说》第三集第三册。全一册，共50页。定价大洋壹角。【上海图书馆藏】

全书凡十四节，节目依次为：梦醒、古宅缘起、逼徒、售屋、屋成演说、叙少年史、除夕怪现象、两日囚、访！访、游重洋归、小亭之触、借居、瓮金发现、总结。

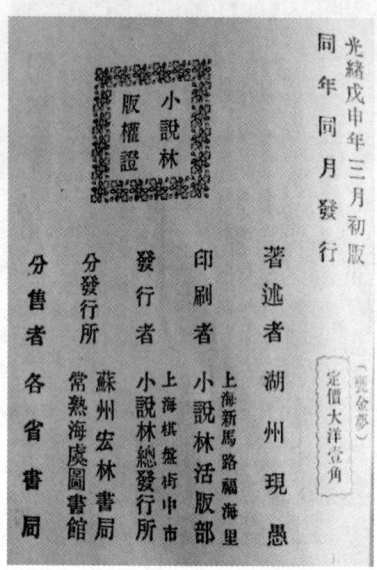

卷首有著者叙言，兹录如下：

　　丁未中冬，客扬州，旅馆岑寂，草《瓮金梦》说部，以排遣竟。会稽鲍心耐过而读之曰：人世竞贪，子犹以掘藏之说作先导耶？著者曰：不然，观阿巧迷瓮金，实业是荒。妻子身家，几不赡顾，则可破求富者惑。观黄翁诺大家私，徒贻它人以享受，则可为守钱虏痼。观阿巧得横财，热心公益，而己留仅十分之二，聆者咸拍手贺，则可醒悭吝人迷。反此以读，晨钟冷然，寄语同胞，盍移痴贪而注重实业乎？心耐道善，遂弁诸篇首。著者自识。

第四册《将家子》

　　《将家子》，小说林总编译所著述，光绪戊申年（1908）四月初版，同年同月发行。小说林活版部印刷，小说林总发行所发行，苏州宏林书局与常熟海虞图书馆分发行，各省书局分售。《小本小说》第三集第四册。全一册，凡114页。定价大洋贰角。【上海图书馆藏】

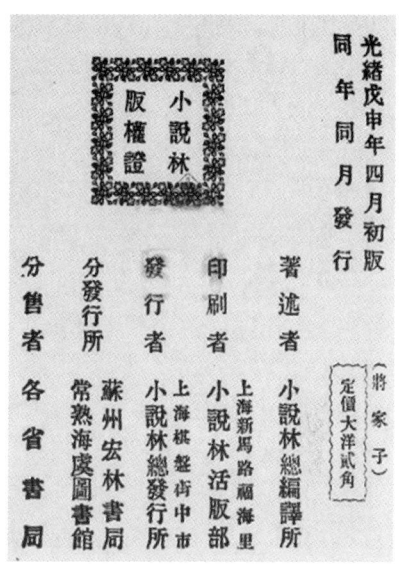

四 小说林社《说部丛书》叙录　153

全书凡十六节，节目依次为：

一　坠楼
二　记忆法
三　猴戏
四　受欺
五　夜迷失道
六　欢聚
七　蔓萝园
八　高跷

九　儿戏
十　跌伤
十一　骑麦堆
十二　安静之由
十三　帖奴
十四　耶稣生日
十五　奇谏
十六　小马

第五册《黑革囊》

《黑革囊》，《小本小说》第三集第五册。版权页信息：著述者为平山孀禅，光绪戊申年（1908）三月初版，同年同月发行。小说林活版部印刷，小说林总发行所发行，苏州宏林书局与常熟海虞图书馆分发行，各省书局分售。全一册，凡62页。定价大洋壹角。【上海图书馆藏】

全书凡十五章，无章目，无序跋。

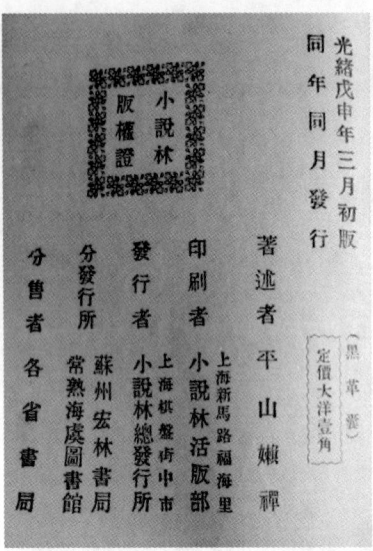

（二）小说林社《聂格卡脱侦探案》叙录

《聂格卡脱侦探案》（十六册）

《聂格卡脱侦探案之一》，版权页信息为：译述者为吴门吴子才，印刷者为小说林社活版部（上海派克路福海里），发行者为小说林社总发行所（上海棋盘街中市），分售者为各省书局，丙午年（1906）十二月初版，同年同月发行。末页之末标"聂格卡脱侦探案一二终"。全一册，凡120页，定价洋三角半。【浙江图书馆藏】该作为短篇侦探小说集，收入篇目待补。无序跋。

《聂格卡脱侦探案（之）二》，版权页信息为：译述者为吴门吴子才，印刷者为小说林社活版部（上海派克路福海里），发行者为小说林社总发行所（上海棋盘街中市），分售者为各省书局，光绪三十三年（1907）三月初版，同年同月发行。还标"聂格卡脱侦探案二三"，全一册，凡68页，定价洋三角半。该作为短篇侦探小说集，收入篇目待补。无序跋。《双生案》卷首题"吴门吴子才译意"。

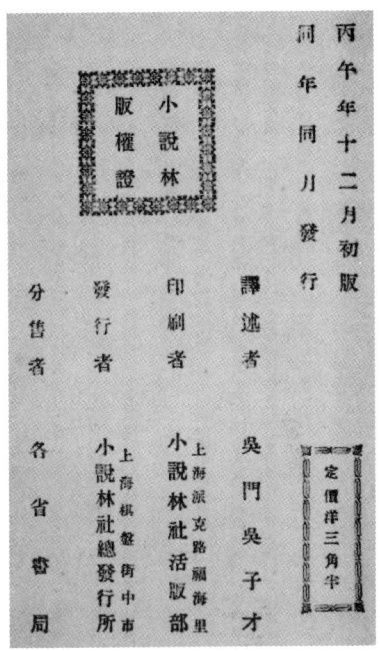

四 小说林社《说部丛书》叙录 155

《聂格卡脱侦探案之三》，未见。

《聂格卡脱侦探案（之）四》，版权页信息为：译述者为吴门吴子才，印刷者为小说林社活版部（上海派克路福海里），发行者为小说林社总发行所（上海棋盘街中市），分售者为各省书局，光绪三十三年（1907）四月初版，同年同月发行。还标"聂格卡脱侦探案四五"，全一册，凡64页，定价洋三角。该作为短篇侦探小说集，收入篇目待补。无序跋。《车尸案》卷首题"吴门吴子才译意"。

《聂格卡脱侦探案（之）六》，版权页信息为：译述者为吴门吴子才，印刷者为小说林社活版部（上海派克路福海里），发行者为小说林社总发行所（上海棋盘街中市），分售者为各省书局，光绪三十三年（1907）五月初版，同年同月发行。还标"聂格卡脱侦探案之六第四册"，全一册，凡66页，定价洋三角。该作为短篇侦探小说集，收入篇目待补。无序跋。《车尸案》卷首题"吴门吴子才译意"。

二册、四册、六册的封面和版权页基本相同，二册的封面和版权页摘录，其余从略。

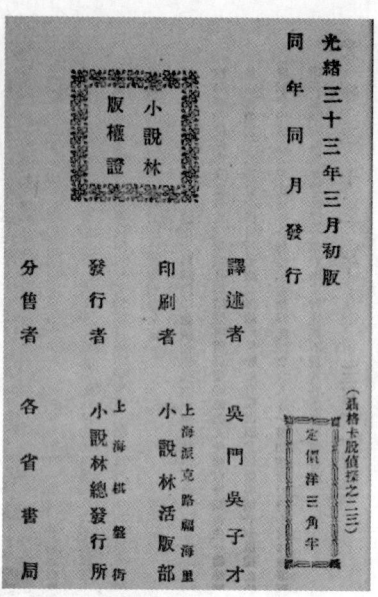

《聂格卡脱侦探案之七》，版权页信息为：译述者为沧海渔郎译意、延陵伯子撰词，印刷者为小说林社活版部（上海派克路福海里），发行者为小说林社总发行所（上海棋盘街中市），分售者为各省书局，丁未年（1907）五月初版，同年同月发行。还标"聂格卡脱之七第五册"，全一册，凡66页，定价洋三角。该作为短篇侦探小说集，收入篇目待补。无序跋。《车尸案》卷首题"吴门吴子才译意"。

《聂格卡脱侦探案之八》，版权页信息为：译述者为沧海渔郎译意、延陵伯子撰词，印刷者为小说林社活版部（上海派克路福海里），发行者为小说林社总发行所（上海棋盘街中市），分售者为各省书局，丁未年（1907）五月初版，同年同月发行。还标"聂格卡脱之八第六册"，全一册，凡60页，定价洋三角。该作为短篇侦探小说集，收入篇目待补。无序跋。《奇窟记》卷首题"美国讫克林著"，"沧海渔郎译意、延陵伯子同译"。

《聂格卡脱侦探案之九》，版权页信息为：译述者为吴门华子才，印刷者为小说林社活版部（上海派克路福海里），发行者为小说林社总发行所（上海棋盘街中市），分售者为各省书局，丁未年（1907）六月初版，同年同月发行。还标"聂格卡脱之九"，全一册，凡58页，定价洋一角半。该作为短篇侦探小说集，收入篇目待补。无序跋。《奇窟记》卷首题

四 小说林社《说部丛书》叙录　　157

"吴门华子才译意"。

《聂格卡脱侦探案之十》，版权页信息为：译述者为吴门华子才，印刷者为小说林社活版部（上海派克路福海里），发行者为小说林社总发行所（上海棋盘街中市），分售者为各省书局，丁未年（1907）六月初版，同年同月发行。还标"聂格卡脱之十第八册"，全一册，凡58页，定价洋三角。该作为短篇侦探小说集，收入篇目待补。无序跋。《戒姊记》卷首题"吴门华子才译意"。

《聂格卡脱侦探案之十一》，版权页信息为：译述者为吴门华子才，印刷者为小说林社活版部（上海派克路福海里），发行者为小说林社总发行所（上海棋盘街中市），分售者为各省书局，丁未年（1907）九月初版，同年同月发行。还标"聂格卡脱侦探案之十一前后"，全一册，凡46页，定价洋二角半。该作为短篇侦探小说集，收入篇目待补。无序跋。《假面女子案》卷首题"吴门华子才译"。

《聂格卡脱侦探案之十二》，版权页信息为：译述者为吴门华子才，印刷者为小说林社活版部（上海派克路福海里），发行者为小说林社总发行所（上海棋盘街中市），分售者为各省书局，丁未年（1907）十月初版，同年同月发行。还标"聂格卡脱侦探案之十二三案，第十册"，全一册，凡52页，定价洋三角。该作为短篇侦探小说集，收入篇目待补。无序跋。《疯子劫杀案》卷首题"吴门华子才译"。

《聂格卡脱侦探案之十三》，未见。

《聂格卡脱侦探案之十四》，版权页信息为：译述者为吴门华子才，印刷者为小说林社活版部（上海派克路福海里），发行者为小说林社总发行所（上海棋盘街中市），分售者为各省书局，丁未年（1907）十月初版，同年同月发行。还标"聂格卡脱之十四五案，第十一册"，全一册，凡58页，定价洋三角。该作为短篇侦探小说集，收入篇目待补。无序跋。《疯子劫杀案》卷首题"吴门华子才译"。

《聂格卡脱侦探案之十五》，未见。

《聂格卡脱侦探案之十六》，版权页信息为：译述者为吴门华子才，印刷者为小说林社活版部（上海派克路福海里），发行者为小说林社总发行所（上海棋盘街中市），分售者为各省书局，丁未年（1907）十月初版，同年同月发行。还标"聂格卡脱之十四五案，第十二册"，全一册，凡50页，定价洋三角。该作为短篇侦探小说集，收入篇目待补。无序跋。《雷护所》卷首题"吴门华子才译"。

七册至十二册、十四册、十六册的封面和版权页基本相同，十六册的封面和版权页摘录，其余从略。

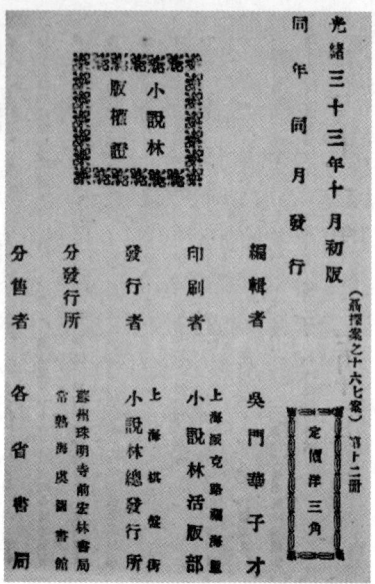

（三）小说林社《马丁休脱侦探案》叙录

《马丁休脱侦探案》（三集）

《马丁休脱侦探案之一》，版权页信息为：编辑者为小说林社编译所，印刷者为小说林社活版部（上海派克路福海里），发行者为小说林社总发行所（上海棋盘街中市），分售者为各省书局，乙巳年（1905）十二月初版，同年同月发行。全一册，凡 74 页，定价洋二角半。该作为短篇侦探小说集，收入篇目待补。无序跋。卷首署英国玛利孙原著，元和奚若译。

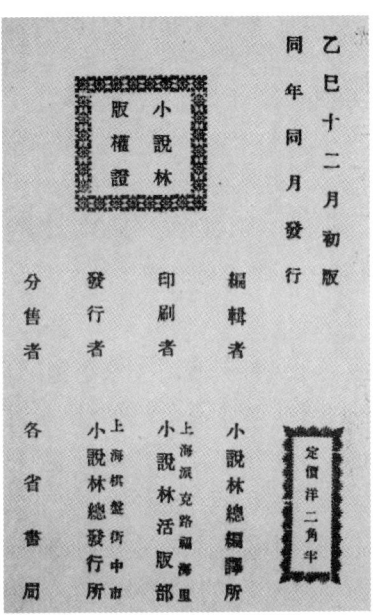

四 小说林社《说部丛书》叙录　159

　　《马丁休脱侦探案之二》，版权页信息为：编辑者为小说林社编译所，印刷者为小说林社活版部（上海派克路福海里），发行者为小说林社总发行所（上海棋盘街中市），分售者为各省书局，丙午年（1906）二月初版，同年同月发行。全一册，凡 102 页，定价洋二角半。该作为短篇侦探小说集，收入篇目待补。无序跋。卷首署英国玛利孙原著，元和奚若译。

　　《马丁休脱侦探案之三》，版权页信息为：编辑者为小说林社编译所，印刷者为小说林社活版部（上海派克路福海里），发行者为小说林社总发行所（上海棋盘街中市），分售者为各省书局，丙午年（1906）三月初版，同年同月发行。全一册，凡 106 页，定价洋二角半。该作为短篇侦探小说集，收入篇目待补。无序跋。卷首署英国玛利孙原著，元和奚若译。

　　这三册的封面和版权页基本相同，第一册即"之一"的封面和版权页载录，其余从略。

五　改良小说社《说部丛书》叙录

改良小说社是晚清一家小型民营出版社，创办者待考，成立时间不迟于光绪三十三年七月（1907年8月）（此时已经出版《色媒图财记》），可能终止于宣统三年（1911）夏（此时出版有《浪子回头》，这是笔者所见该社最后出版的一部作品）。其宗旨是出版新小说，改良社会。出版物基本上是新小说作品，该社内部可能没有自己的作者队伍，基本上购买外稿。新小说作品包括散本和丛书。该社也没有自己的发现系统，主要靠代售，其代售处先后有本埠的棋盘街南洋官书局、集成图书公司、鸿文书局、中国图书公司、上海点石斋、江左书林；外埠为天津保定及北京的官书局、汉口六艺书局、奉天商务印书馆、震东书社、汉口中国图书公司，南京南洋官书局、苏州文怡福记、杭州崇实堂、重庆二酉山房、厦门新民书社、绍兴口润堂、奎照楼、云南口正书局、山西书业昌、宁波汲绠斋。①

《幻梦奇冤》

《幻梦奇冤》，版心题"说部丛书"，没有编号。有初版本和再版本。初版本封面题"幻梦奇冤"。版权页信息为：光绪三十四年（1908）正月二十八日改良小说社石印本，宣统元年（1909）二月中旬再版。笔者所见再版本有破损，印刷所与总发行所信息残缺，著述者署改良小说社。全一册，价洋三角。《幻梦奇冤》后改名《血指印》出版，版权页署"翻译者　东平太郎"。书中有若干插图。【复旦大学图书馆藏】

凡四卷，每卷四章，合计十六章，无章目。

---

① 参见苏亮《改良小说社研究初探》，《华东师范大学学报》（哲学社会科学版）2013年第3期；付建舟：《改良小说社及其作品与晚清社会改良》，《江汉论坛》2018年第5期。

五 改良小说社《说部丛书》叙录　161

卷首有《松陵钓叟田铸编述》,兹录其文如下:

　　丁未岁首,(鄙人)家居无事,正读诸名家所译小说。忽有好友从东洋游学归来,闲谈间,述及东京一事。其事离奇变幻,可愕可惊。(鄙人)亟照所述编次之,以供诸君子茶余酒醒时破闷消愁之助。且吾国有刑名之责者,便各铭诸座右,以作箴规,庶不至草菅人命,则尤(鄙人)之所厚望焉。

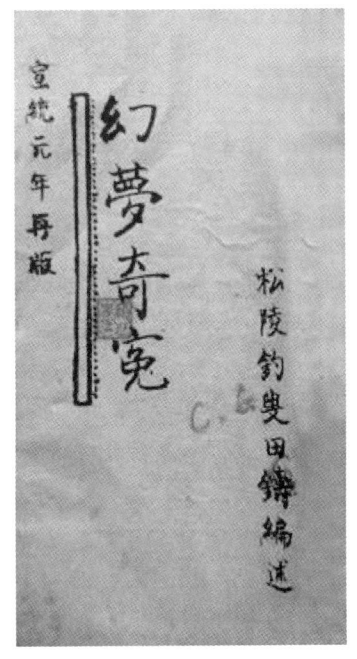

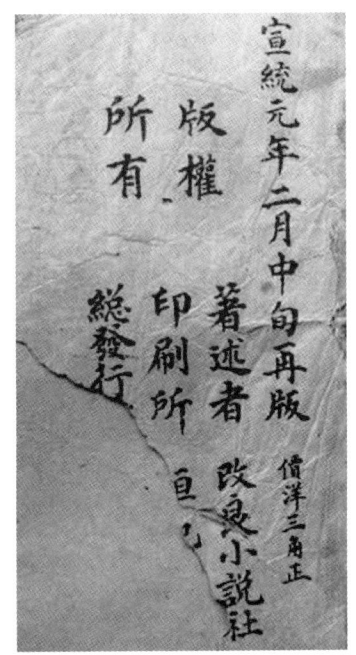

《绘图醋海波》

　　《绘图醋海波》,版心题"说部丛书",没有编号。封面题"言情小说",正文首署德国佩克伦司著,铁泪译。版权页信息为:宣统元年(1909)二月初版,同年同月发行。总发行所为改良小说社(上海麦家圈尚仁里口)。本埠批发所是位于上海棋盘街的集成图书公司与南洋官书局。外埠批发所为天津、保定、北京三地的官书局和汉口、芜湖、广东三地的文盛书局。印刷所为汇通信记书局。全一册,定价洋二角。

　　全书十五章,无章目,无序跋。

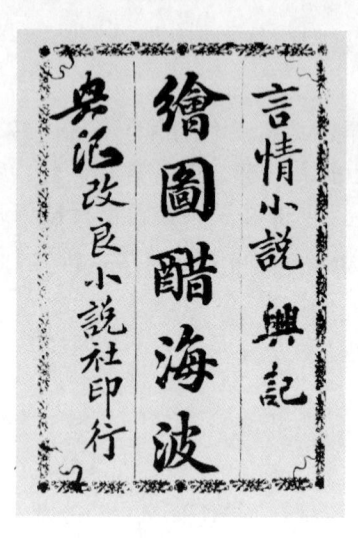

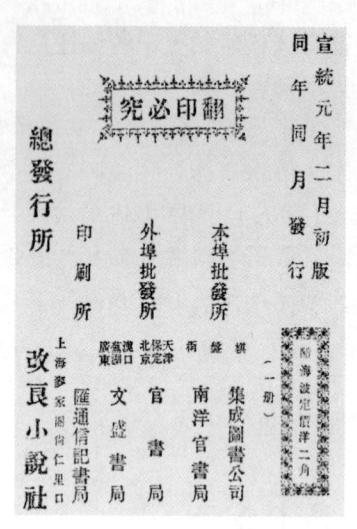

《绘图醋鸳鸯》

《绘图醋鸳鸯》，版心题"说部丛书"，没有编号。封面题"言情小说"，美国盘山克兰著，西泠生译。版权页信息为：光绪三十四年（1908）七月初版。总批发所上海改良小说社（庆云里、麦家圈、四马路）。本埠特约批发所是位于上海棋盘街的集成图书公司、鸿文书局、南洋官书局。外埠特约批发所为天津、保定、北京三地的官书局。印刷所汇通印书馆代印。三册，版权页上未标定价。

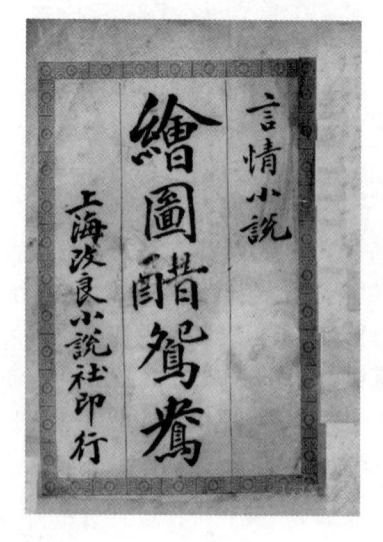

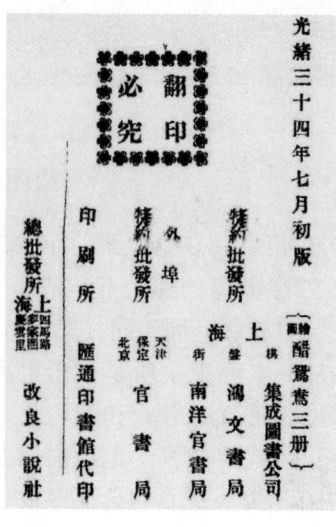

五　改良小说社《说部丛书》叙录　163

全书六编六册四十一章，无章目，无序跋。

第三编，凡六章，无章目，无序跋。

《绘图断肠草》

《绘图断肠草》，版心题"说部丛书"，没有编号。封面题"社会小说"，"改良小说社印行"。正文首署"一名苏州现形记"版权页信息为：光绪三十四年（1908）九月初版。总批发所上海改良小说社（上海麦家圈庆云里）。本埠特约批发所是位于上海棋盘街的集成图书公司、鸿文书局、南洋官书局。外埠特约批发所为天津、保定、北京三地的官书局，印刷所为位于上海南京路的集成图书公司。全一册，28 叶（按：不是"页"），版权页上未标定价。【南京图书馆藏】

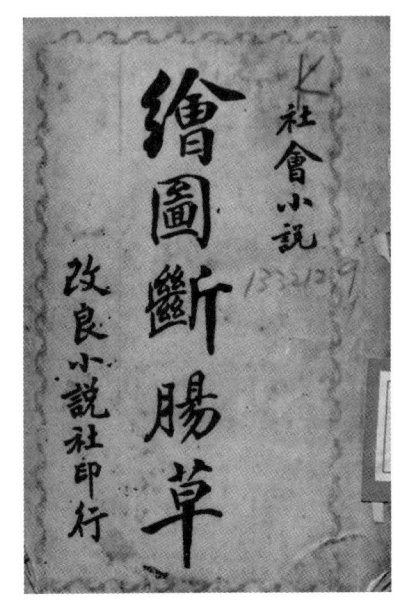

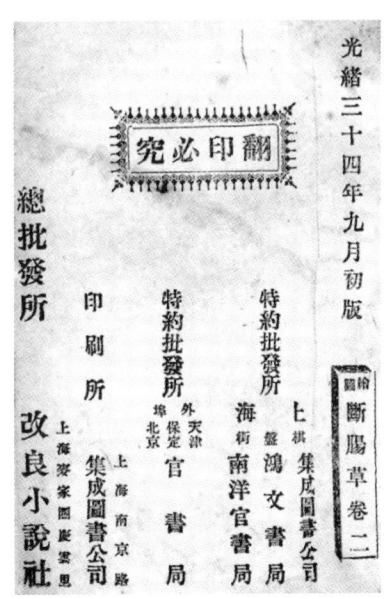

《绘图恶少年》

《绘图恶少年》，版心题"说部丛书"，没有编号。封面题"警世小说"，署"绘图恶少年"，"一名狗男女"。版权页信息为：宣统元年（1909）二月初版。著作者惜花生，发行所寓言小说社，寄售处改良小说社，印刷所鸿文书局代印。全一册，定价大洋三角。【首都图书馆藏】

二编不分章回,有图六幅。无序跋,无评点。卷首有一段话,类似"楔子",兹录如下:

秋风萧瑟,夜雨迷离,寒气逼人,天昏云墨,四顾廖寂,杳无人语。惟闻鹊声不宁于巢,嗷嗷树颠。余以是日适维舟破岸垂杨之下,值此不能无恐。俄见潮来岸阔,风雨交至,声若山崩岸塌,楼倾桥断者然。少顷,风渐微弱,雨犹未歇。又若有灯火明于岸外野田之草上,远见血人,提头在手,奔走若电。俄而哭声震野,哭罢怒吼,若将为厉者,刀剑掷地,锵然有声。舟人愈惧,不出首。余亦惊诧异常,一夜不成寐。天明雨歇,登岸视之,行近半里,无鬼冢狐穴,愈惊疑心怖。方拟归舟,猛忆去岁白头发之死,叹曰:此白头发出现也,鬼犹未厉哉?余旧有白头发自存之日记,乃取其原本,删其繁冗,间参议论,复取其授命后之事情,而一一笔之,以当白头发之历史。

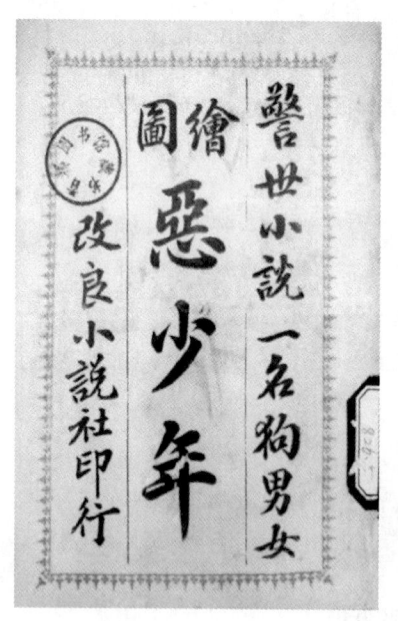

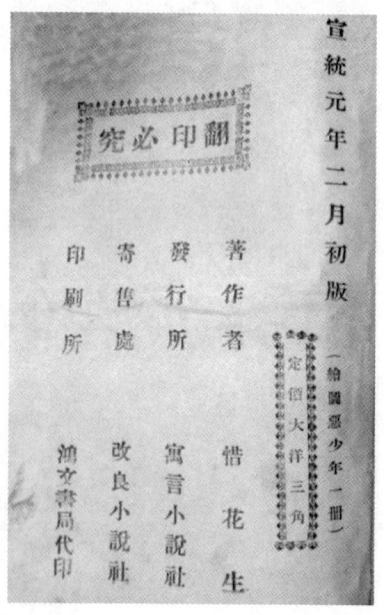

《绘图飞行之怪物》

《绘图飞行之怪物》,版心题"说部丛书",没有编号。封面题"科学小说",肝若著。版权页信息为:光绪三十四年(1908)七月初版。总批发所上海改良小说社（庆云里、麦家圈、四马路）。本埠特约批发所是位于上海棋盘街的集成图书公司、鸿文书局、南洋官书局。外埠特约批发所为天津、保定、北京三地的官书局。印刷所汇通印书馆代印。全一册，版权页上未标定价。

全书凡 38 叶，无序跋。有图 8 叶。内收四篇故事：太平洋之黑流星、美国奇祸、怪物真相之半面、支那立于嫌疑地。

作者肝若生平不详。

《飞行之怪物》有一广告，内容为：此书叙一怪物飞行于欧美大都会，常之辄靡。各国震悸，开会研究，多方揣度，卒未明晓。末后得一男子二女子为空中之侦探，艰险万状，仅画得其一二。文笔殊俊爽可喜，科学小说中自应首屈一指。洋装两册，价洋三角五分。

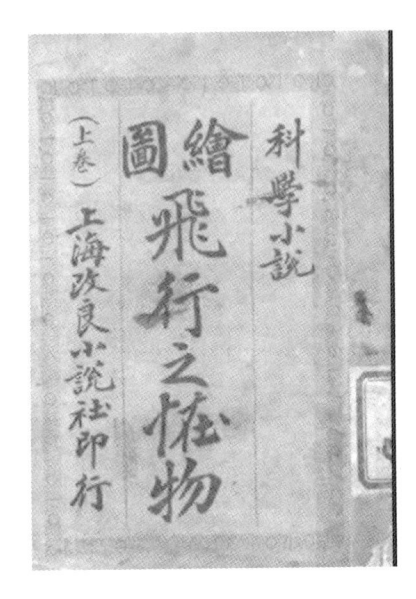

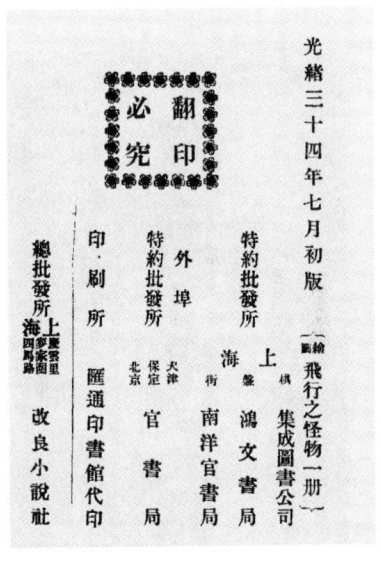

《绘图官场笑话》

《绘图官场笑话》，版心题"说部丛书"，没有编号。封面题"滑稽小说"，版权页题"续官场笑话"。版权页信息为：宣统二年（1910）六月再版。总发行所为改良小说社（上海麦家圈尚仁里口）。本埠特约批发所是位于上海棋盘街的集成图书公司与南洋官书局。外埠特约批发所为天津、保定、北京三地的官书局与汉口、芜湖、广东三地的文盛书局。印刷所为集成图书公司（上海南京路）。全二册，上册 24 叶，下册 31 叶，合计55叶，即110页，定价大洋二角。笔者所见有再版本和三版本。

作者傀儡山人，情况不详。

卷首有著者撰写的"弁言"，摘录如下：

> 懵懂山樵读《官场笑话》，懵懂山樵大哭。
>
> 懵懂山樵读《官场笑话》，懵懂山樵大笑。
>
> 懵懂山樵读现在立宪时代，绅士的权力伸张……老爷虽然一时的冤枉，回到家去岂不是皇皇然一个大绅士么……并且现在还有一个捷径，办学务期满了，就得保举，等语魑魅魍魉，写来如绘，懵懂山樵大笑。
>
> 苟老爷所谓现时我是维新家了，我的装饰品也要考较新式些，方合时宜。今之新学家，如是如是，懵懂山樵大笑。

> 学维新必洋其帽，而皮其靴，不于精神上整振，徒于形式上粉饰。噫！画虎不成反类狗矣！懵懂山樵大笑。
>
> 自己学堂里的学生解散，乃抢私塾的学生，甚至推翻书案。苟老爷抑且美其名曰实行强迫教育，如此强迫教育，实闻所未闻。天下事愈出愈奇，懵懂山樵大笑。
>
> 以天足会若是之慈善，若是之郑重，乃举一男会长，人之大伦在男女有别。今之女学堂聘男教习，纵无流弊，总难远避嫌疑。况贪淫

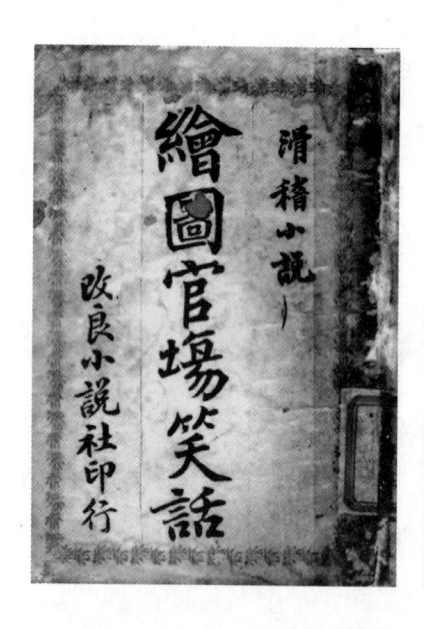

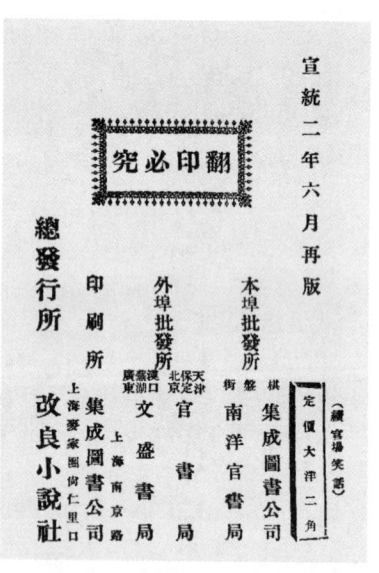

好色之苟老爷，一日举为会长，有不轻狂者哉？观苟老爷见了桃姑，忘却身在慈善郑重之场，大庭广厦之中，描摩（摹）如绘，殊堪发噱，憪憧山樵大笑。

现值预备立宪，举行新政，而所以预备者、所以举行者，仍不出旧时几人，不过改去名目耳。谚所谓换汤不换药，以此而预备立宪，立宪云乎哉？以此而奉行新政，新政云乎哉？其与苟老爷相去也几希，可胜叹哉！憪憧山樵哭不胜哭，惟有仰天大笑而已，笑竟书此。

《绘图鬼世界》

《绘图鬼世界》，版心题"说部丛书"，没有编号。封面题"滑稽小说"、署"绘图鬼世界"，"一名新鬼话连篇"，"改良小说社印行"。目录页首署"青浦陆士谔戏撰"。绘图十幅。改良小说社"说部丛书"之一。上下两册，上册20叶，下册未见。【河南师范大学图书馆藏】

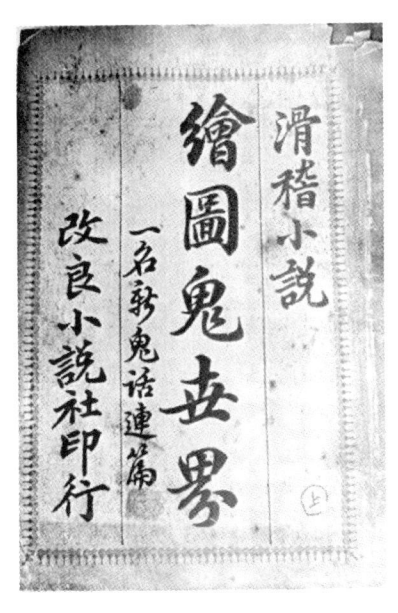

《总目提要》在《鬼国史》条目下援引阿英《晚清小说目》："陆士谔著。一题《新鬼话连篇》。六回。光绪三十四年（1908）改良小说社刊。全二册。"并标明"六回""未见"。由此看来，《总目提要》把《鬼国史》等同于《鬼世界》，现权且如此，予以备载。不过二者究竟是否是同一部小说，待考。

笔者所见的《鬼世界》上册共三回，但载上下两册六回的回目，依次为：

第一回：月球人初订商约　阴钦使妄肆淫威
第二回：破酆都阎罗王出走　立条约各口岸开通
第三回：小头鬼谋差纳贿　阎罗王下诏求贤
第四回：省城隍专折荐新党　邝大臣奉旨开学堂
第五回：卤莽少年侈谈革命　野蛮教士刺死城隍
第六回：文穷鬼充当译员　阎罗王预备立宪

卷首有《鬼世界序》，兹录如下：

> 青浦陆君士谔，字云翔，一称沁梅子，当今豪杰之士也。慷慨有大志，俯仰不凡，而不得遇于时，乃遂泼墨挥毫，日以文章自娱。著述山积，出版风行。其健著如《英雄之肝胆》、《东西伟人传》、《日俄战史》等，议论之卓绝，笔墨之雄健，实足推倒一世，开拓万古，班、马以来，未之有也。晚近更喜为小说家言，著有义侠小说《滔天浪》[载张汶祥刺马新贻事实]；历史小说《精禽填海记》[载明末福、唐、桂三王及台湾郑氏父子事实)；言情小说《文明花》、《鸳鸯剑》；社会小说《鬼蜮世界》等诸种，嬉笑怒骂，各极行文之妙。每稿甫脱手，而书贾已争相罗致，盖印行君书者，莫不利市三倍，故争之惟恐或失也。乃者复有滑稽小说《鬼世界》之作，余受而读之，见其设想之离奇，措辞之敏妙，微特旧小说界所未见，抑亦新小说界所仅有也。诙谐处，足破积闷；爽快处，足医钝疾；雄浑处，足壮精神；严厉处，足端心志。西哲有言，移易性情，变化气质，惟小说之效力为最速，吾读此书而益信。呜呼！是书真有功世道之文哉。光绪丁未仲夏，古黔江剑秋序于海上之啸虹草堂。

《绘图柜中尸》

《绘图柜中尸》，版心题"说部丛书"，没有编号。封面题"言情小说"、署"改良小说社印行"，正文首署"英国克保斯培原著""东海钓客译"。缺版权页。【南京图书馆藏】

全书42叶（按：不是"页"），凡十一章，无章目，无序跋。

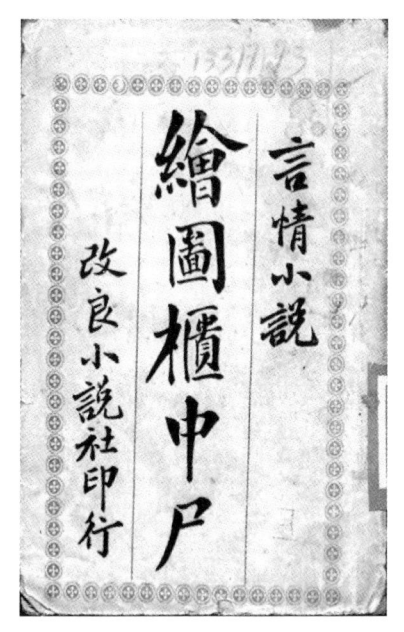

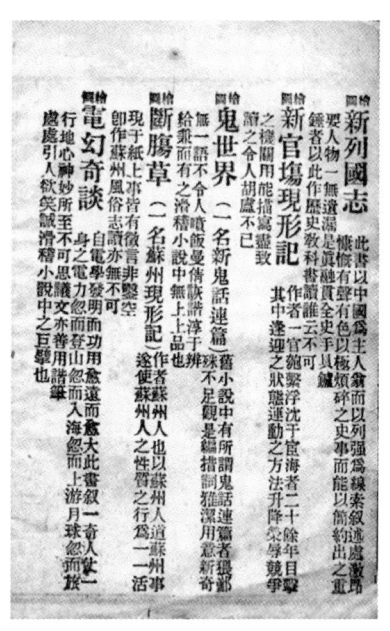

《绘图黑籍冤魂》

《绘图黑籍冤魂》，版心题"说部丛书"，没有编号。封面题"醒世小说"、署"绘图黑籍冤魂"，正文首署"长洲彭养鸥著"。版权页信息为：宣统元年（1909）二月出版。总发行所为改良小说社（上海麦家圈尚仁里口）。本埠批发所是位于上海棋盘街的集成图书公司与南洋官书局。外埠批发所是天津、保定、北京三地的官书局以及汉口、芜湖和广东三地的文盛书局。印刷所为集成图书公司（上海南京路）。绘图若干幅。三册，定价大洋六角。【上海图书馆藏】

全书分初编、二编、三编，每编一册，共三册。初编十回，二编与三编各七回，合计二十四回。有回目，无序跋。各编及其回目分别如下：

初编

第一回　烟霞成癖举国若狂　谈吐生风庶人好议

第二回　花样翻新芙蓉流毒　心思斗巧斑竹生春

第三回　得意自鸣谈锋犀利　冒险进取妙策环生

第四回　登垄断奸商获厚利　申禁令钦使定严刑

第五回　拿班做势县役使威　带锁披枷烟奴受苦

第六回　立法森严力能排外　挟资运动财可通神

第七回　受皇封官衙偏冷落　烧案卷宦海起风波
第八回　商计策钱师爷卖俏　办妆奁女公子于归
第九回　隔牖窥妆私语切切　深宵肰箧妙手空空
第十回　典赃物偷儿露踪迹　探贼巢里老话行藏

二编

第十一回　吞赃物马快放刁　中烟毒騃童毕命
第十二回　开药方庸医杀人　礼忏事穷僧显丑
第十三回　触疠气鼠瘟流毒　比匪人狌狱遭刑
第十四回　千里投亲一枝可托　三生有约两小成婚
第十五回　学浪游奴仆寻花柳　选吉日星士误阴阳
第十六回　创基业纱厂开工　值飞灾机轮殒命
第十七回　经商客烟寮述往事　收生婆闺阁话闲情

三编

第十八回　望添丁偏歌弄瓦　赋悼亡哀志鼓盆
第十九回　访亲耗客舍谈心　乏川资穷途落魄
第二十回　得钱过瘾乞丐穷凶　指东话西店商受辱
第二十一回　营金屋刺史启华筵　弄笔头幕宾失馆地
第二十二回　动疑心深宵窥秘戏　寻短见吃酸闹官衙
第二十三回　奉差遣捕盗扰村坊　愁参劾入都思运动
第二十四回　滞魄幽魂现形惊异类　危言竦论改过望同胞

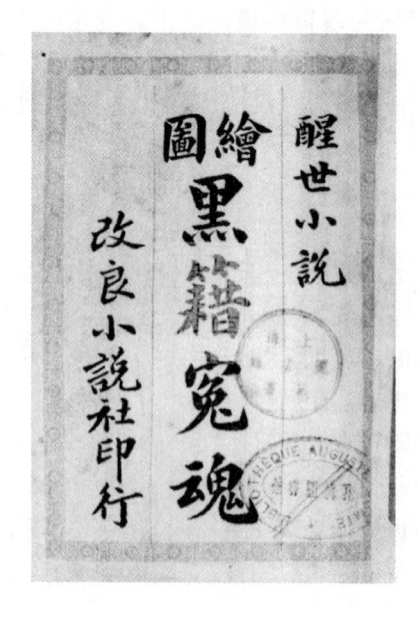

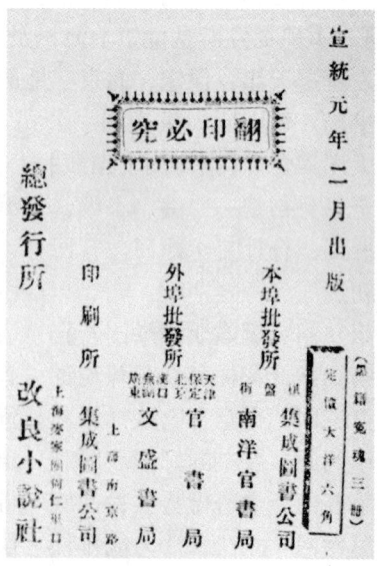

《绘图滑头世界》

《绘图滑头世界》，版心题"说部丛书"，没有编号。封面题"社会小说"，署"绘图滑头世界"，"一名游沪指南"，正文首署"游沪指南滑头世界初编"，"著作者　老上海"，"校订者寿头变相"。版权页信息为：光绪三十四年（1908）七月初版。总批发所为改良小说社（上海四马路、麦家圈、庆云里）。特约批发所是位于上海棋盘街的集成图书公司、鸿文书局与南洋官书局。外埠特约批发所为天津、保定、北京三地的官书局。印刷所为汇通印书馆代印。绘图若干幅。改良小说社"说部丛书"之一。【南京图书馆藏】

该编收录故事五十则，无序跋。故事目录依次为：

拆梢一、拆梢二、挑子、划船、小车夫、接客、卖船票、卖物、大客栈、小客栈、茶房、雉妓院、大朋友一、大朋友二、大朋友三、善堂、侦探一、侦探二、烟客、二房东、押款一、押款二、扒手一、扒手二、马车夫、东洋车夫、挡手、看戏人、荐头、放白鸽、蚁媒、坐马车、骗赌一、骗赌二、小老婆、同乡客、通事、招工、律师、买办、和尚、嫖客一、嫖客二、相士、算命人、医士一、医士二、医士三、西医、名士。

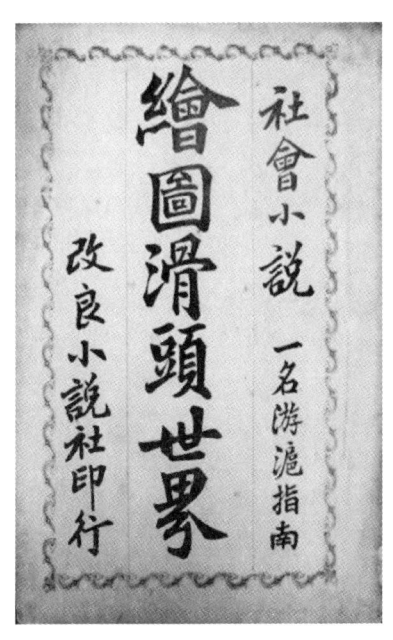

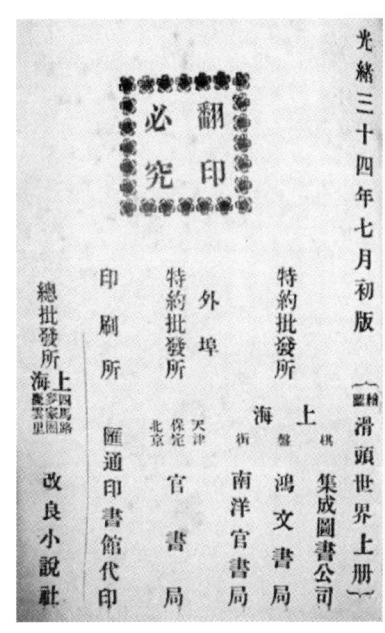

《绘图傀儡侦探》

《绘图傀儡侦探》，版心题"说部丛书"，没有编号。封面题"滑稽小说"，正文首署天醉译述。版权页信息为：宣统元年（1909）闰二月初版。总发行所为改良小说社（上海麦家圈）。本埠批发所是集成图书公司与南洋官书局。外埠批发所为天津、保定、北京三地的官书局和汉口、芜湖、广东三地的文盛书局。全一册，定价大洋二角。

全书七节，有节目，无序跋，节目依次为：

（一）全书之开场

（二）命案之出现

（三）寄（奇）特之书函

（四）秘密之发露

（五）旅馆之笑柄

（六）头衔之宠畀

（七）塔尖之草人

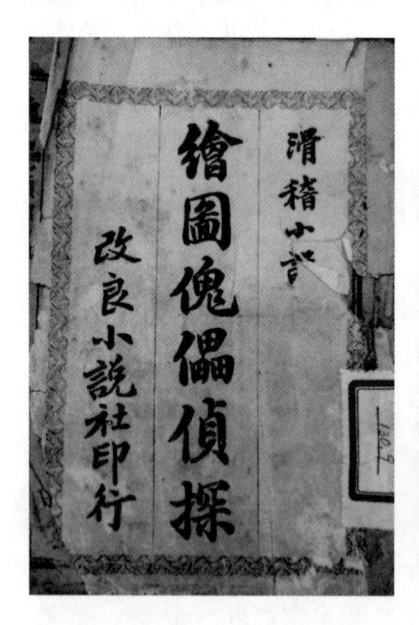

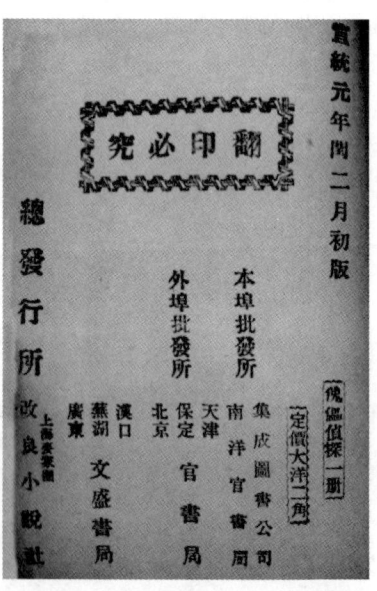

《绘图六路财神》

《六路财神》，版心题"说部丛书"，没有编号。有初版本和再版本。

五　改良小说社《说部丛书》叙录　173

初版本封面题"社会小说",正文首署"青浦陆士谔先生著"。宣统二年（1910）四月初版。总发行所为改良小说社（上海麦家圈尚仁里口）。本埠批发所是位于上海棋盘街的集成图书公司与南洋官书局。外埠批发所为天津、保定、北京三地的官书局和汉口、芜湖、广东三地的文盛书局。印刷所为汇通信记书局。全二册,定价大洋一角五分。有图十二幅。【复旦大学图书馆藏】

无序跋,无评点。

首"楔子",谓习俗相沿,财神只有南路、北路、东路、西路、中路,叫作五路财神。而作者酒醉伏席,朦胧睡去,梦见五路财神聚会,共议有一邪派财神,向来名叫横财,又叫野财神,自从玉帝行了维新政策,钻谋得财政处差使,只要有利可图,不管卑污龌龊,无有不为；顷又封为新路财神,凡五路新政事宜,统由一人管辖。五路财神遂恳作者将新财神鬼蜮伎俩编成小说云。

神州古国香海,提倡实业,要举办劝工会、物产协赞会。香海大绅士夏霸喜（靠私吞他人产业,害死对自己有知遇之恩的老板儿子,用春药得到老板老婆,侵占他人财产,然后卖官鬻爵,做官时又发财,后摇身一变成为绅士,回到香海）。与好友赖肖仁商议,召集香海商社社董社员会议举办物产会,遂由夏、赖二人领衔电告南疆节度使,租赁李园为会场组织物产会,拉放赈的马希辟、卖假药的席紫苏帮办,卖出无数入场券,又用灯船上（可喝酒、赌钱又有女子可以调笑）的船娘引人入胜,四人因此大发横财。

赖肖仁之族弟、图南银行总理赖窦元,因银行支持不下,只好倒闭,来求夏霸喜出头开办彩票,夏霸喜遂召开商社临时大会,列名在观察使衙门递了公禀,以头彩洋房一座为诱饵发行"图南公义票",又发了笔财。

各国要瓜分神州古国,马希辟现充辣利龙洋行副买办,想法子要弄采办军火生意,夏霸喜也要做军装、军饷主意,皆望与外国马上有战事。（影射现实有些人的恶劣品性。）

夏霸喜自发迹后,又娶了两位姨太太,太太备受磨难,甚为懊悔,（夏霸喜甚至是太太病了都不管,死了更可以清净些。）遂求新到的侠士"鸣不平"代为报仇。鸣不平至夏府,以祖传之至宝"笔刀"将夏霸喜、赖肖仁、赖窦元、席紫苏、马希辟、黄伯台等六贼心头一搠,早都结果了性命,鸣不平粉壁题名,掀髯大笑而去。

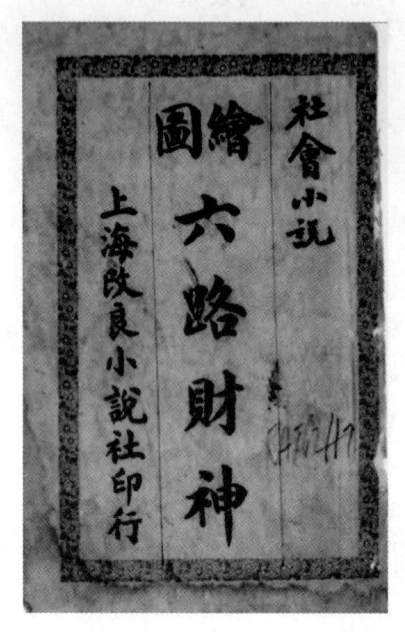

《绘图六月霜》

《绘图六月霜》，版心题"说部丛书"，没有编号。封面题"女界小说"，"改良小说社印行"。静观子著。版权页信息为：宣统三年（1911）四月初版。总发行所为改良小说社（上海麦家圈尚仁里口）。本埠批发所是位于上海棋盘街的集成图书公司与南洋官书局。外埠批发所为天津、保定、北京三地的官书局和汉口、芜湖、广东三地的文盛书局。印刷所为集成图书公司。全二册，定价洋五角。

全书十二回，有回目，无序跋。分两册，每册六回，回目依次为：

第一回　破岑寂夫人吟旧句　起风潮女士阅新闻
第二回　哀同志梦遇热心人　伸公论手编女士传
第三回　富太尊诡计联新党　秋监督热心施教育
第四回　围困学堂标统逞勇　强奸民妇兵士施威
第五回　诸标统纵兵大搜掠　富太守信口说雌黄
第六回　问口供太守惊暴病　定案情女士勉书秋
第七回　谈异事绅衿讥褚钧　说前因女士谏夫君
第八回　将差就错顽宦休妻　兔死狐悲囚牢赠钞

第九回　自由女陶然初惜别　失父儿外舍暂相依
第十回　热心求学独走重洋　豪气惊人双跑电木
第十一回　酒酣耳热慷慨悲歌　沥血披忱殷勤劝告
第十二回　府示安民一时掩耳　墓门勒石千载留名

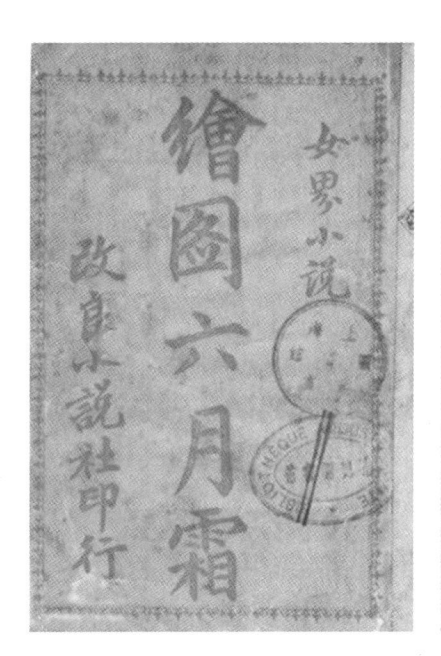

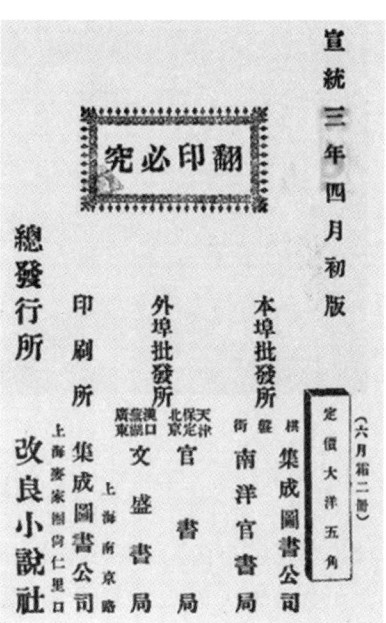

《绘图美人兵》

《绘图美人兵》（又名《冷国复仇记》），版心题"说部丛书"，没有编号。封面题"义侠小说"，"上海改良小说社印行"。版权页信息：宣统二年（1910）孟春再版。总发行所为改良小说社（上海麦家圈尚仁里口）。本埠批发所是位于上海棋盘街的集成图书公司与南洋官书局。外埠批发所是天津、保定、北京三地的官书局以及汉口、芜湖、广东三地的文盛书局。全一册，定价大洋二角。【首都图书馆藏】

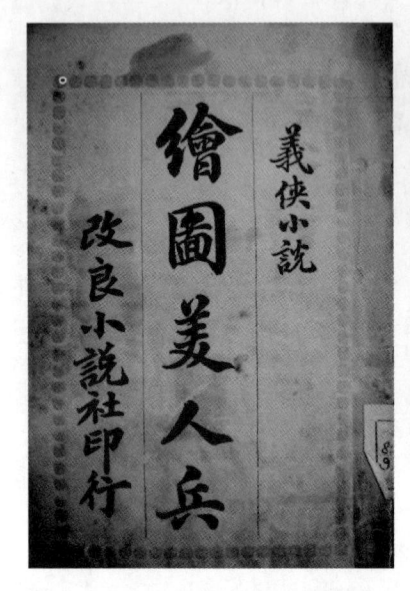

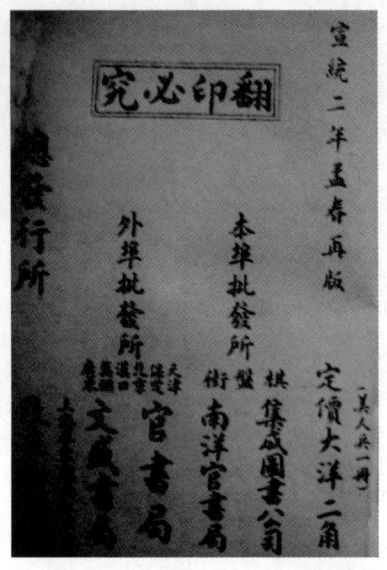

《绘图秘密自由》

　　《绘图秘密自由》，版心题"说部丛书"，没有编号。封面题"滑稽小说"，正文首署"静观子著述"。版权页信息为：宣统元年（1909）二月初版，同年同月发行。总发行所为改良小说社（上海麦家圈尚仁里口）。本埠批发所是位于上海棋盘街的集成图书公司与南洋官书局。外埠批发所是天津、保定、北京三地的官书局以及汉口、芜湖、广东三地的文盛书局。印刷所为汇通信记书局。上下编二册，定价洋四角。【北京师范大学图书馆藏】

　　著者静观子，生平不详，只知所著小说作品除《秘密自由》外，尚有《温柔乡》《小眼观世》《六月霜》与《还魂草》等。

　　上下编二册，每编四章，有章目，无序跋。章目依次为：

上编目录

第一章　碰和	第五章　吃酒
第二章　和菜	第六章　夜局
第三章　游历	第七章　休息
第四章　演说	第八章　警捕

下编未见

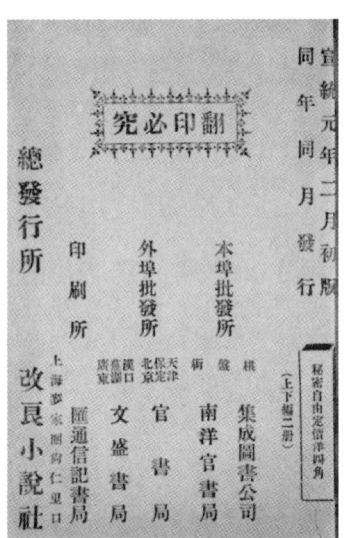

《绘图女学生》

《绘图女学生》，版心题"说部丛书"，没有编号。封面题"社会小说"，未夏（即菽夏）著。版权页信息为：光绪三十四年（1908）七月初版。总发行所改良小说社（上海麦家圈庆云里）。本埠特约批发所是位于上海棋盘街的集成图书公司、鸿文书局、南洋官书局。外埠特约批发所为天津、保定、北京三地的官书局。印刷所集成图书公司（上海南京路）。全一册，版权页上未标定价。

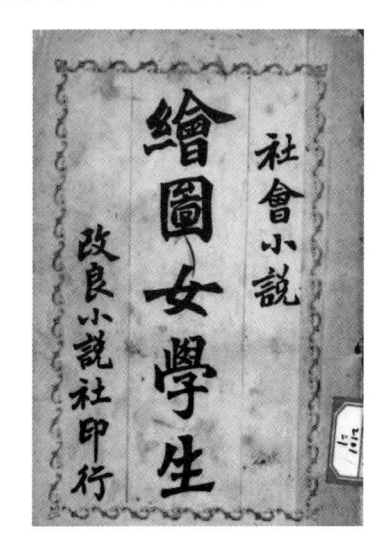

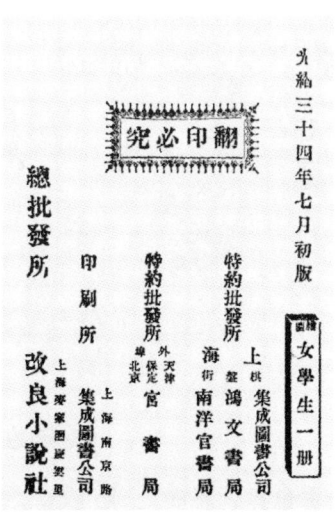

全书 55 页，共十章，章目分别为：中秋、馈助、西渡、访旧、遭骗、被锢、遇救、入学、会友、偕归。

无序跋，有不少插图。

作者未夏（即菽夏）生平不详。

《绘图骗术翻新》

《绘图骗术翻新》，版心题"说部丛书"，没有编号。封面题"醒世小说"，正文首署英国毛茂笛克原著，梁溪轶群译意。版权页信息为：宣统元年（1909）十一月初版，同年同月发行。总发行所改良小说社，本埠特约批发所是位于上海麦家圈的改良小说社与位于棋盘街的南洋官书局，外埠特约批发所为天津、保定、北京三地的龙文阁与官书局，汉口、芜湖、广东三地的文盛书局。印刷所为汇通小说社。全一册，定价大洋二角。【首都图书馆藏】

全书 23 叶（按：不是"页"），凡十五章，无章目，无序跋。

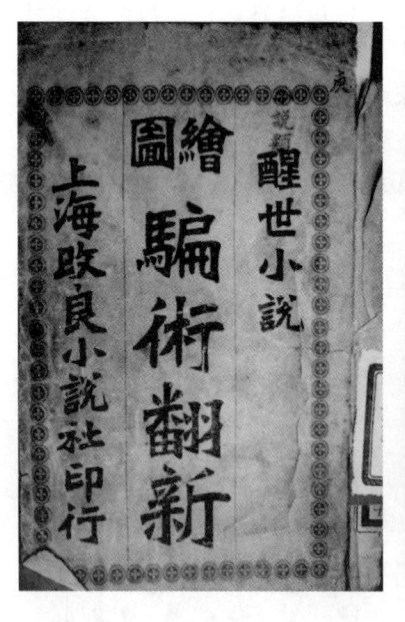

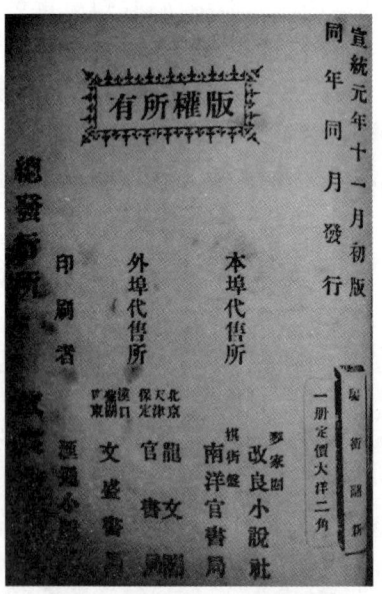

《绘图色界之恶魔》

《绘图色界之恶魔》，版心题"说部丛书"，没有编号。有初版本和再版本。初版本封面题"言情小说",正文首署"仁和杨希曾译"。版权页信息为：光绪三十四年（1908）九月初版,宣统元年（1909）二月再版。总发行所改良小说社（上海四马路、麦家圈、庆云里）。本埠特约批发所集成图书公司（棋盘街）鸿文书局（棋盘街）与南洋官书局（棋盘街）。外埠特约批发所官书局（天津、保定、北京）。印刷所为汇通印书馆代印。全书分上、中、下三编,上编五章,中编四章,下编七章,每编一册,上册30页,中册26页,下册32页。三册定价大洋五角。再版本与初版本的封面相同。再版本增加了外埠特约批发所,其名为文盛书局（汉口、芜湖、广东）,印刷所改为集成图书公司（上海南京路）。初版本与再版本的封面和版权页基本相同,前者载录;后者从略。

无章目,无序跋。

该著中有一则新小说广告,兹录如下：

新列国志　四册　洋八角

女界宝　二册　洋四角

女学生　一册　洋二角

鬼国史　二册　洋三角五分

官场笑话　二册　洋四角

滑头世界　二册　洋四角五分

断肠草　三册　洋五角

情界囚　一册　洋二角五分

花中贼　一册　洋二角

醋鸳鸯　六册　洋一元二角

电幻奇谈　一册　洋二角五分

奈何天　一册　洋三角

六月霜　一册　洋四角

幻梦奇冤　一册　洋三角

机械妻　一册　洋四角

飞行之怪物　二册　洋三角五分

新官场现形记　二册　洋四角五分

滑头现形记　一册　洋二角五分

色媒图财记　二册　洋八角

冷国复仇记　一册　洋二角五分

新旧社会之怪现状　一册　洋二角五分

中外新新笑话　二册　洋二角五分

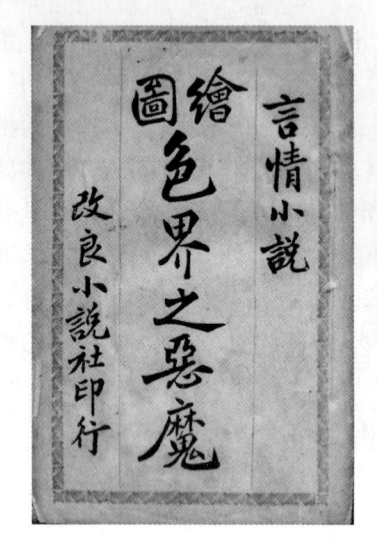

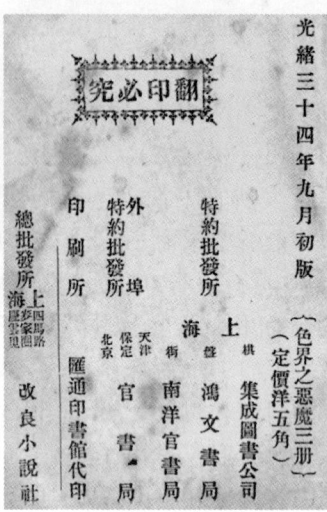

《绘图伪票案》

　　《绘图伪票案》，版心题"说部丛书"，没有编号。封面题"侦探小说"，篇首署美国老斯路斯著。版权页信息为：光绪三十四年（1908）十月初版。总批发所上海改良小说社。本埠特约批发所是位于上海棋盘街的集成图书公司、鸿文书局、南洋官书局。外埠特约批发所为天津、保定、北京三地的官书局。印刷所为集成图书公司。全一册，定价大洋二角。【首都图书馆藏】

　　全书十五章，无章目，无序跋。

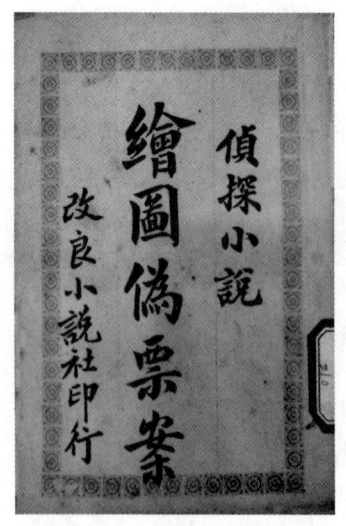

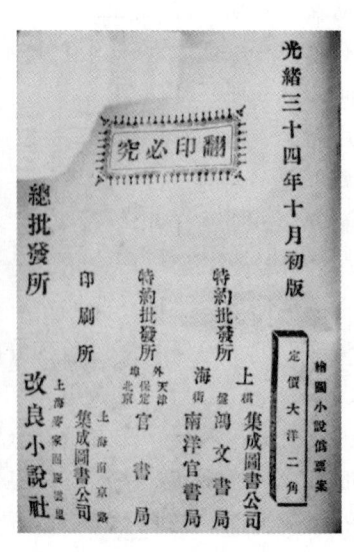

《绘图温柔乡》

《绘图温柔乡》，题"醒世小说"，静观子著，上海改良小说社宣统二年（1910）六月铅印本，卷首有图十四幅。全二册，上册34叶，下册36叶，合计70叶，即140页。上下两册各八回，合计十六回。【北京师范大学图书馆藏】

凡十六回，有回目，无序跋。回目依次为：

第一回	方少庭慕名游上海	第九回	北京城猝遇义和团
第二回	高祖绳从兴入梨园	第十回	泰和馆发起消寒会
第三回	高祖绳演说温柔乡	第十一回	还店账同吃年夜饭
第四回	温柔乡笼络方公子	第十二回	办东西重设新房间
第五回	知寒着暖风雪关心	第十三回	自嘲嘲人祖绳贻笑
第六回	玉软香温烟花失足	第十四回	夜静静谈少庭受惑
第七回	雪夜生春十分美满	第十五回	诉前情香工多饶舌
第八回	难中遇拐百倍苦楚	第十六回	闻往事公子早回头

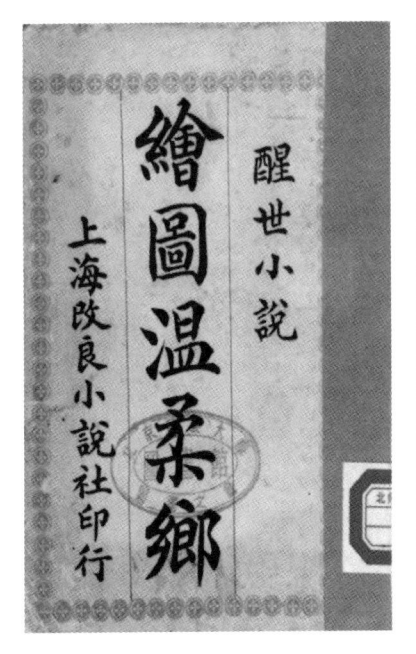

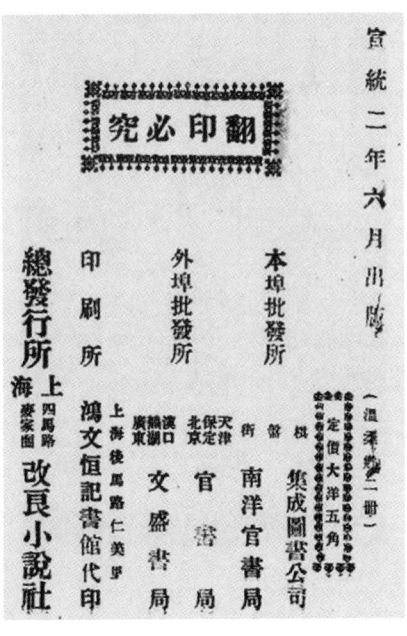

《绘图五日缘》

《绘图五日缘》又名《镜月梦》，版心题"说部丛书"，没有编号。封面题"言情小说"，古瀛痴虫著。版权页信息为：宣统元年（1909）二月再版。总发行所改良小说社（上海麦家圈尚仁里口）。本埠特约批发所是位于上海棋盘街的集成图书公司与南洋官书局。外埠特约批发所是天津、保定、北京三地的官书局与汉口、芜湖、广东三地的文盛书局。印刷所为集成图书公司（上海南京路）。定价大洋四角。

全书二十章，分上下编，二册，上编十三章，下编七章。笔者仅见下编，64页，有章目，分别为：第十四章　海上之风潮起、第十五章　风潮大起、第十六章　可怜哉晴天之霹雳、第十七章　情场末路、第十八章　生离欤！死别欤！第十九章　奈何之天、第二十章　春梦留痕。

上编卷首有古瀛鉴余、梦兰二叙，例言，题辞。上卷未见，难以叙录。

作者古瀛痴虫，生平不详，仅知他所著小说除《五日缘》外，尚有《梦之痕》《新石头记》等。"古瀛"即今崇明。

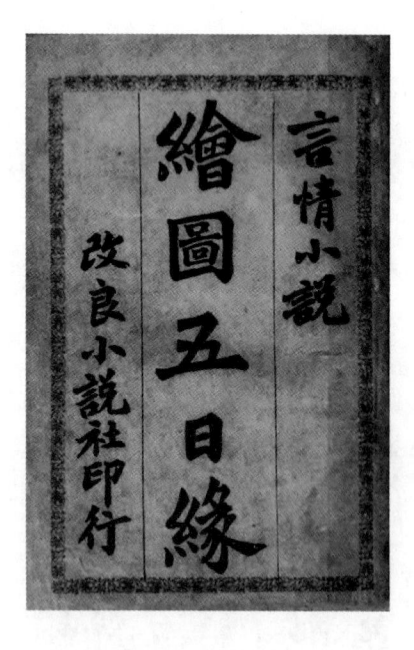

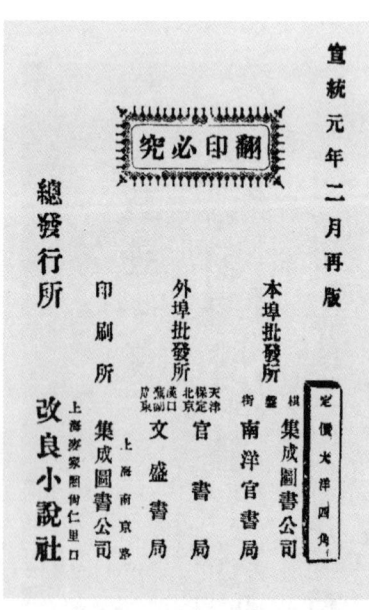

《绘图新花月痕》

《绘图新花月痕》，版心题"说部丛书"，没有编号。封面题"言情小说"，正文首署"婆语著"。版权页信息为：宣统元年（1909）七月出版。总发行所改良小说社（上海麦家圈尚仁里口）。本埠批发所是位于上海棋盘街的集成图书公司与南洋官书局。外埠批发所为天津、保定、北京三地的官书局和汉口、芜湖、广东三地的文盛书局。印刷所为集成图书公司（上海南京路）。四册，定价洋五角。

共两编，上下两编各七回，合计十四回，有回目。下编七回回目依次为：

第八回　正言厉色干卿底事　礼贤下士舍我其谁
第九回　秦花楼无意遇文君　杨乳娘有心陷娘子
第十回　雪恨报仇花楼被辱　寻根究底林萼关情
第十一回　风雨四山和尚饶舌　恩情一掬校书牵衣
第十二回　名士美人扬眉吐气　三跪九叩婢膝奴颜
第十三回　小郎访旧祝来世缘　倩女离魂结堕扇案
第十四回　拆鸳侣人归离恨天　识老僧结煞花月痕

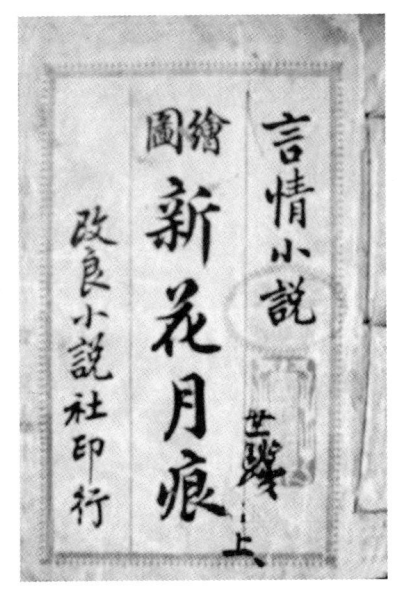

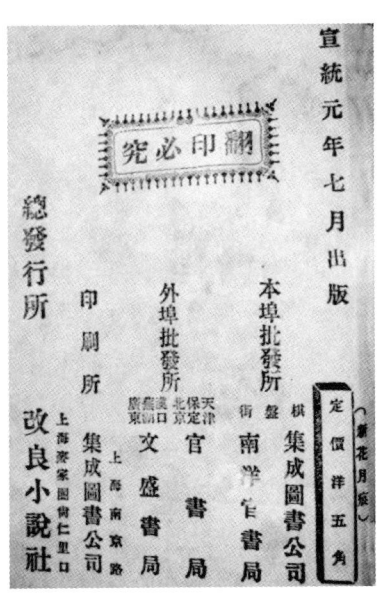

卷首有《小引》，《小引》分《花痕》与《月痕》，二者分别如下：

花痕

雨中看花，有靓妆初洗、寰云欲坠之概；
灯下看花，有绡金乍暖、偷解香襦之概；
醉中看花，有玉容云袖、误入广寒之概；
梦中看花，有忽嗔忽喜、宜真宜幻之概；
愁中看花，有美人无主、虞兮奈何之概；
怒中看花，有天涯潦倒、惟卿解意之概；
客中看花，有杨柳楼头、谁捏指头之概；
月下看花，有栏杆凭遍、前殿歌声之概；
晨起看花，有昨夜星辰、为郎憔悴之概；
病中看花，有怜我怜卿、在天在地之概。
看花当看一二枝，得花之相；
看花当看未开时，得花之魂；
看花当看白、浅黄、浅红，得花之韵；
看花当一人看之，得花之言；
看花当与美人共看之，得花之容；
看花当看自植者，得花之心。

月痕

春夜看月，有美人二八、倩妆雅服之概；
暑夜看月，有耿耿双星、灵犀暗度之概；
秋夜看月，有万家砧杵、少妇楼头之概；
冬夜看月，有受降城上、胡马嘶寒之概；
山巅看月，有碧落一声、群壑杳冥之概；
湖上看月，有秋波乍转、美人欲出之概；
帘下看月，有环佩徐来、天香欲坠之概；
帐中看月，有宝篆烟消、欲掩料难之概；
城头看月，有关河四寂、遥闻刁斗之概；
马背看月，有四山猿鹤、夜度仙人之概。
月有捉得着处，捧水一掬，月即在手；
月有听得着处，秋湖夜泛、水石噌吰，月即在耳；
月有留得住处，青女素娥、图成门寒，月即在壁；
月最解事，绣帘绮席，则生笑容；深宫密院，则生怨容；客中枕上，则生愁容；一切有为法，呈一切有为相；

月最造化诗人，揶揄处亦不少；
月最难圆易缺，何如不圆不缺。

《绘图新列国志》

《绘图新列国志》，版心题"说部丛书"，没有编号。有初版本和再版本。初版本封面题"历史小说"。版权页信息为：光绪三十四年（1908）七月初版。总批发所改良小说社（上海四马路、麦家圈、庆云里）。本埠特约批发所集成图书公司、鸿文书局与南洋官书局（棋盘街）与南洋官书局（棋盘街）。外埠批发所官书局（天津、保定、北京）。印刷所为汇通印书馆代印。全书四册，凡384页。版权页未标明定价。【中国国际图书馆藏】

全书共三十八回，有回目，有序无跋。回目兹录如下：

第一回　读誊黄纵谈时局　说洋话指点地图
第二回　英吉利前朝弊政　法兰西百姓争权
第三回　举议员巴黎城大哄　退普师鲁意王遭刑
第四回　拿坡仑进攻意国　巴黎城圈禁教皇
第五回　拿坡仑整顿埃国　萧利孙扫荡法舟
第六回　退议员拿坡仑专国　说俄主法兰西争雄
第七回　拿坡仑连攻三国　惠灵吞保守两邦
第八回　木司寇大营败绩　爱来巴雄主羁栖
第九回　滑铁卢法皇再败　维也纳各国同盟
第十回　法兰西力图善后　英吉利势压平民
第十一回　意大利国民思奋　法兰西君主出奔
第十二回　法主奔英英民大动　英廷鉴法法外施仁
第十三回　谋保养英多善士　宣教化英导远方
第十四回　助希腊脱离罗网　征印度恢廓版图
第十五回　行新政法储成嘉礼　葬旧主会党逐君王
第十六回　递公禀英民结合　革制度英政改良
第十七回　奥民争权飞蝶南逊位　意人起义碧霞师被骗
第十八回　助教皇法君再霸　整国政奥主施恩
第十九回　毕士麦经营普国　嘉富洱援救意民
第二十回　战突厥俄人威武　释黑奴美国纷争
第二十一回　擒议员巴黎立皇帝　求配偶法主赋关雎

第二十二回　思挑衅法皇酬大愿　劝和好土国御强邻
第二十三回　战黑海俄人连挫　助突厥英将调兵
第二十四回　新俄皇求和罢战　英商局治印成仇
第二十五回　印人抗英兵满地　英人征印甲如林
第二十六回　法皇助意败奥国　细岛举义拯良民
第二十七回　阻新机教皇谬论　侈武备法将远征
第二十八回　花旗国人民交战　林肯君戏院被戕
第二十九回　拓疆土俄心雄鸷　整武备普相尊严
第三十回　用针枪普败奥国　革旧弊俄释随夫
第三十一回　整兵刑俄人奋志　助普军意主苦心
第三十二回　意人崛兴教皇失国　普军善战法帝成擒
第三十三回　普胜法兵改名德国　意人罗马订定新章
第三十四回　变民主法人定国　广学校英士献言
第三十五回　推广公举英廷布政　暴虐百姓土国遭殃
第三十六回　城下盟突人削地　器械利英技入神
第三十七回　教印民蚕食各地　邀公断弭兵先声
第三十八回　畅新机渐臻美备　采西法永庆升平

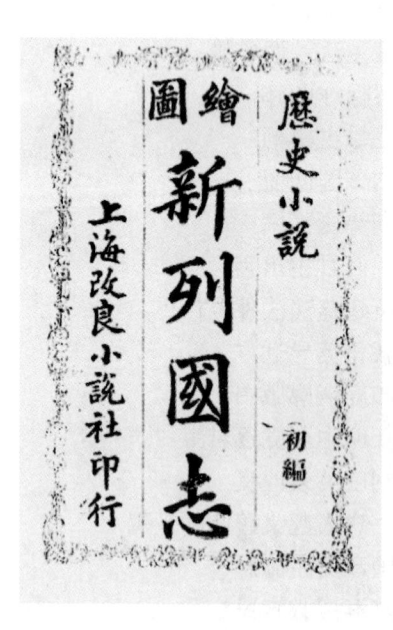

目录页末有这样一句附言："篇中所叙实事为多惟童保、包忠二人，则暗寓同胞保种之意，阅者以谐声读之可矣。"

《绘图伪票案》上的广告云：《绘图新列国志》，此书以中国为主人翁，而以列强为线索，叙述处激昂慷慨，有声有色，以极烦碎之史事，而能以简约出之，重要人物一无遗漏，是真融贯全史，手具炉锤者，以此作历史教科书读，谁云不可。

《绘图新三国》

《绘图新三国》，版心题"说部丛书"，没有编号。初版本封面题"社会小说"，目录页与正文首署"新三国"，正文首署"野蛮著"。版权页信息为：宣统元年（1909）月初版（未注明月份）。总发行所改良小说社（上海麦家圈尚仁里口）。本埠批发所集成图书公司（棋盘街）与南洋官书局（棋盘街）。外埠批发所官书局（天津、保定、北京）与文盛书局（汉口、芜湖、广东）。印刷所为汇通信记书局代印，作为该社的《说部丛书》之一。全四册，全书四卷，每卷一册，共四册。定价洋七角。【浙江省图书馆藏】

全书分五卷，每卷六回，合计三十回，有回目。每卷一册，凡五册。回目依次为：

卷之一
第一回　开特科张昭取蒋干　筹变法鲁肃荐周瑜
第二回　吴大帝定计维新　周公瑾讲求币制
第三回　陆兵海军同时成立　外交内政诸事改良
第四回　派使出洋颁行新法律　开会助赈广售入场券
第五回　结奥援联盟波斯国　乘内乱阴扇革命军
第六回　立内阁司马专国政　倡排魏学校起风潮
卷之二
第七回　管幼安兴师革命　夏侯尚被刺归阴
第八回　华子鱼特开商品陈列所　司马昭创办国家总银行
第九回　办军装初游洛浦　做交易乍入花丛
第十回　创拍卖大滑头发财　演新剧留学生出丑
第十一回　捕革党议派国事侦探　逞雄辩补叙使君折狱
第十二回　张玉如屈受宫刑　邓士载细推狱理

卷之三
第十三回　邓士载剪发改洋装　洪国秀放言谈革命
第十四回　索车资新党现形　接短简侦探奇遇
第十五回　颁哀诏吴人遭国恤　阅秋操魏将受虚惊
第十六回　医学报华佗发伟论　技术馆左慈显神通
第十七回　汉后主下诏立宪　武乡侯建议殖民
第十八回　设内阁孔明肩巨任　筑炮台廖化献新猷
卷之四
第十九回　测天文谯周议改历　开国会邰正上条陈
第二十回　官书局张松编书　大学堂管辂讲学
第二十一回　辟地利大开岷山矿　便交通特创电汽车
第二十二回　姜维奉命练陆军　张翼精心编舰队
第二十三回　北地王初游异国　丞相亮再造飞船
第二十四回　革命军管宁誓灭魏　外交术丞相议联吴
卷之五
第二十五回　奉特恩李严起复　违节制魏延受诛
第二十六回　诸葛亮七出祁山　司马懿两番败北
第二十七回　克长安兵不血刃　攻宛洛马到成功
第二十八回　擒曹丕姜维获首功　祭太庙后主受俘礼
第二十九回　怀德畏威吴人纳土　论功行赏汉帅受封
第三十回　丞相亮归隐南阳　汉后主位传北地
《新三国·序》，兹录如下：

　　吾友陆君云翔，长于文。其局度之精严，气魄之雄厚，直逼班马。惜阳春白雪，不合时宜，世之人徒知其小说而已。呜呼！君以小说名，君之遇苦矣。吾尝论君之小说，《南史》最上，《滔天浪》次之，再次则《精禽填海记》也。至如《鬼国史》《公冶短》等，直一时游嬉之作耳。恶足以言小说，而读之者已奉为凤毛麟角，何世人识见之陋也。即如是编，论其事实，不过空中楼阁；论其笔墨，无非游嬉文章，而处处有伏线，处处有呼应，雄豪处风起水涌，妩媚处柳暗花明，与拉杂成篇之《新三笑》《新封神》相较，已不可同年而语矣。吾于是知能者之无不能，文者之无不文也。虽然以君之才，不作《新唐书》《新五代》，而仅作《新三国》，其可悲不亦甚乎？质诸陆君，谅必许余为知言也。

光绪三十四年冬十月　古越孟叔任序

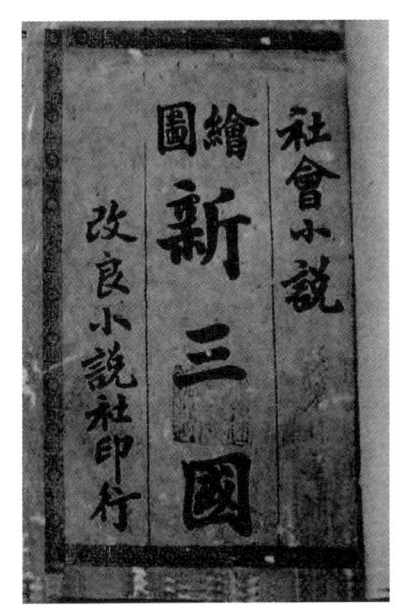

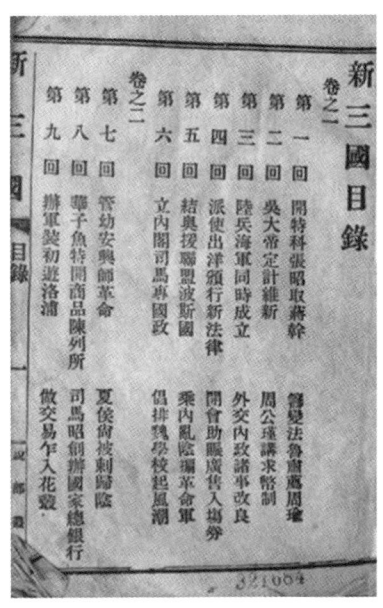

《绘图新三笑》

　　《绘图新三笑》，版心题"说部丛书"，没有编号。初版本封面题"言情小说"，目录页与正文首署"新三笑姻缘"，正文首署"野蛮著"。版权页信息为：宣统元年（1909）月初版（未注明月份）。总发行所改良小说社（上海麦家圈尚仁里口）。本埠批发所集成图书公司（棋盘街）与南洋官书局（棋盘街）。外埠批发所官书局（天津、保定、北京）与文盛书局（汉口、芜湖、广东）。印刷所为汇通信记书局代印，作为该社的《说部丛书》之一。全四册，全书四卷，每卷一册，共四册。定价洋七角。【北京大学图书馆藏】

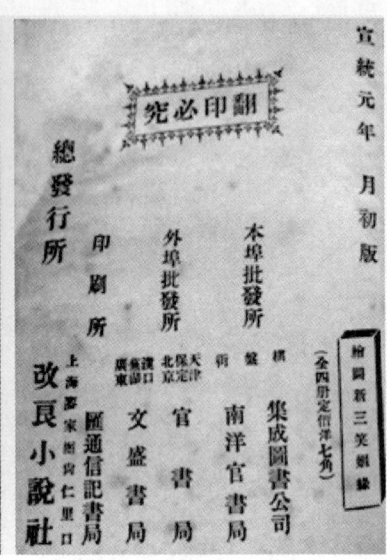

凡三十章，有章目，兹录如下：

第一章　游沪　　　　　　　第十六章　二笑
第二章　闰会　　　　　　　第十七章　栈灾
第三章　听书　　　　　　　第十八章　遇旧
第四章　观赛　　　　　　　第十九章　踏车
第五章　遇美　　　　　　　第二十章　得耗
第六章　一笑　　　　　　　第二十一章　夜酌
第七章　旅思　　　　　　　第二十二章　荐就
第八章　追车　　　　　　　第二十三章　请谳
第九章　看报　　　　　　　第二十四章　三笑
第十章　误站　　　　　　　第二十五章　感才
第十一章　游湖　　　　　　第二十六章　议歇
第十二章　听歌　　　　　　第二十七章　读信
第十三章　访友　　　　　　第二十八章　初会
第十四章　谎母　　　　　　第二十九章　谈秋
第十五章　回沪　　　　　　第三十章　结婚

《绘图新上海》

《绘图新上海》，版心题"说部丛书"，没有编号。初版本封面题"社会小说"，陆士谔著。版权页信息为：宣统二年（1910）六月再版。总发行所改良小说社（上海麦家圈尚仁里口）。本埠批发所为位于棋盘街的集成图书公司与南洋官书局。外部批发所为天津、保定、北京三地的官书局与汉口、芜湖、广东三地的文盛书局。印刷所为集成图书公司（上海南京路），定价大洋二角。此外，还有宣统三年（1911）一月三版本。

全书六十回，有回目，依次为：

第一回　借故人作全书纲领　遇主笔聆一席狂谈
第二回　小滑头张园吃醋　大绅士画舫延宾
第三回　贾敏士信口开河　荆殿臣忍心害理
第四回　刁邦之大肆偷香手段　卖国贼初现强盗心肠
第五回　四马路目睹种种怪状　一席话听来句句奇闻
第六回　谈迷信雨香标新论　奔捕房窃贼发巧思
第七回　侈藏书何妨满口雌黄　读经租不胜盛衰感慨
第八回　醋海兴波嫖场结团体　商人明义正论挽狂澜
第九回　新小说灌输新知识　臭出丧糜费臭铜钱
第十回　乘电车无心遇绝　上台基有意看花
第十一回　假票骗娇娥滑头伎俩　联床圆好梦禽兽行为
第十二回　仙人跳荡子吃亏　窃花边女绅出丑
第十三回　祸中福信客发财　假作真绸庄遇骗
第十四回　急电三字东伙惊心　废纸一箱夫妻反目
第十五回　输赢枢纽片语转机　进出关头异常吃紧
第十六回　智囊献策扫过老犁牛　借学改良创刊空白据
第十七回　骗巨款公子多才　办外交部丞识字
第十八回　让实争虚欺蒙黔首　登楼射虎惊倒霸王
第十九回　黄埔滩头细数梨园历史　红氍毹上竞看名角登台
第二十回　韦阿宝痴情嫁戏子　沈月春怨恨遁空门
第二十一回　元和县徐胡氏献丑　一洞天吴陶臣拆姘
第二十二回　片言解颐雨香论纸烟　绝技惊人小么肆肢箧
第二十三回　论流氓返本剪源　习翻戏专心一志
第二十四回　天罗地网阵布迷龙　盘马弯弓势将射虎
第二十五回　吃花酒温生初入网　创公司翻党大吹牛
第二十六回　均益里温贵拜观察　新舞台单武遇故知
第二十七回　开夜宴引类呼朋　堕迷龙翻云覆雨
第二十八回　王阿忠苦言谏主　温和生猛醒回头

第二十九回　聆妙论别具会心　创新报翻成笑话
第三十回　　拍马屁挡手熬药　送仙丹小妇多情
第三十一回　风流荡子初受牢笼　欢喜冤家偏逢狭路
第三十二回　阔大少花丛访艳　女嫖客妓院逞豪
第三十三回　遇笨伯老爷受累　抢小孩巡士发财
第三十四回　三百金白鸽高飞　六千两黑心太甚
第三十五回　荐买办满口胡言　娶续弦一场笑话
第三十六回　姚锦回心醉学生装　曾士规计设美人局
第三十七回　云痴雨滞短榻横枪　地黑天昏幽斋斗雀
第三十八回　女总会群雌现怪状　黄河阵翻党出奇兵
第三十九回　吹牛皮当场出丑　兑金镑暗地发财
第四十回　　雷厉风行上官禁赌　警顽觉儒下士兴歌
第四十一回　磨刀割肉暗室欺亲　红顶花翎茶楼丐食
第四十二回　人才济济富户登龙　天网恢恢淫棍下狱
第四十三回　喊糖糕老父怀疑　飞戒楚嘉宾受吓
第四十四回　孙嫂子倒缝补服　呆老爷逼走乌江
第四十五回　打野鸡呆子得意　拐闺女寡妇狠心
第四十六回　骇听闻全家切齿　登告白两字滑头
第四十七回　索车钱当场出丑　开花帐对半平分
第四十八回　坐大堂知县杀酒风　游马路买办逢债鬼
第四十九回　做押款惯弄空头　谋家产再生巧计
第五十回　　贼和尚栈道明修　美娇娘陈仓暗渡
第五十一回　扑空营乖人中计　犯众怒蠢妇受亏
第五十二回　官强盗乘轿劫乡绅　留学生抵掌谈国事
第五十三回　纵谈币制博引繁征　瞻仰美人鸡皮鹤发
第五十四回　异想天开城隍娶妇　奇形怪现和尚为爷
第五十五回　办军装初临异地　谈洋务别有会心
第五十六回　人和里拜访杨知州　旅泰馆会谈南经理
第五十七回　付定银观察落圈套　办骗子买办运奇谋
第五十八回　卖蛋糕教习戏村妇　吃生活主笔遇流氓
第五十九回　售花榜斯文扫地　反古史炼石补天
第六十回　　新发明移息作股　巧结构借友完书

卷首有李友琴撰写的《序》，兹录如下：

友琴性嗜小说，尤嗜新小说，尤嗜云翔所著之新小说。非有所私，云翔之小说，实足动我目也。余读他小说，无论其笔墨如何生动，词彩如何华丽，议论如何正大，终作小说观，不作真事观。我身终在书外，不能入乎书中；而读云翔之小说，几不知为小说，几不知为读小说。恍如身在书中，与书中之人物周旋晋接。而书中之景象，书中之事实，一一如在目前。噫嘻，何其妙也！盖云翔之用笔，与他小说异。他小说多用渲染笔墨，虽尽力铺张扬厉，观之终漠然无情。云翔独用白描笔墨，写一人必尽一人之体态、一人之口吻，且必描出其性情，描出其行景，生龙活虎，跳脱而出。此其所以事事毕真，言言尽当也。云翔在小说界，推倒群侪，独标巨帜，有以夫！

余读云翔新著二十三种矣，而用笔尖冷峭隽，无过此编。云翔告余曰："与其狂肆毒詈，取憎于人，孰若冷讥隐刺之，犹存忠厚也！"故此编于上海之社会，上海之风俗，上海之新事业，上海之新人物，以及大人先生之种种举动，虽竭力描写，淋漓尽致，而曾无片词只语褒贬其间，俾读者自于言外得悟其意。此即史公《项羽本纪》、《高祖本纪》、《淮阴列传》诸篇遗意欤？呜呼！天高帝远，既呼吁之莫闻；水网山罗，亦唏吁之无地。尚以三寸不烂之舌，七寸无情之管，若讽若嘲，若笑若骂，铸夏禹之鼎，燃温峤之犀，魑魅罔两毕现尺幅。言之者固无罪，闻之者其亦知戒焉否耶？

宣统元年冬十一月，镇海女士李友琴序于上海之春风学馆。

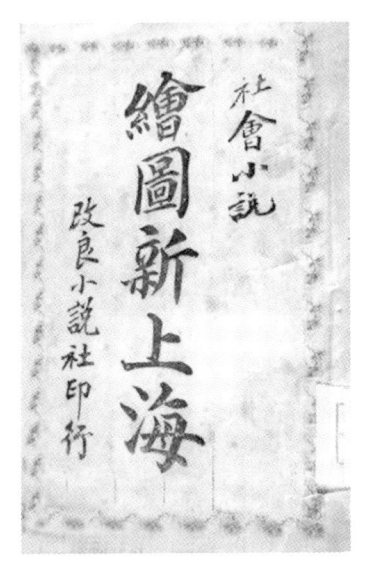

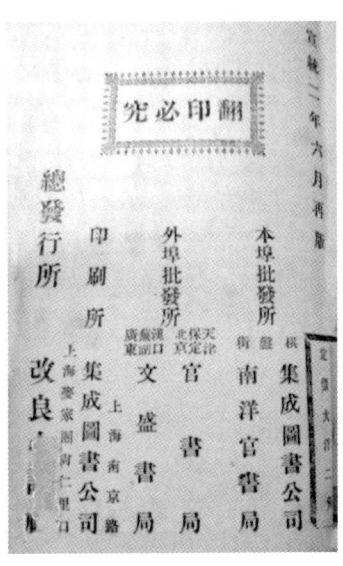

李友琴的《序》后还有作者撰写的《自序》,兹录如下:

客问陆士谔:"子之《新上海》,刻画魑魅,形容魍魉,穷幽极怪,披露殆尽,善则善矣。然辞多滑稽,语半诙谐,毋乃伤于佻而不足附作者之林欤!小说之轻于世也久矣!子既欲振起之,曷不为严重庄厚之文,而仍沿儇薄轻佻之习也?"士谔曰:"唯唯。客之规吾者甚善。顾主文谲谏,旨在醒迷;涉笔诙谐,岂徒骂世。第求有当,何顾体裁。抑吾闻之,古人有假难以征辞者,有方朔之《客难》,是方朔实获我心也;因讥以寓兴者,有崔寔之《答讥》,是崔寔实获我心也;寄旨以纬思者,有崔骃之《达旨》,是崔骃实获我心也;凭言以摅志者,有韩愈之《释言》,是韩愈实获我心也;托嘲以放意者,有扬雄之《解嘲》,是扬雄实获我心也;随戏以逞怀者,有班固之《宾戏》,是班固实获我心也。之数人者,皆含英咀华,包今统古。文成足以泣鬼,落笔足以惊神。然而务为滑稽者,有取尔也,况士谔乎?孔子,圣人也。然而目冉父为犁牛,指宰予为朽木。仲由好勇,举暴虎以相嘲;言偃弦歌,譬割鸡以为戏:是则言中带讽,当亦圣人所不废欤!况小说虽号开智觉民之利器,终为茶余酒后之助谈。偶尔诙谐,又奚足怪!"客默而退。士谔遂泼墨挥毫,草问答辞,为《新上海》序。

宣统元年冬十二月,青浦陆士谔云翔甫序于上海客次。

《绘图新西湖佳话》

《绘图新西湖佳话》,版心题"说部丛书",没有编号。封面题"艳情小说",正文首署"著者天生情种"。版权页信息为:宣统二年(1910)孟冬初版。总发行所改良小说社(上海麦家圈尚仁里口)。本埠批发所集成图书公司(棋盘街)与南洋官书局(棋盘街)。外部批发所官书局(天津、保定、北京)与文盛书局(汉口、芜湖和广东)。全一册,30叶(按:不是"页"),定价大洋二角五分。【浙江省图书馆藏】

全书凡十五回,有回目,依次为:

第一回　设网罗虔婆诱美　教歌曲鸨妇逼娼
第二回　用软功奸媪毒计　馈厚赂丑客苦情
第三回　武员乘醉闹花丛　娇娘服礼留香榻
第四回　童惜娘吊墓题诗　刘公子游湖惊艳
第五回　惊佳句绮席聊吟　听哀音檀槽刻字

五　改良小说社《说部丛书》叙录　195

第六回　蔡夫人爱才结义　刘公子受辱赎姬
第七回　众名士诗赠佳人　小娇生句惊座客
第八回　谋久计鸳枕诉愁　恋花丛椿庭斥子
第九回　发狂吟才人写恨　变金饰侠妓多情
第十回　遭不幸湖楼失火　初落难茅屋藏娇
第十一回　刘公子落魄还乡　童惜娘诵经学道
第十二回　重聚首侠女游湖　慰姣容夫人寄柬
第十三回　作媒人虔婆得贿　进甜言巧女脱身
第十四回　花神庙重讥香盟　竹素园大张筵宴
第十五回　筑吟楼湖山生色　谋生圹风月留痕

卷首有署名"情囚"的人撰写的《序》，兹录如下：

　　多情却似总无情，惟觉尊前笑不成。蜡烛有心还惜别，替人垂泪到天明。别梦依依到谢家，小廊迥合曲阑斜。多情惟有春庭月，犹向离人照落花。情天莫补，情海难填，愿作情人，甘为情死。化天边之比翼，情何能忘；作地下之连枝，情难恝置。情之所发。不知其他；情之所钟，正在我辈。此有情天小说所由作也。夫刘海庆者，本世上之情魔，号天生之情钟，雕龙绣虎之作文，以情生怜香惜玉之心，言从情出，薄富贵与功名，历饥寒与艰险。而童惜娘者，则贴地双钩，情留有迹，回眸一笑，情致无穷。此桃花潭水，未足喻其情深；柳絮词章，所由写其情愫者也。是为序。

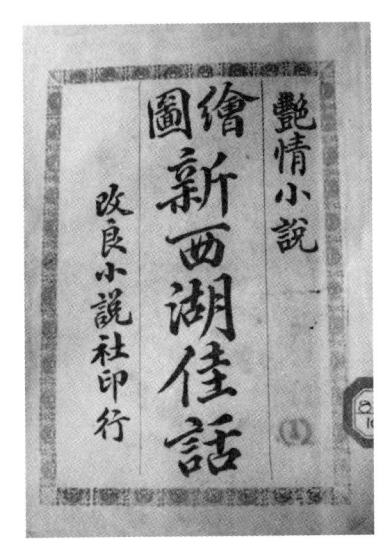

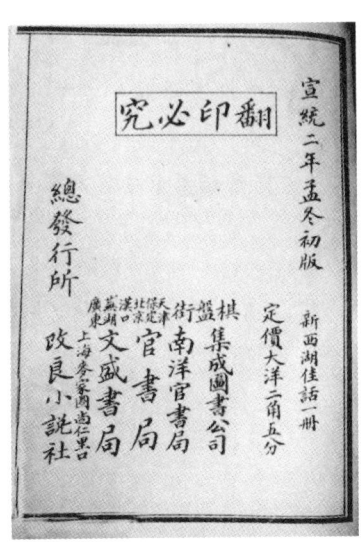

《绘图新西游记》

《绘图新西游记》，版心题"说部丛书"，没有编号。初版本封面题"滑稽小说"，正文首署"煮梦著"，评者"铸愁"，《自叙》署名为"李小白"，可知"煮梦"即为李小白，评者"铸愁"不详。版权页信息为：宣统二年（1910）二月初版。总发行所改良小说社（上海麦家圈尚仁里口）。本埠批发所集成图书公司（棋盘街）与南洋官书局（棋盘街）。外埠批发所官书局（天津、保定、北京）与文盛书局（汉口、芜湖和广东）。印刷所不详。该册42页，凡五回，有回目，兹录如下：

第一回　女学生

第二回　女学堂

第三回　男学生

第四回　笑

第五回　打岔

卷首有"镜我生"于己酉年（1909）夏日所撰写的《序》，其文为：

> 煮梦著《新西游记》既成，以示余。余受而读之曰：善哉！子之书，其禹鼎乎？世间魑魅魍魉之形状，铸之殆尽矣。顾吾子之铸奸也，以学界为最著，毋乃因魑魅魍魉以学界为最多乎？昔英国迭更司著《块肉余生述》一书，以描写监狱中惨无人理之状，而英国之监狱乃为之改良焉。他日吾子之书出而问世，彼教育家读之，其亦将改良吾国之教育乎？是则非徒著者之所几，抑亦序者之所希也。

序后有作者自叙，在自叙中，作者说，人生天地间，百年一弹指顷耳。抚易尽之光阴，而不于其间寻一消遣之法，各家有各家的消遣之法，作为小说家的李小白，其消遣之法是著书，著言情小说《小红儿》《鸳鸯碑》《白头鸳鸯》，著滑稽小说《傀儡侦探》《傀儡魂》。他说自己不是为言情而言情，不是为滑稽而滑稽，而有深意存焉。他说：吾之消遣法也，比者入世渐深，阅历渐裕，人世间一切鬼蜮魑魅之情状，日触吾目而怵吾心，吾愤吾恨，吾欲号天而无声，欲痛哭而无泪。吾乃爽然返，哑然笑，抽笔而著《新西游记》。吾之著《新西游记》也，盖嬉笑怒骂以玩世者也。然而吾非嬉笑怒骂以玩世也，吾盖借嬉笑怒骂以行吾消遣之法者也。抑吾思之，今日我骂人，他日人亦必将骂我，然而无伤也。今日我骂人，固一消遣法，他日人骂我，而我乃俯首帖耳，以受其骂，亦一消遣法也。抑吾之著《新西游记》也，思想陋而文笔丑，他日我学业稍进时，取此书而观之，或将自惭其思想之陋焉，自愧其文笔之丑焉。于是乃取此书，涂之抹之，摧残而烧毁之，是又吾他日一消遣法也。

《自叙》后有"一琴一剑斋主"所作的评话，内容从略。

笔者所见还有《新西游记》第六册，其封面与第一册完全相同，版权页与前者略有差别，出版时间为宣统元年（1909）冬月初版，并增加"全书定价大洋壹元二角"字样。该册58页，凡五回，有回目，具体为：

第二十六回　猢狲演戏
第二十七回　磕头
第二十八回　主人架子
第二十九回　赴宴
第三十回　还原

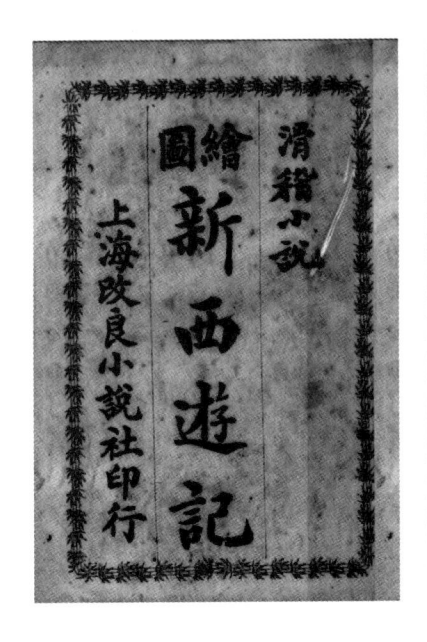

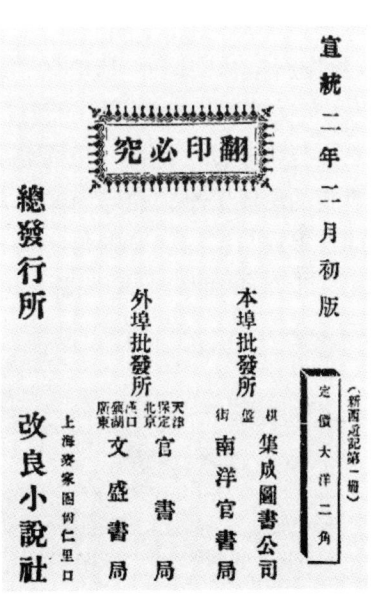

卷首第二十六回前题"煮梦著""酒痴评"，作者没有变，而评者改变（当然也可能评者实质上没有变，只是多用一个别署）。

根据第一册与第六册各五回的状况来看，其他四册可能也均为五回，各回也均有回目。

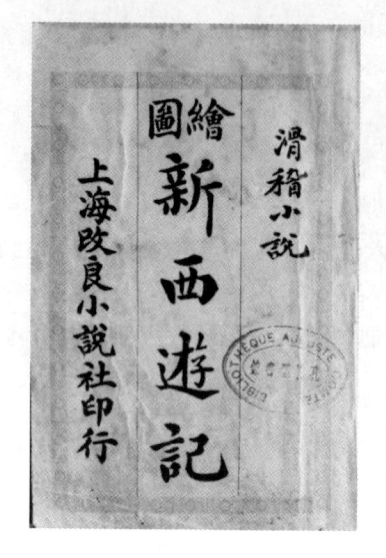

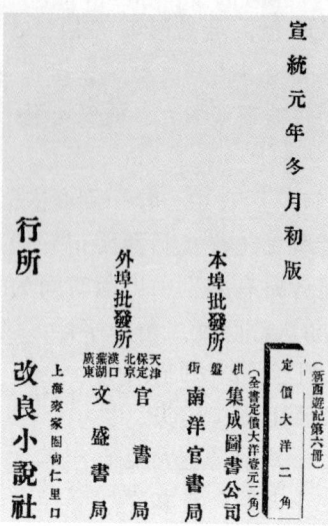

《绘图新笑林广记》

《绘图新笑林广记》，版心题"说部丛书"，没有编号。封面题"滑稽小说"。正文首署"治逸著"。版权页信息为：宣统元年（1909）冬月初版。总发行所改良小说社（上海麦家圈尚仁里口）。本埠批发所是位于上海棋盘街的集成图书公司与南洋官书局。外埠批发所为天津、保定与北京三地的官书局与汉口、芜湖与广东三地的文盛书局。印刷所为位于集成图书公司（上海南京路）。全二册，定价大洋二角五分。【浙江省图书馆藏】

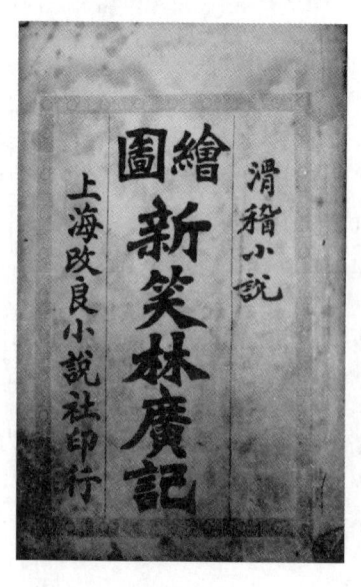

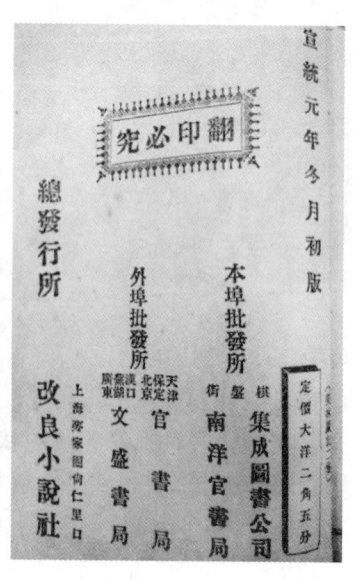

《绘图新中国》

《绘图新中国》，又题《立宪四十年后之中国》。版心题"说部丛书"，没有编号。版权页信息为：宣统二年（1910）六月再版。总发行所改良小说社（上海麦家圈尚仁里口）。本埠批发所是位于上海棋盘街的集成图书公司与南洋官书局。外埠批发所为天津、保定与北京三地的官书局与汉口、芜湖与广东三地的文盛书局。印刷所为位于集成图书公司（上海南京路）。上下两册，下册大洋四角。

第一回　三杯浊酒块垒难消　一枕黄粱乾坤新造
第二回　冠全球大兴海军　演故事改良新剧
第三回　创雨街路政改良　筑炮台国防严重
第四回　催醒术睡狮破浓梦　医心药病国起沉疴
第五回　辨女职灵心妙舌　制针厂鬼斧神工
第六回　遵阃教统帅畏妻　除大害国民拒赌
第七回　汽油车风驰电掣　游憩所光怪陆离
第八回　放烟火国耻难忘　话旧事信疑参半
第九回　腾云驾雾不异登仙　破浪乘风快偿夙志
第十回　合浦还珠渔翁得利　除恶务尽国手逞奇
第十一回　吴淞口大操海军　胡咏棠纵谈异事
第十二回　立宪四十年普天同庆　大会廿三国决议弭兵

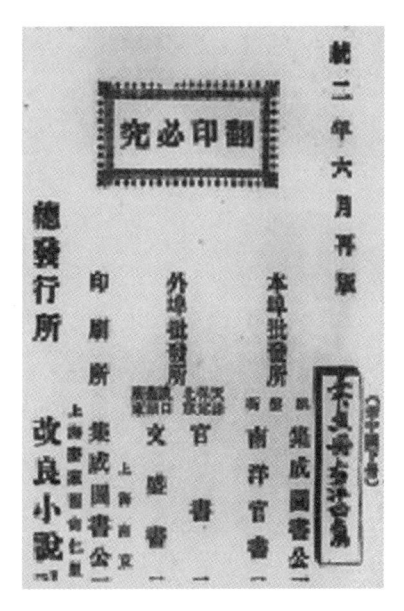

《绘图学堂笑话》

《绘图学堂笑话》，版心题"说部丛书"，没有编号。封面题"滑稽小说"，署"绘图学堂笑话"，"一名学堂现形记"。正文首署"原名学究变相""老林著"。版权页信息为：宣统元年（1909）二月再版。总发行所改良小说社（上海麦家圈尚仁里口）。本埠批发所是位于上海棋盘街的集成图书公司与南洋官书局。外埠批发所为天津、保定与北京三地的官书局与汉口、芜湖与广东三地的文盛书局。印刷所为位于集成图书公司（上海南京路）。上下集，定价大洋四角五分。【芜湖市图书馆藏】

上下二集，分若干章，无章目。卷首有"著者识"，兹录如下：

《学究变相》成，知我罪我者惟此书。

《春秋》为贤者讳，丁此学术过渡时代，正宜力隐其恶，宣扬其善，以劝夫当世，不宜如禹鼎铸奸，犀牛燃渚，使学界之怪现象，悉跃跃于纸上，而灰志士之心，其所以罪我者在此。

虽然，不烛其奸则伪者乱真，不独真者愈掩，天下且相率而入于伪者有不自知也。《春秋》之作，所以惧乱臣贼子，乱臣贼子惧而后忠臣孝子乃得昭然于天壤。然则，是作也，所以警司教育权者之返躬自省，且使受学者之咸晓然于择术之宜慎。言者无罪，闻者足戒，因以挽回习弊，则学界前途大放光明，天下有志之士，得以凭藉而起。区区小说亦与有功也。其所以知我者亦在此。

"著者识"之后有"冷眼评"，摘录如下：

学堂是为公的，岂是安插私人的地方。魏常甫之言正是不刊之论，冷眼读至此，冷眼又不禁为学界前途叹。

学堂所以造就人才，是则司教育权者之责也。中西两等学校，岁费巨款，所请之教员施戴滋、王伯台之类耳，读对牛弹琴毫无益处，这真误人子弟数语，有余痛焉。冷眼读至此，冷眼又不禁为学界前途哭。

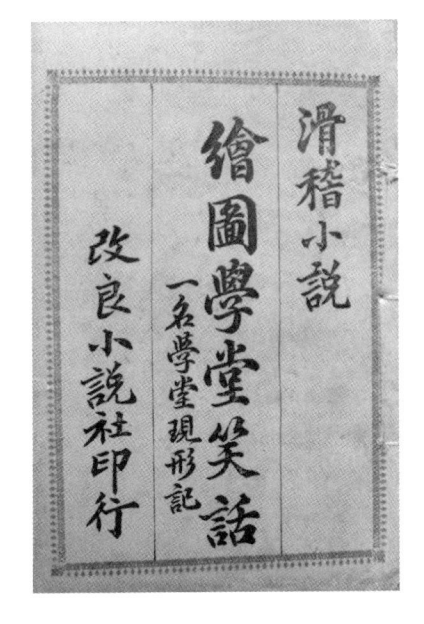

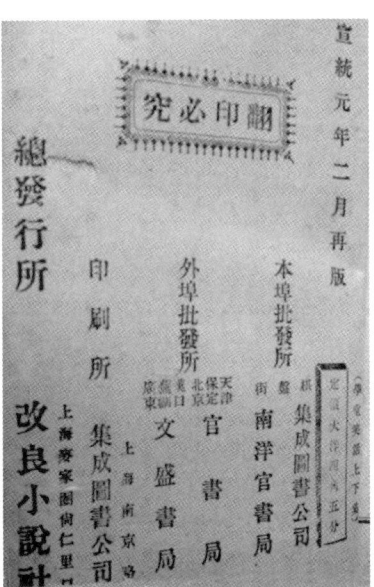

"冷眼评"之后有"冷眼读",摘录如下:

读六十岁学打拳及肚子要同板油并家,冷眼胡庐不已。
读他看见了书比见阎王还要怕些,冷眼胡庐不已。
读难道今天还在那儿做枯窘的八股搜索枯肠麽,冷眼胡庐不已。
读文昌帝君不知道逃到什么地方去了,冷眼胡庐不已。
读施戴滋上课放急屁,冷眼胡庐不已。
读这样放屁岂不要闹出疫气来麽,冷眼胡庐不已。

《绘图鸳鸯剑》

《绘图鸳鸯剑》,版心题"说部丛书",没有编号。封面题"侠情小说",息观著。版权页信息为:宣统二年(1910)六月再版。总发行所改良小说社(上海麦家圈尚仁里口)。本埠特约批发所是位于上海棋盘街的集成图书公司与南洋官书局。外埠特约批发所是天津、保定、北京三地的官书局与汉口、芜湖、广东三地的文盛书局。印刷所为集成图书公司(上海南京路)。全二册,定价大洋二角五分。

全书上下卷,全二册。上册51页,下册101页。不分章节,无序跋。作者息观,生平不详。

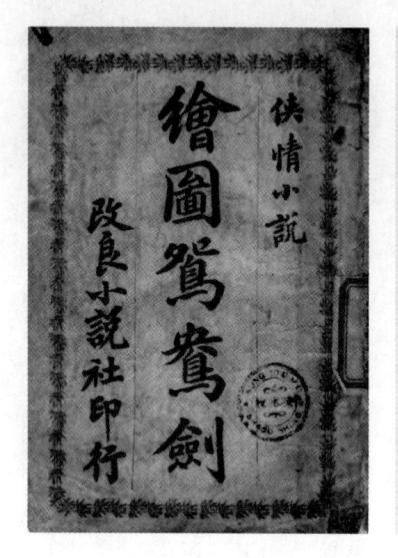

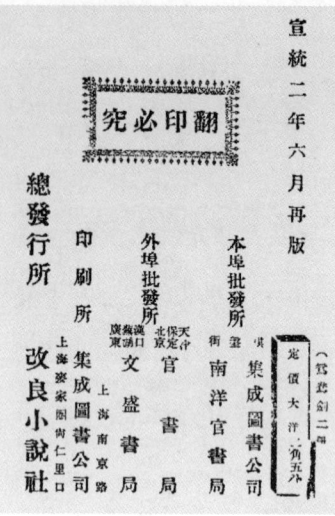

《绘图珠江艳史》

《珠江艳史》，版心题"说部丛书"，没有编号。初版本封面题"醒世小说"，正文首署"原名婆娑海"。版权页信息为：宣统二年（1910）腊月出版。总发行所改良小说社（上海麦家圈尚仁里口）。本埠批发所集成图书公司（棋盘街）与南洋官书局（棋盘街）。外部批发所官书局（天津、保定、北京）与文盛书局（汉口、芜湖、广东）。印刷所为集成图书公司（上海南京路），定价大洋三角。

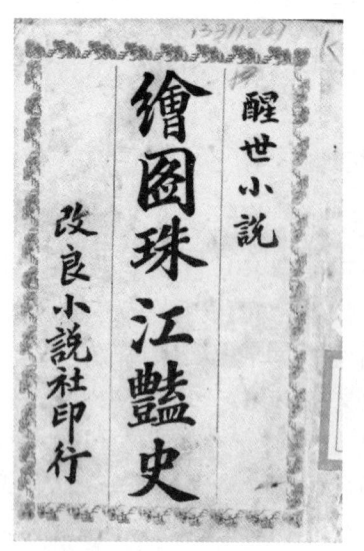

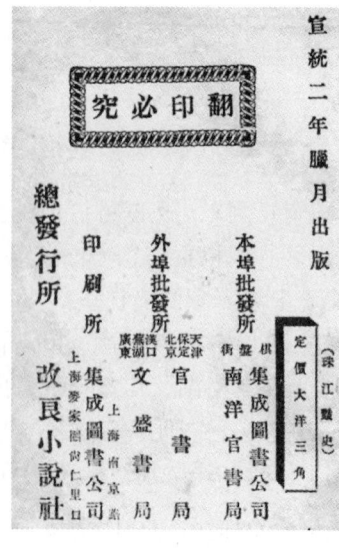

凡十回，有回目，无序跋，有插图十页。回目兹录如下：

第一回　周邦彦发起婆娑海　袁绶山浪迹蕙含街
第二回　冷冷热热拼命逢迎　燕燕莺莺有心结识
第三回　摽有梅移花接木　叔于酒倚翠偎红
第四回　樽前致胜四座披靡　陌上逢春一声河满
第五回　北雁南飞花开薄命　一唱三叹调谱相思
第六回　因新章演说麻雀经　拆旧侣撕碎鸳鸯谱
第七回　买火油夫妻成骗局　吞生烟身世误姻缘
第八回　客中感慨意抒新诗　灯下呢喃魂销旧侣
第九回　诠自序奇文抒妙解　记新声深夜起悲歌
第十回　闲取乐拈成缀锦令　强受罚挥洒剪边诗

卷末有一份广告"新著小说"，为大小说家陆士谔先生健著十一种（先生著书不下五十种，此十一种均系本社出版），兹录如下：

新上海　　　　　　　风流道台
新野叟曝言　　　　　改良济公传
新鬼话连篇　　　　　新水浒
骗术翻新　　　　　　新孽海花
新三国　　　　　　　六路财神
新中国

《机器妻》

《机器妻》，版心题"说部丛书"，没有编号。有初版本和再版本。初版本封面题"言情小说"。版权页信息为：光绪三十三年（1907）九月初旬印刷，光绪三十三年（1907）九月中旬出版。总发行所新世界小说社（上海棋盘街中市），原著者日本罗张氏，译述者横竖无尽室主人，分售者各大书庄，印刷所为鸿文恒记书局代印。版权页信息为：全二册，分上下两卷，每卷一册。每卷各八回，合计十六回，定价大洋四角。【浙江图书馆藏】

有回目，有序言。回目兹录如下：

第一回　爱拿地车场逢父执　别士街楼畔觑佳人
第二回　不识花名因翻花谱　窃听情话为解情痴
第三回　熊公子空作寻花客　红雪娘垂怜卧病人
第四回　欲海翻成醋海　多情恼煞无情

第五回　竭诚劝友　睹物思人
第六回　来忒权为不速客　退宾忽遇意中人
第七回　熊立铿被刺亡身　红雪娘乘机匿迹
第八回　语絮絮各诉悲怀　影幢幢重逢侠士
第九回　皮邻街检尸　黑索子漏网
第十回　警察署会商疑案　香山驿偶露奸谋
第十一回　觅同伴分头干事　遇旧交握手言欢
第十二回　入院遍搜凶证　沿途暗蹑行踪
第十三回　三侦探同陷重牢　两少年潜窥地窖
第十四回　谈往事灯下伤怀　辟新居车中聚议
第十五回　披览劳君建筑图　纵谈太尉不平事
第十六回　裁判所定罪　礼拜堂结婚

卷首有序，摘录如下：

《机器妻》一书，为余亡友罗张氏之未刊稿。罗君久寓意国，此事据云喧传意国报纸，并非子虚乌有者。稿藏余行箧中五载，于兹今覆阅一过，人亡物在，不觉泫然，谨译之，以贡诸社会。于原文之妙处，虽未能吻合，而如焦珠之孝，云和先生之侠，康夫之义，可以借针砭薄俗，提唱（倡）道德庶乎？良友之苦心可以不没也已。

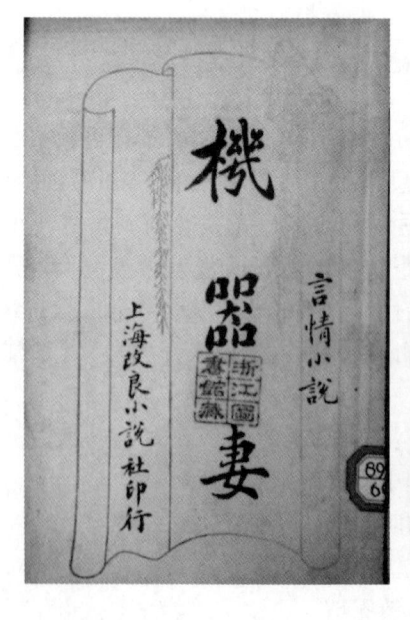

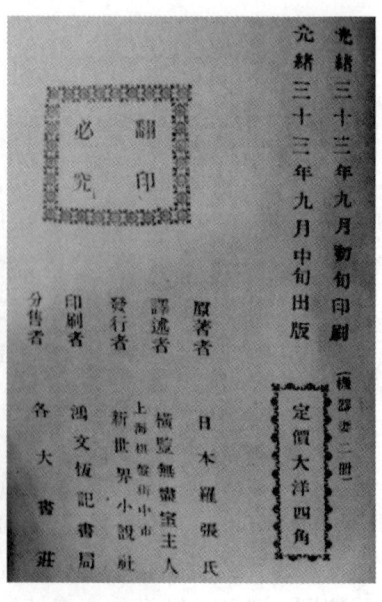

《军界风流案》

《军界风流案》，版心题"说部丛书"，没有编号。有初版本和再版本。初版本封面题"社会小说"，正文首署"梦天著"。版权页信息为：版权页署宣统元年（1909）十一月初版，同年同月发行。总发行所改良小说社。本埠批发所改良小说社（麦家圈）与南洋官书局（棋盘街）。外埠批发所龙文阁、官书局（天津、保定、北京）与文盛书局（汉口、芜湖、广东）。印刷所为汇通小说社。全一册，定价大洋二角。【南京图书馆藏】

凡十章，有章目，章末有一"醉翁曰"的形式发表的评点。章目兹录如下：

第一章　命薄　　　　　第六章　矢志
第二章　养媳　　　　　第七章　投环
第三章　驻防　　　　　第八章　籍索
第四章　姑惑　　　　　第九章　抚闻
第五章　返醮　　　　　第十章　褫职

卷首有"梦天天梦生"撰写的《军界风流案序》，兹录如下：

吾著是书吾有三种之观念：

其一　军人之腐败

设兵所以卫民也，驯至民不能卫，而反为民扰，国家亦何乐设此兵，百姓亦何幸有此兵哉？夫所谓扰者，不必蹂躏民田，凶横街市，一言之恶，一动之乖，民间受其影响者皆是也。乃者具军人资格，而谋娶人媳，以酿成人命，管带如此，则管带以下者更可知。目之曰：腐败，谁曰不宜？呜呼！是宜整饬也。

其二　老妪之贪鄙

患得患失，谓之鄙夫。不知天下事，得与失参半，全乎失固非人情所愿，全乎得亦非天演之理。世人鹜目前之利，而忘远大之计，遂为利所沉溺，而不自知祸即随利而至，吁可哀已。抑思有生以来，其生也何尝带一文而来，其死也又何尝带一文而去。人人能知此义，则何乐而贪鄙，以贻无穷之忧哉？马妪之贪鄙，不让人命，已失贤妇，况有不测之祸乎？吾谓马妪失算矣。世之类马妪者，不乏其人。呜呼！是宜惩罚也。

其三　贤妇之节烈

诱之不成，返之不得，从容就义，愤不欲生。捐一躯以留千载之芳名，而维万世之纲常。九小娘之节烈，可以与天地同休。古人有言：忠臣不事二君，烈女不事二夫。九小娘有也，且夫九小娘一穷乡僻壤之妇耳，能知此大义，而尽此大节。一班村夫俗妇，方且目小少娘为愚，是则九小娘之节义，岂非湮没不彰？于九小娘固无伤，如大局何？故亟宜表而出之，以讽世之失节者，九小娘已矣。呜呼！其堪嘉尚也。

吾具此三种之观念，而后著此书。自非犀牛，得能燃渚，聊借明镜，以为殷鉴。

苟于风化上有一助，著者之所深幸也。故抉此书之宗旨为读者告。

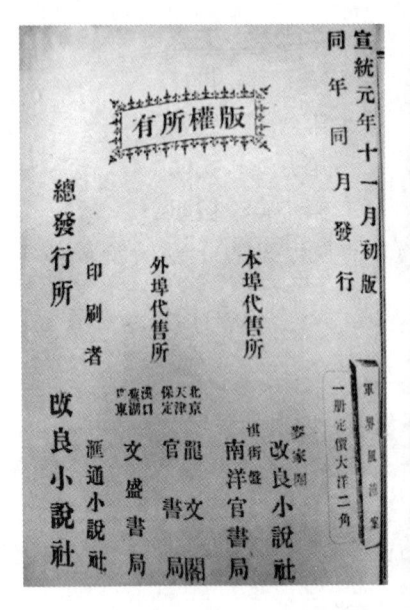

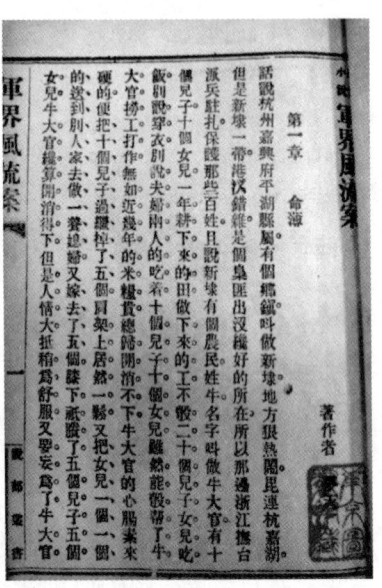

《浪子回头》

《浪子回头》，版心题"说部丛书"，没有编号。初版本封面题"醒世小说"，正文首署"虚我生著"。第一回首署"社会小说浪子回头卷上"，下署"虚我生著"。宣统三年（1911）夏刊，"说部丛书"之一。缺版权页。两卷，每卷一册。封面完全相同，只录其一。【芜湖市图书馆藏】

凡十回，有回目，无序跋。有图十幅。回目兹录如下：

卷上

第一回　施伯渊设教吹牛　王味寒聚众评理

第二回　恶感情借酒浇除　新先生受妓错爱
第三回　声势虚张将徒作仆　落魄无赖叫局逞强
第四回　闹妓院官司吃赢　做媒人葫芦打破
第五回　叉麻雀施伯渊质物　说脱籍周宝珠馈金
第六回　红尘劫脱师范宜修　妙想天开仙人欲跳
卷下
第七回　急色儿甘心投罗网　假胞兄决计送公庭
第八回　设鞋肆丧尽天良　谐鸳侣顿萌疑窦
第九回　劝夫婿同心改悔　攻科学一室潜修
第十回　招女生端赖演说力　考毕业不负苦心人

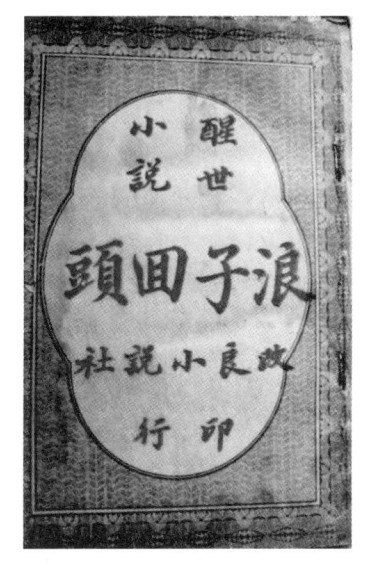

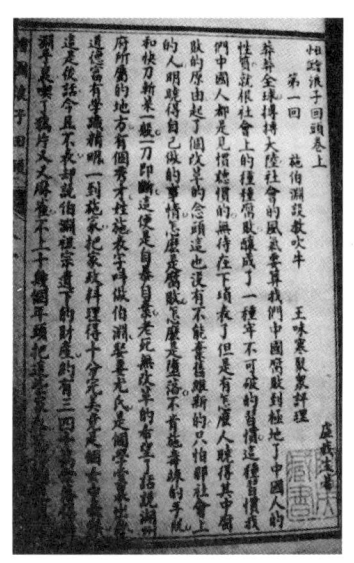

《奈何天》

《奈何天》，版心题"说部丛书"，没有编号。初版本封面题"写情小说"。版权页信息为：光绪三十四年（1908）正月中旬出版。总发行所新世界小说社（上海棋盘街中市）。著作者为改良小说社。印刷所为鸿文恒记书局。俄亚历山大杜庐原著，莫等闲斋主人（陈尺山）译。分售处为各大书坊。全书一册，共70页，定价大洋四角。译者莫等闲斋主人，姓陈，原名韵琴，字尺山，号昊玉，长乐人，居福州。肄业于福建船政学堂，曾游学英伦，回国后居上海。除译作《奈何天》外，还著有传奇多种，包括《孟谐传奇》《病玉缘传奇》《麻风女传奇》等（参见官桂铨《莫等闲斋主人考》，《文献》1983 年第 2 期，第 185 页）《奈何天》的翻译可能以英译本为底本。【首都图书馆藏】

凡十六章，有简要章目，兹录如下：

第一章　彼	第十章　门前之博士帽
第二章　醉梦	第十一章　坟上之记（纪）念花
第三章　露水痕	
第四章　漏泄春光	第十二章　美人之鏖战
第五章　冷笑	第十三章　枕边之日记
第六章　意外之兄弟	第十四章　佳人再得
第七章　赚药	第十五章　观剧之感动
第八章　杯里鸠	第十六章　定谳
第九章　葡萄园	

卷首有原序，兹录如下：

亚历山杜庐曰：情之一字，难言哉。草木虫鱼，莫不有情；微论人类，独至于男女之感情，尤为奇谲傀诡，不可思议。余亦地球上一情种也，故于酒阑耳热时，恒喜集二三知己，环坐斗室，移灯煮茗，畅谈宇宙间发现之情史，暇辄笔为记之。最奇者，莫若予乡一段故事。予盖得诸老博士葛司海文所述者，中间情节可惊可叹，可恨可怜，泚笔誌其颠末，都为十六章，以证世界之言情者。

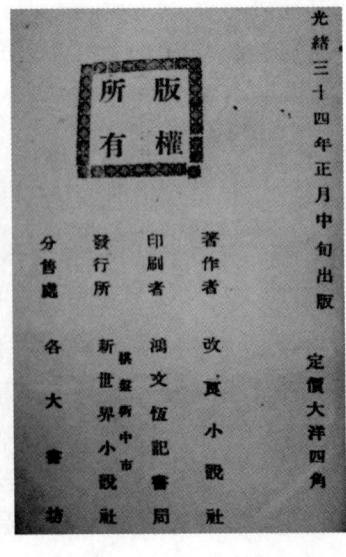

《破镜重圆》

　　《破镜重圆》，版心题"说部丛书"，没有编号。有初版本和再版本。初版本封面题"醒世小说"。版权页信息为：宣统三年（1911）四月初版。总发行所改良小说社（上海麦家圈尚仁里口）。本埠批发所集成图书公司（棋盘街）与南洋官书局（棋盘街）。外埠批发所官书局（天津、保定、北京）与文盛书局（汉口、芜湖、广东）。印刷所为集成图书公司（上海南京路）。四册，定价大洋一元。

　　凡四编，每编五回，合计二十回，有回目。第一编五回与第四编五回回目兹录如下：

第一编
第一回　　发洋财蒋福保起家　　慕暴富黄觐侯对亲
第二回　　看客串忽而害相思　　赖天意居然结同心
第三回　　设局赌妓女作钓饵　　聘翻译抚军亲劝驾
第四回　　发脾气入幕旋出幕　　了心愿新人即旧人
第五回　　祝生辰老夫妇归天　　起贪心杨县令吊丧
第二编
第六回　　信自由居丧纳妓女　　羡势利守制捐职官
第七回　　闹龙舟惨毙人命　　看马戏踏死印捕
第八回　　一掷千金毫无吝啬　　浅斟低唱乐而忘返
第九回　　摆虎威恫吓小妻　　起狼心席卷巨资
第十回　　聚巨赌工部局罚锾　　泄小愤蒋润玉告状
第三编
第十一回　　住南京聘娶花金铃　　归家园途遇张翠娟
第十二回　　追踪迹险遭性命　　爱风月自投罗网
第十三回　　行方便死里逃生　　遇救星祸中得福
第十四回　　信胡诌人面变兽心　　改常性鸡偷并狗盗
第十五回　　负心汉道员作乞儿　　贞节女贤妻如慈母
第四编
第十六回　　托姑母收留落拓　　遇流氓中途遭劫
第十七回　　蒋润玉败子回头　　黄圆珠生儿祷天
第十八回　　告归宁黄觐侯捐馆　　接邮信苏美云收监
第十九回　　起大运双得头彩　　发宏愿独种心田
第二十回　　蒋贡璞邀游蓬莱岛　　梅居士归结珠玉缘

卷首有南康陈伯熙荣广于宣统二年（1910）岁次庚戌仲冬撰写的《序》，兹录如下：

> 余友孤山小隐主人所著书籍甚富，随时刊印出售，其中或浅言或白话，上追齐髡滑稽之遗，远附庄子寓言之旨，间或出以嘲讽，亦必意在劝惩。鄙人素好小说，于近时新出诸书所见已不下百数十种，求其结构谨严可称完璧者，固非无其书；而拉杂成篇，徒耗目力，阅之生厌者，不知凡几。甚且有一书而异其名者，几令购者望洋生叹，无所适从。今小隐主人所著《镜圆记》又名《珠圆玉润记》一书，实事求是，信笔诙谐，草创自出心裁，花样全翻旧谱，可以资谈柄，可以遣睡魔，而前人有激而云之旨，即寓乎其中。有识者自能辨之，或无俟鄙人之赘论也。兹因主人以序属余，爰题数语弁之简端。

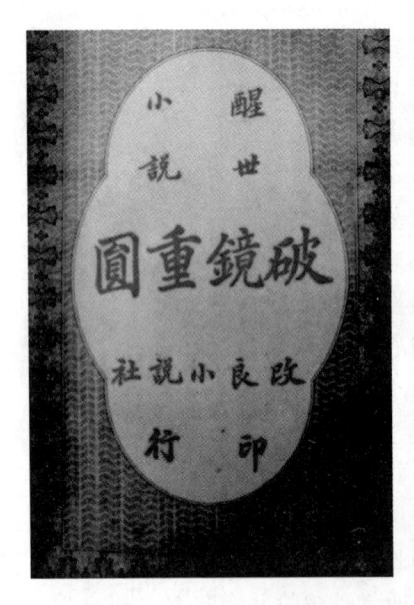

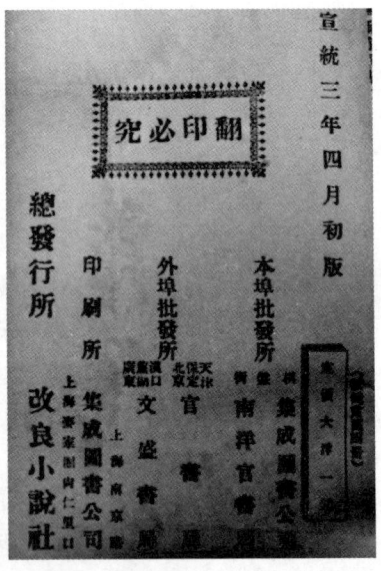

《色媒图财记》（卷上）

《色媒图财记》，版心题"说部丛书"，没有编号。初版本封面题"侦探小说"，原著者不详，正文首署"日本泪香小史原译""支那黄山子重演"。光绪三十三年（1907）。缺版权页。【浙江图书馆藏】

[樽氏目录 2975] 记载，Fortuné du Boisgobey "The Consequence of A duel"南舵隐士（黑岩泪香）译《决斗の果》，《东西新闻》1889.9.25—

11. 26。単行本 40 回 1 冊、三友舎 1891. 5. 12。次の作品ではない。Fortuné du Boisgobey "Bouche Cousue" 1883。英译 "*Sealed Lips*" 1883？黑岩泪香《似而非（改題して恶党绅士）》明进堂 1890. 3か？（按：问号原有）（松村喜雄によると、泪香译の原作は "LES GREDINS" 1873 破廉耻汉）。

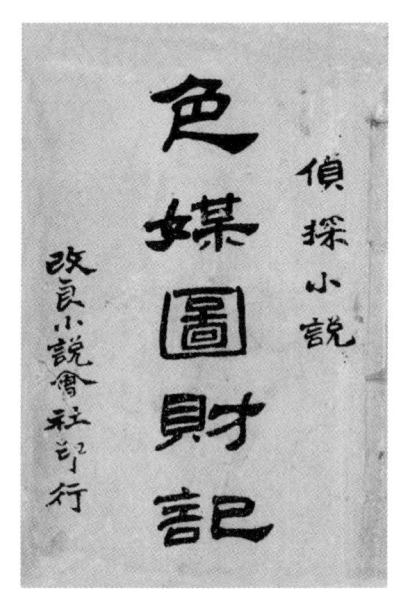

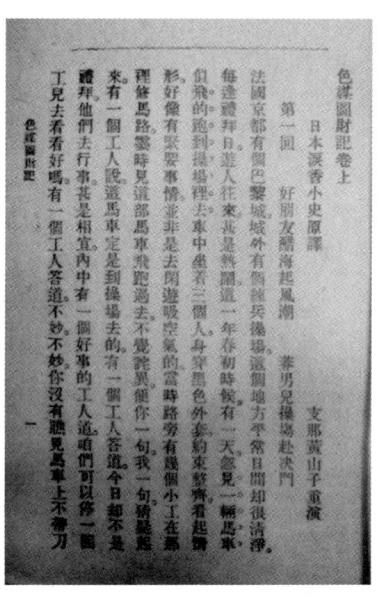

原著者 Fortuné du Boisgobey，为法国小说家。
卷上凡十回，有回目。兹录如下：
第一回　好朋友醋海起风波　莽男儿操场赴决斗
第二回　设阴谋手枪装木弹　中奸计衣袋托遗书
第三回　观照片大谷黯伤神　报捕房小林先设计
第四回　一封书疑团莫释　三层楼人影何来
第五回　老夫人多话絮叨叨　小姑娘无心情淡淡
第六回　辞遗产言外寓深机　赴夜会闺中访密友
第七回　厌世深时愿遗世事　爱情浓处忽动情魔
第八回　半暗半明人难辨识　是奸是盗事费猜疑
第九回　手枪柄堪明暗计　拍卖场巧遇仇人
第十回　出重价争买象牙机　观园亭私探秘密事
汉译本用白话翻译，通俗晓畅，兹录卷首一段如下：

法国京都有个巴黎城，城外有个练兵操场。这个地方平常日间却很清净，每逢礼拜日，游人往来，甚是热闹。这一年春初时候，有一天，忽见一辆马车，似飞的跑到操场里去。车中坐着三个人，身穿黑色外套，约束整齐，看起情形，好像有紧要事情，并非是去闲游吸空气的。当时路旁有几个小工在那里修马路，霎时见这部马车飞跑过去，不觉诧异，便你一句，我一句，猜疑起来。

《社会现形记》

《社会现形记》，版心题"说部丛书"，没有编号。有初版本和再版本。初版本封面题"社会小说"，正文前有绘图二十幅，每回一幅。版权页信息为：宣统三年（1911）孟秋初版（"孟秋"指农历七月）。总发行所改良小说社（上海麦家圈尚仁里口）。本埠批发所点石斋（棋盘街）与南洋官书局（棋盘街），外埠批发所官书局（天津、保定、北京、汉口、芜湖、广东）与文盛书局（天津、保定、北京、汉口、芜湖、广东）。初编五回，二编八回，三编七回，合计二十回。前五回即"冷眼旁观人"之《新旧社会之怪现状》[光绪三十四年（1908）三月鸿文书局刊]。初编一册，二编与三编合订一册，凡二册。二册封面完全相同，只录其一。全二册，大洋五角。【北京大学图书馆藏】【芜湖市图书馆藏】

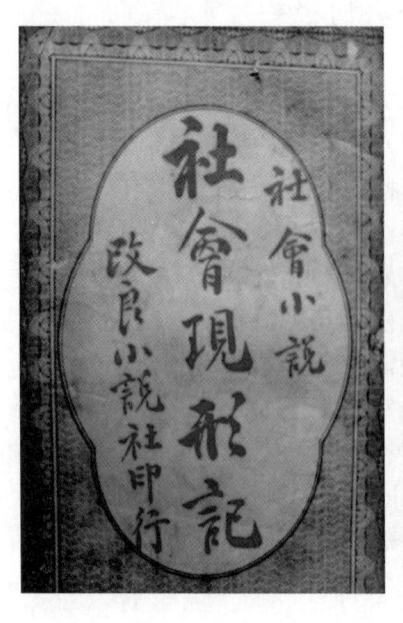

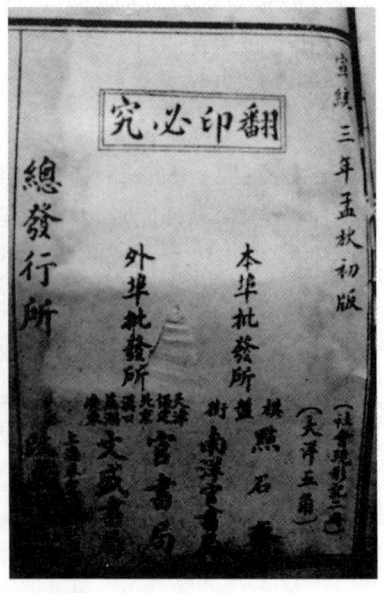

凡二十回，有回目，无序跋。回目兹录如下：
第一回　押蚨宝误遭骗局　溲马路拘人捕房
第二回　款洋人托言招矿股　骂考官拍案碎磁瓶
第三回　闺中絮絮柳氏媚夫　梦里喃喃贡生望榜
第四回　叫先生拳打卖菱人　称小的途逢沽酒客
第五回　假殷勤言中捣鬼　真苦恼暗地求人
第六回　信风水误动祖坟　欺族侄反悔前言
第七回　违母教叔侄斗气　走门路堪舆贪财
第八回　守财虏掘地窖银　老学究痛哭科举
第九回　恶讼师议分宾兴费　穷秀才大闹明伦堂
第十回　众学生痛殴老师　两征兵假充文明
第十一回　真腐败乱谈学务　假委员硬敲竹杠
第十二回　兴学堂从中渔利　议校所意外生波
第十三回　辱斯文和尚行凶　吃白食酒馆会行
第十四回　惜名誉托病退学　扒墙头半夜捉奸
第十五回　禁烟灯学生落毛厕　收戏捐教谕丧廉耻
第十六回　谈时事乌龟比大人　论装束野鸡充学生
第十七回　女学生愿嫁小马夫　聂司马判结风流案
第十八回　送殡出丧奢侈无度　迎神赛会恶习难除
第十九回　卖折奏官场真腐败　谋当选绅董现怪状
第二十回　兴义举殡葬志士　醒恶梦结束全书
第二十回回末，作者发了一通议论，摘录如下：

　　作者写到这里，不觉喟然叹道："人生若朝露，生死等浮云。"那些人偏要自私自利，演出这些恶社会来，不知何日便可以使中国四万万人洗心革面，一除这龌龊社会的现象。就是我秃着枝笔，浪费着纸，不惮挖心呕血，做这部社会小说，也无非想世人猛然省、憬然悟，湔除恶习，重新演出一番新气象，开辟一个新天地。恶类潜踪，善人充斥，不负作者这一片婆心。但细看社会，这许多人仍是昏昏沉沉，毫无改悔醒悟的样子，恐怕我将讲到唇焦舌敝，也是一无效果。作者想到这里，心中闷闷不乐，手内的笔一松，头一低，伏在桌上沉沉睡去，恍恍惚惚走到一个所在。……作者勃然道："做小说由我高兴，要做什么就做什么，你怎么好阻挡我呢？况且我做小说的宗旨，原是想改良社会，扫除恶习的。你既有发生社会的权力，便应当种植善良，改革恶浊。你不肯改恶从善，却如何要我改善从恶起来。你这个卑鄙龌龊东西，我也不值得与你辩论，但有句话回答你：我头可断，我志不移。任你怎么样哀求拜告，我总要巴望社会改良，增进文明的。"……

《绘图苏州繁华梦》

《绘图苏州繁华梦》，版心题"说部丛书"，没有编号。封面题"醒世小说"，正文首署"天梦著"。版权页信息不详。上海改良小说社宣统三年（1911）版。正文前有著者自序及冷心肠人序各一篇，每卷卷首均有目录一叶（按：不是"页"）。绣像九叶，每叶两幅，共十八幅，每回一幅。

全书二册，每册各九回，合计十八回。上册正文 85 页，目录 2 页，序言和插图 20 页。下册不详。缺版权页。上册与下册的封面相同，前者载录；后者从略。

有回目，依次为：

上册

第一回　元妙观恶少站香班　牛角浜流氓打圈子
第二回　官宰弄大闹私门头　青阳地小戏湖丝姐
第三回　新剧台权做勾引所　大旅馆顿成野合场
第四回　王桂香偷情堕孽海　刘大宝席卷遁空门
第五回　兰花会群艳吃虚惊　清明节名妓出风头
第六回　愚夫愚妇乔扮阴犯烧香　狂童狂女争雇小艇观会
第七回　七里山塘争研（妍）斗艳　一湾马路电掣雷奔
第八回　留园佳景花月留痕　虎邱名胜山水增光
第九回　文明结婚新笑史　吴歌编唱小热昏

下册

第十回　街头巷尾冶叶伺踪　茶肆酒楼滑少潜影
第十一回　谭虎臣测字开通人迷信独深　机房殿聚赌方外士生面别开
第十二回　程公祠避暑留污点　凤迟庵争风酿命案
第十三回　兰盆（盂）会纸扎鬼物　九思香光彻云霄
第十四回　中秋步月俏丫头有意　石湖泛棹大少爷偷情
第十五回　北寺塔游人真古雅　天妃宫道士大风流
第十六回　捕厅做寿地保供奔走　选举运动劣董苦心肠

第十七回　私饱贪囊办赈送老命　包揽讼词图董吃官司
第十八回　施粥厂司事吞米冠冤乞丐　大钱庄当手卷逃皇然富翁

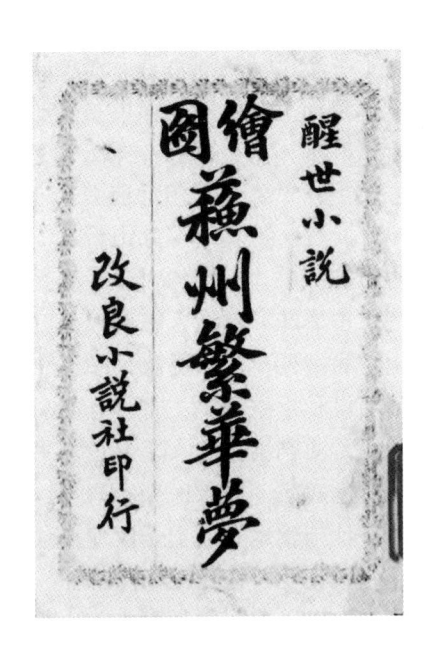

卷首有《自序》，兹录如下：

　　余旅苏最久，知苏州之风俗最深，知苏州风俗之变迁亦最详。苏州所谓开通最早之区也，所谓繁华最盛之地也。虽然，开通愈早，怪象愈多，繁华愈盛，风化愈坏，用以耳闻目见所及，笔之于书，俾采风化俗者，得于根本上施改革之方针，而收维新之实效，非仅以供茶前酒后，为消遣之资料也。他日者，予苟重游姑苏，得见姑苏新气象，新文明，则此书为已往之陈迹，毁灭之可也。然此书亦为促迫改良社会之功臣也，即保存之亦可也。

　　著者识于荆江

《新水浒》

《新水浒》，陆士谔撰。有宣统元年（1909）上海改良小说社刊本，宣统二年（1910）二月再版本。

全书五卷二十四回，有回目，依次为：

第一回　醒恶梦俊义进忠言　发高谈智深动义愤
第二回　豹子头手刃高衙内　花和尚棒喝智清僧
第三回　戴院长说明神行法　鲁智深改扮留学生
第四回　咨议局绅士现恶形　盐捕营官府逞淫威
第五回　林教头仗义救福全　戴院长愤世骂官场
第六回　宋公明大宴群雄　吴学究倡言变法
第七回　女头领大发牢骚　忠义堂初行选举
第八回　白面郎拟开女校　神算子筹办银行
第九回　倒银行蒋敬施辣手　布广告时迁计缓兵
第十回　郑天寿恃强占妻妹　章淑人被刺控公庭
第十一回　女学生甘为情死　白面郎决计私逃
第十二回　九尾龟巧设私娼寮　一丈青特开女总会
第十三回　铁叫子痛诋演剧会　金大坚开设新书坊
第十四回　萧圣手穷途卖字　安神医荣召入都
第十五回　单聘仁设计施骗术　鼓上蚤改业作侦探
第十六回　九云楼时迁庆功　铁路局汤隆辞职
第十七回　开考优拔穷极怪象　整顿学堂别出心裁
第十八回　智多星初戏益都县　魏竹臣重建孝子坊
第十九回　吴学究再戏益都县　宋公明筹赈济州城
第二十回　石碣村三阮办渔团　江州埠吴用开报馆
第二十一回　盘报馆吴用论行情　吃番菜李逵闹笑话
第二十二回　新舞台李逵演活剧　夜花园解宝出风头
第二十三回　石秀智取头彩银　武松大开运动会
第二十四回　梁山党大会忠义堂　陆士谔归结新水浒

《新苏州初编》

《新苏州初编》，版心题"说部丛书"，没有编号。有初版本和再版本。再版本封面题"社会小说"，正文首署"天哭著"。版权页信息为：宣统二年（1910）二月再版，初版不详。总发行所改良小说社（上海麦家圈尚仁里口）。本埠批发所集成图书公司（棋盘街）与南洋官书局（棋盘街）。外埠批发所官书局（天津、保定、北京）与文盛书局（汉口、芜湖和广州）。印刷所不详。全书70页，共八回。全一册，定价大洋三角。

有回目，无序跋。

改良小说社经营有道，较早采用降价销售策略。宣统二年（1910）正月初四日在《申报》刊等促销广告"改良小说社新年赠彩（一月为限）"，宣称"于正月初一日起凡购本社出版新小说满现洋一元以上者，奉送大本本社小说洋码二角，多则照数递加"。有一百三十种小说参与销售活动。整整一年后，即宣统三年正月初四日，改良小说社又在《申报》上刊载广告，发布本社举办促销活动，办法与去年相同。同年闰六月十二日，改良小说社又在《申报》上刊载了"阅新小说又有特别赠品"的广告，促销时间也是到七月十五日止，该社采用新的促销办法，"凡购本社新小说满现洋一元者，奉赠荷兰水自制法一册，以作诸君消暑之需。倘已有此书，任从选择他种新小说亦可。总以满现洋一元加送二角为度，多购照加"。

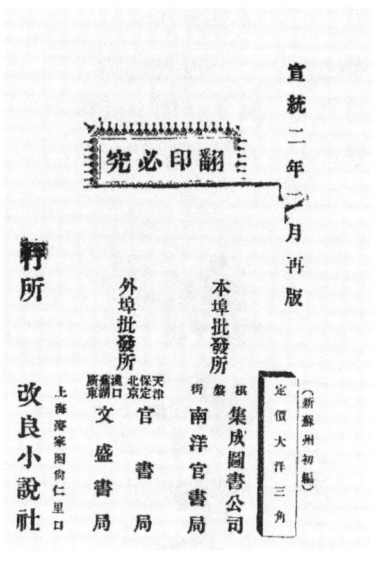

《新野叟曝言》

《新野叟曝言》，版心题"说部丛书"，没有编号。根据《樽氏目录》可知，该著有多种版本，上海·改良小说社宣统元年（1909）版本、上海·小说进步社宣统元年（1909）五月"说部丛书"版本，上海·亚华书局1928年8月版本。笔者所见版本有二，一是上海小说进步社宣统元年（1909）五月初版本。初版本封面题"新野叟曝言"，正文首署"陆士谔著"。版权页信息为：宣统元年（1909）五月初版。总发行所上海小说进步社，分发行所各省各大书坊。印刷所为上海汇通信记书局（上海美租界七浦路）。印行者和发行者均为上海小说进步社（上海棋盘街中市）。全书分六册，定价大洋壹元二角。笔者所见为亚华版本。目录前有"小停道人"撰写的《原序》与"杜陵男子"撰写的《序》，目录后有"小说巨子黄摩西先生评"。【中国社会科学院图书馆藏】

全书两卷，每卷一册，各十回，合计二十回。有回目，兹录如下：

卷之一	甲子城掘井得奇书	卷之十一	酒星为债帅
卷之二	庚申日移碑逢怪物	卷之十二	禅伯变阉奴
卷之三	忏铜头蚩尤销五兵	卷之十三	山中敝帚添丁
卷之四	争锦段织女秘三绝	卷之十四	地下新船战甲
卷之五	明化醇倚床迷本相	卷之十五	求博士恭献四灵图
卷之六	玛知古悬镜瞩中州	卷之十六	解歌儿苦寻三生梦
卷之七	锁骨菩萨下世	卷之十七	连尾生吐胸中五岳
卷之八	点金道人遭围	卷之十八	都毛子行阁上诸天
卷之九	麻犺狨厕上开筵	卷之十九	生心盗竟啖俗儒心
卷之十	葛琵琶壁间行刺	卷之二十	少目医终开盲鬼目

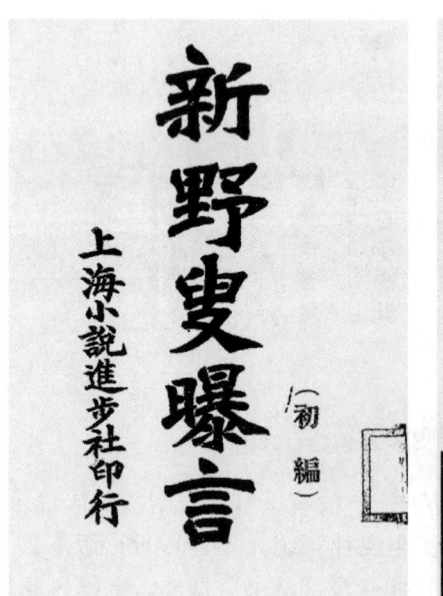

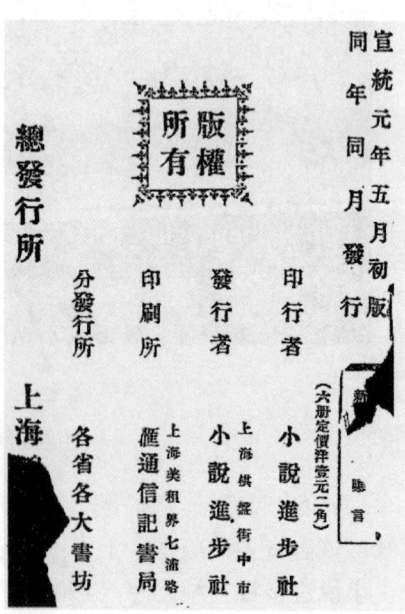

卷首有《原序》，兹录如下：

盖闻人为倮族之一虫，苟蠕蠕焉，无所建白于世，几乎不与毛者介者并囿于混沌之天矣。其或不安于蠢类，抱残守缺以求亲媚于古人。及叩以文谟武烈之旨，辄睒目挢舌，诧为不经，曾不若蠹鱼之获饱墨香古泽，又安望启沃群伦，主持风雅哉？我用是深有感于人之为虫而虫之所以为人矣。太上之诣，在究澈于五贼三盗，通达元化，贯串古今。抽其余绪，一颦一笑，足以震惊龙瞶，非若掇拾唾余，攘袭糟粕，扰棼绪之多端，侈蜣丸为善转，而犹诩诩自鸣得意也。虽然厌故喜新，兴情比比，举凡鸿文巨制，洵足解脱虫顽，拔登觉路，独奈何见即生倦，反不若稗官野乘，投其所好，尚堪触目惊心耳。矧驱牛鬼蛇神于实录中，用彰龟鉴，化虫为蟬，恣其游咏（泳），水即涔蹄，未始非世道人心之一助。此磊砢山人《蟬史》之所由作也。夫翘首言天，显告以三垣列宿之升恒，日月五星之躔次，机祥所兆，切系乎人。而习焉不察者，鲜不以迂诞笑之。试为浮西域，跋大狼，指赤道南偏附极诸辰而数之曰：此朱鸟所属之飞鱼海石南船海山十字蜜蜂小斗马腹马尾九星也。此苍龙所属之异鸟三角孔雀三星，以及元武之波斯鹤鸟喙蛇尾四星，白虎之水委蛇首蛇腹附白夹白金鱼六星也，靡不瞠目耸耳，游神象外，而抑知伺丽枢衡，岂遂别开仪界哉？于是叹此书之作，其苦心殆有类乎举极云尔。山人曰：然，是为叙首。

龙集上章涒滩余月既望小停道人书于听尘处

《原序》之后有《序》，兹录如下：

夫思不入于幻者，不足以穷物之变；说不极于诞者，不足以耸人之间。然而天地大矣，九州之外复有九州，吾安知幻者之果幻也。古今远矣，开辟以前，已有开辟，吾安知诞者之果诞也。授奇经于轩后，元女知兵；雨甲仗于宫中，修罗善战。怒则触天柱之山，遁则入藕丝之孔，而封豨必戮，窫窳终诛。疏属峰头，贰负之尸长梏，肩髀冢里，蚩尤之骨徒埋。凡厥流传，半由谲诡。至若猿能说剑，鹰可为旗，有限槐柯，列作蚁王之郡，无多蜗角，频兴蛮氏之军。语虽涉于荒唐，事并彰于记载，则齐谐志怪，文士寓言，由来尚矣。磊砢山房主人少矜吐凤之才，长擅响龙之藻，字传科蚪，奇古能摹，雅註虫鱼，纤微必录。百家备采，勤如酿蜜之蜂；一线能穿，巧似贯珠之蚁。生来结习，长耽邺架之书；诡道前身，本是羽陵之蠹。钻研既久，穿穴弥工，笔墨通灵，似食惯神仙之字，心思结撰，遂衍成稗史之编。尔乃怪怪奇奇，形形色色，空中得象，纸上谈兵，其将帅则一韩一范之流也，其兵机则九天九地之神也，其凶妖则蚕蛊猫鬼之余也，其丑类则铁额铜头之属也，其雄武则鞭石成桥、铸铜作柱未之先也，其诡异则杯酒噀雨、瓯粥召神不足喻也。至于天号有情，佛名欢喜，梦来神女，荡心楚子之宫，摄去阿难，毁体登伽之席，则又访容成之术，未尽揣摩，开素女之图，无其描绘者矣。作者现桃源于笔下，则有一天，读者入波斯之市中，都迷两目，自我作古，引人入胜，不洵可以餍好奇之心而供多闻之助乎哉？客曰：主人之书善矣，将有所闻于古耶？抑无耶？余曰：昔娲石补天，五色孰窥其迹？羿弓射日，九乌竟坠何方？大抵传闻，不无附会，盖有可为无，无可为有者，人心之幻也。有不尽有、无不尽无者，文辞之诞也。幻故不测，事孰察其端倪？诞故不穷，言孰穷其涯际？蜃楼海市，景现须臾，牛鬼蛇神，情生万变，讵可据史载之实录，例野乘之纪闻乎？且子独不见夫蟫乎？坠粉残编之内者，蛴鱼也；含灵积卷之中者，脉望也。常则觅生活于故纸，变则化臭腐为神奇，子安得执其常以疑其变乎哉？客唯唯退。余遂书之以为序。杜陵男子拜撰

"小说巨子黄摩西先生评"兹录如下：

《新野叟曝言》一书，小说之协律郎诗魁纪公文也。书中主人甘鼎，盖指傅鼐。傅之材力，在明韩襄毅、王威甯右，而未竟其用，举世悼惜，故好事者撰为是书，以同时一切战绩，归傅一身，致崇拜之意，但惧干忌讳，故出之以庾词隐语，饰之以牛鬼蛇神，以炫阅者之耳目。但细考之，书中人物事迹，仍历历显露，（如石玉之为琅玕，余舜佐之为李侍尧、斛斯贵之为福康安，贺兰观之为海兰察，龙木兰之为龙么妹，木宏纲之为柴大纪，梅飒采、严多稼之为林爽文、庄大田。其余若群网鸳鸯二城，则诸罗凤山也。青黄黑赤白五苗，则九股十三姓诸种也，五斗米贼则川陕各号之白莲教匪也。当时朝议甚惜，齐王氏之才，有欲抚之使平苗赎者，故尊之为锁骨菩萨，别树一帜，不混于五斗米贼中。陈文述曾令常熟为诸名士所推服，所谓都毛子者，殆即其人也，余不备述）虽章回小说乎，而有如庄列者，有如

五 改良小说社《说部丛书》叙录　221

竹书，路史者，有如易林太玄者，有如山海、岳渎、神异经者，有如杂事秘辛、飞燕外传、周秦行记者。盖奄有《水浒记》《西游记》《金瓶梅》诸特色，而无一语袭其窠臼。虽好用语藻，及侈陈五行機祥，而乏真情逸致，然不可谓非奇作也。小说界中之富于特别思想者，除《西游补》外，无能逮者，但不便于通俗耳。按此书笔意，颇兴说部中《璅琂杂记》（一名《六合内外琐言》）相似，但彼系散篇，此为长本，劳逸难易，固不同也。乾嘉中文字，能为此狡狯伎俩者，惟舒位王昙，究不知谁作也。（或即舒位所作，盖舒参戎幕时，曾与龙么妹有情愫，其赠时所谓"上马一双金齿屐，乘鸾十八玉腰奴"者是也。书中盛述木兰神通，若有昧乎其言之，当非无故，而所谓桑烛生者，意即作者自指焉）

二是上海·亚华书局 1928 年 8 月版本。

卷首有由李友琴撰写的"序"与"总评"，《序》兹录如下：

　　陆君士谔，字云翔，当今杰士也。豪迈不羁，雄视百世，有陈同甫推倒智勇之概，而见义勇为，朋侪有困厄，必百计拯救之，频于危难，弗顾也。呜呼！岁寒知松柏，士穷见节义。今夫平居相慕悦，游戏相徵逐，茶楼酒馆，意合情投，握手谈心，披斯露胆，叶金兰之气，结刎颈之交，泣日指天，誓不相背。一旦，遇小利害，走避恐后，不肯稍一援手。其甚者，且陷阱下石焉。若而人者，与云翔相较，其智愚贤不肖为何如耶！然气节之士，不容于浇薄之世，雅颂之乐，不容于郑卫之乡。云翔既磊落豪爽，不解阿谀，故所如辄沮，所遇辄穷，穷极无聊，不得不假小说以发泄其郁勃不平之气。其所写社会之状态，人情之鬼蜮，一颦一笑，毕肖毕真。盖半皆得诸阅历，非凭空构造者所得比也。故云翔之小说，卓伟精致，超越百家。其《新水浒》、《新三国》、《鬼世界》诸作，印行未及一载，叠版已经四次，有以夫！余尝论其小说，《新水浒》所以醒世人之沉梦，故以严厉胜；《新三国》所以振宪政之精神，故以雄浑胜；《鬼世界》则滑稽之作，半属寓言，故以飘逸胜。至于是编，虽赓续前人之作，而立意措辞，似较前人为高尚。前书以辞胜，此书以意胜。前书拘泥程朱，此书兼阐王陆。前书秽亵，此书高洁。前书多过大之辞，此书皆入情之语。而通部以文礽为主人，以呼照前书文施一梦，钩心斗角，惨淡经营，无一语空言，无一字虚设。浅识者安得知耶！晚近小说界，以南亭、佛山二子为巨擘。然南亭长于刻画，佛山长于理论，而云翔之《新水浒》、《三国》，其刻画处可迈南亭。云翔之《续野叟曝言》，其理论又超过佛山。云翔盖兼二子之长也。余自读云翔之书，而其他小说不敢寓目矣。余知善读云翔之书者，必许余为知言也。

宣统元年孟冬之月镇海女士李友琴序于海上之春风草堂

《真杏花天》

《真杏花天》，版心题"说部丛书"，没有编号。有初版本和再版本。初版本封面题"醒世小说"。正文鱼尾属"醒世小说之二"。版权页破损，略知宣统三年（1911）六月再版。香梦词人著，分初编、二编，每编一册，定价大洋五角。笔者所见为二编。【北京师范大学图书馆藏】

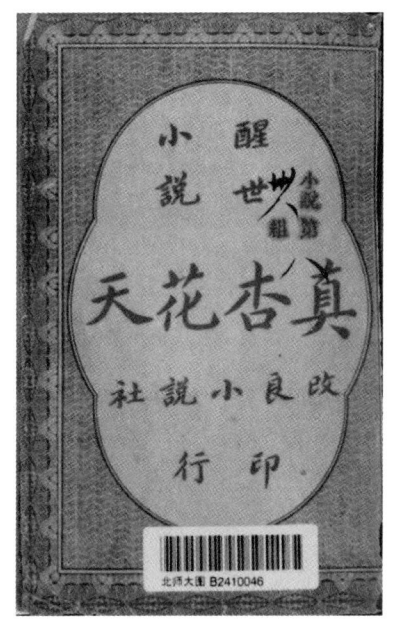

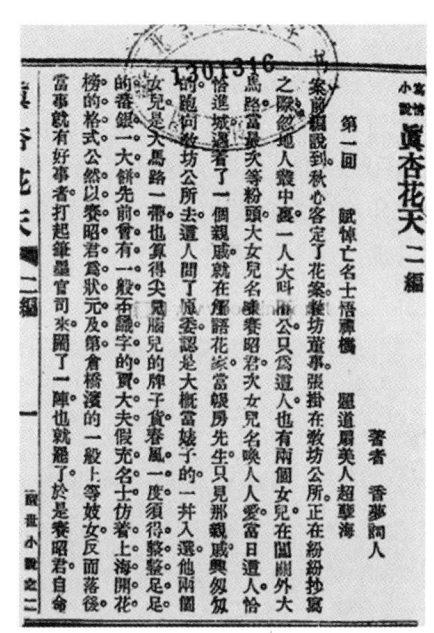

五 改良小说社《说部丛书》叙录 223

全书二编，每编四回，有回目，无序跋。有绣像十二幅。回目兹录如下：

初编
第一回　老秀才登坛演说　大和尚密室留宾
第二回　秋心客海外归来　解佩环花间遇旧
第三回　两两同心高唐入梦　三三对影洛浦传神
第四回　解佩环悲吟薄命词　秋心客细订燕支谱

二编
第一回　赋悼亡名士悟禅极　题道扇美人超孽海
第二回　青莲阁老舅报新闻　大观园女优瞒隐事
第三国　秋心客再梦高唐　卜端诚大吹鸦片
第四回　空欢喜跑脱情郎　发牢骚题来妙句①

---

① 《总目提要》第 115 页，把"赋悼亡"写为"贱悼亡"，把"超孽海"写为"离孽海"，把"报新闻"写为"泄奸谋"，把"女优"写为"女伶"。

《中外新新笑话》

《中外新新笑话》，版心题"说部丛书"，没有编号。初版本封面题"中外新新笑话"，"上海改良小说社印行"。版权页信息为：光绪三十四年（1908）四月出版，编述者为笑笑子。总发行所鸿文书局（上海棋盘街）。印刷所为鸿文恒记。寄售处各大书坊。全书分上下两册，定价肆角。【浙江图书馆藏】

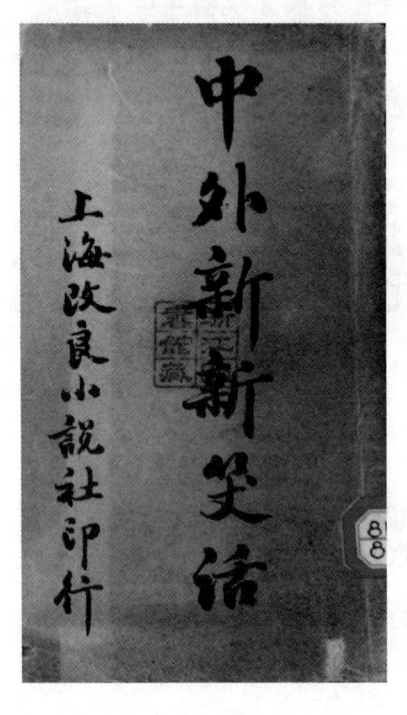

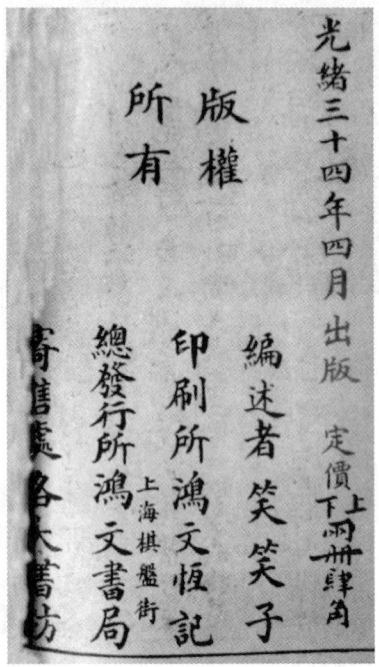

全书分上、下两册，各收入四十五则故事。上册篇目为：无君党将改为保皇党、外国人吃施耐庵的亏、衣冠禽兽、加利奉还、间接的儿子、好百姓教坏了、算是我们的晦气、鸟界、鹭鸶会议、二元捐得大人做做、此事无须查得、贪小失大、一举两得、花柳病、蕉宝御枪炮、名利两得、皇帝游戏、余孟亭、名命两全、策问西事、关老爷不怕外国人、电报之能力、精虫调和满汉、如此好意难道不承受么、魂兮归来、不偷中国人的东西、炸弹之保险费、存古学堂乎孤老院乎、新学家、小说亦一代不如一代、教习像倌人、新名词之价值、齐天大圣、新鬼何多、家庭革命、外国上谕、伦敦、前刘海、彭郎小姑、专制行于胡须、狠（很）阔的商标、

臀办交涉、打得是、西人咬文嚼字、财神乎奸细乎。

下册篇目为：便宜不出外、辫子之价值、西人初见小足、流血、不奉承、奈端、斗胜后讲公理、怕生、妇人讲外交、罗马妓馆之商标、跛足财神、教淫学堂、机器匠、何不食牛肉、斯巴达不禁盗窃、吸烟议会、行云流水、今日天气颇冷、倚老卖老、游戏化学表解、科举中人之愤言、新党与名妓之比较、强盗狠有进步、探眼镜、某钦使、裹足布、借重熟手、拿破仑、新名词诗、造官良方、今天下台、大令自称卑人、小便亦不得自由、呼西人为爷爷、外国人的说话都靠不住、惧内、这是什么道理、跌倒某县令、屁精、夜长梦多、新法铁路、火神菩萨亦入革命党、此葛亮之所以为诸也、狗谈天、七言条陈。

卷首有《中外新新笑话序》，兹录如下：

> 笑笑子者，今之伤心人也。丁此姚佚央亡，不可思议之时代，所谓中外交涉之怪状，新旧离奇之变态，一一目击，塞塞省省，殷忧不已。笔诛口伐，欲有以救正之。因思庄语之用，不若谐语，严厉之旨，讽劝之词，而一出之以谐笑，或庶几乎言者无罪，闻者足戒之义。古人有云：嬉笑怒骂，皆成文章。吾乌知嬉笑之心，不更苦于怒骂耶？若云自写牢骚，聊博阅者茶后酒余之一噱，则非作者之用心矣。世有知者，自当不易吾言。
>
> 东方睕芝氏书于沪上腐次

六　国华书局《说部丛书》叙录

国华书局由湖州人沈仲华于民初（具体时间不详）在上海创立。其宗旨为"移风易俗"，改良社会，端正人心。该书局先后创办了《小说丛报》《小说新报》《消闲钟》《眉语》等刊物，这些刊物是鸳鸯蝴蝶派的重要阵地，社会影响颇大。其出版物主要是小说，是民初鸳鸯蝴蝶派的小说作品，这些作品除了言情之作外，还有社会小说、侦探小说、滑稽小说等类型。其发行系统主要靠代售处，北京十一处、天津五处、山东五处、湖南一处、河南二处、安徽二处、江苏十七处、四川二处、重庆一处、广东五处、甘肃一处、云南三处、浙江二处、福建三处、奉天二处、上海二处、湖北一处、河北一处。①

（一）国华书局《李著十种合刊》叙录

国华书局有一则《李著十种合刊》的广告，是关于这十种著作的编号与内容提要的。编号与书名如下：

第一种《伉俪福》　　　　第六种《辽西梦》
第二种《同命鸟》　　　　第七种《双缢记》
第三种《鸳湖潮》　　　　第八种《昙花影》
第四种《千金骨》　　　　第九种《賣玉怨》
第五种《红粉劫》　　　　第十种《茜窗泪影》

我们依次顺序展开叙录。

---

① 参见《小说新报》1915 年第一卷第一期版权页，朱联保：《近现代上海出版业印象记》，学林出版社 1993 年版，第 275—277 页。

《伉儷福》

《伉儷福》，艳情小说，《李著合刊第一种》，未见，所见为三版本。原载《小说新报》1—12 期（1915 年 3 月—1916 年 1 月）。三版本版权页信息：著作者为李定夷，校订者为包醒独，发行者与印刷者均为国华书局，总发行所为国华书局（上海四马路），分售处各省大书坊。民国五年（1916）八月三版（初版时间不详）。全一册，140 页，定价大洋伍角。

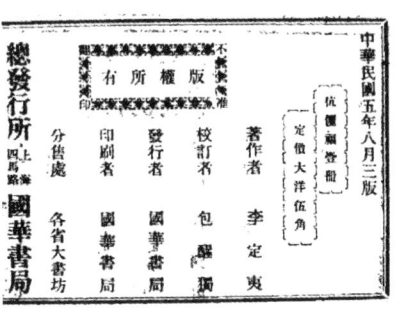

全书二十六章，无章目。

卷首有《〈伉儷福〉旨趣》，其后心玉刘裴邨的《读伉儷福杂述》，其后有吴东园、倪轶池、朱剑山、陈秋水等分别撰写的《伉儷福弁言》。还有许浊物、汪诗圃、程筠甫、吴绛珠女士、许碧霞女士、陈琴仙女士、华抉云、黄花奴、邢耐寒等分别撰写的《伉儷福题词》。

李定夷撰写的《伉儷福旨趣》如下：

> 自由之化行，夫妇之道苦；离婚之说行，夫妇之道尤苦。青年男女，偶被欧风，动言恋爱。濮上之歌，终风之赋，视为当然。始乱之，终弃之，行固可诛。即不然，乱之于初，成之于后；鸳鸯之离甫结，仳离之怨旋生，亦属比比皆是。始之不慎，终亦祸根。吁，可叹

哉。以吾目睹耳闻言之，不下恒河沙数。端居之顷，尝发宏愿，誓效生公说法，以期顽石点头，因有是书之作。虽属闺房细语，实为苦口婆心，窃愿世间伉俪，尽如吾书之主人翁，宜家宜室，亦唱亦随，则吾书不虚作矣。吾闻之，大言炎炎，小言詹詹。吾言虽小，吾意固不仅詹詹已也。

《同命鸟》

《同命鸟》，《李著合刊第二种》，未见，所见为 1918 年 4 月版本。其版权页信息：著作者为毗陵李定夷，校订者为吴兴包醒独，发行者与印刷者均为国华书局，总发行所为国华书局（上海四马路中市），分售处各省各大书坊。民国七年（1918）四月出版。全一册，150 页，定价大洋六角。

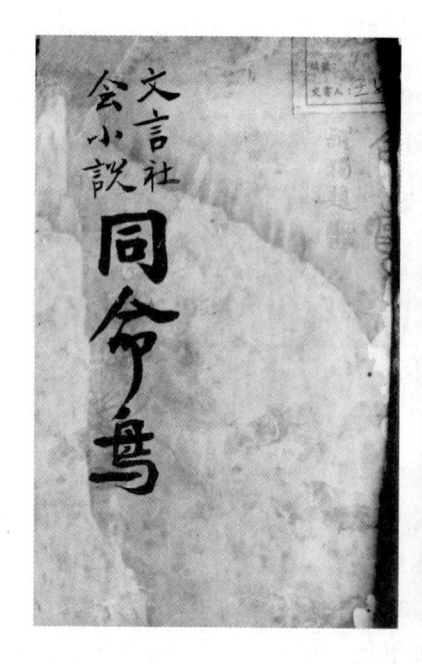

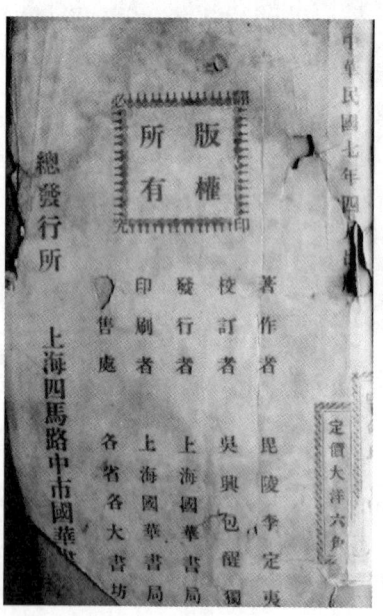

卷首有三篇序言，一是毗陵吴绮缘于民国七年（1918）四月十日撰写的《序一》，兹录如下：

世俗之浇漓，至今日而趋乎极矣。圣教凌夷，邪说蜂起，五伦为人生之本，亦几可尽捐而弃之。而夫妇之道，则尤较其他为苦。盖其先厄于不得自由，恒迫于父母之命，惑于媒妁之言，常至失两姓之欢，贻百年之恨。咏絮清才，或归走卒，羞花丽质，不偶才人，则尤比比可数。及今日则矫枉过正，变本加厉。平权自由之说大昌，以夫妇之亲，乃亦视如臣之侍君，合则留，不合则去。男固可以重娶，女亦不妨再醮，几不知人世间尚有羞耻事，于是而真爱情消灭净尽。夫夫妇一伦，既失其正，家何能齐。家既不齐，国何能治，而亡国之机，未始不可兆于此也。今欲革此颓风，非宣之于文字不为功。且庄论不如讽谏，经传不如稗官，盖能使雅俗共赏，妇孺皆知也。故托之小说，功尤易见。吾友定夷旷世逸才，年来好从事于稗官家言。言情之作，率能出之于正，如《伉俪福》一书，于夫妇一伦，发挥无遗，可为家庭之模范。然江郎之才，固未尝因是而尽。更有《同命鸟》之著，即用以结束上文，布局之工，行文之雅，皆与《伉俪福》无间，诚非率尔操觚之士，所堪摹效者。虽定夷已有等身著作在，然仅读此二书，已不啻窥其全豹。盖言情之作，其结果不外哀乐二字。今兹二书，一则记哀，一则记乐，互相衔接，异曲同工，说部之能事，固已异矣。或亦有病其终局过事衰飒，殊足令天下有情人为之邑不欢者。殊不知有盛终必有衰，胡能终始如一？譬诸春花，绚烂已极，乃罡风一起，即归消灭。然明年此日，则又竞放枝头矣，人事固未尝不如是也。《伉俪福》之后，更有《同命鸟》以续之，亦即绚烂之极，归于平淡之意，个中人纵已解脱尘埃，而一缕真情，必可固结，不随形骸以俱涣，此后偕赴情天，共证慧果，较诸人间庸俗夫妇之白发齐眉者，不尤胜乎？读者能喻此旨，庶勿负作者之苦心矣。

二是吴门顾明道于戊午年（1918）仲春上浣在正谊斋撰写的《序二》，兹录如下：

天下惟有情而后有文，亦惟有文而后有情。文之可观者，意挚而情真，必非轻躁浮薄之人所能道也。近今小说盛行，言情之作多矣。风云月露之章，濮上桑间之事，比比皆是。求其能哀而不伤，乐而不淫，深得劝惩之意风人之旨者，则如凤毛麟角，不可多得焉。毗陵李定夷先生，今代小说钜子也，以绣虎雕龙之才，为堆金积玉之文，固久脍炙人口，乃才思无穷，彩毫频挥，又为《同命鸟》一书，以续《伉俪福》说部，借《关雎》《常棣》之篇，描写新中国模范之家庭，清言霏玉，绮语串珠，非所谓乐而不淫者乎？蝉蜕尘积，证果大罗，又非所谓哀而不伤者乎？吾知是书一出，行当纸贵洛阳，声价十倍，可与香草美人之赋，黄绢幼妇之篇，后先媲美矣。尤可钦者，先生能有世道人心之忧，不惮绞其脑汁，费其心血，亟亟焉以树人伦正道于此浇风漓俗之时，而作中流之砥柱，是以岂特言情而已哉？明道不文，谬承雅爱，因不辞谫陋，略志数语于简端。

三是吴东园承烜于戊午年（1918）春初撰写的《序三》，兹录如下：

鸳鸯入福禄之诗，左宜右有；鸾凤应祯祥之瑞，前唱后随。礼重齐眉，年年鸿案，欢腾比翼，岁岁鹣居。相敬如宾，蔚成家庆；相依为命，美在人和。此毗陵李定夷先生所以继《伉俪福》而有《同命鸟》之作也。抟鹏气远，吐凤才高，价重鸡林，文舒鸿藻。发妃白俪黄之思，寓裁红翦翠之工。凤揽德辉，家庭之福；鸡鸣诗训，闾里之荣。凫雁翱翔，郑风可读；雎鸠挚别，周道犹存。鹭在泾，鹈在桑，志喜也。鹤鸣阴，雁鸣旦，叙事也。栖息玉宇琼华之树，因依银台琅竹之枝。同居忍利之宫，别署恒春之室，摹写庭帏之乐事，挽回叔季之颓风。说借虞初，文名洛下。狎我如鸥，同盟可续。为君献凤，作序不惭。

《鸳湖潮》

《鸳湖潮》，《李著合刊第三种》，未见。上海国华书局民国三年（1914）六月初版，其后有多重版本。笔者所见版本有民国八年（1919）二月六版。六版本版权页署校订者包醒独，发行者、印刷者与总发行所均为上海国华书局，分售处为各省各大书坊。全一册，定价大洋五角。笔者所见另一种版本为民国二十七年（1938）八月九版。版权页署发行人舒文中，发行者、印刷者与总发行所均为上海国华（新记）书局，分售处为全国各大书局。全一册，实价国币二角。两种版本基本相同。

凡十六回，有回目，依次为：
第一回　噩耗飞来女儿命薄　扁舟归去公子情深
第二回　如梦如烟心伤往事　怜卿怜我肠断恨人
第三回　好事多磨意同槁木　闲愁莫却心比卷蔛

六　国华书局《说部丛书》叙录　　231

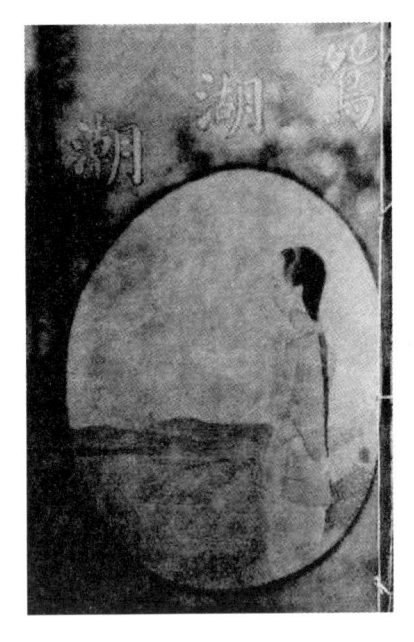

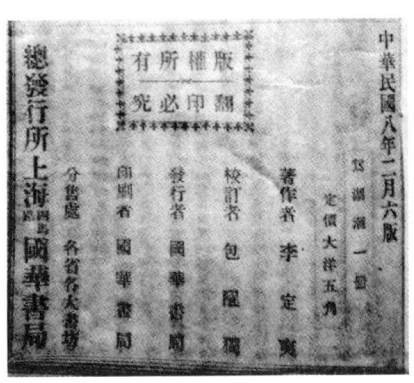

第四回　月冷霜天埙箎急奏　珠湮沧海琴瑟空调
第五回　石烂海枯此心不改　水流花谢往事皆空
第六回　邂逅相逢天缘巧合　情怀互剖人意缠绵
第七回　千里传书悲欢交集　一堂聚话痛痒相关
第八回　劫中劫弱女堕风尘　愁里愁旅人同雪涕
第九回　蕙折兰摧蓝田玉冷　水落石出合浦珠还
第十回　重话曲衷恨人肠断　一窗烟雨游子神伤
第十一回　返魂无术伤如之何　誓海有盟谁能遣此
第十二回　似真非真魂归倩女　一误再误梦断征人
第十三回　祸起萧墙家庭多故　病婴床席卢扁无灵
第十四回　斩情敌薇亭大复仇　中奸谋彤瑛重落劫
第十五回　是色是空不堪重话　为商为参枉是多情
第十六回　廿年幻梦情悟镜花　三尺孤坟恨余泪草

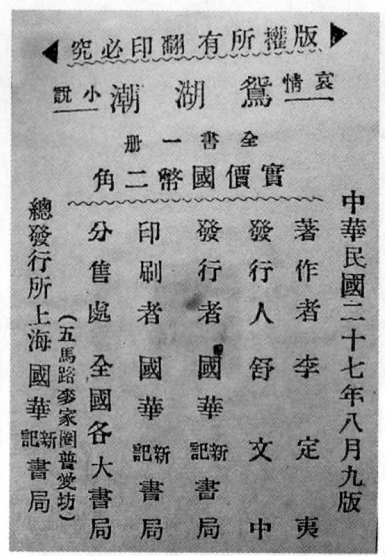

卷首有海绮楼主评语，次鬘红女史评语，次刘铁冷序一、次胡仪鄌序二、次澹庵序三，次徐枕亚等人题词若干。澹庵序兹录如下：

  大丈夫负魁闳瑰玮之器，怀经纬济变之才，丁危急存亡之秋，是宜慷慨投袂拔剑奋起，出其身以任大事，临大难，捍大患，龙骧凤峙，图盖世之功，立名不朽。不此之务，而徒呫哔牖下，舞文弄墨，以箸述自闻，何耶？纵欲退而以文章见，亦当持大义，明正道，阐公理，庶足以辟邪慝而警凶顽，正人心而维风教，无背乎先圣立言之旨。不此之事，而徒沾沾于稗官野史，以小说自娱，且其所记载，又不出乎闺阁琐屑之语，儿女子离合悲欢之情，其又何耶？信是说也，则将何以解于李子定夷《鸳湖潮》一书？今夫李子之器，不可谓不大也，其才不可谓不伟也，所处之时，不可谓不殆也，而李子者，方规规然藻文饰句，出其金玉锦绣之文，作为《鸳湖潮》其书，将以小说名天下。其于匹夫兴亡之责，若无所容心于其间者，岂非以当今之世，风俗日颓，人心不古，自由之风行，而女奔濮上；平权之说起，而狮吼河东。有心人目击其变，怒焉伤之，是以出文章著述之绪余，以香艳绮丽之文，寓移风易俗之意也。予于是见李子之志矣。若夫其词华之美，情事之善，则人各有目，固不待予之称誉。李子见此，倘亦欣然浮白曰：澹庵知我心乎！是为序。甲寅夏五月，澹庵序

于沪东寄庐

《千金骨》

《千金骨》，《李著合刊第四种》，未见，所见为九版本。其版权页信息：题"惨情小说"。著作者为李定夷，发行人为舒文中，发行者与印刷者均为国华新记书局，分售处为各埠各大书局，分发行为上海时还书局与益新书局。总办事处上海（九亩地露香园路吉安里）国华新记书局，总发行所上海（五马路麦家圈普爱里）国华新记书局。初版时间不详，民国二十五年（1936）七月九版。全书洋装一册，实售国币一角七分。

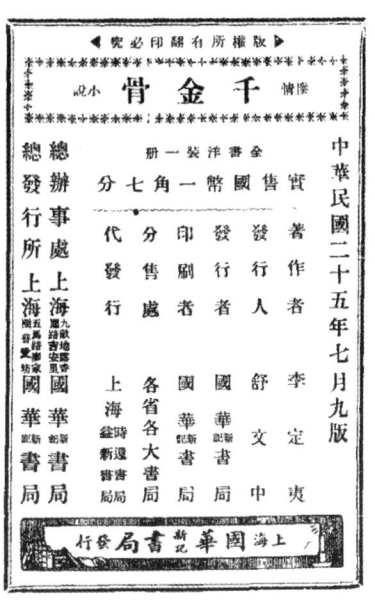

全书凡139页，共二十回，有回目。

卷首有四篇，即吴承烜《序》、倪承灿《序》、锦江氏《序》、朱仰沙《序》。另有舒淑仪、吴蕊先、陈树轩、汪诗圃、黄花奴、苏海若、朱岳生等人题曲、题诗、题词若干首。

《红粉劫》

《红粉劫》，《李著合刊第五种》，未见，所见为1914年9月再版本。其版权页信息：著作者为李定夷，校订者为包醒独，发行者与印刷者均为国华书局，在发行所为国华书局（上海四马路画锦里）。民国三年（1914）八月初版，民国三年（1914）九月再版。全一册，136页，定价大洋六角。

该作为长篇奇情小说，篇首署英国司达渥博士著，毗陵李定夷译意。凡二十六章，有章目，章目依次为：

第一章	奇遇	第十四章	孽缘
第二章	良晤	第十五章	顾曲
第三章	话情	第十六章	情妒
第四章	佣书	第十七章	仇杀
第五章	侦秘	第十八章	泣秦
第六章	步月	第十九章	省疾
第七章	漫游	第二十章	鸩谋
第八章	失艳	第二十一章	还乡
第九章	惊耗	第二十二章	劫艳
第十章	忆旧	第二十三章	计败
第十一章	探险	第二十四章	除邓
第十二章	客病	第二十五章	媾婚
第十三章	瘗玉	第二十六章	悼亡

该作有序言四篇，即海虞徐枕亚所撰的《序一》、古邗刘铁冷所撰的《序二》、湘西杨南村所撰的《序三》，以及梁溪顾靖夷筼谷所撰的《序四》，此外还有《红粉劫发凡》和《鬘红女史评语》。

《序一》兹录如下：

> 弱肉强食，优胜劣败，哀哉！芸芸情界众生，乃亦不能逃此天演之公例。夫兵犹火也，情犹兵也，兵不戢将自焚，情不戢则杀机伏焉。情与情战，足以酿祸，亦足以成仇，至祸迫而仇深，则无所谓情也，强权而已矣，暴势而已矣。以荏弱无告之女子，当此强权暴势之冲，有何能力以相抵抗？横暴之来，如风扫叶，其不立演煮鹤焚琴之惨剧者，几希异哉！天之生人，同具此深挚之情，乃不能同具此慈善之性。彼夫阴很（狠）之辈、残忍之徒，皆天生情种也。惟其多情，所以无情，恋情所迫，毒焰乃张，滚滚爱河，血花怒溅，有情者固不忍出此，然无情者亦决不出此也。吾读定夷所译《红粉劫》一书，而知情之毒人深矣。邓脱凶徒，爱力亦复不薄，彼惟不能忘情于黛瑛，故不能甘心于杜蕾，后知终不能得黛瑛，则并黛瑛而死之。吾谓

六　国华书局《说部丛书》叙录　235

邓脱为人，纵凶恶无伦，初意亦不至是，实逼处此，乃至忍无可忍，频次行凶。彼亦为情魔所役使而无能自主，重泉之目不瞑，一面之网莫开，此时欲悔无从到底，同归于尽，惨剧既终，恶名不死，此种人人皆吐骂之，吾独深惜之。彼非无情者，惜其秉性独鸷，故认情不真，性不足以制其情，情反足以助其性。欲念一酣，奸谋叠肆，卒之不利于人，亦何裨于己，厉魄凶魂，能无余痛也乎？抑吾有说焉。人之生也，与情俱生；其死也，与情俱死。黛瑛、杜蕾皆死于情者，即邓脱亦何莫非殉情一流，吾所不解者，彼矫矫之霞碧，乃亦不能保全其干净之身，同受此天演之淘汰以去，盖霞碧亦别有情者，是亦有取死之道焉。泉下相逢犹有伴，可堪尘世独凄凉，吾不知彼老而多情之司达渥，将何以为情也。

　　民国三年秋海虞徐枕亚撰

《序二》兹录如下：

　　余尝创论曰：男女之间，有情无欲，何则？情生于爱，爱至极处则为情；欲生于贪，贪至极处则为欲。欲为片面之爱，爱为双方之情，情之中无恶意，欲之中无真情。伧夫俗子，以贪为爱，以欲为情，遂其意则败德伤身而不顾，不遂则钻穴踰墙而相迫，甚且构谗启衅贼害他人而不恤。呜呼，谬矣！不谓欧人缔婚，崇尚自由，竟有不情若邓脱者！邓脱与黛瑛，非中表乎？血统相同，例不联姻，而之子无行，又为黛瑛所拒绝，夫亦可以已矣。邓不出此，既杀杜蕾，又杀黛瑛，直渔其色耳，情于何有？且不杀黛瑛于杜蕾之前，而杀之于既识司达渥之后，直妒而已矣，情于何有？吾知黛瑛之死，不恨邓之杀己，而恨其杀之不早矣。然司达渥既失一黛瑛，复得一霞碧，大姨夫作小姨夫，慰情犹胜于无，此亦黛瑛所当为欢忭者也。又不谓贤如霞碧，命途乖舛，竟不克偕老金闺，以终天年，吾知司达渥又愤霞碧寿算之短，邓脱自杀之晚矣。呜呼，邓脱与黛瑛，无相爱之心，而有相仇之意，所谓有情人，当如是耶！余又创论曰：有欲无情者，禽兽之爱也，人类云乎哉？定夷奇余言，索序于余，余非元晏，焉敢云序，述其谬见，志诸简端云尔。

　　民国三年八月上浣古邠铁冷草于仪祁书斋

《序三》兹录如下：

天上无长圆之月，人间乏不谢之花，恨海难填，含木枉劳精卫；情苍莫补，炼石徒说女娲。玉碎香消，风雨夭桃之劫；龙飞鹊化，死生入骨之悲。孕蛱蝶于罗裙，幽忧抑结；堕鸳鸯于栊瓦，妖梦迷离。如意事竟无八九，尤为才士之婚姻；伤心人不少二三，留写佳人之涕泪。是以情场黄卷，痛史偏多，孽海青箱，怨词不少也。定夷吾友，神志予交，学彻中西，情耽著述，鱼油龙属，纸久贵于洛阳，错彩缕金，书更搜于英土。获其秘籍，重谱左行之文；写此哀情，妥译西来之意。堕名花于圊溷，只怨风狂，遇红粉以蝎魔，难诛天忍。女罗山鬼，灵均之幽恨良多；微雨画帘，阿灰之闲愁不鲜。虞兮一曲，原英雄寄泪之场，梦耶！三生实哲士悟缘之道，色空相印，愿尘海嗣多觉人，啼笑非真，幸达者勿萦孽想，即兹解脱，般若一卷之经，用附规箴，骈俪十引之叙。

民国三年夏　湘西杨南村撰

《序四》兹录如下：

呜呼，情天莫补，矧乏娲皇，恨海难填，谁哀精卫。余读《红粉劫》，余不禁有无穷之感焉。《红粉劫》者，英人司达渥博士 Dr. Don Startward 所著，余友定夷译之也。是书原名《A Fair in Peril》，方定夷发轫之始，犹在南洋公学，与余同砚，夜雨敲窗，昏灯照影，辄见定夷低头伏案，振笔疾书，余劝之寝，且规之曰："小说家言，雕虫小技，君以有用之精神，译无为之著作，不亦愚乎？"定夷曰："兹事虽小，效用实大，偏读吾国旧小说，不为诲淫，即为诲盗，不讲狐鬼，即讲神怪，传播数百年间，社会实被其祸，欲求移风易俗之道，惟在默化潜易之文，则编译新小说以救其弊，庸可缓耶！且小说与文学实有固结不解之缘，若《莎士比集》《鲁滨孙飘流记》等名作，彼邦人士，奉为文范，庸非小说耶！"余时颇为心折。壬子之夏，同卒业于南洋高等预科，定夷就馆沪江，余则旋里任路事，不相见者一年，而《红粉劫》告成矣，逐日刊诸报端，大受社会欢迎，追维前言，益信不谬。乃刊载未竣，《民报》运尽，海内人士之读是书者，佥以重付梨枣为请，出版有日矣。定夷征序于余，余既不敢以不文辞，又不知所以为序，即以定夷之言弁其端。

民国三年夏　梁溪顾靖夷筠谷氏序

《辽西梦》

《辽西梦》，《李著合刊第六种》，缺版权页。全一册，凡 131 页。据《樽本目录》（2611 页）可知，该作是关于"欧战中之情史"，为英国勃烈特原著，李定夷译意。国华书局民国六年（1917）二月初版，民国八年（1919）五月三版。

全书凡三十四章，有章目，依次为：

第一章　双双燕	第十一章　喜迁莺
第二章　惜分飞	第十二章　望江南
第三章　南浦月	第十三章　叨叨令
第四章　忆故人	第十四章　喜重重
第五章　子夜歌	第十五章　传书鸽
第六章　蝶恋花	第十六章　相见欢
第七章　诉衷情	第十七章　阑干万里心
第八章　海天阔处消息	第十八章　谒金门
第九章　酷相思	第十九章　河满子
第十章　一封书	第二十章　新雁过江楼

第二十一章　月中花　　　　第二十八章　如此江山
第二十二章　红情绿意　　　第二十九章　壶中天
第二十三章　宴西园　　　　第三十章　　夜慢慢
第二十四章　好事近　　　　第三十一章　花自落
第二十五章　鱼水同欢　　　第三十二章　金刚石
第二十六章　御风行　　　　第三十三章　长相思
第二十七章　忆秦娥　　　　第三十四章　尾声

吴东园撰写的《吴序》、徐吁公撰写的《徐序》、吴绛珠女士与孙阅仙夫人撰写的题词。《吴序》兹录如下：

悲夫！千古河山，战一秤而祸乱，五洲疆域，缩尺幅而鸦涂。天道恶盈，岂有舒而无惨；人生如梦，岂有喜而无忧。况乎劫换红羊，歌兴黄鸟，莫吾肯谷，奂我其苏。家室漂摇，干戈之后，田园寥落。锋镝之余，寡人之妻，孤人之子。哀莫哀于死别，恸莫恸于生离。吊影自怜，千里避矰之雁；惊魂不定，几家漏网之鱼。闻金戈铁马之声，乱离忒惨，下石窃铜驼之泪，变故频仍。十室九空，万民四散，不独一乡一邑，宁论匹妇匹夫，易地皆然，问天欲泣。览欧洲之战祸，译夷服之遗闻，则有紫塞健儿，破虏反成俘虏，红闺幼女，寻夫难返征夫。夜泣沙虫，荷兰不国，晨鸣凤鹤，草木皆兵。亚雨欧风，赭野流三军之战血；枪雷弹电，绛霄烛万里之寒芒。海水生波，恨填精卫；城门失火，殃及池鱼，噫嘻，甚矣。惟是海棠未嫁，勺药可离，谢豹朝啼，崔驹年损。泣扬朱之歧路，骨肉化离；哭阮籍之穷途，肝肠摧折。楚囚不返，齐耦难谐，日戴南冠，星乖东角，忍见联鸡之势，列辟连横，讳言逐鹿之雄，群英约纵。假途而虞不腊，包藏灭虢之祸心；得陇而蜀犹望，痛恨叛刘之戎首。蜃气销为兵气，鼍声变作军声，社里萧条，生灵涂炭。共工触柱，与谁炼石以补天；邂叟悬壶，得此计程而缩地。寻消问息，使青鸟而难逢；经乱伤离，盟白鸥而难续。吾想女士于此，红鸾已杳，怅磨蝎之命宫；黄鹤不归，慨离群之愁境。竹平安而谁报，萍漂泊而终浮。途路柴池，关山梗塞，鸡橛有交驰之处，牛衣无对泣之时。桑下寄生，犹冀茑萝之可讬；草间偷活，敢期薜荔（邂逅）之相逢。封侯叹猿臂而数奇，群空冀北；怨女敛蛾眉而色惨，梦断辽西。打起莺儿，莫啼枝上，守随燕子，长在楼中，盼切刀头，流离琐尾，系帛断南来之征雁，辞巢怜北向之啼鹃。往来鲸海之乡，浑忘险阻；出入蚕丛之地，不惮崎岖。义不容辞，赴汤蹈火，情尤可悯，撒珥卖珠，无定之河，可怜之境，上穷碧落，下逮黄泉，两处茫茫，寻皆不见，孤踪落落，恨更难言。遥知献馘之场，已堆白骨；不转望夫之石，将化红颜。封京观以何年，吊泉台而无处，青磷鬼哭，黑海陆沈。悲夫，悲夫！吾读毗陵翻译之书，窃叹岛国战征之烈，蛮争触斗，金革四年，鸟畏猿疑，简书一字，疮夷满目，痛毒酸心，苍赤鸿嗷，玄黄龙战，可哀万众，岂独二人？第念战场，金云浩劫，因此不妨识彼，溯流可以穷源。吾愍女郎，吾悲战士，国亡家破，夫散妻逃。致疑造化之不仁，间阎板荡；又慨民生之最苦，道路荆榛。虽东亚之和平恐难久恃，况北方之偏处颇有隐忧，不禁有感于斯文，用特罄情为之序。

丁巳岁首　古歙吴承烜东园序于淮东

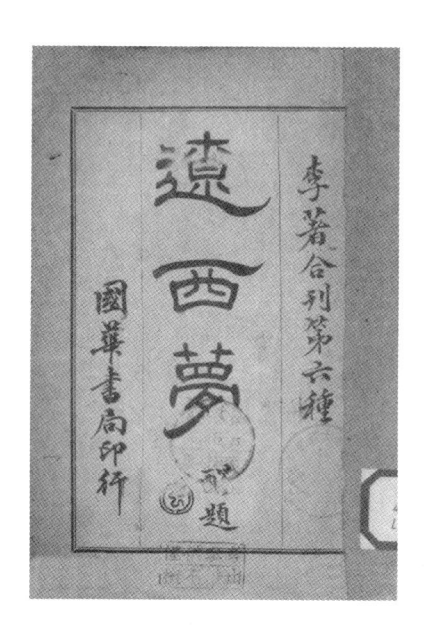

《徐序》兹录如下：

卷葹阁主人曰：声何哀怨，杜鹃化望帝之魂；变起苍黄，猿鹤尽虫沙之侣。望刀头于明月，隔天上之玉绳。悲莫悲乎长相思，痛莫痛于生离别。鸳鸯梦好，鼙鼓催残；蝴蝶情浓，烽烟打散。天下之伤心更有甚于此乎？则有美人如玉，侠气穿虹；吉士善怀，柔情若水。方证钿盒之盟，忽动江烽之警。河山半壁，泣玄庙之残砖；金粉六朝，为英雄所疾首。是以洗除玫癖，与列戎行，观兵于叠雪之楼，耀武于樟亭之驿。儒冠脱去便换鍪头，弱腕伸来，居然虎臂，弹飞镝于流星，期里尸于马革。当其薪残腊烛，话别河梁，柳叶青骢，道长人远，剑鞘赤纛，目断魂飞。然犹临别赠言，指旆旗而祈战死，杀敌致果，斩楼兰不祝生还。虽去国之可怜，其効忠而弗贰。呜呼壮哉，可以风矣。吾独念中国之不武也，车辚马萧，声飞壮士之魂；秦月汉关，泪洇闺人之眼。闲指芳草，言念王孙，悲骨肉之远离，恨疆场之多故。貔貅帐下，泪泣红绡，杨柳军中，心灰铁甲，身戍玉门关外，心驰脂粉钿中。夫海上之师一哭，河边之骨千堆，胜负固难逆数，生死同出一揆。胡彼壮而我衰，此西强而东弱也。嗟乎！喁喁儿女，未免有情，邈邈关河，谁能遣此。然而辽西妾梦，毒更烈于龙鏊，塞上征尘，功复系于国运。借他艳事，攻玉他山，为谱蓝皮之书，鼓我干城之气。

丁巳春日　崇明徐煦吁公氏序于京师寓次

《双缢记》

《双缢记》，《李著合刊第七种》，未见，所见为四版本与七版本。四版本信息：题"红羊佚闻"，民国五年（1916）九月初版，民国十一年（1922）三月四版，著作者为李定夷，校订者为包醒独，发行者、印刷者与总发行所均为国华书局，分售处为各省各大书坊。全一册，定价大洋四角。民国二十年（1931）一月七版。全书一册，定价大洋五角。七版本与四版本内容完全相同。【上海图书馆藏】

凡十四章，有章目，依次为：
第一章　身世从头诉　姻缘到底成
第二章　洞房春不煖　痼疾药无灵
第三章　金夫毕命日　玉女断肠时
第四章　空闺忆旧情　吉壤营幽宅
第五章　招魂来扫墓　含血忍喷人
第六章　名花仗爱护　大树悲凋零
第七章　灵萱又不寿　弱絮更多艰
第八章　堂前来暴客　夜半起邪心
第九章　空门伴古佛　利口进甘言
第十章　定计去西湖　借端游沪北

六　国华书局《说部丛书》叙录　　241

第十一章　打破闷葫芦　乞怜活菩萨
第十二章　昨夜筹深谋　今朝施巧计
第十三章　好梦终成梦　求仁果得仁
第十四章　绝笔争披诵　祸魁快伏诛

卷首有序言三篇，题辞若干，序一为：

  姑恶鸣而魄丧，为丛驱爵则鹳；女贞实而魂惊，在木生虫则蠹。寄生无地，痛失所天。凄凄寡鹄之歌，恻恻离鸾之曲，宁为玉碎，不愿瓦全。完节一朝，扬芬千古。其情可悯，其志可哀。然坤德之贞，与离明之丽，白圭固无玷也，彤管其有辉哉？呜呼烈妇！允矣完人，声吞东浙之潮；影吊西泠之水，涛神骇走。白马银袍，王母欢迎，苍鸾玉珮，孝感而笋成孝竹。贞孚而花发贞兰，穆若清风，洁于寒雪。姑性谙而供甘旨，妇工勉而课劬劳。芊绵方馨棘心，芒刺忽生护背；黄金有祟，高堂利令智昏。白璧无瑕，幽室事为义制。履洁而土皆干净，怀情则台自崔嵬。苦块衔哀，柏舟誓志，书韵而采鸾第一，兴歌则黄鹄不双。琴悲半死之桐，尾焦经爨；笛怨孤生之竹，泪冷成班矸。何其惨也？溯夫行雄为媒，烟花沪北，借鱼作媵，云树江东，撮合有山。絮沾泥而不染，诞登何岸？舟载石而先沈，惶恐之滩，漫言惶恐；凄凉之境，不厌凄凉。鼠姑开而富贵浮云，鸠妇逐而歔欷阴雨。昨摇钱而有树，今掷杖而化林。老悖凶终，贪人败类，同归于尽，追悔何从？倘使姑作义姑，不为逼嫁；妇成节妇，不致捐生。菽水承欢，兰陔志养，榛栗只知问寝，糟糠不使下堂。逮存而白首相依，虽贫亦乐。不幸而黄泉相见，虽死犹生。讵图妇比孝乌，姑同恶鸨。庄周齐物，论在二篇；苏老辩奸，文垂百禩。同社定夷于此，旌别贞淫，甄陶善恶，春秋皮里，旦暮眼前，非徒启聩发聋，亦且型方训俗。说杭州约略认襟上之酒痕，写芩泽淋漓；检囊中之锦字，贞魂不泯。蓬莱缥渺之峰，毅魄有灵；桂树清虚之府，采旧闻于璚阁。不禁有感于斯文，辑新詠于玉台，用敢摅情而为序

时在丙辰秋月东园弟吴承烜拜序

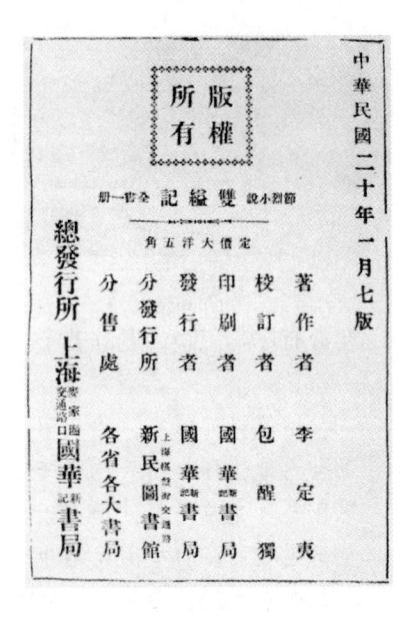

正文前有"本书缘起"，其文为：

余主《小说新报》之二年，取同邑吴烈妇书岩事，著之为篇，逐期登载，所以阐幽光励薄俗也。寓沪杭绅某钜公见之，大为称赏，谓作小说当如此，庶不虚此心思，负此笔墨。会以友召，与公同席，公复称誉不已，因告余以杭垣沈烈妇事，谓老夫年耄，文思已钝，子当为之记。余辞不文，公掀髯而笑曰：吾子翩翩，下笔有神，谦何为

者？且当仁不让，责无旁贷。子前既有《廿年苦节记》（即记吴烈妇事）之作，是又安可已乎？余唯唯，公又曰：吴烈妇身后，尚有济南道尹邓君为之表扬。若沈烈妇事，泯灭而不彰，几与草木同腐。世风日下，妇道不存，士君子扬善贬恶且不暇，若是者，吾滋懼焉。余又韪之。间日某公使人草《沈烈妇传》概示余，余曰：苦心孤诣，奇节畸行，洵当世之药石也。因著《双缢记》，虽小说家言，未免点缀，而大端要纲，皆出自某公之传概也。

《昙花影》

《昙花影》，《李著合刊第八种》，未见，所见为1918年5月再版本。其版权页信息：著作者为李定夷，校订者为包醒独，发行者与印刷者均为国华书局，在发行所为国华书局（上海四马路），分售处为各省各大书坊。民国四年（1915）十二月初版，民国七年（1918）五月再版。全一册，凡140页，定价大洋五角。

该作为章回体中篇小说，凡二十回，有回目，有序跋。回目依次为：

第一回　叙家世江南推望族　求婚姻海上订香盟
第二回　芳草斜阳心伤小别　落花流水肠断相思
第三回　半夜谈心客来不速　扁舟赴约予情信芳
第四回　芳衷细诉一片痴心　尘劫重提两行血泪
第五回　正名定分礼谒北堂　下榻留厢光分东壁
第六回　丽句清歌卿多凤慧　夏时感事仆本恨人
第七回　并肩谈心薄言情愫　弹棋遣兴竞夺锦标
第八回　邪侵骨肉娇女惊心　病入膏肓名医束手
第九回　说前尘回首犹浮梦　丧慈母低头依短檐
第十回　杯弓蛇影弱女含冤　夜月荒江渔郎仗义
第十一回　诉悲怀可怜薄命女　闻祸事惊绝多情郎
第十二回　相思愈苦相见愈迟　其室则空其人则远
第十三回　夜雨昏灯追谈离绪　秋风莼菜偕返故乡
第十四回　佳妇佳儿天生佳偶　慈父慈母齐展慈颜
第十五回　卜良辰共证鸳鸯梦　渡蜜月初寻伉俪欢
第十六回　束新装小别亦伤心　感寒气沉疴又侵骨
第十七回　缘长缘短总是无缘　泪少泪多莫非血泪
第十八回　月落参横辉沉婺女　人间天上悼等潘郎

第十九回　幽明路隔环佩空归　殡葬礼成色香长瘗
第二十回　墨和泪挥成长恨歌　色即空悟澈春婆梦

该作有序言三篇，镇海轶池倪承灿所撰的《倪序》兹录如下：

　　大块荒荒，群生莽莽，往已浮沤，来亦幻梦。吁嗟乎，造物不仁，不返斯世于怀葛时之旧，俾人类得安其浑噩，而必蜕古产今，浚智沦识，总四万万人呼号跳踉于情天漫幕中，酷哉，酷哉！向使假吾侪为太初原民，穴居野处，不识不知，欢乐于何有？哭泣于何有？绝情窒欲，何必非吾侪之所优为？即不然，而位置吾身于山荒野僻间，憧憧心目中，莫非此乡妪村妇挛耳椎髻之伦，则情爱可以不兴，即情澜可永无复作。再不然，而生吾情种，惹吾情魔，而境地悬悬，无自希冀，则绝望之中，初无余望，吾亦可以为忘情太上矣。顾乃造物弄人，无奇不有，有吴江之际遇，而复有吴江之磨折，经百端磨折而作合之，几经忧患，幸缔良缘，美满之怜爱，不言自喻，而畴知祸变之来，又忽与此怜爱相应和，破空飞雷，中流折檝，有同贼焉。呜呼，英仲虽曰善歌，无能引吭。虽曰善舞，无能扬袂。多情之潘郎，今后其何以为情哉！是故吴江之相值，正造物之欲靳姑与也；吴江之结婚，尤造物之欲擒故纵也。不经无数之波折，不足以见情之真；不有劫后之玉成，犹不足以见钟情之挚。美人自古如名将，不许人间见白头，苍苍者固守有成例也。嗟嗟，风风雨雨，拦断春光，总总林林，长沦浩劫，天赋之情根，不知断送青年几许矣。则李子是书之作，传吴江正以为未来之吴江忏也，读者而仅为文字之激赏焉，犹浅之乎？测李子也已。

  民国四年十一月　镇海轶池倪承灿序于春江寄庐

颍川秋水所撰的《陈序》兹录如下：

  青天渺渺，碧海茫茫，愤娲皇之不作，怨精卫之告劳，遂使仰瞻穹苍，终古倾侧，俯瞰渤澥，万里汪洋，而栖息于两间者，亦蒙其气化，同此沈沦。是以仁夭盗寿，狂达圣穷，伧侩富而后杰贫，奸佞进而贤豪隐。呜呼噫嘻，此皆天地间之缺陷、人海中之潮流也。其余犹有令人悲愤者，则以古之伤心人述世之抱憾事，满拟月圆花好，奈何玉陨珠沈，情脉脉兮终身，恨绵绵而殁世，如《昙花影》所载者，非如是乎？书述吴生与江女士事，吴本建业清流，江亦维扬淑媛，金、张悉是名门，秦晋不嫌，非耦。加以客游黄浦，同值青年，彼慕思曼之风流，此怀云英之姿态，合撷红豆，互弄青梅，以天下有情人，结前身注定事，虽曾历经患难，居然不致仳离，遂成眷属，无异神仙，是亦足慰两小之素愿矣。无如天地不仁，阎摩最忍，素以万物为刍狗，惯拆人世之鸳鸯，遂尔明镜分飞，宝钗难合，使吴生遽作遣怀之元相、悼亡之潘郎，徒想象于茂矣，美矣之倩影，佇望乎是耶非耶之劳魂，使情天既补之石有罅，恨海未填之水仍波，不亦悲乎？

  民国四年冬　颍川秋水书于元龙百尺楼

白沙黄花奴所撰的《黄序》兹录如下：

  李子定夷有《昙花影》之作，将刊行于世，嘱余为之序，余乃抚卷叹曰：天可长乎，有时尽也；地可久乎，有时灭也；人可长生乎，不逾百岁也。天地茫茫，尘寰扰扰，不知聚几亿万人成一世界，一身之于世界，沧海一粟耳，渺乎小哉！虽然即此一粟，亦不能长保其生，人事云乎哉？梦影耳！世界云乎哉？空幻耳！空幻之中，有无量数物、无量数色、无量数众生、无量数情事，此一切无量数到得尽头，亦不过一空字。是故无所谓世界，无所谓物，无所谓色，无所谓众生，无所谓情事。颜回三十，夭也；彭祖八百，寿也。然而等是尽耳，无所谓夭，亦无所谓寿。佛家有昙花，其开也暂，其灭也迅，其即所谓色欤？亦即所谓空也。空空色色，色色空空，要亦不外乎庸人自扰耳。定夷之作《昙花影》，殆有所悟耶。果也，余知定夷必悟到上乘。佛云：下乘乘己，中乘乘己亦乘人，上乘乘大可以普度一切众生。慨乎近世，熙熙攘攘，何莫非利欲是求。世风日浇漓，人情日偷盗，苟非申公说法，难使顽石点头，不有苦海慈航，谁指迷津觉梦。定夷此书视为天女之散花也可，视为菩萨之般若亦无不可。世间不少痴男怨女，与其烦恼自煎、沉迷罔觉，曷弗凭此昙花妙谛，为灵台智烛，作觉路金绳，尘梦回头，会心不远，九根无碍，四大自空，心地既净，自无烦恼，亿万众生，齐登乐境，皆出自定夷之所赐也。

民国四年十二月四日　　白沙黄花奴序于花花室之南窗下

《賈玉怨》

《賈玉怨》，《李著合刊第九种》，有封面，缺版权页。另 1920 年版本。其版权页信息：著作者为毗陵李定夷，校订者为吴兴包醒独，发行者与印刷者均为国华书局，总发行所为国华书局（上海四马路中市）。民国三年（1914）七月初版，民国三年（1914）八月再版。全一册，凡 130 页。

该作为中篇小说，凡三十回，有回目，有序无跋。回目依次为：

第一回	叙家世兰陵推望族	求学问沪渎肇前程
第二回	胜地游春情因巧种	深闺待字母教文明
第三回	红豆春肥绮怀谁诉	黄粱夜警情幕初开
第四回	燕语莺啼花间情话	山盟海誓人世良缘
第五回	遭家不造萱草摧残	窥户无声桃花依旧
第六回	漏泄春光慈亲震怒	仓皇夜渡季舅偕归
第七回	友朋谊笃远道来招	儿女情长扁舟过访
第八回	画梅相贻谢卿厚贶	抚琴遣兴期我知音
第九回	鸟语数声心惊送别	骊歌三奏肠断临歧
第十回	万里长征聊酬壮志	尺书遥寄备述殷情
第十一回	鸣凤岗射熊逢剑侠	落花村下马读残碑
第十二回	古剑盟心情犹棣萼	秋风刺骨病客蛮荒
第十三回	软语频频落花有意	严辞侃侃流水无情

第十四回　红颜薄命噩耗飞来　青衫多情孤舟归去
第十五回　媚主意侍女施奸谋　察婢言佳人识陷阱
第十六回　冤债三生名花落劫　忠言一席剧盗投诚
第十七回　离盗窟健儿运神算　走花村农媪现婆心
第十八回　闷愁谁诉孤女投亲　祸事无端老奴走险
第十九回　倩女多愁病婴床席　骊姬构衅祸起萧墙
第二十回　骨肉违和是谁之咎　姻缘错缔实命不犹
第二十一回　香销玉碎魂返清都　李代桃僵波平情海
第二十二回　邂逅相逢天缘巧合　殷勤话旧往事堪伤
第二十三回　舟次披书怀情论古　旅中访艳有意乔装
第二十四回　燕子楼头花开解语　茜纱窗下草结同心
第二十五回　好事多磨意同槁木　闷愁莫诉心比卷葹
第二十六回　妖姬乍戮琴瑟调谐　噩耗横来埙篪奏急
第二十七回　是耶非耶胡来凶耗　斯人斯疾竟堕情天
第二十八回　坏土埋香昙花一现　孤舟援溺玉树再生
第二十九回　薄命花归薄命司　鼓盆客歌鼓盆曲
第三十回　　绝人逃世此恨绵绵　短曲长歌余音袅袅

卷首有收序言三篇，序言之后还有一些题诗题词，题诗题词之后还有鬘红女史评语和后序。梁溪海绮楼主人所撰的《序一》兹录如下：

呜呼，情天迷离，恨海怊怳，彼苍苍者，何使人之多怨耶？自古好事多磨，凤愿难偿，有情人情挚，则怨不期而生焉。其怨之发于得失荣辱者，以予视之，皆卑卑不足道。长沙赋鹏，昌黎送穷，人徒以其文之幽愤沈鬱，遂谓有深怨存乎其衷？予独谓其自嗟不遇而已，非怨之真且挚者也。其怨之真且挚者，则有蛾眉见嫉，白雪寡和，求偶不谐，怀情未遂。其怨也，几于孤愤。亦有佳人已属而见夺于豪强，同心甫盟而受制于严父，则其怨也沉痛而哀。关山万里，两地飘零，红豆春肥，青苔秋老，望美人兮，梦魂萦绕，则其怨也以生离。缘悭命薄，人随秋萎，玉陨珠沉，形向梦寻，歌成黄鹄，莫招夫婿之魂；镜掩青鸾，空怀倩女之影，则其怨也以死别。虽所怨各殊，而要皆发乎情之至者。至若墨客所歌，骚士所咏，遗音在耳，寝兴存目，则有悼亡之怨；空帏自怜，抚衾太息，则有遗孀之怨。推之兰秀菊芳，怀人不忘，汉帝之怨也；离秋已两，聚日无双，天孙之怨也。真情深怨，鳏寡孤独无论矣。即贵为天子，达称仙人，且不免焉，其他可胜道哉！至小说家言，半皆怨史，《石头记》一书尤为写怨而作，茜纱窗下，焚稿断情，潇湘之怨，其最深挚也；太虚重梦，大荒问禅，则李代桃僵，宝玉亦有深怨乎；殆夫通灵返真，公子云往，孤衾独抱，空帷谁怜，生离之惨，尤甚死别，为宝钗者，怨何如耶？予尝推作是记者有深怨而无可泄，讬焉而为之，亦以鸣其孤愤而已，岂借兔颖为儿女写艳史，公子证痴情哉！其然乎？其不然乎？吾友健卿著作等身，近出所譔《贾玉怨》示予，予以其书情之挚而怨之深也，弗忍卒读，然其书所述与予所见若合符节，书中主人，始则相见有素、遇合无缘，吾所谓孤愤之怨也。继则慈母云亡，妖姬工谗，父也不谅，强婚腹贾，吾所谓沉痛之怨也。既而阳关骊歌，征衫肠断，陌头柳色，少妇销魂，吾所谓生离之怨也。终且噩耗横飞，芳心寸断，舍身以殉，魂归恨天，则死别之怨始焉。予喜天壤间有与予说同者，因为之序。至其曷为而作，则著者自能言之，若以向者推作《石头记》者之意例之，则著者为何如人，而独无所讬乎？

壬子季春　梁溪海绮楼主人序

邗沟刘铁冷所撰的《序二》兹录如下：

盖闻牝难司晨，君子有败家之喻；女子难养，圣人有不逊之箴。是以掩袖工谗，骊姬乱晋；入门惑主，武后倾唐；史姓艳妻，若翁内嬖。巧翻鹦舌，辟开离恨之天；惊散鸳魂，倏起无边之浪。赤绳误系，叹凤倒而鸾颠；红豆相思，怅香消而玉碎。浮生一梦，遗恨千秋，悲乎痛已！当夫兰陵公子，京兆佳人，言订同心，情深啮臂。玉人卫玠，方范乐广之清；荆布范云，遽反江郎之聘。简婚钟母，爱在兵儿；觅婿孟光，欲媒贤士。读彩凤随鸦之句，怨火冤霜；诵女师德象之篇，红冰碧血。贞姜守字，不弃约而背盟；崔妹登车，为乃兄而代嫁。虽段妃不婿凡子，始愿获偿；而少君既许鲍宣，有怀未遂。娲皇已渺，畴补情天；精卫无存，难填恨海，良可伤也。既而浮花浪蕊，抔土长埋，莲幕碧鸡，试才中选，胆腹而乐观逸少；登席而喜得延明。既嫁叔隗于赵衰，又讬小乔于公瑾。亦云盛矣，乃慕容之姊，未卜双飞，而宝氏之屏，竟亡二雀。多情欧九，怕咏小姨旧婿之诗；才辨女伦，耻诵阿妹申情之，赋并州小试，除尽青丝，岛国重游，携归白骨。何来暴雨，侵蚀满树梨花；底事狂风，吹绉一池春水。从此云收雾敛，带断钗分，或辟谷而学仙，或截发而守志。红颜命薄，叹造化之弄人；白乐缘悭，伤天涯之知己。崇山峻岭，历尽幻境千重；月貌云裳，等诸昙花一现，本非怨耦，能不怆怀？仆亦恨人难言心事，睹江淹生花之笔，倏尔涎流，读子山思旧之铭，泫然泣下，词惭骄骆，敢言元晏之文，歌称帝子用吊湘君之墓云尔。

民国三年孟夏　邗沟刘铁冷撰

娄东沈东讷所撰的《序三》兹录如下：

嗟乎！缕缕情丝，茫茫情海，情之发生在何时乎？吾知浑焉？噩焉？地球未辟、天地未有、人类未生以前，情已蕴蓄动荡于其中，动荡不已，于是澎漭汹涌，云谲雷奔，而地球辟天地、分人类出。然则情之发生历史最古、热力至大、流传漫布亦至广且鉅，在《易》为乾坤，在《诗》为男女，无论古今中外，孰能离此情网而独立？情既赋人最早，宜乎好月常满、爱河不烂，乃蘖雨阵狂，名士有坎坷之感；情海波恶，佳人有偃蹇之嗟，抑独何欤？诚以不有孽障，不见真情。当情芽怒茁情根勃生之际，往往萦结于心而不可解，求之不得，则凄凉感喟举目悲观，凡世间安富尊荣之念、室家性命之怀，举不足以扰其心，而烦其虑，而所谓情也者，则形之梦寐，悬之心目，纵珠碎玉沉而勿惜，何其情之真且挚也。余友李健卿氏有《贾玉怨》之作，缠绵悱恻，哀艳凄馨，极悲欢离合之致。因读之有感焉，情之生也，发乎情而止乎义。杂以门第之见，而情失其真，出以勉强之心，而情失其挚，均非所论乎情。至若齐眉有约，啮臂可盟，而秋水伊人，天涯咫尺，一憾也；骊姬密语，芦花变生，二憾也；奈何天出，魂化香消，三憾也。天既予人以情，而偏不予人以圆满之爱情，情天莫补，恨海难填，天其设此颠播流连之局，以见夫真正之爱情终始不渝，而有别夫荡与淫之非情者耶！志之简端，亦以见君之此作，将揭示真正之爱情，以愧夫世之采兰赠芍始合终离者，是为序。

民国三年夏　娄东东讷沈章譔

《后序》兹录如下：

夫雉游春野，盟缔同心，鹿逐秋山，情深割臂。杨柳风前，花开解语之蕊；芙蓉露下，柯交连理之枝。讵意斜阳芳草，骊歌遽成，宁知破镜分钗，鹍弦永断，诵离鸾之曲，我恨伊何赋悼亡之词，谁能遣此？倩女黄土，徒剩池馆凄凉；潘郎青灯，空留风物惆怅。爰褐檠以代鸣，杀粉青而志悼，此《賈玉怨》之所由作也。则有兰陵宦裔、彭城儒生，遇神女于玉京，值桃李争妍之日，问东皇以花信，正荳蔻含香之辰，缔盟月下，证汝三生夙因。易环灯前，喜尔两小无间，何期狂飚忽来，好花遽折，致令阴霾翳蔽皎月不常。母氏生我，剩此孤身，父也云何不谅人。只卒之泪涨鸳湖之潮，情怜玉碎，血洒鹃魂之帕。肠断琴焚，桐棺葬香，对妆楼以叹息；尘土埋玉，觐剩粉而兴悲。此《賈玉怨》之所由怨也。嗟乎，情天渺渺，都是烟云；孽海茫茫，浑无涯岸。一生一死，彼苍何其不仁。是色是空，我佛所言犹信，大抵丹穴之凤，惟许效于飞于天上，几见青田之鹤，亦有咏三星于人间，已焉哉。落花千树，望美人于泉台；新月一帘，思之子兮迟暮。怅触旧情，何堪回首，低徊往事，无限伤心，天实为之，谓之何哉？于是断金旧好，秃笔书生，为传其人，为述其事，生公说法，能悟顽石之心，长康点睛，足娱骚人之目。窃愿举世士夫，涤荡偏见，群仰吕公遗风，断绝流言，毋进骊姬恶剧，是为跋。

《鬘红女史评语》兹录如下：

　　我爱读小说，我尤爱读哀情小说。哀情小说写到关着痛痒处，可以歌、可以泣，非至性人不能作哀情小说，就使勉强写成，门外汉之言，究竟人各有目，无从掩饰也。

　　我持此论，读遍各种哀情小说，哀感动人者固有之，索然无味者亦复不少，如《賈玉怨》者，我读一过恰如江州司马泪湿青衫矣。

　　谚有之：红粉佳人，桃花命薄。此语几成铁案，我确不然其说。美人何尝无福寿并隆者？特文人好事，舍此就彼，凭吊之、歌咏之，一笔抹杀，遂谓凡是佳人皆桃花命。

　　我尝询作者《賈玉怨》是否纪实，抑为空中楼阁，定夷谓确有其事，不过编成小说，不免加油添酱耳。

　　本书为何而作，其为才子佳人写怨欤？是恐不然，若指为一部儿女怨史，确浅视之。

　　著书当拿定宗旨，宗旨当正大光明。我闻诸作者，本书有两大主张：第一，力关中国蓄妾之风。一夫多妻，实野蛮时代陋俗，此风不革，大而言之种族日趋羸弱，小而言之家庭定然黑暗。我谓凡娶妾者，皆人伦之贼、人道之贼。第二，排斥嫁女择聘之谬。择婿择才，娶妻娶德，自是不易之论。乃世风浇薄，惟利是从，投明珠于深渊，掷良玉于污泥，遇人不淑是痛心，本书所以大声疾呼，作当头之棒喝，实救世之慈航。

刘绮齐为人自是血性男儿，我却有不满意处。情之所钟固贵真挚不二，然霞卿既死，以妹代姊，绮齐应从叟意，此非负霞卿，确为报霞卿。父有伯道之戚，妹抱孀女之悲，霞卿虽死，实有余痛。若碧箫讬身得所，老父奉养有人，正泉下所盼祷，绮齐何不达乃尔？

史霞卿英风飒爽情致缠绵，实兼林黛玉、史湘云而有之，遭家不造，少年横夭，天实为之，于霞卿何尤？

毅庵为庐侠结识刘史诸人之引线，诸人既已遇合，书中即可无此人，死之实为适当。

庐侠实书中之宾，有庐侠而后见绮齐用情之专，何以见之？于拒婚一事见之也。以庐侠之情义，绮齐不为少动，观其拒婚一番议论，大义凛然而又能折衷乎人情，世之见色即动自命为多情者，对之能毋愧死。

绚齐之病、之死，看似非本书主要关目，实则不然，全书结局尽系于此。绚齐不病，绮齐不至京渡，不至覆舟，即霞卿不至于殉情，绮齐不至于逃禅病而后死，于是乎碧箫亦终寡矣。所谓一叶落而天下皆秋，一发牵而全身被动也。

吾读《鸳湖潮》，爱其文奇事奇，两心相印，一而缘悭，作者俱从空虚盘旋，缠绵悱恻，呜咽淋漓，又无异相对凄楚。时古今无此奇事、无此奇文。吾读《賈玉怨》，则又爱其哀而厉艳，艳而能雅。若第八回所写一片艳情，三朝欢会，有句皆香，无字不艳。写艳情尤难于写哀情，写哀情而失其道，其流弊不过索然无味耳；写艳情而不得法，必至满纸狎亵污秽之辞。《賈玉怨》写哀情处复何待言，其写艳情处亦能乐而不淫，深得《关雎》之旨，余于是知江郎生花笔固无乎不能也。

蘅园布景，幽雅绝俗，所撰对联，亦极新颖。设真个有此胜境，微论在上海味莼园之上，即愚园亦不过如是。

做书如演剧然，演剧须生、旦、丑俱全，做书亦须好人、坏人皆备。不有坏人，不见好人之好。本书坏人第一钱氏，次则禅叟，禅叟虽能悔悟，天已不恕其罪，故终成为孤老耳。

余如立三陆氏吕福甲三之类，皆属全书点缀。或为血性男儿，或为慈善妇女，或为义仆，或为侠盗，要皆可为全书生色耳。

洋洋洒洒十余万字，线索分明，笔墨香艳。吾无间然矣。佛头点粪，愧无圣叹之才；纸上涂鸦，愿博定夷一粲，书此以当叙言。

序言之后还有一些题诗题词，如何子恨的词《念奴娇》：

我侬生小，与江郎同病。寸肠丛恨，最恨才流偕彼美。终古两般薄命，翠被千欢。钿车双笑，毕竟空花证。落红多少，拂茵怎敌沾溷。

便是绮闳璇闺，幽姿窈窕，浓福天都吝。絮诠（咏）椒词纷锦藻，一霎罡风吹尽，采（彩）凤随鸦，离鸾别鹄，各有闲悲愤。即今纸上，泪花血点犹莹。

又如陈索然的诗：
好梦由来多是幻，蛛丝马迹种愁因。珠香玉笑今消歇，一读离词一怆神。七尺躯壳三寸相，堕尘有相总堪叹。罡风吹断情丝渺，色色空空镜涅槃。蕉心唾碧娇无那，憔悴菱花吐瘦姿。锦瑟成灰螺黛黯，好从悱恻孕相思。莽莽周天三十六，最大方隅离恨天。情界痴儿多似鲫，何须共话泪珠缘。

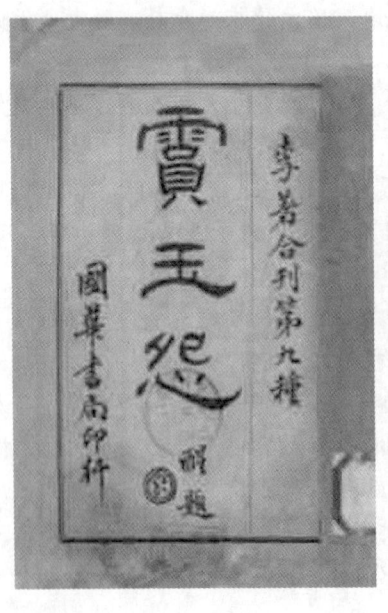

六　国华书局《说部丛书》叙录　253

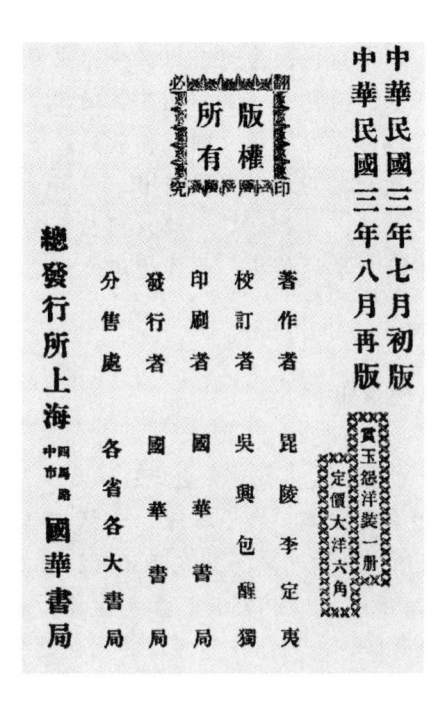

《茜窗泪影》

《茜窗泪影》，哀情小说，李定夷著，《李著合刊第十种》，未见，所见版本的版权页信息：著作者为毗陵李定夷，校订者为吴兴包醒独，发行者与印刷者均为国华书局，总发行所为国华书局（上海四马路画锦里）。民国三年（1914）十一月初版。洋装一册，定价大洋六角。

总发行所上海国华书局（上海四马路画锦里西），发行者与印刷者国华书局，分销处为各埠各大书局。

全书凡150页，共二十八章，有章目。

卷首有三篇序言，序言后有若干题词。兹摘录序文，略去题词。三篇序言，一是徐枕亚序，摘录如下：

> 欢娱之词难工，愁苦之音易好，诗文如是，小说亦然。余读李子定夷所为书多矣，如《賈玉怨》、如《鸳湖潮》、如《湘娥泪》、如《红粉劫》，或声闻狮吼，惊飞立命鸳鸯；或血尽鹃啼，染遍同心松柏；或无独有双，撒南国相思之豆；或田中及外，写西方薄命之花，率皆哀感缠绵，情词悱恻，呕心作字，濡血成篇。彩毫在

手,操情天生杀之权;孽镜悬胸,摄男女悲欢之影,令读者疑幻疑真,不能自已。斯人斯世,为唤奈何?今诸书已风行矣,而李子文思正酣,徐勇可贾,因复有《茜窗泪影》之刊。是书也,画英雄面目,则赫弈如生;镂儿女肝肠,则低徊欲绝。……岂惟情场花月之惨闻,抑亦革命风云之实录,例以前书,是异曲同工之作。质之当世,为有目共赏之文,自然众口皆碑,何待一辞多赘。惟是书成煞尾,总留未了之缘。事诉从头,都作无聊之语。虽然纸上空谈,弥足动人感想。……

二是包醒独序,摘录如下:

天若有情天亦老,人生皆欢乐之时;地如无陷地常夷,世路鲜峣蠛之境,又何有美人憔悴,名士凋零,尘缘幻作空花,好事辄多磨蝎,为造化小儿所弄,致实命不犹之嗟者哉!夫莺秋之与琇侠,金兰喜洽,有女同心;而长龄之与子漳,琴剑生涯,故交把臂,一则频通青鸟,替阿兄作蹇修;一则隐系赤绳,为弱妹选佳壻(婿)。两心密印,四美毕臻。是宜白璧双双,俱成嘉耦(偶),红丝一一,快缔良姻也已。……

三是徐天啸序,摘录如下:

女子之美德之最难能而可贵者,其惟节乎?然节亦常事耳。人生不幸为女子,女子更不幸为嫠妇。使嫠妇而失节也,则为不名誉,为无人格,是等人将为亲属乡党所不齿。故稍知自爱之女子,莫不抱从一而终之主义,视若第二之生命。古往今来,名节完全之女子,何可胜数。此吾国女界之特色,亦国家之光荣也。执是以言,则粤东沈女士琇侠之为夫守节,亦不幸女子之分内事,当然如是耳!何足奇?更何足传?……《茜窗泪影》之作,定夷其有隐忧乎?嗟嗟!人心不古,风俗日偷,女界道德之堕落,大有江河日下之势,安得有千万琇侠其人者,出而现身说法,以挽救此颓风欤?更安得有千万定夷其人者,出不惜其至宝至贵之笔墨,演此亦香亦艳之历史,写为可歌可泣之文章,为女界之警钟,作道德之保障乎?吁可慨也。

(二)国华书局《说部汇编》叙录

1919年7月,上海国华书局版《尘海英雄传》上册载有国华书局新书广告《最廉价之好小说说部汇编第一集十编》,广告云:"本局仿丛书之例,新出说部汇编一种,第一集凡十部,由李定夷先生总编辑,俱出名人手笔,趣味新颖,不愧杰作。"还云:"本书装订十册,精装一盒,定价大洋二元,特价大洋一元,平均计算每册仅售一角,可谓廉极,但不拆售也。"这十部作品为:

第一种　李代桃僵记　定夷著
第二种　电术新谈　海绮楼主译
第三种　虚无党假相案　少芹译
第四种　情海惊涛录　英䖝生撰
第五种　狎邪镜　绮红生著
第六种　鹦鹉晚香记　蝶衣著
第七种　侦探界之王　浊物译
第八种　京华黑幕　指严著
第九种　战场絮语　澍声译
第十种　红楼梦补演　云侠戏述

《电术新谈》

《电术新谈》，封面与正文首均题"说部汇编第一集第二编"，缺版权页。原著者未署，正文首署海绮楼主译。全书凡 104 页，凡十二章。有章目，无序跋。章目依次为：

第一章	车尘马足	第七章	新陈纸币
第二章	鬓影衣香	第八章	佳期频误
第三章	银河佳期	第九章	泥沟裸尸
第四章	摩洛老人	第十章	赌窟盗穴
第五章	走漏电力	第十一章	池边罪人
第六章	待补	第十二章	四案同揭

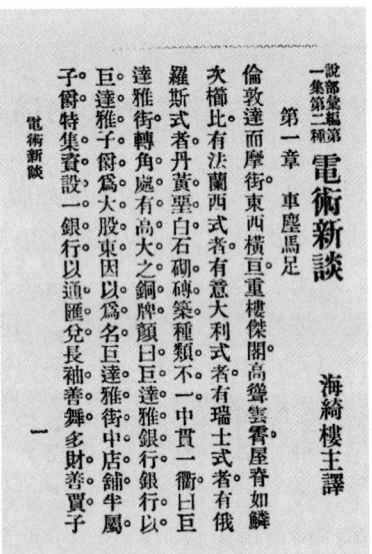

《虚无党假相案》

《虚无党假相案》，封面与正文首均题"说部汇编第一集第三编"，缺版权页。原著者未署，正文首署江都贡少芹译。全书凡 102 页，凡十章，无章目，无序跋。

六　国华书局《说部丛书》叙录　257

《情海惊涛录》

　　《情海惊涛录》，封面与正文首均题"说部汇编第一集第四编"，缺版权页。正文首署英蛰生撰。全书凡 88 页，凡八回，有回目，无序跋。回目依次为：

　　　　第一回　叹月　失慈
　　　　第二回　送柬　探亲
　　　　第三回　续弦　救主
　　　　第四回　服毒　客苏
　　　　第五回　冤狱　越监
　　　　第六回　寄寺　投河
　　　　第七回　夜遁　诬盗
　　　　第八回　弭乱　会庵

说部汇编第一集第四种 情海惊涛录 英蛰生譔

第一回 叹月失慈

嫦娥默妩玉兔含霞。圆月若轮清光如电。疑是山中日还。道水底星竹影穗穗。添出亭前秀丽。松阴缕缕助成楼外。文章研花倍华彩。云增色一幅中秋夜景翩翾。如锦上生。波良宵不再好景留人。或推月老。幼相呼男女共乐作团圆。秉烛。而夜游勿闭窗以辜佳月飞觞效。然而良宵未必无愁好景。亦成悲慨时则固有伤心者在。

《狎邪镜》

《狎邪镜》，封面与正文首均题"说部汇编第一集第五编"，缺版权页。正文首署绮红生撰。全书凡118页，有十四回，有回目，无序跋。回目依次为：

第一回　游花园书生结伴　遇佳丽吉士留情
第二回　张一清高谈韵事　李伯龙初入花丛
第三回　假殷勤一意下迷汤　惯谑弄几番调趣语
第四回　头儿生日恩客称觞　神女多情巫山寻梦
第五回　宗一夔赴京纳粟　刁天爵看榜评花
第六回　访名花贵人使性　慢生客弱女受惊
第七回　李伯龙积忧成疾　金月红痛哭上书
第八回　得家书青衫归去　痛远别红粉轻生
第九回　遇救星佳人不死　献妙计缝匠居功
第十回　三姆妈巧翻唇舌　金月红顿变心肠
第十一回　宗一夔好生得意　李伯龙徒劳相思
第十二回　说亲事舅父背甥心　露真情夫人从子意
第十三回　整行装重上京华道　闻恶耗遽归离恨天

六　国华书局《说部丛书》叙录　259

第十四回　警电北来老人肠断　桐棺南下游子魂归

狎邪镜

　　說部彙編第一集第五種　狎邪鏡　綺紅生譔

　　第一回　遊花園書生結伴　遇佳麗吉士留情

　　話說自從混沌初開的時候，就有男女的界限，有了男女的界限，就有男女間的一個情字，有了男女間的一個情字，就有那無數奇奇怪怪的事情演出來，所以欲說那奇奇怪怪的事由不能不先攷究這個情字。自從數千年來無論東西各國的通儒講論到這個情字，敢說他是一件什麼的物質，彷彿電學家講的電氣一

《鹦鹉晚香记》

　　《鹦鹉晚香记》，封面与正文首均题"说部汇编第一集第六编"，缺版权页。正文首署梁溪张蝶衣撰。全书凡84页，不分章节，无序跋。

　　篇末蝶衣有一段评述，兹录如下：

鹦鹉晚香记

　　說部彙編第一集第六種　鸚鵡晚香記　梁溪張蝶衣著

　　羊城古番禺地，總百越峯連五嶺，山川拱揖，江海環圍，昔號偏隅，今稱樂土，蓋悻山海之利土產饒而舶貨集也。後城有斗南樓，東瞰扶胥，西望靈洲，南瞻珠海，北倚越臺，極羊城之勝景。樓旁有甲第一所，獸環深鎖，獅石高蹲，閎閈崇閎，氣象肅穆，望而知為華族也。主人姓劉名沐新字潤齋，累世簪纓，廣營貨殖，遷遠及於南洋各島，潤齋早登賢書，笙仕金閶，宦遊十餘載，薄有所蓄益以祖遺頗豐

蝶衣曰：曼修其有悔心乎？取其子，尊其母，方之伍氏，蔑以加矣。不入囹圄之中，不知宗祧之重；不受令尹之威，不知婢妾之苦。不然，妙印倘来求见，秋娘嫉念未除。吾知当并恩儿而弃之矣。异哉！亚通辈之所以板荡曼修之室家者，乃即以玉成妙印之母子也。其亡其亡，系于苞桑。世之为曼修者，可以返矣。

《侦探界之王》

《侦探界之王》，封面与正文首均题"说部汇编第一集第七编"，缺版权页。正文首署濒江浊物译。全书凡94页，无序跋。

全书凡四案，篇名分别为：
第一案　金库失窃案
第二案　直逼伪造案
第三案　杀人犯
第四案　无政府党员

《京华黑幕》

《京华黑幕》，封面与正文首均题"说部汇编第一集第八编"，缺版权

六　国华书局《说部丛书》叙录　　261

页。正文首署许指严、汪剑虹、徐吁公合著。全书 131 页。

凡三卷，有标题，无序跋。标题依次为：

卷上　风流话

卷中　秘密窟

卷下　骗财案

《战场絮语》

《战场絮语》，封面与正文首均题"说部汇编第一集第九编"，缺版权页。正文首署武进李澍声译。全书凡 90 页。

全书凡四章，无章目，无序跋。

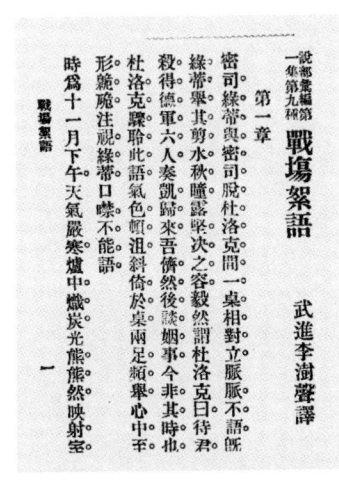

《红楼梦补演》

《红楼梦补演》，封面与正文首均题"说部汇编第一集第十编"，缺版权页。正文首署徐云侠戏述。全书凡 92 页。

全书凡十四回，无回目，无序跋。

下 篇

七　中华书局《小说汇刊》叙录

中华书局由陆费逵筹资于1912年在上海创办，这是1949年前仅次于商务印书馆的第二大民营出版机构，集编辑、印刷、出版、发行于一体。1913年设编辑所，沈知方（芝芳）加入，陆费逵任局长（后称经理），沈知方为副局长，编辑所所长先后有范源濂、戴克敦、陆费逵、舒新城等。其出版宗旨有四，正如《中华书局宣言书》所称：养成中华共和国国民，并采人道主义、政治主义、军国民主义，注意实际教育，融和国粹欧化。出版物主要有教科书如《新制教科书》《新编教科书》《新式教科书》等；古籍文献如《四部备要》《古今图书集成》《资治通鉴》《全唐诗》《全宋词》《古逸丛书三编》《古本小说丛刊》《文苑英华》《太平御览》《永乐大典》等；工具书如《中华大字典》《康熙字典》《辞海》等；杂志如《中华教育界》《中华小说界》《中华实业界》《中华童子界》《中华儿童画报》《大中华》《中华妇女界》《中华学生界》。此外还出版了大量的文艺著作，如《小说汇刊》《现代文学丛刊》等。[1]

《心狱》

《心狱》，俄国托尔斯泰原著，马君武译，上海中华书局1914年出版发行。笔者所见版本的封面题《小说汇刊》第一种，题"社会小说""上海中华书局印行"。全一册，凡216页。缺版权页。【上海图书馆藏】

凡五十七章，无章目，无序跋。

汉译者马君武（1881—1940）是近代中国著名的政治活动家、教育家。原名道凝，字厚山，号君武，汉族，祖籍湖北蒲圻，生于广西桂林。1905年，他参与组建同盟会，是同盟会章程八位起草人之一，《民报》的主要撰稿人。1924年，马君武开始淡出政坛，精力逐步投入教育事业，与主张"思想自由，兼容并包"的蔡元培同享盛名，有"北蔡南马"

---

[1] 参见朱联保《近现代上海出版业印象记》，上海：学林出版社，第84—93页。

之誉。

马君武的翻译语言既不是文言,也不是现代白话,而是十分接近后者的颇有韵味的一种文学语言。兹录数段如下:

> 阳春既至,彼聚居一小市内之人民,工作极其忙碌。修理道路,剪除树枝,草地茸茸,发现新绿,花萼亦含苞欲吐,阶沿墙脚,时有新草傍石而生。雀鸽之属,亦出而修葺其旧巢,或建新者。日光皎洁,时有蚊蚋,傍墙阴作营营之声。市上儿童,皆欢然喜春期复来。惟年长者殊无所感动,仍彼此用其欺诡,互相为仇,以权势相压。阳春平和亲爱之光景,彼等盖无所消受也。
>
> 府城之一狱舍中,仍保其阴沉黑暗之景象。春日载阳、万物昭苏之新世界,殆于彼无与?但闻前夜有公文来,命将三囚徒于四月二十八日朝九时移至刑曹听判决。
>
> 此三囚徒者,一男二女,其中一妇人罪名尤重,须特别防护之。
>
> 监狱者得此命令,于朝八时已至妇人监室。其监视者为一白发妇人,被粗衣,束以蓝带,从之而行。

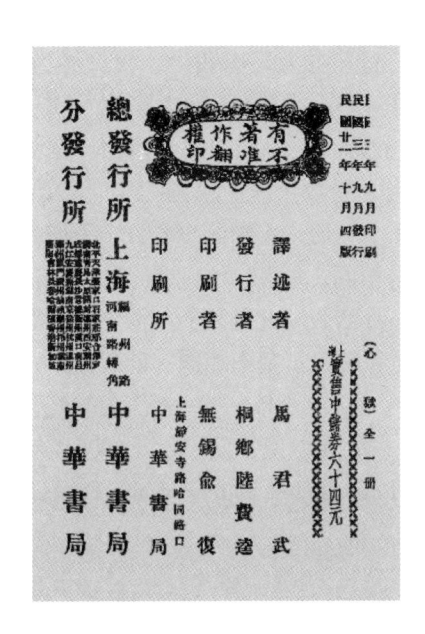

《心狱》曾出版多种版本，四版本版权页信息为：译述者为马君武，发行者为桐乡陆费逵，印刷者为无锡俞复，印刷所为中华书局（上海静安寺路哈同路口），总发行所为位于上海福州路河南路转角处的中华书局，分发行所有分布在全国各地的中华书局分局数十家。民国三年（1914）九月印刷、民国三年（1914）九月发行、民国廿一年（1932）十月四版。全一册，216页，上海实售中储券六十四元。内容与前者相同。【中国国家图书馆藏】

扉页上除了署名《心狱》二字与托尔斯泰半身像外，还有以下这段文字：

> 书为俄国文豪托尔斯泰原著，原名《复活》。吾国马君武先生译述，东西两大家成此巨制，思想之高尚，文笔之精美，洵可为珠联璧合，一时无两。内容系一少女被诱于贵族而失身，终身堕落陷于法网。此贵族适为陪审官，裁判其狱，天良发现，宛（婉）转乞恕，以赎往日之罪。暮鼓晨钟，发人深省，有功社会之作，不仅作小说观也。

《旅行笑史》

《旅行笑史》，《小说汇刊》第二种，该版本笔者未见。该作曾出版多种版本，初版本与四版本版。前者权页信息为：原著者英国却而司迭更斯，译述者为常觉、小蝶，润文者为天虚我生，校订者为董暜芗，发行者为中华书局，印刷者为中华书局，印刷所为中华书局（上海静安寺路二七七号），总发行所为中华书局（上海福州路河南路转角处），分发行所有分布在全国各地的中华书局分局数十家。民国七年（1918）一月印刷、民国七年（1918）一月发行。全二册，上册凡108页，下册凡111页，定价银五角五分；后者与前者基本相同，版权页的差异为，后者还有出版时间，即民国十四年（1925）十一月四版。此外还有五版本、六版本（1932年10月）。初版本与四版本的封面和版权页基本相同，前者载录；后者从略。

凡十九章，上册八章，下册十一章，无章目，无序跋。

该作为长篇小说（社会小说）译作，原著者英文名为 Charles Dickens，原著名为"The Posthumous Papers of the Pickwick Club"，今译名为《匹克威克外传》，节译本。

译文为文言体。

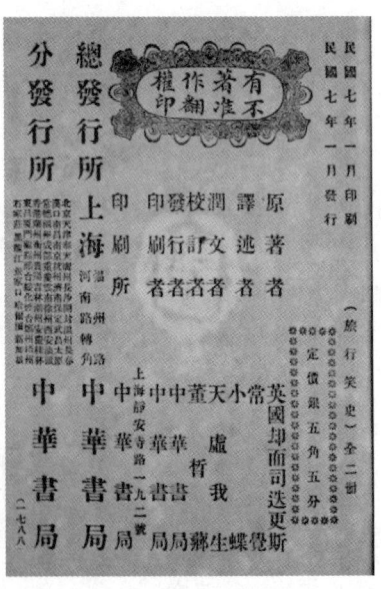

《十之九》

《十之九》，《小说汇刊》第五种，该版本笔者未见，所见为四版本，其版权页信息为：原著者为丹麦安德森（即安徒生，原署"英国"，有误。），译述者为陈家麟、陈大镫，发行者、印刷者和印刷所均为中华书局，总发行所为位于上海福州路河南路转角的中华书局，分发行所为全国各地中华书局分局数十家。民国七年（1918）一月印刷，民国七年（1918）一月发行，民国十九年（1930）三月四版。全一册，凡70页，定价银二角。

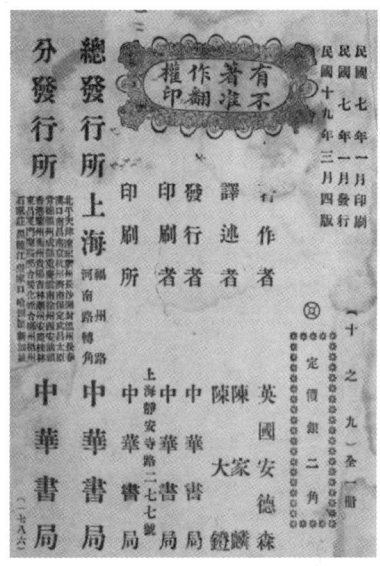

该作为安徒生童话选集，译文为文言体。原著者为安德森即Andersen，今译为安徒生。全书收入童话《火绒篋》《飞箱》《大小克劳势》《翰思之良伴》《国王奇服》《牧童》，凡六篇。无序跋。

该作有一篇广告，其文为：

> 短篇小说　十之九　一册　二角
> 书为短篇小说。其中所载：一、《火绒篋》。二、《飞箱》。甚奇，篋擦之能得三犬，箱乘之能飞行也。三、为《大小克劳势》。兄弟相欺，欺人者卒以自杀。四、《翰思之良伴》。因射覆而得妻。其最奇之两篇，一为《国王奇服》。国王既好奇服，有二织工，献织无形之衣，衣惟忠智者见之。国人惧受不忠不智之名，均诡云见衣，于是国王乃着无形之衣，裹体游于国中。一为《牧童》。有王子求婚某公主，不谐，乃伪作牧童，以奇器惑公主。公主爱之，竟与接吻，接吻之数，或十或百，如论市价焉。（原载《巴黎之剧盗续编》）

《酒恶花愁录》

《酒恶花愁录》，《小说汇刊》第六种，该版本笔者未见。笔者所见为 1917 年 1 月版本。该版本版权页信息为：著作者为扁舟子，校订者为董晞芗，发行者为陆费逵，印刷者为无锡俞复，印刷所为中华书局（上海静安寺路 192 号）。总发行所为中华书局（位于福州路与河南路转角处），分发行所为全国各地中华书局分局。民国五年（1916）十二月印刷，民国六年（1917）一月发行。全三册，每册十二回，合计三十六回，上册凡 128 页，中册凡 138 页，下册凡 144 页，定价银壹圆。上中下三册封面基本相同，上册封面载录，其余从略。

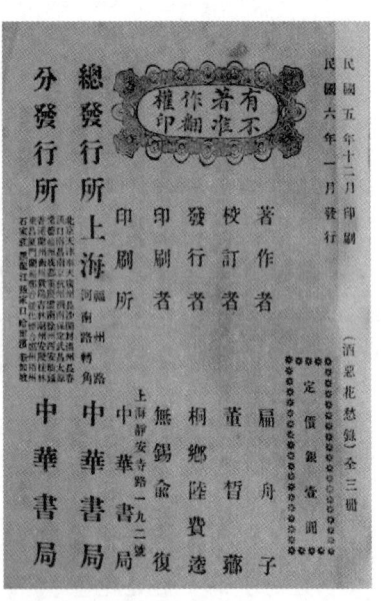

该作为长篇小说（社会小说）创作，凡三十六回，分上中下三册，每册十二回。有回目，卷首有《自叙》，卷末无跋。回目依次为：

第一回　剔青釭新填感逝词　浮绿螘小集迎秋院
第二回　窗外夭桃薷惊午梦　筵前华烛絮话归心
第三回　纳良规敛手阋墙争　饱艳福销魂金屋贮
第四回　忓女儿兰闺生怨语　谈豪杰月夜作清游

七　中华书局《小说汇刊》叙录　271

第五回　谋进化学校试新硎　动官威府尊颁厉训
第六回　虔礼佛重证旧因缘　浪吟诗喜添新伴侣
第七回　讲风骚促膝接宵谈　伤堕溷证心销绮孽
第八回　谈自治五大令受窘　论新章万刑幕解围
第九回　开盛会学界破天荒　致训词长官钻地窟
第十回　纪镜寰大肆悬河口　虞文福暗结保界团
第十一回　腐绅士咬文嚼字　蠢乡民败产倾家
第十二回　旁观客冒雨发阴谋　莫逆交倾樽申正谊
第十三回　叙历史小学校现形　忤监督莘生徒入狱
第十四回　荆棘当途并羁縻　熏狱入器双作曹邱
第十五回　研教育斗室集群英　卖痴呆晨餐谋小醉
第十六回　敲诗把酒忙里偷闲　治国齐家小中见大
第十七回　怜同病幽愤诉家庭　听方言新书翻目录
第十八回　迎舆小语视学争风　隔舫狂谭书生落水
第十九回　跪庭闱委曲慰亲心　谒函丈从容谈性理
第二十回　讲新闻乡村构奇变　读报告书牍选谐文
第二十一回　忆旧情良宵对月　闻警报平地惊雷
第二十二回　占三从二物与民胞　推己及人水深火热
第二十三回　队官发语别有肺肠　总镇遄行几无面目
第二十四回　顾得钱陡遂发财愿　黎滋勇首建劝降功
第二十五回　念民艰纪镜寰贾祸　急友难洪匡白轻身
第二十六回　柯部长仗义救书生　梁统领施威刑志士
第二十七回　谈县事黎滋勇荐贤　揽幕才胡天舟佐治
第二十八回　杨绅士白头请愿　张中军锦服荣归
第二十九回　兵逐匪小百姓遭殃　匪赚兵阔委员倒灶
第三十回　牛鬼蛇神前尘若梦　美人香草本事成诗
第三十一回　阴缘天再入黄粱　访赤松同迷白雪
第三十二回　识草书酒令翻新　吟短律诗情入古
第三十三回　耐岁寒三友话深情　奋舌战五伦宣奥义
第三十四回　一堂倾盖合诵南华　拾级登山共寻兰若
第三十五回　调律吕初闻空谷音　对嫦娥再弹流水曲
第三十六回　地老天荒成绝憾　笔酣墨饱诉余哀

《自叙》兹录如下：

> 予性喜说部而才不逮，作者居恒，不轻言着书。乙卯秋仲，羁旅南昌，笔秃灯昏，课余成此，都计十三万余言。自视不敢滥厕于著作者林，尤不欲谬诩为文章能事，口所欲吐，笔亦随之而已。既而以示王子，瘦湘浏览一过，乃为署其山端曰：《酒恶花愁录》，盖取黄诗酒恶花愁梦，多魇句意也。王子其许我矣，吾又安得千金自享乎哉？乙卯仲冬篇舟自识。

《奇童纵囚记》

《奇童纵囚记》，《小说汇刊》第七种，该版本笔者未见。笔者所见为另一种版本，该版本版权页信息为：著作者为何海鸣，校订者为董皙芗，发行者与印刷者均为，印刷所为中华书局（上海静安寺路一九二号），总发行所为中华书局（上海福州路河南路转角处），分发行所有分布在全国各地的中华书局分局数十家。民国六年（1917）九月印刷、民国六年（1917）九月发行。全一册，94 页，定价银二角五分。此外还有三版本（1930 年 3 月）。

凡十二章，无章目，无序跋。有插图十二幅，每章一幅。

该作为长篇小说（社会小说），译文为文言体。

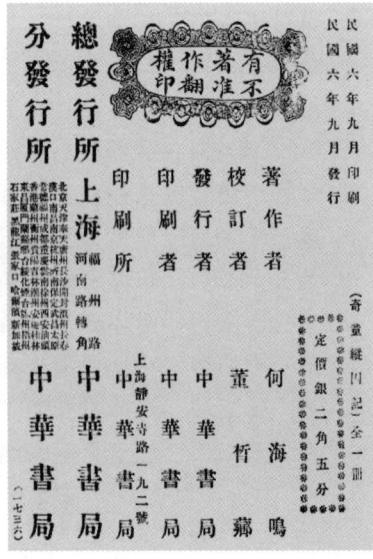

《风俗闲评》

《风俗闲评》（社会小说），上下册，俄国契诃夫著，陈家麟、陈大镫译，上海中华书局出版，《小说汇刊》第八种，该版本笔者未见。笔者所见为再版本与三版本。再版本版权页信息为：发行者、印刷者与印刷所以及总发行所均为中华书局，分发行处为各埠中华书局。民国五年（1916）十一月初版，民国十七年（1928）九月再版。全二册，上册凡104页，下册凡118页，定价银六角。【上海图书馆藏】。三版本出版时间为民国廿五年（1936）三月三版，版权页其他信息与再版本相同【上海图书馆藏】。再版与三本上下册封面和版权页基本相同，再版上册封面和版权页载录，其余从略。

原著者契诃夫，英文名为 Chekhov。《风俗闲评》是短篇小说集，据英译本转译，上册收入《逾格之防卫》（Overdoing It）、《律师之训子》（Home）、《可弃》（Not Wanted）、《肥瘦》（Fat and Thin）、《盗马》（The Horse-stealer）、《钱螺旋审判》（A Malefactor）、《乞人》（The Begger）、《恶客》（Troublesome Visitor）、《一嚏致死》（Death of a Government Clerk）、《亚若姹》（Agafya）、《宝星》、《花匠头之轶事》（The Head Gardener's Story）、《不许大声》（Hush）、《不掩》等14篇。下册收入《山庄》（In the Ravine）、《小介驾》（Vanka）、《梦呓》（Dreams）、《说法》（A Story Without A Title）、《逆旅》（On the Road）、《妆奁》（The Treasure）、《囊中人》（The Man in the Case）、《儿戏》（Children）、《耶稣复生节的前夜》（Easter Eve）等9篇。[①]

该译作采用文言体，兹录一段如下：

> 有村庄名游里阿，藏一山涧之下，除却工厂之烟囱，教堂之尖塔，从车站大道上可以遥瞰外，并无其他杰构。如欲考此庄之轶事，则对以鱼卵酱当饭，莫不知之。因从前此庄考士劳甫家，治一丧事，有一教会之主计，将饭厅供设之鱼卵酱，尽其所有，食之殆尽。此主计须发皤皤，竟未尝过此味，忽于考士劳甫席上见之，初一染指，即以为佳，立罄一具，即取他席上所有食之。同坐有以肘触止之者，有执裾以阻之者。此老悍然不顾，贪口忘形，咀嚼生津，馋涎四溅。迨

[①] 参见樽本照雄《清末民初小说目录》第九版。

其挂腹撑肠，自云饱餍，合计所食，共得鱼卵酱四磅之多。今其人久已，骨朽而所事流传，至今脍炙人口，永着为此庄之纪念。

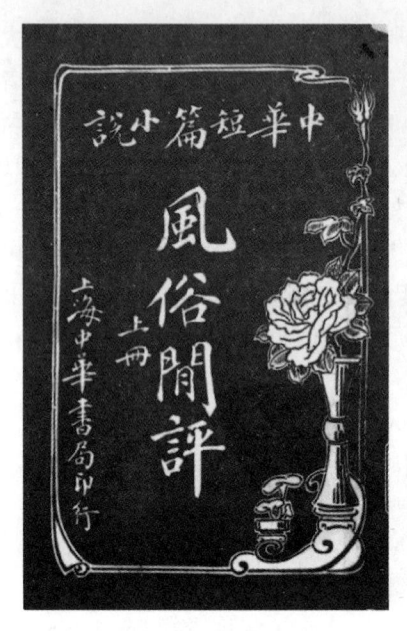

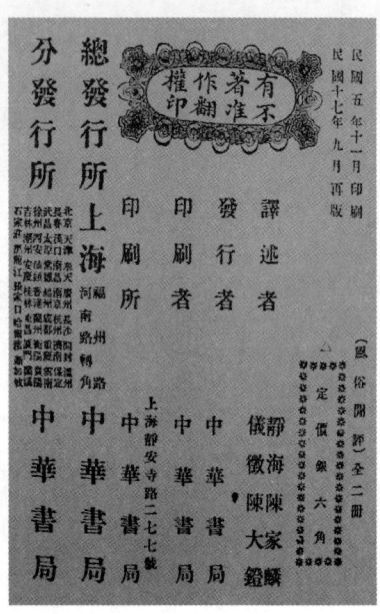

《熏莸录》（初编、续编）

《熏莸录》（初编、续编）（社会小说），《小说汇刊》第九、十种，该版本笔者未见。笔者所见的是另一种版本，该版本版权页信息为：原著者不详，译述者为翠娜女史，润文者为天虚我生（陈蝶仙），发行者为桐乡陆费逵，印刷者为无锡俞复，印刷所为中华书局（上海静安寺路一九二号），总发行所为中华书局（上海福州路河南路转角处），分发行所有分布在全国各地的中华书局分局数十家。民国六年（1917）五月印刷、民国六年（1917）六月发行、民国十四年（1925）十一月四版。初编全二册，上册凡94页，下册凡94页，定价银五角。

"初编"分两册，上册十一章，下册十二章，合计二十三章，无章目，无序跋。上下两册封面相同。

"续编"全一册，凡二十一章，无章目，无序跋，凡106页。定价银二角五分。该作为长篇小说译作，原著者不详，原著也不详。该作为文言体。

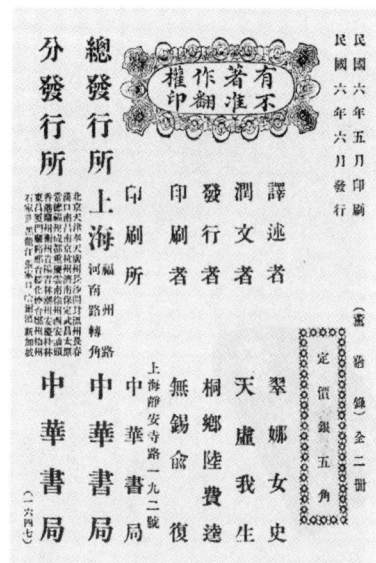

《归梦》

《归梦》（哀情小说），《小说汇刊》第十一种，该版本笔者未见。笔者所见为三版本，该版本版权页信息为：著作者为湘影，校订者为董皙芗，发行者为中华书局，印刷者为中华书局，印刷所为中华书局（上海静安寺路一九二号），总发行所为中华书局（上海福州路河南路转角处），分发行所有分布在全国各地的中华书局分局数十家。民国四年（1915）十二月初版，民国十一年（1922）三月三版，全一册，218页，定价银五角。此外还有五版本（1928年9月）、六版本（1934年8月）。

该作为文言章回小说，凡四十章，无章目，无跋。卷首有《自序》，兹录如下：

  余昔有句云：相模好山须海月，可能似得蛾眉无。须者，日本武库郡之须磨；相模，东京南之壹州也。二地风物，多清华澹宕可喜，而相州之湘南，则幽媚独绝。余以深秋侨居其地，以善病之身，览兹溪山，莫审所由，辄为陨涕。夫人生无常，哲士自知，而奈何更以忧伤憔悴催其有涯之生乎？呜呼！辽天一别，晤语何年？香径重来，影事莫问。吾当清明寒食，会见丰碑屹然，立于北邙，春花自红，其如醉耶？春禽自鸣，其如梦耶？呜呼！其果能喻吾无穷之悲耶？

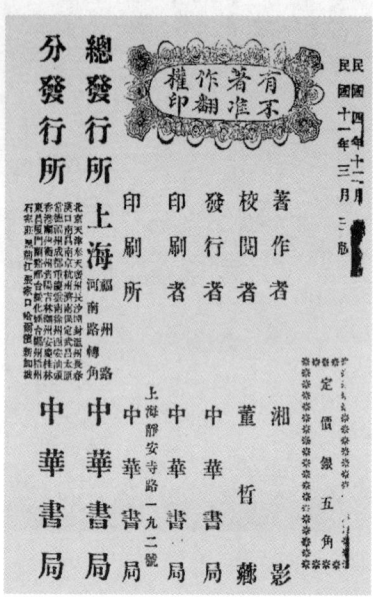

《红女忏恨记》

《红女忏恨记》（言情小说），《小说汇刊》第十二种。

笔者所见的另一种版本，版权页信息为：译述者为天笑、听鹂，发行者与印刷者均为中华书局，印刷所为中华书局（上海静安寺路二七七号），总发行所为中华书局（上海棋盘街），分发行所有分布在全国各地的中华书局分局数十家。民国六年（1917）五月印刷、民国六年（1917）六月发行、民国十五年（1926）四月再版。全三册，定价银八角。

全三册，上册凡114页，中册凡106页，下册凡104页。上册八章，中册十三章，下册十三章。

该作为长篇小说（言情小说）译作，原著者与原著不详，（包）天笑、听鹂译，该译文采用文言体。

该作有一份广告，其文为：

言情小说　红女忏恨记　三册　八角　天笑　听鹂译

书叙一制帽女工，为匪人所诱，身陷情网，不能自脱。幸有一女伴，时时劝导，始能不为所染，此全书之线索也。其他叙工厂之专

七　中华书局《小说汇刊》叙录　277

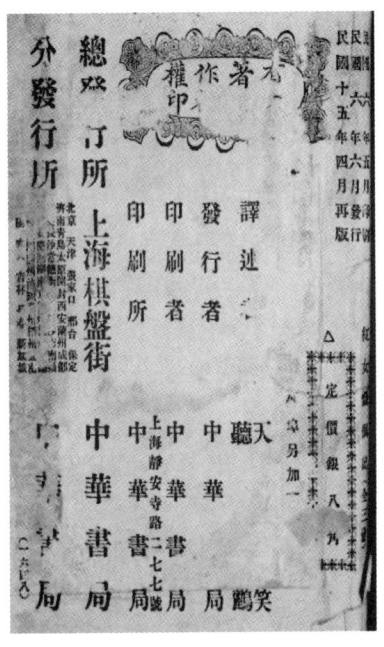

制，工女之嗷嘈，贫女之怨苦，无不描写尽致。

《婀娜小史》（初编、二编、三编、四编）

《婀娜小史》，言情小说，俄国托尔斯泰著，陈家麟、陈大镫合译，上海中华书局，《小说汇刊》之十三、十四、十五、十六。民国六年（1917）八月初版，民国九年（1920）四月再版，民国十九年（1930）七月四版。初编、二编、三编、四编的上下册共八个封面基本相同，初编下册封面载录，其余从略。

《婀娜小史》英文名为 Anna Karenina，今译为《安娜·卡列尼娜》。版权页署民国六年（1917）八月发行，民国十九年（1930）七月四版。原著者俄国托尔斯泰，译者陈家麟、陈大镫，参订者董皙芎，发行者、印刷者与印刷所均为中华书局，总发行所为位于上海福州路河南路转角出的中华书局。全书分四编，每编分上下两册。初编上册十五章，凡 82 页，下册十九章，凡 80 页，合计三十四章，凡 162 页。无章目。二编上册三十五章，凡 156 页，下册三十二章，凡 140 页，合计五十六章，凡 296 页。无章目。三编上册二十三章，凡 92 页，下册三十三章，凡 142 页，合计五十六章，凡 234 页。无章目。四编上册三十二章，凡 120 页，下册三十四章，凡 142 页，合计六十八章，凡 262 页。无章目。分发行所为各埠中华书局。全八册，定价银二元四角。【上海图书馆藏】

全书无序跋。

《婀娜小史》今译为《安娜·卡列尼娜》，是列夫·托尔斯泰于 1874—1877 年间创作的小说，是写实主义小说的经典之作。该作品一边创作，一边连载《俄罗斯公报》，每个篇章都轰动了整个社会，引起了热烈的争论，毁誉参半，褒贬不一。

《婀娜小史》卷首有一句经典名言："天下家人和禽，伉俪能敦者，其致乐之大概相同，至不能辑睦，交謫时闻也，则起衅之由，不一而足。"（今译为："每个幸福的家庭都是相似的，不幸的家庭各有各的不幸。"）

该著采用文言翻译，兹录一段如下：

> 今且论耳白施克府中，偶尔细故，琴瑟不能和谐，举家上下深致不安。因其夫人知家主与一法国女教师有特别之意思，故至宣布反抗，历三日之久。其家之儿女，任其荒嬉，上下臧获，悉因主人反目，无法调停。人生逆旅，即偶尔同舟，且相关切，岂有一家共处，貌合神离而可长久者。耳白施克亲王中日咄咄，托之于游。夫人则日在卧闼，

置家政于不问，佣媪中有英妇人，与主管妪不惬，已寓书于其友，另觅枝栖，谓此府不可更恋，庖丁余进食时亦不为备，只留厨役与仆围相嘲相詈。亲王于社会上人咸称为思台瓦，与夫人别室而居。

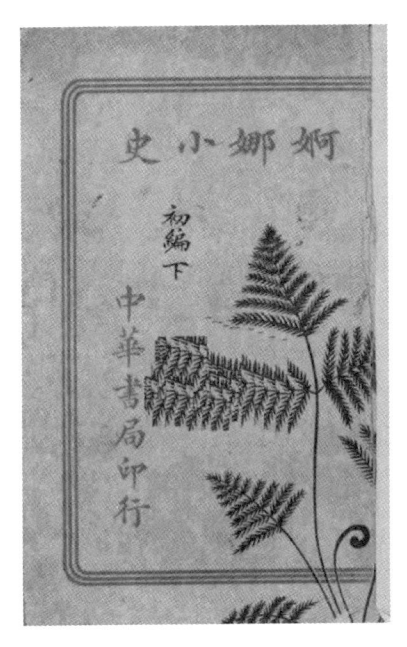

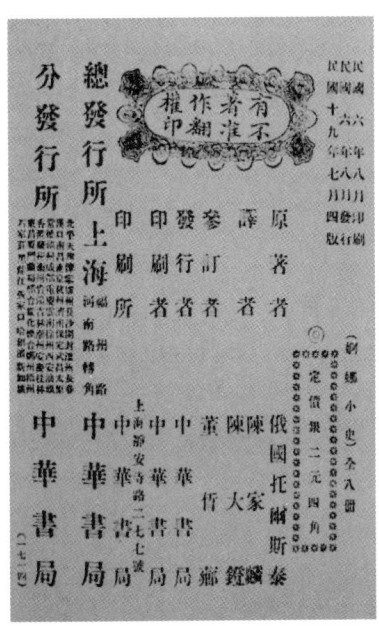

《脂余粉剩》

《脂余粉剩》（言情小说），《小说汇刊》第十七种，该版本笔者未见。笔者所见的是另一种版本，该版本版权页信息为：著作者为烟水阁主人、王无为，发行者与印刷者均为中华书局，印刷所为中华书局（上海静安寺路一九二号），总发行所为中华书局（上海棋盘街），分发行所有分布在全国各地的中华书局分局数十家。民国六年（1917）五月印刷、民国六年（1917）五月发行、民国十一年（1922）三月三版。全一册，凡133页，定价银三角五分。此外还有五版本（1930年7月）。

该作为长篇小说（言情小说）创作，不分章节，无序跋。该作为文言体。

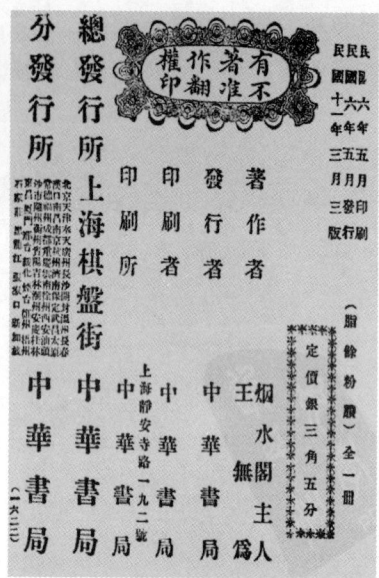

《云想花因记》

《云想花因记》（言情小说），《小说汇刊》第十八种，该版本笔者未见。笔者所见的是另一种版本，著作者不详，译者为包天笑，缺版权页。全二册，上册凡141页，下册凡145页，定价不详。

该作为长篇小说（言情小说）译作，原著者不详，原著也不详。全书分上下两卷，每卷一册。上册十四章，下册十四章，合计二十八章，无章目，无序跋。

该作为文言体。

该作有一份广告，兹录如下：

言情小说　云想花因记　二册　包天笑译者　七角
叙甲乙二人为友，甲阴险人也，乙尝被溺，其仆救之，甲冒其功，乙遂感甲刺骨。乙恋一女，甲百计离间之，而乙不之知，乃信甲为真诚。其后救乙之仆复出，事遂败露。所恋之女，亦绝甲而与乙成婚。书计十余万言，全以情节曲折见长。

《犹龙录》

《犹龙录》（侠情小说），《小说汇刊》第十九种。原载《中华小说界》第3卷第1—6期（1916年1月1日—6月1日）。该版本笔者未见。笔者所见的是另一种版本，该版本版权页信息为：译述者为静海陈家麟、仪征陈大镫，发行者为桐乡陆费逵，印刷者为无锡俞复，印刷所为中华书局（上海静安寺路一九二号），总发行所为中华书局（福州路河南路转角），分发行所有分布在全国各地的中华书局分局数十家。民国五年（1916）十二月印刷、民国六年（1917）一月发行。全二册，上册凡188页，下册凡166页，定价银九角。上册与下册封面相同，前者载录，下册从略。

该作为长篇小说，原著者英国雷卡德玛士，陈家麟、陈大镫译。原著不详。

全书分上下两册，上册十九章，下册二十一章，合计四十章。无章目，无序跋。

该作为文言体。

该作有一份广告，其文为：

　　言情小说　犹龙录　二册　九角　译者　陈家麟　陈大镫

书叙一少年情场失意,即萌弃世之志。途遇一人将投河,少年与商,各易姓名,互为死生,投河者诺之。次日遂传少年溺纤维毙,而少年乃以投河者姓名,身入异国,旅次忽遇投河者之宿仇。少年惧祸,沿途避匿,情事遂愈益曲折,愈益复杂。读之如入山阴道上,左右峰密起伏,几于目不暇给也。

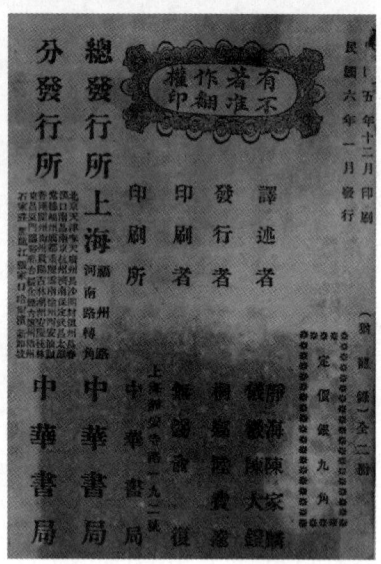

《红颜知己》

《红颜知己》(言情小说),《小说汇刊》第二十种,该版本笔者未见。笔者所见的是另一种版本,著作者为周瘦鹃。民国六年(1917)二月印刷,民国六年(1917)三月发行。全一册,82页,定价二角。版权页有损,其他信息当与同时期该丛书的其他作品相同。此外,还有1931年7月四版本。

该作为中篇言情小说,不分章节,无序跋。该作为文言体。

该作有一篇广告,其文为:

言情小说　红颜知己　二册　周瘦鹃著者　二角
　　一小说家三易稿,投送各书肆,无当意者,穷途落魄。忽遇一女子,钦佩其才,助以资斧,乃得成名,后更与所遇女子结婚焉。沦落才人,读之可以吐气。

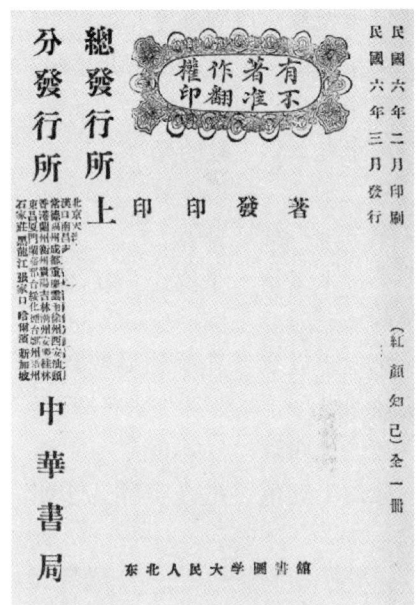

《惊婚记》

《惊婚记》,《小说汇刊》第二十一种,该版本笔者未见,所见版本为 1939 年版,缺版权页。

该作为长篇小说(言情小说)译作。原著者英文名为 Walter Scott,原著名为 *Quentin Durward*。全书分上、中、下三册。上册九章,凡 124 页;中册十三章,凡 130 页;下册十二章,凡 128 页,合计三十四章,凡 362 页。无章目,无序跋。该译作为文言体。

1939 年 8 月万以咸译本叙录如下,以备参考。该译本凡三十四章,有章目,依次为:

第一章　迈特·比尔是谁	第八章　左右为难的孔亭
第二章　那女人是谁	第九章　国王的诡计
第三章　死里逃生	第十章　路上受到攻击
第四章　公爵的要求	第十一章　他可以信任吗
第五章　打猎	第十二章　左面有危险
第六章　秘密的职务	第十三章　变更计划
第七章　小姐们进来了	第十四章　勒基

第十五章　风潮扩大
第十六章　风潮爆发
第十七章　援救爱赛拜儿小姐
第十八章　脱险的计策
第十九章　主教的死
第二十章　一场虚梦
第二十一章　黑塔
第二十二章　事实是一定不会发现的
第二十三章　孔亭和爱赛拜儿的会谈
第二十四章　公爵的话
第二十五章　把爱赛拜儿小姐叫来
第二十六章　把孔亭·杜华德叫来
第二十七章　公爵的决定
第二十八章　海纳丁最后的消息
第二十九章　爱赛拜儿小姐的信
第三十章　孔亭告诉国王的话
第三十一章　战争的开始
第三十二章　两个邓奴意斯
第三十三章　拉马克的头
第三十四章　最后的一幕

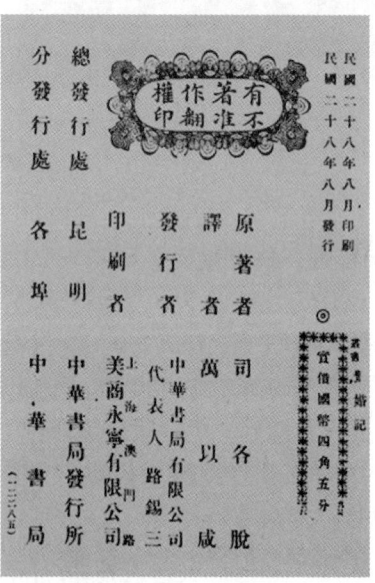

《庐山花》

《庐山花》，《小说汇刊》第二十三种，该版本笔者未见，所见为三版本。其版权页信息：译述者为中华书局编译所，印刷者为中华书局（上海虹口东百老汇路），发行者为中华书局，总发行所为中华书局（上海河南路抛球场南首），分发行所为全国各地中华书局分局数十家。民国三年（1914）九月初版，民国四年（1915）十二月三版。全二册，定价银六角。上册凡 130 页，下册凡 128 页。各册二十二章，合计四十四章。此外，还有 1925 年 11 月四版本。

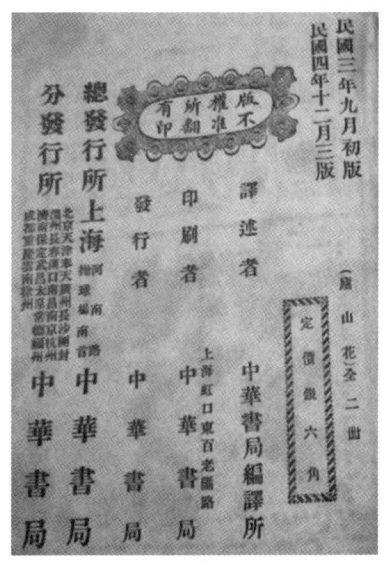

全书分上下两卷，每卷一册。上册二十二章，下册二十章，合计四十二章，无序跋。

该作为长篇小说（言情小说）译作，原著者不详，译文采用文言体。具体译文从略。

该作有一则广告，其文为：

言情小说　庐山花　二册　六角
一女子改易男装，路救一少年，与之同居，遂陷情网。而少年，则仅视为朋友兄弟之爱。后经分散，少年承嗣袭爵，彼此辗转寻获，揭破庐山真面，始成夫妇。全书情节，独开蹊径。

《冰天艳影》

《冰天艳影》，《小说汇刊》第二十四种，该版本有封面，缺版权页。上海中华书局 1918 年 1 月出版，1932 年 9 月六版。

该作为中篇小说（言情小说）译作，原著者与原著均不详，周瘦鹃译述。不分章节，卷首有译者《自序》，卷末无跋，采用文言体。《自序》待补。

该作有一份广告，其文为：

言情小说　冰天艳影　一册　周瘦鹃译者　二角五分
是书写乌尔珈女郎，忽而失踪远去，忽而为人所逼，忽而陷入黑狱，忽而几丧身命。凡所遭际，历尽险境□□读之，心胆俱碎。

《拿破仑之情网》

《拿破仑之情网》，《小说汇刊》第二十六种，原载《大中华杂志》第1卷第7—12期（1915年7月20日—12月20日），该版本笔者未见。笔者所见为另一种版本，该版本版权页信息为：译者为吴县包天笑，发行者与印刷者均为中华书局，印刷所为中华书局（上海静安寺路一九二号），总发行所为中华书局（上海棋盘街），分发行所有分布在全国各地的中华书局分局数十家。民国四年（1915）十二月印刷、民国四年（1915）十二月发行、民国十年（1921）五月三版。全一册，160页，定价银四角五分。此外还有五版本（1928年9月）。[①]

该作为长篇小说（侦探小说）译作，原著者为法国华度甫勃海伝名，包天笑译。

凡十九章，有章目，无序跋。

第一章　运车之被劫	第十一章　罗监之探访
第二章　可怜之培尼万	第十二章　霜德龙
第三章　富显家之晨餐	第十三章　禹列斯同志
第四章　革命纪元二年之友	第十四章　阴谋
第五章　狩尉勃直尔	第十五章　罗监夫人，金监
第六章　秘密之英国女郎	第十六章　妒之毒
第七章　皇后宫中之大会	第十七章　设伏
第八章　一局纸牌戏	第十八章　罗监之布置
第九章　秘密室	第十九章　英雄之殉难
第十章　勃直尔狩尉之惊愕	

该译作采用文言体，兹录一段如下：

　　法国湖唐一古城中，时方深宵，来一负重之车，行经石路，其声辘辘，止于邮局之门。卒以马策挝门而呼局长曰：巴东君趣启门。已又喃喃然语曰：此中人殆聋者乎？何以运车之来，绝不一闻也。有顷局门启，一人自内出，睡眼迷蒙，展其四肢而欠呻，状若不欲出者，此即巴东君也。邮卒递以书信囊，且谓之曰：此中皆书信，君有函件，拟送至巴黎乎？局长悻悻曰：我安得有之？余亦恒无闲暇作书，每日必至夜半始睡，长日伏案办公且不暇，又安有余闲事私函乎？

该作有一份广告，其文为：

　　历史小说　拿破仑之情网　一册　包天笑译　四角五分
　　书以拿破仑与一妇人为线索，而写法国王党欲以拿破仑为衬贴。叙事均错落有致，一起极奇。初视与本书极无关系，读至终卷，始知

[①] 参见樽本照雄《清末民初小说目录》第九版，第3039页。

其妙。其叙羽林军人将杀拿破仑时，四面设备妥贴，不料轻轻一转，全局皆翻。真奇文奇事也。

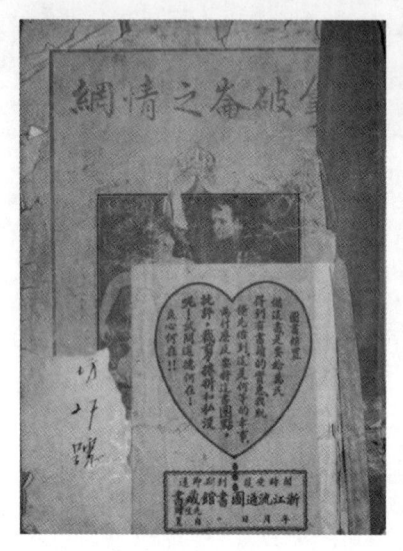

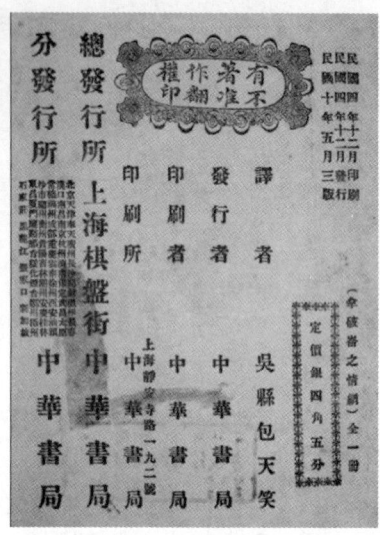

《郁金香》

《郁金香》，《小说汇刊》第二十七种，该版本笔者未见。笔者所见为另一版本，该版本版权页信息为：译述者为天虚我生，发行者为桐乡陆费逵，印刷者为无锡俞复，印刷所为中华书局（上海静安寺路一九二号），总发行所为中华书局（上海福州路河南路转角），分发行所有分布在全国各地的中华书局分局数十家。民国五年（1916）十一月印刷、民国五年（1916）十二月发行。全二册，定价银五角五分。此外还有三版本（1928年11月）。初版本上册与下册封面基本相同，前者载录，后者从略。

全书分上下两册，各十六章，合计三十二章，无章目，无序跋。上册118页，下册110页，合计228页。

该作为长篇小说（侦探言情小说）译作，原著者与原著不详，天虚我生（陈蝶仙）译述，该译作采用文言体。

该作有一份广告，其文为：

　　侦探言情　郁金香　二册　天虚我生译　五角五分
　　叙某侦探侦探一谋杀案，因案中一种郁金香气，知谋杀犯为其恋爱之女子，为法律计，几不得不以所息牺牲。嗣忽发现他种证据，证明所爱虽曾杀人，而杀时实为人暗用迷术所致，案乃大白。

《千金诺》

《千金诺》，笔者所见版本的封面题《小说汇刊》第二十八种，题"言情小说""上海中华书局印行"。全二册，上册凡88页，下册凡92页。缺版权页。上册与下册封面基本相同，前者载录，后者从略。另一种版本的版权页信息为：著作者为高太痴，校订者为董晳苎、发行者为桐乡陆费逵，印刷者为无锡俞复，印刷所为中华书局（上海静安寺路一九二号），总发行所为中华书局（上海福州路河南路转角），分发行所有分布在全国各地的中华书局分局数十家。民国五年（1916）十一月印刷、民国五年（1916）十二月发行。全二册，定价银四角五分。上册与下册封面基本相同，前者载录，后者从略。

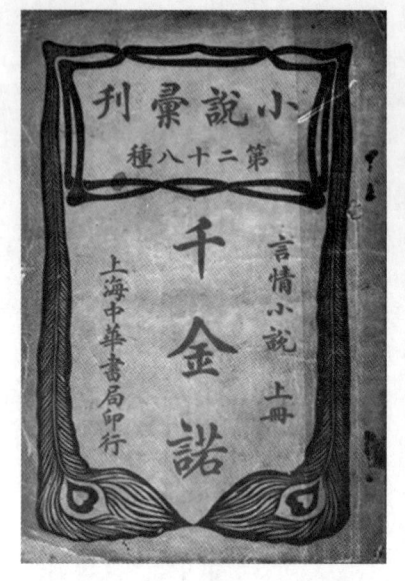

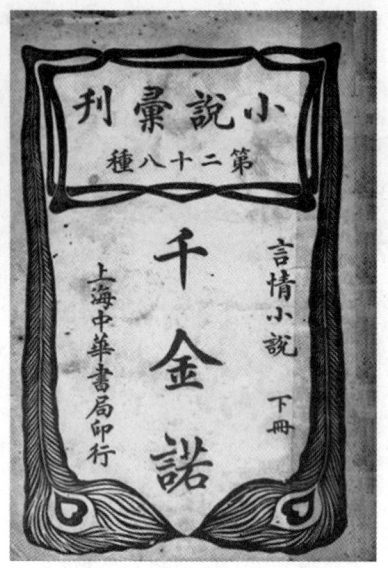

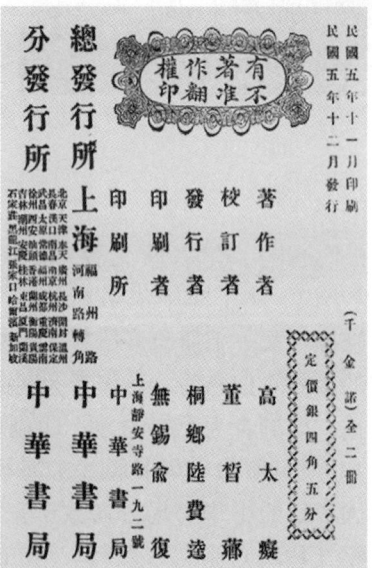

该作为长篇小说（小说）创作，著者为高太痴，全书分上下两册，每册各十六章，合计三十二章，有章目，依次为：

上册

第一章　述概　　　　　　　　第三章　影事

第二章　订婚　　　　　　　　第四章　别恨

第五章　侠讯
第六章　促归
第七章　夜访
第八章　园叙
第九章　金诺
第十章　展墓

下册

第十七章　婚变
第十八章　惨觌
第十九章　转机
第二十章　警痴
第二十一章　疑探
第二十二章　墅叙
第二十三章　证奸
第二十四章　畅游

第十一章　觅柯
第十二章　家变
第十三章　激试
第十四章　通邮
第十五章　告捷
第十六章　悔捷

第二十五章　祠叙
第二十六章　反逼
第二十七章　约遁
第二十八章　路决
第二十九章　病阻
第三十章　痴望
第三十一章　问水
第三十二章　忏余

该作有一份广告，其文为：

> 书分三十二章。其第一章述概曰：余友吴下齐生，初游沪上，未遇而归，暂寓舅家。获交一陈姓友，与其妹订有婚约，历一十五年，始成终局。其间折磨困顿，为古今所罕闻，因委曲详尽以告余，而属余记之。言虽如是，然读者莫不知为高君自写其少年影事也。

《恋海之恶波澜》

《恋海之恶波澜》，《小说汇刊》第二十九种，该版本笔者未见。笔者所见为另一版本，该版本版权页信息为：编译者为宜黄欧阳沂，发行者为桐乡陆费逵，印刷者为无锡陈寅，印刷所为中华书局（上海静虹口东百老汇路），总发行所为中华书局（上海河南路抛球场南首），分发行所有分布在全国各地的中华书局分局数十家。民国四年（1915）十月印刷、民国四年（1915）十月发行。全一册，凡86页，定价银二角。

该作为中篇小说（奇情小说）译作，原著者英文名为Victor Hugo，原著名"Notre-Dame de Paris"（1831），欧阳沂编译，该译作采用文言体，为《巴黎圣母院》的片译本。1915 年 10 月出版，1928 年 11 月三版。①

全书不分章节，无序跋。

该作有一份广告，其文为：

奇情小说　恋海之恶波澜　一册　二角
　　一鬻技女子，色艺双绝。丑怪之兽王，迂拙之诗魔，粗莽之牧师，浮薄之士官，无不争致情爱，而女贞洁自矢，无一失身者。全书情节离奇，不可捉摸。

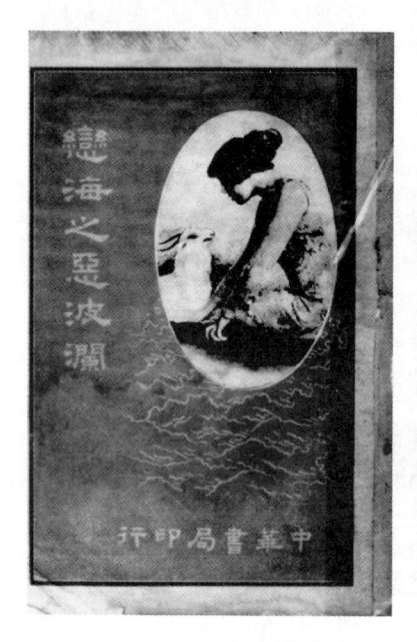

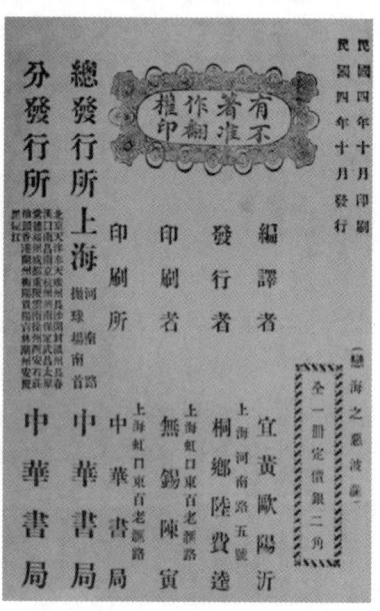

《天刑记》

《天刑记》，《小说汇刊》第三十种，原载《中华小说界》第 2 卷第 7—12 期（1915 年 7 月 1 日—12 月 1 日）。该版本笔者未见。笔者所见为另一版本，该版本版权页信息为：译述者为静海陈家麟、仪征陈大镫，发行者为桐乡陆费逵（上海河南路五号），印刷者为无锡陈寅（上海虹口东百老汇路），印刷所为中华书局（上海虹口东百老汇路），总发行所为中

---

① 参见樽本照雄《清末民初小说目录》第九版，第 2588—2589 页。

华书局（上海河南路抛球场南首），分发行所有分布在全国各地的中华书局分局数十家。民国四年（1915）十二月印刷、民国四年（1915）十二月发行。全二册，上册凡126页，下册凡150页，定价银七角。上册与下册封面基本相同，前者载录；后者从略。

全书分上下两册，上册十章，下册十一章，合计二十一章。均无章目，无序跋。

该作为长篇小说（苦情小说）译作，原著者为英国玛克威鲁，陈家麟、陈大镫译，该译作采用文言体。

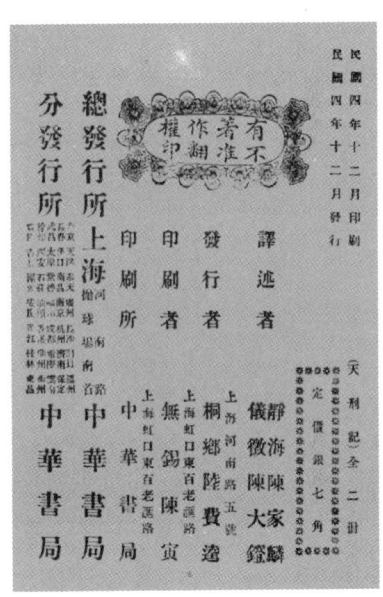

《情祟》

《情祟》，《小说汇刊》第三十一种，该版本笔者未见。该作曾出版多种版本，六版本版权页信息为：译述者为吴县周瘦鹃，发行者为中华书局，印刷者为中华书局，印刷所为中华书局（上海澳门路），发行处为中华书局发行所（上海福州路），各埠中华书局。民国六年（1917）四月印刷、民国六年（1917）四月发行，民国廿五年（1936）三月六版。全一册，凡84页，定价银二角。

全书十二章，有章目，无序跋，章目依次为：

第一章　跳舞会　　　　　　　　第二章　妒石花盆

第三章　鬼	第八章　缺月重圆
第四章　人面	第九章　短树丛中之人语
第五章　媒孽	第十章　报死之乌鸦
第六章　窗中灯影	第十一章　书室中之盗
第七章　窗间密语	第十二章　临死之忏悔

该作为中篇小说（言情小说）译作，原著者与原著不详，周瘦鹃译述，该译作采用文言体。

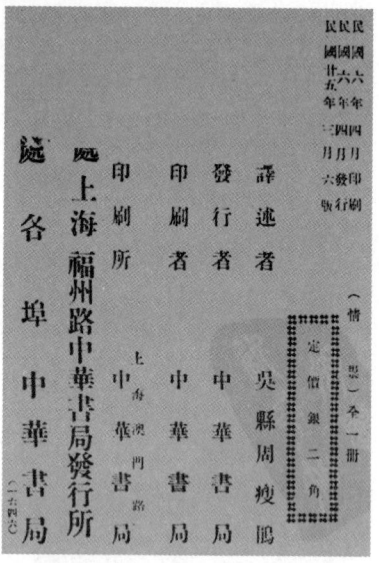

《火中莲》

《火中莲》，《小说汇刊》第三十二种，原载《小说时报》第 24 期（1914 年 12 月 15 日），该版本笔者未见，所见版本，全一册，凡 63 页，缺版权页。

该作为短篇小说（醒世/烈情/言情/文言电复印件事小说）译作，外国同名影片改编，原著者与原著均不详，天虚我生（陈蝶仙）译，采用文言体。1916 年 12 月初版，1930 年 3 月再版。①

凡四章，无章目。第一章之前有段文字类似作者"小言"，兹录如下：

---

① 参见樽本照雄《清末民初小说目录》第九版，第 1946 页。

活动写真，其功用实与小说等，而活泼变幻，足以鼓动观者兴趣，则尤过之。惜其影片中人，不能言语，惟赖表情显示及起首说明，中间插入一二书函，以补不足，但亦非娴熟欧文者，不及浏览无遗，得悉窾要，而其情节，则又趋重滑稽，第取哄堂鼓掌，实于世道人心，殊罕补益，故予窃尝引以为憾。一昨偶见《火中莲》一剧，描写社会中人，隐（阴）谋诡计，自取烦恼之状，不啻各自其口出，卒致自焚其身，同归于尽，殊足以警醒世人。虽其礼俗不同，而召祸福则一。爰为体贴影片中人之心理，一一使其能言，活现纸上。倘亦为爱读小说，喜观影戏者，所共赏欤？丙辰二月作于金沙。

《鸳鸯小印》

《鸳鸯小印》，《小说汇刊》第三十三种，该版本笔者未见。该作曾出版多种版本，笔者所见为另一版本，该版本版权页信息为：民国五年（1916）十二月印刷，民国六年（1917）一月发行。原著者为（程）瞻庐，发行者为桐乡陆费逵，印刷者为无锡俞复，印刷所为中华书局（上海静安寺路一九二号），总发行所为中华书局（福州路河南路转角），分发行所为外埠中华书局分局数十家。全一册，凡60页，定价银一角五分。此外还有再版本（1928年11月）。

凡十二节，无节目，无序跋。

该作为中篇小说（哀情小说），采用文言体。

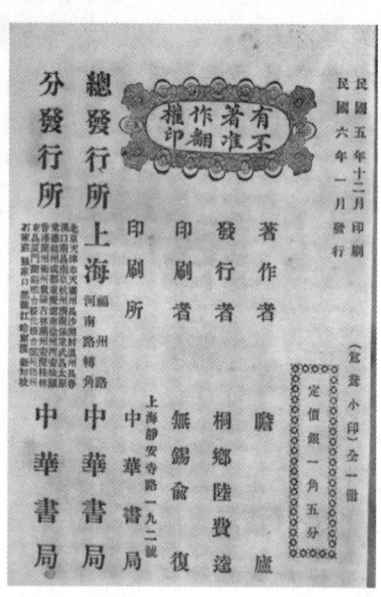

《情铁》

《情铁》，《小说汇刊》第三十四种，原载《中华小说界》第一卷第1—5期（1914年1月1日—5月1日），该版本笔者未见。该作曾出版多种版本，三版本版权页信息为：译述者为林纾，发行者为桐乡陆费逵，印刷者为无锡俞复，印刷所为中华书局（上海静安寺路一九二号），总发行所为中华书局（上海福州路河南路转角处），分发行所有分布在全国各地的中华书局分局数十家。民国三年（1914）九月印刷、民国三年（1914）九月发行、民国五年（1916）八月三版。全二册，上册凡118页，下册凡108页，定价银六角。两册封面和扉页基本相同，上册封面载录，其余从略。

全书分上下两卷，每卷一册，上卷九章，下卷十章，合计十九章，均无章目，无序跋。

该作为长篇小说（言情小说）译作，法国老昔倭尼原著，林纾笔述，

七　中华书局《小说汇刊》叙录　297

王庆通口译。译文为文言体。

该作有一份广告，其文为：

> 言情小说　情铁　二册　林琴南译　六角
> 　　叙一贵女，被弃于夫，而愤与一工业家结婚，然任情之举，借以泄怨，爱情固不属也。后工业家以极挚之情，用之于女，挫折不变。女感其意，亦以真情待之。一日，工业家因事几濒于死，女奋不自惜，舍身救之。

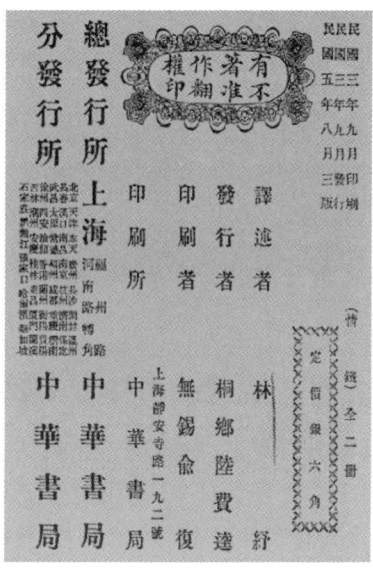

《情竞》

《情竞》，《小说汇刊》第三十五种，该版本笔者未见。该作曾出版多种版本，笔者所见为三版本，该版本版权页信息为：三版本版权页信息为：译述者为恨逸，发行者为桐乡陆费逵，印刷者为无锡俞复，印刷所为中华书局（上海静安寺路一九二号），总发行所为中华书局（上海福州路河南路转角处），分发行所有分布在全国各地的中华书局分局四十家。民国三年（1914）九月印刷、民国三年（1914）九月发行、民国五年（1916）八月三版。全二册，上册凡130页，下册凡114页，定价银六角。两册封面基本相同，上册封面载录，下册封面从略。

全书分上下两卷，每卷一册，上卷二十四章，下卷二十五章，合计四十九章，均无章目，无序跋。

该作为文言体长篇言情小说。

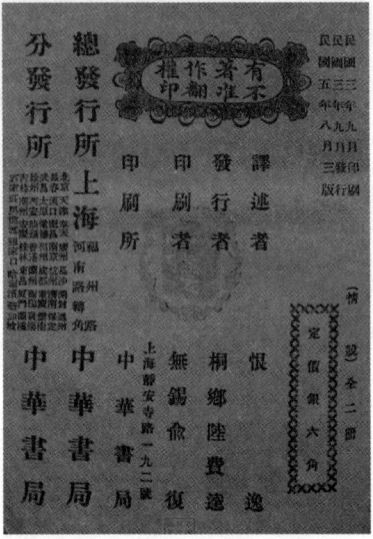

《劫外昙花》

《劫外昙花》，林纾著，原载《中华小说界》2 卷第 1—2 期（1915 年 1 月 1 日—2 月 1 日），《小说汇刊》第三十六种。根据《樽氏目录》可知，该著有多种版本，上海·中华书局 1918 年 1 月出版，1923 年 5 月三版，1928 年 11 月四版。

笔者所见为四版本。版权页署民国七年（1918）一月印刷，民国七年（1918）一月发行，民国十七年（1928）十一月四版。著作者闽县林纾，发行者、印刷者与印刷所均为中华书局，发行所为中华书局（上海福州路河南路转角），分发行所为外埠中华书局分局 45 家。全一册，凡 89 页，定价银子二角五分。【上海图书馆藏】

凡十六章，无章目。

卷首有作者撰写的"序"。兹录如下：

余既罢讲席，益不与人延接，长日闭户，浇花作画，用消闲居情况。然海内欲得吾译稿者，时以书来，言林译何久不出？得书怃然。计余自辛丑入都，所译书过百种矣。其自著小说，如《剑胆录》《金陵秋》《虎牙馀息录》，亦渐次出版。年垂古稀，而又嗜画，日必作山水半幅，遂无暇及此。昨吾友戴懋斋信来，征余近作。余适观《赵勇略传》，心念勇略当日战绩烂然，乃为纳兰所遏，而蔡毓荣彰泰，又不直公，至于抑抑以卒。心颇怜之，遂拾取当时战局，纬以美人壮士，一以伸赵勇略之冤抑，一以写陈畹芬之知机，十日成书。检视颇有首尾。时清史馆方征予为名誉纂修，余笑曰："畏庐，野史耳，不能参正史之局。"敬谢却之。此书特野史之一，果得暇者，当续续为之，以贡诸海内识我之君子。甲寅八月畏庐识于宣南春觉轩

该作有一份广告，其文为：

劫外昙花　一册　林琴南著者　二角五分

琴南小说，迻译伙而自着少，是书为先生自着本。以赵勇路为主，以美人吴英楚壮士曹龙川纬之，更以陈圆圆逸事，穿插其间，尤为全书特色。

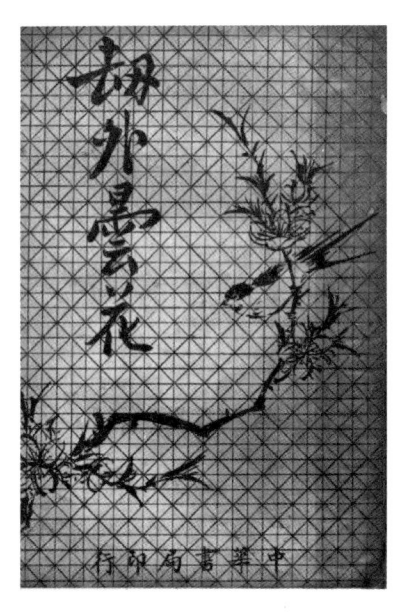

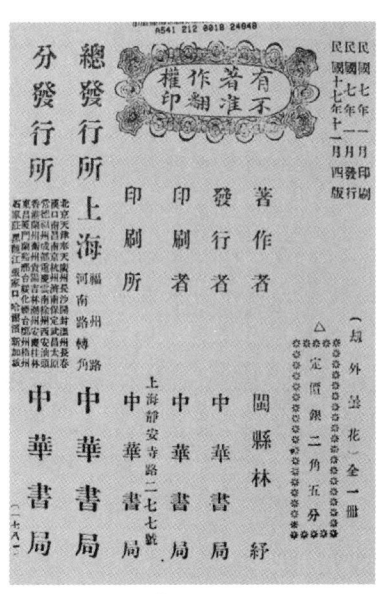

《波兰遗恨录》

《波兰遗恨录》，长篇小说，原著者不详，朱世溱译，原载《中华小说界》2 卷第 1—2 期（1915 年 1 月 1 日—2 月 1 日），《小说汇刊》第三十七编。根据【樽氏目录】可知，该著有多种版本，上海中华书局 1915 年出版。

笔者所见为四版本。版权页署民国七年（1918）一月印刷，民国七年（1918）一月发行，民国十七年（1928）十一月四版。著作者闽县林纾，发行者、印刷者与印刷所均为中华书局，发行所为中华书局（上海福州路河南路转角），分发行所为外埠中华书局分局 45 家。全一册，89 页，定价银子二角五分。【中国国家图书馆藏】

凡十七章，无章目。

卷首有作者撰写的"自序"。兹录如下：

译者曰：吾尝稍治近世国家兴亡之事而有所大痛者。夫以波兰之富，沃野千里，称欧洲之上腴；以波兰之强，南破突厥，解维也纳之围；以波兰之贤，哥白尼氏首创天运之理；以波兰之有容，中世宗教之争，其不得于其国者，多于波兰归。富而强，贤而有容，宜其后之不可遽亡，而竟亡。其故何哉？且也其末王彭的道斯，为俄后之幸人，即位而后，事俄惟谨，宜可以市好于俄。又其国故大有造于奥，而普鲁士则其旧所属也，此亦可以市恩普奥。而竟有瓜分波兰之事，又其国非无良法美意也。千七百九十一年之宪法，较之列强，无毫厘之差，而乃形格势禁，卒以至于亡。然则，国之亡，因既种，即有上列诸端，亦不可以幸免明矣。何为亡国？史家之公言曰：其得国者多资外力，而国又无民选议院，内情不通，外力乘之，而国以亡。呜呼！后世当政之士，其亦可以鉴矣。自瓜分波兰之事发，波兰人一革命，千八百三十年再革命，千八百六十三年三次革命。革命之事，至再至三，而波兰卒无救。然则，亡国之后而欲复存，不亦难乎？或者又谓今欧战起，俄德两国皆有复立波兰之说。虽然，俄人之意，以俄皇兼王波兰；德人之意，则欲以并入联邦，是苟立而非独立也，去郡县而为附庸也明矣。且国不能独立而旦旦望于人曰：其庶几其拯余。人非有所窃利而肯相拯哉。是书所述，为三次革命之事。前八章言其运动，后九章言其失败，中间若断若续，纬以儿女，则西方说部之体也。余不肖，辄欲译取前代兴亡之小说，以就教于当世。世之贤者，或不以小说而鄙之耶。

民国四年九月泰兴朱世溱自识于伦敦寓次

《雄风孤岛》

《雄风孤岛》，《小说汇刊》第三十八种，该作以《回首百年》为题，原载于《中华小说界》2卷6—8期（1915年6月1日—8月1日）。该版本笔者未见。笔者所见为再版本，该版本版权页信息为：译述者为武进姜汉声、武进徐亚星，发行者为桐乡陆费逵，印刷者为无锡俞复，印刷所为中华书局（上海静安寺路哈同路口），总发行所为中华书局（福州路河南路转角），分发行所为各埠中华书局。民国六年（1917）二月印刷，民国六年（1917）二月发行，民国廿四年十二月（1935年12月）再版。全一册，凡104页，定价银二角五分。

该作为文言体长篇小说（历史小说）译作，原著者为P. Fremeaux，原著名为"Souvenirs D Une Petite Amie de Nnpoleon"。[①]

凡三章，有章目，无序跋。章目依次为：

第一章　战败后之被放

---

① 参见樽本照雄《清末民初小说目录》第九版，第5058—5059页。

第二章　勃西之笔记
第三章　最后三年之苦痛
第一章前有引言。

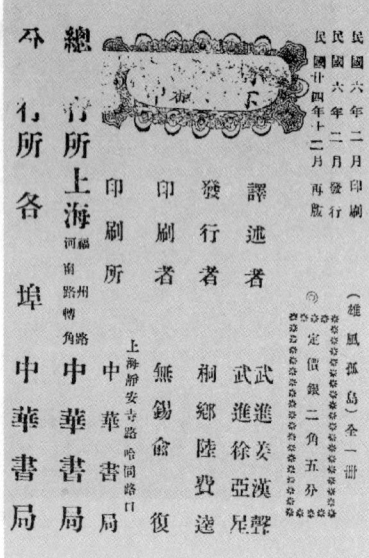

《小拿破仑别记》

《小拿破仑别记》，《小说汇刊》第三十九种，该版本笔者未见。笔者所见为另一种版本的初版本和再版本。前者版权页信息为：原著者英国巴科，译述者为泰兴朱世溱，校阅者为杭县董皙芗，发行者为桐乡陆费逵，印刷者为无锡俞复，印刷所为中华书局（上海静安寺路一九二号），总发行所为中华书局（上海福州路河南路转角处），分发行所有分布在全国各地的中华书局分局数十家。民国五年（1916）十一月印刷、民国五年（1916）十一月发行。全一册，凡112页，定价银二角五分；后者与前者基本相同，差别在后者有再版时间，即民国十七年（1928）八月再版。

凡十八章（包括"结章"），无章目，无序跋。

该作为中篇小说（义勇小说）译作，原著者为英国巴科，由朱世溱译述，译文为文言体，摘录第一章中的一段如下：

加拿大之东有村，村名蓬溪，背山面水，饶有佳趣。村中十字道上，左为律师贾隆之宅,右则巨贾马达林家,前有药肆,后则鲁意旅馆。凡道出蓬溪中者,皆止旅馆中。律师宅前悬以铜牌,大书曰律师某若某。葡萄之藤,蔓延垂遍。药肆粉刷一新,自玻璃窗中窥之,药水之瓶五色,烂然可观也。巨贾墙上,无虑皆招帖告白之类,以眩过者耳目,务以中其所好。旅馆则曲廊回栏轩庭巨厦,陈设之物,亦复富丽。村人每以自夸,谓舍蓬溪而外,穷村僻乡,那得有此。凡每星期六日中,村众恒就市为贸易。至星期日则往礼拜堂中听道,堂据小丘之上,长老法勃尔者,亦家于此。盖蓬溪之形胜,尽此中矣。村南为大山,北为圭拜克城,有长河绕其间,东为大海,西为五湖。过湖则英国所辖也。自法军大败后,割地偿英,斯村亦居其列。然村人皆法产不喜为英属也。

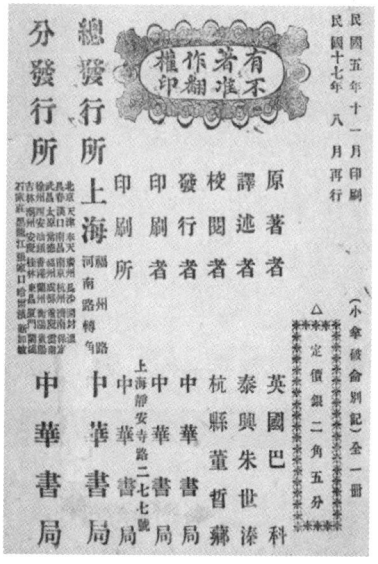

《积雪东征录》

《积雪东征录》,《小说汇刊》第四十种,该版本笔者未见。该作曾出版多种版本,笔者所见为另一种版本,该版本版权页信息为:译述者为泰兴朱世溁,发行者为桐乡陆费逵,印刷者为无锡俞复,印刷所为中华书局(上海静安寺路一九二号),总发行所为中华书局(上海福州路河南路转角处),分发行所有分布在全国各地的中华书局分局数十家。民国五年(1916)十二月印刷、民国六年(1917)一月发行。全二册,上册凡108页,下册凡96页,定价银五角。两册封面基本相同,下册封面载录,上册封面从略。

凡十六章，上册与下册各八章，无章目，无序跋。

该作为长篇小说（社会小说）译作，原著者与原著均不详，朱世溱译述，译文采用文言体。摘录上册第一章中的一段如下：

> 大佐华德没后，故里魏河口中人士，莫不为其二子心危，以怙恃俱失，已为人生大不幸事，重以周烈佛兰二人，皆先丧其母。大佐生前虽邀孀妹密昔斯屈陆拜主家政，家事井井。无可置议，而于教训两侄，则正有难言者。即邻里见之，亦莫不诧异，谓大佐兄妹二人，性质乃迥殊也。盖大佐者，倔强雄武，厉而无亲。至于其同母妹，乃柔丑波靡，闻声而慑，事事恒俯仰如人意，不敢有所主张，大佐恒怒目存之，故自教二子，不以繁其妹也。及大佐既没，密昔斯屈陆拜乃尽移其向之将顺其兄者，以将顺其二侄。二人率意而行，虽有所差失，密昔斯初不以之为非，时周烈已十七八而佛兰亦在十三四间矣。

该作有一则广告，其文为：

> 义勇小说　积雪东征录　二册　五角
> 少年读之最宜。其叙兄弟之情感，大是指人友爱之心。至叙俄法战争，二少年身入军役，坚苦卓绝，百战不殆，尤是为军人模范。

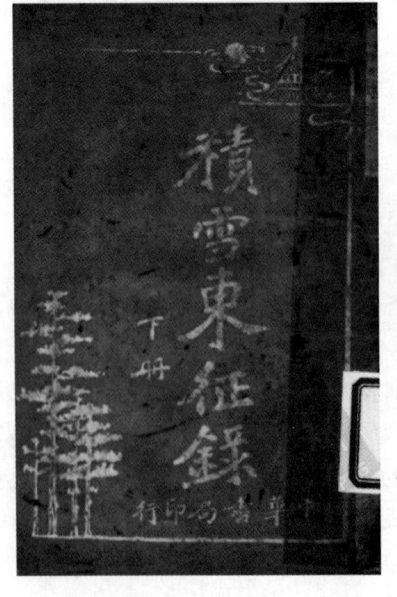

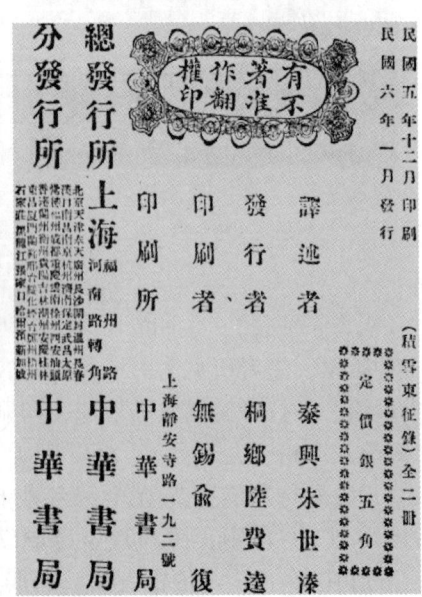

《克利米战血录》

《克利米战血录》，俄国托尔斯泰原著，泰兴朱世溱（东润）译述，上海中华书局民国六年（1917）五月印刷发行，民国十九年（1930）十一月再版。总发行、发行所、印刷者与印刷所均为中华书局，分发行所为全国各地中华书局分局。题"军事小说"。32开，平装，全一册，凡103页，定价银二角五分（外埠另加邮汇费）。【上海图书馆藏】再版本《克利米战血录》，托尔斯泰原著，朱世溱译，上海中华书局1917年5月初版，1930年11月再版。32开，平装。凡103页。再版本与初版本的封面和版权页基本相同，前者载录，后者从略。

朱世溱即朱东润，其两部译作是留学英国时所译。1913年，朱东润通过留英俭学会赴伦敦，迫于生计而译书。他曾说："我的英文程度本来很有限，待得英国可能有一些长进。翻译的问题是可大可小。……在经过一两次失败以后，我的译稿居然也能寄到上海换取外汇。"[①] 除了翻译文学作品外，他还翻译了一本《英国报业述略》，该译作在当时上海的《申报》上连载。《骠骑父子》与《克利米战血录》就是他这一时期的译作，其底本可能为英译本。

全书分上、中、下三卷，上卷不分节，中卷十六节，下卷二十六节，无节目，无序跋。

后来作为学者的朱东润（朱世溱）当年翻译《克利米战血录》的译笔如何？兹录数段略窥一斑。

> 沙盘山后，曙光既动，海上波纹亦立破其沈静之致，顺流荡漾以待阳光之来。晓雾中人，轻寒拂面，足下则严霜遍地，触之作奇响。西维多坝城中炮声隆隆而起，与海水之潺潺者相应和，独海船上人踪都寂，钟声铛铛八下，似报为时已经四点钟矣。
>
> 海湾之北，微有生意，披甲之兵更番交戍。医院中之医士则仆仆归院，间亦有健儿徐自战壕中出，即冷水濯足，及盥洗毕，长跽东向，合十祈祷。骆驼之车，满载伤者，血迹殷轮，格格而来。船步之上，则潮湿之气挟秽臭而升。柴米油盐、军械弹药，皆杂厎横砌于道旁。其类不能以千计。……

[①] 《朱东润传记作品全集》第4卷，东方出版社1999年版，第75—76页。

该作有一份广告，其文为：

> 战事小说　克利米战血录　俄国托尔斯泰原著　一册　二角五分
> 书为俄国托尔斯泰杰著。其叙俄法战者，如病院之杂沓，军官之□，颠顶战濠之谈话，敌场之经营，无不刻意描画，有色有声。

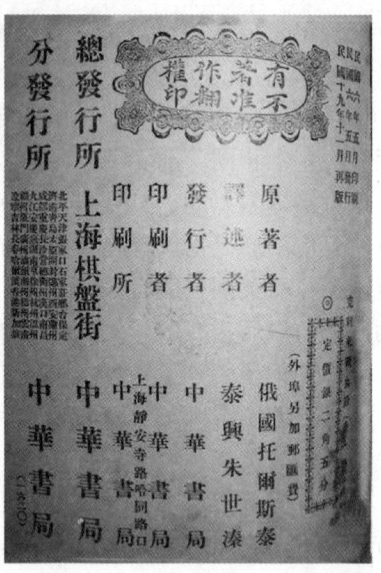

《黑肩巾》

《黑肩巾》，《小说汇刊》第四十二种，原载《中华小说界》2卷7期—3卷6期（1915年7月1日—1916年6月1日），已见。民国六年（1917）一月发行。译述者为天游、半侬，发行者为桐乡陆费逵，印刷者为无锡俞复，印刷所为中华书局（上海静安寺路一九二好），总发行所为上海中华书局（上海福州路、河南南路转角），分发行所为全国各地中华书局（分局）。全二册，上册142页，下册168页，定价银八角。两册封面基本相同，上册封面载录，下册封面从略。

上册十二章，下册十六章，合计二十八章。无章目，无序跋。

该作为长篇小说（国事小说）译作，原著者与原著不详，天游、刘半农译述，译文采用文言体。

该作有一份广告，其文为：

言情小说　黑肩巾　二册　八角

　　某地出一谋杀案，旁遗一黑肩巾。有人识巾为近地一隐居者之物，遂挟之以肋其女，向之求婚。女雅不欲，然亦不敢遽拒。女有情人某，更与协女者为敌。后知杀人者实为协女之人，案情乃大白。其中杀人时之原因复杂，黑肩巾之忽隐忽现，情节之奇，为时下小说所罕见。

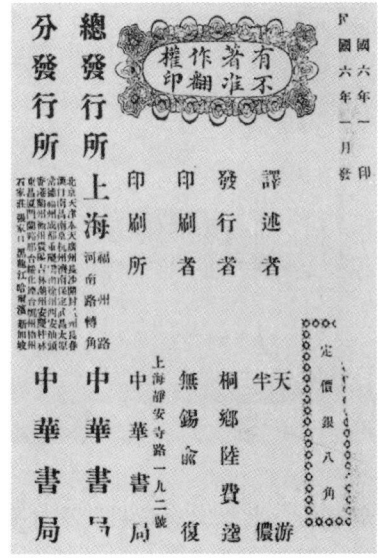

《欧陆纵横秘史》

　　《欧陆纵横秘史》，《小说汇刊》第四十三种，该版本笔者未见。该作曾出版多种版本，笔者所见为另两个版本，一为1915年5月版本，该版本版权页信息为：著作者为江阴刘半农，发行者为桐乡陆费逵（上海河南路五号），印刷者为无锡陈寅（上海虹口东百老汇路），印刷所为中华书局（上海虹口东百老汇路），总发行所为中华书局（上海河南路抛球场南首），分发行所有分布在全国各地的中华书局分局数十家。民国四年（1915）五月印刷、民国四年（1915）五月发行。全一册，凡112页，定价银三角。此外还有再版本（1916年11月）、四版本（1928年10月）。

　　二为1915年12月再版本，该版本版权页信息为：著作者为江阴刘半农，发行者为桐乡陆费逵，印刷者为无锡俞复，印刷所为中华书局（上海静安寺路一九二号),总发行所为中华书局(上海福州路河南路转角处),分发行所有分布在全国各地的中华书局分局数十家。民国四年(1915)五月印刷、民国四年(1915)五月发行,民国五年(1916)十一月再版。全一册,凡112页,定价银三角。

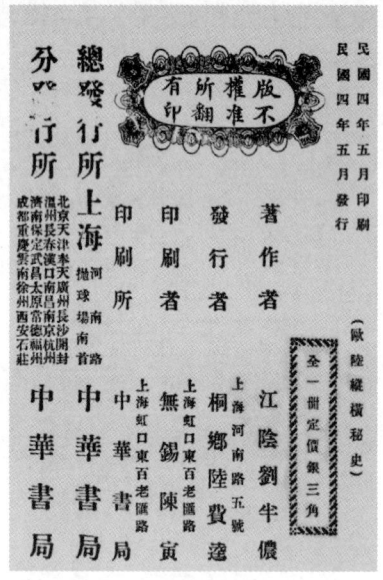

全书凡三十章,有章目,无序跋。

第一章　片纸飞来
第二章　门马德加非店
第三章　嘉倍顿何往乎
第四章　是岂寻常事耶
第五章　像片之魔力
第六章　香窟乎鬼窟乎
第七章　多金徒贾祸耳
第八章　价值一千佛郎之假消息
第九章　怪哉佛罗斯怪哉亚佛来
第十章　殉万佛郎而死
第十一章　彼党之忠告
第十二章　多数之皇帝乃因君二陷于不利
第十三章　此彼之声也
第十四章　女子之声乃如狱犯之指印
第十五章　吾今竟成傀儡矣
第十六章　余有一物姑娘实观之
第十七章　突如其来之斯宾塞
第十八章　侬即非列士其人矣均欲何为
第十九章　郎顿府中之怪剧
第二十章　女子惊叫声

第二十一章　彼姝即在帘后矣	第二十六章　冷酷之侯爵夫人
第二十二章　瞬息万变	第二十七章　瞽者又来纠缠
第二十三章　君渐明而我乃愈蒙	第二十八章　恶魔之言
	第二十九章　飞来之拘票
第二十四章　德公爵之一席话	第三十章　百万佛郎
第二十五章　塞因河中之尸	

该作为长篇小说（外交小说）译作，原著者与原著不详，译者刘半农，译文采用文言体，摘录第一章中的一段如下：

少年呵欠而起，摩挲其眼，自觉体惫而微颤，足痛尤难堪。因念平时服食精美，有所欲，仆辈奔走若狂。兹乃露宿于夜，藉草为床，舍顶际累累之松针外，别无掩护。夜深风入松，其声鸣然，若唱催眠曲，则酣然入睡。醒，天甫破晓，自抚其足，痛益甚，尤困于饥。乃一刹那间，见目前景象，至为诡异，遂趋避林中，密睹外间之幢幢人影，究胡为者？

昨夕，少年沿铁轨行，奔波至苦，且至寥寂，目之所接，惟洞黑之长林，及蜿蜒林际之铁轨，两两作平行线。外此，多无所见。及夜，惫甚，不能复进，遂就林畔略憩，不五分钟，鼾声已大作。

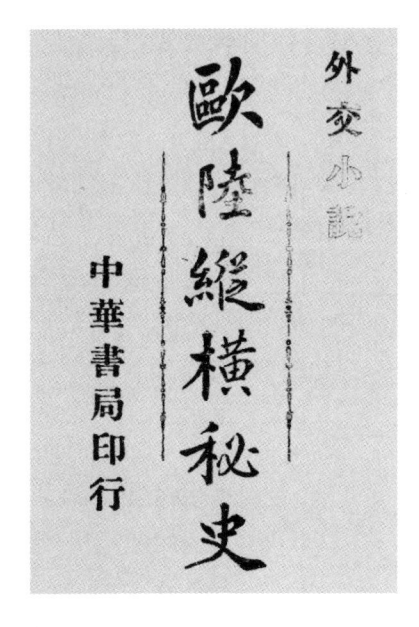

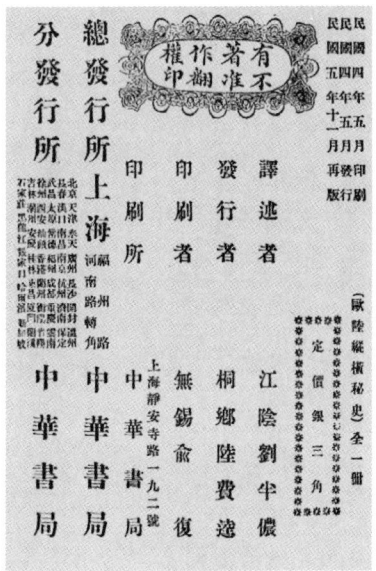

该译作有一则广告，其文为：

  外交小说 欧陆纵横秘史 一册 刘半侬著 三角
  书叙德俄两皇，以合拒英法为目的，密盟于德。其密约忽落一英国少年旅客之手，辗转传播，卒为英法政客攫得，而战端遂开。枪林弹雨之中，复有美人穿插其间，与政客娓娓言情，若有意，若无意，极目迷五色之观。

《木乃伊》

  《木乃伊》，《小说汇刊》第四十四种，该版本笔者未见。笔者所见为另一版本，该版本版权页信息为：译述者为吴县徐卓呆，校阅者为杭县董晢芗，发行者为桐乡陆费逵，印刷者为无锡俞复，印刷所为中华书局（上海静安寺路一九二号），总发行所为中华书局（上海福州路河南路转角），分发行所有分布在全国各地的中华书局分局数十家。民国五年（1916）十一月印刷、民国五年（1916）十二月发行。全二册，上下两册各92页，定价银五角。两册封面基本相同，上册封面载录，下册封面从略。
  凡四十二章，上册二十章，下册二十二章，有章目，无序跋。章目依次为：

一	宫中之宴会（发端）	十六	美哉指环
二	决斗	十七	毒毙
三	以公主为奖赏品	十八	心脏
四	魔术	十九	埃及古纹
五	惨死	二十	怪声
六	王家之大悲剧	二十一	上帝救我
七	地下三千年	二十二	二青年
八	怨恨之面貌	二十三	一千圆
九	古代之纯金指环	二十四	侮辱
十	恶梦	二十五	落水
十一	木乃伊之眼	二十六	鱼腹
十二	指环祟	二十七	金指环乎
十三	老处女	二十八	月色如血
十四	兄与未婚夫	二十九	魔术婆
十五	乞以此指环赐我	三十	宫殿

三十一	狮子逸矣	三十七	大莲花
三十二	美人手	三十八	坠落
三十三	陈酒	三十九	万仞之绝壁
三十四	夜行车	四十	最后之一网
三十五	水面物	四十一	林中博士
三十六	卖花	四十二	物归故主

该作为长篇小说（神怪小说）译作，原著者与原著不详，徐卓呆（筑岩）译，该译作采用文言体，摘录"一 宫中之宴会（发端）"中的一段如下：

却说三千年前的埃及国中，战争之乱，刚才告终，四面的近邻也并无敌国，埃及王腊美斯，做着太平时代的君主，享那平和幸福。宫中日日夜夜接连着大开宴会，其中朝内的大臣是不消说了，就是从前征服的那些附近小国的国王贵族，也都出席，并且准备着数百名美女，专司歌舞，在旁款待宾客。宾客中有几个略有醉意，便到花园中走走，使得面上吹几阵香风，也可以醒一点。也有几个贵族，与那歌舞之女，携手同行，在花下谈心。其时只见有一少年，在园中只自向无人处走去。照他身上的打扮看来，大约是一位邻国的贵族，颜色中带着几分阴险之态。

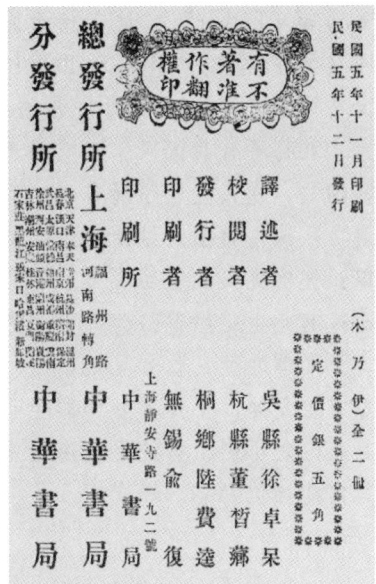

《帐中说法》

《帐中说法》，《小说汇刊》第四十六种，原载《中华小说界》2卷3—5期（1915年3月1日—5月1日），该版本笔者未见。该作曾出版多种版本，五版本版权页信息为：原著者英国唐格腊司著，译述者为刘半侬，校订者为董皙芗，发行者为中华书局，印刷者为中华书局，印刷所为中华书局（上海静安寺路二七七号），总发行所为中华书局（上海福州路河南路转角处），分发行所有分布在全国各地的中华书局分局数十家。民国七年（1918）一月印刷、民国七年（1918）一月发行，民国十七年（1928）十一月五版。全一册，凡106页，定价银二角五分。此外还有再版本（1920年4月）、四版本（1924年2月）。四版本与五版本的封面和版权页基本相同，前者载录，后者从略。

该作为中篇小说（滑稽小说、家庭小说）译作，原著者为唐格腊司，译者为刘半侬，译文采用文言体。

卷首有一段"译者识"，兹录一段如下：

> 是篇为英国唐格腊司 Donglas Jerrold 所著，氏生于十九世纪初年，以滑稽雄辩名于时。著有小说多种，最著名为"Cloverrook"，"S t. Giles' and St. James's"，"The manmade of money"，and，"The Story of a Father"四种。戏曲最著者为……六种。又别体小说一种，即《帐中说法》"Mr. Candle's Rurtain Lectures"也。《帐中说法》为氏之得意著述，日俄德法各国，均转译之。书几十八节，约五万余言，兹将不合我国风俗者略为删节，犹得三万言。其中事实，类多家庭细故，通人之所不屑言者，氏乃以其聪颖之资，雄健之笔，津津乐道之。诙谐百出，妙绪环生，使不得其人而事之女子读之，必欣欣然曰：彼劣丈夫固应如是也；使困于内威之男子读之，又必拍案狂呼曰：有此生花妙笔，为天下之恶妇写照，吾侪须眉，可以吐气矣。智者见之谓之智，仁者见之谓之仁，家庭小说之能事尽矣。论者或病其每有重复处，不知其妙处即生于重复。吾知氏当握笔疾书之际，必有其夫人之小影，盘旋于脑海之中，使非目睹实情而躬受刺激者，其描写何能神似乃尔。译者识。

七　中华书局《小说汇刊》叙录　313

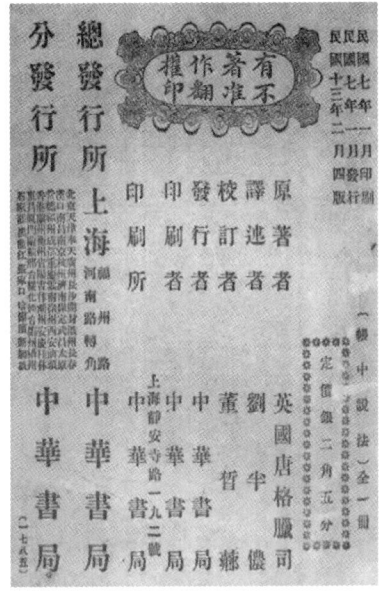

《鲍亦登侦探案》（三集）

《鲍亦登侦探案》（初集、二集、三集），《小说汇刊》第四九、五十、五十一种，该版本笔者未见版权页，1917 年 1 月中华书局版本的版权页信息为：著作者为仪征陈大镫、静海陈家麟，校阅者为杭县董皙芗，发行者为桐乡陆费逵，印刷者为无锡俞复，印刷所为中华书局（上海静安寺路一九二号），总发行所为中华书局（上海福州路河南路转角处），分发行所有分布在全国各地的中华书局分局数十家。民国五年（1916）十二月印刷、民国六年（1917）一月发行。全二册，上册凡 131 页，下册凡 134 页，定价银陆角五分。封面相同，上册封面载录，下册封面从略。

该作有广告一则，其文为：

　　侦探小说　鲍亦登侦探案　二册　二集　三集　一册一册　一元四角
　　　书为美国康普贝路名著，译笔雅选。全书共二十四篇，分之各具起讫，可作短篇小说读；合之线一致，可作长篇小说读。所叙多关于银行商号方面军事离奇，各具巧思，至描写鲍亦登舍身侦缉，直在福尔摩斯之上。

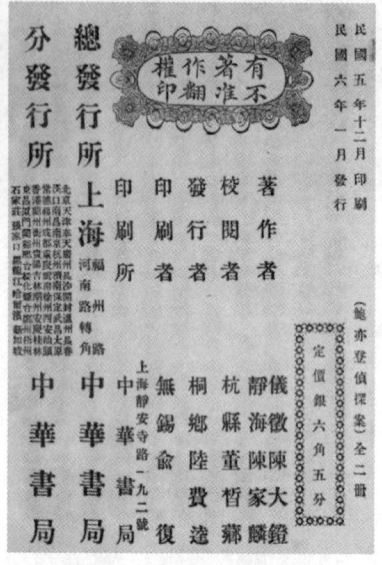

《特甫侦探谈》（三集）

《特甫侦探谈》（初集、二集、三集）（侦探小说），分别为《小说汇刊》第五十二种、五十三种、五十四种，该版本未见。

所见者有《特甫侦探谈》（初集），民国六年（1917）二月印刷，民国六年（1917）二月发行，民国十五年（1926）四月三版。译述者为吴雄倡，校阅者为董晢芗，发行者为中华书局，印刷者为中华书局，印刷所为中华书局（上海静安寺路二七七号），总发行所为中华书局（上海福州路河南路转角处），分发行所有分布在全国各地的中华书局分局数十家。全一册，凡138页，定价银三角五分。

本书为短篇侦探小说集，无目录页，包括《剧场空座》《车客忽隐》《失指案》《画盗》《四方会》《咖啡毒》《书记谋财》《童子中毒》《雪中义犬》《碧玉颈圈》，凡十篇。无序跋。

该作为文言体，初集《剧场空座》摘录一段如下：

  特甫一日在其俱乐部中，命阍者为呼一市车。车至，特甫谓车人曰："向琴仙戏园"。踰（逾）五分钟，特甫已下车，购得一座券，遂漫步入座。其座号数为二十四，居列座之末。其次尚有两空座，余厢中则座客已满。特甫就座，意且假此消遣一句钟。斗觉有奇馨触鼻，则一妇顾顾而美，适趣步过其侧，自入邻座。一妇貌如花，服饰俨如皇后，而傲兀又类骄恣之身，粉颈间围一串之珍珠，价连城也。方其过时，特甫疾向之一顾，后亦漠然置之。已而台上所演为一绮年玉貌之姝，御粉霞之衫，为天女舞。合串者一男子，衣制之劣，令人欲哕。特甫观之寡味心欲起去。顾特甫感觉最灵，陡悟邻座美妇有异，则觉地毡上小蛮靴微微一顿……

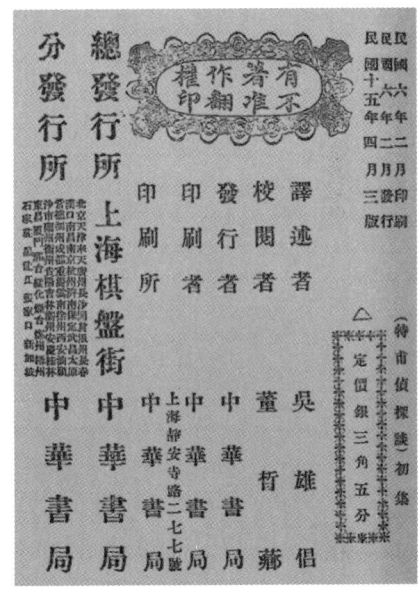

《特甫侦探谈》（二集）未见。

《特甫侦探谈》（三集），民国七年（1918）一月印刷、民国七年（1918）一月发行、民国九年（1920）十一月四版。译述者为吴雄倡，发行者为中华书局，印刷者为中华书局，印刷所为中华书局（上海静安寺路一九二号），总发行所为中华书局（上海福州路河南路转角处），分发行所有分布在全国各地的中华书局分局数十家。全一册，凡122页，定价银三角。

该作为短篇侦探小说译作，原著者不详，收入《十二红玉》《黄象》《断半臂》《水酸毒》《无音枪》《中尉行渔》《铁钩》《灰色发七茎》《露水池》《隐文书》，凡十篇。无序跋。

《十二红玉》摘录如下：

一夕，特甫自梨园顾曲归，时已二句钟有半，去其寓庐百武（步）外，即下车，徒步向寓门，且行且讴。甫入院中，赫然立止。院侧本临河，界以铁栏，近铁栏之次，此时乃见一黑影。特甫握固行杖，踟蹰不即进。忽一阵风来，斗露一裙角飘拂，则一妇人方欲攀越铁栏而出，其意不问可知。特甫乃趣进力挽之曰："幸见恕，河中新涨，且盛满，令娘奈何以身轻试。"妇状尚如女郎呜咽答曰："勿与吾事。"特甫曰："诚然，惟令娘当知吾为院主，见人觅死于此，义不容坐视。"言次，且推且引此妇。及于屋门之外，有仆立出启关。特甫遂引妇人一室，延坐。妇服虽不华，而殊整洁，貌亦娟丽。特甫测其年，殆未逾二十三四。既进，以白兰地酒及热汤饮之。

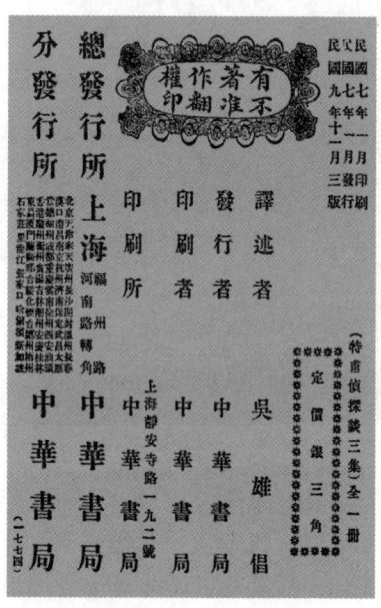

《特甫侦探谈》有一份广告，兹录如下：

　　侦探短篇　三册　吴雄倡译者　九角五分
　　书为侦探短篇之最饶趣味者。每篇情节。各不相同。即作法叙法亦篇篇异致。其所有案情。均千锤百炼。各有精义所在。

《福尔摩斯侦探案全集》（凡十二集）

《福尔摩斯侦探案全集》（1—12编），上海中华书局《小说汇刊》第五十五编至六十六编，英国柯南道尔著，周瘦鹃等译。版权页信息：译述者为（程）小青、常觉、（陈）小蝶、渔火、（严）天侔、（周）瘦鹃、天虚我生（陈蝶仙）、（严）独鹤、（刘）半侬、（陈）霆锐，发行者为桐乡陆费逵（上海河南路五号），印刷者为无锡陈寅（上海虹口东百老汇路）印刷所为中华书局（上海虹口东百老汇路），总发行所为中华书局（上海河南路抛球场南首），分发行所为全国各地中华书局分局。民国五年（1916）四月印刷，民国五年（1916）五月发行。

《福尔摩斯侦探案全集》分十二册，每册一编，在中华书局《小说汇刊》中占据十二编的位置。第一册《笑序》《冷序》《严序》《凡例》《英国勋士柯南道尔先生小传》，第十二册有刘半侬撰写的长篇《跋》，这些内容将分录于十二册作品的叙录中。以下各册各案的英文名称，均参考樽本照雄所编《清末民初小说目录》第九版。

第一册凡144页，其中插图4页即《理想的大侦探福尔摩斯》《福尔摩斯生平之回溯》《柯南道尔之一生（儿童时代·学生时代·学成时代·著述时代）》《柯南道尔之书室》、序言（《笑序》《冷序》《严序》）6页、《凡例》2页、《英国勋士柯南道尔先生小传》6页、目录6页、正文凡144页、广告2页，封面和封底各1页，合计172页。第一册包括第一案《血书》（上下二卷），其英文名称为 A Study in Scarlet。第二册凡150页，包括第二案《佛国宾》，其英文名称为 The Sign of Four。第三册凡128页，包括第三案《情影》、第四案《红变会》、第五案《怪新郎》、第六案《弑父案》、第七案《五橘核》、第八案《丐者许彭》，其英文名称依次为 A Scandal in Bohemia、The Red-headed League、A Case of Identity、The Boscombe Valley Mystery、The Five Orange Pips、The Man with the Twisted Lip。第四册凡118页，包括第九案《蓝宝石》、第十案《彩色带》、第十一案《机师之指》、第十二案《怪新娘》、第十三案《翡翠冠》、第十四案《金丝发》，其英文名称依次为 The Adventure of the Blue Carbuncle、The Adventure of the Speckled Band、The Adventure of the Engineer's Thumb、The Adventure of the Noble Bachelor、The Adventure of the Beryl Coronet、The Adventure of the Copper Beeches。第五册凡86页，包括第十五案《失马得马》、第十六案《窗中人面》、第十七案《佣书受绐》，其英文名称依次为 Silver Blaze、The Yellow Face、The Stockbroker's Clerk。第六册凡102页，包括第十八案

《孤舟浩劫》、第十九案《窟中秘宝》、第二十案《午夜枪声》、第二十一案《偻背眇人》，其英文名称依次为 The "Gloria Scott"、The Musgrave Ritual、The Reigate Squire、The Crooked Man。第七册凡 110 页，包括第二十二案《客邸病夫》、第二十三案《希腊舌人》、第二十四案《海军密约》、第二十五案《悬崖撒手》，其英文名称依次为 The Resident Patient、The Greek Interpreter、The Naval Treaty、The Final Problem。第八册凡 158 页，包括第二十六案《绛市重苏》、第二十七案《心中秘计》、第二十八案《壁上奇书》、第二十九案《碧巷双车》、第三十案《湿原蹄迹》、第三十一案《隔帘髯影》，其英文名称依次为 The Adventure of the Empty House、The Adventure of the Norwood Builder、The Adventure of the Dancing Men、The Adventure of the Solitary Cyclist、The Adventure of the Priory School、The Adventure of Black Peter。第九册凡 150 页，包括第三十二案《室内枪声》、第三十三案《剖腹藏珠》、第三十四案《赤心护主》、第三十五案《雪窖沉冤》、第三十六案《荒村输影》、第三十七案《情天决死》、第三十八案《掌中倩影》，其英文名称依次为 The Adventure of the Charles Augustus Milverton、The Adventure of the Six Napoleons、The Adventure of the Three Students、The Adventure of the Golden Pince-nez、The Adventure of the Missing Three-quarter、The Adventure of the Abbey Grange、The Adventure of the Second Stain。第十册凡 132 页，包括第三十九案《獒祟》，其英文名称为 The Hound of the Baskervilles。第十一册凡 94 页，包括第四十案《魔足》、第四十一案《红圜会》、第四十二案《病诡》、第四十三案《窃图案》，其英文名称依次为 The Adventure of the Devil's Foot、The Adventure of the red Circle、The Adventure of Dying Detective、The Adventure of the Bruce-Partington Plans。第十二册凡 190 页，包括第四十四案《罪薮》（上下二卷），其英文名称为 The Valley of Fear。这十二册的封面大体相同，只是人物图案因各册内容不同而有异，第一册的封面载录，其余封面从略。

《笑序》兹录如下：

人群物质愈进步，事理益繁颐，而于是神奸大憨、剧贼巨盗接踵于社会，诡张变幻、巧窃豪夺之事层出而不穷，使吾民惴惴有所未安。试问谁为之摘奸发伏，以致之于法律乎？则世不可无侦探其人也。二十年前，汪康年、梁启超诸君所发行之《时务报》首载有《福尔摩斯侦探案》，余读而好之，是为吾国译侦探小说之始嗣。后续有译者，而于是福尔摩斯之大名留我脑界，而福尔摩斯之小影贮我心目,髣髴真有其神出鬼没之人物,抑知所谓福尔摩斯者,文家虚构其名,欲写其理想中之事实而已。虽然今之所谓侦探者,夫岂苟焉已哉?必其人重道德、有学问,方能藉之以维持法律、保障人权。以为国家人民之利赖,若寄托于纤竖驵卒优隶游民之手,彼固不审其名义之何物,责任之何在,而间阎受其肆扰,国家殆无宁晷矣!《福尔摩斯侦探案》全集告成,敢弁一言以为读书告,我无他望,望彼为侦探者人人能读《福尔摩斯案》,则已为人民之幸福矣。天笑生序。

《冷序》兹录如下:

冷曰:福尔摩斯者,理想侦探之名也。然而中国则先有福尔摩斯之名而后有侦探。

夫福尔摩斯之为侦探也,抉隐发微,除奸锄恶,救人于困苦颠沛之中而伸其冤抑。中国侦探则不然,种贼诬告,劫人暗杀,施其冤抑之手段,以陷人于困苦颠沛之中。然则中国之所谓侦探者,其即福尔摩斯所欲抉发而除锄者欤?世人有云:泰西之良法美意传至中国,而无不变为恶劣。我读福尔摩斯侦探书全集,我慨靡穷矣。是为序。

《严序》兹录如下:

福尔摩斯,无是人也;福尔摩斯侦探案,无是事也。无是人,无是事,而柯南道尔氏乃必穷年累月,雕肝呕心,以成此巨著,岂故为是凿空之谭炫富世之耳目而取快一时哉?意别有在也。夫有国家有社会,不可以无侦探,无侦探则奸黠者得以肆恶,良懦者失其保障,是生民之大患也。然侦探有官与私之别,私家侦探不可少,而官中之侦探则多且滋患,何以故?为私家侦探者,必其怀热忱、抱宏愿,如古之所谓游侠,然将出其奇才异能,以济法律之穷,而力拯众生之困厄者也。下焉者,亦必自信其才智之足以问世,将藉是以谋生活树声誉,乃亦兢兢业业,无敢失坠者也。若夫役于官中者,则异是有俸给以为养,有大力以为凭藉,初不求战胜于智识学术间,惟贪功而好利焉,其何能为社会国家之益?柯南道尔氏深慨之,则著为《福尔摩斯侦探案》以攻其偏弊而示之准绳,故其意造之福尔摩斯一坚苦卓绝之私家侦探也。而所谓官中侦探如莱斯屈莱特之俦,则皮里阳秋,婉而多讽,此其微旨已昭然如见。然犹虑世之人或未能深知其苦心也，乃更托为福尔摩斯之语，以明告读者曰："苟以我之事迹，加以论理，传之后世，可为学侦探者自修之本"（说见本集第十四案）。三复斯言，则知徒以小说视《福尔摩斯侦探案》者，且浅之乎测柯南道尔矣。虽然彼英伦之官中侦探，固文明国之侦探也，而其不足于柯南道尔者犹若此。至于吾国，则自有侦探以来，社会几无宁日，狂澜莫挽，论者病之要，惟发明侦探之学，使业侦探者有所师法，用侦探者知所鉴别，庶渐趋于正轨耳。《福尔摩斯侦探案》，侦探学中一大好之教科书也，则其适合于我国今日之时势，殆犹药石之于疢疾也已。同人因汇而译之，将以饷当世，某不敏，既执铅椠，从诸君子后，辄有所感触，书成，乃摅其意如此。乙卯季冬，独鹤严桢。

《凡例》兹录如下：

　　一《福尔摩斯侦探案》为十九、二十两世纪小说界中风行全球之杰构。十年以还，吾国文士迻译颇多，祇以东鳞西爪，散见各处，读者每有难窥全豹之憾。爰特广为搜求，悉心编译，珠联璧合，允为大观。

　　一本书结构缜密，情节奇诡，于侦探学理尤阐发无遗，虽属小说家言，而业侦探者得之，殊合实用，警界、军界尤不可不手此一编。

　　一各案排列之次序，以原书出版之先后为准，故案中情节不能复依编年之例一气衔接，阅者谅诸。

　　一全书人名、地名译音概从一律，分之则各案自为首尾，合之仍可互相印证。

　　一本书系同人合译，译笔虽各有不同，务求与原文吻合，间有中西文法万难同炉合冶处，或稍加参酌，然仍以不失原文神髓为主。

　　一全书分订十二册略，依材料之多寡为支配，然原书系分册出版，各案文字长短不同，译文既不能截长补短则分订之际，各册页数自难一致，但仍刻意斟酌，期免厚薄不匀之弊。

　　一原著者今犹健在，此后如更有《福尔摩斯侦探案》行世，或以前所作偶有不甚著称，久经散佚者，同人搜罗所及，当即译出，作为续集，以饷阅者。

　　一同人学识浅陋，译此名著，颇自引惭，海内大雅幸辱教之。

七　中华书局《小说汇刊》叙录

《跋》摘录如下：

丙辰之春，同人合译《福尔摩斯侦探案全集》既竟，以校雠之事属余。余因得尽取前后四十四案细读一过，略志所见如左。

天下事顺而言之，有始必有终，有因必有果。逆而言之，则有终必有始，有果必有因。即始以推终，即因以求果，此略具思想者类能之。若欲反其道而行，则其事即属于侦探范围。是以侦探之为事，非如射覆之茫无把握，实有一定之轨辙可寻。惟轨辙有隐有显，有正有反，有似是而非，有似非而是，有近在案内，有远在案外。有轨辙甚繁，而其发端极简；有轨辙甚简，而发端极繁。千变万化，各极其妙。从事侦探者，既不能如法学家之死认刻板文书，更不能如算学家之专据公式，则惟有以脑力为先锋，以经验为后盾，神而明之，贯而澈（彻）之，始能奏厥肤功。彼柯南道尔抱启发民智之宏愿，欲使侦探界上大放光明。而所著之书，乃不为侦探教科书，而为侦探小说者，即因天下无论何种学问，多有一定系统，虽学理高深至于极顶，亦惟一部详尽的教科书足以了之。独至侦探事业，则其定也，如山岳之不移；其变也，如风云之莫测，其大也，足比四字之辽阔，其细也，足穿秋毫而过。夫以如是不可捉摸之奇怪事业，而欲强编之为教科书，曰侦探之定义如何，侦探之法则如何，其势必有所不能。势有不能，而此种书籍，又为社会与世界之所必需，决不可以"不能"二字了之，则惟有改变其法，化死为活。以至精微至玄妙之学理，托诸小说家言，俾心有所得，即笔而出之，于是乎美具难并，启发民智之宏愿乃得大伸。此是柯南道尔最初宗旨之所在，不得不首先提出，以为读者告也。

柯氏此书，虽非正式的教科书，实隐隐有教科书的编法。其写福尔摩斯，一模范的侦探也；写华生，一模范的侦探助理也。《血书》一案中，尽举福尔摩斯学识上之盈缺以告人，言其无文学、哲学及天文学之知识，即言凡为侦探者，不必有此种知识也。言其弱于政治上之知识，即言凡为侦探者，对于政治上之知识，可弱而不可尽无也。言其于植物学则精于辨别各种毒性之植物，于地质学则精于辨别各种泥土之颜色，于化学则精邃，于解剖学则缜密，于纪载罪恶之学则博赅，于本国法律则纯熟。即言凡此种种知识，无一非为侦探者所可或缺也。言其为舞棒、弄拳、使剑之专家，即言凡为侦探者，于知识之外，不得不有体力以自卫也。言其善奏四弦琴，则导为侦探者以正当之娱乐，不任其以余暇委之于酒食之征逐，或他种之淫乐也。此十一种知识，柯南道尔必述于第一案中，且必述于福尔摩斯与华生相识之始，尚未协力探案之前者，何哉？亦正如教科书之有界说，开宗明义，便以侦探之真面目示人，庶读者得恍然于侦探之事业，乃集合种种科学而成之一种混合科学，决非贩夫走卒，市井流氓，所得妄假其名义，以为噉饭之地者也。

一案既出，侦探其事者，第一步工夫是一个"索"字，第二步工夫是一个"剔"字，第三步工夫即是一个"结"字。何谓"索"？即案发之后，无论其表面呈若何之现象，里面有若何之假设，事前有若何之表示，事后有若何之行动，无论巨细，无论隐显，均当搜索靡遗，一一储之脑海，以为进行之资。若或见其巨而遗其细，知其显而忽其隐，则万一全案之真相，不在其巨者、显者而在其细者、隐者，不其偾事也邪？而且案情顷刻万变，已呈之迹象又易于消灭，苟不于著手侦探之始，精心极意以求之，则正如西谚所谓"机会如鸟，一去不来"。既去而不来矣，案情尚有水落石出之一日邪？故书中于每案开场辄言，他人之所不留意者，福尔摩斯独硁硁然注意之；他人之所未及见者，福尔摩斯独能见之。此无他，不过写一个"索"字，示人以不可粗忽而已。何谓"剔"？即根据搜索所得，使侦探范围缩小之谓。譬如一案既出，所得之疑点有十，此十疑点中，若一一信为确实，则案情必陷于迷离恍惚之途，使从事侦探者疲于奔命，而其真相仍不可得。故当此之时，当运其心灵，合全盘而统计之，综前后而贯彻之，去其不近理者，就其近理者，庶乎糟粕见汰，而精华独留，于以收事半功倍之效。故书中于"凡事去其不近理者则近理者自见"，及"缩小侦探范围"二语，不惮再三言之者，亦以此二语为探案之骨子。人无骨则不立。探案无骨，则决不能成事。而此语简要言之，惟有一个"剔"字而已。至于最后一个"结"字，则初无高深之理想足言。凡能于"索"字用得功夫，于"剔"字见得真切者，殆无不能。然而苟非布置周密，备卫严而手眼快，则凶徒险诈，九仞一篑，不可不慎也。

或问：福尔摩斯何以能成其为福尔摩斯？余曰：以其有道德故，以其不爱名、不爱钱故。如其无道德，则培克街必为挟嫌诬陷之罪薮；如其爱名、爱钱，则争功争利之念，时时回旋于方寸之中，尚何暇抒其脑筋以为社会尽力，又何能受社会之信任？故以福尔摩斯之人格，使为侦探，名探也；使为吏，良吏也；使为士，端士也。不具此种人格，万事均不能为也。柯南道尔于福尔摩斯则揄扬之，于莱斯屈莱特之流则痛掊之，其提倡道德与人格之功，自不可没。吾人读是书者，见"福尔摩斯"四字，无不立起景仰之心，而一念及吾国之侦探，殊令人惊骇惶汗，盖求其与莱斯屈莱特相类者，尚不可得也。柯氏苟闻其事，不知亦能挥其如椽之笔，为吾人一痛掊之否？

全书四十四案中，结构最佳者，首推《罪薮》一案；情节最奇者，首推《獒祟》一案；思想最高者，首推《红发会》《佣书受绐》《兰宝石》《剖腹藏珠》四案；其余《血书》《弑父案》《翡翠冠》《希腊舌人》《海军密约》《壁上奇书》《情天决死》《窃图案》诸案，亦不失为侦探小说中之杰作。唯《怪新郎》一案，似属太嫌牵强，以比较的言之，不得不视为诸案中之下乘。而《丐者许彭》一案，虽属游戏笔墨，不近情理，实有无限感慨、无限牢骚蓄乎其中。盖柯南道尔一生，自学生时代以至于今日，咸恃秃笔以为活。虽近来文名鼎盛，文价极高，又由英政府锡以勋位，有年金以为事畜之资，于生计问题，不复如前此之拮据，而回思昔年为人佣书，以四千字易一先令之时，亦不禁为之长叹。故特撰是篇，以为普天下卖文为活之人放声一哭，且欲使普天下人咸知笔墨生涯，远不逮乞食生涯之心安意适也。

以文学言，此书亦不失为二十世纪纪事文中惟一之杰构。凡大部纪事之文，其难处有二：一曰难在其同；一曰难在其不同。全书四十四案，撰述时期，前后亘二十年，而书中重要人物之言语态度，前后如出一辙，绝无丝毫牵强，绝无丝毫混杂。如福尔摩斯之言，以之移诸华生口中，神气便即不合；以之移诸莱斯屈莱特口中，愈觉不合。反之，华生之言，不能移诸福尔摩斯与莱斯屈莱特；莱斯屈莱特之言，亦不能移诸福尔摩斯与华生。惟其如是，各人之真相乃能毕现，读者乃觉天地间果有此数人，一见其书，即觉此数人栩栩欲活，呼之欲出矣。此即所谓难在其同也。其不同者，则全书所见人物，数以百计，然而大别之，不过三类：有所苦痛，登门求教者一类也；大憝巨恶，与福尔摩斯对抗者又一类也；其余则车夫、阍者、行人之属，相接而不相系者，又为一类。此三类之人，虽有男女老少、贵贱善恶之别，而欲一一为其写照，使言语举动一一适合其分际，而无重复之病，亦属不易。且以章法言《兰宝石》与《剖腹藏珠》，情节相若也，而结构不同。《红发会》与《佣书受绐》，情节亦相若也，而结构又不同。此外如佛国宝之类，于破案后，追溯十数年以前之事凡三数见，而情景各自不同。又如《红圈会》之类，与秘密会党有关系之案，前后十数见，而情景亦各自不同。此种穿插变化之本领，实非他人所能及。

侦探固难，作侦探小说亦大不易易。以比较的言之，侦探之事业，应变在于俄顷之间，较之作小说者静坐以思，其难不啻百倍。然精擅小说如柯南道尔，所撰亦尚有不能尽符事理处，是以知坐而言者未必即能起而行。余前此曾发微愿，欲一一校正之，以见闻极少，学力复弱，惭而中止。然反观吾国之起而行者又何如？城坚社固，爪利牙长，社会有此，但能付之一叹而已。因校阅竣事，谨附数语于后。民国五年五月十二日，半侬识。

一九一六年中华书局版《福尔摩斯侦探案全集》

该作有则广告，兹录如下：

福尔摩斯侦探案全集　全书十二册定价四元
是书自柯南道尔初期著作起，至一千九百十四年止，共得福尔摩斯侦探案四十四种，其中半为我国所未译，即日本亦未译有全璧。书中所谈侦探学理，均的切合用，绝非徒恃幻想，荒渺无稽者可比。倘警界人士手此一编，则揣摩既久，心得自富。一旦遇有奇案，必能独抒卓见，洞见□□，是此书可作为侦探界之范本，不徒供茶余酒后之消遣已也。全书分订十二册，共千六百余面，计五十万言，诚侦探书中空前未有之巨著。兹将全集细目详列于下。

该作有另一则广告，兹录如下：

侦探小说福尔摩斯侦探案全集
（小青）（天侔）（半侬）（小蝶）（天虚我生）（常觉）（渔父）（独鹤）（鹃）（锐）译
全十二册精装一盒定价四元
福尔摩斯侦探案。在小说界上之价值。已无待言。顾从前坊间。虽有一二译本。东鳞西爪。未具全豹。读者憾焉。是书广为搜罗。凡自柯南道尔初期著作起至。一千九百十四年止。共得侦探案四十四种。半为我国前时所未译。诚侦探小说中空前未有之巨著也。

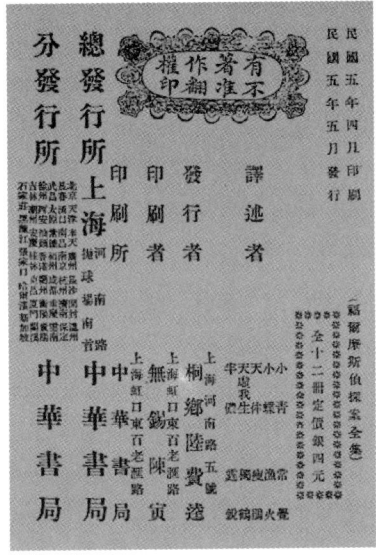

《福尔摩斯别传》

《福尔摩斯别传》（侦探小说），分上下两册，五版本版权页信息为：原著者为法国玛利瑟勒勃朗，译述者为吴门周瘦鹃，校订者为杭县董哲芗，发行者为中华书局，印刷者为中华书局，印刷所为中华书局（上海静安寺路一九二号），总发行所为中华书局（上海福州路河南路转角处），分发行所有分布在全国各地的中华书局分局数十家。民国六年（1917）八月印刷、民国六年（1917）八月发行、民国十一年（1920）三月五版。全二册，定价银五角。

全书分上下两册，上册凡108页，下册凡102页，每册各三章，合计六章。无章目，无序跋。上下两册的封面相同。

该作有一广告，兹录如下：

  侦探小说 福尔摩斯别传 二册 周瘦鹃 五角
    名探福尔摩斯，剧贼亚森罗苹之名，凡读小说者，莫不知之。顾两人身各异□彼此会合之时。是书以福尔摩斯侦探亚森罗苹两雄相遇，各出手段，造成惊天动地数大巨案，侦探案中未有之奇书也。

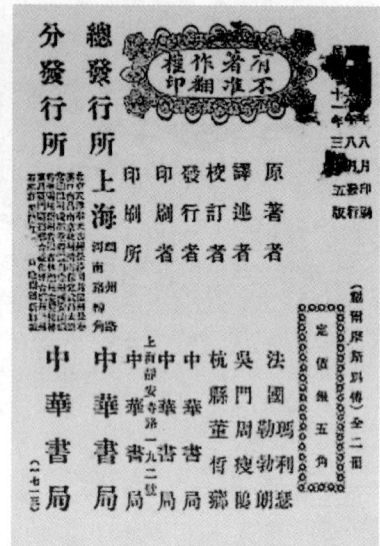

《纪克麦再生案》

《纪克麦再生案》（侦探小说），原著者不详，三版本版权页信息为：译述者为筹甫，修词者为天笑，发行者为中华书局，印刷者为中华书局，印刷所为中华书局（上海静安寺路一九二号），总发行所为中华书局（上海福州路河南路转角处），分发行所有分布在全国各地的中华书局分局数十家。民国四年（1915）十一月印刷、民国四年（1915）十一月发行、民国九年（1920）十一月三版。民国十九年（1930）三月五版。三者封面相同，内言及版式也相同，版权页略异。全一册，凡134页，定价银三角五分。

该作为文言体，兹录一段如下：

自世界侦探之术进，而神奸巨猾纵横出没之手段，亦与之俱进。不见夫世界大盗纪克麦乎？在其麾下者，男若魔魅之凶狠，女若怪灵之阴毒，又应用文明利器，助之为虐，殆空前绝后之怪贼，而Z之一字者，即彼姓氏之第一字，亦即此团体之名号也。

未几此如鬼如魅之纪克麦，忽遭恶运。其党羽之女优魏露雅莲安迦，亦叛之而去。惟时渠见新闻纸登载大侦探勒慈甫坠马死，乃即召集部下，开祝贺会于香淅庐西街之餐馆，祝贺大侦探勒氏之死事，实则此乃用为诱捕之策略，勒氏固未死，盖康宁无恙也。

该作有一份广告，其文为：

> 侦探小说　纪克麦再生案　一册　译者筹甫　天笑　三角五分
> 书叙纪克麦再生之事，极为奇诡，而其很毒阴鸷，亦非人类所有。名探勒慈甫，欲缉获之，屡濒于险，各探佐均为所杀，甚至勒慈甫爱妻，亦丧于其手。其后设计使贼?斗，始克弋获。全书铺叙情节，妙绪环生。

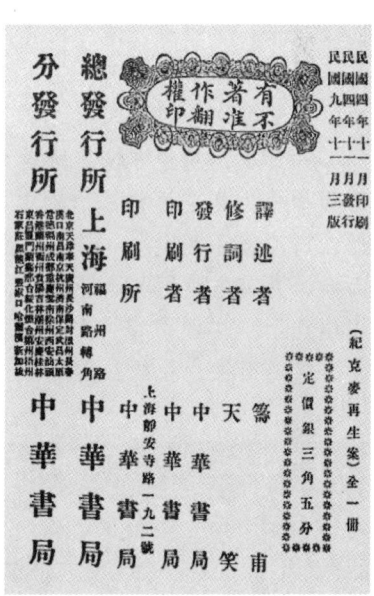

《蛇首》

《蛇首》（侦探小说），《小说汇刊》第七十一种，该版本笔者未见。该作曾出版多种版本，另一版本版权页信息为：原著者美国亚塞李芙，译述者为长沙丁宗一、南通陈坚，校订者为杭县董晢芳，发行者为中华书局，印刷者为中华书局，印刷所为中华书局（上海静安寺路一九二号），总发行所为中华书局（上海福州路河南路转角处），分发行所有分布在全国各地的中华书局分局数十家。民国六年（1917）七月印刷、民国六年（1917）七月发行。全一册，凡152页，定价银四角。

凡十章，目录如下：

第一章 火炉影	第六章 磷椅
第二章 秘密指环	第七章 侦探筒
第三章 花瓶	第八章 无线电话
第四章 蜷菌	第九章 验心机
第五章 飞炮	第十章 海斗

该作为文言体，兹录一段如下：

华德曰：爱兰自父殁后，屡为卜莱所厄，幸得克雷救护，出于惊涛骇浪之中，今卜莱死矣。（事见本局译本怪手）爱兰方能宁贴，惟因数月来备尝险阻，体为之孱，亟欲习静避嚣，借资休养。因思幼时乳媪皮妪家屋半村半郭，无车马之喧，屋小而精，颇堪下榻。倘与之商，度必见许，乃命人招之来。

一日晨，爱兰方携其所爱之犬曰拉的者，坐静室中。回溯从前，历历如梦，痛定思痛，黯然久立。既而取阅星报，瞥见报中有一标题，曰"怪手死矣"。其文即余所记者。详述卜莱被克雷侦破，服毒而死，克雷方续探其隐匿之金，七百万元事。阅未竟，琴吟来报，谓皮妪已至。在图书室，与爱兰姑母约琴芬倾谈。爱兰大喜，置报于案，疾趋而往，拉的从焉。

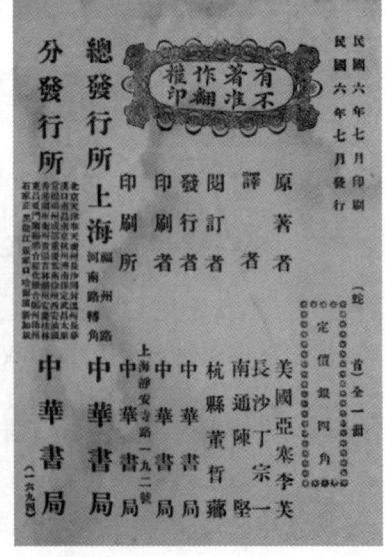

《死虱党》

《死虱党》（侦探小说），原著者不详，《小说汇刊》第七十五种，该版本笔者未见。所见为四版本，其版权页信息：译述者为李新甫、吴匡予，校阅者为董晳芗，发行者、印刷者和印刷所均为中华书局，总发行所为位于上海棋盘街的中华书局，分发行所为全国各地中华书局分局数十家。全一册，凡105页，定价银二角五分。

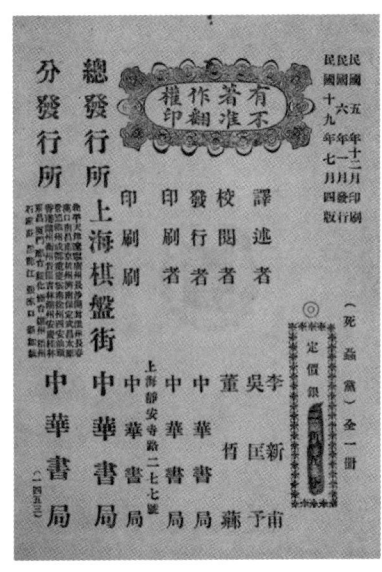

全书凡十一章，无章目，无序跋。中篇侦探小说，译文为文言体。篇末有译者小言。

该作有一份广告，兹录如下：

> 侦探小说　死虱党　一册　二角五分
> 死虱为一种虱类，视之了无生气，一经热光，蠕蠕然活矣。人若被啮，毒陷心脏，心房陡胀，血液停滞，憯然而死。死虱党，即畜养是虱之党徒也。党中均埃及人，其意在毒死英人。情节奇特，得未曾有。

《夺产案》

《夺产案》（侦探小说），《小说汇刊》第七十六种，该版本笔者未见。该作曾出版多种版本，四版本版权页信息为：原著者美国达拉斯，译述者为许金源，润文者为史久瑜、董晢芗，发行者为中华书局，印刷者为中华书局，印刷所为中华书局（上海静安寺路二七七号），总发行所为中华书局（上海棋盘街），分发行所有分布在全国各地的中华书局分局数十家。民国六年（1917）发行、民国十九年（1930）三月四版。全一册，凡92页，定价银二角五分。

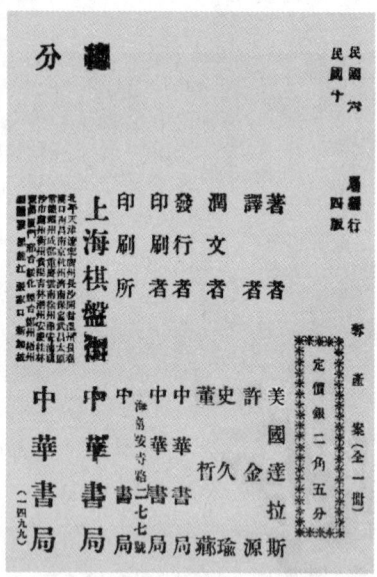

凡十四章，无章目，无序跋。

该作有一份广告，兹录如下：

  侦探小说　夺产案　一册　二角五分
  书叙受产者当授产者弥留时，竟将遗嘱万元改为十万元，旋欲灭人之口，更以毒药谋杀一人。案出后有四人身犯嫌疑，均被侦缉。最为离奇可观其结果谋杀人者，乃为一众所不注意之人，案情殊出意外。

《巴黎之剧盗》（正编、续编）

《巴黎之剧盗》（正编、续编）（侦探小说），原著者不详，《小说汇刊》第七十七种，该版本笔者未见。

所见《巴黎之剧盗》（正编）的版本，其版权页信息为：原著者为美国亚塞李芙，三版本版权页信息为：译述者为谢直君，阅订者为董皙芎，发行者为中华书局，印刷者为中华书局，印刷所为中华书局（上海静安寺路一九二号），总发行所为中华书局（上海棋盘街），分发行所有分布在全国各地的中华书局分局数十家。民国六年（1917）一月印刷、民国六年（1917）一月发行、民国十一年（1922）三月三版。全一册，凡122页，定价银三角。凡十二回，目录如下：

第一回　纪克麦留书侮侦探　遮林士拒暴掷花枝
第二回　缝绒衣蒙汗赚佳人　装石像冒险探秘窟
第三回　捕大盗勇侦探遭囚　遇群魔俏佳人饮泣
第四回　口舌逞强乡愚动怒　樊笼幸脱侦探追怨
第五回　讯口供巧施催眠术　受驱策密侦大会期
第六回　音乐师假递介绍书　约克麦乔装警察长
第七回　脱重围火车遭劫掠　见广告雪山远旅行
第八回　盗夹必无心遇机括　窥破绽故意碎磁瓶
第九回　登雪山纪克麦受缚　进剧院勇播兰被欺
第十回　施毒计斗室困英雄　中剧迷歌场罹劫火
第十一回　乘危灾恣意掠宝物　脱重围独力捕凶徒
第十二回　黎奈德合浦庆珠还　纪克麦焚巢图自灭

该作为白话体，兹录一段如下：

话说法国京城巴黎，在世界上是顶有名的繁华热闹地方。有一年，京城里出了伙强盗，神出鬼没，惹得人心震动。那强盗全伙儿人数，人家虽不知道他有几多，但因他常用个Z字做全伙儿记号，不论到了什么地方，必定留下记号方去。有时巴黎市内，竟十件八件，同时发现这种记号的盗案。这样看起来，他们全伙儿人数之众，也就可想而知了。所以巴黎的人，都呼这伙强盗为Z团。其中最怕Z团的，就是一般富豪和养着好女儿的人家。你道为什么呢，原来那Z团顶喜欢的，就是金钱和美人两件。

该作有一广告，兹录如下：

侦探小说　巴黎之剧盗　一册　续编一册　七角
巴黎剧盗纪克麦，足迹所至，无恶不为，富豪均闻而远避。名探播兰,独不计生死,尽力缉捕之。各出智谋,暗斗至数十余次,卒被擒获。

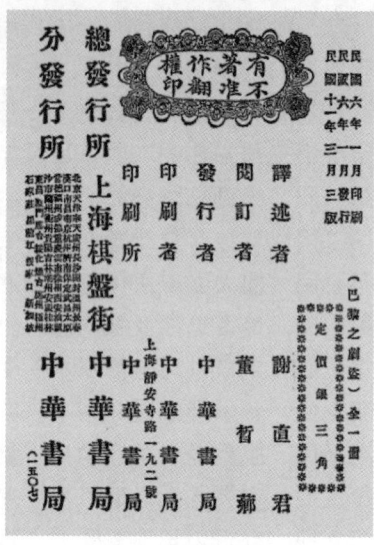

所见《巴黎之剧盗续编》(侦探小说),原著者不详,译述者为谢直君。阅订者为董皙芗,发行者为中华书局,印刷者为中华书局,印刷所为中华书局(上海静安寺路一九二号),总发行所为中华书局(上海棋盘

街），分发行所有分布在全国各地的中华书局分局数十家。民国六年（1917）一月印刷、民国六年（1917）一月发行。全一册，凡152页。缺版权页。定价银三角。

凡十二回，中篇小说，译文白话体，无序跋。目录如下：

第一回　思复仇剧盗走奸谋　误买薪播兰遭灾祸
第二回　死非命临危挥热泪　受包围脱险碎瑶琴
第三回　惜婵娟尽苦口婆心　明来历愿改邪归正
第四回　恋呼庐赌徒遭剧盗　入秘窟侦探扮司阍
第五回　驰汽车独劫宝石商　宴蟠桃乔装警视监
第六回　息（熄）点灯有心迷座客　避耳目故意布疑兵
第七回　避暑客受骗坠危巢　均富团勒金填欲壑
第八回　肆恫喝径邮书警署　愤横行独侦案崇山
第九回　逼危机一女伏群魔　钻洞穴四人逃大险
第十回　傲烟霞乐园营怪窟　碰浓雾港口晦逃踪
第十一回　决网罗汽车劫银行　斗婵娟美桃擒旧伴
第十二回　破黑狱梵巢双盗马　讯法庭服毒自戕身

《怪手》

《怪手》（侦探小说），分上下两册，《小说汇刊》第七十八种，该版本笔者未见。所见为六版本，该版权页信息为：原著者为美国亚塞李芙，译述者为吴门周瘦鹃，发行者为中华书局，印刷者为中华书局，印刷所为中华书局（上海静安寺路一九二号），总发行所为中华书局（上海福州路河南路转角处），分发行所有分布在全国各地的中华书局分局数十家。民国六年（1917）六月印刷、民国六年（1917）六月发行、民国十年（1921）五月六版。全二册，上册102页，下册116页，定价银五角五分。两册的封面和扉页基本相同。

全书分上下两册，各册七章，凡十四章。有章目，无序跋。
上册凡七章，目录如下：

第一章　赝造之指印　　　　　第七章　双穿
第二章　黄昏眠　　　　　　　下册凡七章，目录如下：
第三章　钻石柜　　　　　　　第八章　巨音电话机
第四章　银箱中怪声　　　　　第九章　杀人之光
第五章　毒室：毒箭　　　　　第十章　续命之电流
第六章　抽血术　　　　　　　第十一章　毒针

第十二章　血晶　　　　　第十四章　怪手之末路
第十三章　魔窟

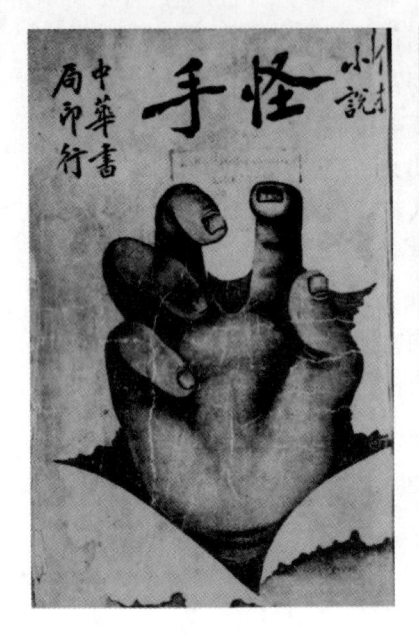

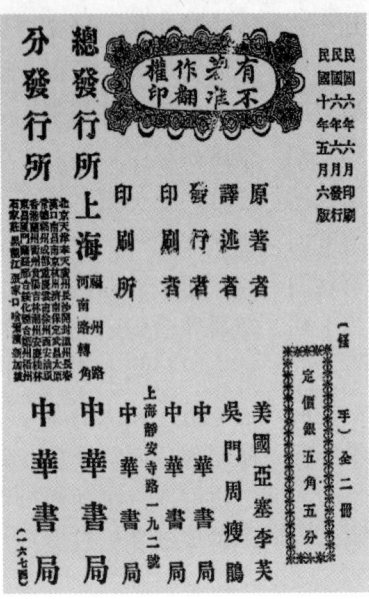

下册有一广告，兹录如下：

>　　侦探小说　纪克麦再生案　一册　译者筹甫　天笑　三角五分
>　　书叙纪克麦再生之事，极为奇诡，而其很毒阴鸷，亦非人类所有。名探勒慈甫，欲缉获之，屡濒于险，各探佐均为所杀，甚至勒慈甫爱妻，亦丧于其手。其后设计使贼械斗，始克弋获，全书铺叙情节妙绪环生。

《犹太灯》

《犹太灯》（侦探小说），《小说汇刊》第八十种，该版本笔者未见。该作曾出版多种版本，三版本版权页信息为：原著者法国玛利瑟勒博朗（Maurice Leblanc），译述者为吴门周瘦鹃，阅订者为杭县董哲芎，发行者为中华书局，印刷者为中华书局，印刷所为中华书局（上海静安寺路一九二号），总发行所为中华书局（上海福州路河南路转角处），分发行所有分布在全国各地的中华书局分局数十家。民国六年（1917）七月印刷、

七 中华书局《小说汇刊》叙录

民国六年（1917）七月发行、民国十年（1921）二月三版。全一册，凡76页，定价银二角。此外还见五版本（1928年11月）。初版本与三版本的封面和版权页基本相同，前者载录，后者省略。

凡二章，无章目，无序跋。

该作为文言体，摘录第一章中的一段如下：

歇洛克福尔摩斯及其助手华生，同坐于起居室中火炉之次。时则福尔摩斯烟斗已熄，因以斗击炉底，去其余烬，重实以烟燃之。继复聚其衣幅，于膝盖之上。观其为？萧闲无伦。口烟斗，力吐其烟，烟纹叠叠如链环，上袅及于承尘。福尔摩斯视此烟纹，颇以为乐，华生兀坐无动，引眸视福尔摩斯。而炉边地衣上蹲一小猫，黄睛灼灼然注其主人，厌状亦正与华生同。福尔摩斯暗默至于久久，初无一语。华生忽发吻言曰来岑寂极矣，乃无一案，劳吾二人诬天下无复佥壬作奸犯科耶。

该作有一份广告，兹录如下：

侦探小说　犹太灯　一册　二角

犹太灯为世界奇宝，悍贼亚森罗苹窃之而去。窃之之法，有地道相通，并有女子为内应。灯主某男爵，乃请福尔摩斯探之，久之灯虽归还故主，而福尔摩斯实已筋疲力尽，且受罗苹玩弄姗笑，至不可堪。

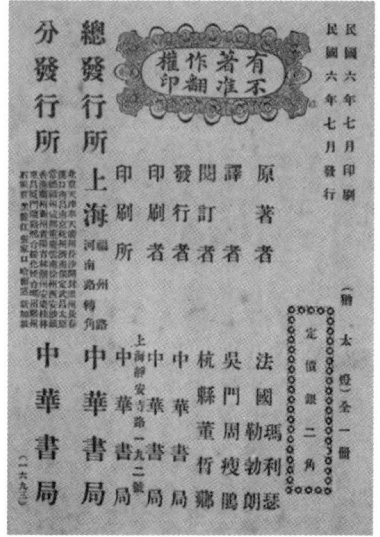

《八一三》

《八一三》（侦探小说），《小说汇刊》第八十一种，该版本笔者未见。原载《中华小说界》第 1 年第 1—11 期（1914 年 1 月 1 日—11 月 1 日）。该作曾出版多种版本，有 1915 年版本与 1928 年九版本。1915 年版本版权页信息：译述者为吴县徐卓呆、包天笑，发行者为桐乡陆费逵（上海河南路五号），印刷者为无锡陈寅（上海虹口东百老汇路），印刷所为中华书局（海虹口东百老汇路），总发行所为中华书局（上海河南路跑球场南首），分发行所有分布在全国各地的中华书局分局数十家。民国四年（1915）六月印刷、民国四年（1915）七月发行。全二册，凡 346 页，定价银八角。此外还有 1928 年 9 月九版本。

原著者为法国 Maurice Leblanc，今译为勒白朗。原作名为《813》（1910）。

全书分上下两册，上册三十五节，凡 168 页；下册多少节待查，凡 178 页。有节目，无序跋。

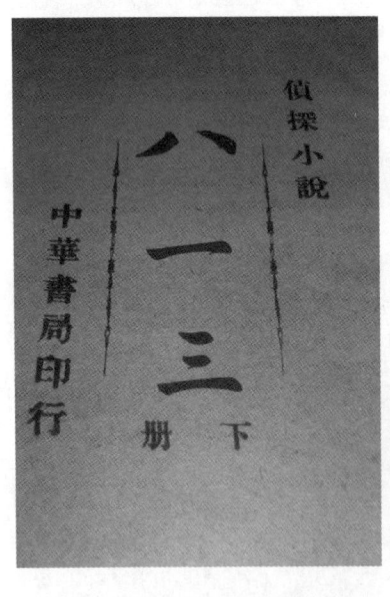

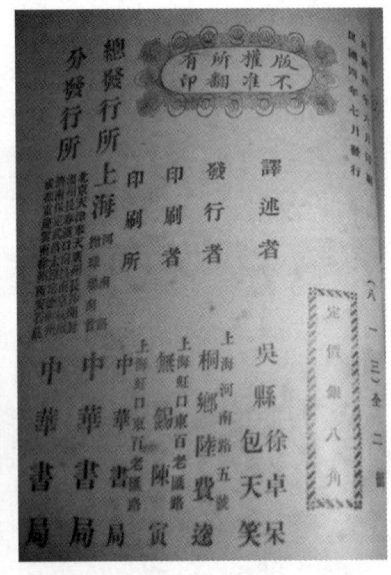

《石麟移月记》

《石麟移月记》（侦探小说），原著者不详，《小说汇刊》第八十二种，该版本笔者未见。该作曾出版多种版本，有 1915 年版本与 1930 年四

七 中华书局《小说汇刊》叙录 337

版本。四版本版权页信息为：译述者为闽县林纾、静海陈家麟，发行者为中华书局，印刷者为中华书局，印刷所为中华书局（上海静安寺路二七七号），总发行所为中华书局（上海棋盘街），分发行所有分布在全国各地的中华书局分局数十家。民国四年（1915）七月印刷、民国四年（1915）七月发行、民国十九年（1930）三月四版。全一册，凡108页，定价银三角五分。

全书凡三十章，无章目，无序跋。

该作有一份广告，兹录如下：

> 侦探言情　石麟移月记
> 一册　林琴南　陈家麟译　三角五分
> 　　石麒麟能在月下移动，全书关钮，即在于，是何以蛰居之人。十余年后，忽又复出。何以将军之女，肯下嫁金壬。既欲下嫁，何以蛰居者忽又自戕。其故盖均在石麟之能自移动。

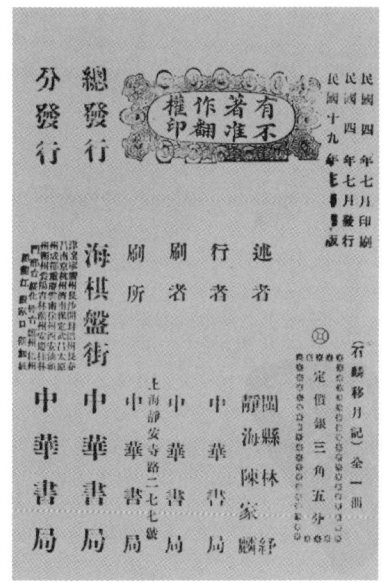

《窃中窃》

《窃中窃》（侦探小说），《小说汇刊》第八十三种，该版本笔者未见。该作曾出版多种版本，七版本版权页信息为：著述者为中华书局，发行者为中华书局，印刷者为中华书局，印刷所为中华书局（上海静安寺路哈同路口），总发行所为中华书局（上海棋盘街），分发行所为中华书局各埠。民国三年（1914）九月印刷、民国三年（1914）九月发行、民国廿三年（1934）八月七版。全一册，凡164页，定价银四角。

全书十九章，无章目，无序跋。

该作有一份广告，其文为：

> 侦探小说　窃中窃　一册　四角
> 一奸徒，冒为公爵，与上流社会交际。乘间使其肱箧手段，一日盗得一贵妇人珠球，经侦探逮捕，而奸徒时被免脱，并与侦探暗斗。珠球亦得而复失，失而复得者数四，最后奸徒被逮，物归原主。而不料贵妇人之珠球，亦从盗窃而来者。案情纠葛，情节离奇。

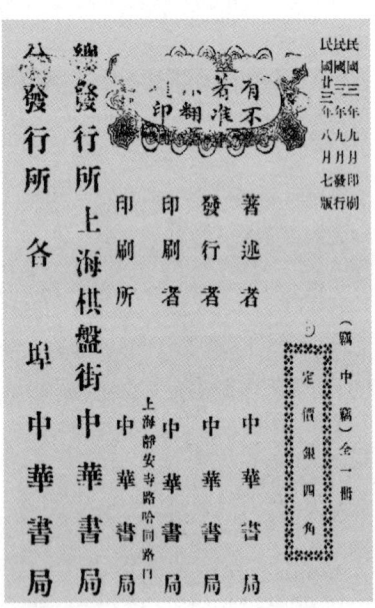

《科学罪人》

《科学罪人》（侦探小说），《小说汇刊》第八十四种，该版本笔者未见。该作曾出版多种版本，六版本版权页信息为：原著者为英国甘霖，译

七　中华书局《小说汇刊》叙录　339

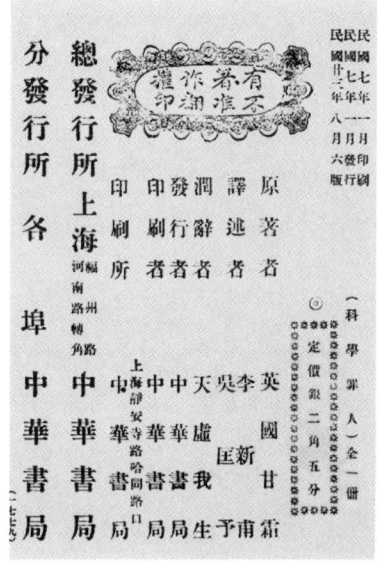

述者为李新甫、吴匡予，润辞者为天虚我生，发行者为中华书局，印刷者为中华书局，印刷所为中华书局（上海静安寺路哈同路口），总发行所为中华书局（上海福州路河南路转角处），分发行所为中华书局各埠。民国七年（1918）一月印刷、民国七年（1918）一月发行、民国廿三年（1934）八月六版。全一册，凡 90 页，定价银二角五分。此外还有 1928 年 11 月五版本。

凡五章，不设第二章，第一章后是第三章、第四章、第五章、第六章。无章目，无序跋。

《猫探》

《猫探》（中篇侦探小说），《小说汇刊》第八十五种，该版本笔者未见。所见版本版权页信息：原著者为美国梅丽维勤，译述者为刘半侬，校订者为杭县董矞芗，发行者为桐乡陆费逵，印刷者为无锡俞复，印刷所为中华书局（上海静安寺路一九二号），总发行所为中华书局（上海福州路河南路转角处），分发行所为中华书局各埠。民国六年（1917）三月印刷，民国六年（1917）四月发行。此外还有四版本（1921 年 5 月）。

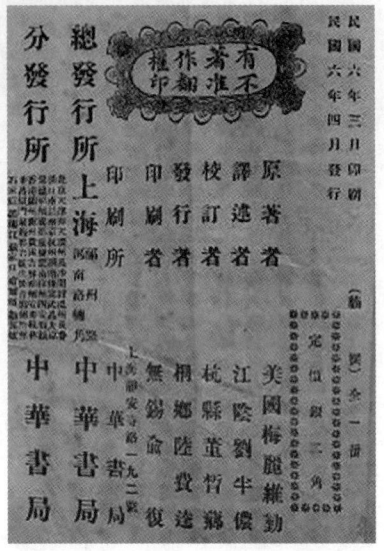

该作为文言体，有一份广告，兹录如下：

  侦探小说 猫探 一册 二角
  叙一女子身犯杀父之嫌，各侦探对其奇幻之案情，均束手无策，不能代白其冤，女子已待抵矣。忽有一猫竟能侦明案情，拯女于死。情节之奇，殆无伦比。

《细君塔》

  《细君塔》（侦探小说），原著者不详，《小说汇刊》第八十六种，该版本笔者未见。该作曾出版多种版本，三版本版权页信息为：译著者为徐卓呆，润辞者为董皙芗，发行者为中华书局，印刷者为中华书局，印刷所为中华书局（上海静安寺路一九二号），总发行所为中华书局（上海福州路河南路转角处），分发行所有分布在全国各地的中华书局分局数十家。民国七年（1918）一月印刷、民国七年（1918）一月发行、民国九年（1920）十一月三版。全一册，凡162页，定价银四角。此外还有四版本（1924年2月）、五版本（1930年3月）。四版本与三版本的封面和版权页相同，前者载录，后者从略。

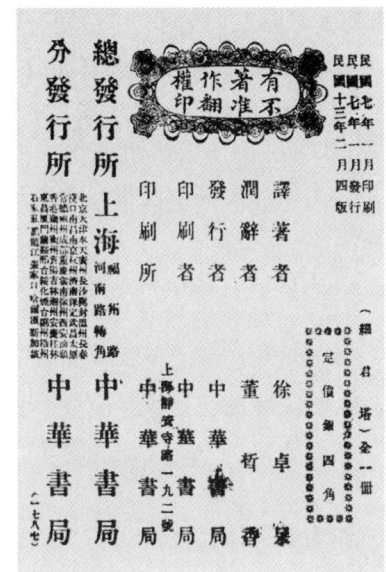

该作为文言体，兹录一段如下：

  却说法国巴黎的濑音河岸上，有一个高耸云霄的塔，人称为细君塔。此时除乡下人瞻仰外，竟无人来赏玩。但是塔在革命之际，声名颇大，并且由大小说家嚣俄先生竭力称赞，因此无人不知。这塔遥对着一个慈善医院，是院专替那些贫民治疗，送诊给药，这也是向来有名的。一千八百七十四年某星期四的朝晨，那医院中的高窗中，有两个绅士在那里观看下面往来之人。一人年纪还轻，乃院内的医生，名叫鸳村。还有一个，是他的朋友，叫做梅里。今日特来访鸳村的，年纪约比鸳村大十岁，总在三十八九光景。如今先述二人之气质。鸳村很肯用功，医术颇精，梅里极有侠气，家道丰裕，到这么年纪也没有缚身的职业，一心想求助苦弱之人，差不多天天在那里等候这种机会。

<h3 style="text-align:center">《国际侦探秘记》</h3>

  《国际侦探秘记》（侦探小说），原著者不详，《小说汇刊》第八十七种，该版本笔者未见。该作曾出版多种版本，五版本版权页信息为：译述

者为吴雄倡,发行者为中华书局,印刷者为中华书局,印刷所为中华书局(上海静安寺路二七七号),总发行所为中华书局(上海棋盘街),分发行所有分布在全国各地的中华书局分局数十家。民国六年(1917)五月印刷、民国六年(1917)六月发行、民国十五年(1926)四月五版。全一册,凡102页,定价银二角五分。此外还有三版本(1920年11月)。

该作为侦探短篇小说集,收入《雷士蔚夫人》《俄德草约》《电眼》《新军房图》《连梅福二号》《花冠牌雪茄》,凡六篇。《花冠牌雪茄》篇末有"异史氏曰"之小言,兹录如下:

> 吾尝闻闽侯官严氏之言矣,昔者,中东之役,日谍不离李合肥左右,外人皆知,愦愦者独此老耳。其言当不为无本。今读兹篇,彼法外相之愦愦,与李合肥将毋同。

该作为文言体,兹录《雷士蔚夫人》中的一段如下:

> 读者当知凡外交界中人恒须兼擅二术,始足图功二术维(为)何?一则临机造谎,一则泛示爱情,二者并用则不胜其利矣。试观下所述之一事。要其获济宁非斯二术之明效大验乎?春正月初,基德京栢林法使署中所开之跳舞会者,在外交界中最为欢会盛绝一时。跳舞广厅中至为美观蜡炬万千,灿同不夜之城。男宾军服,女客时装,而女中尤丽者,则其妆尤入时。且复花团锦簇钻绕珠围,然环顾群妍固无出雷士蔚爵夫人之右者。夫人所御礼服为巴黎最新流行之品,作紫蔷薇色妙龄而丽容。瞥见余则即盈盈起于坐间,出素手见授余作法语骇呼曰噫嘻。夫人昨报方言,夫人在巴黎也胡遽至是。

该作有一份广告,兹录如下:

> 侦探小说　国际侦探秘记　一册　吴雄倡译　二角五分
> 书为秦西各强国外交之秘事,经第三国之侦探秘密探索而披露之者也。中如雷士尉夫人一篇,为英德法国交上最有关系之人俄德草约一篇。为俄德英国交上最有关系之事。他如电眼如新军防图,如梅连福二号,如花冠牌雪茄各篇,其秘史无不与列强国际外交上有密切之关系,其侦探手段之敏妙,读之更足以增长外交知识。

七 中华书局《小说汇刊》叙录 343

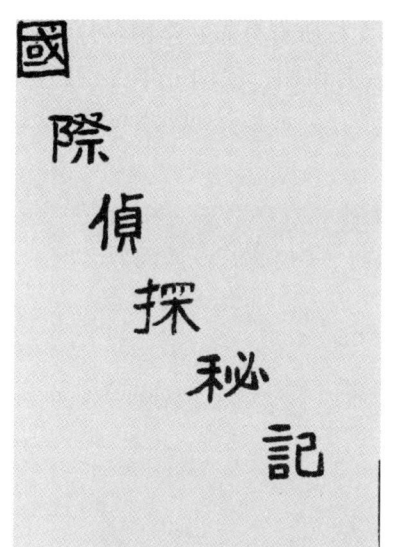

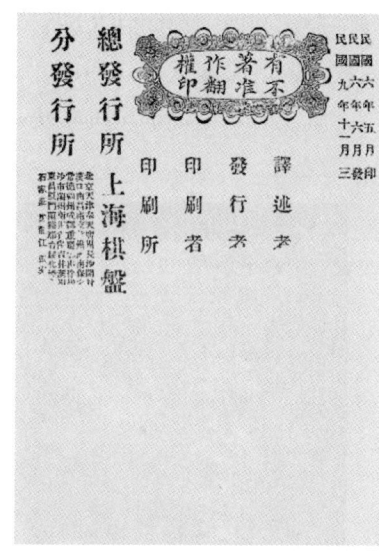

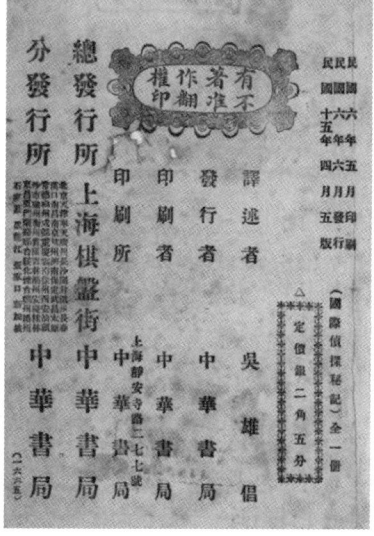

《梅林雪》

《梅林雪》（侦探小说），《小说汇刊》第八十八种，该版本笔者未见。该作曾出版多种版本，有另一版本版权页信息为：著作者为淮安窦润庠、杭县陈栩，校阅者为杭县董晢芗，发行者为桐乡陆费逵，印刷者为无锡俞复，印刷所为中华书局（上海静安寺路一九二号），总发行所为中华书局（上海福州路河南路转角处），分发行所有分布在全国各地的中华书局分局数十家。民国五年（1916）十一月印刷、民国五年（1916）十一月发行。全一册，定价银二角五分。

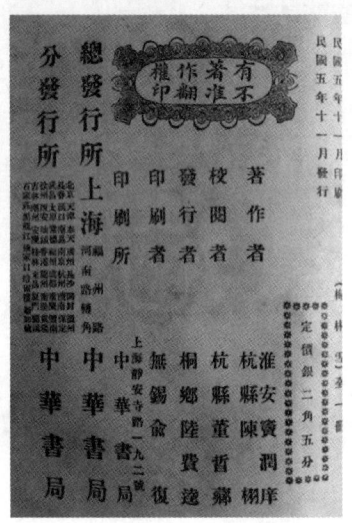

《侦探之敌》

《侦探之敌》（侦探小说），《小说汇刊》第八十九种，该版本笔者未见。该作曾出版多种版本，再版版权页信息为：编辑者为李新甫、吴匡予，润辞者为董皙芗，发行者为中华书局，印刷者为中华书局，印刷所为中华书局（上海静安寺路一九二号），总发行所为中华书局（上海棋盘街），分发行所有分布在全国各地的中华书局分局数十家。民国六年（1917）一月印刷、民国六年（1917）一月发行、民国九年（1920）十一月再版。全一册，凡60页，定价银一角五分。此外还有六版本（1931年7月）。

该作为短篇小说集，原著者不详，收入《红肩巾》《车中怪客》《结婚指环》《树上草人》，凡四篇。无序跋。

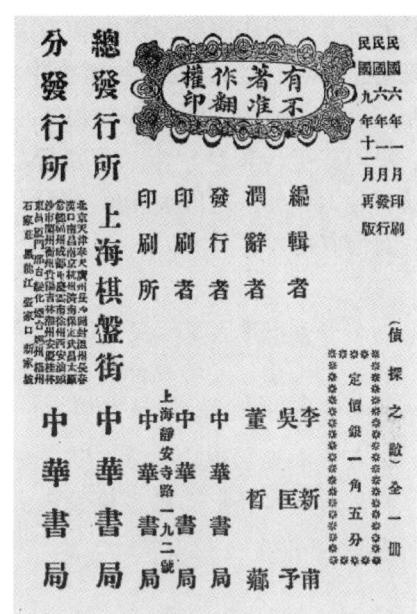

该作为文言体，兹录一段如下：

> 一日晨间。侦探长甘聂侔自其私宅出往法庭供事。行抵贝莱路时。遇一衣衫褴褛之中年男子。时为十二月一号。此人犹戴草帽。视其举动。尤觉诡秘。每行四五十武（步）。必止其步。偻身理其鞋缠或整其裤脚。既而复行。则已遗橘皮一小方于地上。甘聂侔职司侦探。每见行动诡秘之人。必引起其注意。既见此人。故即尾于其后及至陆军路时。此人忽向左侧行，遗其橘皮如故。行抵莆莱路与圣荣路转角处。有一儿童方立街隅。此人遂偻其身翻其裤脚。既又翻转如故。起身行时。又遗橘皮于地。儿童则对之痴视不少瞬。甘聂侔睹状思此二人殆在发布暗号。遂注视儿童。而儿童方以白垩于墙上画为十字。

《儿童历》

《儿童历》（教育小说），包天笑著，原载《中华教育界》2卷第1—12期（1913年1月15日—12月15日），《小说汇刊》第九十种，该版本笔者未见。该作曾出版多种版本，三版本版权页信息为：编辑者为天笑生，发行者为中华书局，印刷者为中华书局，印刷所为中华书局（上海静安寺路二七七号），总发行所为中华书局（上海棋盘街），分发行所有分布在全国各地的中华书局分局三十八家。民国三年（1914）十二月印刷、民国三年（1914）十二月发行、民国十七年（1918）九月三版。全一册，凡180页，定价银五角（外埠另加邮汇费）。【上海图书馆藏】

封面有提要，其文为：

> 书为小说大家天笑生所撰，内容系按照一年中之时令，详叙玉环村中之风景、人物与村中著名之圣布衣学校师生家族之状况。其间，写勇敢之少年，写贞静之幼女，写沉思渺虑之科学家，各极其妙。复以各种事实穿插其中，举凡一语一动作一游戏，节足为学校及家庭之模范，令读者生无限之愉快。文笔尤高尚雅洁，诚教育小说中之良着也。

凡十二章，有章节目录，依次为：

  第一章 正月之卷
   一 天然之学园
   二 无色之飞蝶
   三 田舍之学习院
   四 饼会

该作为文言体，有一广告，兹录如下：

> 儿童历 一册 天笑生着 五角
> 按一年中之时令。取村中之风景人。与村中学校师生家族之状况而一叙之。其写勇敢之少年。□□之幼女。沉思□□之科学家。无不各极其妙。凡一言一语。一动作一游戏。皆是为学校及家庭之模范。

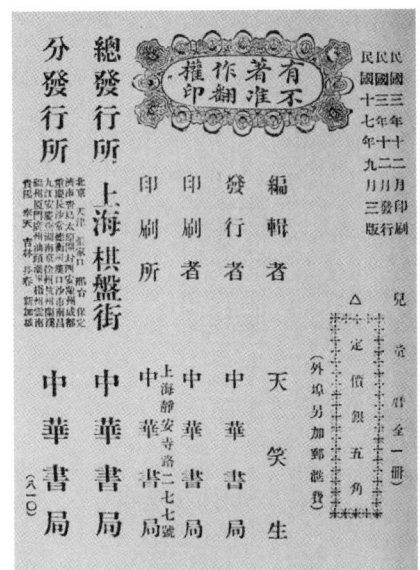

《蝶归楼传奇》

《蝶归楼传奇》，《小说汇刊》第九十一种，该版本笔者未见。该作曾出版多种版本，三版本版权页信息为：著作者为古樵道人、今樵道人，参订者为天虚我生、董皙芗，发行者为桐乡陆费逵，印刷者为无锡俞复，印刷所为中华书局（上海静安寺路一九二号），总发行所为中华书局（上海福州路河南路转角处），分发行所有分布在全国各地的中华书局分局数十家。民国五年（1916）十二月印刷、民国六年（1917）一月发行。全一册，凡162页，定价银四角五分。

该书不是小说，而是戏曲，不过清末民初往往有把戏曲编入小说丛书之中的习惯。

全书有三十三出，章目如下：

蝶归楼传奇总目

总一出　鼓引　　　　　　　　第五出　味曲

第一出　蜨因　　　　　　　　第六出　借寓

第二出　缘梦　　　　　　　　第七出　楼誓

第三出　闺谑　　　　　　　　第八出　促别

第四出　赚第　　　　　　　　第九出　心病

第十出	叹误		第二十二出	究情
第十一出	倩书		第二十三出	吓壻
第十二出	杖子		第二十四出	醮遗
第十三出	越楼		第二十五出	医判
第十四出	病圆		第二十六出	嫂讯
第十五出	情决		第二十七出	劝嫺
第十六出	化蝶		第二十八出	缘尽
第十七出	闺恸		第二十九出	后圆
第十八出	兄梦		第三十出	蝶仙
第十九出	哭墓		缀一出	鼓词
第二十出	鬼谭		补一出	大圆
第二十一出	魂归			

有序跋，《蝶归楼传奇自序》兹录如下：

岁庚寅六月，余以事寓雩，阳时久旱炎酷，室湫溢，瓦不蔽椽，日光逼射，几榻皆焦灼。余日皇皇于中，譬鱼之在炙也，为消遣计，取少日所闻王女化蝶事谱而传之，初躁甚久，乃安焉，不以为苦，且不知有暑比卒业已。及秋矣，嘻惜哉，以有用之精神，付之无用之笔墨，大雅奚取王荆公选唐诗，犹谓费日，于此为可惜，况此之为哉。山鬼云中君，骚之诡也；周与蝶与蘧蘧栩栩，庄之诞也。古人于不得意之时，每借此荒忽无稽之谭，以自摅写今人，业已亮之矣。然则余之实有其事，而非诡且诞者，以寄其无聊之思于无可奈何之日，古人顾不我亮与。今且四寒暑矣，每览旧编，胜情如昨，客邸无事，爰录存之，其费日力又何暇恤？至复有以言情见规者，则将应之曰：玉茗我导师，君其问焉可也。癸巳重阳日今樵居士自识于豫章之天光禅院。

《跋》兹录如下：

蝶归楼传奇，不知谁氏手笔，由老友董皙香君见示，属为点定。细读一过，觉其结构蕴藉，逼近藏园，而措辞造句，尤兼四梦之长，似非近人所能。挽近填词家，类皆强作解人，好为传奇。或则衬逗不明，任意增损；或则过赠无序，杂凑成章，句法舛误，等于自度，不复能名之为曲者，盖比比也。得此一篇，实强人意。其间虽不无瑕疵，然盛名如玉茗，尚有极不可通之句。即世所称四大传奇，亦多生硬牵附，不可索解之语。盖院本非比散曲，所贵一气呵成，因事属词，用等科白，非复能字字推敲，致碍文思。及脱稿后，则易一字且不能矣。是盖作者苦衷，不得不为曲谅。故圈点时，但于格调不合或出韵失叶处，略为改正，其辞意不明显者，则仍其旧，盖不足为全书病也。其间惟《闺谑》《病圆》二出，颇涉猥亵，且复辞不达意，语病百出，故将《闺谑》中《金络索》第二阕八九两句，第三阕第三、第六两句，第四阕第二、第三及第九句，均为换去。《病圆》中《后庭花》《青歌儿》《浪里来煞》三阕，则竟抹去原文，即就排场，另填三阕。虽非道学语，然视原作，似较温存得体。作者倘在今世，及见此书，谅不以续貂为嫌也。至《借寓》一出，则通体流走自然，洵为全书之冠，视香祖楼且有过之，无不及矣。第二十八出《缘尽》中，《下山虎》后两阕，原著为"小桃红"，但其体格不合，当是"山桃红"之误。又《包子令》后一阕，原著为"黑麻令"，亦不合，"黑麻令"或"黑麻序"，均无此格，爰就原句，分为两阕，庶与本宫《金蕉叶》相合，不审作者以为然否。又尾声后复缀《哭相思》半阕，且换《别宫》下场，亦无此例，因辞句均妥，故仍之。《题楼》出中《步步娇》，原著止七句，至前字韵便止，后即换接《醉扶归》，亦于体例不合，爰补一句，以成完璧。又第二十出《皆来》韵中，有误犯支微韵者，亦经改正。盖《灰韵》实分两部，开、来等韵，则隶于佳韵，而回、杯等韵，则隶于支微，与、归为等叶。周德清中原音韵，固与沈约韵书，不可同日语也。近人辄以诗韵填词，自谓谨守规律，殊不知识者方且笑之，斥为谬戾不可训也。痛元音之不作，慨知音之愈稀，徒令村讴俚唱，塞破宇宙，砌韵缀辞，欺人耳目。而盲词瞎弄，犹以高雅自矜，祸枣灾梨，实乃贻误后学。视此一篇，能不惭汗无地哉。故吾以为此书一出，可为填词家当针砭，可为传奇家作圭臬，正不徒作小说观也。丙辰重九后七日天虚我生识。

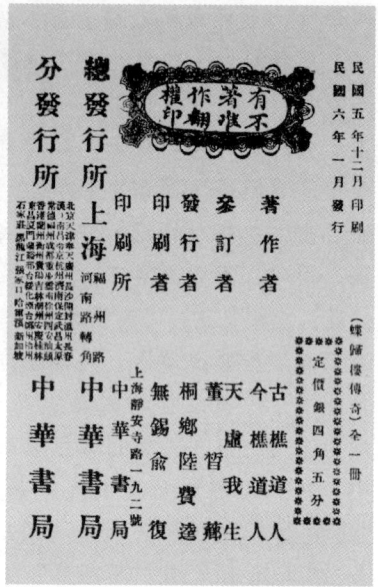

《病玉缘传奇》

《病玉缘传奇》（传奇剧），（清）莫等闲斋主人著，《小说汇刊》第九十二种，上海中华书局 1917 年出版。全书两册，上册正文凡 108 页，其前序 2 页，目录 2 页，《麻风女邱丽玉传》10 页。下册正文凡 150 页。两册封面相同，缺版权页。

本书据宣鼎瘦梅所著《麻风女邱丽玉传》敷演，凡三十出，出目如下：

第一出	寻舅	第十一出	露疾
第二出	指墓	第十二出	陷院
第三出	毒媒	第十三出	感叟
第四出	叹娇	第十四出	引逃
第五出	闺怨	第十五出	途唱
第六出	投书	第十六出	抵淮
第七出	惊艳	第十七出	重逢
第八出	却郎	第十八出	求医
第九出	吮颈	第十九出	婢义
第十出	归里	第二十出	却婚

第二十一出	劝郎	第二十六出	合卺
第二十二出	惊蟒	第二十七出	纳宠
第二十三出	饮酖	第二十八出	宦粤
第二十四出	脱癞	第二十九出	见岳
第二十五出	惊众	第三十出	医疯

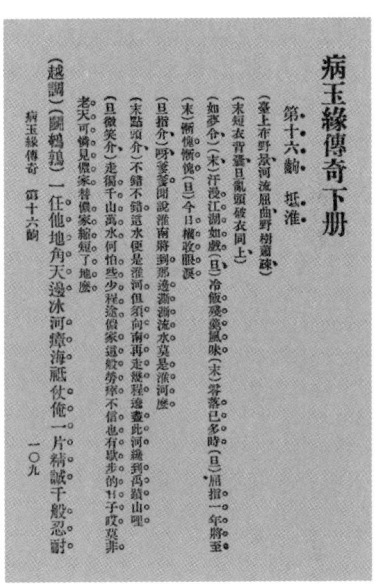

该作有序如下：

  自簧皮投于时好，而俚鄙无文之曲，委琐不韵之声，亭毒于歌台舞榭间，所谓西昆雅奏，已视若太古须眉。白雪阳春，居然绝响；引商刻羽，未足赏心。世变所趋，即卑无高论如剧本者，亦有江河日下之叹矣。俗尝如此，而仆犹以传奇鸣，得毋强世人以食羊枣乎？然而广陵散虽阒寂于尘寰，伊凉州尚传流于想象。桃花燕子，或谱管弦；还魂会真，犹多脍炙。竖子固不足与品评，雅人宜可资其点正，则此调犹可弹也。丙午旅居沪渎，侘际无聊，阅天长宣瘦梅先生所撰《麻疯女邱丽玉传》，奇情奇事，得未曾有。为之神往者累日，夜阑秉烛，戏谱声歌。才脱稿一二出，遽为良友钟心青君索登《小说世界》日报，颇不为识者所瑕疵。嗣以故入汉，行色匆匆，未遑赓续，前作竟成风雨重阳矣。年来风尘鞅掌，倦鸟知还，偶于旧箧中检出前

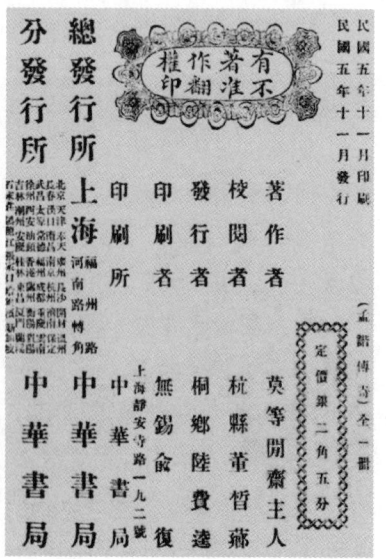

稿，叠加删润，续谱成编，都为三十出。仆非砌抹专家，亥豕鲁鱼，附会知所难免，世不乏顾曲周郎，擅场贺老，勿笑其雷门挝鼓，批其却而点其睛，是所望也。癸丑孟冬，莫等闲齐主人序于榕城。

《孟谐传奇》

《孟谐传奇》（传奇小说），《小说汇刊》第九十三种，该版本笔者未见。该作曾出版多种版本，有另一版本版权页信息为：著作者为莫等闲斋主人，校阅者为杭县董皙芗，发行者为桐乡陆费逵，印刷者为无锡俞复，印刷所为中华书局（上海静安寺路一九二号），总发行所为中华书局（上海福州路河南路转角处），分发行所有分布在全国各地的中华书局分局数十家。民国五年（1916）十一月印刷、民国五年（1916）十一月发行。全一册，凡92页，定价银二角五分。

  第一出　牵牛
  第二出　搏虎
  第三出　攘鸡
  第四出　食鹅
  第五出　烹鱼
  第六出　获禽

《女才子记传奇》

《女才子记传奇》（传奇小说），《小说汇刊》第九十四种，该版本笔者未见，所见为1917年版本。其版权页信息为：著作者为苏门啸侣，校阅者为杭县董晢芗，发行者为桐乡陆费逵，印刷者为无锡俞复，印刷所为中华书局（上海静安寺路一九二号），总发行所为中华书局（上海福州路河南路转角处），分发行所有分布在全国各地的中华书局分局数十家。民国六年（1917）三月发行。全一册，凡140页，定价银三角五分。

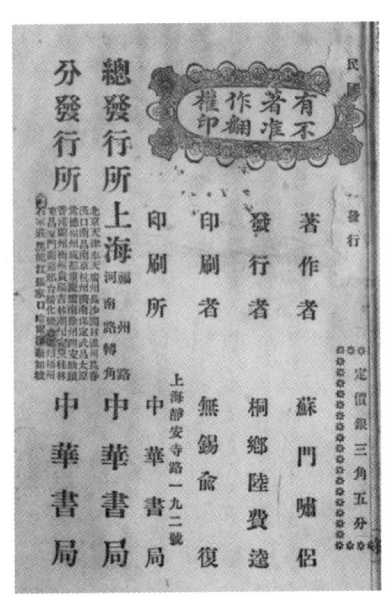

全书凡二十八出，有出目，无序跋。出目依次为：

第一出　咏花	第十出　征赋
第二出　议政	第十一出　品茶
第三出　衡文	第十二出　赚娟
第四出　参禅	第十三出　遣谪
第五出　乔瞻	第十四出　杭游
第六出　试婿	第十五出　会娟
第七出　怜才	第十六出　别娟
第八出　辨奸	第十七出　赤壁
第九出　谪逐	第十八出　易弁

第十九出　计害　　　　第二十四出　郴别
第二十出　奏图　　　　第二十五出　内征
第二十一出　再赚　　　第二十六出　髯悟
第二十二出　雌饯　　　第二十七出　见误
第二十三出　南滴　　　第二十八出　情圆

《欧美名家短篇小说丛刊》（三册）

《欧美名家短篇小说丛刊》，《小说汇刊》第九十五、九十六、九十七编，全书分上中下卷，每卷一册。《欧美名家短篇小说丛刊》上卷为"英吉利之部"，收录短篇小说十八篇；中卷为"法兰西之部"与"美利坚之部"，前者收入短篇小说作品十篇，后者收入短篇小说作品七篇；下卷为"俄罗斯之部""德意志之部"以及"意大利之部"等，"俄罗斯之部"收录短篇小说四篇。

该作曾出版多种版本，其下册再版版权页信息为：译述者为吴县周瘦鹃，发行者为中华书局，印刷者为中华书局，印刷所为中华书局（上海静安寺路一九二号），总发行所为中华书局（上海福州路河南路转角处），分发行所有分布在全国各地的中华书局分局数十家。民国六年（1917）二月印刷、民国六年（1917）三月发行、民国七年（1918）二月再版。全三册，782页，定价银贰元五角。三册的封面相同，上册封面和版权页载录，中册和下册封面从略。

《欧美名家短篇小说丛刊》上卷，为"英吉利之部"，收录短篇小说十八篇。篇目从略。《欧美名家短篇小说丛刊》中卷，为"法兰西之部"与"美利坚之部"，前者收入短篇小说作品十篇，后者收入短篇小说作品七篇。篇目从略。《欧美名家短篇小说丛刊》下卷，下卷为"俄罗斯之部""德意志之部"以及"意大利之部"等，"俄罗斯之部"收录短篇小说四篇。篇目从略。

卷首有序言三篇，即《天笑生序》《天虚我生序》《钝根序》。

《天笑生序》兹录如下：

瘦鹃挟其三巨册顾吾馆，我方手铅椠，目翰札，电话丁然作响，招我语。侍者以名刺进，谓必求一见。手民墨其面，力索稿，正五官并司其职时，鹃复诏我曰："此《欧美名家短篇小说》也，今才脱稿，先生为我一序之。"余方翻其稿，平子来，与我语；倚虹来，与我语。一转瞬间，鹃已将稿去，实则不将稿去，我亦无余晷读之也。余曰："我事冗，君其见之矣。"辞之再三，不获。又加督策，限以期日，至期又爽，乃复展期。今日为十二月二十日之十二点钟，乃喟叹曰："是可以偿鹃之逋矣！"为之序曰：凡人毕一业，辄自喜。工者成一器，商者营一肆，与夫文人撰一书，其道同也。前者我每毕译一书，恒以斗酒自劳，亦瘦岛祭诗意也。然而世界无尽，我文字之障亦无尽，能自劳亦足乐矣。惟鹃之境，不同于我，鹃为少年，鹃又为待阙鸳鸯，而鹃所辛苦一年之集成，而鹃所好合百年之侣至，而红窗灯影，绿幕炉香，隐隐有两人骈肩而坐，出其锦缃瑶函之装潢，操其美术艳情之口吻，曰："吾爱，此余之新著作也。"口讲而指画之，此其得意为何如乎？故此集之成，实为鹃欢喜之上，更叠以欢喜者，即鹃之读我序，当亦忍俊不禁也。至于兹集之内容，我实未见，不妄赘。然而我之读鹃小说也多矣，他人之读鹃小说也多矣，鹃之文字自有价值，我何赘焉。天笑生序。

《天虚我生序》兹录如下：

文人不幸而为小说家，尤不幸而为翻译之小说家。盖小说家者，大都穷年兀兀，富于才而啬于遇。其生平所历之境，尤必坎坷困塞，不遂其志，于是发其牢骚，吐其郁勃，为愤世嫉俗之言，与天地造物抗。愈抗而愈穷，愈穷而逾工，此固凡为小说家者必经之轨道也。所以快读者之心者在此，而招世人之忌者亦在此，其不幸为何如？然而文字有灵，不胫而走，一篇传诵，妇稚皆知。君子疾没世而名不称者，小说家可无憾焉，是又小说家之幸也。虽然，小说家之传与不传，亦有幸与不幸。欧美小说家之小说，得传于中国，是固欧美小说家之幸。中国之小说家乃借欧美小说家而传，则又中国小说家之不幸也。何言之？欧美文字，绝不同于中国，即其言语举动，亦都扞格不入。若使直译其文，以供社会，势必如释家经咒一般，读者几莫名其妙，等而上之，则或如耶稣基督之福音，其妙乃不可言，小说如此，果能合于社会心理否耶？要不待言矣。故翻译小说非小说家莫能。夫以小说家而翻译小说，犹戏曲家之搬演旧剧也。同一戏曲剧情，而或则音调浏亮，神情活现；或则呆板直腔，状如木偶。其工与拙正，不可以道里计也。而能手尤能于插科道白之间，参以己意；排场布景之间，尽其能事。是故同是一剧，名角演之而可观，庸手演之而可厌，固不在剧本之优与劣也。某剧之受社会欢迎，实赖某名伶之善演耳，使名伶而不演此剧，则此一剧亦必不传于世。犹之欧美小说，使无中国小说家为之翻译，则其小说，亦必不传于中国，使译之者而为庸手，则其小说虽传，亦必不受社会之欢迎。是故同一原本，而译笔不同，同一事实，而趣味不同。是盖全在译者之能参以己意，尽其能事，与名伶之演旧剧同一，苦心孤诣，而非知音识曲者不能知也。世之读小说者，但知欧美名家小说，有足观者，而不知欧美小说，微中国小说家为之翻译，又恶乎能名？人但知翻译之小说，为欧美名家所著，而不知其全书之中，除事实外，尽为中国小说家之文字也。岂非吾侪小说家之大不幸耶？周子瘦鹃，固善著小说者。乃费一年之功，译此四十余家说部，推而崇之曰：《欧美名家短篇小说丛刻》。吾知读此书者，必曰：某小说家之小说，诚不愧为欧美之名家也。而不知其文字，实为瘦鹃之文字，宁非瘦鹃之不幸哉？悲夫！丙辰长至节前三日天虚我生序于海上。

《钝根序》兹录如下：

予尝谓中国于忧伤失望之余，得一至可喜之事，足以傲睨全球，夸示万国。盖凡识字者已尽成为小说家也。顾予以为喜，而小说家转以为悲，彼何悲？悲其小说稿之懦怯，不能攘臂挥拳，跃登印字机，强人传播，为穷酸一吐气耳。夫文章憎命，自古所悲，有志竟成，亦殊可信。予友瘦鹃，髫龄即嗜小说，室有厨，厨中皆小说；有案，案头皆小说；有床，床上皆小说。且以堆垛过高，床上之小说，尝于夜半崩坠，伤瘦鹃足，瘦鹃于是著名为小说迷。方其十七岁时，曾编新剧《爱之花》，演之黎园，一时推为绝作。瘦鹃乃以所著小说稍稍披露于《时报》，既而《申报》《新闻报》《小说时报》《妇女时报》《游戏杂志》《女子世界》《礼拜六》等等，无不以求得瘦鹃之小说为荣。瘦鹃于是著名为小说家。瘦鹃之小说，以译者为多，渠于欧美著名小说，无所不读，且能闭目背诵诸小说家之行述，历历如数家珍。寝馈既久，选择綦精，盖非率尔操觚者所能梦见也。今年秋，译成《欧美名家短篇小说丛刻》三巨册，携示于予。予受而读之，计英吉利名家小说十八篇，法兰西十篇，其余美利坚、俄罗斯、德意志、意大利、匈牙利等二十余篇。原文洵美，译笔尤佳，是书风行，瘦鹃之名将益著。惟念瘦鹃以弱冠享盛名，恐予前文所谓小说家者，

七　中华书局《小说汇刊》叙录　357

或从而歆羡妒恨，疑为过情。予故述其艰苦笃学之况，为郁郁者劝，俾知盛名非可幸致也。钝根王晦序。

《欧美名家短篇小说丛刊》曾受到当时教育部的嘉奖，评语中有这样的评价："《欧美名家短篇小说丛刊》凡欧美四十七家著作，国别计十有四，其中意、西、瑞典、荷兰、塞尔维亚，在中国皆属创见，所选亦多佳作，又每一篇署著者名氏，并附小像传略。用心颇为恳挚，不仅志在娱悦俗人之耳目，足为近来译事之光。惟诸篇似因陆续登载杂志，故体例未能统一，命题造语，又系用本国成语，原本固未尝有此，未免不诚。书中所收，以英国小说为最多，唯短篇小说，在英文学中，原少佳制，古尔斯密及兰姆之文，系杂着性质，于小说为不类。欧陆著作，则大抵以不易入手，故尚未能为相当之绍介，又况以国分类，而诸国不以种族次第，亦为小失。然当此淫佚文字充塞坊肆时，得此一书，俾读者知所谓哀情惨情之外，尚有更纯洁之作，则固亦昏夜之微光，鸡群之鸣鹤矣。……复核是书，搜讨之勤，选择之善，信如原评所云。足为近年译事之光。似宜给奖，以示模范。"

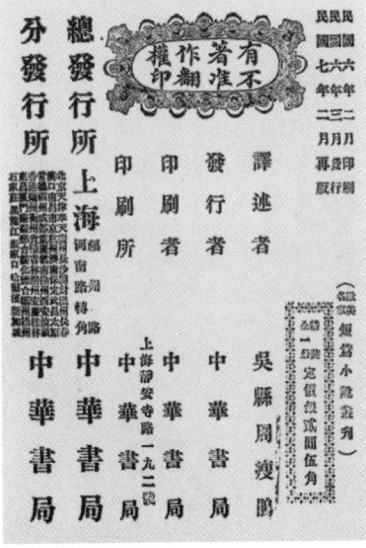

该作有一广告,兹收录如下:

周瘦鹃译　欧美名家短篇小说丛刊　最新出版
并装三册　定价二元　精装一册　定价二元五角
本书选译欧美名家短篇小说。共五十篇。凡四十七家。都十四国。篇首均有小传。并附小影。内容各体俱备。译笔亦精洁显明。雅俗共赏。

《瘦鹃短篇小说》

《瘦鹃短篇小说》,原著者周瘦鹃,《小说汇刊》第九十八种,上海中华书局民国七年(1918)一月发行,民国十年(1921)五月三版。

全书分上下册,上册收录创作小说《惆怅》《良心上之裁判》《亡国奴之日记》《祖国之徽》等五篇,下册收录翻译小说《贫民血》(法·维克都嚣俄)、《懊憹》(法·毛柏霜)、《幻影》(英·吉尔司狄更司)、《隐情》(英·科南道尔)、《谁之罪》(俄·托尔斯泰)五篇。此外还有三版本(1921年5月)、六版本(1930年11月)。两册封面基本相同。

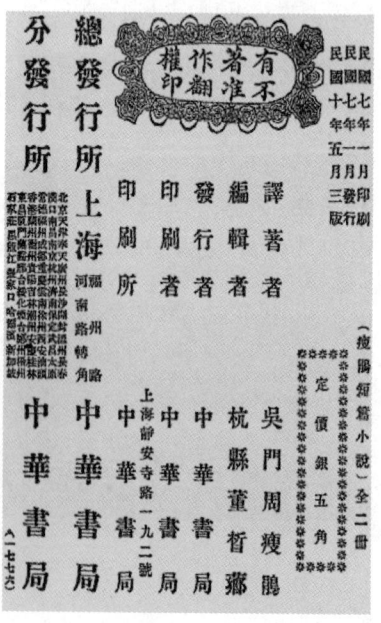

该作为文言体，兹收录一段如下：

> 贫民血　法国大小说家维克都嚣俄氏原著
>
> 格劳德叶安之为人，能敏多智，继未尝学问，而得天独厚，书字均所弗习。顾乃富于思想，思绪萦处，灵机立动。某年冬，格劳德失业家中，无火无面包，困甚，遂去而行窃。至其行窃事，予未之念。第知其爱妻娇儿，得以温饱者，凡三日，而彼则囚头丧面，伏处于森森铁窗下者，且五载也。格劳德既见执，以囚车载赴格莱伏。先是格莱伏，本修道院，今则神圣尽逃，夷为狂犹前之静室，用以处僧人者，乃一变而为办人之囚室，即囊时神坛，亦已易为罪人受刑之地。世之人，有创世界进化之说者，是殆亦进化欤？格劳德既入狱，夜宿囚室，日入工场在。昔固亦诚实磊落之人，一为饥寒所驱，乃至身入囹圄，烙额作志，长此蒙鼠窃之名，为人所弗齿。

《天笑短篇小说》

《天笑短篇小说》，《小说汇刊》第九十九种，上海中华书局民国六年（1917）二月初版。另一版本署中华书局民国七年（1918）一月发行，民国十五年（1926）四月五版。译著者为吴门包天笑，编辑者为杭县董皙芗，发行者为中华书局，印刷者为中华书局（上海静安寺路二七七号），印刷所为中华书局，总发行所为上海中华书局，分发行所为全国各地中华书局（分局）。全二册，定价洋七角。

全书分上下册，上册凡140页，收录小说《大好头颅》《大理石像》《吾侄麦司之书翰》《三十八年》《乔奇小传》《加拿大归客》《赠书女》《女小说家》《礼物》《黑帷》十篇，无序跋。下册收录小说《无名之佳人》《石油灯》《荔枝》《德国腊肠》《伪医伪病》《京汉道中》《电话》《飞来之日记》《冤》《发明家》十篇。无序跋。此外还有六版本（1930年11月）。

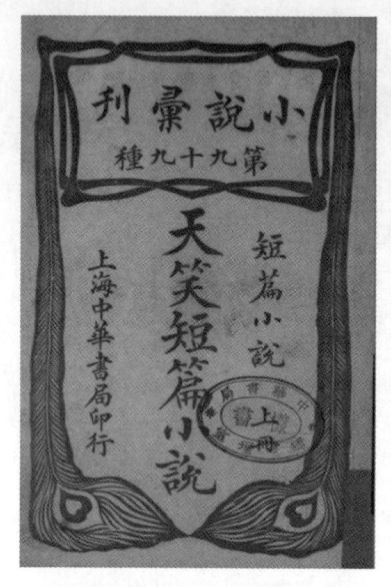

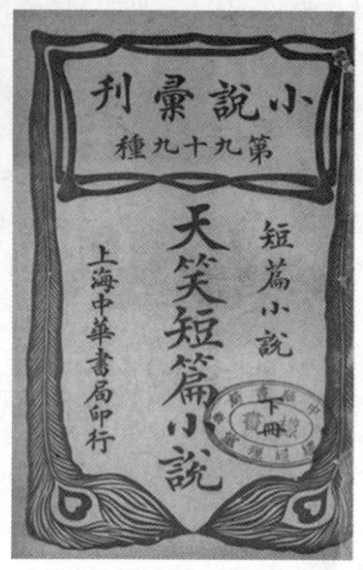

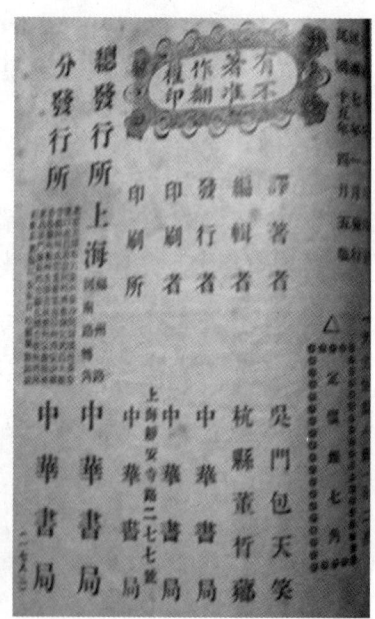

《翻云覆雨录》

《翻云覆雨录》，《小说汇刊》第一百种，该版本笔者未见。该作曾出版多种版本，三版本版权页信息为：译述者为吴门周瘦鹃，校订者为杭县董晳芗，发行者为中华书局，印刷者为中华书局，印刷所为中华书局（上海静安寺路一九二号），总发行所为中华书局（上海福州路河南路转角处），分发行所有分布在全国各地的中华书局分局数十家。民国七年（1918）一月印刷、民国七年（1918）一月发行、民国十一年（1922）三月三版。全一册，凡156页，定价银四角。此外还有五版本，五版本与三版本的封面和版权页基本相同，前者载录，后者从略。

该作为短篇小说译作，原著者不详，收录小说《新催眠术》《十年一瞥》《恩怨》《金手》《毒指甲》《山娣娜》《痴女达亚》《鬼蜮》，凡八篇。

该作为文言体，兹录一段如下：

> 新催眠术
> 一夕阴寒，尖风如刀，圣彼得堡城中，在在均作凄凉之色。予裹重裘，循奈斯基广场行，至于道米尼克大酒肆中。此肆位于通衢，华灯灿发，其生涯之盛，为全城冠。时方晚餐，宾客斗咽其中，有军官，有闺人，裙屐交错，芗泽征闻。四壁设火炉，温煦如在春日。客多吸纸烟，有青烟四匝。尤有饣肴馔之声，腾结空中，风味亦不一。时予邻桌上有二人骈坐，一为男子，一则玉姿娟然一美人也。男子年事可五十许，赳赳如武夫，双眸绝锐，黑似点漆。发薙刈甚短，作铁灰色，髯修亦颇美秀。女年少而美，鬈发如云，秋波蔚蓝，澄湛如海水，娇而绰约无伦。惟一无瑕之白璧，差足与匹。观其靓妆，似出贵家。

该作有一广告，兹录如下：

> 短篇小说　翻云覆雨录　周瘦鹃译　一册四角
> 书记俄国女虚无党事。女党员以色相示人，当之者无不迷罔。迨揭去面幕，出其真相，则杀人如草，了无情爱，真乃翻云覆雨之观。中有新催眠术一篇，为科学小说之最有新思想者。《十年一瞥》一篇，叙俄人因病失去??，十年后病??，为一他人之事。

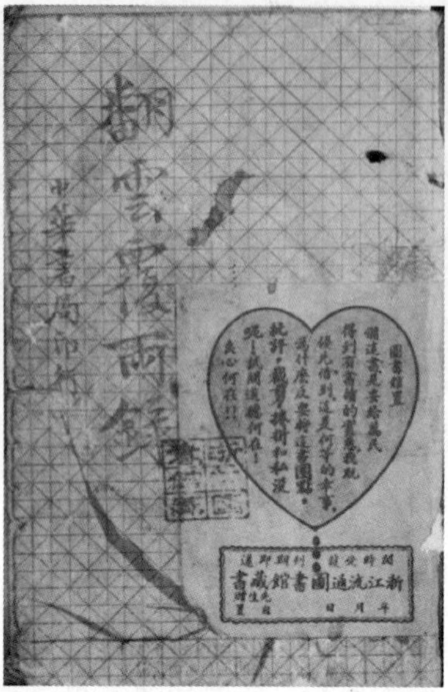

民國七年一月印刷
民國七年一月發行
民國十七年十一月五版

有著作權　不准翻印

（翻雲覆雨錄）全一冊

△定價銀四角

譯述者　吳門周瘦鵑
校訂者　杭縣董皙薌
發行者　中華書局
印刷者　中華書局
印刷所　上海靜安寺路二七七號　中華書局
總發行所　上海福州路河南路轉角　中華書局
分發行所　[illegible]　中華書局

（一七七五）

八 文明书局《小本新小说》叙录

文明书局由无锡人廉泉（南湖）、俞复（仲还）、丁芸轩等集股于1902年在上海创办，是商务印书馆成立之前中国近代编辑出版教科书最多的出版机构。该局另设副牌进步书局（王均卿负责），1932年并入中华书局。中华书局未成立前，陆费逵兼任文明书局襄理，沈知芳、陈协恭、沈鲁玉、吕子泉等也曾任该书局高级职员。其出版宗旨是传播传统文化，宣传新文化。其出版物涉及很多类型，主要有诗文类如《历代文评注读本》《历代诗评注读本》等；名人尺牍类，如《历代名家尺牍》《近代十大家尺牍》等；教科书类，如《蒙学中国历史教科书》《蒙学中国地理教科书》《蒙学外国历史教科书》《初等博物教科书》《高等小学国文读本》等；医学类，如《丁氏医学丛书》《新伤寒论》《看护学》《家庭新医学讲本》等；碑帖书画类，如《百花图长卷》《潇湘八景图》《黄山胜迹图册》《兰亭序十二种》；旧说部如笔记小说丛书《说库》《清代笔记丛刊》《笔记小说大观》；新小说类，如《黑奴吁天录》《南社小说集》《小本新小说》等。[①]

1935年，中华书局有限公司出版了本书局出版的图书目录，其中附录了文明书局出版书目。目录前有中华书局的"启"与"文明书局出版书目折扣符号说明表"。现把中华书局的"启""文明书局出版书目折扣符号说明表"、目录（即文明书局图书目录分类概要）以及正文，全部依次收录。

小本新小说类
▲《小本新小说》第一集　　　　　十册　　一元五角
奇情小说《血巾案》　　　　　　　一册　　一角二分
幻想小说《魂游记》　　　　　　　一册　　一角五分

[①] 参见朱联保《近现代上海出版业印象记》，第120—123页；付建舟：《文明书局》，付建舟编：《晚清民营书局发行书目》，黑龙江教育出版社2016年版。

札记小说《残梦斋随笔》	一册	一角五分
奇情小说《黄金劫》	一册	一角六分
哀情小说《桃源惨狱》	一册	一角五分
爱国小说《碧玻璃》	一册	一角六分
社会小说《花蠹》	一册	一角五分
侦探小说《吴田雪冤记》	一册	二角
言情小说《水底鸳鸯》	一册	一角五分
社会小说《门富奇谈》	一册	一角五分
▲《小本新小说》　第二集	十册	一元五角
言情侦探小说《盗花》	一册	二角五分
哀情小说《沥血鸳鸯》	一册	二角
复仇小说《女杰麦尼华传》	一册	二角
社会小说《骗不骗》	一册	二角五分
哀情小说《美人心》	一册	一角二分
滑稽讽刺小说《红蔷薇》	一册	一角二分
实事小说《一棹缘》	一册	一角二分
社会小说《芸娘外传》	一册	一角二分
哀情小说《菊儿惨史》	一册	二角
社会小说《闺阁豪赌记》	一册	二角
▲《小本新小说》　第三集	十册	一元五角
侦探小说《一粒钻》	一册	二角四分
侠情小说《铁血美人》	一册	二角
哀情小说《石姻缘》	一册	一角二分
社会小说《阍女》	一册	二角
忏情小说《生死情魔》	一册	二角
政治侦探小说《仇情记》	一册	一角二分
俳谐小说《说鬼》	一册	一角二分
奇情小说《湖滨艳迹》	一册	二角
苦情小说《秭归声》	一册	一角二分
侦探小说《车中女郎》	一册	一角二分
▲《小本新小说》　第四集	十册	一元五角
侠义小说《黄金祟》	一册	一角二分
哀情小说《双薄倖》	一册	二角五分
艳情小说《茶花女补轶》	一册	二角五分

八　文明书局《小本新小说》叙录　365

哀情小说《孤鸾遗恨》	一册	一角二分
警世小说《浪子末路》	一册	二角
讽世小说《天界共和》	一册	二角
侦探小说《银楼局骗案》	一册	一角二分
言情小说《牧羊缘》	一册	一角五分
侦探小说《醋海风潮》	一册	一角五分
滑稽小说《贫士》	一册	一角五分

此外，笔者还发现文明书局《小本小说》四种广告，每种广告列出作品十种，合计40种，篇目与上述四十种相同。

第一集

《血巾案》

《血巾案》，封面与扉页均题"奇情小说"，编译者为吴县宋紫珊、安吴胡寄尘，发行者为进步书局，印刷所为文明书局（上海甘肃路），发行所为文明书局（上海棋盘街）与中华书局（上海抛球场），分售处为外埠中华书局分局二十四家。民国四年（1915）十二月初版，民国十三年（1924）一月四版。二者相同。全一册，凡72页，每部定价洋一角。

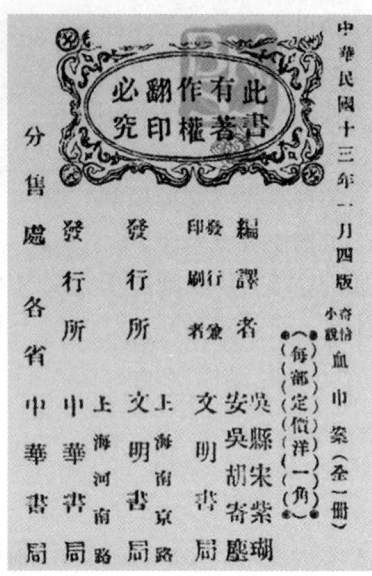

该著为译作，原著者不详。全书凡二十章，无章目，无序跋。卷首有《血巾案提要》，其文为：

> 柏林一富翁为某公司书记所杀，嫁祸苏姓，逍遥事外。惟杀时遗一手帕，上有万名。一无赖得之，遂以挟制此书记，旋为其仆所知，计杀无赖。又以血帕大索于其主，所求既遂，变姓名购田室，为富翁矣。苏姓之妻女流为乞丐，佣于仆家，仆艳其女，中夜迫淫，女手刃之，并得其血帕，控诉法官，血帕为证，于是两案并破。事实既离奇曲折，译笔亦简练明晰。

《魂游记》

《魂游记》，封面与扉页均题"幻想小说"，意大利人格恩梅原著，傲骨编辑，文明书局民国四年（1915）十二月初版，民国五年（1916）十月再版。发行者进步书局，发行所文明书局（上海棋盘街）与中华书局（上海抛球场），印刷所文明书局（上海甘肃路）。分售处全国各地中华书局分支机构。全一册，凡85页，每部定价大洋一角二分。

全书不分章节。其中有作品的内容提要，卷首有自序与他序各一篇，

八　文明书局《小本新小说》叙录　367

正文前有"傲骨译意",正文后有"跋"。从作者自序可知,该作是意大利人格恩梅所著,该译本是以法文本为底本。作品"嬉笑怒骂,抉世人之隐慝,尽表之于寸楮中"。潘葛孤在序中也说,"世界既不可毁灭,人类之竞争生存亦无时或息。君既以嘻笑怒骂之笔,揭此假面目,予又何庸掬此无情之泪,向空虚洒,忧东海之枯而益其深耶?"译者傲骨从厌世主义的角度来解读《魂游记》,他在"译意"中指出:"厌世主义,创之者谁?有何神力,乃使我崇拜之,遵行之。觉大千世界,各种人所抱之主义,皆愚而自用,冥冥汶汶,莫究其极,无如此推阐真理,完美无缺者。世人恒以厌世主义为社会之蠹,谓世人尽持此义,则世界将无人类,故目抱厌世主义者,为世之罪人。余亦略知道德,此理宁有未明。乃入世三十年,触我目,入我耳,经我身,萦我之脑系者,事事物物,无不促我入厌世之范围。余固痛恶厌世主义者,而己之入于厌世主义却日深。人或叩我以厌世之原因,余亦不自知也。"苏民在跋中也指出:"王荆公有诗曰:周公恐惧流言日,王莽谦恭下士时;若使当年身便死,一生奸伪有谁知。此言可谓道尽千古作伪者之真相。虽然,子舆氏不云乎?恭俭岂可以声音笑貌为哉!此则可以褫作伪者之魄矣。傲骨出示其新译之《魂游记》,嘱下一语。余观书中所言,其描摹社会情态,至矣;无以有加于其所言也。爰取荆公诗及子舆氏之言与之。"

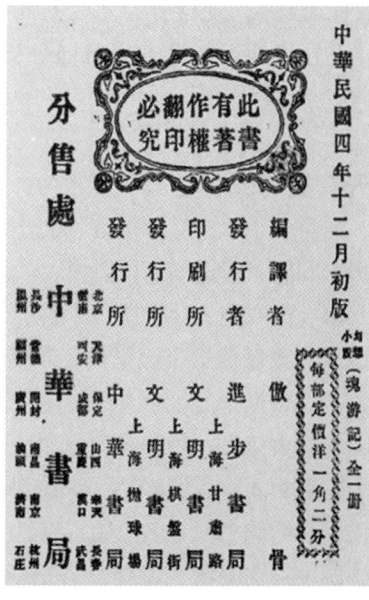

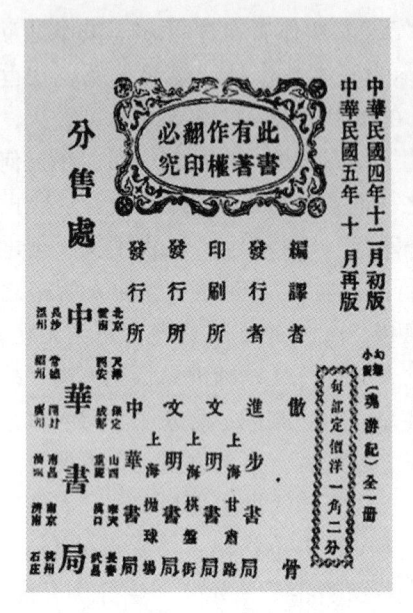

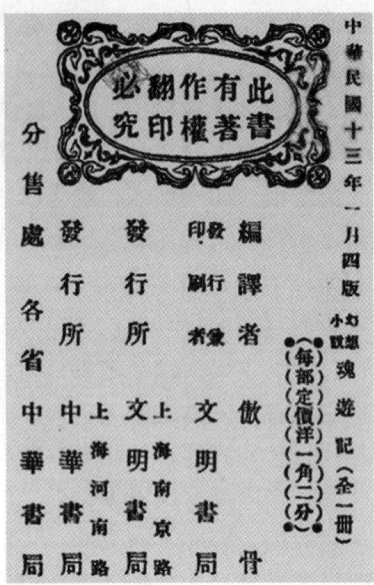

《残梦斋随笔》

《残梦斋随笔》，题"札记小说"，版权页署民国四年（1915）十二月初版，编辑者为钱塘蒋景缄，发行者为进步书局，印刷所为文明书局（上海甘肃路），发行所为文明书局（上海棋盘街）与中华书局（上海抛球场），分售处为外埠中华书局分局二十四家。全一册，凡102页，每部定价洋一角四分。民国十六年（1927）九月再版。【上海图书馆藏】1932年版本。

凡八十一则故事，篇目依次为：客舍女、彭刚直轶事一、碧玉、倪嘉珏、辨梦、送穷、小尽、灯婢烛奴、文士苦心、阿滥堆、为子孙作蛇蝎、抛弃功名富贵、归隐、黄金满、杜鹃考、饮墨水一斗、阑干十二、窑变佛像、九福、十二月市、金明池、燕子楼、翠碧、四时皆迎、猪婆龙、乐天晚年、莺莺传、奸僧捻指、笼灯传送、记里鼓、芋艿韧、插不腊、吏生三十六子、明皇遇贵妃、竹米、黄袱谶语、吴同甲、救苦天尊、六朝金粉赋、染须、金陵词客、太白胸次、黄鹤楼、相如琴台、奇女子、观画、囚饮、陈希夷、张千斤、俞长城、别字秀才、东坡旷达、记诙谐语、人皮鼓、杨李治第、圆珠壳、镖师女、蛊、沈约韵书、寺名原始、有发头陀、草异、幽闭、传席撒账、李三余、宋江毕四、荔支语谶、毁碑、祭先帝、角三弄、宋研、题松雪画、题卫辉驿壁、张某、银床、还珠吟、金锁匙、跎子诗、妒妇、道月佛力、异花。

八 文明书局《小本新小说》叙录 369

卷首有提要，其文为：

　　此亦武林蒋景缄君遗稿，于所著诸小说外，又换一副笔墨。蒋君博闻强记，学识兼备，有所心得，辄笔诸书。而于历代文献、胜朝轶闻尤烂熟，如数家珍，典雅名贵，不让蒲纪二氏之专美于前也。

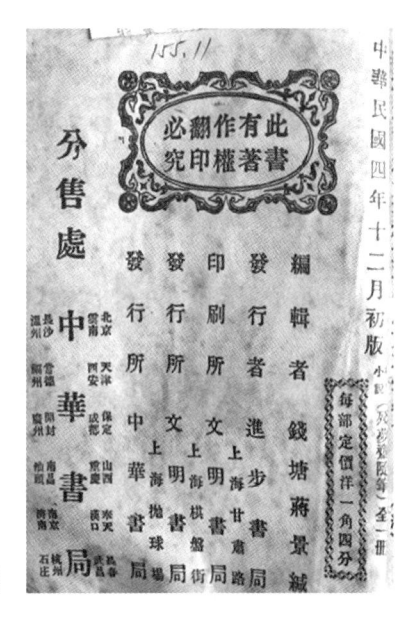

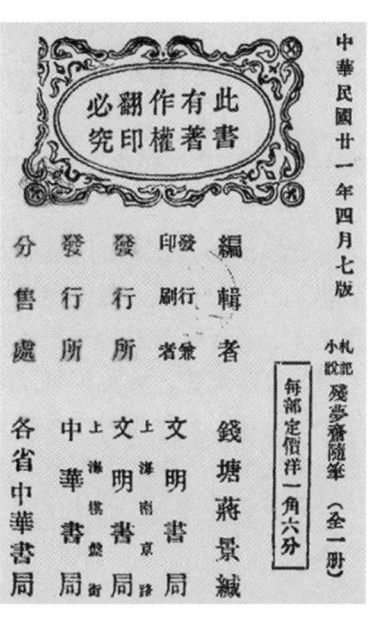

《黄金劫》

《黄金劫》，封面与扉页均题"奇情小说"，编译者为安吴胡寄尘，发行者为进步书局，印刷所为文明书局（上海甘肃路），发行所为文明书局（上海棋盘街）与中华书局（上海抛球场），分售处为外埠中华书局分局二十四家。民国四年（1915）十二月初版。全一册，凡96页，每部定价洋一角四分。

该著为译作，原著者不详。全书凡十二章，有章目，无序跋。章目依次为：

第一章　绪言
第二章　律师麦闻之家庭
第三章　飞艇之堕落
第四章　不速之客
第五章　海船之自焚
第六章　情场之敌
第七章　依利柴勃司餐馆之火
第八章　气球之失败
第九章　落克完而途中之强暴
第十章　红人之凶残
第十一章　哈兰白珠之结褵
第十二章　荡妇家中之秘密会议

第一章"绪言"，颇多议论，摘录如下：

看官，这一部书名《黄金劫》，诸君不必细看下文，只看这"黄金劫"三字的命题，便知这部书的大意，是说明"黄金是害人之毒物"了。然而，诸君的心理，还猜着是有钱的恃着金钱，作威作福，无钱的为了金钱，卖女卖儿，演出世界上的秽史悲剧来。谁知这部书的命意，却不是如此。这部书是说一位大家姑娘，拥赀百万，偏偏遭了许多灾难。一个浮荡少年，囊无一钱，偏偏造了许多罪恶。然而，这姑娘和少年却与爱情无关，只因黄金的关系，便凭空生出一场大剧来。

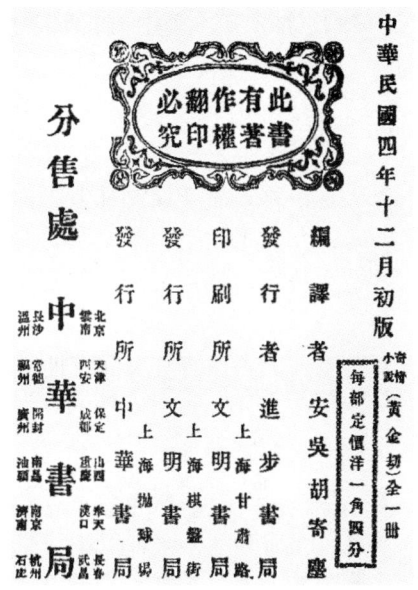

卷首有《黄金劫提要》，其文为：

> 是书所叙为美国一律师螟蛉女名曰白珠，于律师身后得遗产百万磅。律师有书记，名莱门者，险人也，与荡妇宝铃私识，遂设种种奸计，欲置白珠于死地，而没其产。卒赖律师之子曰哈兰者，随地救护，入险境而复出，厥后白珠与哈兰得成伉俪。书中每章各叙一事，若不相连属，至最后一章总束前幅，乃是画龙点睛处。他如写飞艇堕落，海船被焚，及餐馆失火等处，有绘声绘影之能，情敌结褵两章，复能体贴女子心理，尤佳。

《桃源惨狱》

《桃源惨狱》，题"哀情小说"。笔者所见为初版本。民国四年（1915）十二月初版，编辑者为痛史，发行者为进步书局，印刷所为文明书局（上海甘肃路），发行所为文明书局（上海棋盘街）与中华书局（上海抛球场），分售处为外埠中华书局分局二十四家。全一册，凡 70 页，每部定价洋一角二分。【上海图书馆藏】

全书不分章节。文中有插图数幅。卷首有《桃源惨狱提要》，其文为：

> 是书述桃源一冤狱。一衣之微，酿成巨案。至于双鸳待阙，连鸡不飞，毕命，苍鹰埋情黄土，黄金作祟，含意未申，所宜下六月之霜而遏三年之雨者也。著者状儿女之顽痴、老亲之愤痛、县令之残酷、劣绅之猥鄙，燃犀之下，了无遁形，直是爱书一则。

卷首有一大段内容具有弁言性质，摘录如下：

> 看官们可晓得小子为什么做这篇《桃源惨狱》的小说，因为世界上的人，一时三刻忘不了的事情，就是众人最欢喜的钱。不管朋友亲戚，平常相遇，少不得几句恭维，满堆笑脸。若说到银钱两字，面上便半青半紫，登时变了棕色人种。这也难怪，他们血汗赚来的钱，能不看得重么？如今朋友二字不题，单说亲戚人家。俗语说的是，丈母看女婿，越看越有趣。譬如女婿有什么要事，向丈人家商借些东西，任凭丈人十分吝悭，丈母无不满口应承。这是女生外向，普通的性质，不必提他。

《碧玻璃》

《碧玻璃》，封面与扉页均题"爱国小说"，编译者为张谔臣，发行者为进步书局，印刷所为文明书局（上海甘肃路），发行所为文明书局（上海棋盘街）与中华书局（上海抛球场），分售处为外埠中华书局分局二十四家。民国四年（1915）十二月初版。全一册，凡100页，每部定价洋一角四分。民国十三年（1924）一月四版。四版本与初版本的封面相同，版权页略异。

该著为译作，原著者不详。全书凡十二节，无节目，无序跋。

卷首有《碧玻璃提要》，其文为：

> 是书叙一芬兰女子，抱漆室之忧，远赴欧西各国，冀挹取大地文明，以救祖国。未竟厥志，忽得家报知全家为俄人杀害，乃历千辛万苦，卒复大仇，并以一死，激厉（励）同胞。读之，使人爱国之心油然而生。至其布局，先用倒插法，中间叙事，出以一人口述，奇不诡正，不愧杰作。

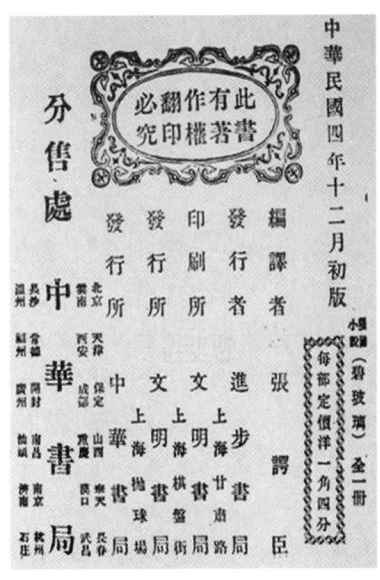

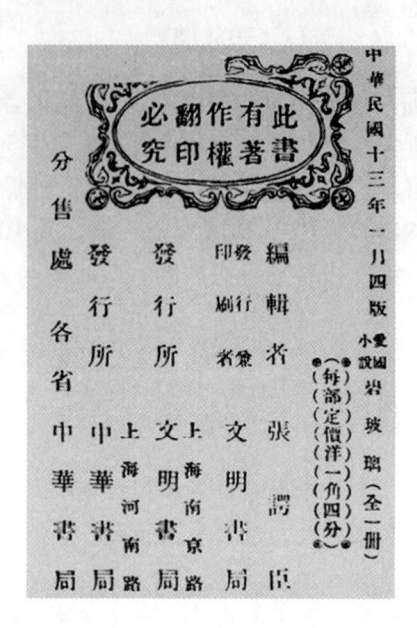

该译文为文言体,兹录一段:

> 严霜夜降,寒风刺人,萧杀之气,交冬逾烈。当此群动俱息,万籁无声时,忽有一种怪异之声浪,传自乱石交错中,余声模糊。其最清晰之四字,则曰杀贼杀贼。

《花蠹》

《花蠹》,题"社会小说",编辑者为白虚,发行者为进步书局,印刷所为文明书局(上海甘肃路),发行所为文明书局(上海棋盘街)与中华书局(上海抛球场),分售处为外埠中华书局分局二十四家。民国四年(1915)十二月初版。全一册,凡82页,每部定价洋一角二分。

全书不分章节。文中有插图数幅。卷首有《花蠹提要》,兹录如下:

> 此亦海上近事狂,且夏山为著名之花蠹,生平计陷名门闺秀、大家姬妾,几难缕指数。一日,忽逢劲敌,即前所受陷者之妹,设种种迷阵,使之自入彀中。既括其赀,几致之死,具见惩戒淫人之辣手,足以唤醒登徒不少。

卷首有常常一大段内容具有介言性质,摘录如下:

> 诸君有曾浏览八年前刊行之某说部者,度于书中主人翁文夏山之风采,仿佛犹在心目。夏山丰于色,复丰于财,且工内媚,昕夕驰逐脂粉队中。当者辄靡,艳情香福,为其消受殆尽。海上风俗本淫靡,如夏山者,固有其人,而艳羡之者,则且竞摹其行径,恨不克肖肖矣,又恨无夏山之色,或恨无夏山之财,或且恨无夏山内媚之工。每值丽姝,吸引无力,辄引为大戚。此曹狂荡既久,富于失败经验,知合群之义,大可施诸女界,乃纷纷投身拆白党。拆白党者,犹言有受无偿,以法律术语释之,即有权利无义务之意。

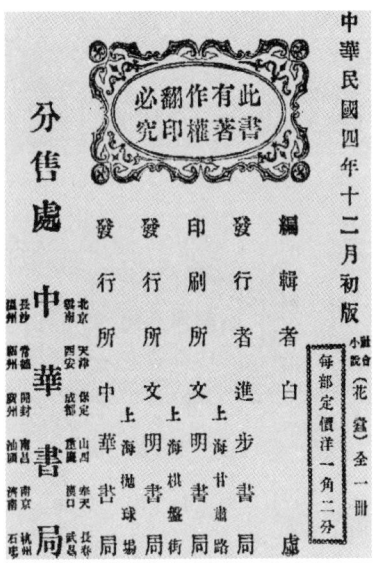

《吴田雪冤记》

《吴田雪冤记》,封面、扉页均版权页均题"侦探小说"。编译者为盐城淦铭溥,发行者为进步书局,印刷所为文明书局(上海甘肃路),发行所为文明书局(上海棋盘街)与中华书局(上海抛球场),分售处为外埠中华书局分局二十四家。民国四年(1915)十二月初版。全一册,凡100页,每部定价洋一角五分。

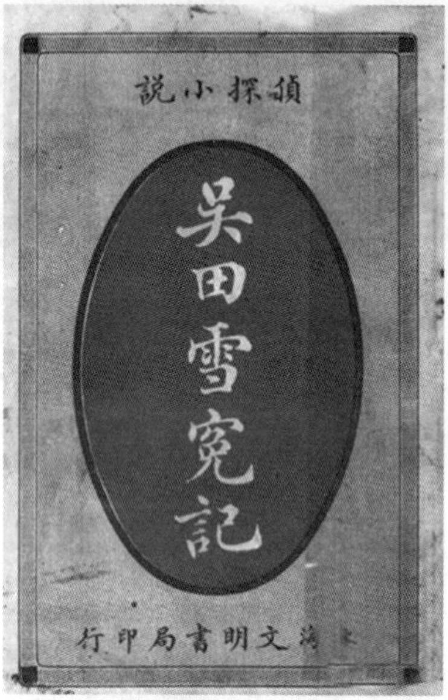

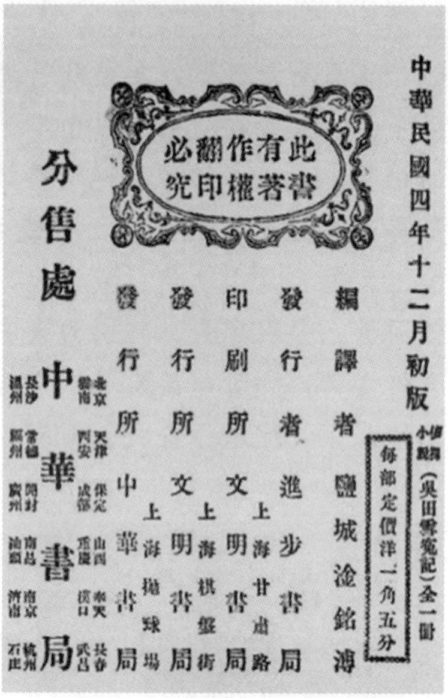

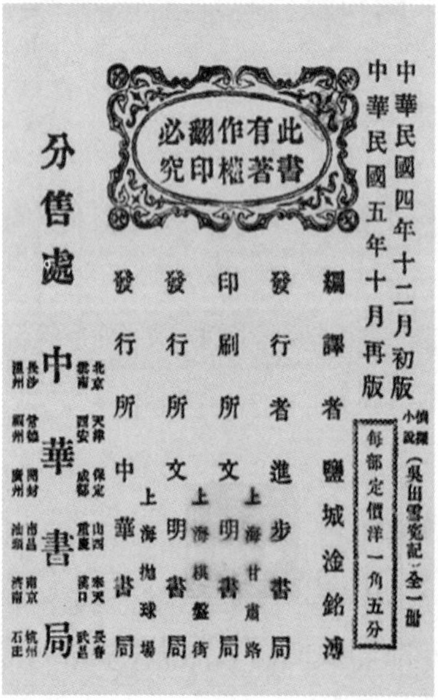

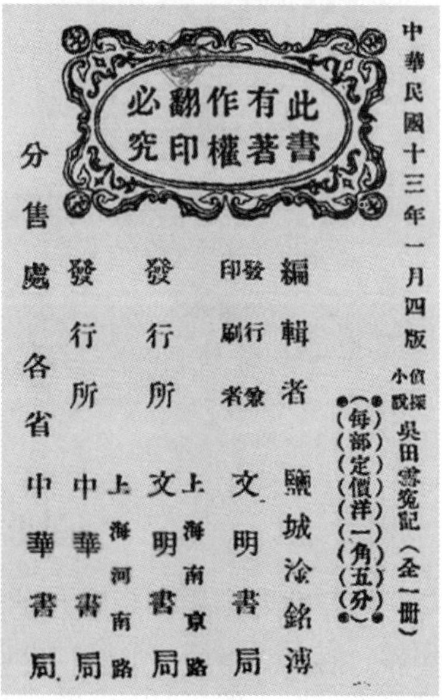

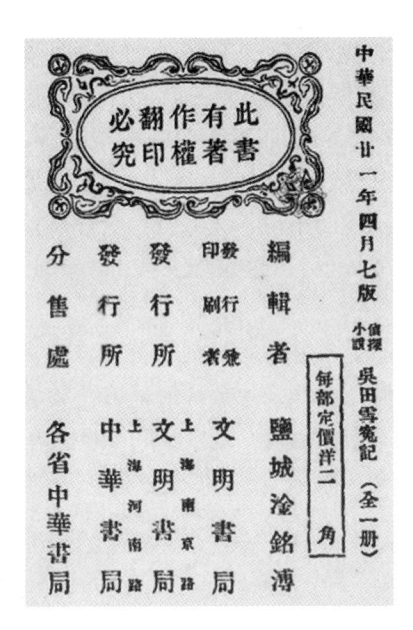

该著为译作，原著及其作者为 R. Austin Freeman "*John Thorndykes Cases*"，1909，日本三津木春影译为《探侦奇谭　吴田博士》，中兴馆书店 1911 年 12 月出版。①

全书三章，有章目，无序跋。文言体。章目依次为：

第一章　幸子失踪案

第二章　木谷权市谋杀大曾根东作案

第三章　宇野胜藏暗杀移害案

卷首有《吴田雪冤记提要》，其文为：

> 此为日本近日三大疑案，两为吴田侦出，一为吴田之子侦出。三案之离奇，为从前所未有。吴田精锐之眼光，灵捷之手段，亦与著名之福尔摩斯不相上下。爱读侦探小说者，当欢迎恐后也。

《水底鸳鸯》

《水底鸳鸯》，题"言情小说"，编译者为钱塘蒋景缄，发行者为进步书局，印刷所为文明书局（上海甘肃路），发行所为文明书局（上海棋盘

---

① 参见樽本照雄《清末民初小说目录》第九版。

街）与中华书局（上海抛球场），分售处为外埠中华书局分局二十四家。民国四年（1915）十二月初版。全一册，凡 78 页，每部定价洋二角二分。民国十三年（1924）一月四版。四版本与初版本相同。此外 1916 年 10 月出版再版本、1932 年 4 月出版七版本。【上海图书馆藏】

全书十二章，文言章回小说，无章目，无序跋。

卷首有《水底鸳鸯提要》，兹录如下：

> 蒋君景缄擅小说家言。本局刊行数种，海内争以先睹为快。此书亦蒋君生前得意惬心之作。中叙一贵族私生女儿，谓他人母，经历许多波折磨劫，乃与所欢成婚，因（姻）缘美满得未曾有。其描写未成婚前，两人误会，情状与《红楼梦》之记宝黛龃龉，妙堪匹敌，凡十二章。

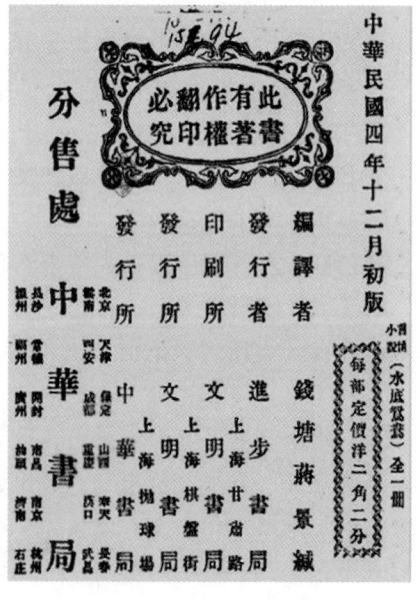

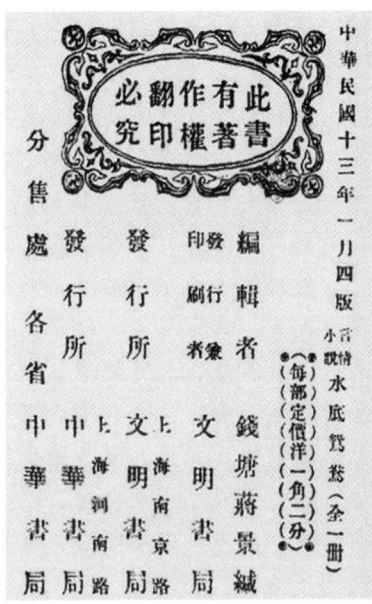

《斗富奇谈》

《斗富奇谈》，题"社会小说"，民国四年（1915）十二月初版。编辑者为无愁，发行者为进步书局，印刷所为文明书局（上海甘肃路），发行所为文明书局（上海棋盘街）与中华书局（上海抛球场），分售处为外埠中华书局分局二十四家。全一册，凡105页，每部定价洋一角二分。【上海图书馆藏】

全书凡九章，无章目，无序跋。文中有插图数幅。卷首有提要，兹录如下：

> 粤东龙冯两姓，皆巨富，穷治园林，互竞其胜。适逢赛会，某宦掌珠流寓于粤，有第一美人之目，龙斥巨金劫去。其人饰梁夫人、黄天堂之戏，众论艳之。会竣，母女依龙以居。其未婚夫闻之，知力不敌，夤缘入龙门，作西宾，乘隙通函，误认他美人为故妻，为龙所觉，逃免。龙出行刺，不中被获。母女旋为奸人诱入冯园，冯以姬处之。女自陈已字，断指明心。会闻龙刺之耗，遂归其女于本夫。自是两家亦渐耗矣。情节之新奇诡变，文笔之酣畅淋漓，亦是小说中之杰构。

第一章第一段是作者的议论,有弁言性质,兹录如下:

著者曰:民族丰啬,非人事与地利之关系耶?亚洲之国,中华最富,曰晋曰粤曰淮,尤利薮也。淮民起家以盐商,拥赀百十万者比比而是,穷奢极侈,故老犹能言之,今则凌夷尽矣。粤崛起于通海之后,而奢淫豪迈,至晚近而尤烈。若夫太原之民,负山固守,犹有克己宝俭之德,承平而后享富最久,几与清祚相始终。间尝综而论之,此三民者,皆天骄也。然淮民如富家子,席天然之美利,但知挥霍而已。若晋若粤,长驾远驭,坚忍不拔,庶几商战良师矣。然一则以俭,一则以奢,此不同也。西贾踪迹遍宇内,时现身于征逐歌舞之地,亦复挥斥泥沙,意气不肯让人,特与二者较,抑末矣。淮商多艳史,散见于私家之记载者,往往而有,兹不更赘。以言夫粤,豪商硕贾,趣史颇多。以余所知,则有二豪相竞之事,情节尤为诡奇,恐其久而不传也。因笔之于书,后之览者,容有感焉。

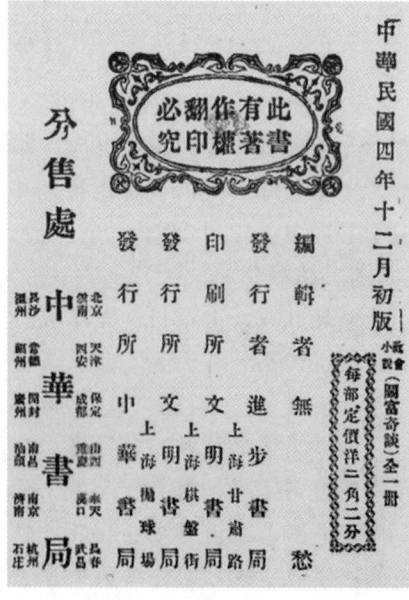

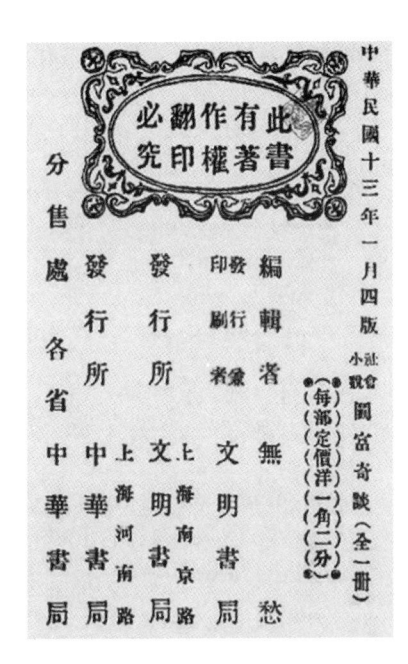

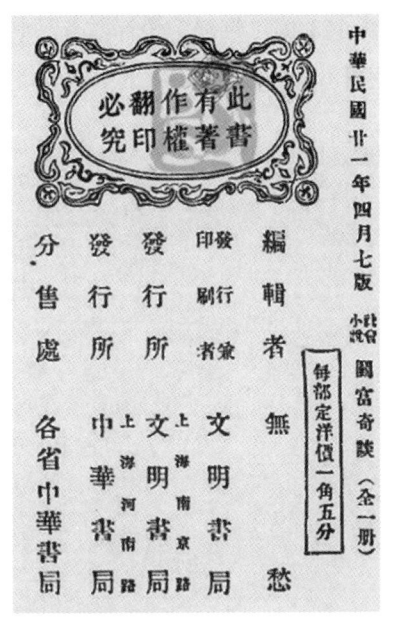

篇末有作者的一段附言，兹录如下：

> 著者曰：龙冯二人，第豪举耳乃竟兴起波澜无数，甚至以娟娟一豸，酿不可思议之奇祸，可见凡为嗜欲无尽之身，珍奇狗马，无所不爱。迨至为日既久，终当舍弃百物，但悦美人，败家公子，亡国君侯，钱虏财翁，其例一也。惟美人未克来归，而彼区区有限之精神，已以多取务获之故，消耗净尽。迨至悔悟，实已死神临命。若冯氏者，其人尤可哀也。寄语世人，人生惟有娱情养性，慎嗜欲，节饮食，斯寿命延，清福无量耳。多金取祸，又奚为哉？

第二集

《盗花》

《盗花》，封面与扉页均题"言情侦探小说"，英国莎士比亚原著。编辑者为江都贡少芹，发行者为进步书局，印刷所为中华书局（上海静安寺），发行所为文明书局（上海棋盘街）与中华书局（上海四马路），分售处为外埠中华书局分局二十四家。民国五年（1916）六月初版。全一册，凡128页，每部定价洋二角。【中国国家图书馆藏】此外，还有1932年12月六版本。

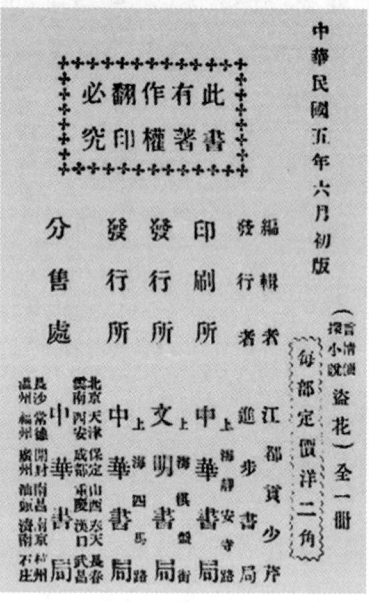

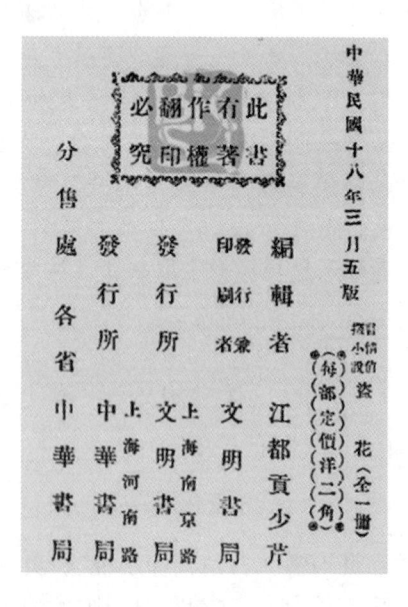

该著为译作，原著及作者为Shakespeare "King Henry the Sixth"。原

著为剧本、本书改译为小说。全书凡十六章，无章目，无序跋。文言体。

卷首有提要，兹录如下：

> 伦敦富家子谋夺某之未婚妻，贿嘱盗魁劫某入岛。其未婚妻化妆（装）易名，投身盗窟。适名探某亦伪饰盗党入岛，暗中臂助，卒援某出险，并获盗魁。篇中叙该名探出神入化，恍惚迷离，阅书者如堕五里雾中，直致终篇，揭开黑幕，令人拍案叫绝，允推杰作。

《沥血鸳鸯》

《沥血鸳鸯》，封面与扉页均题"哀情小说"。版权页信息：编辑者为钱塘蒋景缄，发行者为进步书局，印刷兼发行者为文明书局（上海棋盘街），分售处为各省中华书局。民国十年（1921）五月再版，初版时间不详。全一册，凡92页，每部定价洋一角五分。民国五年（1916）六月初版，初版本未见。此外还有1932年版本。

樽本照雄《清末民初小说目录》第九版（见2574页），认为该作为创作小说，但可能是译作。正文首署"钱塘蒋景缄译"。全文分若干节，无节目，无序跋。

这是一部涉及俄罗斯虚无党的哀情小说，兹录一段如下：

> 俄国以上下隔绝而生虚无党。自虚无党出，而上下益隔绝。亚历山大二世受刺后，上下备虚无党益严，于是皇帝冬官之中，警卫必设数百人，每夕寝室必更数处。进食检验之员以数十计。司皇帝之食者，入则监以内官，出则随以侦探。皇帝或外出，左右前后，拥护殆遍，如临大敌。然而，党人犹出剧烈手段，投间抵隙，以求一试。是故他国之皇帝乐，俄国之皇帝苦。

卷首有提要，兹录如下：

> 是书叙一俄国贵族子娶妻，不相得，乃钟爱于妻妹，将弃妻而娶其妹，议已谐矣。贵族子忽遭嫌疑事，暂匿迹于虚无党会所。其妻妹逃至瑞士，见诱匪人。与一伯爵结婚。因伯爵之虐待，致书求援。迨贵族子至，则已自尽。贵族子为之复仇，而又以身殉焉。其情节之离奇，非寻常小说家意境所有。

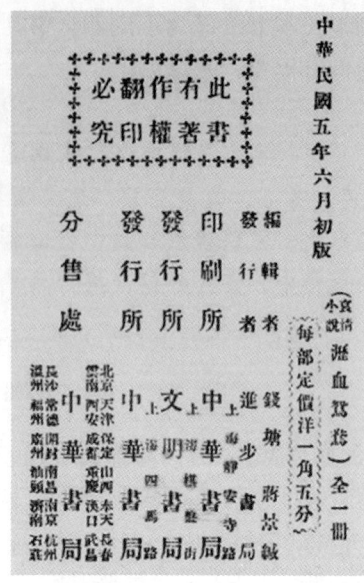

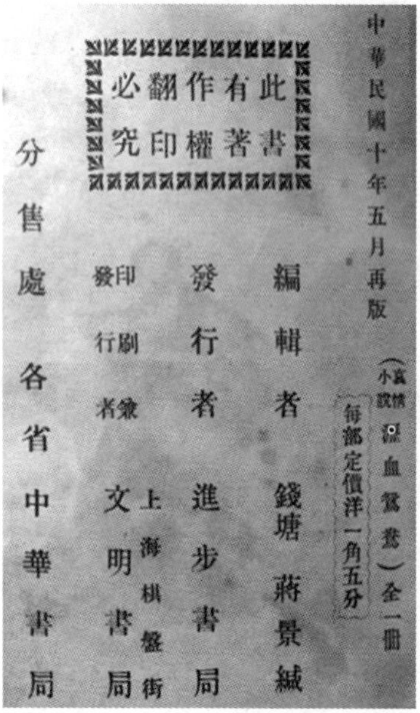

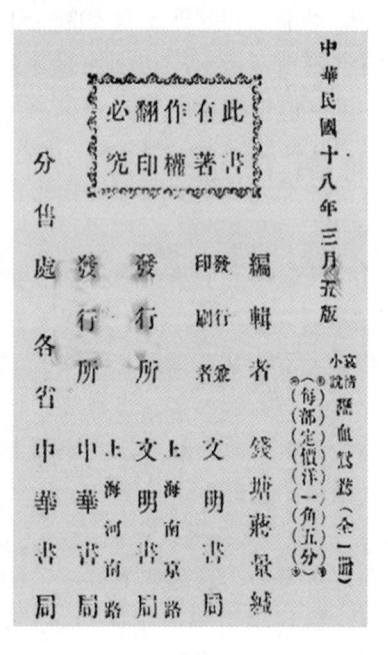

384 清末民初《说部丛书》叙录·下篇

《美人心》

　　《美人心》，封面与扉页均题"哀情小说"，编译者为钱塘蒋景缄，民国廿一年（1932）十二月六版。发行兼印刷者为文明书局，发行所为文

八　文明书局《小本新小说》叙录　385

明书局（上海南京路）与中华书局（上海河南路）。分售处为各省中华书局。全一册，凡72页。

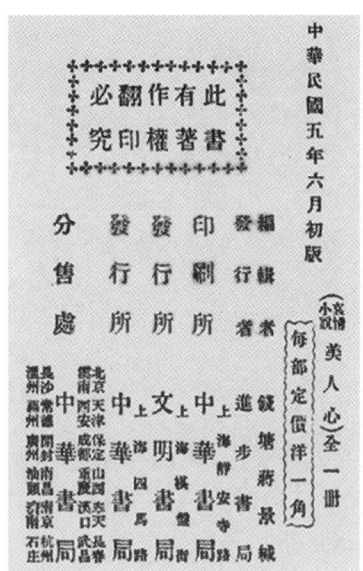

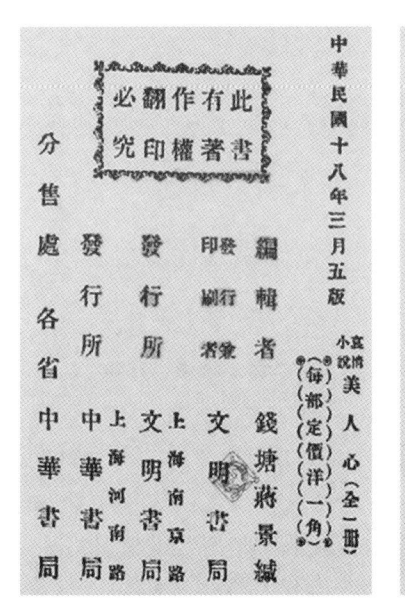

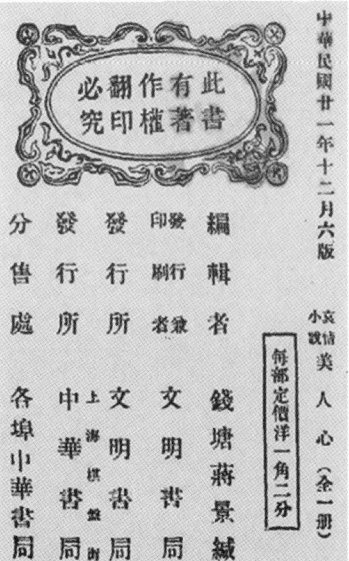

该著为译作,原著者不详。全书凡十五节,无节目,无序跋。文言体。

卷首有《美人心提要》,兹录如下:

> 是书叙一波澜女杰痛祖国之沦亡,阻结志士某,希图恢复事,为驻波公使之子侦知,捕女杰,将置于法。嗣见女美,强使从己。女伪允之。结婚之夕,女乘间行刺,未中。公使子怒其反复狡诈,剖女心悬诸市上。志士某窃之以归,誓竟女杰之志,卒以谋击俄皇,未果,被戮。篇中写俄人惨酷,女杰之百折不回,志士之慷慨就义,读之令人声泪俱下。

《菊儿惨史》

《菊儿惨史》,封面与扉页均题"哀情小说",编辑者为(喻)血轮,民国五年(1916)六月初版。印刷所为中华书局,发行所为文明书局(上海南京路)与中华书局(上海河南路)。分售处为各省中华书局。全一册,凡84页,每部定价洋一角五分。民国二十一年(1932)十二月六版。

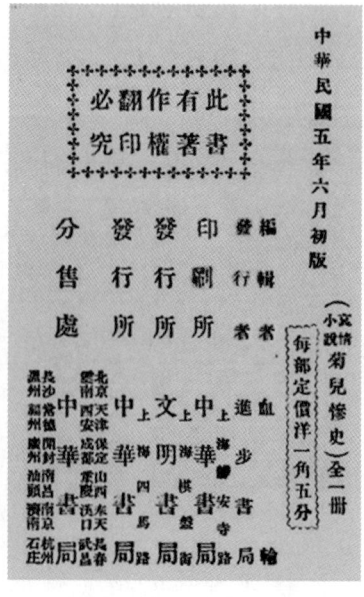

全书不分章节，无序跋。有插图若干幅。该译文为文言体。
卷首有提要，兹录如下：

一闺秀女与某生两小无猜，爱情固结，约为夫妇。为一淫荡之从姊所构陷，母叔交恶，屡加毒手，女竟矢志不二。迨转圜，有父而已病入膏肓，莫可救药矣。此篇为九江近事，作者据实而书，无一妆（装）点门面。其沉挚处，不让《花月痕》之专美于前。

第三集

《一粒钻》

《一粒钻》，封面题"侦探小说"。贡少芹、石知耻译。上海进步书局（上海抛球场兆福里）民国十五年（1926）七月三版。发行兼印刷者为文明书局，发行所为文明书局（上海南京路）与中华书局（上海河南路）。分售处为各省中华书局。全一册，凡144页，定价大洋三角。此外还有1917年2月初版本，1929年9月四版本。

全书共十八章，无章目，无序跋。正文首署"Mary Cholmondeley 原著""贡少芹、石知耻合译"。

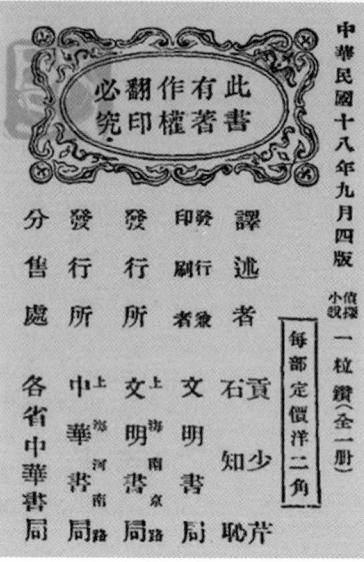

《石姻缘》

　　《石姻缘》，封面题"哀情小说"，韵清女史著。上海文明书局民国十五年（1926）七月三版。发行兼印刷者为文明书局，发行所为文明书局（上海南京路）和中华书局（上海河南路），分售处为各省中华书局。全一册，凡72页，定价大洋一角。

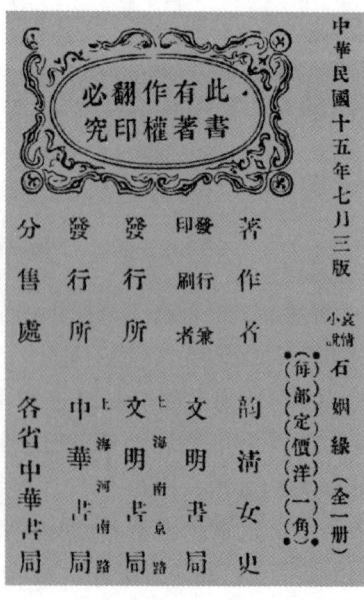

全书分上下两卷，每卷一册。上卷十六章，下卷十九章，合计三十五章。无章目，无序跋。

该作为文言体，兹录一段：

> 阳湖倪叟，世业骨董，以时艰，所业无问鼎者。不得已，兜售于外，以易升斗。隔昨挟画造予寓，展视之，仕女也。笔致颇雅秀，予怜叟窘，以薄值购之。及睹署款，意忽有触，久久悟曰：亚云，亚云，非绘珍蘂小影者欤？睹物兴怀，忽忆儿时影事，而故家乔木，绝艳哀情，有勿可以勿记者，暗然命笔，感慨系之矣。

卷首有作品《石姻缘提要》，内容为：

> 此叙一女子与一男子同居同学，两小无猜，女貌郎才，两家父母已默许矣。已而为伯所迫，另字恶宦，嫁日自刎而死。书中前半写其娇憨，中间写其旖旎缠绵。后半写其慷慨激烈，而以石始以石终。事实尤奇变可喜。通体有正笔，有反笔，有埋伏呵应笔，确尽行文能事，不□于闺阁中得之。

《阁女》

《阁女》，封面题"社会小说"。版权页信息：译述者为闲闲，发行兼印刷者为文明书局，发行所为文明书局（上海南京路）与中华书局（上海河南路）。分售处为各省中华书局。民国十五年（1926）七月三版。全一册，40开本，凡86页，有图3幅。每部定价洋一角五分。

关于"闲闲"的著译方式，该书所印并不统一，提要页署"闲闲著"，正文首署"闲闲译"。该著为译作，原著者未署。该作为文言体。

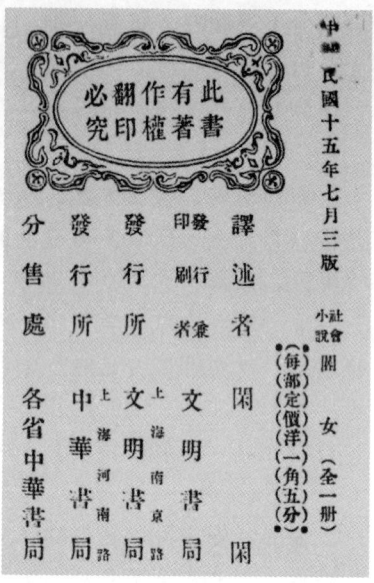

卷首有作品《阁女提要》，内容为：

> 司更女之父为人所杀，阴蓄复仇之志。讵知所适者即为仇人之子，夫袒其父，苦心调护，女卒曲从。哀其父之死于非命，愿入尼庵以终。女本色技超众之名伶，守身如玉。于某富户之婉求，则力拒之；于某伯爵之强胁，则暗杀之。既仁既勇，亦孝亦烈，可以风世矣。

《生死情魔》

《生死情魔》，正文题"忏情小说"，黄梅喻血轮著。发行所为文明书局（上海棋盘街），发行兼印刷者为进步书局，印刷所为中华书局（上海静安寺路一九二号），分售处为各省中华书局。上海文明书局（上海九亩地富润里三弄七十二号）民国六年（1917）二月初版，全一册，每部定洋一角五分。

全书凡92页，不分章节，无序跋。

正文前单独辟一页面刊登作品提要，其文为：

此为两男争一女事，因妒成杀，生者忽死，死者忽生，离奇变幻，不可方物。女因逃避之故，几致堕落青楼。幸能自拔，归身教会，勘破情魔，全贞以终。一生自述均自女口，叙述文笔错落有致，一波未平，一波又起，能令阅者应接不暇，时下小说家当望而却步。

书中还有包天笑、钱病鹤主编的《小说画报》广告，一张插图。

作者喻血轮湖北黄梅人，梁淑安主编的《中国文学家大辞典（近代卷）》缺收。这是一个完全被忽视的作家，其实他的小说创作比较可观，据笔者所知，其著作除了《生死情魔》外，还有《名花劫》、哀情小说《情战》、哀情小说《菊儿惨史》《林黛玉笔记》，以及《绮情楼杂记》等。其风格与鸳鸯蝴蝶派接近，可见鸳鸯蝴蝶派影响之深远。关于喻血轮个人资料十分罕见，《〈绮情楼杂记〉自序》透露出若干信息，予以全录，聊备参考。《自序》如下：

时间是永无静止为向前进，一眨眼之间，世界上万事万物，都成了过去。无论什么人，都不能预料下一个钟点要发生什么事，但无论什么人，对过去一个钟点身经的事，总是清楚的明白的。时间不断的奔驰，过去的事，也就抛离得愈远。因此，每一个人对过去的事，无论是本身经历的，或是耳闻目见的，总值得回味，值得追思的。历史之所以成为人类实物，就是这种原因，甚至小孩爱听故事，也是这种意识。所谓"往事如烟"、"前世若梦"，乃是含有无限回忆和无限幽思！作者青年问世，老而无成，走遍了天涯海角，阅尽了人世沧桑，滥竽报界可二十年，浮沉政海亦二十年，目之所接，耳之所闻，知道了许多遗闻轶事，野史奇谈。譬如看戏，看见过好戏，也看见过坏戏，看见过文戏，也看见过武戏，看见过儿女们悲欢离合，也看见过英雄们挠攘纠纷，真是光怪陆离，无所不有。近年旅居台湾，孑然一身，每于风雨之夕，想起这些故事，恒觉趣味弥永，值得一记。于是想起一事，即写作一段，不论年代，不分次序，不褒贬政事，不臧否人物，惟就事写实，包罗万有，日子久了，竟斐然成帙。虽私家记述，不足以付史亭，然酒后茶余，亦可资为谈助。今因友辈嘱付剞劂，爰弁数言于此，谓之为"序"，亦无不可。民国四十一年十一月绮情楼主喻血轮识于台北市厦门

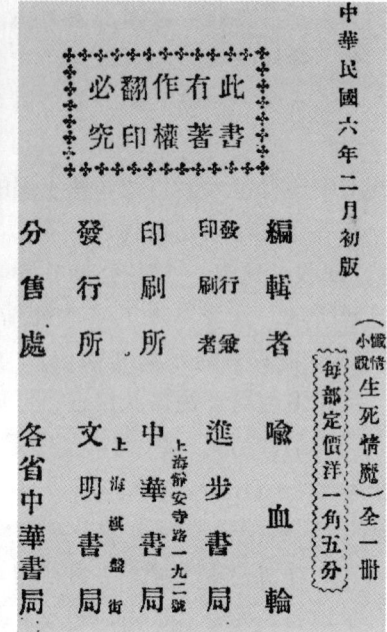

《仇情记》

《仇情记》，封面题"政治侦探小说"，法国黎尔原著，蒋景缄译述，发行所为文明书局（上海南京路）与中华书局（上海河南路），发行兼印刷者为文明书局，分售处为各省中华书局。初版时间不详，民国十三年（1924）一月再版，全一册，凡 77 页，每部定价洋一角。

全书凡九章，章目依次为：《成婚》《辩党》《惊魂》《亡册》《古屋》《暗杀》《密室》《酒会》《遗书》。

书中无序跋，有作品的内容提要，提要云：

> 是书叙俄国女虚无党员，愤英之亲王加来爱俄相重托，予以名册，缉捕匿居伦敦之党人。该女员乃伪嫁亲王，乘间杀之，并盗其名册以去。篇中情节离奇，写女党员处为神龙见首不见尾，令人有不可捉摸之妙。至文笔优美尤其余事。

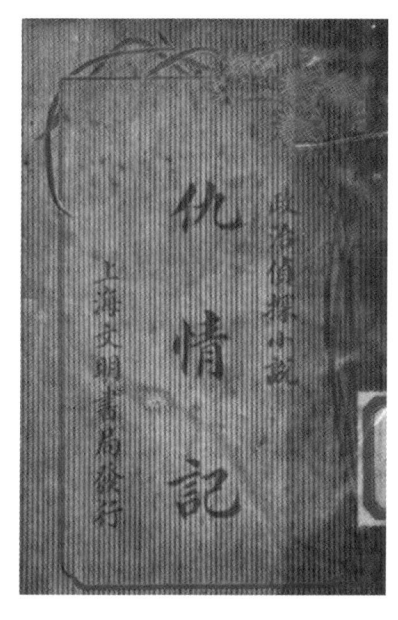

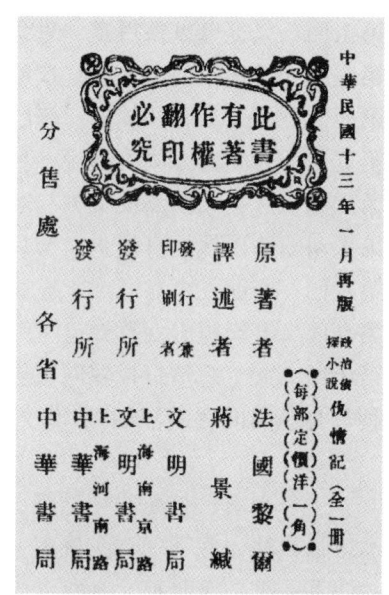

文明书局在《小说大观》上刊登了一份新小说广告，内容如下：

侦探小说《猿幻奇案》	全一册	价洋三角
社会小说《镜中人语》	全一册	价洋三角
爱国小说《快活之旅行》	全一册	价洋三角
侦探小说《奇童侦探案》	全一册	三角五分
侦探小说《玉环外史》	全一册	价洋三角
家庭小说《帐中话》	全一册	价洋三角
怪异小说《妖像记》	全一册	价洋六角
侦探小说《六十万元之惨史》	全一册	价洋三角
哀情小说《情战》	全一册	三角五分
忏悔小说《卖报童子》	全一册	价洋三角

《说鬼》

《说鬼》，封面题"俳谐小说"。著作者为十目，发行兼印刷者为文明书局，发行所为文明书局（上海南京路）与中华书局（上海河南路），分售处为各省中华书局。民国十五年（1926）七月三版，全一册，凡74页，每部定价洋一角。此外还有1917年初版本。

全书凡十回，有回目，无序跋。回目依次为：

第一回　新世界研究鬼学　老烟鬼苦遇仇人
第二回　鬼捉鬼鬼差得意　鬼弄鬼鬼党同心
第三回　钻钱眼削尖头顶　摆威武开放喉咙
第四回　谈运动新开骗局　修门面拍卖公膏
第五回　大闹鬼方同人演说　独弹古调满发牢骚
第六回　开会劝捐高谈义务　当场吊膀牵涉自由
第七回　怕出钱抽身便走　穷思友开口为难
第八回　交朋友全靠酒肉　充脚色先摆排场
第九回　五经魁男女称知己　一文钱贫富结冤家
第十回　太上忘情自投罗网　钟馗喝令唤醒痴迷

卷首有一阕词《满江红》，其文为：

尘世烟霾，何处是风清月朗？看许多酒魅财迷，烟魔色障，扫不尽眼底骷髅，写不了胸头肮脏。最恼人魑魅比人多，装人样。

鬼弄鬼，争抬杠。鬼捉鬼，都上当。愿阳世不来，阴府莫放。发一道万丈金芒，铸一个千秋铜像，保持我民国万年，何人倡？

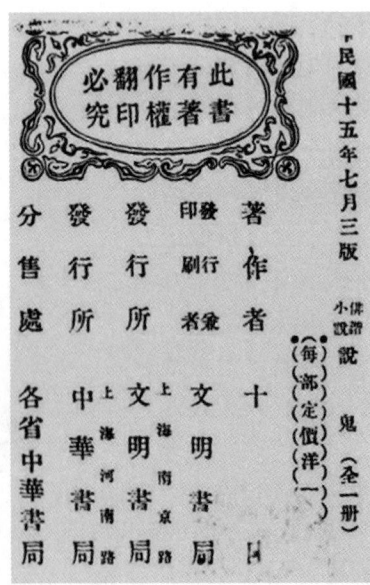

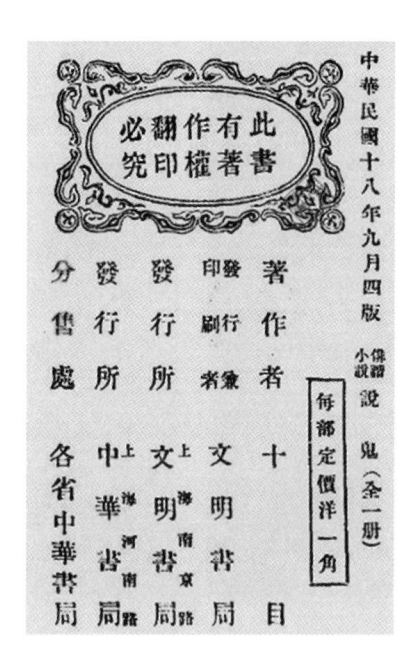

《车中女郎》

《车中女郎》，封面题"侦探小说"。版权页信息：口述者为星河，笔叙者为闲闲，发行兼印刷者为进步书局，印刷所为中华书局（上海静安寺路一九二号），发行所为文明书局（上海棋盘街），分售处为各省中华书局。民国六年（1917）二月初版，全一册，凡74页，每部定价洋一角。

全书不分章节，无序跋。

卷首有《车中女郎提要》，其文为：

> 一女子拥有巨资，为人所赚，置诸僻地。其未婚夫雇探访觅嫌疑多人，未得真犯。厥后乃侦得其族中老儒之私生子，实为之。山穷水尽，佳境乃见，文笔似之。

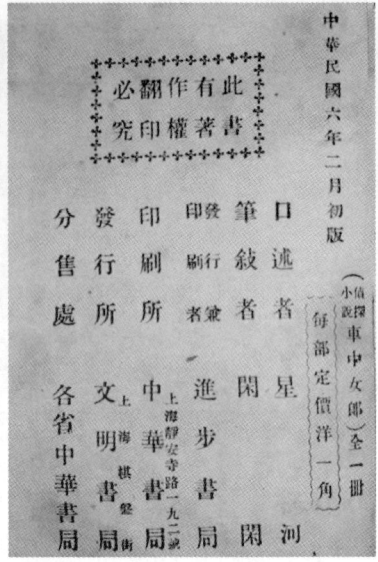

第四集

《天界共和》

《天界共和》，题"滑稽小说"与"讽世小说"，版权页署民国十年（1921）五月再版，编辑者为钱塘蒋景缄、江都贡少芹，印刷兼发行者为文明书局，发行所为文明书局（上海棋盘街），分售处为各埠中华书局。全一册，凡100页，每部定价洋一角五分。民国十五年（1926）七月五版。【上海图书馆藏】民国七年（1918）初版，未见。五版本的封面和版权页相同，前者载录，后者从略。

全书一册，100页。凡十回，有回目，无序跋。回目如下：
第一回　孙行者破除专制圈　黎洞仙首倡共和局
第二回　没奈何张大帝逊位　乘时势通臂猿出山
第三回　弄神通财神迁宅　剥地皮土地诉冤
第四回　黎夫人提倡女学堂　周公瑾私借外国债
第五回　蟠桃宴议员鏖口舌　兜率宫同气动参商
第六回　助瘟种二郎驱瘦犬　痛狂吹老子哭青牛

第七回　恣酣眠狮魂不醒　逞游说幅翼骑墙
第八回　天医星提议革心方　阎罗王请修新地狱
第九回　大财神出资谋帝制　古种尧倡议保共和
第十回　取消帝制老猿归山　再造共和洞仙继位

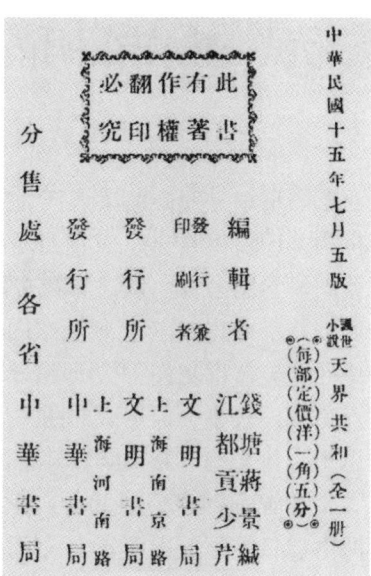

有提要，其文为：

　　此借孙行者立说，共和影响及于天界，不可谓非行者之魔力。惟一般公民不受共和之福，而转受共和之害，权利攘夺，甚于专制，当亦行者所不料。文笔以滑稽出之，处处切定天国，语语警醒党人。谐而实庄，讽而兼劝，奋迅回头，或不至天倾地陷也。

九　亚东图书馆《名家小说》叙录

亚东图书馆是安徽绩溪人汪孟邹1913年创办于上海的一家小型独资出版机构，1953年停业。其前身是1903年由胡子承、汪孟邹和周栋臣创建的芜湖科学图书社。该馆与新文化倡导者陈独秀、胡适，以及章士钊关系密切。其宗旨正如《上海亚东图书馆宣言》所称，"综辑群艺百家之言，迻译欧美命世之作"①，即编译各种书籍，尤其新文化及新文学书籍。其特点是规模较小，但出版的图书质量很高，其出版物思想进步，意在宣传新思想、新文化、新文学。其在国内外的代售处数十家，其中辽宁省十一家、吉林省十四家、河北省六家、天津四家、北平八家、山东省三十家、河南省二十家、山西省十一家、陕西省十五家、甘肃省十二家、江苏省三十五家、安徽省十家、江西省七家、福建省十八家、湖北省十二家、湖南省九家、四川省四十五家、广东省三十四家、广西省（现在为自治区）十家、云南省十三家、贵州省五家、台湾地区五家，海外共十四家。②

1916年9月，甲寅杂志社出版的《孝感记》（甲寅杂志社出版，亚东图书馆印行）刊载了一份小说广告，列出十种作品的名称、作者和定价。内容如下：

《双枰记》　烂柯山人（即章士钊）著　三角
《女娀记》　老谈著　二角五分
《白丝巾》　老谈著　一角四分
《孝感记》　老谈著　一角四分
《绛纱记·焚剑记》合本　昙鸾（即苏曼殊）著　二角

---

① 汪原放：《亚东图书馆与陈独秀》，学林出版社2006年版，第25页。
② 汪原放：《亚东图书馆与陈独秀》，学林出版社2006年版，第287—294页。

《西泠异简记》　寂寞程生（即程演生著）　三角
《孤云传》　白虚（即陈白虚）著　一角二分
《侠女记》　鲍夫著　一角
《喁啾漫记》　鲍夫著　二角五分
《说元室述闻》　兹著　三角

　　1922年3月，上海亚东图书馆再版，1924年三版，1936年2月六版。分上、中、下三册，把这十种小说作品集中出版，冠名《名家小说》。这十种小说作品一部部连续单独出版，则为丛书，汇合一起出版则为合集。甲寅杂志社与亚东图书馆关系密切，版权让渡比较容易。现对这十种小说展开叙录。

《白丝巾》

　　《白丝巾》，老谈著，甲寅杂志社出版，亚东图书馆印行，亚东图书馆（上海四马路福华里）总发行，民国五年（1916）九月。全一册，凡62页，定价大洋一角四分。48开本。另外，该作收入合订本。1922年3月，上海亚东图书馆出版的《名家小说》分上中下三卷，每卷一册。上卷收入《双枰记》《西泠异简记》《孤云传》三篇，中卷收入《说元室述闻》《唧啾漫记》《侠女记》三篇，下卷收入《绛纱记》《焚剑记》《女娀记》《白丝巾》《孝感记》五种。

全文凡十节，无节目。

《孤云传》

《孤云传》，白虚（即陈白虚）著，甲寅杂志社出版，亚东图书馆印行，亚东图书馆（上海四马路福华里）总发行，民国五年（1916）九月。全一册，凡54页，定价大洋一角二分。48开本。另外，该作收入合订本《名家小说》上卷。

全文不分章节，无序跋。篇末有作者白虚的一段评述文字，兹录如下：

> 白虚曰：有中国今日之社会，自有孤云、玉姑、影仙其人。是三人者，既为今日社会中之一人，而又不适于今日之社会，虽欲不

死不禅不尼不得也。若状元、若公子、若冯公、若冠三、若王生、若无咎，甚若山中樵夫、茶亭老妪，皆是善人，而尚有一二微适今日社会之质点，故其生也，无剧烈之痛。至影仙之叔，玉姑之母之兄，伏龙寺之僧，邻家之妇，知事巡抚，则造成今日社会之中坚人物者，颠持以一身荡漾其间。初未能战胜此中坚人物，使孤云不僧玉姑不死，影仙不尼，而状元、公子、冯公、冠三、王生、无咎、茶亭老妪、山中樵夫诸可以为善者，有以成其善，此颠持所以适成其为颠持也夫。

孤雲傳

白虛

張顛持僑寓江右有故人童冠三者統帶新軍頗負時望一日過張舊談次張無意取童摺扇展閱上有細草書詠女伶小靈芝二絕靈芝繼楊翠喜而起者詩云清歌入海百珠馳繞國妖覺夜落時花傍戰塲紅似火滿城又說小靈芝自註或言靈芝丹徒產也復題二十八字云秋娘死後廢琵琶城上空留北府鴉十載不談鄉國事江風吹動女兒花又哭亡友三首云狼山東去海雲寒

《绛纱记·焚剑记》

《绛纱记·焚剑记》，昙鸾（即苏曼殊）著，甲寅杂志社出版，亚东图书馆印行，亚东图书馆（上海四马路福华里）总发行，民国五年（1916）九月。《绛纱记》凡 48 页，《焚剑记》凡 32 页，合计 80 页。全一册，定价大洋二角。48 开本。另外，该二作收入合订本《名家小说》下卷。

《绛纱记》与《焚剑记》均不分章节。《绛纱记》篇首有序言两篇，一为烂柯山人（即章士钊）所做的《序一》，一为陈独秀所做的《序二》。《序一》兹录如下：

人生有真，世人苦不知，彼自谓知之，仍不知耳。苟其知之，未有一日能生其生者也，何也？知者行也。一知人生真处，必且起而即之。方今世道虽有进，而其虚伪罪恶，尚不容真人生者存。即之而不得处豚，笠而梦游天国，非有情者所堪也，是宜死矣。英有小说名家曰王尔德，曾写一妙龄女优，色艺倾一时，演沙翁剧中罗密禾一出，已去岳丽艳，与罗密禾相爱，体贴微妙，曲曲传神，自观者视之，真天下有情眷属也。无何，与一美少年遇。美少年爱之至，每夕必包厢，观岳丽艳剧终，必至幕后与之温语。岳丽艳不知美少年名，惟称之曰美丽之王，如是者久之。岳丽艳不自觉，渐移其所以爱罗密禾者，爱此美丽之王。一夕，美丽之王招两密友，至剧场共赏岳丽艳。岳丽艳登场，忽如泥美人，不知所以为演，观者大沮丧，两密友尤不欢，未终曲而去。美少年羞愤交迸，无所措手足。幕刚下，即走觅岳丽艳，将痛责之。未及言，岳丽艳即抱美少年，求亲其吻，谓儿新见人生真处，儿胡爱彼粉面假发之罗密禾，而不尽钟吾爱，爱美丽之王。美丽之王不顾，盛气叱之，岳丽艳寻悟，求其恕己，以后不复尔。美少年仍不顾，悻悻作色，绝之而去。岳丽艳独坐泣，移时，入洗妆室，不复出。翌晨，伦敦新闻纸中，竟传女优仰药死矣。余读之，窃叹女优之为人生解人。彼已知人生之真，使不得即，不死何待，是固不论不得即者之为何境也。吾友何靡施之死，死于是；昙鸾之友薛梦珠之坐化，化于是；罗霈玉之自裁，裁于是。昙鸾曰：为情之正，诚哉正也。吾既撰《双枰记》，宜宣扬此义，复喜昙鸾作《绛纱记》，于余意恰合。昙鸾谓余当序之，又焉可辞。乙卯夏日烂柯山人

《序二》兹录如下：

烂柯山人前造《双枰记》，余与昙鸾皆叙之。今昙鸾造《绛纱记》，亦令烂柯山人及余作叙。余性懒惰，每日醲面进食，且以为多事，视执笔为文，宁担大粪，乃以吾三人文字之缘，受书及序而读之，不禁泫然而言曰：嗟乎！人生最难解之问题有二：曰死曰爱。死

与爱，皆有生必然之事。佛说十二因缘，约其义曰：老死缘生，生缘爱，爱缘无明。夫众生无尽，无明无始而讵有终耶？阿赖耶舍藏万有，无明亦在其中，岂突起可灭之物耶？一心具真如生灭二用，果能助甲而绝乙耶？其理为常识所难通，则绝死弃爱为妄想，而生人之善恶悲欢，遂纷然杂呈，不可说其究竟。耶氏言万物造于神复归于神，其说与印度婆罗门言梵天也相类，而其相异之点，则在耶教不否定现世界，且主张神爱人类，人类亦应相爱以称神意。审此耶氏之解释死与爱二问题，视佛说为妥帖而易施矣。然可怜之人类果绝，无能动之力如耶氏之说耶？或万能之神体，为主张万物自然化生者所否定，则亦未见其为安身立命之教也。然则人生之真果如何耶？予盖以为尔时人智尚浅，与其强信而自蔽，不若怀疑以俟明。昙鸾（鸾）此书，殆亦怀疑之义欤？鸾昙（昙鸾）与其友梦珠行事绝相类，庄周梦蝴蝶，蝴蝶化庄周，予亦不暇别其名实。昙鸾存而五姑殁，梦珠殁而秋云存，一殁一存，而肉薄夫死与爱也，各造其极。五姑临终，且有他生之约，梦珠方了彻生死大事，宜脱然无所顾恋矣。然半角绛纱，犹见于灰烬，死也爱也，果孰为究竟也耶？爱尔兰剧家王尔德（Oscar Wilde）之传犹太王女萨乐美（Salome）也，有预言者以忤王，及后系之地窖。萨乐美悦其美，私出之，赞叹其声音，赞叹其肤发，求与之近而弗获。终乃赞叹其唇，坚欲亲之，而为预言者所峻拒。王悦萨乐美之舞，弗靓其舞，则废寝食。萨乐美以此诡要王，取预言者之首，力亲其唇，狂喜欲绝，继悟其死，又悲不自胜，以此触王怒见杀。王尔德以自然派文学驰声今世，其书写死与爱，可谓淋漓尽致矣。法人柯姆特（Comte）有言曰："爱情者，生活之本源也。"斯义也，无悖于佛，无悖于耶。萨乐美知之，岳丽艳知之，何靡施知之，麦五姑知之，薛梦珠知之，霏玉知之。若王尔德，若昙鸾，若烂柯山人，若予，皆强不知以为知者欤？乙卯六月独秀叙于春申江上

正文首昙鸾有一段话，颇有意味，兹录如下：

昙鸾曰：予友生多哀怨之事，顾其情楚恻，有落叶哀蝉之叹者，则莫若梦珠。吾书今先揭梦珠小传，然后述余遭遇，以眇躬为书中关键，亦流离辛苦，幸免横夭，古人所以畏蜂虿也。

《女蜮记》

《女蜮记》，老谈著，甲寅杂志社出版，亚东图书馆印行，亚东图书馆（上海四马路福华里）总发行，民国五年（1916）九月。全一册，凡122页，定价大洋二角五分。48开本。另外，该作收入合订本《名家小说》下卷。

全文凡十六章，无章目，无序跋。第一章有很强的评述性，颇有价值，摘录如下：

> 曩见欧洲小说家所著白女鬼事，叙其美丽，殆如天人，宜其心性，柔婉淑静，方与彼天赋之绝色相表里，乃残毒险狠，虽莽男子无以过之，殊致疑讶。盖以女子心性，与男子略殊，其灵慧敏妙，或有时过于男子，而慈善之念，每较男子为多。至赋性美丽者，尤恒具一种缠绵委婉之情愫，非寻常男子所能仿佛者。纵有禀赋异常，或涉乖戾，亦不至杀人越货，如白女鬼之甚。呜呼！今而知井蛙不可以观天，夏虫不可以语冰，犹记者之所见未广也。

语曰：人心之不同，正如其面，面既千万人不可或同，心又何得而或同？然则以一人之思想，而推阐众人之心理，以男子之测度，而拟议女子之意念，更何能尽其常而穷其变？记者于握管抒纸，将写此《女蜮记》之先，不禁瞿然自陋，悄然自嗤，以为畴昔致疑于白女鬼者，殊昧昧也。

蜮字为物，古谓为短狐，一名射工，又名射影，能含沙以射人影，故毛诗有为鬼为蜮之喻，以其有害于人，而使人以不及防，且更使人以不及料。今以况彼女子，或几疑为过当，良不知记中所写之女子，其一点芳心中，隐晦酷虐，几陷其久所爱慕之情人于不测，实非聪明才智之男子所能逆计。彼时人以其不易觉察，即潜中其机，与蜮差类，因谥之曰女蜮。其实充彼狠毒之念，有非蜮所能及，直可超过其伎俩数倍者。今以其既有此女蜮之嘉名，姑亦仍之，盖欲求其他一动物，足以差相比拟者，不易得也。历来中外载籍，无论叙述何人何事，均以劈空而来，或间间叙起，使读者初不知其正义之所在，方得有峰回路转，层出不穷之趣。若一起，便即标明崖略，读者已胸中了然，则后文纵极幻窅离奇，亦不足以耐人寻味。今《女蜮记》则一改变其常法，特先表出正义，更综述其崖略，读者既完此第一章，心目中固已有一预定女蜮之情事在，而不料读至末章，在在处处，均出读者之意外也。女蜮之姓字，传者且佚没无考。殆既有女蜮之称谓，人悉以女蜮呼之，转可藏其姓字，以免千万人之诟病，未始非其大幸。然其时代与所关合之人，则又凿凿可据，非无可按索者比。

篇末有作者的一段评述，兹录如下：

老谈曰：甚矣，女子之可畏也，以女蜮之姿态，虽未必如西洋白女鬼之美，而其狠戾之心，足与相并，几令人疑凡至美之女子，均有此致人于死之手腕。至其以毒饵强食其夫，尤不能不令人懔懔。设老吴少欠灵警，未有不遭其害者。尤物害人，竟如是耶？女蜮之名女蜮，信非虚誉也。世遇美人而轻于倾慕者，曷引为鉴。

《双枰记》

《双枰记》，烂柯山人（即章士钊）著，甲寅杂志社出版，亚东图书馆印行，亚东图书馆（上海四马路福华里）总发行，民国五年（1916）九月。全一册，凡112页，定价大洋三角。48开本。另外，该作收入合订本《名家小说》上卷。

全文不分章节。篇首有二序，篇末无跋。《叙一》由陈独秀撰写，兹录如下：

> 何郎弱冠称神勇，章子当年有令名；枯骨可曾归闽海，文章今已动英京。此予辛亥春居临安时所作存殁六章之一也。存者为烂柯山人，殁者为何靡施。今予不知何故，忽来江户，烂柯山人持所造《双枰记》来令予叙。作书者及此书主人，皆在予诗中，作诗之人亦复陷入书中。予读既竟，国家、社会、过去、未来之无限悲伤，一一涌现于脑里。今不具陈，人将谓予小题大做也。

十年前中国民党之零丁孤苦，岂不更甚于今日。当年咸以脆薄自伤，由今思之，有道德，有诚意，有牺牲精神，由纯粹之爱国心而主张革命，如赵伯先、杨笃生、吴孟侠、陈星台、何靡施者，其人云亡，其魂不返，虽奔走国事者遍海内外，吾辈迂儒之隐忧，得未少减。赵、杨、吴、陈不惜自戕以励薄俗，恐国人已忘其教训，即予亦堕落不堪，愧对亡友矣。靡施之死，殉情邪？愤世邪？盖未可偏执一见。其出于高尚之牺牲精神，非卑劣弱虫所可议其是非，可断言也。夫自杀者，非必为至高无上之行，惟求之吾贪劣庸懦之民，实属难能而可贵。即靡施之死，纯为殉情，亦足以励薄俗，罢民之用情者既寡，而殉情者绝无，此实民族衰弱之征。予读《双枰记》，固不独为亡友悲也。

泥城公校，固革命精神所充满者也。靡施为之魁，旋以内讧外患交逼而仆。其凌乱可怜之状，不啻为今日民党写一小影。靡施以一死解脱其无穷悲愤，诚无聊之极思，使靡施尚在，其悲愤恐更甚于当年，岂复有解脱之善计。具此观念而读《双枰记》，欲自制其同情之泪，末由也矣。

书中人之怀抱与境遇，既如上文所陈，而作书者之怀抱与境遇，亦欲以略告读者。烂柯山人尝以纯白书生自励，予亦以此许之。烂柯山人素恶专横政治与习惯，对国家主张人民之自由权利，对社会主张个人之自由权利，此亦予所极表同情者也。团体之成立，乃以维持及发达个体之权利已耳。个体之权利不存在，则团体遂无存在之必要，必欲存之，是曰盲动。烂柯山人之作此书，非标榜此义者也，而于此义有关系存焉。作书缘起，乃以代倭市之箫，鬻于某氏拟设之《大江日报》，功未竣而欧行。在欧复为饥驱，《大江报》亦未出版，作者遂改鬻其稿于宛平某报，以前受某氏贽故，别造他文以易之。夫寒士卖文为生，已为天下至苦之境，而作者且以此因缘招天下无穷之谤，益可怜矣。悠悠之口，不必与较。所最悲者，与作者十余载志同道合之杨笃生，亦因此以不恕之辞加于作者，致为他人所借口。此作者之所痛心者欤？笃生性挚量狭，殷忧乱神，急不择语。今日而提论及此，只增作者怀旧之悲，他复何语，使褊狭社会，复因此推波助澜以造成专横政治之结果，恐亦笃生之所痛心者欤？作者称此书为不祥之书，予亦云然。今以予不祥之人，叙此不祥之书，献于不祥之社会。书中人不祥之痛苦，予可痛哭而道之，作者及社会不祥之痛苦，予不获尽情痛哭道之者也。呜呼！

民国三年九月日独秀山民识于日本江户

《叙二》由燕子山僧（即苏曼殊）撰写，兹录如下：

燕子山僧案：烂柯山人此箸来意，实纪亡友何靡施性情遭际，从头至尾，无一生砌之笔。所谓无限伤心，却不作态，而微词正义，又岂甘为何子一人造狎语邪？夫士君子惟恐修名不立，顾为嬰嬰婉婉者损其天年，奚独何子？殆亦言者一往情深，劝惩垂诫焉耳。若夫东家之子，三五之年，飘香曳裾之姿，掩袖回眸之艳，罗带银钩，绡巾红泪，帘外芭蕉之雨，陌头杨柳之烟，人生好梦，侭（尽）逐春风，是亦难言者矣。乃书记翩翩，镇翡翠以为床，拗珊瑚而作笔。宝鼎香消，写流魂于异域；月华如水，听堕叶于行宫。故宅江山，梨花云梦，燕子庵中，泪眼更谁愁似我。小夯山下，手持寒锡吊才人，欲结同心，天涯何许，不独秋风鸣鸟，闻者生哀也已。甲寅七月七日

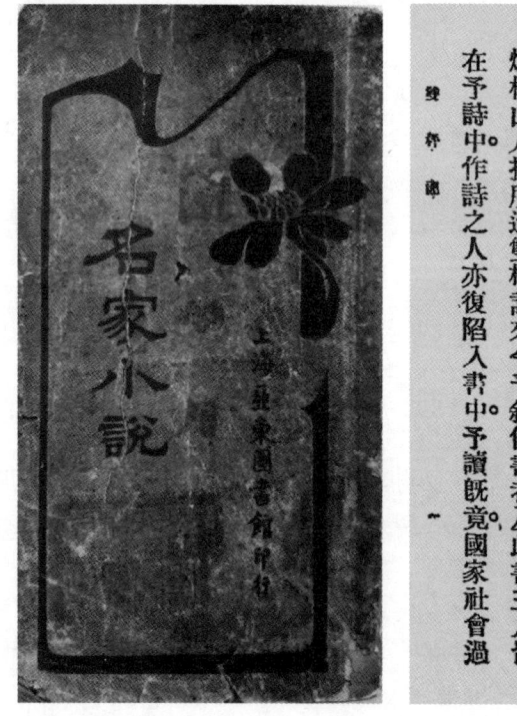

正文首有烂柯山人的议论性小言，摘录如下：

九　亚东图书馆《名家小说》叙录　409

烂柯山人曰：余记此事，乃不能详其究竟。书中要人，或中道暴折，或莫知所终。今所得刺取入吾书者，仅于身历耳闻而止。然小说者，人生之镜也，使其镜忠于写照，则即留人间一片影，此片影要有真价。吾书所记，直吾国婚制新旧交接之一片影耳。至得为忠实之镜与否，一任读者评之。

《说元室述闻》

《说元室述闻》，兹著，甲寅杂志社出版，亚东图书馆印行，亚东图书馆（上海四马路福华里）总发行，民国五年（1916）九月。全一册，凡174页，定价大洋三角。48开本。另外，该作收入合订本《名家小说》中卷。

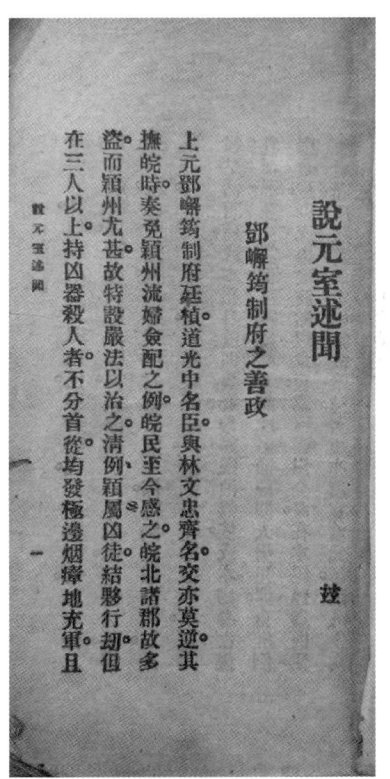

该作为笔记小说，凡三十三则，无序跋。三十三则包括：邓嶰筠制府之善政、招宝山战事、纪吴县诸生狱、词臣自请为本县令、雍正间浙江修志之事、二百四十年前之孙文、纪江张中丞靖变事、纪江南生、郭筠仙侍

郎与左相凶终始末、叶相之奢汰、陈子鹤尚书轶事、僧亲王之服郭筠仙、玉瓮、石达开轶事、周汉夫妇能诗、兵车行、前清工部假印案、纪德国放专使案、纪韩登举事、苗霈霖遗诗、纪章嘉国师事、满洲大臣之纰缪、纪李合肥轶事、纪明地山人琴、赵瓯北之控袁子才、纪杨安城出塞事、清孝钦后那拉氏轶事、纪珍妃轶事及辨殉国异闻、咸丰丁巳英人广州入城始末记、明成祖登避异闻、康熙时秦民窑役之苦、乾隆废后异闻、纪湘潭湘赣两省人械斗案、方望溪之谬论、罗台山先生轶事、纪靳禄、临潼三异人、让圃、地方官禁令璞纪咸丰间合州冤案始末记。

《西泠异简记》

《西泠异简记》，寂寞程生（即程演生）撰著，甲寅杂志社出版，亚东图书馆印行，亚东图书馆（上海四马路福华里）总发行，民国五年（1916）九月。全一册，凡172页，定价大洋三角。48开本。该作收入合订本《名家小说》上卷。

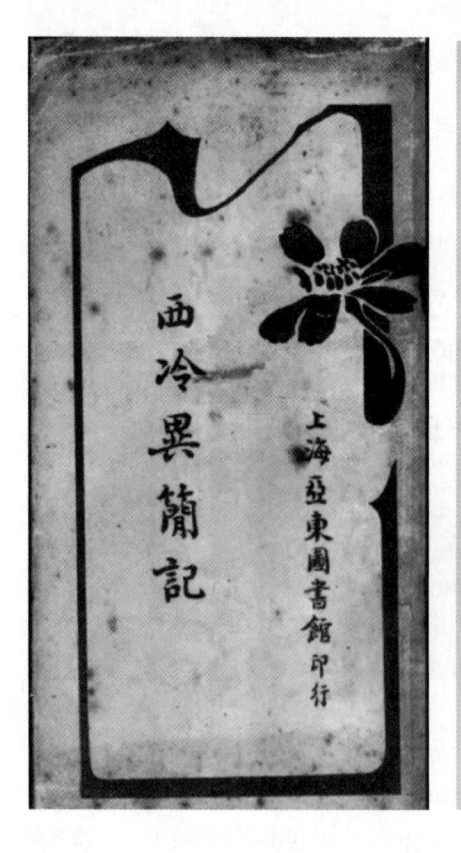

著者寂寞程生（即程演生）生平不详，待考。
第一章实际上是写作缘起，兹录如下：

  寂寞程生曰：今小说之著甚多，而于言情言爱为尤伙。有识者咸引为大忧，谓风俗之败怀，青年之堕落，皆缘是之媒。其厉者且欲禁之。然予以为此非探本溯原之筹议，特支见偶及，而不知实有一大劣因之所诱致，固不在此而在彼也。果言情小说之效力，有足以激我少年民族纯洁之血气，能钟于情，殉于情，吾方且祝之尸。善夫吾友独秀君之序烂柯山人之《双枰记》曰："靡施之死，纯为殉情，亦足以励薄俗，罢民用情者既寡，而殉情者绝无，此实民族衰弱之征。"昔王夷甫亦曰："圣人忘情。（忘情者，非无情，正言其用情之大殉情之真也。孔不暖席墨，不黔灶；释迦愿度尽有情；耶稣示死十字架，皆情之钟也。）最下不及情，情之所钟，正在我辈。"斯皆透边刊中之极谈，实有无量之宏诣（旨）存在，匪直嫉俗愤世云云。夫情之所钟，其为体至不一，而用焉则可以通阴阳，可以达精诚，顺逆致感，中外相应。（郑康成《礼运》注曰："情以通阴阳"。又《问丧》注曰："人情之中外相应。"）诗以成，礼以作，诗三百篇大抵缘情之作，礼则圣人因乎人情而制。盖无往而不可施。然要推其所归宿，则莫非由此一大性善之所宣化耳。《礼经》曰："反情以和其志。"又曰："情深而文明。"刘歆《七略》曰："情者，性之符也。"班固《白虎通德论》曰："情所以辅性。"是故情用之于父母也，则曰孝，于昆弟也，则曰悌，于朋友之交也，则曰忠信，于男女之悦也，则曰爱情，推而大之，至于人群，加乎庶物，则曰仁曰义。由此观之，情之所被，其不贞大，惟兹罢民。德不足以弼其性，情亦无以守其真。但嗜夫财，贪夫媱，沉溺乎官爵，桀者乃复欲逞其专制之毒，横戾之政，贼夫共和，范围社会，挟持人心，聚意复其帝王独夫之仪式。弱者既无克自振，刮去贪鄙，则又只有逢桀者之恶，服盗贼之服，行妾妇之行，窃其残食，假其余威，虽遭屈辱，犹力作其一官夸人之态，恬不为耻，于是一国之内，贵贱分焉；一家之内，势利存焉。跪诈奸险恶，虚伪巧媚，习为恒俗，罔不登极，而欲求所谓天赋本然之性，性发至善之情，情锺如实之地，纯而不驳，诚而不污，窅不可得矣。然后家庭之内，难言孝悌；交际之间，难言忠信；男女之爱，亦难言贞洁。何者？所趋者贱，则所归者自污耳。故中国今日之民族，即男女之爱悦，亦难有钟情者，况殉情者乎？要知夫能殉男女爱悦之情者，即足以尽孝于父母。（古初之冒火伏棺，见《东观汉记》；曹娥之沉江觅户，见《后汉书》，皆殉于父母之情者也。）致信于朋友（伯牙之碎琴断弦，见《说苑》；范式之以身代死，见《世说》，皆殉于朋友之情者也。）杀身以成任，引死以就义，用真挚之情之所至，固为同相，非异非二也。然惟今之著言情小说者，亦多不能就斯义而阐发之力导之，乃大都涂抹任笔，结撰肆意，有女皆贾氏，无男不王昌，藻饰也，则滥语浓辞，本事也，则任意放荡，或目成而心即许，或欲侈而身即离，斯则又皆执笔述事者，缘罢民之心理，构秽乱之行为，不识纠正其情爱之所止，变本加厉之过耳，而言情小说固可任其咎乎？此吾西泠异简记之所以作也。

寂寞程生曰：吾所闻《西泠异简》事如此因具，载之其后，有传说者，则莫知孰是矣。或谓琴香公子往美州，果寻得霞姑，遂由亚丽司脱主婚，成嘉礼。更劝秋影居士纳小鸾，或又谓琴香公子至美州，竟未寻着霞姑，小鸾终为女冠，而秋影居士则携琴香公子往浙东，依一老僧，了度枯静之生活云。

《侠女记》

《侠女记》，匏夫撰著，甲寅杂志社出版，亚东图书馆印行，亚东图书馆（上海四马路福华里）总发行，民国五年（1916）九月。全一册，凡49页，定价大洋一角。48开本。该作收入合订本《名家小说》中卷。

1913年，亚东图书馆曾在上海各报刊登《上海亚东图书馆宣言》，其文如下：

> 中国书籍之兴，肇于《坟》《典》，隆于晚周。暴秦燔灭文章以愚黔首，汉兴，书缺简脱，而向、歆所录尚有三万数千卷，百家咸备，繄古艺文，炳焉可观矣。西方希腊、罗马，文教覃敷，亦当中国周、秦之际，东西相较，无多让也。
>
> 顾自意大利国文艺复兴，五百年来，欧洲列国，百家竞起，继轨增饰，制作之富，溢市阗城。官书庋蓄，且轶天禄、石渠之盛。东邻文艺，虽不能比隆欧、美，亦足以逴跞诸夏。识者将于此校民族之文野、卜国势之隆替焉。
>
> 诸夏之不振，因缘万端，宋、明以来，尊向制艺，废置《诗》《书》，人知以晦，国力以堕，此其大原也。近岁情势稍稍变矣，然

犹攘臂论政之士多，冥心著述之士少。人不知古今，予以印绶，则为土偶；予以戈矛，则为盗贼。群一国不学无文之人民，虽有圣君、哲相，求几及小康且不易，况期以共和大同也耶！

同人夙凛斯义，相与醵金立社，最（聚）海内耆宿、欧学巨子，综辑群艺百家之言，迻译欧美命世之作，接翼并轨，以趣修途，邦人诸友，倘亦乐观其成也。

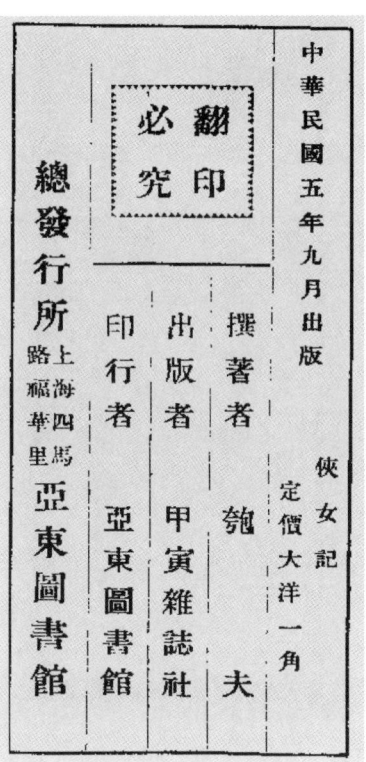

《孝感记》

《孝感记》，老谈撰著，甲寅杂志社出版，亚东图书馆印行，亚东图书馆（上海四马路福华里）总发行，民国五年（1916）九月。全一册，凡60页，定价大洋一角四分。48开本。该作收入合订本《名家小说》下卷。

全文不分章节，无序跋。

卷中有一则告白，内容为：

本馆发行各种小说，皆当代著名文学家如章行严（即烂柯山人）、苏曼殊（即昙鸾）、老谈诸君。所撰著《双枰记》一种即行严先生最近之作，其余亦经先生手自选定，皆表情高尚，行文懿美，为近世文艺中最上乘品，业余有暇，能手一卷，读之不仅有裨神志，且可助长文思，实难得之小说也。

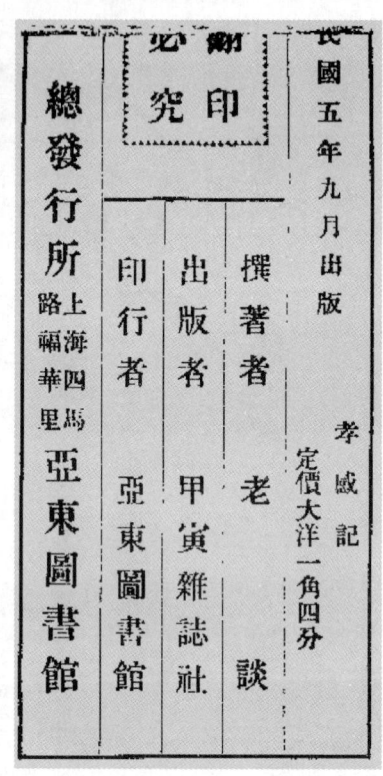

篇首有一段议论颇能体现历史转型时期伦理观念嬗变的状况，摘录如下：

孝为吾国伦理上第一要义，然居今日而言孝，舍少数旧思想家，鲜有不视为腐败，訾为顽固者。殆道德之沦丧久矣，小说以孝感名，背于现时社会心理尤甚。然记者此篇，初不欲仅供旧思想家读也，俗有转移，情无变异，果能言情真切，或未必为俗见摒，矧旨趣真纯，情词悱恻，纵怨女痴儿，亦当欣赏而领悟之矣，宁常人哉！是篇虽掇于时，正冀其转以见重耳。

《啁啾漫记》

《啁啾漫记》，匏夫著，甲寅杂志社出版，亚东图书馆印行，亚东图书馆（上海四马路福华里）总发行，民国五年（1916）九月。全一册，凡122页，定价大洋二角五分。48开本。另外，该作收入合订本《名家小说》中卷。

毕秋帆制軍沅好儒雅敬愛文士人有一藝一長必馳幣聘請惟恐不來來則厚賚給之開府秦豫歲以數萬金遍惠貧士以故江左名流及故人之罷官無歸者多往依之其時孫星衍洪亮吉輩留幕府最久後皆擢第始散去星衍喜謾罵人一署中疾之若讐

畢秋帆制軍軼事

啁啾漫記

匏夫

该作为笔记小说，凡四十五则，无序跋。这四十五则包括：毕秋帆制军轶事、金堡、纪周昌发窃出江忠源遗骸事、刘岘庄制军轶事、纪赵申乔父子、魏叔子轶事、王纲、钱牧斋轶事、纪陈侍御、江忠烈公遗事、毛西河轶事、记朱生、清德宗西狩琐闻、仇山邨遗诗、彭躬庵逸事、朝鲜越南文献一斑、纪康熙己未博学宏词科、傅星岩相国逸事、大臣不跪见诸王之始、书任侍御、文字狱之一、允禵遗事、沈归愚轶事、海兰察遗事、书罗慎斋事、宣宗重视清语、书胡穆孟事、犬寄诗、纪鲍廷博藏书事、陈玉成遗事、纪石仑森狱事始末、纪骆文忠公剔除漕弊事、张文敏公轶事、书陈鹿笙、杂闻、陆广霖谏禁鸭寮、书李有恒狱、书黄烈女事、大乔、罗念庵遗诗、程简敬公遗事、纪天和尚、骆文忠公之知人、述征君门定鳌语、纪陈希祥计杀林自清事。

十　交通图书馆《名著小说一千种》叙录

交通图书馆简介，不详，待考。

1917年8月，上海交通图书馆出版的许指严著的《复辟半月记》中载有一份广告《名著小说一千种》，根据编号列出十二类笔记小说作品集，内容包括书名、编纂者以及内容提要，编号与书名如下：

第一类《爱国英雄小史》

第二类《天涯异人传》

第三类《情天绮语》

第四类《名闺奇媛案》

第五类《六十四奇案》

第六类《稗史秘籍》

第七类《胜国名人轶事》

第八类《漫游志异》

第九类《外交思痛录》

第十类《世界亡国稗史》

第十一类《尘寰奇觚》

第十二类《香艳大观》

需要特别说明的是，这份广告存在一点瑕疵，即"第五类《六十四奇案》"有误，版权页署"第九类"。第七类《胜国名人轶事》应为王瀛洲所编纂的《清代名人轶事》。

《爱国英雄小史》

《爱国英雄小史》，题"名著小说一千种第一类"。版权页署编纂者为王瀛洲，评点者为吴绮缘，校订者为姜侠魂，发行者为交通图书馆，分售处为本外埠各大书局，总发行所为交通图书馆（上海交通路、苏州观前街）。民国六年（1917）八月一号初版。全一册，凡144页，定价大洋五角。

编纂者王瀛洲,浙江绍兴人,字汉彤,号蒨士、蒨如、眉禅,室名瘦桐山庄、白荷花馆(又《白荷花馆丛稿》载1918年《沪江月》杂志)。南社社友,曾主上海《天韵日报》,撰有《侠客骇闻》等。①

全书分上下两编,均有目录,下编目录从略,上编目录为:

陆世錀(瞻庐)	唐培(朱剑山)
难兄难弟(茸颠)	盛家培(朦绰)
周生(东野)	滕玉亭(友云)
庐象昇(古盐官兽生)	何秀林(时芳)
失名之英雄(黄花奴)	宗元爵(时芳)
唐景曜(朱剑山)	方知府(时芳)
三总兵(希光)	陈宝(时芳)
凌城庙(茸颠)	陈炳(时芳)
曹志忠(时芳)	邱将军(病盦)
黄牺生(陈澹然)	李氏父子(时芳)
巾帼英雄(似春)	韩都司(时芳)
朱霞(剑山)	丁爵(时芳)
左宝贵(时芳)	简大狮(简时雨)
陈化成(海若)	薛义士(赛盦)
邓世昌(时芳)	爱国丐一(李涵秋)
徐忠(朱剑山)	爱国丐二(绮缘)
徐大华(时芳)	爱国妓(绮缘)
黄腾鸿(希光)	

卷首有王瀛洲的《自序》,卷末有《跋》,《跋》从略,《自序》如下:

瀛洲曰:余辑是书,寸心中觉蕴无限感慨,颇欲一吐为快。溯吾国自改革以还,民气销沈,已臻极点,国民之真知爱国者几寥若晨星,故余谓吾国字典中殆无爱国二字,长此梦梦,不亡何待?此有识之士所引为深忧而谋所以警觉之也。顾近顷坊间出版小说,大都趋重言情,关于国家社会之作百无一见,即有之类皆撷拾旧说郛之唾余,

---

① 参见陈玉堂编著《中国近现代人物名号大辞典》,浙江古籍出版社1993年版,第58页,陈氏误为《侠客奇闻》。

内容陈腐，读之令人昏昏欲睡，反不如言情小说满纸情爱之有味，此不受一般人欢迎之一大原因也。今吾书侈言爱国，以饷吾新进青年，搜辑务求其广，选取务求其精，力矫腐俗之弊。愿读吾书者，移其志名志利之热忱，而志于爱国，则鲰生馨香拜祷，更自庆吾书之非虚辑也。

丁巳孟夏下浣汉彤王瀛洲自序于瘦簃

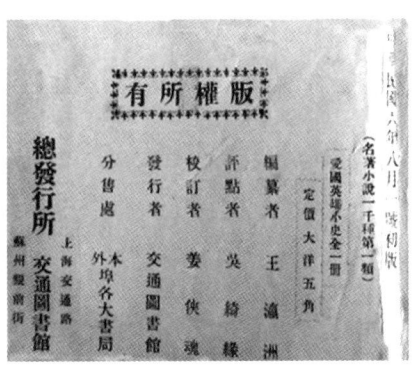

《情天绮语》

《情天绮语》，题"名著小说一千种第三类"。再版本版权页署编纂者为情禅室主，眉批者为曼殊，评点者为江头人，校订者为姜侠魂，发行者为交通图书馆，分售处为本外埠各大书局，总发行所为交通图书馆（上海交通路、苏州观前街）。民国六年（1917）八月一号初版，民国七年（1918）五月十号再版。全一册，凡154页，定价大洋五角。

该书为文言短篇小说集，收入作品五十二篇，篇目依次为：《春雯》（林琴南）、《吴生》（香山无我）、《馨儿》（铎）、《王孙》（阙名）、《谭生》（阙名）、《鹦媒记》（王韬）、《柔珠》（王韬）、《寰仙》（王韬）、《玉笥生》（王韬）、《绿芸》（王韬）、《眉修》（王韬）、《荟英》（车心）、《小说家》（龋僧）、《小情种》（阙名）、《朝云》（雪泥）、《憨女》（闺生）、《某生》（阙名）、《林素芬》（武神）、《郑芝兰》（李警众）、《错缘》(铁儿)、《王翠翘》(阙名)、《桂儿》(剑峰)、《盗妹》(阙名)、《柳枝》(佩兰)、《血影》(阙名)、《佛殿鸳鸯》(阙名)、《恋敌交欢》(庞檗子)、《陈雨闻》(胡寄尘)、《崔素杜鹃》(胡寄尘)、《紫鹃》(逸梅)、《桂银》(市隐)、《同命鸳鸯》(拜吾)、《周鹃》(梦生)、《蕊玉》(德润)、《阿凤》(阙名)、《娟娟》(天马)、《补琴》(天马)、《苗女》(黄花奴)、《陈棨》庄其黄、《袭英》(禹甸)、《朱素芳》(酒丐)、《赛绿江》(傅钝根)、《生入》(钱卓琳)、《芸娘》(李蝶庄)、《王生》(李蝶庄)、《贵胄血》(亦僧)、《玉霞》(罗韦士)、《盲生》(罗韦士)、《焚券》(罗韦士)、《玉莲》(阙名)、《阿翠》(无愁)、《梅仙》(天逸倦鹤)。

有曼殊的眉批。文娟认为,《情天绮语》与《情海秘记》为同一种书籍。①

有序无跋。《序言》摘录如下:

悲夫!吾因之有所感焉。尝见今世之人,往往侈言儿女情长,英

---

① 参见樽本照雄《清末民初小说目录》第九版,第3575页。

雄气短，不务为豪杰圣贤之远志伟业，猥自命为风流名士，多情才子，营营逐逐，如疯如魔。或则曰情之所钟正在我辈，或则曰未免有情谁能遣此，无少壮，无旦暮，端心致志于男女慕悦之科学技能，不遗余力，实则情网自投，情丝自缚，烦恼烦恼，颠倒颠倒，沈溺于爱河苦海而不知彼岸可登，可鄙也！亦大可怜也矣！于是请禅室主人有鉴于此，而有《情天绮语》之编辑。其言曰：吾书之作，似不能不曲徇流俗，情例诸书，求迎合一般人猎艳渔色之热心，先诱之而后攻之，故仍采录关于男女爱情者若干则，而于批评中寓其箴砭讽刺，全书宗旨不外指点痴迷，阐发情禅区区之意。盖欲读此书者，即从夫妇之情天，平旦清夜，趁得一线曙光，照彻三千大千色界，以渐窥及于三千大千情界，而所谓父子兄弟朋友诸情天自然接通正轨，放大光明，向之陷没于情海情障之众生，庶几可以援拔而出一粒情种，发生万朵情花，一大情团，垂为万古情史。世界众生爱力吸合德意弥满，则是书所谓情天，其亦异乎人之所谓情天，是书所谓绮语，其亦异乎人之所谓绮语也！岂不懿欤？书成属予为序，弁于编首，因为撮述其要旨大意，有如此。

《名闺奇缘集》

《名闺奇缘集》，题"名著小说一千种第四类"。挹芬女史编纂、独立山人眉批，虚竹生评点。全一册，凡163页。缺版权页，其他信息不详。

篇首署独立山人眉批、挹芬女史编纂、虚竹生评点。

全书分上下两编，均有目录，下编目录从略，上编目录为：《斯地尔政治记者》（唐群英）、《法皇拿破仑之母》（跃鲸）、《聂女刺虎》（碧血）、《伐爱司镇之奇女》（成舍我）、《阿瑟》（成舍我）、《殉国女儿自述》（成舍我）、《楚伯赢》（静娴）、《李奉贞》（静娴）、《某氏女》（静娴）、《顾若英》（静娴）、《老女奴》（静娴）、《淑女宜家》（静娴）、《英雌惩盗》（静娴）、《张顾氏张氏》（静娴）、《廖氏》（静娴）、《奇女子一》（天畏）、《奇女子二》（朱剑山）、《奇女子三》（士）、《贤母一》（静安女史）、《凌姑》（荫士）、《孝烈姑》（镇顽）、《无锡成氏》（东园）、《石门丐妇》（东园）、《江阴龚氏》（阙名）、《张蛮子》（阙名）、《美国女议员之第一人》（阙名）、《可英》（阙名）、《胡淑娟女士》（王德钟）、《程婢》（阙名）、《荷倩》（宾梅）、《烈女魂》（鸣公）、《菊娘》（美郎）、《徐节妇》（谢强夫）、《云娘》（阙名）、《张汉英》（钝庵）、

《宝良女桂娘》（阙名）、《周四儿》（阙名）、《刘兰姑》（阙名）、《朱媚儿》（阙名）、《王烈女》（邹碧痕）、《婉贞》（黄花奴）、《李易安》（阙名）、《陈掌珠》《阙名》、《偶尔中耳》（沈澹园）、《爱爱》（沈澹园）、《莲花淤泥》（沈澹园）、《弇山石》（阙名）、《珊儿》（阙名）、《谢莹娥》（阙名）、《林夫人》（阙名）、《穆珠索郎》（阙名）、《彭妃黄妇》（阙名）、《云英》（逸壶）、《尚可喜第十三女》（塞庵）、《董妃》（清世祖）、《碧蘅》（王韬）、《赵碧娘》（王韬）、《朱慧仙》（王韬）、《王忆香》（王韬）、《傅鸾史》（王韬）、《江楚香》（王韬）、《碧珊》（王韬）、《贞烈女》（王韬）、《义烈女子》（王韬）、《叶芸士》（王韬）、《汪女》（王韬）、《闵媚娘》（王韬）、《珠屏》（王韬）、《宁蕊香》（王韬）、《晴芬》（阙名）、《却尘》（片玉）、《魂感诗人》（阙名）、《烈女》（阙名）、《夫人城》（阙名）、《女丐》（阙名）、《义婢》（阙名）、《顾秀英》（阙名）、《廖织云》（阙名）、《韩约素顾二姨》（阙名）、《杜宪英》（塞庵）、《葛将军妾》（兴公）、《三烈女》（明明）、《柳青青》（大楚）、《窦桂娘》（治民）、《阮姬》（胡学思）、《孙巧英》（陆士谔）、《兰陵女子》（醒榭）、《杨氏女》（餐霞）、《谢兰言》（林琴南）。

有庄病骸所做的《名闺奇媛集序》，兹录如下：

尝读《列女传》而欤？昔人之彰隐阐幽，能及于闺阁女学之讲，不自今日始也。然而数百年来，国家变革相乘，道失文丧，纂史者非偏重于政治，即偏于战争，德行、文学之为史家重者，或文人才子，或山林遗老耳。即至奇节异行之事，能入于高文典册者，则一二游侠儿而已。采风之官，几见有旁逮闺媛者耶？夫男女之别，为先民之所严；而尊男轻女，则自专制帝王始也。夫女子亦何异乎男哉？世衰道微，趋承之风盛，士大夫竞习唯诺，昏暮乞怜，深夜馈金，得公卿之一许，如天帝之赍赐，脱愆仪一怒，便颈缩而弗敢声，是非须眉而巾帼哉？明季甲申之变，身列仕班，偷生以去者，不可偻指计；而以女子身为国死难，不辱其节者，则野史称其多，是非巾帼而须眉耶？女子之不逮男子者，以其无学耳。然且奇节瑰行，不绝于史，脱其学与男子并重者，吾又安知其弱至斯耶？虽然，吾第就已著者言之耳，其为吾人所不知者，当不知复几许，湮没弗彰，有史责者之愧也。今日者世界大同，女学萌蘖焉，所以为女子之范者，至不可缓，而数千年来之闺媛足称于世者，又非一《列女传》而已足，则搜辑女子之事实，以著其奇节环行，使为后世法者，实一至急务也。挹芬女吏（史）是书之作其本斯旨欤？南窗日长，凉风吹来，颇不畏暑，得是书读之，乐有倍焉。遂为之序。民国六年夏日，蛟川庄病骸序。

《六十四奇案》

《六十四奇案》，题"名著小说一千种第五类"。再版本版权页署名编纂者为铁楼，校订者为姜侠魂，发行者为交通图书馆，分售处为本外埠各大书局，总发行所为交通图书馆（总馆上海交通路、分馆苏州观前街）。民国六年（1917）八月一号初版，民国七年（1918）二月再版。全一册，定价大洋四角。三版本版权页与再版本的基本相同的，不同的是民国八年（1919）二月一号三版。三版本的封面和版权页载录，再版本缺封面，版权页从略。

全书有目录，分别为：冤狱一、冤狱二、冤狱三、江阴狱、决狱丛谈三则、李生、良乡狱、十六字折狱、句容县断案、于谱缘、沧浪乡志、李石泉德政、活罗汉、山左招远县之巨案、论莱阳葛张氏之狱、引史断狱、石娟娘、一封书、恶姑血、屠妇冤、蝇隼镰刀、仵作舞弊、张四奸谋、游湖、借虎杀人、谋财诬奸、左手杀人、藏砒陷害、银色雪冤、误饮经宿茶水、诈作冻死、犬报主仇、假神雪冤、移盆误窃、悖诗免罪、魋涎毙命、毒蛇入腹、图奸窃财、怜才免罪、小卫玠、婉姑、某氏子、媚艻、清苑县某氏子、杜有美、守贞、褪克龟、某令、孙明府、倪公春岩、张船山先生讯盗、张静山亲察折狱、煮人狱、犬门、杨东村鞫案、松滋狱、鹿州公案、滴血、孙大均、某讼师、双尸。

书前有庄病骸所做的《六十四奇案序》，兹录如下：

  观乎文而知化，观乎刑而知政，三代尚矣。秦汉以降，法网尝密，奸伪萌起，防之者穷于法，逾之者深于趋，于是上虽密于凝脂，下复计出巧历，非不武健严酷也，驭之失其道也，而政与刑不可问矣。虽然讼之兴由于政之失当，讼之平则由于刑之有方，蚩蚩者民，是非黜闇，有所歉则必争，有所争则必斗，甚者机变之巧，无迹之伤，日相乘而未已。听讼者高坐堂皇，不加深鞫，但求粗迹，欲检名实于俄顷之间，定得失乎一管之锋，遽以三尺法绳之，其能得情者哉？其能不枉于法者哉？夫听讼岂易言耶？蕲得其情莫尚乎识，蕲不枉法莫急乎公，公可为也，识不可强而致愚芒者弗论，稍智者遑遑逞其私而蔽于物，瞭于前而昧于后，一言之不察，全案之肯綮不能知，一事之不核，全案之节目不能具。显者，粗者，狱之貌也，人人而能知也；隐者，细者，狱之神也，非明者弗窥也。夫以一人之口舌欲东东之，欲西西之，曾不一顾夫民情，天下之民始相率而入冤海矣。宁仁人之所为耶？余自读书，虽未尝志乎仕宦，顾闻当世庸吏，每临狱辄玩忽出之，故经数年、数十年而未闻一奇案者，要知天下之案无不奇，惟折狱者不察其情，以庸常视之，然后案之奇者皆不足奇。久欲仿《洗冤录》之例，易其体以为折狱类之小说，人事卒卒未能偿也，而铁楼君乃以所编《六十四奇案》一书见示，读之诚奇案而非案之能奇，折狱者奇之也，非折狱者能使奇，折狱者能察其奇也。是书也，读者借以为治，则民可庆生以校《歇洛克探案》岂可上下哉？故略论如此，即以为弁。民国六年夏月，蛟川庄病骸序。

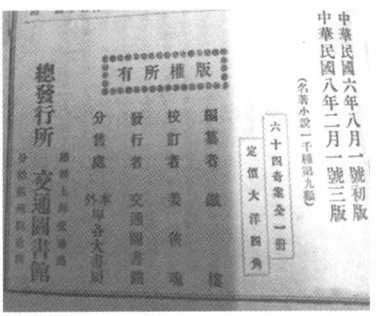

《稗史秘籍》

《稗史秘籍》，题"名著小说一千种第六类"。版权页信息：搜辑者为姜侠魂，发行者为交通图书馆，分售处为本外埠各大书局，总发行所为交通图书馆（上海交通路、苏州观前街）。民国七年（1918）八月一号初版，民国八年（1919）二月一号再版。定价未印。

篇首署姜侠魂辑、蒻松阁藏本，赐书楼旧藏钞本。

全书有目录，目录为：唐公九书谏（赐书楼旧藏本）、艮岳记（宋 张淏）、保和殿曲宴记（宋 蔡京）、大清楼侍宴记（宋 李邦彦）、延福宫曲宴记（宋 李邦彦）、干淳御教记（元 周密）、干淳岁时记（元 周密）、燕射记（元 周密）、洪武圣政记（明 宋濂）、北平录（明 阙名）、明史杂咏（清 柴伯廉）、贾凫西鼓词（明 木皮散人）、瓯江逸志（清 劳宜斋）、靖逆记（清 兰簃外史）、枭林小史（清 阙名）、李自成张献忠轶事（醒谢）、李自成轶（阙名）、记台湾朱一贵之乱（小蝶）、纪张七先生事（阙名）、纪两杯茶教匪事（阙名）。

书前有庄病骸作《唐宋元明清稗史秘籍序》，兹录如下：

夕阳西下，凉风倏来，三五同志藉树荫以坐，举羽扇以拂暑，杂谭古今琐事以取乐，则手舞足蹈，眉飞色扬，倦者振，睡者醒，脱以经史为质难则昏昏低头矣。小说家言之能入人，固以其切于人事乎？海通以还，西园说部译者踵出，作者亦蜂趋，厥风益盛，顾善者未数数见也。旧有之书又复司空见惯，三尺童子能抵掌而谈其详，闻者习而厌焉，则稗史之求佳本，诚不可缓也。夫稗史之佳，孰能如旧有之书哉？仙佛鬼怪，儿女英雄，下而至于盗贼奸伪，靡不一一曲传之。若曰：是人间世不可无之事也，应为人间世不可无之文，寓言之，不能尽也重言之，重言之，不能赅也卮言之，其文至矣。不观夫剧乎？忠臣孝子之孤愤，演者尽工，观者下泪，儿女英雄之缠绵悱恻，演者周至，观者动容，其衣冠固优孟也，而不见其伪焉，甚矣入人之深也。稗史何独不然？假其情节屈折、文字隽快者，则必足以起人兴，顾如此者皇皇焉求之今世不可得也，不得已而求之古，古之文其为人所易见者，固已尽见矣，又乌容谋且亦习闻而厌之矣；不得已而求之秘，秘者人所不易见者也，不易见而忽见之，则必如得奇珍古宝，如枯腹之得酒，如贫子之得金，其为世重夫宁待言，其裨于世固不疑而知也。余嗜小说家言者也，其有渴于是书者，犹夫人之情也，安可以不言？民国六年夏月，蛟川庄病骸序。

《清代名人轶事》

《清代名人轶事》，题"名著小说一千种第七类"。版权页信息：纂辑者为王瀛洲，校订者为姜侠魂，发行者为交通图书馆，分售处为本外埠各大书局，总发行所为交通图书馆（总馆上海交通路一三三号、分馆苏州观前街）。民国六年（1917）八号初版十二月十五号。全一册，定价大洋六角。

全书篇目依次为：钱牧斋轶事、孙延龄遗事、阎古古、亭林母、顾亭林轶事、侦探告密之滥觞、满洲名士恶作剧、高士奇与徐乾学相比中伤朱竹坨、清世大学士之建置、道州谐谈、杜妇遗诗、国泰之笑史、喀尔喀赤陵姐琵琶、哈什屯不附多尔衮、京师前门关帝庙、梁山舟遗事、梁山舟遗事二、完立妈妈、希佛有赛诸葛之称、董诰待下之宽仁、苏麻喇姑、某都统、铜盆武夫、张和文之知大体、纪徐立齐之力争大计、纪康雍乾三朝满汉权力之消长、汤文正之权术、狱因利久系之奇闻、裕靖书请满员终三年丧服、纪科尔沁圆什业圆彼弑案、纪祁翁两文端事、纪文文端轶事、陈省斋先生之远识、张介侯先生异梦、刘孟涂轶诗、纪顺治迁海始末、林与珠雅克隆之捷、年羹尧遗事、状勇公战死始末、年羹尧轶闻一、年羹尧轶闻二、年羹尧轶闻三、大将军延师、乾隆帝之鸡子、南河某帅之豚肉、曹进喜、胡金箔、孔四贞、谢明英父子轶事、吴槐江之持大体、满臣奉宽之持正、某武臣之讽谏、刘金门侍郎、乾隆废后之遗墨、李卓吾、犬友、钱南国劾毕秋帆、西堂趣联、王锡侯字贯、鄂文端宏量、孙渊如洪稚存、顾祭酒、龙尚书之怜才下士、王仲瞿、纪张中丞连登青州救菑定变事、董文敏轶事、陈坤杂诗、沈文开集为台湾信史、纪李芬事、纪李本忠事、王环病梦记、遮半天遗事、和珅遗事、和珅遗事二、和珅遗事三、齐召南宗伯、黄仲则诗句、洪北江笃友谊、纪晓岚、朱棣坨、毛文达、哭癖、高家埝十三堡溃决案、孙嘉淦轶事、朱稚圭先生轶事、某侍御送别诗、常徽排汉、刘岘庄逸事、潘伯萌轶事、黄矮子、刘公一纸书、某主事、吴棠官远、书癖、智仆、潘文勤之好士、刘州判、陆稼书轶事、陈鹿笙书张天瓶、汪容甫逸事、袁子才先生轶事、章宝齐之斥袁子材、李眉生逸事、某尚书、左宗棠轶事、严某、僧忠亲王轶事、刘文正轶事、曾国藩诡语欺世、曾国藩不信诞言、左宗棠轶事、胡林翼轶事、胡文忠轶事二、戴熙轶事、李鸿章轶事、熊襄愍死事异闻、李鸿章轶事二、郭筠仙、吴文节死事异闻、阎文介执法不阿、纪董福祥轶事、孙子授轶事、冯萃亭少保轶事、冯将军轶事、冯将军轶事二、章鼎丞先生行述、陈得贵党敏宣之诛、宁副将、杨刚剿苗事略、徐绍垣、归安二钱、记文学士轶事、陆子香、天干道台、陈右铭劝田玉梅勤王书、记镇筸御苗逸事、某玉史侄、纪陈希详计杀林自清事、湘漕沿革记、田与恕与田横、李忠壮公家传书后、熊汝梅、鲍春霆轶事一、鲍春霆轶事二、刘博泉直言、杨遇春遗事、继妻助赈、李世忠始末、苗沛霖始末、赵舒翘轶事、福康安之与夫、吴可读轶事、吴可读绝笔（遗训一）、吴可读绝笔（遗训二）、吴可读绝笔（遗训三）、康有为初入京事、袁许之冤、徐晓秋轶事一、徐晓秋轶事二、徐督学之改过、善耆轶事、双料曹操、某制府、某太史、某州牧、咏叶名琛乐府、同治中两词林、吴大澂轶事、纪吴清卿翁叔平轶事、翁孙之相轧、康叔骨、戊戌京师事巧对、张道东、杨中丞选孙、记容闳、明桂王致吴三桂书、恩寿陈宠谋轶事、刘武慎外交轶事、纪贾世芳事、齐世武之被酷刑、汤文正笔记、黄京卿外交轶事、祁文恪趣语、清帝之幽居、徐承煜襄助其父自经、荣禄貂褂、赐同进士出身、陈子鹤、张香涛、王友雄、总宜庵谈乘一则、李莲英、前清太监之不法一、前清太监之不法二、陶齐再出、蒋毅之顽固、沈淑庵题壁诗、纪赵尔丰轶事、杨士骧之隽语、柯逢时、记德锐殉难事、姜桂题、清宫秘事拾遗。

清人葛虚存也编有《清代名人轶事》，且有《序》，为了便于对比阅读，兹录如下：

  编《清代名人轶事》既成，有客过存，见而问曰："子何为而作是书也？"应之曰："吾欲使新国民取法乎近也。"客曰："嘻，异哉！子之迂也。今之新国民，神驰乎五洲之表，思穷乎百科之精，方鄙夷汉唐为不足道，而奚屑问及前清，矧乎况而愈下，降至于琐事遗闻？"余曰："不然。人类进化，必循矩矱，一蹴莫几，躐等难越。前有所承，后乃可续；好高骛远，劳而无获；能近取譬，见闻斯确。且子何徇世俗之见，而轻视前清为也？我国文化，清最发皇，人才辈出，轶汉超唐。自更国体，大改故常，一例推倒，余地莫商。先民典型，力决其防，既无恶之不摘，虽有善而不扬。余为此惧，故先节取其小者、浅者，以示表彰。其间异闻奇迹，均足动人兴趣，增人智慧，以引其入德之方。"客曰："子之宗旨诚是，而子之书则非也。里巷之谈，不登大雅，以此迪民，毋乃风马。若子所言，何等宏大，委琐如此，奚裨进化？引人以正，犹惧不暇，宏编巨制，充塞屋瓦。不此之图，而求诸野，自相矛盾，吾见亦寡。"余曰："不然。嗜奇好怪，人之常情；即小见大，无粗非精；一归于正，令人厌生。钟鼓是响，海鸟反惊；竹头木屑，功乃可呈。琐闻轶事，大雅椎轮；见仁见智，比类而亲，我思古人，謦欬如闻。余为此书，区类十六，分而观之，沧海一粟。鼹鼠饮河，期于满腹；学行文章，万汇亭毒；政体吏治，官方整肃；节气薄云，节操似竹；先德留贻，俾尔戬谷；文采风流，针砭尘俗；将才蔚起，风云叱咤；境遇所遭，无剥不复；科名佳话，文哉彧彧；惟才怜才，益广乐育；宽大之量，足以载福；旁及异征，藉新耳目；信命与数，知足不辱；有妇人焉，须眉巾帼；类而不类，乃入杂录。其事其人，浩如海陆，仅此区区，因限片幅。一隅三反，是在善读。读而有得，无异鸿博，循途践迹，进化之概，因流溯源，先民可作。"客闻言，竟不再问驳。弁此间答，岑楼寸木。民国六年八月编者识。

《漫游志异》

《漫游志异》，题"名著小说一千种第八类"。版权页署民国六年（1917）十二月十五号初版，编辑者为王瀛洲，订正者为吴绮缘，校订者为姜侠魂，发行者为交通图书馆，分售处为本埠外埠各书局，发行所为交通图书馆（总馆上海交通路一三三号、分馆苏州观前街）。上编一册，凡132页，定价大洋五角。下编一册，凡114页，定价大洋五角。版权页破损，出版时间不详。【上海图书馆藏】

该作为笔记小说集，上编是"殊方异俗志"，篇目依次为：《蒙古郭尔罗斯后旗旅行杂记》（孟心史）、《东西盟蒙古实记》（吴禄贞）、《苗俗杂志》（杨南邨）、《扈从西巡日录》（高士奇）、《坤舆外纪》（南怀仁）、《滇行纪程》（许鹤沙）、《滇行纪程续抄》（许鹤沙）、《封长白山记》（方象瑛）、《使琉球记》（张学礼）、《中山纪略》（张学礼）、《绝域纪略》（方拱乾）、《行脚山东记》（无辨和尚）、《西藏探查记》（失名）、《武陵风土记》（爱）、《印度风俗琐记》（李警众）、《巫来由人之野蛮》（李警众）、《拍喜俗》（槁木子）、《黑鞑事略》（徐霆）。

卷首有沈秃侠《漫游志异序》和王瀛洲《漫游志异自序》，沈秃侠《漫游志异序》为：

山岩水石，天下之奇观也。昔人称司马子长足迹遍天下，故为文有奇气。余幼时犇走四方，不知饱尝山水滋味，一举笔仍庸俗窾陋，汩没无奇趣。今年春，余友王汉彤以受振民编辑社姜君之请，编纂

《漫游纪载》一书问序于余，余虽未读其稿，而思天下多佳山水，王子此文必能雄伟怪特如终南崆峒之壁立万仞，必能汪洋纵恣如黄河汉江之一泻千里，必能娟洁秀媚如芙蓉明星之颜色照人，必能夷犹澹荡如昆明凝碧之清流涟漪。余知王子所得必不止于斯也，故乐为之序。丁巳季春，会稽秃侠沈汉豪谨序。

王瀛洲《自序》为：

仆髫龄时，随侍先大父宦游闽、粤、苏、浙、燕、赣诸省。先大父素嗜山水，故每至一处，辄留连于碧波青峰之间，时仆虽稚，尝发异想，以为吾所见之崇山峻岭、巨川大河，何一一酷肖吾身内诸脏腑也。若肺若肝，吾乃譬之为起伏之冈峦；若排泄之水量，吾乃譬之为奔放千里之长流；若大肠、小肠，吾乃譬之为纡回曲折之山道，以语先大父，先大父至目吾为绝痴，常抚吾首而言曰：痴妮子，胸中何得有如许奇磊？流光易逝，岁月荏苒，匆匆十数易寒暑矣，今先大父已弃养，回首旧游，良用慨然。日前姜君泣群，以《漫游志异》嘱编，既竟掷笔三叹，不觉有感于斯文，因书以为序。民国六年夏日，汉彤王瀛洲草于月圆人寿室之南牕。

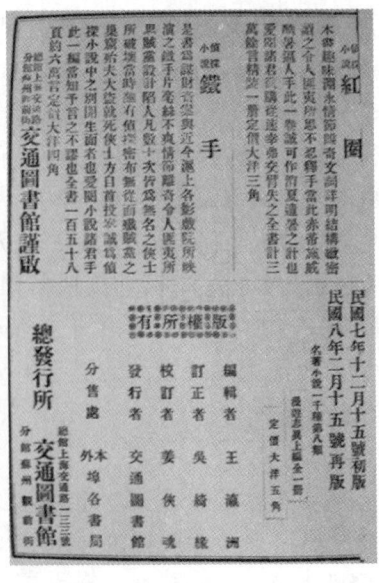

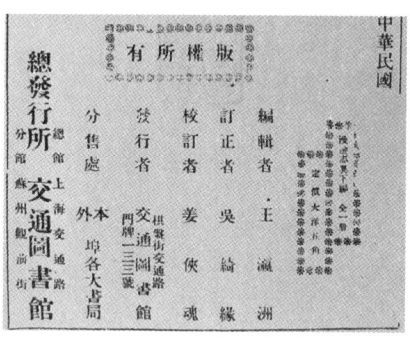

十　交通图书馆《名著小说一千种》叙录　431

《外交思痛录》

《外交思痛录》，题"名著小说一千种第九类"，卷首署庄病骸编纂、姜侠魂搜辑。版权页署民国十四年（1925）六月卅号三版，编辑者为庄病骸，校订者为姜侠魂，发行者为大同书局，分售处为本埠外埠各大书局，总发行所为进化书局（上海四马路）。全一册，凡271页，定价大洋七角。

全书包括若干部分，每一部分包括若干篇，有篇目，有序言和例言。篇目分别为：

鸦片战史
（一）战事起因
（二）鸦片之一炬
（三）广州之战
（四）琦善伊里布之误国
（五）厦门之战
（六）浙江失陷
（七）江苏失陷
（八）南京合约

同盟军之役
（一）英人入城之要求
（二）叶名琛之被虏
（三）天津之约
（四）大沽之败
（五）北京之陷
（六）最后之议和
中法之战
（一）越南之屈服

（二）中法之战端
（三）战争之结果
伊犁交涉史
（一）俄人侵略之开始
（二）崇厚之庸懦
（三）曾纪泽之使俄
滇缅交涉史
（一）缅甸论为异族
（二）边地之侵蚀
（三）结论
中日之战
（一）朝鲜之乱事
（二）中日起衅之原因
（三）陆军之挫衄
（四）海军之挫衄
（五）马关之条约
列强租借港湾史
（一）辽东之返还与三国之干涉
（二）中俄之密约
（三）海国租借胶州湾
（四）俄人强借旅顺大连
（五）英人强借威海卫及九龙
庚子联军入京史

（一）匪祸之原因
（二）京内之扰攘
（三）诸军之败衄
（四）议和之结果
中英西藏交涉史
（一）英藏交通之由来
（二）英俄两国之争藏
（三）英俄之协谋
（四）千四百折之交涉
中俄外蒙交涉史
中日交涉史
（一）中日交涉之发端
（二）要索条件之提出
（三）国民之愤激
（四）外交事宜之讨论
（五）交涉之进行
（六）新案提出最后通牒
（七）最后之屈服
附录
六十年来铁道史
中国关税失败史
俄人侵略中国之痛史（陈沂）
记美国华工禁约
青岛茹痛史

庄病骸撰写的《外交思痛录序》，兹录如下：

　　人之异乎物者，何在乎？在乎有思。思何生乎？生乎有知。是故馁而后知食焉，冻而后知衣焉，惫而后知息焉。衣也、食也、息也，人之常也。然而不思则不知也，不知则不为也，不为则必且冻馁劳顿以死。邻有自高而颠者，视其身犹是也，手足犹是也，不知有所苦也。越日而痹焉，再越日而弗获行动焉。医者灸之，操针之刺之，则楚然而呼痛。剧刺之，则痛无以任。自足而逮股，股而腹，腹而背，俄顷而痛彻全身焉。病骸曰：哀哉，是身死也，不治者心死及之矣，独不可以之论国乎？道咸以降，海禁大弛，西都人士，裹粮担簦以游，齐州者，肩相摩，毂相击也。吾民不察，强者撄人之怒，懦者授人以肉，弓矢折于外，而口舌屈于内。几上之肉，宰割欲尽。苟有知者，其悚然而惧，戚然而悲也，奚疑哉？而顾熙熙焉，暭暭焉，群痴情于声色，醉心于货利焉，漠然如无事也者，岂其未之知耶？知之而未以思耶？抑痛焉，而未极耶？病骸曰：哀哉，是身死也，不治者心死及之矣。孟子曰：人必自侮，而后人侮之。馁而不知食，冻而不知衣，惫而不知息，神耗于中，而邪乘于外，非邪之能侵也。御之之无其具也。夫彼岂欲冻馁劳顿其身哉？冻馁劳顿不自知之，而于是冻益冻，馁益馁，劳顿益甚，死期至而不觉，虽欲弗死，弗可得也。病骸之为是书也，非能为衣与食（与）息也。然而彼不衣不食不息者，不能谋所以衣所以食所以息之具，而吾欲有以使之衣与食与息，则莫若趋以思，思生于知，莫若趣以知。若然，则虽非衣与食与息之具，而医者之奚与针？或庶几焉。书既杀青，乃为数语，以罄其怀，以说部视之，非区区本意也。民国六年夏，蛟川庄病骸序于病庐。

《例言》兹录如下：

一是书宗旨虽在警醒国民之幻梦，而又必使读者知百余年来外交失败之前因后果，故不惮繁琐，凡一事之始末均详载无遗，冀不失历史之系统。

一是书既名《外交思痛录》，故但举其荦荦大者，其琐细之交涉案或附记于他篇中，或径舍之，亦欲有合于思痛之义而已，非敢漏也。

一凡事之重大而有系统，其文字上为抽象的记述者，则附录之，另为一编，如《铁道史》、《关税失败史》等是也。

一为读者醒目计，故于记述之外加以眉批，亦欲有所质于海内，非敢妄加臆断也。

一是书取材为《圣武记》、《东华录》、《中西纪事》、《本末庸庵文编》、《出围城记》、《近世中国秘史》、《中东战史》、《清季野史》，以及《最近中国耻辱记》、《国耻录》、《国耻小史》、《中国五十年铁道小史》、《正谊杂志》等书。

一是书纪年，或用前清年号，或用西历，不能统一，缘急于付枣，仓猝不及检故，一俟举行再版，当细加更正，以期画一。

一是书仓猝出版，而又以著者学力浅薄，故自知误谬必多，海内博雅君子如能进而教之，则幸甚矣。

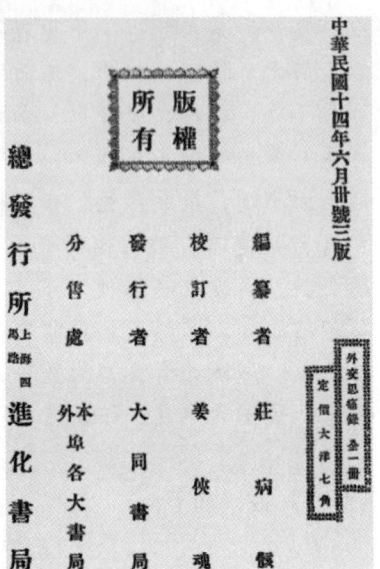

《世界亡国稗史》

《世界亡国稗史》，题"名著小说一千种第十类"。版权页信息：编撰者为杨南邨，校订者为姜侠魂，发行者为交通图书馆（棋盘街交通路门牌一三三号），分售处为本外埠各大书局，总发行所为交通图书馆（总馆上海交通路、分馆苏州观前街）。民国六年（1917）十二月十五号初版。全一册，凡92页，定价大洋四角。

全书有目录，依次为：义烈双鸳记（印度）、亚勒白轶事（埃及）、金环记（缅甸）、饮恨（波兰）、邯郸客语（安南）、阮尚贤、越南义士小传、苏晋比别记（韩国）、南浦渔侠、韩国义士小传、韩国学生上清贝勒载涛书、三台遗恨录（台湾）。

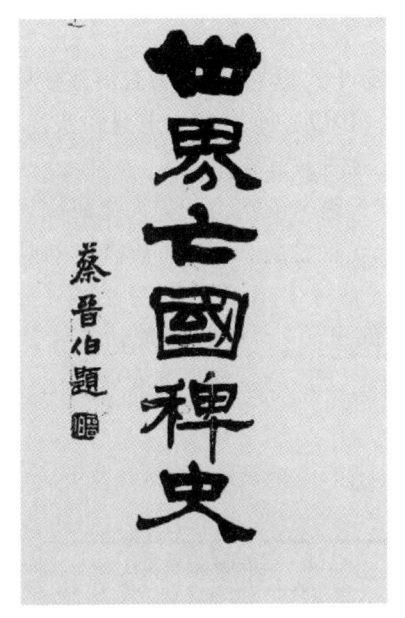

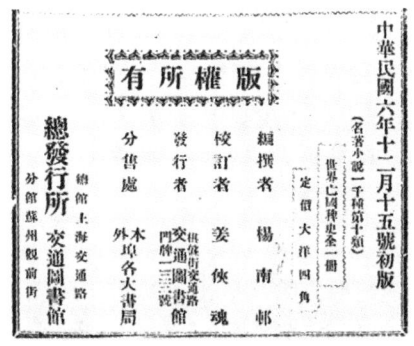

十 交通图书馆《名著小说一千种》叙录 435

书前有刘铁冷所做的《亡国稗史序》，兹录如下：

阋墙御务，忧患方来，取子毁巢，流离孰悯，云飞六蠹，僭称大树，将军星宿，九边群知，棘门儿戏，竟尔戈操同室，衅启萧墙，宁为鹬蚌之争，不顾国家之重。斯真凭社之鼠，殴爵之鹳也。楚地云愁，猿犹知泣，黔天雨苦，鸟亦含啼，至为万物之灵，仅乐一人之利，宫室禾黍，华屋山邱，识者忧之至无日矣。我友南邨怛伤世态，衷辑轶闻，集波兰、印度、越南、朝鲜诸国事颜，曰《亡国稗史》。展江郎之笔，写屈子之忧，堕泪皆碑，扫愁无帚，间读至空山遇害，木杪猿悲，绝地被俘，井中鱼泣，亦或尸投浊水，虎负出而登堤，骨葬荒郊，鹤悲鸣而绕树，不觉起而拔剑，恨欲穿龈，悔不为斩独夫之头悬诸太白，濡流民之血绘以丹青矣。凡我国民，藉此前车，垂为殷鉴，勿安危巢之幕而同蹈井之蛙，则我友南邨然脂暝写，弄墨晨书，大好光阴乃不虚掷。发刊日是为叙。民国六年古历七夕，古刊铁冷谨撰。

《香艳大观》

《香艳大观》,题"名著小说一千种第十二类"。著者为云声雨梦楼主人、姜侠魂,上海交通图书馆民国六年(1917)十二月十五号初版发行。全一册,凡168页,定价大洋五角。【上海图书馆藏】

该作为笔记小说,为"剩墨斋笔记",篇名依次为:美人之研究(花下解人)、绮恨(潇湘花侍)、回疆颇咏(王曾翼)、西湖杂咏(刘鼎)、艳迹编(石室居士)、鸿雪轩纪艳四种(蕨兰生)、三十六春小谱(捧花楼)、常静莲(曾衍东)、择壻诀(梅郎可可)、醉灵轩琐话二十六则(陈小蝶)、尘尘集七则(璧)、花露蒸香(阙名)、登巫节女庙碑记(阙名)、标准美人修养法(咏黄)。

序跋待补。

十一　振民编辑社《武侠小说丛书》叙录

振民编辑社，不详，待考。

振民编辑社《武侠小说丛书》中各作品的编号比较混乱，这种混乱既体现在其不同广告对作品的编号存在差异，又体现在广告上的编号与作品上所印编号存在差异。1919年9月再版本《武侠大观》（姜侠魂编，上海振民编辑社）上的《武侠小说丛书》广告（参见所附广告），列出十种作品，均有编号，有的还有内容提要，这十种作品及其编号依次为：

第一种　风尘奇侠传　　　　第六种　三十六女侠客
第二种　剑侠骇闻　　　　　第七种　十五小豪杰
第三种　武侠大观　　　　　第八种　续天涯异人传
第四种　红茶花　　　　　　第九种　江湖廿四侠
第五种　侠义小史　　　　　第十种　四季剑

另一种广告《振民编辑社出版书目》，包括《武侠小说丛书》第一种至第十四种（参见所附广告），编号与作品名称依次为：

武侠小说第一　　风尘奇侠传　　武侠小说第八　　侠士魂
武侠小说第二　　剑侠骇闻　　　武侠小说第九　　红胡子
武侠小说第三　　武侠大观　　　武侠小说第十　　剖心锄仇记
武侠小说第四　　红茶花　　　　武侠小说第十一　霜锋雪恨录
武侠小说第五　　侠义小史　　　武侠小说第十二　十五小豪杰
武侠小说第六　　三十六女侠客　武侠小说第十三　江湖廿四侠
武侠小说第七　　双侠破奸记　　武侠小说第十四　四季剑

这套《武侠小说丛书》在叙录时，采用作品上所印的编号，若没有找到有编号的作品，就参用第二份广告的编号。

《风尘奇侠传》

《风尘奇侠传》，"武侠小说之一"。版权页信息：编辑者为姜侠魂，出版者为振民编辑社（上海），印刷者为东方书局，经售处为各埠各大书局，总发行所为振民编辑社（上海）。民国五年（1916）六月初版，民国六年（1917）二月再版，民国六年（1917）十月三版，全一册，凡157页，定价大洋五角。

全书凡六十六则故事，篇目依次为：赤帻客（罗韦士）、跛丐（罗韦士）、浙西二侠士（罗韦士）、老仆（罗韦士）、韩夷（罗韦士）、卖浆老人（杨南邨）、飞剑十三娘（杨南邨）、城北翁（杨南邨）、某团长（程善之）、李生事（仁后）、陈海虹（印南峰）、闵先生（印南峰）、楚生（印南峰）、南峰先生（伏虎道场行者）、刘幕少年（李澄）、珠儿（李澄）、草上飞（李澄）、黑衣妓（阙名）、翠云娘（秋星）、程香严（王韬）、奚倩云（王韬）、蓟素秋（王韬）、玉儿（王韬）、程十六（阙名）、叶兰潘和五（阙名）、伍童（阙名）、鲍增祥（阙名）、髯丈夫（阙名）、杜教师（阙名）、义盗（阙名）、王福彪（阙名）、莲花峰主（阙名）、邢生（阙名）、斯巴达女（阙名）、梁慧贞（阙名）、李二（许奉恩）、叶伶（黄天池）、曾连庆（刘士木）、某店使（庄乘黄）、翁二郑昭（阙名）、酒家佣（李警众）、罗芳伯（凉凉）、黄瘦生（李澄）、何玉凤（管秋初）、江凤卿（管秋初）、郑氏女（旅漠翁仲）、扬州侠妇（叶龚）、孟禅客（阙名）、奇丐（阙名）、旅顺丐儿（黄花奴）、纪黑头（时芳）、山东老人（黄花奴）、忠义之盗（朱剑山）、义丐（朱剑山）、油坊匠（朱剑山）、李越寻（阙名）、双剑客（阙名）、何生（阙名）、毛生（阙名）、某翁（柴小梵）、窦尔敦（逸园）、刘国轩（逸园）、倪惠姑（阙名）、某华侨（阙名）、钟鼎炉鼎（施可斋）、万夫雄（阙名）。

《自序》兹录如下：

呜呼！侠之名，何自昉哉！经传无侠字，始见于司马氏游侠传。非司马氏以前，无侠也。其时，风俗纯厚，人人重公德，谋公益，无所谓侠，亦何待于侠。衰周以降，道德沦亡，人知有私不知有公。人心之奸险，世情之变诈，日出不穷，于是有急公好义者出，或排难解纷以维之，或赴汤蹈火以救之，则侠遂见重于世。况吾国今日人心之奸险，世情之变诈，有更甚于司马氏时乎？江河滔滔，每况愈下，有心人尝有满目荆棘之慨，且武风寝微、国民萎靡、老大病夫之讥，由来久矣，故曰"游侠"二字尤为对症之剂。国民教育非宗尚义侠以风厉之，恐不能救此麻木不仁之症以成活泼强健之体也。古之道德家见道之明救世之勇，又何尝非游侠之气所涵濡而弥纶之乎？如王阳明、黄梨洲亦胥有义侠之风，故其为道也，富于自信，勇于实行，发扬蹈厉，最有功于世，而侠魂不敏力。本此旨爱选新著辑旧闻，惨淡经营，编纂成书，命其名曰《风尘奇侠传》。凡古今宇宙茫茫人海中，有瑰异负畸之辈，涸迹风尘，无论须眉巾帼，豪华贵介，以及屠狗之夫，抱关击柝之流，苟能合于义侠、智侠、仁侠、勇侠、孝侠、烈侠、豪侠、任侠，莫不掇拾殆尽著之于篇，或痛快淋漓，或缠绵旖旎，委宛曲折，千变万态，若夫剑光鬓影，绮语豪气，奕奕于字里行间。执此一编，俨然与古诸侠士一堂晤对，馨欬相闻，诚足以骋雄心而驰远识者也。所以聆大风之歌，则意气飞扬，度量宏远；吟拔山之句，则慷慨激昂，泣数行下。世具有崇拜英雄之思想及精神教育之志愿者，谅亦所乐许乎？侠魂识。

《风尘奇侠传序》兹录如下：

萧萧易水，烈烈英风，忠肝义胆，中华好男儿。性具从同，啸傲江湖，慷慨悲歌之士，不尽在燕赵间也。试读太史公史编列侠传而有以知。夫我茫茫禹域，九州万国，出类拔萃，豪侠义士挺生之多焉。所谓忠肝义胆者，无不彪炳宇宙，迄兹犹使吾人心焉倾之辄引以为力学入德之良助，立身交游之模范。凛凛千秋，何其盛也。呜呼！自古德衰微，至今日而此美风且几乎熄矣，可不惜哉！夫侠者义之，使义者德之，辅立德为体道之基道，为经国平天下之大本，故仲尼授说必以智仁勇三者为教人修学进德之原则，如是则侠尚矣。侠则为人器、为社会砥柱、为邦国之魂、为大地正气之神，皇皇至尊莫我侠若。吾之所谓侠者盖如是也。不如是，何以侠？云侠，岂尽如今人之所谓侠者哉？不仁者不能侠，不智者不能侠，不勇者亦不能侠。侠固必仁必智必勇，而侠之所以为人器、为社会砥柱、为邦国之魂、为天地正气之神、为皇皇无上之至尊也。今天下风云扰攘，社会气习渐如江河之趋下，人之负性，虽各不同，而此身此心尽日陷于罪恶窳毁之域，则一也。夫如是，国何能国，此君子之所以惧也。姜君侠魂负奇气，有大志，富学识。吾初遇之于东方社，落落数语，一见而知，为今世之有心人也，心窃敬之。越日再晤，君诉我以志，即是书之成，意在挽末世浇风，昌邦人侠义之气，召国家垂丧之魂也。呜呼！君之负气殊奇，而志诚大矣。当今之世，人尽禄蠹，孜孜竞驰，孳海师奸师伪，惟恐不及，深病夫国，亡之不速，孰犹甘屑从君言絮絮歌，此大仁大智大勇之侠风也与哉。虽然君志犹是其坚也，人心果未尽死，感君之言，悲君之志，其各振袂奋兴我民国之魂，或竟藉兹而来苏，非风尘奇侠传作者之志也耶。吾思学侠而未逮耿耿，此心窃愿馨香，祝祷翘盼我国中，今后大仁大智大勇大侠之挺生，较古昔而惟多，以宏我国光，是诚不佞切切所重期者也。用序寄语天下侠士君子。民国四年十一月造世庐主人张超父谨序于海上寓次

十一 振民编辑社《武侠小说丛书》叙录 441

《续风尘奇侠传》，首附《尊侠篇》（麦孟华）、首附《霍公元甲遗事并精武体育会之梗概》（庐炜昌）。而正文为六十五则故事，篇目依次为：双侠（许慕羲）、华豫原（说元室主）、张秀才（戴钧衡）、金大姑（翔）、窦荣光（钱基博）、剑侠（王韬）、邹苹史（王韬）、某相士（王韬）、仇慕娘（王韬）、梁芷香（王韬）、白玉娇（王韬）、剧盗（王韬）、八侠（铁腥）、孙耀生（李澄）、陈公义（李澄）、朱道士草庵尼（李澄）、周天受（阙名）、某尼（阙名）、木工某华侨（凉凉）、侠胥（啸天庐主）、义盗一（啸天庐主）、义盗二（阙名）、吕生（阙名）、张曜（阙名）、罗斯福女儿（阙名）、奇少年（阙名）、三侠盗（悔逸斋主）、雪霞（阙名）、燕敦里（阙名）、义仆（阙名）、罗寿头子（阙名）、颖儿（李蝶庄）、破衲僧（李蝶庄）、李公子（闻生）、褚彪（录录）、捕盗女子（李警众）、侠丐（齐学裘）、韦拉（一青）、苏菲亚（一青）、游爱嬉（一青）、胤祯（胡朴庵）、皇室之虚无党（大哀氏）、薛丽贞（魏半仙）、侠盗（澍苍）、□伶（况梅）、马可飞蝶（骏声）、红毛（阙名）、澣衣妇（李）、齐无咎（李）、秀凤（瘦影）、绿林三杰（徐梦公）、胡狱卒（阙名）、赵生（卜臣三径室主）、侠伶（三径室主）、江鸿（殁庐）、五拳师（杨尔邨）、塔尔齐侠士某（啸顽）、铁臂老人（石生）、关超（阙名）、闵叔淇（阙名）、今孟尝（羞鸣）、白衣少年（知耻）、赭衣客（闻野鹤）、郑侠十六（阙名）、慧海（陆士爵）。

《续风尘奇侠传》之《吴序》，摘录如下：

　　昔太史公着史记，曾传游侠，其后若汉唐诸杂书，亦言之綦详，于此可见，游侠之宜重，初不在执经通史之儒生辈下也。逮及今世，以侠之因武而犯禁也。士大夫乃耻言之故，执笔为传其事者，亦廖落若晨星焉。实则莽莽风尘正多奇侠，吾辈之所以不多见者，亦以传之者鲜，且见闻寡陋故也。姜子泣群有感于此，且深惜我国民气之委靡、社会之龌龊、武技之凌夷也，故搜辑近人之传游侠者凡若干篇，付诸梨枣，而名以风尘奇侠，传以饷国人。一编既出，纸贵洛阳，胫走翼飞，行销无虑万册，阅者且以篇幅过狭不足以餍，所欲为请姜子乃复辑为续编，举凡名人杰作，悉为收入网罗。选择之严，罕有其匹。行已就绪，复嘱绮缘为赘数言，以冠卷首，绮固不文。然展读是篇，怒然有感，实勿能默然无言也。夫吾国素多侠士，而武技拳勇亦堪冠绝宇内，即外人亦为心折而加景仰。不幸至近世而官吏禁之，士林轻之，故彼奇侠咸相率遁迹山野，力求韬晦，销声息影，阒寂无闻，转让三岛扶桑，蕞尔岛国拾得唾余……

《续风尘奇侠传》之《杨序》，摘录如下：

　　梁卓如曩辑中国之武士道一书，将以发挥祖国固有之尚武精神，而为醉心东化之弱丧亡归者，作金镜意甚盛也。夫科学之不修政法之不良，是固当望他山之助，取其长而补我所短。若德育体育抑，岂我先圣先哲具无贻丐？于我后，人必今日，目觑东家，施步亦步趋，亦趋而后，乃得授其道邪。呜呼！贱家之罗绮而珍邻之短褐，智者殆不若此也。故吾于梁氏之书，谓有大造于国民，足以挽隤俗，而崇风义振雄武，而祛懦疲泱泱乎，复我精疆勇烈大国民之庐山面目，则制挺刃以挞四夷于斯可卜也。惟原著拘牵陈迹，或未能邕发厥指，犹足为憾。今得是编以广之，而后古今之事备观，感之资多，充类至义，以砭世药俗者，乃真不少也。抑吾闻此书正编甫出，已价重洛阳，则兹□之风行一时，亦必不待荆卜。于是，可知我国人之心志，其欲反弱为强，任义急公者，已大进于十年以前也。则吾又不独为著者庆，抑为读者庆，更将为中国之国家庆。

民国六年夏据怀齐主杨南邨识于春江一寄楼

《续风尘奇侠传》之《庄序》，摘录如下：

韩退之曰：物不得其平则鸣。是故尧舜禹汤以治鸣，周公孔子以道鸣，诸子百家以言鸣。虽其鸣有高下之分，而其与时势为依违，出于不得不然之故者，则一也。自世之衰，政替刑赜，人薄俗漓，于是而贫富相轻，强弱相凌，斗狠杀伤之事叠出于天下。卒之贫者弱者败，而富者强者胜，以去不平之事，孰甚？于是有健者出力，足以制天下之豪强，佩剑走风尘，抑强扶弱，抑富怜贫，此非人世之快事而为天下之至鸣耶？然而仗剑杀人，国纪所不许，易水歌成，荆卿喋血；博浪事败，子房无踪。司马迁曰："侠以武犯禁，呜呼，岂不痛哉？"百年以来，西力东渐，国瘠民偷。士大夫不以公义为务，而惟以龌龊卑污居其身，奔走于公卿大夫之门，周旋于势位富豪之间，其贫者贱者则凭陵之，践踏之，而无所惜否，亦白眼加之而不顾。其稍进者，穷居里巷相友善，酒食游戏相徽逐，握手为欢，强颜而语，甚或以死生相期，车笠为盟。一旦小有利害仅如毛发，则秦越视之矣。呜呼！此不平之尤者也。而鸣者谁耶？

《剑侠骇闻》

《剑侠骇闻》，又题《九十六剑侠骇闻》，"武侠小说之二"，民国八年（1919）四月三十号再版（初版不详）。编辑者为姜侠魂，发行者为交通图书馆（棋盘街交通路），分售处为本部和外埠各大书局，总发行所为振民编辑社（上海新闸路聚庆里四百〇八号）。全二册，上册凡157页，下册□页，定价大洋一元。另一版本民国十九年（1930）十一月出版。全书凡十九则故事，篇目依次为：凌云复仇记（慕客）、大胆画师（铁肚皮）、奇女子（换形侠盗）、三侠图（昆仑奴）、卧薪翁（道凡纳）、记梁惠万（勇少年）、苏菲亚（李天石）、金陵古寺（□忠）、叶兰（兴登堡将军）、铁梓憎（赛邪能）、侠女（婢雪主冤）、清宫人（陆刚）、博徒□三郎（聂碧云）、空空儿（廖剑仙）、珠儿（复仇）、红樱（盗女）、记高丽女子（白面郎君）、剑仙（张青奴）、侠女（奇客）。

卷首有《武侠骇闻序》，该序与《武侠大观》第一册中的《序一》即周瘦鹃撰写的"序言"相同，兹录如下：

国有政，必有法法也者，所以济政之穷也。上古之时无法而有政，其为治也艰，故曰："道之以德，齐之以礼，有耻且格。"自后世人事日繁，民庶愈滋，纷纭揉扰，虽有圣智，不能使天下无顽民，故曰："道之以政，齐之以刑，民免而无耻。"呜呼！民而知免，纵不能希三代之盛，犹胜于蔑法违禁、顽梗不化者万万。若夫法虽密而不遵，政虽具而弗效，则治之术穷而国将大乱，当斯时也，不有侠者，民无瞧类矣。然则侠也者，其济法之穷乎？夫侠不守法者也，故曰："以武犯禁。"然尊法者莫如侠。彼惟见不法者之日众，冀官吏有以惩之，官吏弗惩，乃始起而自惩之。无执法权而行法，是违法也。及其后，官吏之不法者日众，冀元首有以惩之，元首弗惩，乃始起而自惩之。以下惩上，又违法也。然使一国之人而皆守法，一国之人不守法而官吏知守法，则侠者必不违法。然使一国之人上下皆不守法而侠者独不违法，则违法者将愈众，不法亦愈甚，究其极，将使其国为蛮荒僿野，祸乱日相乘而未已，其亡也可立而待矣。侠者曰：人固不可违法，然以一人立于法外而纳众人于法中，是亦不得已之事，吾何惮而不为？呜呼！侠士之心亦苦矣哉！姜子侠魂甚好侠，辑武侠书数种，今又辑《武侠大观》以集其成。姜子之志嘉矣，然吾惧国人读姜子书而误用之也，为诠解侠字之义于此，庶免后世之诟病也。民国八年一月，周瘦鹃序于紫罗兰庵。

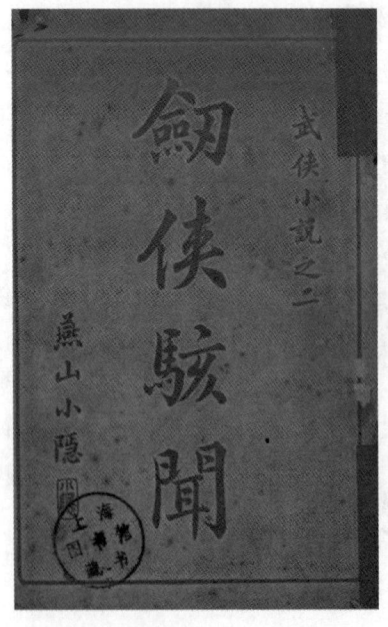

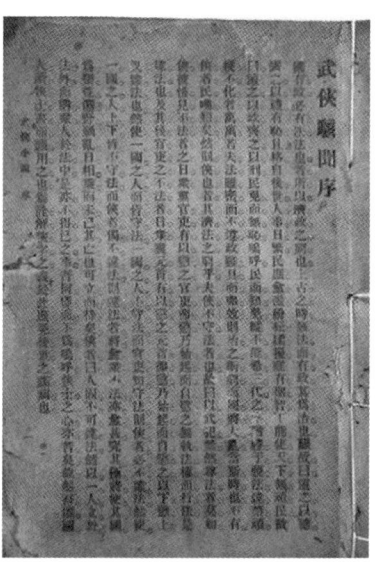

《武侠大观》

《武侠大观》，版权页题"武侠小说丛书之三"。版权页信息：纂辑者为姜侠魂，批评者为谯北杨尘因，评点为蛟川庄病骸，出版社为上海振民编辑社，发行所为各省各大书局。民国八年（1919）九月再版。全四册，定价大洋二元。

该作分四册，分别为110页、102页、122页、130页，合计464页。另外，手迹1页题、字3页、序言12页、目录8页、跋2页，总计493页（多页广告不计）。内容分十类："侠中仁""侠中孝""侠中智""侠中义""侠中幻""侠中勇""侠中隐""侠中烈""侠中趣""侠中艳"。所收小说凡253篇。书首有序言凡十八篇，书末有跋二篇。作者主要有：病骸、闻野鹤、瘦鹃、襟亚、尘因等人。

篇目依次为：

第一册

侠中仁：林肯侠史、霜天鸿影录、李秀成别史、奥皇约瑟二世、弱女救兄、垂髫女郎、赵西来、华盛顿轶事、记纽约少女轶事、记克伦斯基、异僧、立忽侠传略、铁血慈航、梁醒儿传。（凡32页）

侠中孝：沈小七、德意志之木兰、记马孝子、孝女奈杰娜复仇记、陆氏二拳师、张午香、孝贼张怀、孝子亚丁、舍身救父、樵叟、记孝侠女王霞娘、弱女报仇记、韩利德、书奚奴复仇事、剑影、黄氏女、凌云复仇记。（凡40页）

侠中智：苏半天、美人电、利菲、阿瑟、李镕夫、智妇御盗、慧妻侠婢、加拿大之女英雄、弱女殉国、女爱国家、铁杵僧、勇士萨姆生、耶稣诞日华盛顿之礼物、侠婢、吕七、贾人女、某幕僚、黄彪、智女、智妪、劫姊记。（凡38页）

第二册

侠中义：陆荣廷之侠史、祺瑞与袁项城之相知、彭玉麟外纪、彭玉麟外纪二、清世宗歼侠记、燕客传、李铁牛、探险轶闻、义仆记、三爱国者、徐占一、韩边外、侠妓记、义丐、尼侠、美梨女士、小英雄传、义贼、婢雪主冤、侠奴、兴堡将军、梦里深闺、义贼、义丐、剑侠孙五、叶麻子、陈三、欧战中之女英雄、大刀王五、白豆军、碧棠女侠、侦探奇侠、被诬昭雪、姚咸林、王季臣、顾度。（凡40页）

侠中幻：笼鹤士人、奇婚、莺儿、记天台奇女子、紫罗兰大侠、航空艳迹（欧战轶闻一）、航空艳迹（欧战轶闻二）、某氏子、老渔、复仇、戴公、王英老千传、长瓜郎、女侠二则、独脚老人、赛郭解、内黄大盗、雪特来、宋坤、陈痴子、贾万户、胡大辫子、杨八、卞铁拳、黑和尚、博徒瞎三郎。（凡62页）

第三册

侠中勇：冯德麟之轶事、冯麟阁传、张国梁轶事、铁头陀、地室之尸、黄统领、侠和尚、力人传、王某、章铁拳、大力士霍元甲、安师傅、仇邦彦、裕州刀匪、剑术、龙门鲤、王天冲、太行寺僧、白天官、叶兰、马七、地头蛇、僧侠、断臂头陀、施大锥、铁爪婢、勇少年、解五狗、李天石、蓝忠、纪邹娟英事、侠僧、铁骨将军、鸣佩鸣剑、赭衣童子、神镳跛丐、刘东、姚某、狂公子传、俞安、道凡纳、魔王之血、人月双圆、简极盛轶事、刘田鸡、该撒轶事、二勇童、大汉、周道刚、少林学艺、倍肯纳、叶鸿驹轶事、金秃。（凡88页）

侠中隐：孤钟残响录、周氏父子合传、古胜人之神技、枪法、某孝廉、何心隐、汤琇、某丐、秃顶僧、玉狮记、王冕、王渐、娜迷阿、王竹庵、沈蒙士、徐武士、李剑庚、徐南京传、白某、髯将军、顾山四杰、武侠丛谈、李侠仙、程某、戴某、戎马书生。（凡40页）

第四册

侠中烈：记梁蕙华、苏菲亚、烈女坠崖记、女英雄、爱国女儿、菠茀亚、舍身救国、碧血堡垒、女局员、好男儿、安明根、葛裙、吾夫之国贼、柔肠侠骨、千金不字之女儿、许菊仙、烈女刃仇、烈妇全夫、船女爱珠、蜀南黄烈女、蔡女复仇、徐珂莲、喋血鸳鸯。（凡46页）

侠中趣：章太炎趣史、陈鏉师、白云寺僧语、楷理亚复国记、司提芬、金骑兵、记侦探长孟的尼、绝影飞、相依为命、我来也、陆妓、孙半仙、支那布、纪会稽女盗事、记某鏉师、侠盗、麻衣丐。（凡30页）

侠中艳：卓女、红樱、记高丽女子、台江三侠、莱虽尔（欧战轶闻）、米娜（欧战轶闻）、亚安士（欧战轶闻）、葳晴（欧战轶闻）、塞阿逊（欧战轶闻）、齐露（欧战轶闻）、女军人、燕娘子、宗念云、儿女英雄、妙慧、冰僧、古义常昭、梅乡、柳娘扫花记、孤岛美人记、段珠（补白）。（凡54页）

《序二》兹录如下：

> 侠魂辑《武侠大观》讫，欲得一言为弁，野鹤喟然曰：子用心苦矣！世方莫子知而力为之无问，此赘世之业也，异夫且暮求巨金，而不恤修名者。仆方倦游归田舍，百念屏绝，但有填长短句为乐，而疋善辛幼安，以为能励世而张士气，其亦姜子此书之恉乎？仆秋间与燕子绮绿为技击，录平子襟亚，则仆为与以增损，自谓不假赘语，稍稍求桐城义法，闽县林琴南、无锡钱基博所不敢望以方，余子庶几无让。而沪人士无知我者，皇兮竞陈，梨枣大灾，仆诚不敢与巍名诸公上下。近方睅眫冬窗，集乡人词为松江词，征更撰近人词为近词，见空山寂寞，但有自赏客讶之，则曰：此辛苦之业也！巍名诸公不屑与焉，相与剧笑，辄因姜请而连类书之。华亭闻宥。

《序十八》兹录如下：

> 少读史，窃訾悲荆卿之遇而未始不壮其志，游燕冀，易水萧萧如闻击筑变征声，又未尝不肃然起敬，悠然神往，谓丈夫处世固当如是。顾十数年来栗六风尘偃蹇，一如曩昔，虽元龙豪气老去犹存，而所如多乖辄违其意，时或偕朋好两三，饮酒市楼，酒酣耳热，辄拔剑作项庄舞，朋好胥以余为狂。余亦不自知其果狂与否，惟觉曩昔书中所遇之磊落丈夫、瑰奇男子时往来于余脑中，而求之当世卒不能一

观，于是而不得不寄之于书。两年前曾辑有《风尘奇侠传》，十数万言，得侠客百余人，客岁续之所载，视前数，然未能尽古今之侠也。于是复辑《剑侠骇闻》一书，于近代之侠客略载一二焉。出版以来，谬蒙海内人士交相赞许，以为有裨于今日之人心。余亦不自知其果有裨于世否也，惟此书中所记之磊落丈夫、瑰奇男子，即余向者所时时往来于脑中者，今乃一一介绍于世，余之志乃大白而心始大快。虽然，作书难，述亦不易，任侠尚武，固衰世之事，用不得当，祸贻家国，故古之人慎言之，史公传游侠，但曰"儒以文乱法而侠以武犯乱"，意谓侠之敢于犯乱，特为儒之乱法而已。不然，侠可不有也，即有之，不见于世也，故侠之出以其时，而其所为视乎势。余曩辑二书，惧其未备或致人误用之也，因复辑《武侠大观》一书，分类以别之，广搜以尽之，使读吾书者知犹是侠也，而所为各有其宜，庶不滋末流之弊乎！书既杀青，爰书我意如此，愿与海内人士共商之。民国八年一月一日，古董姜侠魂自序。

《跋一》兹录如下：

予读太史公《游侠列传》，尝窃叹朱家、郭解之为人，论其行踪不轨于正义，而赴人之急，助人之困，言必信，行必果，殊有足称者。独士君子每以市井无赖识之，排摈不载，余甚憾焉，不知抱咫尺之义，欲久孤于世，罔弗逮柳跖、庄蹻之暴戾为愈，盖不矜其能，羞伐其德，固非常人之所能，虽时扞当世之文罔，而其行则忠义感人，如荆聂之流尤足令人景仰无穷者也。迺者振民编辑社有《武侠大观》之刊，灏气卷舒，鼓荡激薄，不亚古时朱家、郭解之徒，诚泱泱大观，非恒钉人物点缀奇文者所可同日而语也。吴县恋厂范君博跋。

《跋二》兹录如下：

蜚公曰：侠未易言也，侠士不易得也。市井之子负少材艺，辄欲以盛气凌人，一毫之挫，漠视仇敌，一旦少遇祸害，则望望然，去之惟恐不及。匹夫之勇固无足贵矣。若夫绿林豪客，取首级于百步之外，弄官吏于服掌之上，技其神矣，而越货杀人，贻患行旅，未足与语天下国家之故，直乱民耳，侠何有焉？今夫人之生也好名为上，好利次之。所谓侠者，扶人困而不吝其财，是非好利者也，济人急而不居其功，是非好名者也。吾皇皇然，求之大江南北而不见其人焉，求之燕赵齐鲁间，偶有之而不数觏也。然而传侠者且津津乎言之，若诚有其人其事者，是岂古有而今无耶？抑亦文人之好弄笔墨耶？呜呼！吾知之矣，过屠门而大嚼，虽不得肉，亦且快意。自世之衰人习于浇薄之行，强者逞暴，智者□诈，官吏肆虐于上，豪绅横行于下，茕茕者泯日处困苦颠运中而无所告语，有心人触目伤怀，以为世有侠士，提三尺剑，断佞人头，扫除奸宄，出吾民于水火中，固人生一大快事也，求诸今人中而不得，于是而求诸古焉，求诸古人中而不多得，于是而拟其人以设其事焉。然则虽非肉也，而所谓大嚼者，岂不近似乎姜子有心人也？亦求侠者之一也。然而求侠于今世，亦犹过屠门之不得肉，不得已而出于嚼之一途，此《武侠大观》之所由辑也。呜呼！不亦悲耶！书既杀青，乃书吾感如此。民国八年二月十日，蜇公跋于花隐楼。

（第一册封面）　　　　　　　　（第二册封面）

(第三册封面)　　　　　　(第四册封面)

《红茶花》

《红茶花》，"武侠小说之四"。缺封面与版权页。全一册，凡 264 页，定价不详。正文首署法国朱保高比著，三水陆善祥尘南译意，幸会陈绍枚卓枚润文。

全书凡十六回，有回目，依次为：

第一回　任侠士色界动侠肠　狠毒人剧场施毒手

第二回	贤嫠妇深心怜弱息	侠男儿热血拯迷途
第三回	老医士恃才论死法	红茶花冷笑报仇言
第四回	读画图马地识哑谜	访私枭伯连遭奇难
第五回	急友难保云尼受羁	设奇谋比鸦女被掳
第六回	巧复巧云尼救比鸦	错里错伯连访包探
第七回	铁鞋踏破狭路冤家	只手攀危穷途造化
第八回	甫脱危机又遭罗网	暂忘情好复掷樗蒲
第九回	露消息贾臣尼画策	出意外毛厘伦得金
第十回	投鼠忌器法网暂开	死鸟哀鸣真情半露
第十一回	假面目蝉脱复要和	狠魔头蛇针重刺侠
第十二回	毛御者马市得秘书	保夫人法京谈旧事
第十三回	访故人闲言话家世	殴书记当面走凶徒
第十四回	潮长风生律师定计	云开月露侠士逢魔
第十五回	渔灯反诳盗艘触礁	枪弹遥飞元凶授首
第十六回	群魔剪尽绝路戕生	热血洒完捐躯报国

卷首有《红茶花传奇序》、题词二首，以及《红茶花传奇自序》。

《红茶花传奇序》兹录如下：

昔司马子长传游侠，盖有深意焉。明一时风会所趋，亦藉传奇行于不朽也。后儒不察，辄以退处士，进奸雄，目之过矣。传言景帝使使尽诛此属，及武帝族郭解事，则侠之不为世主所容也久矣。文景以降，流风歇绝，士气亦骤衰，东京崇志节轻生死党锢之士，盖犹有任侠之遗风焉。由是寥寥千祀寂焉无闻。有唐一代，剑侠稍见称于世，致今读红线、隐娘诸传，犹凛凛有生气，顾其说诬其事幻，依托神怪，颇类出世间法。一无发达国民主义《红茶花传奇》者，虽著名侦探之案，实传绘任侠之精神者也。本法人朱保高比所著，事在百年前，金伯连以美人一盼，故仗义复仇，屡濒于死，诚有如龙门所云，不爱其躯，赴士陀困者之所为，彼凶人者又隐显无端，不驱而纳诸陷阱之中不止，辙轹变幻，危乎艰哉！而金伯连独能犯百难，冒九死，始焉抚孤雪仇，终竟捐躯殉国，论其品节，朱家、剧孟云乎哉？吾友陆君庆南酷嗜此书，译为华文，将以问世，属为点定。吾读之而有感焉。日本国于亚东以古所传武士道、大和魂为国粹，有培植无摧残，庆应间诸豪侠奔走国事者，项背相望，前仆后继，维新之业卒底于成，近且雄飞于二十世纪，非侠之明效大验欤？我国韩非之徒乃谓

"侠以武犯禁"，辄思草艾禽狝绝其本根，驯至今日，举国夸毗奄奄一息，求所谓"以武犯禁者"信无有矣。其如霍靡之民气，曾不敌尚武之精神，无他国者。积民而成士鲜独行，即国无与立。盖非一朝一夕之故，其所由来者渐矣。金伯连事近琐屑，似与国民资格无大影响，殊不知前所尽者社会之义务，后所尽者国民之义务，匪特私义廉洁，有足称其感受文明教育之功。盖已加游侠传中人一等矣。吾故曰：惟尚武乃可立国也。读是书者，先明义务所在，次究教育之由，争自濯磨共勉成特立独行之人格，吾国庶或有疗，则陆君此书其嚆矢矣，为益社会，岂浅鲜哉！光绪甲辰重阳日，南海孔昭群季修序。

《红茶花传奇自序》兹录如下：

子束发受书，恨未能博览群籍具有心得，而独酷嗜诸家说部，举凡干宝搜神、坡公说鬼、东方滑稽、庄生寓言，莫不心醉神往，醰醰焉。寝馈于其间而不能忘。丁年入塾肄，习英文，复向泰西诸哲学家著作深思其紧要。读至益智等说部，觉法人朱保高比与嘉波老雨君，所著者连思渊曲，纤悉靡遗。其中描写科学侦探，诸能事所。关于人心世道者，甚大遂尔，不揣谫陋，将红茶花一书译为传奇，以问世。夫古人任侠如荆卿聂政之流，激烈成名，殉国殉友，皆以得一知己，死而无憾。当金伯连在戏园座注视美妇于稠人中，狂态毕露，不几是直，一登徒子耳。然见美妇猝为人害，一动侠肠，百折不回，历尽艰险，卒能抚其孤雪其仇，手殄元凶，为世捐躯，除害报国，噫诚异人哉。且彼与美妇初未谋面也，非有知己之感也，而舍命若饥渴，始终以成人事，又非荆卿聂政之流所可同日语矣。近出新小说汗牛充栋，目不暇给。惟侦探案能阐发智慧，尤于断狱，有稗花，南砚北炙□谈天较之躏语，无稽徒资呕噱者，奚啻霄壤？此两君所著之书，素为德国名相卑十麦所心赏。子与有同嗜，谨就原书质直译意，不事藻缋，而删繁就简，则孔季修、陈卓枚两君实匡余焉。至若润色文，鸿编成巨制，俟之海外大雅，此更原著者所厚幸也。光绪三十一年四月三水陆善祥庆南自序

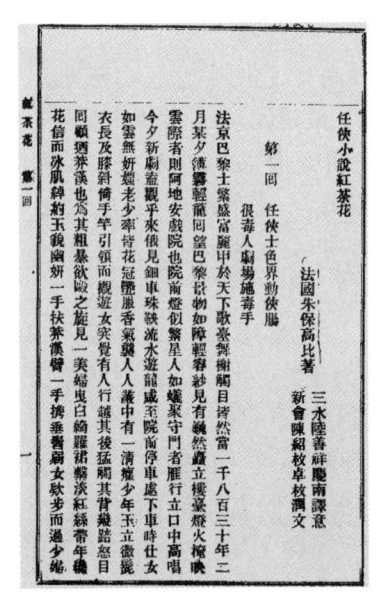

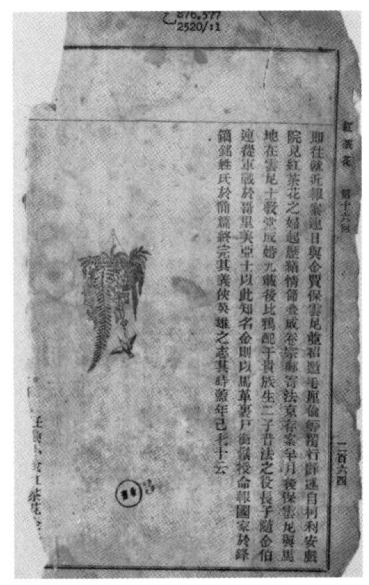

《侠义小史》

《侠义小史》，题"武侠小说之五"（封面题"武侠小说之四"可能有误）。版权页信息：纂辑者为王瀛洲，眉批者为庄病骸，评点者为姜侠魂，出版社为上海振民编辑社，发行所为各省各大书局。总发行所为振民编辑社（上海新闸路兴业里一一七四）民国七年（1918）十二初版。全一册，凡106页，定价大洋五角。

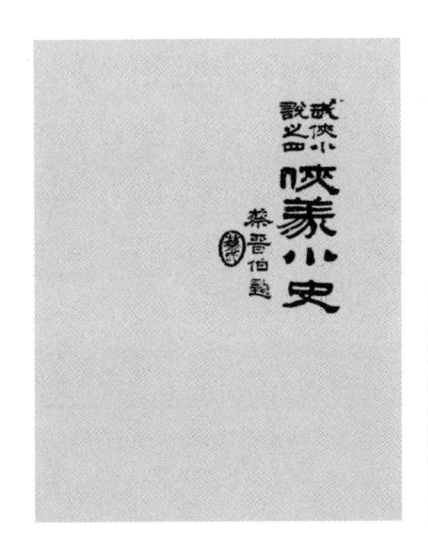

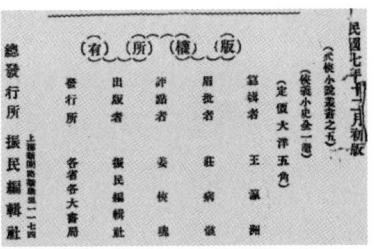

该作为侠义短篇小说，收入《髯和尚》（尘因）、《白燕儿》（黄花奴）、《茅叟》（徐维明）、《见闻一束》（黄建勋）、《义侠擒贼》（阙名）、《关霆雷》（金一明）、《洞庭女子》（胡寄尘）、《白衣童》（黄奇童）、《侠贼》（李癯梅）、《坎坷生传》（唐崇慈）、《静禅》（鉅鹿六郎）、《瞽子复仇》（淮沃）、《蒙城少年》（陈启祯）、《鄱阳渔翁》（袁仁）、《卜人》（袁贻翁）、《某生奇遇》（袁啸村）、《秦十六》（杨煦之）、《黑巾客》（袁绮园）、《琼儿》（袁绮园）、《月夜奇闻》（袁绮园）、《潘虎》（陈富华）、《郑铁蛋》（王吟秋）、《孙义士》（吴绮缘）、《侠盗》（袁绮园）、《黑衣侠》（幻音）、《榜人某》（达庵）、《阿八》（王笨伯）、《天涯一剑客》（王笨伯）、《双侠联婚记》（杨佩玉）、《任猛》（王无为）、《大侠王某》（邓天乎）、《徐生》（邓天乎）、《阉人妇》（张庆霖）、《击析翁》（吴绮缘）、《云鹤山人》（秋白）、《燕子尾》（阙名）、《张乐如》（陈富华）、《汪涛》（达庵）、《阿凌》（寄云）、《张捷》（俞笙和）、《铁陀》（野鹤）、《周氏妇》（寄云）、《丐侠》（寄云）、《草上飞》（寄云）、《王佣士》（陈富华）、《梁独秀》（寄云）、《某拳师女》（罗溪笑天）、《林二娘》（寄云）、《行脚僧》（寄云）、《黑麻子》（寄云）、《张老材》（寄云）、《湛觉》（王无为），凡五十二篇。

卷首有序言三篇，即《胡序》《自序》《王序》。《胡序》《自序》《王序》兹录如下：

  自太史公作游侠传，后之史家未闻传游侠者，虬髯、红线之伦间见于说部，世不甚重视之，而义勇之侠遂垂绝于世，著述之有关于世风若是其巨也。挽近说部其声淫以荡，多桑间濮上之风，无怪夫靡靡者志愈卑而行愈污也。友人王君瀛洲辑剑客侠士为一书，虽街谈巷议道听途说者之所造，然而小道可观，君子亦有取焉。嗟夫！采兰赠芍，郑衞先亡，屠狗斗鸡，燕齐后灭，有车邻驷铁之风，然后有修矛同仇之忾，秦并六国，虽曰暴戾亦有以也。国无义侠，何以自卫？读是书者可以兴矣。民国七年四月安吴仆安胡韫玉序。

《自序》兹录如下：

  洲自束髪受书，即喜阅稗官家言，每至慷慨沈痛处，辄拍案呼绝，胸襟乃为之一快。初亦不知其所以然，殆长方觉詹詹小言，亦足感人深且至也。迩来息影沪渎，颇好斯道，间亦操一二篇投诸报章杂志良以小说。虽为小道，然亦补正史之不足耳。无如江河且下，人心乖常，一般率尔操觚者，反以靡靡之音从中蛊惑之，于是桑间濮上之风盛矣。嗟乎！长此以往，吾中国不将沦为禽兽世界乎。吾友姜子侠魂有心人也怒焉，忧之谋补救之方，遂有武侠丛书之辑，而以侠义小史，委不佞为之编纂。嘻嘻，不佞，名不出乡，胸无斗墨，本欲拒之，奈天职所在，亦不敢坚却耳。杀青有日，乃草数言聊弁卷首。

民国七年季春汉彤王瀛洲序于沪江瘦簃

《王序》兹录如下：

晚近世风不古，每下愈况，有识之士咸戚戚以为忧，于是提倡社会教育，均视为不可缓之举。而小说之潮流澎湃以起彼发轫者，固欲以歌哭之文章，寓针砭之深意，婆心苦口，诚不可以厚非，孰意此志此心不获踵起者之谅，乃艳情绮丽转入乎诲淫之途。差以毫厘，失之千里，虽汗牛充栋亦奚以贵，此汉彤所以有《游侠别传》之出世也。盖著者别具苦心，欲以前人之义风为后人之借镜，庶几挽狂澜于既倒，非彼班香宋艳徒以饾钉为工，而不计及世道人心者可比。昔法兰西提倡武侠，欧洲之黑暗以启来喀瓦教人流血，斯巴达因之称霸，更以赖源朝之兴武士道，岛国遂得崛兴。吾知是书之出，将大有造社会也，至文笔隽雅，读汉彤文字者，知之稔矣，又奚赘为。戊午春日，笨伯王希成序于蠡城客次。

《三十六女侠客》

《三十六女侠客》，"武侠小说之六"。缺版权页。

全书共分四集，每集若干篇，第一集九篇，第二集十二篇，第三集九篇，第四集六篇。有篇目，待补。

卷首有序言四篇，即长沙张冥飞所撰的《序一》、下浣贡少芹所撰的《序二》、杨尘因所撰的《序三》、蛟川庄病骸所撰的《序四》。

《序一》兹录如下：

自太史公传游侠，而侠之名乃始为世所重。至唐而有剑侠之称，其中乃多女子，如聂隐娘、红线及某贾人妻等是也。其所为类皆排难解纷，诛奸报怨，足以快人心而张公理，最为冤惨抑塞之平民所想望，亦最为骄横暴戾之官僚所恐恶。宋以来摧残侠义之事不可胜数，是即官僚与侠义不并立之证，亦即官僚与平民不两利之证也。然侠义之行事，本人心之公理，一一以坦白出之，官僚能禁制其类似之行为，而终莫能尽世界之人，使之咸熏心于利禄，而不有几希之良知之萌动？故侠义之风水，永不能如官僚之愿而绝灭于世界，于是乃造作邪说以惑乱人心，曰：侠者，阴气，妇人、尼僧多能之，非男子丈夫所宜学也。呜呼！妇人女子而能侠，是世界上之男子丈夫者皆愧死矣，尚敢鄙薄之哉？姜君侠魂辑《三十六女侠》，传成而属为之序，因书以归之。民国八年一月，长沙张冥飞。

《序二》兹录如下：

处今之世，求，男子而武侠也，固不易；求女子而武侠也，则尤难。夫时至今日，女德之败坏极矣，淫者荡者到处皆是，轻薄与浮躁者无他蔑有，而欲得一二侠义之辈亦几如凤毛麟角，更何论多数也耶？今姜子侠魂有《三十六女侠》一书之辑，余是以觇姜子之用意矣。夫姜子一生固素慕侠者也，于何知之？于其名字知之，盖以姜之名曰"侠魂"是也。天下惟侠慕侠，亦惟侠知侠，有一慕侠知侠者于此，则凡他侠皆因之传矣，兹搜罗三十六女侠编辑成书，益以诸名流写生之笔，记其事，状其貌，描摩其精神，遂令三十六女侠之声容态度跃然于纸上。朗诵一遍，觉虎虎有生气也。今姜子索序于余，因略志数语于简端云。民国八年一月，下浣少芹谨序。

《序三》兹录如下：

嗟乎！吾国之女权不发展焉久矣！然其所以不能发展之故，盖病于一般社会上之妇女多不自知己身为主体之故耳。繄是绣闼兰闺之中多多主体之故耳，繄是绣恩会上之妇女多不自知己身为主体之故耳，繄是绣闼兰闺之中多知争妍斗艳、华装美饰为急务，将其大好之体质必使其弱不禁风、娇可夺魄之种种媚态，呈献于丈夫子之前，以为此是彼妇女对于男子应尽之职务，且视为一生不可缺乏之大事业，而目人间种种为忠奸良莠等事漠不相关，咸谓此丈夫子之事务，非我妇女辈所应预闻者。噫！诚大谬矣！而吾国之妇女所以萎靡不振，亦病在是矣。今姜子侠魂手编《三十六女侠客》一书，属余评订。余环诵一周，不禁拍案叫绝，异谓吾国妇女竟有若是之侠义者，洵开我近时罕见之异也。夫侠者本于性情而发于肝胆，方今世道凌夷，即丈夫子亦多畏首畏尾，裹足不前矧妇女乎？若此三十六女侠客竟能行丈夫子多不敢行之事，道丈夫子多不敢道之言，且皆本于性情而发于肝胆等事，不妄为，不乱举，此不仅为吾国妇女争荣吐气，且可为一般妇女凡欲发达女权者之先型。余亦遍祷吾国之妇女从此奉若辈为先型也。全帙十万字，洵不可小视哉！民国八年一月元旦日，杨尘因醉草于海上春雨黎花馆。

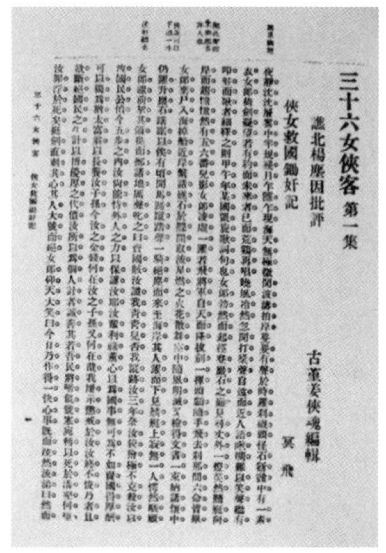

《序四》兹录如下：

国于世界者以百数，其孱弱不武悭怯善畏者，莫如吾国。吾国之民以兆数，其孱弱不武悭怯善畏者，莫如女子。是非生而有，然俗移之教为之也。女子之德，曰幽闲贞静，曰深居简出，则大而内政外交，小而工商实业举非女子之所与知，况武事乎？况挟刃复仇以鸣不平乎？故曰：阴柔阳刚，男，阳也，宜使趋刚；女，阴也，宜使趋柔，脱反乎，是则咸属恶其狂，乡党笑其疯，落落然将靡所容于人也，况尊之乎？况从而表扬之乎？虽然俗能移人情而不能夺人气，教能导人智而不能范人心，处孱弱之国，居孱弱之地，苟有蹶然而起挺身急公，为举世之所不为，戚属之讥有所不计，乡党之谤有所不顾，卒能利一世而快人心者？是其人必卓然杰出德义肝胆，足为一世之表率，亦未始不足以傲群雌而愧丈夫。故木兰从军，史锡以孝，红拂知人，世嘉其侠，况从而谤议之非笑之哉？抑吾有说造物者之于人，固不以男女而歧其智能，而以职任所在自不能男主外而女主内，是故柔者其常刚者其变，若谓女子之必不可使为刚，男子之必不能使为柔，则以秉赋不同，各如其面，将执造物者而数以罪矣，是岂理耶？姜子侠魂辑《三十六女侠客》成，问叙于余，余读终篇，以为足雪吾华女子孱弱之耻，并为吾国人勖也。爰书其所见于卷首，世之好侠者，其以余言为然耶？戊午冬，蛟川庄病骸序于海上病庐。

《双侠破奸记》

《双侠破奸记》，题"武侠小说之七"。缺版权页。全一册，凡130页。全书凡二十章，有章目，有序无跋。章目依次为：

第一章	野中之尸	第十一章	爱子之被刺
第二章	侠士受缚	第十二章	荒村夜色
第三章	法庭之话	第十三章	月下之密谭
第四章	莫须有之狱	第十四章	请君入瓮
第五章	山穷水尽疑无路	第十五章	巧获元凶
第六章	二次之勘查	第十六章	言归于好
第七章	和尚之恶作剧	第十七章	伪哑之破露
第八章	鸿飞冥冥	第十八章	废寺中之活剧
第九章	酒楼一夕话	第十九章	美人之心肝
第十章	杰士之行踪	第二十章	全案结束

卷首有序言两篇，其一兹录如下：

庄君病骸，余文字交也。十年前吾甬四明日报创办，余屡投诗宣报端。君读而好之，移书订交。当是时，虽无一面之雅，而鱼雁往还，相接以神，已莫逆于心矣。迨中夏光复，余辍学回里，便道过访，握手相看，欢然如故。余方弱冠，君才中年，豪气雄心，不可一世。每对酒论心，抵掌高谈，年少气盛，辄好自负，谓假吾二人以权使出，其所怀抱以经营天下事，当使伊吕低头萧曹挠腼。狂言一出，闻者咋舌，而君与余固谈笑自若也。自兹而后，余以所志不遂，蜷居乡里。君则奔走江湖，音信久梗，固不知曩。昔所互相期许者，今何若也？翌年秋，忽接君书云："将来甬创办明州报。"余不禁喟然叹曰："所相期许者成泡影矣。"时君以栗鹿风尘，举道途艰险，世情炎凉，尝之已遍。而余亦以不入时宜，心灰而槁，相见转觉意态温和，非复当年元龙矣。然每文酒过，从当酒酣耳热时，上下古今犹尚狂歌，当哭不灭，狂奴故态也。寻明州停版，君复游海上，藉笔墨为糊口计，不相见者又年。余客岁余避盗移家甬上，适君以事自淞归，发有二毛，颇丧甚。相见悲喜，不知涕之何从也？今年春仲，余束装来歇浦，以文字与当世相接见，始得与君朝夕过从。君为人尚气节，慷慨慕义，有古侠士风，故著作多针砭时俗语，大为世人所赞重。昨出近著双侠破奸记相示，将付剞劂，索余一言。余谓君之文字，久为有目者所共赏，尚何待余一序以为重，顾情不可却。姑述吾二人交谊弁之卷首，俾阅者知君此作，盖不啻夫子自道也。

民国八年暮春既望蛟川刘花隐序于歇浦旅次

序言二摘录如下：

予年弱冠，负笈来甬，放浪形骸，落落寡合，会乌子一蜾，偕其同志创詹詹报社。予以投稿家厕身其间，与诸子诗酒流连，推襟送抱，甚相得也。而病骸亦以所著海天杳鸿投刊。读其文，心向往焉。后三年，病骸蚓明州报于甬，予因一蜾之介，得识其人。班荆倾盖，相见恨晚，自此过从渐密。及明州报以费绌停刊，病骸橐笔走沪上，予尝有渭树江云之思焉，病骸家蛟川，每自沪归省，必过予。予尝为具酒食相与，剪烛西窗，倾吐肝胆，酒酣耳热，指天抢地，愤悱垒涌，有奴视一世之概。嗟夫！予以是始知病骸，盖儒而侠者也。向仅以儒视病骸，轻病骸矣。夫以一孱弱书生，手无缚雏之力，又贫无一钱之蓄，敝衣垢而局促闾里间，不能仰面视重颜韧膝龟项鼽息之大僚巨公，与夫龌龊隶硕腹贾曰："惟伏三尺案，操三寸管以赡舌口腹。而所与游者，皆白屋枵腹之士，此其为侠也果何所恃乎？"曰："侠之道，不一而要，视其心而已。是故勇者侠于力，富者侠于财，病骸无力无财，而其热肠痴情喷涌磅礴，固无时而或间，则其心固……"纯乎侠者也。不幸而以儒名，又不幸而托于古。今之侠者，以自著斯可叹矣。吾于其双侠破奸之作。盖读而低徊感慨者数焉。民

国八年春月宜与朱酒仙序于明州客寓

该著为文言体,兹录第一章"野中之尸"数段如下:

  距桐江二十里许,有一村曰杨李村。村中有枫林,秋色既深,狂飙怒发,满林红叶,片片在空中乱飞。时则有一少年,左手提一革囊,右手托猎枪,腰悬长剑,自远而至,行抵枫林,见红叶飞舞,喟然长叹曰:"壮观哉!秋色也。他日激战沙场,提刀杀贼。若使敌人之血与此枫叶同色,宁非大丈夫快意事耶?"言已乃行近一邱,徐步而上,立于其巅。时夕阳惨淡,晚风狂号,满地尘沙旋转如舞。少年四顾苍茫,浩然长歌,歌曰:
  流水滔滔兮,叹驹光荷实离离兮,怀清芳望美人兮,不见髀肉生兮,增凄怆。
  歌甫毕。忽间有人呼曰:"振华先生乎?胡作此凄恻之词?名士悲秋,自古为然。先生壮士,乃亦效若辈儿女泣耶。"少年骤闻斯语,不觉大奇,继而回头视之其人,非他乃日夕盘桓之老仆李成也。少年因行近李成前,握其手,言曰:"吾不意能重与汝见。……"

《侠士魂》

《侠士魂》，"武侠小说之八"。小楼著，民国二十三年（1934）九月出版。全一册，凡157页，定价大洋五角。缺版权页。

《侠士魂》包括特载和正载。特载四种，篇目为：特载一《蔡元培先生论舍己为群》《陆殿扬先生群育》。特载二《爱国新烈士小传》包括《（一）郭烈士钦光事略》《（二）周烈士瑞琦事略》《（三）周烈士瑞琦事略》《（四）刘烈士景福事略》《（五）孙李吴三烈士事略》。特载三《爱国新英雄小传》，包括《（一）郑毓秀女士》《（二）金亚梅女士之历史》《（三）金亚梅女士之热诚》。特载四《庐炜昌先生潭腿实验谈》。

其他篇目依次为：铁棋子（病骸）、李摩天（病骸）、罗万有（王无为）、周昌强（病骸）、吴怀义（王无为）、剑吾（王无为）、王犀（王无为）、记印度大诗人太阿儿（瘦鹃）、华蕙娘（蛰叟）、高显忠（企青）、魏七（区区）、渔舟女侠（于仲良）、女爱国家（剑亚生）、白额虎（仲琴）、记女子敢死队（逸虎）、欧战中之无耳将军（逸虎）、记欧战中二学生（庸启）、王志成（朱鹃魂）、戴英志（李宗俊）、樵侠（姚竹天）、盗女（烟水阁主人）、韩凤山（曾琦）、何生（乐钧）、铁杖生（海虞瘦竹）、古寺老僧（无埃）、黄善初（城基）、华盛顿欧文儿时之轶事（阙名）、胡生（忆恨）、书某冶工事（我香山人）、叶五（谯国子）、节妇报仇（天悲）、明金正希先生轶事（天白）、八先生（朱苏）、朱坤宝（朱苏）、张生（忆恨）、记兀者王允文（无为）、义士传（无为）、黑虎（无为）、李红玉（无为）、碧霞（无为）、奇女（无为）、弱女复仇记（随缘）、夏铁丁（佚名）、某少女（佚名）、韦碧霞（李宗俊）、筝女（襟亚）、侠贼（无埃）、姚玉虎（志愚）、女侠（李剑亚）、陆兰清（若鹏）、红嫣（兰台散人）、波兰社会党记（唐九芬）、侠盗（孟仆）、屠阿葆（余希澄）、剑士报恩记（梦苏）、义仆（天悲）、白胜魁（畬园）、濮狄生复仇记（南冠）、耿十八（醉红）、髯丈夫传（扶声）、一箭秋（镜云）、白飞鼠（声豪）、管豹（王无为）、萧泰郎（铁牛）、义姬（怀白）、铁髯（芝轩）、一阵风（澹盦）、孙节妇（凤郎）、一饭之恩（烟桥）、劫灰鸳影（吴增鼎）、记捕蛇者二则（半帆）、某军抚（东海）、记周玉（诗时）、徐宝山轶事（啸虎）、鄱阳盗（郑良臣）、劳玉如（阿鹃）。

《特载一》篇首"小言"兹录如下：

凡一国之民，必有其特性，而后可以对外，如英人富自治性，美人富尚公性，斯巴特之民尚武，日本之民尚忠，胥足为历史上之谈资。吾国之民，向以勤俭号于世界，然此为个人私德，无裨于国，积弱所由来也。不意此次青岛问题起，国民本其爱国热诚，抵制日货，全国一致，当其要求惩办国贼，士罢学，商罢市，工罢作，举国不谋而合，能使奸人胆裂，列强惊服，则我国人之合群性大可用也。使由是以往，群策群力，共谋国是，生则俱生，死则俱死，则吾国人之合群性，虽与德国克虏伯炮比其烈，亦无愧色。谁谓吾国人无特性者？编者深望吾国人保持此特性而勿失，故以蔡陆二君群育之言载于编首。读者谅焉。

《红胡子》

《红胡子》，"武侠小说之九"。版权页信息：纂辑者为王瀛洲，眉批者为庄病骸，评点者为姜侠魂，出版社为上海振民编辑社，发行所为各省各大书局。总发行所为振民编辑社（上海新闻路兴业里一一七四），时间不详。全一册，凡120页，定价大洋五角。

《红胡子》第一卷为笔记体侠义小说。篇首冠《记者与马贼》，其后才是第一卷，包括十五篇，篇目依次为：齐老疙瘩、怜子、卖花女郎、白马张、孟家三侠、奇盗、余之马贼谈、郭老虎与铁拳大王、千劫坑、铁臂袁六、一双假面具、红娟报仇记、王胡子暗杀案、六郎婚事谈、龟王。

卷首有三序,即姚民哀序、庄病骸序以及杨尘因序。姚民哀序,兹录如下:

> 民国三年秋八月,北走燕邯有所图。同里蒋子灵凤,适有关东之行,乃与之俱渡淮河、登泰岱、谒孔林、流连山水,遍探胜迹。既抵津沽,蒋子将由西站过东站矣,临别依依,若不胜情。蒋子忽戚然相告曰:"东省萑苻遍地,胡匪横行,余虽一身以外无长物,设运命蹇舛,一旦遇之,恐有巢幕之危。子其志之,别后二月无信,烦为寄语妻女孥,盍收我骨于深山大泽间焉。"蒋语未已,突有顾长多髯者,揖而进曰:"先生非有关东之行欤?先生非虑大盗之掳掠乎?适所言者,我已尽闻。请小憩寸晷,为述大盗之真相。今夫堂皇高坐,南面称尊,入则华屋,出则呼驺,小民侧目以视之曰:此某长官也。自长官之来治我邦,府藏渐空,野多饿殍,长官犹欣然告人曰:吾爱吾民。所谓爱者,日事搜刮,以蓄腹心。募兵所以保卫地方,实地方反因募军而骚扰焉。养虎修爪,择肥而噬,或者因政费之不敷,日以外债为后盾,始则以地方林矿路税,以次抵押。继且并土地人民,献与他邦矣,美其名曰租借地,实则私相授受,割让而已。自后任人法治,视等化外。若何奴隶之、牛马之,置之不问。即使群声呼援,不平之鸣,亦屏之不理。此盖大盗之真相!古人所谓不操矛弧者,其次则社会蟊贼,贪利奸商,引狼入室,为虎作伥,是亦盗之流亚也。适闻先生之所谓盗,大谬不然,盗亦有道,骚扰行旅,祸害平民,大盗所不为也。今而后先生当知盗道矣。"言已伴长去,余与蒋子愕然良久。时汽笛已呜呜作声,蒋子遂行。越十日,蒋子邮寄一书来,谓途中安谧如常,惟登山寻胜,少一如子之良伴,耳闻目接,皆类车站异客所云。客殆即大盗之雄耶,不则何其所语之信哉。岁华易逝,忽忽七年,此境此情恍如前昨。顷四明姜侠魂,有关东马贼秘闻红胡子之辑,既选拙稿,复属余序。余正伏案苦思,莫得纲领,蒋子适又以书来,历述数年来旅东之状况。于是顿触旧游,书以代序,庶世之读此书者,知真强盗不生草泽,而在城市。且以见编辑之本心,所以不嫌浪费笔墨,志强盗而不纪疆吏焉。
>
> 民国九年春二月清明后十日南沙姚民哀序于海上之筝声琴韵楼

庄病骸序，兹录如下：

　　从前编撰武侠一类小说，大都附会的多，实在的少，人家看了，光怪陆离，确是添了好多兴味，怎奈都是向壁虚造，失了小说的价值。如今一般文人，都提倡写实主义了，把从前浪漫主义的小说，一扫而空。这实是近来小说界的大进步。我友侠魂君，他最喜欢提倡武侠的。近年来他出版的书：如《风尘奇侠传》《剑侠骇闻》《武侠大观》《侠义小史》《红茶花》《侠士魂》《双侠破奸记》等，差不多有十几种了。如今又编了一部《红胡子》，也是武侠小说。这部《红胡子》，我也曾做了两篇文章，其余的我都没有看过，但著作的人，如杨尘因君张海沤君，他们都到过东三省。他们对于《红胡子》的情形，和《红胡子》的历史，必定非常的详细，非常的实在。那么写出来的事实，自然没有向壁虚造的弊病了。因此我就说这部侠书一出，从前什么《七侠五义》——《七剑十三侠》——那些书，凡是代表浪漫主义的，都该废了。我这句话并不是批评旧书不好，也不是揄扬这部《红胡子》到半天上去。只因为北方有《红胡子》，是人人知道的，要是不曾到过北方的人，谁侠谁不侠，那里晓得？他们侠的怎么情形，又那里晓得？如今几个著作的，都从实地眼见得来，再也不会失实了。这不但是一部完整的小说，简直是强盗社会的新历史，给研究中国新文化的人，做做考据的资料，不是好的吗？我因此做了这篇序文。

杨尘因序，兹录如下：

　　赤眉红髯之客，江湖传之久矣。而茶余酒后，闲话其个中事，罕弗色变，惊为神技。虽然盗贼乃人类之害菌，而冻馁所迫、科罚所挟、专横所激、志趣所逼之为盗者，亦綦伙。且盗之于人类，固为害菌，有时亦等于良剂，可生死人肉白骨。噫！人海茫茫，为盗为贼之害人者，固非尠。而非盗非贼之害人者，亦非尠。为盗为贼，而发现一时之婆心以救人者，固伙。非盗非贼，以负盗贼者，亦伙也。其如怜子卖花女郎、齐老疙疸、孟家三侠、奇盗千劫坑铁臂、袁六义友李师雄、小白龙、赵西来、苗斗英、张何周、连林顺、特勒五娘子、李浩、薛月娥、小燕子、刘单子等乌可盗贼目哉。惟其若侪不得伸其志焉，始隐为盗贼。若是之盗贼，而使非盗非贼之盗贼与衡人格之相差又何如？昔谚有云："宁为无名之英雄，不为有名之豪杰。"余易之曰："宁为有心之盗贼，不为无志之士夫。"试观姜子所辑之《红胡子》，其间盗贼若一般无志无气之士，夫孰可与之衡哉？其他不负盗贼之名，而行盗贼之事者，益不足论矣。

民国九年四月三日杨尘因叙

《红胡子》第二卷之首冠以《我与高老疙瘩》（子俊），其他故事凡二十五则，篇目依次为：苗斗英轶闻（海沤）、铁烟筒张何周（海沤）、连林顺之轶事（海沤）、李师雄（燕山铁楼）、赵西来与小白龙（燕山铁楼）、特勒五娘子轶史（耐簃）、胡帅轶事之一（子俊）、杜力山轶事（子俊）、许兰洲之与盖三省（子俊）、张勋与十八盗（子俊）、徐宾山之与马贼（适盦）、盗隐（啸秋）、薛月娥惨史（啸秋）、冯麟阁轶事（啸秋）、小侠客（啸秋）、燕子（啸秋）、白毛公子（啸秋）、朱门惨变记（啸秋）、刘单子轶事（啸秋）、老少年（啸秋）、独眼龙（啸秋）、义友（啸秋）、比武艳闻（啸秋）、虎头将军（啸秋）、魔王失首案（啸秋）。

卷首有序言两篇，即刘公畏所撰的《刘序》、徐子俊撰写的《徐序》。《刘序》兹录如下：

上下五千年，纵横十万里，国皆盗贼之国，人皆盗贼之行。举凡国家之兴亡，无一而非盗贼所酿成。即如淮阴成走狗之烹，青田有义犬之赞，故一部廿四史直可作盗贼史观耳。满清入主中夏，历年三百，无省无盗贼无年无战斗。大者窃国，小者窃钩，以盗贼手段得之，以盗贼手段失之。往复相循，皆有因果。迨至民国，更不堪论矣。人人假爱国之名，人人作盗贼之事。官僚盗贼也，政客盗贼也，武人盗贼也，商贾盗贼也，无一非盗贼，无地无盗贼。哀哀小民，日受盗贼之凌虐，吞声忍泣，无从告诉，乃铤而走险效法乎。盗贼扰攘九年，竟成一盗贼之世界。倘此碌碌群盗中有一健者，特异庸众，恢奇大度，驾驭群雄，如刘季、朱元璋、华盛顿、拿破仑等收拾余烬，统一全局，国家赖以成立，小民赖以昭苏。虽云燕巢帘幕暂安一时，犹可差强人意。今乃并此而无之，于戏茫茫孽海，安得十万横磨剑斩尽群魔，安得无数杨枝水洒遍大千世界，救我茕茕无告之小民，姜子侠魂，当世之有心人也。抱救世之婆心，知非提倡各种武侠，不足以拯此盗贼世界，遂有种种武侠书印行。近复搜集关东三省数十年来之盗贼遗闻轶事，编辑成书，颜曰：《红胡子》，嘱余为之。余因拉杂书之以告读者，处此盗贼世界，当知盗贼行为。红胡子一书，无曲笔无讳笔。凡盗贼中人物，皆一一据事直书，如禹鼎铸奸形容毕现，可作司马氏《游侠传》读，可作施耐庵《水浒传》读，则不负姜子编此书之苦心也。时在庚申暮春三月无言室主刘公畏序于黄歇浦头

《徐序》兹录如下：

　　余素负好奇心与冒险性。初客关外，关外犹未建行省。其时，南满铁道新属于日，东清及北满线仍归于俄，吉长铁路，尚未动议。值大战后，崔苻遍地，疮痍满目，交通阻滞，道路不靖，出其途者辄徘徊瞻顾欲行而复却。余则因好奇心与冒险性二者恒鼓舞余之勇气奋往迈进，从未因难而止。然足迹所至，如循京奉线，沿辽东湾，溯鸭绿江，亘辽河两岸，经南满铁道，至长春，东折吉林，转向延边，（即日人伪称为"间岛"意存攘夺者）绕图们江。出晖春，乘轮赴海参威，旋双城子。过五站，至穆棱河，进蜂蜜山，转兴凯湖，顺岛苏里江而下，达混同江。江口（即俄东滨三省之首都名伯力驻有总督）为岛苏里江、黑龙江、松花江三江之汇流，中俄界碑即立于此。复浮松花江，历三姓，（即依兰）趋哈尔滨，西折齐齐哈尔，至满洲里，复游内蒙各旗。十年之中几于踏遍。三省耳染目濡交游所及，如高老疙疸、杜力山、冯麟阁、任朝武、洪辅臣、金寿山、张作霖、汤二

虎，盖三省、天边羊、老小刘弹子、十四阎王、陶什陶、巴布扎布，以及女红胡子小青蛇等。奇人奇事光怪陆离，直使闻者，舌挢而不能下，口张而不能言，气噎色沮精移神骇为厉，莫可究诘。暴客乎？侠客乎？红胡子乎？吾殊不知其果为侠为盗，是幻是真，唯其似侠似盗，似幻似真，故人之视为萑苻遍地，疮痍满目，交通阻滞，道路不靖者，余乃从容而踏遍之。俾好奇心与冒险性得如愿以偿。宁非适意畅心，踌躇满志之一大快事者乎？虽则劫火余生，乐焉优游。然回首陈迹，亦忍俊不禁。既而未尝不自庆幸出世之巧，遭遇之奇，何者以余自度俨若造物，故安排如许奇人、如许奇事，以供余好奇心与冒险性之撷拾然也。余每思至此，不禁惊喜欲狂。适姜子泣群有关外马贼秘闻《红胡子》之辑，蒐及拙著并就序于余。余因就十年中耳闻目见者，摘举以应，并拉杂书此聊当覆瓿，可为谈红胡子者之一助，是为序。

民国庚申暮春子俊序于庚申编辑社

十二　济宁中西中学校《小说丛集》叙录

济宁中西中学校，不详，待考。

济宁中西中学校1927年出版的《贤昆仲》中有一份该校出版的《小说丛集》广告，列出九种作品名称及定价，信息如下：

济宁中西中学校出版

Ⅰ.《爱仇雏》，定价十分

Ⅱ.《黑太子》，定价十分

Ⅲ.《孝子传》，定价十分

Ⅳ.《义仆救主》，定价十分

Ⅴ.《覆舟轶事》，定价十分

Ⅵ.《以德报德》，定价十分

Ⅶ.《贤昆仲》，定价十分

Ⅷ.《神工奇谈》，定价十分

Ⅸ.《哑女轶事》，定价十分

关于济宁中西中学校出版的《小说丛集》，《丛书目录》介绍作品名称七种，即第1、3—5、7—9种。起止时间标为1920年与1937年，且均括以括号。

其实，这套丛书有两个版本，第一个版本是济宁中西中学校出版的版本《小说丛集》，第二个版本是山东兖州天主堂保录印书馆出版的版本《小说丛刊》，大体相同。后者见诸《哑女轶事》（山东兖州天主堂保禄印书馆1939年第二次出版），其信息为：

《爱仇雏》，＄0.08

《黑太子》，＄0.12

《孝子传》，＄0.12

《义仆救主记》，＄0.10

《覆舟轶事》，＄0.10

《贤昆仲》，＄0.10
《神工奇谈》，＄0.07
《忠厚之酬报》，＄0.03

也就是说，第一版是由教会学校济宁中西中学校出版，第二次出版是由与教会学校密切相关的天主堂的保禄印书馆出版。

现就以上作品展开叙录。

《爱仇雠》

《爱仇雠》，P. Spillmann S. J. 原著，P. Stenz S. V. D. 译述，济宁中西中学校（山东兖州）1927 年出版。《小说丛集》之一。全一册，凡 78 页，所见缺版权页，定价不详。

该作为中篇小说译作，凡十回章，有回目，无序跋。回目依次为：

第一回　纽西兰岛之风景　潘亭郊野遇部长
第二回　潘亭同全家逃难　河涯上四散分离
第三回　部长有意救夫人　兵船无心逢潘亭
第四回　兄弟山沟寻父母　在此避难暂安身
第五回　潘亭船上遇部长　闻妻下落欲往寻
第六回　在途中不意遇母　回家内专寻乐望
第七回　得母下落心欢喜　二次救母兄弟三
第八回　裴理得失望背天主　潘夫人替死感仇雠
第九回　救老母耽（担）惊受怕　为仇雠二次进庄
第十回　新提督重待二部长　苦潘亭合家得团圆

该译作为白话体，自录一段如下：

> 话说澳洲东南太平洋内，有一大海岛名叫纽西兰。这岛离澳洲有四千余里，离南美洲两万有奇，大如中国直隶省，海岸甚高。临海有些好码头，岛内又有出名的火山，又有古树林。善石郎火山十分高峻，上达云霄。其他若仝各里良，高两千五百米达，至今还时时喷火，及些灰石。招克火山高四千米达，山顶积雪，四时不化。火山附近的地方，大半都有温水湖及温泉。这温泉常喷水高至三四十米达，更为美观。地土肥美，五谷茂盛，且有各样草木，所以牧业亦很发达，又加上气候温和，谁能说这个地方不是个福地呢。

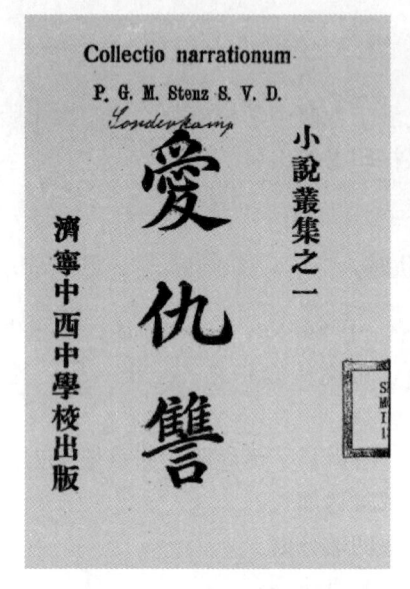

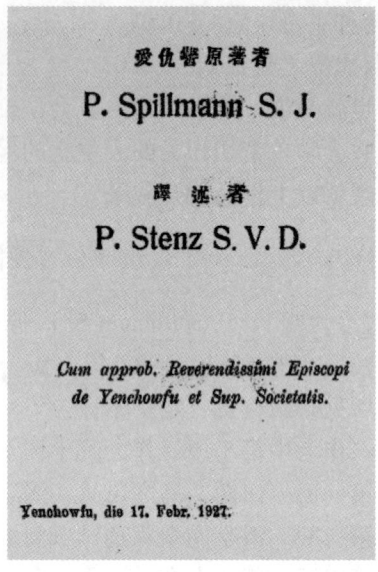

《黑太子》

《黑太子》，P. A. V，B. S. Y. 原著，Hantschau 译述，济宁中西中学校（山东兖州）1920 年出版。《小说丛集》之二。全一册，凡 104 页，所见缺版权页，定价不详。

该作为中篇小说译作，凡九章，无章目，无序跋。

该译作为白话体，自录一段如下：

> 梯治那玻里城，有一王宫，王子名叫雷玛，也是印度国一位很尊贵的拉迦（印度称王子曰拉迦），在位已是多年，膝下犹无太子。那拉迦盼的如农人盼雨的一般，在他们所信的婆罗门神庙中，烧香许愿，后来也竟得了一位太子，取名亚龙刚。久旱逢甘霖，拉迦喜悦，自是不消说得了。事有凑巧，这太子长到十岁上，得了一场重病。拉迦心烦虑乱，命那些官使们，请医生，搬大夫，煎汤取药，实指望太子的病魔渐渐退去。不料想无论什么药，皆不投症。太子的病，依旧是一日重似一日。那面上的神色，也与从前大不相同，真个是面白如纸，骨瘦如柴，眼看就是凶多吉少。拉迦看太子发热，就吩咐那些伺候病的官使们，给太子打扇。官使闻言，那敢怠慢，一个个手执芭蕉扇，围着太子，搧个不住。可是太子身上的热，依然烧的如火炭一

般，丝毫不见轻减。拉迦坐在病床旁边，看那太子的双眼，已是不能转动，在那皱眉蹙额的面上，现出来一副惨苦可怕的神情。一线生命，正在若断若续的时候，便伸手将太子火热般的手紧紧握住，口中唧唧哝哝，祈求他那婆罗门神，叫太子病好，到底也不见一点效验。

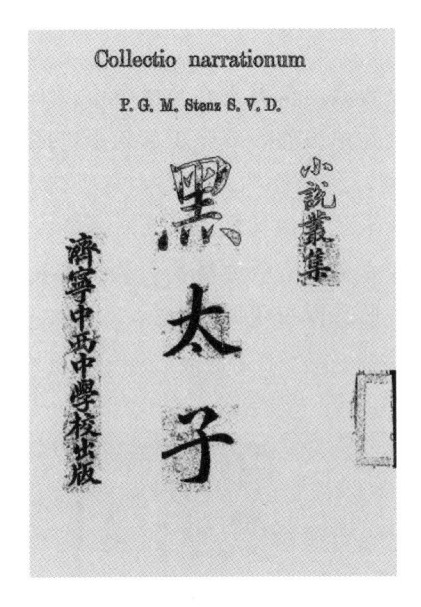

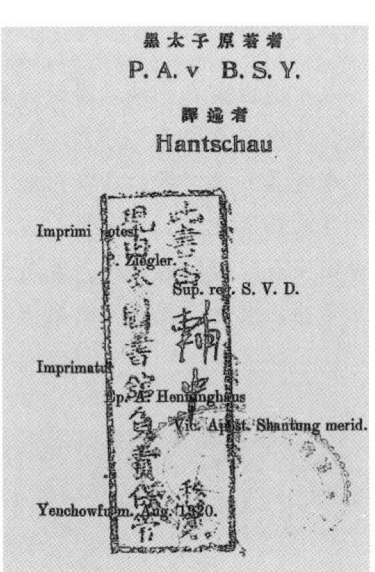

《孝子传》

《孝子传》，P. Geyser S. Y. 原著，P. Stenz S. V. D. 译述，济宁中西中学校（山东兖州）1920年出版。《小说丛集》之三。全一册，凡112页，所见缺版权页，定价不详。

该作为中篇小说译作，凡十二章，有章目，无序跋。章目依次为：

第一回　古印度景况略说　二青年携手谈心
第二回　皇宫殿骤来凶信　西地盎遵命回家
第三回　花园辞别奥神父　师徒不欲两分离
第四回　到家中苦口劝父　在街上无罪受罚
第五回　老贵族咒骂亲子　西地盎不怨爷爷
第六回　在牢中全依天主　同下人一齐逃生
第七回　西地盎亲身受洗　随神父愿上高娃
第八回　诸异教兴心作祸　众神父为主捐躯

第九回　衷心窭念天伦父　途中不意遇家人
第十回　西地盎苦求皇帝　亚家八宽勉罪人
第十一回　西地盎徒步落后　老贵族骑马逃生
第十二回　千辛万苦出虎穴　诸事完毕升天堂
第十三回　亚家八痛哭孝子　老贵族回心事主

该译作为白话体，自录一段如下：

  中国西南有一地名叫做西藏。西藏之南有大喜马腊雅山，十分高峻，为中国及印度之分界。山北就是中国的西藏，山南就是印度。印度东有孟加拉国湾，西有阿剌伯海，开化最早，为上古文明国之一。气候具热带性质，地土膏腴，收获丰足，禽兽草木，无所不备，且产金刚宝石。印度的古迹，就是古庙古塔，宗教为婆罗门教及佛教。千余年前，大食国强盛，战败印度，回王即在印度为王。

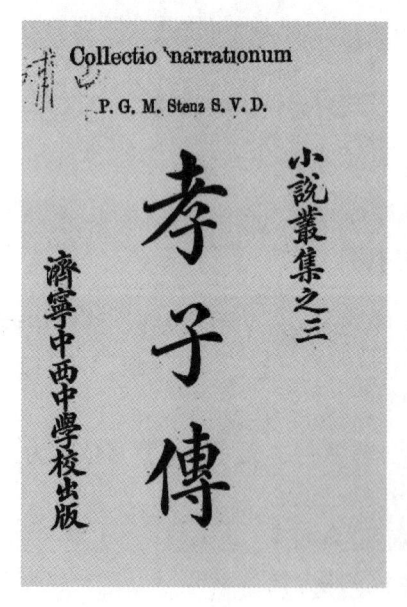

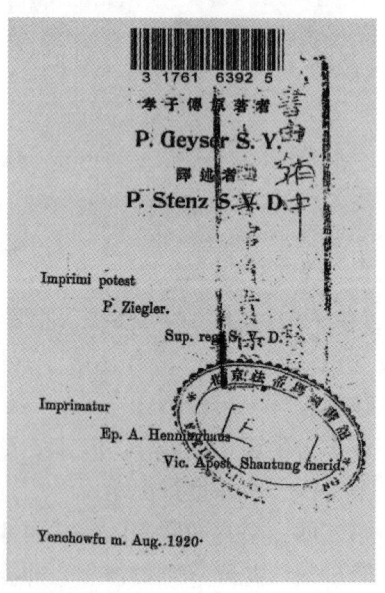

《义仆救主记》

  《义仆救主记》，P. Spillmann S. J. 原著，P. Stenz S. V. D. 译述，薛田资撰述，济宁中西中学校（山东兖州）出版。《小说丛集》之四，未见。

十二　济宁中西中学校《小说丛集》叙录　473

所见为第二次出版本。1937年山东兖州府天主堂印书馆出版印刷。全一册，凡88页。

该作为中篇小说译作，凡十四回，有回目，无序跋。回目依次为：

第一回　小良园中见哈三　　神父衙内会领事
第二回　贼哈三夤夜进兵　　喀土穆早晨攻破
第三回　大元帅戈登丧命　　梁领事全家分离
第四回　卖人市亚里救主　　路途中重逢恶人
第五回　太太亚里齐逃走　　神父小良双被擒
第六回　亚里特意寻东人　　王爷真心谈往事
第七回　王爷宠爱小幼童　　良儿搭救安神父
第八回　亚布没功受欢迎　　谟王无端遭耻辱
第九回　亚里二次寻主人　　谟王头回闻凶信
第十回　盛达怀恨背旧主　　小良从容入监门
第十一回　谟王爷兴心报仇　　新马狄假意说和
第十二回　领人马劫牢反狱　　派代表上山说和
第十三回　遵王命前赴埃及　　赖天主刮退恶人
第十四回　母子相会回故国　　功成名立赖天恩

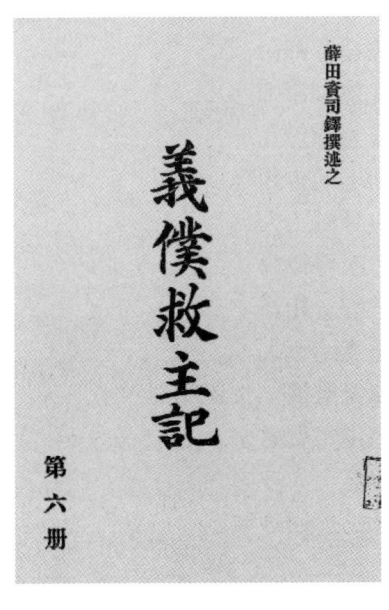

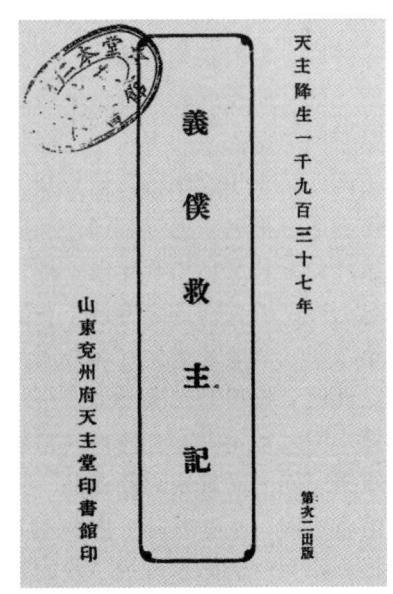

该译作为白话体，自录一段如下：

话说耶稣降生后一千八百八十五年，正月二十五日，黄昏之时，就见尼罗河左岸，有无数马狄人（本处土著）占据了昂杜麻城。兵多将广，声势浩大。列位，马狄人因何起反，内中有个缘故。起反的首领名叫亚哈墨德，从先他原是回教中的一个阿衡，当一千八百八十一年，忽然他说自己成了马狄。马狄二字在回教中解作天主的使者，从此黑天白日讲道劝众，蛊惑人心，教埃及人敌抗政府。又加上乡野愚民，不管好歹，全都归附。所以起反之后，打了许多的血仗，不是攻城，就是略地，埃及政府及英国兵全都被他打败。如今马狄人，正想攻打尼罗河右边的喀土穆。喀土穆十分坚固，里面有一支英兵把守，英人戈登为帅。亚哈墨德常说，若把喀土穆攻破，若把戈登逐走，建个新国，易如反掌。

《覆舟轶事》

《覆舟轶事》，P. Spillmann S. J. 原著，P. Stenz S. V. D. 译述，济宁中西中学校（山东兖州）1926 年出版。《小说丛集》之五。全一册，108 页，所见缺版权页，定价不详。

该作为中篇小说译作，凡十二章，有章目，无序跋。章目依次为：

第一回　老校长爱惜弟子　谬危廉违背师命
第二回　船长欣喜报凶信　教员忧愁寻律师
第三回　恶人兴心害童子　船长转意怜侄儿
第四回　李华途中得喜信　众人山上问吉凶
第五回　报名来迟寻翻译　酒店定计哄工人
第六回　若瑟私出观年景　校长二次寻律师
第七回　船长得方定毒计　若瑟危廉忽相逢
第八回　危廉几乎失性命　船长坚意绝恶人
第九回　赖得方二次出计　格林孤身遭擒（按：原文六字）
第十回　暴风骤起合船惧　格林纵出空费力
第十一回　珊瑚礁内船碰漏　野海岛上人被囚
第十二回　千辛万苦上澳洲　九死一生回香港

该译作为白话体，自录一段如下：

话说中国南边太平洋内，离广州不远，有些小岛。内中香港为最大，港口优美，贸易发达。初本属我中国，头六十余年，当前清末叶英人以兵力强取此岛，为己领土，如今香港竟成了亚洲内大商城之一。众位，英人未占此岛以前，岛内荒寒贫苦，居民皆以捕鱼为业，地土硗瘠，收获甚少，皆因地势不平，岗池凸凹，高高矮矮，这样起来，所以一下雨，就淹的淹，旱的旱，又焉能长好庄稼？既至英人一来到这岛上，就平坦地势，锄高补矮，各处栽些树木，渐渐的一年强似一年，一岁胜似一岁，数载的光景，修得十分完备。在岛上也修了一个大城，沿海海岸，广筑马路，两旁树木参差，洋行商店，不可胜数。他如官殿、学校、养病院、营盘、衙门，诸建筑更为宏壮。城中也有几个美丽的教堂。岛上交通便利，贸易发达，所以各族各国的人都来此经商。城北面临山，这山面城负海，上面盖了一座大堂，十分华美，高峻异常。每个进口海船，从远处皆能看见堂顶上的十字架。离堂不远，有所学房，内有中外两国的学生。老校长是个西国神父，学问广博，经事甚多，在香港岛上，四十余年，有日功课暇时，历述以下之小故事。

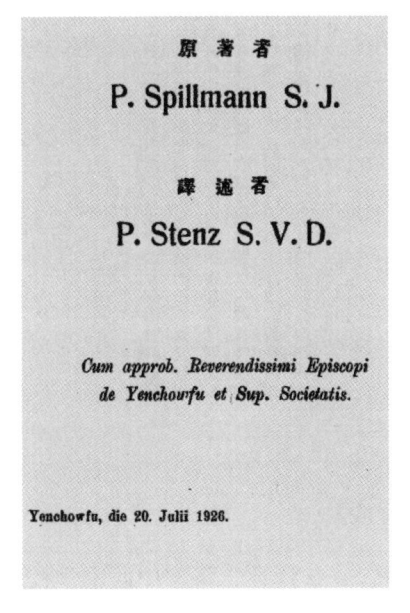

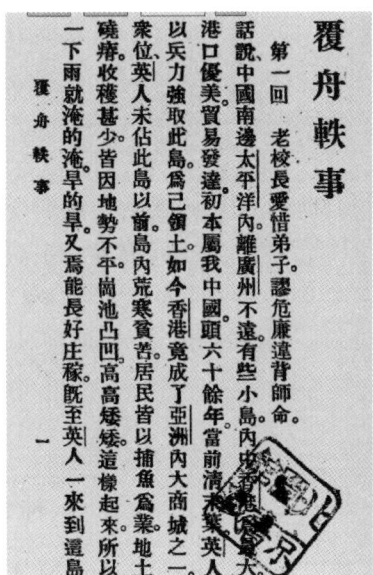

《贤昆仲》

《贤昆仲》，P. Spillmann S. J. 原著，P. Kappenberg S. V. D. 译述，济宁中西中学校（山东兖州）1927 年出版。《小说丛集》之七。全一册，凡 105 页，所见缺版权页，定价不详。

该作为中篇小说译作，凡十三回，无回目，无序跋。

该译作为白话体，自录一段如下：

> 且说高丽这个半岛国，在我们中国的满洲东南，京都名叫汉城，紧靠汉江。气候东北少寒，因受西北利亚的影响，西南两部，气候温和，五谷昌茂，矿产富足。自古以来，高丽同中日两国，常起交涉。头几百年的时候，高丽当中国的藩属，纳贡称臣。到底实行闭关政策，不与外人往来。此时天主教传入中日两国，已有两年余载。这样看来，高丽人难奉真教，又谁知全能的天主，用了另外的奥妙，教高丽人得识正途。这个奥妙法子，我愿意向大家告诉告诉。

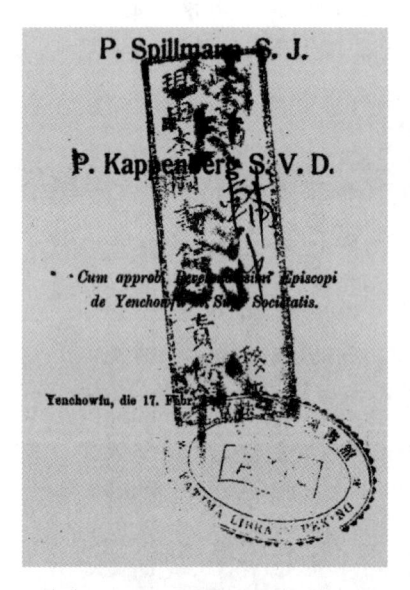

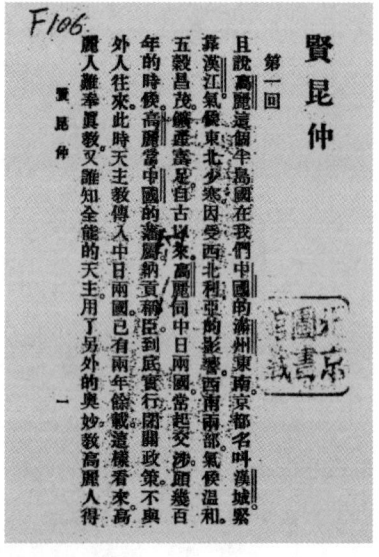

《神工奇谈》

《神工奇谈》，P. Spillmann 原著，P. Stenz 译述，济宁中西中学校（山东兖州）出版。《小说丛集》之六，未见。所见为第二次出版本。1939 年山东兖州府天主堂印书馆出版印刷。全一册，凡 56 页，所见缺版权页，定价不详。

该作为中篇小说译作，凡十七回，有回目，无序跋。回目依次为：

第一回　卜拉克身灵抱病　起神疴须待神医

十二 济宁中西中学校《小说丛集》叙录 477

第二回　对长子良心发现　请神父大夫受托
第三回　轻世务临没垂训　愧心话对子惭言
第四回　神父前妥领圣事　睡乡里善辞凡关
第五回　想死后几番问难　疑神父兄弟生心
第六回　不知教规敢妄断　竟作盗案事上控
第七回　沿城奔疲寻下落　函诉心疑不受怜
第八回　位德家补偿亏欠　回故土依旧安居
第九回　闻凶信惊心下泪　讨安慰主前告怜
第十回　奔衙门无怨自首　对官长只用一言
第十一回　阅报章徒增忧苦　对证人仍不多言
第十二回　定罪声里招众忿　律师口中灵玄机
第十三回　掩饰父过起抗意　巧下断语套真情
第十四回　苦退魔诱得神慰　主遣神父报佳音
第十五回　过周年心曲再乱　得父函稍破狐疑
第十六回　信得一真强辩难　计求两全谈办法
第十七回　神父前恳切求赦　无罪人荣耀出监

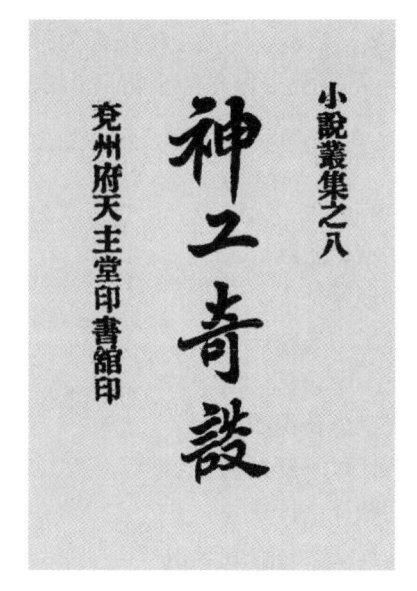

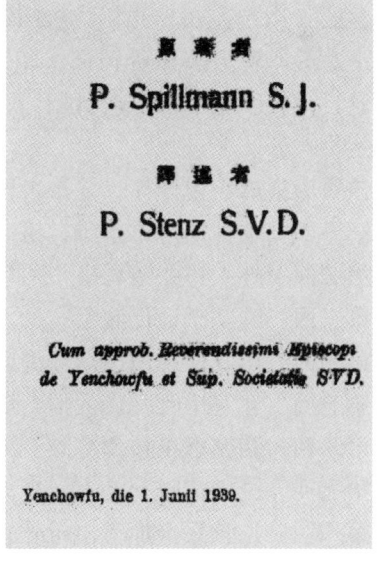

该译作为白话体，自录一段如下：

话说天主降生一千八百九十四年秋，美国巴尔的茂城，一个财主的宫殿里，秩序狠乱。这个财主名叫卜拉克，他有一个大银行。此时他患病沉重，回春无望，城中的名医都请过了，到底无人能治。只见这病人气息奄奄，命在旦夕。又特请了外方的一个出名的大夫，大夫看过了病人，就给病人的长子说，身病易治，心病难医，看你的父亲，身瘦如柴，神情不安，一天比一天羸弱，如今他志迷神乱，口中谵语不绝，等他神志清醒，你可以提醒他，叫他把他的心事，安排妥当，然后他可以平安逝世。病人的长子听说这话，就狠难受，平日他和兄弟，狠孝爱他们的父亲。因为他们的父亲，一辈子为他们操心费力，饱受风霜，为他们挣下了好几百万块钱的家资。他的银行在天下也狠出名，但有一条，他没有管教他的儿子们，叫他们奉教，热心恭敬天主。要知光图发财。光管世俗的人，每每的忘了天主，忘了救灵魂。这个财主就是一辈子光图发财，把恭敬天主救灵魂的事，竟撇在九霄以外了。

《哑女轶事》

《哑女轶事》，P. Spillmann S. J. 原著，P. Stenz S. V. D. 译述，济宁中西中学校（山东兖州）出版。《小说丛集》之八，未见。所见者为第二次出版本。编译者为薛田资司铎，印刷兼发行所为保禄印书馆（山东兖州天主堂）。公元一九三九年民国廿八年十二月第二次出版。全一册，凡74页，定价八分。

该作为中篇小说译作，凡十二回，有回目，无序跋。回目依次为：

第一回　喀林瑙地方幽雅　格律纳家庭悲哀
第二回　外人讨账请司事　司事据理斥外人
第三回　贼骗子设计脱走　女美林园中失踪
第四回　访友回林内迷途　进店来心中窃喜
第五回　客室中哑女传凶信　地穴里忠仆探贼赃
第六回　装憨态主仆筹御敌　施巧计母子反被擒
第七回　说细情哑女能言　进大门贼徒中计
第八回　见救兵士加喜出望外　认舅父美林备叙来由
第九回　维尔特实言禀县长　羊角山丧良害亲戚
第十回　见生客于巧怀疑　识旧人羊翁服罪
第十一回　见弟弟夫人哭诉往事　会妈妈淑女喜道阔衷
第十二回　美林女继叙别离　格夫人重谢主恩

十二 济宁中西中学校《小说丛集》叙录　479

该译作为白话体,自录一段如下:

德国南边有个地方名叫喀林瑙,此地气候温和,田原丰美,因而人烟稠密,村庄密布。居民性情直朴,风俗醇厚,到处都是些热心敬主,诚意爱人的人家。临近有些草园树林,春天一到,百花怒放,绿草满地,蝴蝶虫鸟,飞舞其间,歌唱十分乐意,真令人开心。在树林的旁边,流过一条小河,虽不甚宽,但水量充足,四时常流。每日里有些渔船往来,在河内捕鱼。夹岸的杨柳,青绿相间,微风吹动,好似波浪起伏。远远望去,真有无穷的变换曲折。再斜阳西照,那风影儿印在水面上,仔细看去,就仿佛水银道上,万马奔腾的一般,种种风景,将这块土,出落得真如地堂乐园一般。

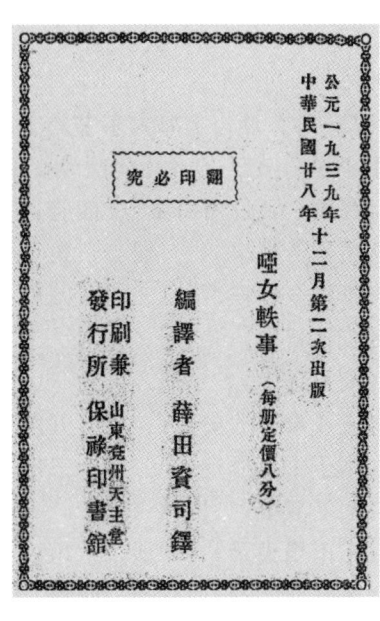

十三　宏文图书馆《时事小说》叙录

宏文图书馆，不详，待考。

（一）宏文图书馆《时事小说》叙录

1927 年 5 月，上海大东书局出版的《江红蕉说集》中载有一份广告《时事小说》，该广告列出作十种，依次如下：

《民国三百件希奇案》，四册，一元二角

《伍廷芳轶事》，一册，三角

《李纯全传轶事》，二册，四角

《安福秘史》，一册，五角

《安福趣史》，一册，五角

《壬戌奉直战史》，二册，五角

《甲子奉直战史》，一册，三角

《江浙战史》，四角（册），一元二角

《东南烽火录》，一册，六角

《人妖李彦青》，一册，四角

这十种作品最早出版时间是 1920 年 1 月。书名《人妖李彦青》有误，应为《妖人李彦青》。

《安福秘史》

《安福秘史》，编著者为鸿隐生，发行者为上海宏文图书馆，印刷者为上海宏文图书馆，发行所为上海宏文图书馆。民国九年（1920）八月一日出版，民国九年九月十日再版，全一册，凡 108 页，每部定价洋五角。

全书介绍安福系及"安福国会"的产生缘起、活动内幕、秘事、趣闻、阴谋及安福系人物小传等，共七十余篇，收入秘史七十二则，目录为：安福之起源、安福之成立、安福之宗旨、安福之拥戴、安福吸收党费之妙计、安福包办选举之神通、安福议员之大小、安福津贴之等级、安福之土气息、安福之盐滋味、安福之利用总统、安福之愚弄合肥、安福选举副座之隐情、安福争夺议长之内幕、安福之扩张势力、安福之垄断交通、安福之把持内阁、安福之拍卖国家、安福之参战不战、安福之边防失防、安福之阴夺边功、安福之私结外援、安福兵队之围奸七里河、安福军人之丢丑津浦道、安福之延阻和议、安福之猎取代表、安福之升官图、安福之讨鱼税、安福觊觎中行之鬼葫芦、安福贩卖苏米之大黑幕、安福之好身手、安福之活现形、安福破坏教育之诡计、安福摧残司法之狠心、安福图豫之阴谋、安福谋鄂之秘史、安福之反对直军、安福之联络滇派、安福之倾轧梁财神、安福之推倒钱菩萨、安福与龚心湛之关系、安福与靳云鹏之因果、安福之玩弄周树模、安福之欺骗田文烈、安福之起愤师、安福之无实力、安福之离心、安福之败绩、安福末路之分财、安福穷途之潜遁、安福家产之查抄、安福党羽之投首、安福首领之惩办、安福机关之发封、安福之离间计、安福之破坏心、安福中之徐树铮、安福中之李思浩、安福中之曾毓隽、安福中之丁士源、安福中之王郅隆、安福中之吴光新、安福中之王揖唐、安福中之张敬尧、安福中之朱深、安福中之胡筠、安福中之曹汝霖、安福中之陆宗舆、安福中之段家将、安福中之姚家兵、安福中之军师、安福中之小卒。

卷首有《序》，兹录如下：

  外人每讥吾国无政党，余深然之，及观安福俱乐部而益信。夫安福俱乐部者，非以政党之标帜相号召者乎？然其盘据机要，把持大权，侵吞国帑，鱼肉人民，求媚外人，不惜缔各种之密约，欲便私图，佟情借巨额之金钱，综其所为，无非为一党之私利，宁有丝毫政党之性质哉？且其结合，有筹安之遗孽，有复辟之祸魁，有各省之游民，有各系之走狗，一丘之貉，相得益彰。而于老段则奉之如父，于小徐则事之如君，吮痈舐痔，无所不为，以视明之，阿附严相、媚事魏阉者，殆有过之而无不及。政党云何哉？今者天诱其衷，称兵构乱，义师一起，遂至覆亡，凡属国民，莫不额手相庆矣。余旅京日久，时从朋辈得闻彼党之秘史，笔而志之，成此一帙，虽不免多所挂漏，而大致则固无讹。后之执政权者，幸引此为前车之鉴，毋蹈其覆辙，而为安福之绩也。九年六月鸿隐生序于京师寓楼。

《安福趣史》

《安福趣史》，编著者为鸿隐生，发行者为上海宏文图书馆，印刷者为上海宏文图书馆，发行所为上海宏文图书馆。民国九年（1920）八月一日出版，民国九年九月十日再版，全一册，凡92页，每部定价洋五角。

全书收入趣史一百五十则，目录为：遇段而兴遇吴而亡、半段枪、徐树铮之不礼于张勋、杜三小姐、五十万元之钻戒、大汽车、陆建章之冤魂、徐树铮不听妻言、小老婆之大多数、安福命名之不吉、十八罗汉　四大金刚　哼哈二将、元年公债票之拭秽、王揖唐唐亦揖王、偷书贼、文圣人之掉文、武圣人之偃武、外国财神之逃走、告财神状、安福党之另有假名、假名之适用、胡筠自谓为胡雪岩之后身、赵玄擅入梦求去、分安福之脏、失了大本营、另眼怜才、有利同享有难同当、扒手之照片、铁树成灰、茅坑藏身、俱乐部之大菜、俱乐部之豪赌、民脂民膏之家产、安福派之围棋、吴光新之烟窟、打死老虎者之多、爱妾而割须、段芝贵之好整以暇、五色玉棋秤、呼徐树铮为父、假丁士源之出现、某总长之逃妾、王揖唐称如弟、入普陀山为僧、安福党籍之名数、王郅隆之奇遇、走狗之教育部长、苦中得乐、徐头只值三万二千、朱深累老母磕头、解铃原是系铃人、徐树铮之改扮日女、卖国专家、王揖唐之挥霍、王揖唐之临时保险、台肥之善谑、边防军之反相讥、这孩子真胡闹、安福党得水浒之诨号、安福派之徒子徒孙、上天无路入地无门、徐树铮之宋元本书籍、徐树铮自命为古文家、安福党之讲平等、安福下人之致富、徐树铮之志不在小、曾毓隽之古物陈列室、梁鸿志之善作诗、徐树铮亦为诗、徐树铮之新兵法、安福党之和装南下、安福菜、吴光新大喝肥皂水、半夜里光降主人翁、皮箧中之宝物、八仙上寿、四大皆空、定国军参赞之徽章、三百金购两套破服、妓女骂宴、卫队表功、新李陵碑、活僵尸、曲辫子、打电话逐走群小、柴堆里之总司令、辞职妙文、君命召不俟驾而行、二老班坐小车、边防军寻国贼、众议员无耻讨苦吃、公言告停版发讣闻、信口开河术士言中、甘心卖国君子自居、关胡子甚事、没面孔见人、锯段木攒殴段祺瑞、撕扇子痛骂徐树铮、天半一飞机望穿双目、楼头两木展报以千金、图兔脱化装假面、赁棚巧稳妻孥、盘城门钵伯入本、搜住宅爱妾质庭、安福之遗羞后世、指日高升、倒段、今天下台、犹太人之干儿、安福作孽、新桃园结义、拍马拍在脚上、怀中之钻戒、乔装妇人、一十一人、木匠之倒运、假面具之卖罄、安福支店都关闭了、安福如流行疫症之微菌物、安福鱼行、安福中亦有好人、南强遇北胜、口育出师表、三千万之大银行、大炮不放、一百五十万之电报、强迫手段、迷魂汤、安福公园之报效。

卷首有《序》兹录如下：

予非安福党中人，何以于安福如是其悉也？其中盖有故焉。予寓去安福俱乐部，不百步而近，而予之友，又多友于安福者，于是耳所耳，安福也；目所目，安福也。安福之成，安福之败，安福之所成败，本无一毫关系于予心。而耳目之所及，若有深印不忘于予心者，予之至京师也。在宣统三年，此十年中，变故盖多矣。清室之让位也，世凯之洪宪也，张勋之复辟也。而党类之众，酝酿之久；蟠据之固，威福之恣，罪恶之著，卖国卖国，昌言无忌，未有甚于安福者。下缉捕之令，悬巨金之赏，外交之力既尽，侦探之术亦穷，一任罪魁之逍遥于法外，恐不数日间，将又有变名之安福，起而尝试者。嗟乎！民国以来，刑法不行，予既无望于上矣，思所以惩戒于将来，不得已而至乞灵于文字之诛伐，亦徒觉其词费而已矣。本编所载，稍涉诙谐，而其事其人，有足与秘史相印证者。倘谓耳目为不足信，试问耳目外，何者为足信，予固信耳信目也。予演天下人亦效予之信耳信目也，则趣史也，而不啻信史矣。

民国九年八月　鸿隐生序

《东南烽火录》

《东南烽火录》，编著者为南翔劫余生，发行者为上海宏文图书馆，印刷者为上海宏文图书馆，发行所为上海宏文图书馆。民国十三年（1924）十月出版，民国十三年（1924）十月发行，全一册，凡174页，每部定价大洋六角。此外还有1934年1月版本。

该册187页，其中《凡例》1页，目录9页，正文第一编58页，第二编36页，第三编14页，第四编36页，第五编30页，封面和版权页及封底各1页。

第一编"记事"收入二十九篇：浏河被兵日记（臣）、火征记（式）、战争声中之嘉定琐闻（吟凤）、嘉定炮火声中之琐话（清癯）、最近的遭遇（张惶）、一时间的昆山拉夫史（粒民）、昆山避难者言（粒民）、保境安民声中之秣陵消息（来）、秣陵三日记（郑君平）、战火声中之白门碎锦（隐樵）、宁垣拉夫琐闻（谯北仲衡）、南京之战事琐话（冠英）、战争期间之苏州（转陶）、战争声中之苏州（菊高）、苏州小通信（吟秋）、避难者言：其一（霖生）、其二（顾仲谋）、其三（琴）、其四（何望）、其五（若明）、风鹤中之西湖（春风）、娄塘归雁（古）、扬州小消息（瑚公）、苏州风云中之镇江（刘鹃影）、避难声中火车上之怪现状（畸人）、上海城内之一瞥（蘅）、兵火中之歇浦琐话（蓬莱杜鹃）、上海拉夫声中之琐谈（畸人）、战事声中之琐闻（醉痴生）。

第二编"谐着"收入二十八篇：战福（瞻庐）、开战声中的百像图（掬萍）、军人须知（奸仇）、喜打的国民性（望云）、苦中作乐（海角秋声）、大家想不到的战略（不才）、战术新书择录（柳簃）、时事谐谈（瘦鹤）、敬烦阎罗天子转交死了的丘八（微）、谚谶（瞻庐）、避难新法（健雄）、新兵法（和尚）、滑稽避难法一（畸人）、滑稽避难法二（窥豹）、滑稽避难法三（窦凤石）、江浙战祸之谶纬谈（絜庐）、江苏人命交易所大跌价（不才）、与东南战祸有关系的（寂寞徐生）、战争俚歌（冠伦）、拉夫微释（张国良）、乒乓说（柳簃）、龙华塔致齐督请命书（谯北仲衡）、"十"与"百"（谯）、新拆字（一冷）、奇死（曹芝清）、怪问答（朱思忠）、拉夫叹（有吾）、上天作战（柳簃）。

第三编"文苑"收入十四篇：战地竹枝词（西神）、拉夫新乐府（清波）、遑恤二首寄寒厓表兄（南湖）、捣鬼篇（天虚我生）、战地竹枝词（刘豁公）、感赋（煦生）、东南风云影事诗（光佛）、感时二律（吕万）、海上秋夜苦雨东鲽庵（谢硕）、菊花泪（柳簃）、拉夫怨（冷秋）、伤时（作乘御龙民）、杂感（舜屏）、秋笛杂感（霞影）、秋笛杂感（潇湘白苹）。

第四编"小说"收入十七篇：冲锋（金鸣盛）、幸死者（顾苍生）、阿福啊死了罢（梦庵）、可怜的兵（李也止）、战之厚赐（姚赓夔）、二盲子（百合）、逃难（李剑虹）、临发时的祈祷（曹芝清）、骨肉（西神）、军士生涯（YU）、战争的因果（大可）、恶梦（斗）、一个拒绝医治的伤兵（何天言）、伤兵之一（俞牖云）、啄木岭（红蕉）、街头（谢硕）、鄞都城里寄来的一封信（不才）。

第五编"杂录"收入十五篇：吴笛哀响（灵蕤）、记江浙实行开火后某兵士之谈话（吴血萍）、劫后孤雏述（粟止）、避难声里（杨若华女士）、万航渡头一瞥（许窥豹）、医院中（苏凤）、观战小记（亦山）、记黄渡大勇士（烟桥）、炮子是有眼睛的（铁）、战事零拾（索）、旅舍访问记（旡公）、苏州之剧（楚）、战地人民避疫谈（陆士谔）、吊今战场文（不才）、战云杂缀（达哉）。

卷首有《凡例》，兹录如下：

一　本书共分五类：曰记事，曰谐著，曰文苑，曰小说，曰杂录。

一　本书系编者避兵沪上时所编，凡所搜采，均以有关江浙战争期间者为限，所有战后之作品概不列入。

一　本书除加入一二新作品外，均采自沪上诸大报，如《申报》、《新闻报》、《时报》、《时事新报》、《民国日报》、《新申报》等。所有关于此次战祸之文艺，大致已备，附志一言，以谢沪上之诸大报。

编者识

《江浙战史》

《江浙战史》，全书分为四册，第一册暂缺，其余三册分别作如下叙录。

《江浙战史》（第二册），编著者为上海宏文图书馆，发行者为上海宏文图书馆，印刷者为上海宏文图书馆，发行所为上海宏文图书馆。民国十三年（1924）八月出版，民国十三年（1924）八月发行。每部定价大洋三角（外埠酌加邮费汇费）。

该册57页，其中目录4页，插图6页，正文44页，封面和版权页及封底各1页。无序跋。

全书记江苏齐燮元与浙江卢永祥之间的军阀混战。包括战前及战时有关电文、文告、公约等，也有当时和平运动文件。目录如下：

浙方：（1）浙江最先之备战计划（2）浙军之调遣（3）浙军官之往返沪杭（4）杭军军队之四处出发（5）杭垣之调兵及治安（6）湖州军队之调防（7）浙卢军事计划之确定（8）枫泾站地雷爆发（9）沪杭车之出轨（10）浙省法会议讨论时局。

沪方：（1）各长官之高昌庙防范会议（2）淞沪护军使署之军事会议（3）吴淞军队之调动（4）真茹黄渡一带装设军用电话（5）何使派兵驻扎车站（6）何使调车运兵（7）嘉定南翔间之军队布防（8）浏河及白龙港之布防（9）沪军候令出发（10）杨化昭到龙华（11）杨化昭之表示（12）沪兵开往炮台湾（13）斩决毁坏炮台湾军电间谍（14）上海兵工厂运出大批军火（15）何使派兵布防宣言（16）淞沪警察厅维持治安布告（17）沪南华界之防务（18）浦江深夜禁船往来（19）闸北检查行人（20）高昌庙之戒备（21）闸北公团磋商维持治安（22）沪南居民之恐慌（23）警察厅重申戒严法条（24）警察厅禁止燃放爆竹。

奉方：（1）奉军暂不乘机入关（2）奉张方面之态度。

双方海军之调遣

苏方：（1）杜锡珪密令集合舰队窥上海（2）宁闽海军合攻上海之计划（3）沪海军副官被拘。

沪方：（1）南京运动海筹案之发觉（2）沪海军将巡弋浙洋（3）林建章由杭回沪（4）驻沪海军升火（5）永绩张字两舰奉令驶回（6）林建章巡视各舰（7）沪舰队致闽海军电。

租界之治安问题：（1）沪领团对于租界治安问题之会议（2）租界巡捕梭巡（3）外兵登陆防卫租界（4）驻津法国军队调赴沪（5）上海租界之人满患（6）避难者之诉苦（7）旅馆报告旅客数目（8）银行纸币完全通用（9）工部局查食物状况（10）避难者行李沉没浦中。

外人对于江浙战前之论调：（1）字林报之论调一（2）字林报之论调二（3）外国军事家之江浙形势观察谈。

粤方：（1）孙中山誓师北伐（2）孙中山为北伐训诰国民文。

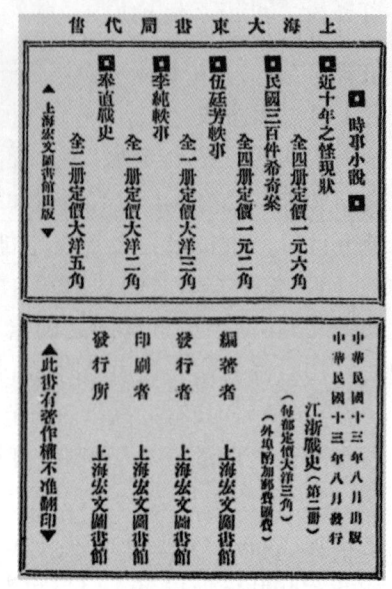

《江浙战史》（第三册），编著者为上海宏文图书馆，发行者为上海宏文图书馆，印刷者为上海宏文图书馆，发行所为上海宏文图书馆。民国十三年（1924）八月出版，民国十三年（1924）八月发行。每部定价大洋三角（外埠酌加邮费汇费）。

该册79页，其中目录2页，插图6页，正文68页，封面和版权页及封底各1页。无序跋。

目录如下：

战事之爆发

▲两方陆军之比较：（1）江苏（2）浙江（3）江西（4）安徽（5）福建

▲两方海军之比较：（1）长江舰队（2）闽海舰队（3）沪海舰队

▲两方飞机之比较

战事之写真

▲一攻守方略：（1）苏方（2）浙方

▲二两方最初布防之兵力：（1）苏方（2）浙方

▲三浙沪苏三军之实数：（1）浙军（2）沪军（3）苏军

▲四各路战事纪事：（1）黄渡（2）浏河（3）嘉定（4）青浦（5）宜兴（6）泗安（7）仙霞关。

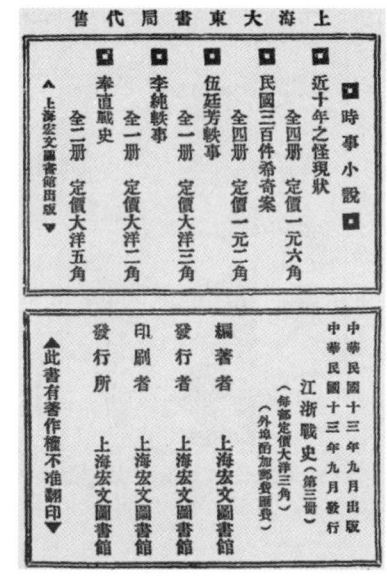

十三　宏文图书馆《时事小说》叙录　489

《江浙战史》(第四册)，编著者为上海宏文图书馆，发行者为上海宏文图书馆，印刷者为上海宏文图书馆，发行所为上海宏文图书馆。民国十三年(1924)十月出版，民国十三年(1924)十月发行。每部定价大洋三角(外埠酌加邮费汇费)。

该册81页，其中目录2页，插图4页，正文70页，封面和版权页及封底各1页、广告页与空白页各1页。无序跋。

目录如下：

战事之写真：(1)黄渡(2)浏河(3)嘉定(4)青浦(5)南翔(6)松江。

战事之结束：(1)各路联军之退沪(2)徐树铮之谋变化与联军在麦根路之布防(3)徐树铮等之拘入捕房(4)联军方面主张再战者之下场(5)苏闽军与联军议决收束办法(6)联军第十师军队之结束(7)联军第四师军队之结束(8)联军第六混成旅军队之结束(9)联军臧杨部下军队之结束(10)联军别动队之结束(11)联军游击队之结束(12)联军将校义勇团及北伐军等之结束(13)闽浙巡阅使署参谋处结束战事之通告(14)苏皖赣巡阅使齐燮元对于战事结束后之布告。

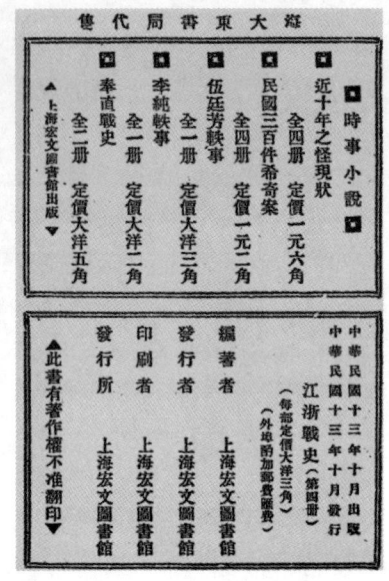

《李纯轶事》

《李纯轶事》，编著者为赵仁卿，发行者为上海宏文图书馆，印刷者为上海宏文图书馆，发行所为上海宏文图书馆。民国九年（1920）十月出版，民国九年（1920）十一月再版。缺版权页。

全书 69 页，其中，《序》1 页，目录 4 页，正文 64 页。

全书收入轶事七十八则，目录为：议和代表之不详、王夫人之劝诫、四妾之名、要钱又要命、伉俪之笃、以美婢赠某秘书、赏识王克敏、呼吴佩孚为奇男子、督署内之鬼声、王揖唐之假冒如兄、余大鸿索命、秀山之爱弟、自知不得其死、与冯总统为知己、文和误我、此生无昧心钱、毛赤脚之先见、遗嘱中之忌讳语、汽车之缓行、狗下泪、奉总统如严师、罢市之密电、南开之志愿、见赏于袁世凯、今日非寻欢取乐之日、军装店主之冤杀、不受珠屏、与兵士同甘苦、幼时以兵为戏、军事学、纪律严明、俭德、尝应童子试、为段祺瑞叫屈、爱俪园之炸弹、早发废督之议、李秀山对付龙军之手段、少年时所遇之异人、二百万足矣、倒段中之暗助吴军、为夫人祝寿之俭朴、反对帝制、生魂、梦中碑词、移花接木、不进小人、居功不伐、衣钵相传、游栖霞山、诗训、木兰再世、喜临王字、联语、卜易、知足、以张季直为实业家圣人、玉成后生、木鸡养到、童子军、督军

十三　宏文图书馆《时事小说》叙录　491

为之毒人军、梦兆、悟禅、保荐王瑚之热心、哀念饥民、知我罪我、督署疑鬼、当筵笑王郎、兼祧两房、刺客之投诚、上场容易下场难、善吹铁笛、鱼化为龙、借钱不要券、厚待蒙师、读岳传、力阻张勋之起用、关防镇邪、今之鲍叔。

《序》兹录如下：

> 直皖之争，以北派而攻北派，粤桂之争，以南派而攻南派，不可谓非异潮突起矣，而轩然大波之发于其后者，乃有赣皖苏三省巡阅使李纯之死。李纯之死，不奇于死，而奇于自戕之死。权位如纯，地盘如纯，夫亦可以无死矣，而乃举权位之尊崇，地盘之固结，尽牺牲于一夕之手枪。纯之身虽死，而纯之身心不死，有纯之一死，而凡拥有如纯之权位地盘，或更胜于纯之权位地盘者，苟其良心不死，或有继起而效李纯之死者，而纯为不徒死矣。吾嘉李纯之死，而得赵君报告之轶事，为编次而存之。呜呼！李纯为不死矣！
>
> 民国九年十月二十日，野史氏序于牖下待死室。

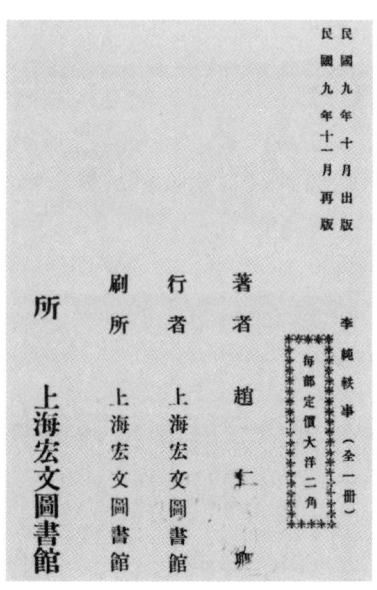

关于李纯的历史和轶事的著作还有一部，即上海世界书局 1920 年 9 月初版、1921 年 7 月再版的《李纯全传轶事合刻》。由吴虞公、张云石编辑，全一册，凡 23 叶（按：不是"页"），价洋四角正。

全书该书概述李纯的历史、轶事及自杀经过。共分为两个部分:《李纯全史》与《轶事》。前者四十四节,目录为:一李纯之出身将门、二李纯之肄业学校、三李纯之初历戎行、四李纯之征汉阳、五李纯之攻湖口、六李纯之为江西都督、七李纯之为江苏督军、八李纯之为长江巡阅使、九李纯之为三省巡阅使、十李纯之为和议总代表、十一李纯之与袁世凯、十二李纯之与黎元洪、十三李纯之与冯国璋、十四李纯之与徐世昌、十五李纯之与段祺瑞、十六李纯之与张作霖、十七李纯之与曹锟、十八李纯之与王占元、十九李纯之与陈光远、二十李纯之与卢永祥、二一李纯之与倪嗣冲、二二李纯之与张勋、二三李纯之与陆荣廷、二四李纯之与岑春煊、二五李纯之与唐继尧、二六李纯之与吴佩孚、二七李纯之与徐树铮、二八李纯之与王揖唐、二九李纯之与文和、三十李纯之与王克敏、三一李纯之与张謇、三二李纯三督联盟之主义、三三李纯八省同盟之主义、三四李纯南北统一之主义、三五李纯对于倒袁之计画、三六李纯对于倒段之计画、三七李纯对于江苏之计画、三八李纯对于安徽之计画、三九李纯对于江西之计画、四十李纯之自戕、四一李纯之遗书、四二李纯死后之种种流言、四三李纯死后之江苏大局、四四李纯死后之苏督问题。

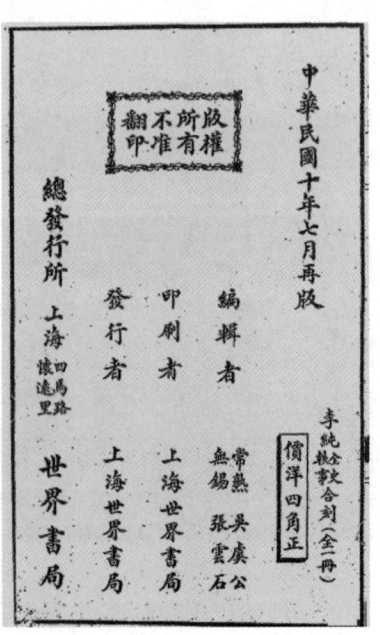

《李纯》三十节,目录为:一雪中侍操、二交际妙术、三驱除狐患、

四夺鬼圈套、五仰承意旨、六办事敏捷、七官运亨通、八木桥渡兵、九解人困厄、十厚赏难民十一黑夜进兵、十二敬仰黄陂、十三待客优礼、十四交欢绅商、十五结合河间、十六敷衍民党、十七觊觎副座、十八联络议员、十九筹备和议、二十善于理财、二一不宠姬妾、二二自伤无子、二三收括军饷、二四不谅苦衷、二五吸烟成瘾、二六阅报大哭、二七资遣内弟、二八修理手枪、二九自我决心、三十亲书遗嘱。

《民国三百件希奇案》

《民国三百件希奇案》，"实事小说"，平襟亚著，上海宏文图书馆印行。

此书与《民国奇案大观》同，也有相同之三序，作者分别是周瘦鹃、朱鸳雏和吴虞公。

"周序"兹录如下：

> 民国以还，小说杂出，荒唐淫秽，不值识者一哂。而求其足以启发人心，陶涵性情，或描写社会情形，以备留心时事者之采择者，亦非尽无。襟亚近编民国奇案大观，其能描写社会情形者欤？书凡十六万言，举民国八年（1919年）中之离奇案件，刺探而纪其本末，复辑其友人著作，蔚然成帙。国中长于见闻之士，殆莫不助其成也。呜呼！岂不洋洋大观哉！行见出版而后风行寰宇。其有裨于留心时事考察社会者之参考，殆非浅鲜。抑吾闻之，今世小说趋重写实主义，若奇案大观者，吾国写实小说之嚆矢矣。乐为序之。民国八年七月（1919年7月）既望吴门周瘦鹃书于紫兰编译社

"朱序"兹录如下：

> 朱平君此书，多述世道人伦之变，徇私枉法之冤，于读者自卫卫人之计，不谓无功。不佞终愿自此以往，我国人奉公守卫法，勿以良好之身，躬亲罪孽，则刑章刑吏侦探虽烈，不破而自破矣。即平君之书，亦不能一辑再辑，累至于若干集矣，岂不善欤？

"吴序"兹录如下：

> 年来交游颇众，而襟亚与余交最笃。襟亚善属文，余亦喜摇笔舞

墨。襟亚今岁刊行诸书,若《中国恶讼师》、若《武侠侦探案》,皆嘱余为之助手,若小说中之福尔摩斯与华生然,襟亚其福尔摩斯也,余殆即华生欤。今复有《民国奇案》之作,搜辑事实,蔚为大观。嘱为一言,以发其凡。以余与襟亚之交情,不必作谀言。且是书余亦助其成,更不敢自诩其美。无已,其表明刊行是书之旨趣乎?……愿普天下读是书者,抚心自讼,一生行事,有类于是者否?即无类于是者,亦曾有类于是之意愿否?苟或有之,即非十成本色,必须置大炉火中烹炼一番矣。若谓读此奇书,足以开发心思,资为谈助,夫岂作者之志,直为作者锻炼罪状耳。

《妖人李彦青》

《妖人李彦青》,燕北闲人编著,上海宏文图书馆版本,未见。所见者为警世社书局版本,该版本初版不详,第三版出版时间为民国十四年(1925)三月。缺版权页。

该册凡101页,其中《自序》《凡例》各2页,插图1页,目录5页,正文凡88页,《附录》2页,封面1页。

全书收入轶事一百一十三则,目录为:慕莲、活菩萨、体脂面药、贩土、禁脔、兵站总监、为戚解囊、张铁嘴、李氏兄弟遭朱祖义之挫辱、嫦娥奔月之代价、罗氏兄弟、九姑、出卖官僚所、留髡轩、硕鼠、责（贵）人忘本、陈仲子、马弁督办、几口迷汤难为十两烟膏、白兔记与白蛇传、李六之离间大树、曹三与李六之间始交情、狮搏兔、李六曾为护花使者、御免御兔、李彦青之不平语、李六眼中之报纸、李彦青是阎瑞生的知己、性喜脂粉、相者之言、彦青之命名、男性之妒、李彦青为曹三女公子执柯、李彦青恳求同卢师南下、李彦青在韩家潭之豪举、某君之等洗脚诗、用不着儿等们担心、李六禁演曹操戏、李彦青怒海报、梦子都而生、竟体生香、曹锟之赏识、出入之无忌、彦青之握曹锟财政权、贿选之罪魁、化妆品之浪费、把兄弟之多、彦青之母、尤有甚于洗足者、钻戒代价之巨、今之潘安、异梦之不祥、李彦青之串戏、彦青之慷慨、所怕惟吴子玉一人、西湖为东南战事之戎首、彦青误我、曹家花园之布置、认为义父、彦青之大欲、烟瘾之大、喜作女妆、红颜粉面之烟鬼、彦青之两妾、十分之一、济颠僧降坛之预言、自请身临前敌、为马弁时之大功、奉老子为远祖、彦青书记之翩翩、以嫩豆腐贴面睡、模特儿之创论、收支处长之信用、彦青之日记簿、饮食之奢侈、彦青之茶酒癖、李六家庭之秘史、李氏兄弟之把持公府、某君之白宫叹、李氏被捕前神经之瞀乱、彦青也能为白话文、香中带臭、回头补恨经、彦青也能怜才、拆白党之魁首、里面靠了李彦青、李彦青之附庸风雅、李彦青之贪婪与横暴、某君之李六奶奶传、李氏兄弟之同恶相济、吴子玉眼中之李彦青、李彦青被捕时不肯穿裤子、我见犹怜何况老奴、皮鞭之还报、自身难保、狐裘为曹三所赐、急来抱佛脚、李六在拘囚中呈检阅使文、到时自知、生荣死哀、保险之受骗、某君代拟六郎上曹三绝命书、某君咏李彦青诗、李彦青之与小王六、外交之结果、咏李六诗、人之将死其言也善、李彦青被刑前后之情形、警卫司令部宣布李氏罪状文、罪状为军阀写照、死后之托梦、李彦青死后之六奶奶、某君戏拟曹锟祭李彦青文、《附新闻报所载李彦青事》。

卷首有燕北闲人《自序》以及《凡例》，《自序》兹录如下：

> 《公羊》有受诛不受诛之例，受诛者，死当其罪也；不受诛者，死不当其罪也。彦青之谄事曹三，廉耻道丧，诚死有余罪矣。至罪状所云："剥民赀财，吮民膏血，克扣军饷，从中渔利"，以此罪之，则民国之为彦青者何限而独死彦青？此彦青之所以振振有词，不平于地下矣！本编采访。群言，以诛奸恶，固有所尝恶于彦青而尤恶，夫类于彦青甚于彦青而幸逃法网者。呜呼！彦青死矣，其未死之彦青阅此罪状，吾知良心上之痛苦，当有剧于彦青枪毙时身体上之痛苦者。

一言以蔽之，金钱害之而已矣。

《凡例》兹录如下：

　　本书为鄙人所编，上自官僚，下至舆台，采访其言，以成此篇，非敢任意杜撰也。
　　本编传闻异辞，所传闻又异辞。人既不一，说不尽同。鄙人各据其说以存之，阅者幸勿诋为矛盾。
　　鄙人之编此书，藉以警世讽俗，秽亵之事义乖雅正，即言之多人，凿凿可据，概不采入。
　　甚恶之人容或有甚善之事。本编有毁有誉，不敢一概抹杀，以存三代之直道。
　　神怪之事，如箕盘示兆，死后诉冤，等等。虽属迷信，不敢断为理之所必无。故采入之。
　　凡例　一
　　下流为众恶所归，传闻或有过甚之词，鄙人沿小说荒唐之例，姑妄听之，姑妄言之。
　　本编有据其所述而录者，有撰稿而见畀者，文言白话各存其真，鄙人不过稍加增损而已。
　　燕北闲人识

十三　宏文图书馆《时事小说》叙录　497

《（壬戌）奉直战史》

《（壬戌）奉直战史》，编著者为上海宏文图书馆，发行者为上海宏文图书馆，印刷者为上海宏文图书馆，发行所为上海宏文图书馆，代售处为上海及各省大东书局。民国十一年（1922）四月出版，民国十三年（1924）九月七日七版，全二册，上册凡95页，下册凡100页，每部定价洋五角（外埠酌加邮费汇费）。

全书分五卷，上下两册，上册包括卷一、卷二，下册包括卷三、卷四、卷五。上册凡109页，其中另外《绪言》2页，目录4页，插图7页，卷一凡20页，卷二凡76页。下册凡100页，其中卷三凡42页，卷四凡30页，卷五凡28页。

该书记述1922年直奉两系破裂原因，战争经过，战争的结果及其影响。第五卷为战争拾遗，记载了一些轶事。此外，卷首有直奉两系首领照片。

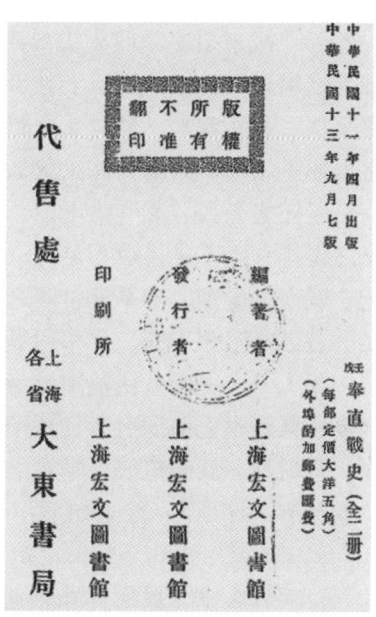

全书分五卷，卷一分三章，每章分若干节，章目与节目为：卷一：第一章　奉直破裂之远因：一保定会议之主张激烈、二奉军之坐享其成、三夺湖北地盘之疑忌。第二章　奉直破裂之近因：一南政府之联奉、二张勋

出山问题、三安福派之活动。第三章　奉直战事导火线：一吴佩孚之倒梁、二旧交通系之挑拨。

卷二分一章，概章分若十五节，章目与节目为：卷二：第一章　战事之进行与爆发：一张作霖寿辰之军事会议、二吴佩孚寿辰之军事会议、三奉派离间吴赵之失败、四大批奉军之入关、五奉军之占据与曹氏昆弟之退让、六曹锟之觉悟与将士之愤激、七双方之密探行动、八吴佩孚之作战态度、九吴佩孚之调兵遣将、十冯玉祥之自告奋勇、十一老前辈之调停无效、十二外人之警告与自卫、十三外人之战事观、十四双方之电战、十五双方之布防与开火。

卷三分二章，每章分若干节，章目与节目为：卷三：第一章　战事之真相：一东路之战、二中路之战、三西路之战。第二章　战事之结束：一祸首褫职查办、二曹锟通电卸甲归田、三吴佩孚自请罢撤、四奉军之死伤及残部之出关。

卷四分一章，概章分五节，章目与节目为：卷四：第一章　战事中各地之影响：一田中玉之助直、二海军之通电助直、三赵倜之声明自保、四各地之电请弥兵、五苏浙之宣告维持治安。

卷五"战事拾遗"收入史料四十三则，目录为：曹夫人之大义灭亲、吴佩孚之感恩知己、信吴佩孚胜于自信、张景惠与张作霖之易名、融会古今之兵法、善易容术、吴夫人之胆略、诈死之宣传、赔了夫人又折兵、曹锐之退亦是用计、无面见江东父老、六千万之一瞥、张作霖欲自到以谢天下、良王庄之老人、大骂梁士诒、叶恭绰之扮车夫、王克琴之失计、旅獠二字之误排、胜不足喜败不足忧、东海之诗兴大发、东海之焚香祝天、张大炮、联南之受骗、奉军官自戕之遗书、居然做到武力统一、老段敲棋卜胜负、各系之陷张入穽、吴军用氯气炮之误、奇怪之谣言、奉军之一字长蛇阵、相人术之灵验、认董国政为吴佩孚、愿天少生几个伟人、已死某军官之妻、某督军之前倨后恭、矮子登台骂山门、曹锐包办三事、卖解式之奉军、马后炮、武装龟奴、奉军之奸淫三则。

卷首有《绪言》，兹录如下：

兵犹火也，勿戢将自焚也。斯言也，为好兵者戒。今中国之兵多矣，何以勿戢？曰：将以御外侮也，将以平内乱也。然而奉直之战离前说太远，按之后说，则又似是而非，恃暴陵人，而犹借口统一。古有以文治戢兵，以讲信修睦戢兵，未闻以兵戢兵者，奉既如是，直安得不起而相抗讬，卫人以自卫，二者相衡。所谓春秋无义战，彼善于此，则有之矣。今则胜负既分，强权公理之不敌，已略见一斑。兵自此戢乎？虽然，兵不可以兵戢，所望于今之战胜者浸，假而以文治戢浸，假而以讲信修睦，戢则民气可以大伸，而以暴易暴之讥，庶乎其可免也。夫前日之因为，今日之果今日之因，又为后日之果本编所以广搜事实，详为纪载，揭真相以示人，观民治之后效，且令世之穷兵黩武者，借为殷鉴焉尔。

民国十一年五月，编者识。

《伍廷芳轶事》

《伍廷芳轶事》，编著者为陈此生，发行者为上海宏文图书馆，印刷者为上海宏文图书馆，发行所为上海宏文图书馆。民国十四年（1925）八月出版，全一册，凡97页。其中《伍廷芳传》4页，《叙言》2页，目录4页，正文凡74页，附录10页，封面、版权页和插图各1页。

全书收入轶事八十则，目录为：打趣塾师、妙解四书、爱读新书、打趣朗维勒、俱乐部演说、不陷情网、跳舞吃苦、古袍趣事、助友办学、箴友恋爱、智脱贼巢、洗烟筒、俭德、夜遇苏曼殊、讽部员、送袍、不用私人、调侃罗斯福、难大隈侯、规古德诺、讽袁项城、训子、少时酒量、劝朱执信、吃素趣事、保护国民、争免剖尸、讽宋渔父、调侃汪精卫、船中遇鬼、调侃黄克强、对顾维钧夫人之妙语、纽约奇遇、厌烦应酬、纳善言、妙解说文、反对洪宪、箴张绍轩、挽大隈侯、弃八股、嘲程玉堂、评李雪芳、妙规僚属、弃恶不良、痛恶民蠹、伤心语、愤岑云阶、诘责莫荣新、席中趣事、毅力、谶语、演解生理、潜混游戏、潜听演说、极尽友谊、微讽兵士、静坐、信轮回、骂鬼、车中人语、伴食总裁、卧龙先生、舰中谈鬼、悲感语、推重中山、不打麻雀、评论武将、评太虚说法、讥某知事、新体诗、伉俪情、以水饯别、保存大局、灵学日记、富贵不动、死的遗闻、死前之语、作弄先生、关余案。附录：伍博士言行略记、伍先生轶事。

《叙言》兹录如下：

> 在中国今日政治途中，能具确实主张，始终不易者，固不数觏；能以德行纳政治于轨者，尤不数觏，伍博士兼而能焉，故其死也，人咸痛惜。痛者痛中国之黑暗政治，失去昌明伟力；惜者惜博士寿不再延，以展其抱负。博士不常言乎，立志坚毅，行事光明，使政治途中

能多数奉此为圭,则中国又何至变乱相寻,以趋于极。博士又不常言乎,士君子之操心行事,必循义理,是以不出义理之轨者,士君子之行事也。黄金在前,白刃在后,而终不能使之出义理之轨者,士君子之操心也。读其言,亦可瞻其德行如何矣。而博士生平轶事,可以养德启智,增长兴趣,固亦不尠,于是有是编之作。或得自口述,或得自人言,或得自亲见,随时笔记,虽错杂无序,其事或曾见于别书而非我作者,弗取也。凡崇拜伍博士者,其亦有先觏为快之感乎!

中华民国十一年八月此生序于海上旅次

(二) 宏文图书馆《女界四大风流奇案》叙录

《三姨太太》

《三姨太太》,题"北京风流奇案",上海宏文图书馆民国十年(1921)五月出版,民国十一年(1922)三月三版。三版本版权页署编著者京华道上客,发行者、印刷者与发行所均为上海宏文图书馆。全一册,每部定价大洋三角。【上海图书馆藏】《樽氏目录》未收录。

全书凡三十节，有节目，依次为：

一 悼鼓盆季耘丧妻	十六 耸危词口头要挟
二 充下陈玉兰议价	十七 开药房私赠金钱
三 真懵懂不知固宠	十八 通书吏情殷旧好
四 假殷勤有意惑人	十九 恃势横行无忌惮
五 庆元宵醉后寻芳	二十 恋奸分赠一杯羹
六 游公园花前遇美	廿一 真吃醋阴施毒手
七 擅专房恃宠生骄	廿二 振干网聊以解嘲
八 贪夺赠鸾胶续赋	廿三 人生一病真苦楚
九 较色艺名伶比美	廿四 世间最毒妇人心
十 造蜚语大妇遭殃	廿五 贪淫人因淫丧命
十一 装假病有意撒娇	廿六 争财产为财辱身
十二 求嗣续下通厮养	廿七 主中馈小妾掌权
十三 看影戏险遭辱没	廿八 诉警厅大妇泄忿
十四 吃番菜破露私情	廿九 铁窗风味略亲尝
十五 施管束门内勃溪	三十 全案情形大宣露

第一节首有一段话类似弁言，兹录如下：

> 社会龌龊，妇女尤甚，此风由来渐矣，不独中国为然。如作欧西盟主之法兰西，执东亚牛耳之日本，号称文明先进国，详考其女界之风俗，几有不可以言语形容者。北京为文明首善之区，奸淫之案，日出不穷。近新发生刘季耘家之淫妇谋财案，离离奇奇，实足骇人听闻。著者不厌求详，探其始末情形，泚笔记述于下。

每节之末有节评，第一节与第三十节节末评分别为：

> 外史氏曰：梅氏之死，无识者见之，以为不幸短命，无福享受荣华。殊不知死得其所，死得干净。倘使死于季耘未曾发达之先，必致棺殓草草，倘使于今不死，生待三姨太入门，藁砧之爱宠必衰，适可而止，谁谓无福哉。

> 外史氏曰：人之不良，由于社会之环境。社会之恶劣，由于教育之不普及。学以知礼，礼以正心，心正而身立，而家齐，而社会化矣。观于兹事，普及教育之举，诚哉其不容缓矣，诚哉其不容缓矣。

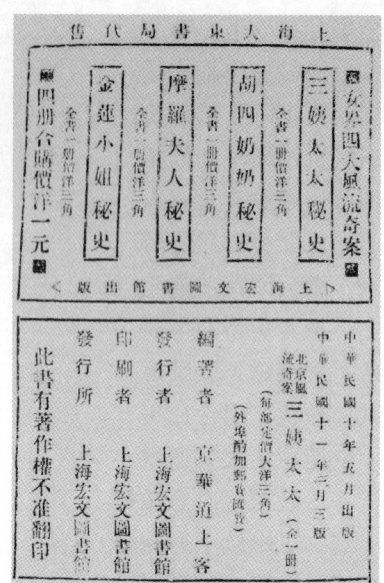

502　清末民初《说部丛书》叙录・下篇

十四　滑稽编辑社《滑稽小说大观》叙录

滑稽编辑社，不详，待考。

上海滑稽编辑社1920年开始编辑出版了一套丛书《滑稽小说大观》。《拍马日记》（上海滑稽编辑社1923年2月五版）载有《滑稽小说大观》广告，列出该丛书的八种作品目录，具体为：

第一种　怕老婆日记
第二种　瘟生日记
第三种　瞎缠先生日记
第四种　守财奴日记
第五种　牛皮大王日记
第六种　女魔王日记
第七种　顽童日记
第八种　拍马日记

每种洋装一册，每册价洋四角。

《怕老婆日记》

《怕老婆日记》，封面题"滑稽小说大观之一""上海滑稽编辑社出版"。版权页信息为：编辑者为滑稽编辑社，发行者为滑稽出版部，印刷者为滑稽出版部，总发行所为上海大陆图书公司（白克路九如里）。民国十二年（1923）三月八日七版，全一册，凡99页，定价大洋四角，外埠酌加邮费汇费。

该作为日记体文言小说，凡二十章，有章目，依次为：

第一章　定婚初志　五月十八日
第二章　合卺小志　八月三十日
第三章　约法三章　九月初一日
第四章　归宁随笔　九月初二日

第五章　画眉新语　九月初十日

第六章　蜜月旅行　九月二十日

第七章　母箴纪略　九月三十日

第八章　蜂王之喻　十月初十日

第九章　妒沙狸奴　十月二十日

第十章　醮襄风波　十一月二十一日

第十一章　金针刺字　十一月初一日

第十二章　广庭奇辱　十一月二十八日

第十三章　除夕志感　十二月三十日

第十四章　无端被嘲　正月二十日

第十五章　杀儿惨史　四月初九日

第十六章　母缢警闻　五月初三日

第十七章　老母出亡　五月十六日

第十八章　破家感言　五月二十日

第十九章　狮吻余生　七月二十日

第二十章　人月双圆　八月十三日

卷首有《序》，兹录如下：

老婆何怕哉？蝤首娥眉，本属天生佳丽；轻颦浅笑，足使我老温柔。伉俪多情，素称结发，闺房乐事，有甚画眉。傲水上之鸳鸯，羞花间之蛱蝶，卿卿我我，曳曳融融，比胶漆之互合，如形影之相随。春风入室，开并蒂之花；明月在床，挽同心之结，人生乐事，莫有乐于此矣。则老婆者，不啻司爱之神，用情之圣，怡我情而悦我性者也。爱之且不遑，迎之惟恐后，何怕之有？老婆可怕哉。蛾眉八字，杀气露而远山横，凤眼一双，怒气冲而秋波恶，狮声倏吼，陈季常不敢参禅，虎势难当，马介甫无能为力，用情不二，时防邻女窥墙，定律无私，毋许登徒穴隙。搂东家之处子，罚不从轻；寻北里之名花，杖须加重。自由虽好，男儿难设自由，解放从宽，浪子岂容解放，英雄低首，不教逾越范围，伉俪同心，须要谨遵闺教。老婆询可怕哉。则是书之作，当无异于是。寄语自由花，此闺律之蓝本也，好自为之。庚申孟春马如甫序河东小柳堂。

第一章末的评论：

髯翁曰：阿母情深，陷儿苦海，顾世态如是，难以免俗。朱柏庐先生不云乎，娶妻求贤淑，母计厚奁，若妻拥多金，有所挟持。又或小有才以济其恶，必至不安于室，动辄龃龉，盖养成其骄且纵者渐也。齐大非偶，生迨未知思耶？萧斋一梦，幻境陡生，明明美若天人，乃瞬息变为夜叉。美人与夜叉，固一而二，二而一者。惜乎生之不言下立悟耳，及至大错铸成，悔之晚矣。

秋苹固贤淑，惜乎生母之舍近务远，宝燕石，弃荆璞，若万姓女名醒狮与龙邱生，本是五百年前共一家，此书称之再世雌威，亦毋（无）不可。

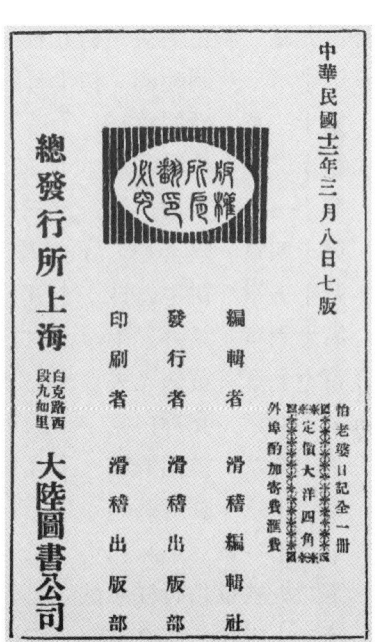

《瘟生日记》

《瘟生日记》，封面题"滑稽小说大观之二""上海滑稽编辑社出版"。版权页信息为：编辑者为滑稽编辑社，发行者为滑稽出版部，印刷者为滑稽出版部，总发行所为大陆图书公司（上海白克路）。民国十年（1921）二月十日再版，全一册，凡93页，定价大洋四角（外埠酌加邮费汇费）。此外，笔者所见还有第五版本，初版本与五版本的封面和版权页基本相同，前者载录，后者从略。

该作为日记体文言小说,凡三十八章,有章目,卷首有《沈叙》与《自序》,卷末无跋。章目依次为:

第一章　贺年丑态　元旦日
第二章　天门先生　初二日
第三章　肉麻主义　初三日
第四章　失利求利　初十日
第五章　差了路头　初五日
第六章　苏台小住　初六日
第七章　拖泥带水　初七日
第八章　妖姬雀战　初八日
第九章　酒色关头　初九日
第十章　戏园趣剧　初十日
第十一章　新闻竹杠　十一日
第十二章　快递诈病　十二日
第十三章　鬼话连篇　十三日
第十四章　陪(赔)了夫人　十四日
第十五章　饼中恶计　十五日
第十六章　结拜兄弟　十六日
第十七章　黄鹤飞去　十七日
第十八章　女拆白党　十八日
第十九章　被困群雌　十九日
第二十章　真打茶碗　二十日
第二十一章　鸡味初尝　二十一日
第二十二章　竹杠小试　二十二日
第二十三章　面之讲究　二十三日
第二十四章　野鸡出局　二十四日
第二十五章　邑庙遇艳　二十五日
第二十六章　冒失受辱　二十六日
第二十七章　伤不忘情　二十七日
第二十八章　不速丽妹　二十八日
第二十九章　病榻殷勤　二十九日
第三十章　嫖之经验　三十一日
第三十一章　病人受骗　二月初一日
第三十二章　曲辩得情　二月初二日

第三十三章　番菜出丑　二月初三日
第三十四章　误投医院　二月初四日
第三十五章　新旧半斋　二月初五日
第三十六章　最后损失　二月初六日
第三十七章　桃花人面　二月初七日
第三十八章　回头是岸　二月初八日

《沈叙》兹录如下：

苏君海若，携非我瘟所著之《瘟生日记》过予，嘱予为序，予阅之笑曰：既作《瘟生日记》矣，曷为以非我瘟名？既名非我瘟矣，曷能描摹其瘟状，模拟其瘟态？作《瘟生日记》者，我安能信其非瘟哉？非我瘟，殆不自承其瘟耳，惟真瘟者，始自讳其瘟，荡妇之有外遇者，必曰我贞洁。小学生之逃学者，必曰我勤读；官吏之私征陋规者，必曰我清廉。著《瘟生日记》而以非我瘟名，何以异此？虽然瘟人必不能免之阶梯也，世风衰薄，人有遇事未经历，而设施偶误者，率加之以瘟。人非生而知之者，天下之事无限，非所素习者，安能一一预悉其内蕴，而一一执相当手段以应付之哉。是涉世之物，虽遇事谨慎，力避瘟生之名，而瘟生之加，有不能如我意者。今之有号不瘟，人亦不以瘟生加之者，非真不瘟也已，脱瘟之阶梯耳，是我安敢以非我瘟为终瘟哉？我又安敢仍以非我瘟为瘟哉？非我瘟之作《瘟生日记》，殆回泝其瘟时之所作，一一以记之耳。今固非瘟也，今固已脱瘟之阶梯也。故以非我瘟自名，我仍以非我瘟为瘟者。我则瘟耳，非我瘟何瘟也？瘟梯之经，常人均不能免。有能免者，惟阅非我瘟之《瘟生日记》可，味其瘟言而自警，举其瘟状而自戒，于出乎见《瘟生日记》而不瘟，则初涉世者，又安能一刻离《瘟生日记》哉。于以知《瘟生日记》之造福于我曹为至大也，若其文字之简洁，造意之高远，阅者自能知之，不容予之喋喋已。是为序。时
民国九年三月瘦腰郎沈莲侬序于海上亭亭之亭

《自序》兹录如下：

余草《瘟生日记》竟，客有问于予曰：子之作此书，亦欲自命为著作家，以文字取媚当世耶？东施效颦，益形其丑，多见其不自量耳。余应之曰：唯唯否否，余何人斯，乌敢以著作家自命？年来奔走

四方，久疏楮墨，今年春，乃养疴海上，日与二三同志，焐一盏茗，敲一局棋，忽忽已十阅月矣。目睹一班走肉行尸，饱食终日，无所用心，将其乃祖乃宗积下之造孽钱，挥耗殆尽，诩诩然自命为花丛老手，香国健儿，一日床头金尽，则白眼相加，桑榆难收，恨成千古。呜呼若而人者，佥瘟生之流亚也。余之草是书，虽系空中楼阁，然非尽属子虚，世之如瘟生者，阅我书而猛然悔悟，则不虚此书之作矣。若曰以文字媚人，则我岂敢。

民国九年三月非我瘟序于沪北探香阁

《守财奴日记》

《守财奴日记》，封面题"滑稽小说大观之四""上海滑稽编辑社出版"。版权页信息为：编辑者为滑稽编辑社，发行者为滑稽出版部，印刷者为滑稽出版部，总发行所为上海大陆图书公司（上海牯岭路一百五十号）。民国九年（1920）四月二十五日出版，全一册，凡92页，定价大洋四角（外埠酌加邮费汇费）。此外，笔者所见还有第四版本，初版本与四版本的封面和版权页基本相同，前者载录，后者从略。

该作为日记体文言小说，凡三十章，有章目，无序跋。章目依次为：

第一章　祷天求福　正月初一日
第二章　迎神妙想　正月初五日
第三章　出尔反尔　正月初六日
第四章　特别装饰　正月初七日
第五章　金声愈疾　正月廿七日
第六章　烟尾骄人　正月廿八日
第七章　择吉出游　正月三十日
第八章　硬破悭囊　二月初一日
第九章　黑暗鸳鸯　二月初二日
第十章　肉味大佳　二月初五日
第十一章　娇中儿子　二月初七日
第十二章　跌碎盖盆　二月十二日
第十三章　钱江合癖　二月廿四日
第十四章　愿为子仆　二月廿五日
第十五章　案目趣答　二月廿六日
第十六章　三等包车　二月廿七日
第十七章　初入花丛　二月廿八日
第十八章　连番损失　二月廿九日
第十九章　忍痛求医　三月初一日
第二十章　财奴有偶　三月初八日
第二十一章　花酒残肴　三月初九日
第二十二章　指环遭劫　三月初十日
第二十三章　爱国良言　三月十一日
第二十四章　婆媳拈酸　三月十二日
第二十五章　送礼趣剧　三月十三日
第二十六章　俭德妙论　三月十五日
第二十七章　极妙辩护　四月初一日
第二十八章　改良嫁女　四月初四日
第二十九章　盗金泄秘　四月十五日
第三十章　钱去人亡　五月初二日

篇首有"著者小识"，兹录如下：

　　守财奴钱姓，名如命，金山人，当世富豪也。顾积资虽厚，而示人则俭，不识者几疑为贫窭，而知其家世者，谓其资如山积，即金山之见称，亦本诸其事。世人多愁贫乏，如财奴者，点金有术，当为人所乐闻，而官场奢华骄纵，若明知搜括所得，不能三世者，见财奴之行，其亦有感于中乎。曼倩诙谐，淳于谲谏，《守财奴日记》之作，岂无谓哉，庚申元宵后五日沈莲侬识。

《牛皮大王日记》

《牛皮大王日记》，封面题"滑稽小说大观之五""上海滑稽编辑社出版"。版权页信息为：编辑者为滑稽编辑社，发行者为滑稽出版部，印刷者为滑稽出版部，总发行所为上海大陆图书公司（白克路九如里）。民国十年（1921）十月二十日四版，全一册，凡95页，定价大洋四角，外埠酌加邮费汇费。

该作为日记体文言小说，凡四十章，有章目，依次为：

第一章　恭贺新禧　正月初六日
第二章　张园遇艳　正月初九日
第三章　旧雨重逢　正月十一日
第四章　千鑫一笑　正月十四日
第五章　探视银苗　正月十七日

第六章　托言赴京　正月二十一日

第七章　祀神设席　正月二十九日

第八章　谑钱选青　二月初二日

第九章　涂选青背　二月初四日

第十章　饮一品香　二月初六日

第十一章　子游之子　二月初八日

第十二章　姑苏纪游　二月十一日

第十三章　戏学为奴　二月十四日

第十四章　宴诸钜公　二月二十二日

第十五章　谑恶少年　二月二十四日

第十六章　电传喜信　二月二十八日

第十七章　娇妻坐蓐　三月初二日

第十八章　开汤饼宴　三月初九日

第十九章　宴怡红阁　三月十四日

第二十章　诈取万金　三月十七日

第二十一章　病后自述　五月切（初）八日

第二十二章　贪花延寿　五月十三日

第二十三章　戏弄名医　五月十八日

第二十四章　担任教员　五月二十三日

第二十五章　女拆白党　五月二十九日

第二十六章　兰房窥浴　六月初五日

第二十七章　嘲谑女僧　六月初十日

第二十八章　函邀无垢　六月十五日

第二十九章　无垢来沪　六月二十三日

第三十章　中宵评剧　六月二十七日

第三十一章　闺人乔醋　七月初三日

第三十二章　易装冶游　七月初六日

第三十三章　关门捉贼　七月十二日

第三十四章　校中受课　七月十八日

第三十五章　论岳武穆　八月初二日

第三十六章　星期挟妓　八月初六日

第三十七章　愚弄流氓　八月十二日

第三十八章　嫦娥下降　八月十五日

第三十九章　辱在泥涂　八月二十七日

第四十章　日记绝笔　八月三十日

卷首有《序》，《牛皮大王日记》篇首有《西生附识》即《牛大王小传》，卷末有广告《义侠小说大观》，《西生附识》与广告从略，《序》兹录如下：

> 晚近以来，人心不古，诈伪之事，层出不穷。言不顾行，行不顾言，于是吹牛之风大盛。沪上五方杂处，风气不同，华洋相错，嗜好各异。吹牛者不知其几千万辈，而若人独以牛皮大王见称，意其日记所云云，必有邹衍之谈天，淳于之索隐，大言则河汉无极，隐语则痕迹难寻，有非寻常之吹牛辈，所能望其项背千万一者。及展视其日记，则事不越庸行，语不出庸言，颇讶牛皮大王之徽号，何以加之于其躬，乃翻阅三四过，不禁恍然而悟曰：吹牛者众矣。然吹牛而能使人不知其为吹牛者，则方可谓之神乎其技。大王之吹牛，当其前者，靡不信为实然，虽有明知其为吹牛，而揆理度情，尚在可信可疑之例，而不敢直断其为吹牛，孔子所谓中庸不可能者。其在斯乎，其在斯乎。虽以大王称之，若人将坦然受之，而无些微渐怍之容矣。茶余酒后，手此一编，三五良友，清言霏雪，其乐陶陶，有不知其然而然者矣。因为之附识数语如左。
>
> 以为读《牛皮大王日记》之先导云尔
>
> 庚申孟春聘红主人序

《牛皮大王小传》兹录如下：

> 牛皮大王者，余友也。其先世所出，微莫可得而记矣。大王牛姓，自谓奇章公之后。然自唐以来，谱牒散佚，莫可考。其名与字，世人亦不之知。生平喜夸诞，敢为大言。人以其颜面之厚，与牛无异，且其姓适为牛，乃戏以牛皮呼之。牛皮闻人言，益沾沾自喜，谓今之世，正牛皮用事之秋，呼我以牛皮，厚我孰甚，于是腼然以牛皮自命。然其人颇饶风趣，笃于友谊，貌亦姣好如女子，翩翩然浊世佳公子也，以故虽有牛皮之雅号，而人亦不甚厌之，且喜与之游，乐闻其滑稽放诞之言，乐观其落拓不羁之行，以与笑乐，牛皮之名乃大噪。春申江畔，虽五尺童子，闻牛皮之名，无不耳熟能详。我辈乃上以牛皮大王之徽号，彼亦欣欣然受之而无惭色，俨然为牛皮之领袖矣。余与牛皮大王居址相近，朝夕过从，亲密无闲，一日不见其面，

则为之不欢。尝于大王案头，见其去年之日记一册，所记之事，颇有趣味，乃携归家中，略加润饰，以告世之知牛皮大王之名，而未尝见其行事之人。篇中偶有芜陋之处，则存其真而未遑笔削者也。余不文，不足以传牛皮大王。然此日记，悉本其旧有事迹，连缀成文，未尝有凿空之病，则余虽不足以传其人，而其人亦自兹传矣。

　　酉生附识

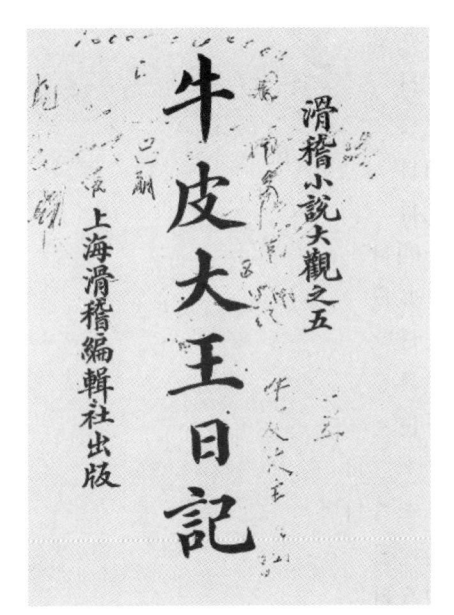

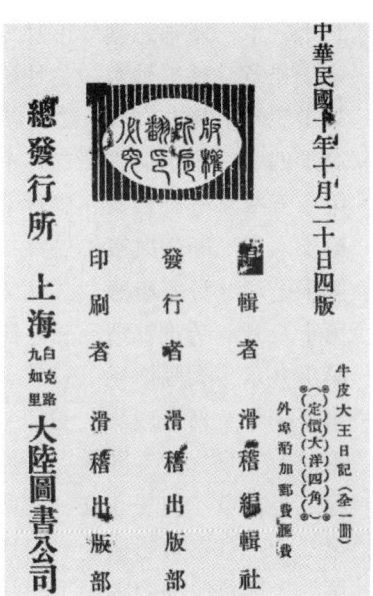

《顽童日记》

《顽童日记》，封面题"滑稽小说大观之七""上海滑稽编辑社出版"。版权页信息为：编辑者为滑稽编辑社，发行者为滑稽出版部，印刷者为滑稽出版部，总发行所为上海大陆图书公司（白克路九如里）。民国十年（1921）二月十日四版，全一册，凡95页，定价大洋四角，外埠酌加邮费汇费。

该作为日记体文言小说，凡三十八章，有章目。卷首有《序》，第一章前有《寒光小引》与《秦奇小引》。章目依次为：

第一章　爆竹弹髻　　正月初一日
第二章　巧改门对　　正月初二日
第三章　戏谑张瞽　　正月初四日

第四章　鸡翔天空　正月初八日
第五章　题影嘲姊　正月初十日
第六章　妙窘张瞽　正月十三日
第七章　扮鬼惊父　正月十四日
第八章　私窥情书　正月十九日
第九章　贪金受愚　正月二十一日
第十章　新娘坠舆　正月二十三日
第十一章　谑师恶剧　正月二十九日
第十二章　惩巫妙术　二月初三日
第十三章　挽友窘师　二月初五日
第十四章　瘟生活剧　二月十四日
第十五章　辱师妙策　二月十九日
第十六章　断送风筝　二月二十四日
第十七章　计窘小贩　二月二十九日
第十八章　巧难姊婿　三月初八日
第十九章　大闹博场　三月十三日
第二十章　新奇戏法　三月二十日
第二十一章　智弄同学　三月二十二日
第二十二章　彼美获友　三月二十八日
第二十三章　倩影遗爱　四月初六日
第二十四章　易容趣剧　四月初八日
第二十五章　偷儿受缚　四月十六日
第二十六章　失影致病　五月初四日
第二十七章　蓬莱遇美　五月十二日
第二十八章　代文讪师　五月二十三日
第二十九章　书室私订　六月初二日
第三十章　赂瞽成眷　六月初八日

《序》兹录如下：

　　老友寒光，慷爽士也。善属文，间为小说家言。造意新奇，不落他人窠臼。年来橐笔沪上，卖文为活，著述颇富，散见出版界中，惟署名无定，以故名不甚著，朋好叩其故，每笑而不言，昨过其居，得见其新著《顽童日记》于案头，滑稽小说也。余素稔寒光善写情，若滑稽之作，则未之前睹。翻阅一过，历时餐许，捧腹乃不能自已。

盖书中事实，无不奇妙绝伦，曲曲传出，随处令人发噱，如化学中之笑气然，非特可以为酒后茶余之谈坐，实亦消愁之妙品也。文亦洒脱不凡，言情处尤胜，此其所擅也。晚近著述，汗牛充栋，然取材每多秽亵，文笔亦复卑劣，阅之非作三日呕，则亦味同嚼蜡，以视斯篇瞠乎后已，诚出版界别开生面之作也，其出版界之明星乎。

庚申春暮云间朱绮云序于海上客次

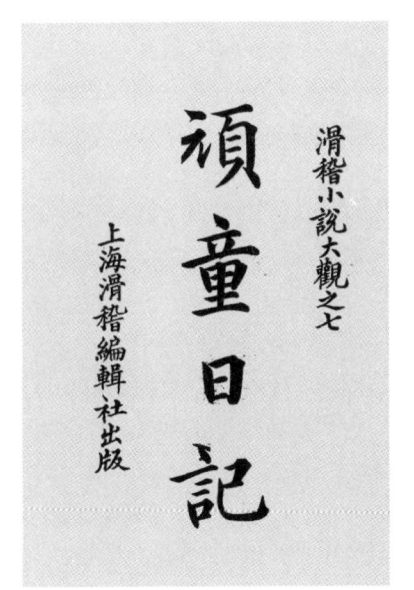

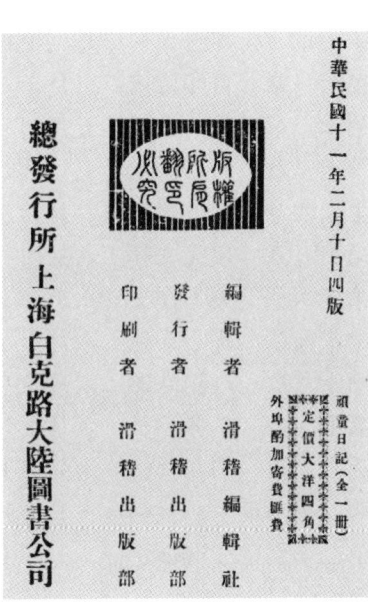

《拍马日记》

《拍马日记》，封面题"滑稽小说大观之八""上海滑稽编辑社出版"。版权页信息为：编辑者为滑稽编辑社，发行者为滑稽编辑社，印刷者为滑稽编辑社，总发行所为上海大陆图书公司（上海白克路）。民国十年（1921）四月一日初版，全一册，凡87页，定价大洋四角（外埠酌加邮费汇费）。此外，笔者所见还有第五版本，初版本与五版本的封面和版权页基本相同，前者载录，后者从略。

该作为日记体文言小说，凡三十章，有章目。卷首有《自序》，卷末无跋。正文首书马二翁自述，每章之末有闲鸥子的评语。章目依次为：

第一章　日记起源　接财神日

第二章　令人喷肉　正月十四日

第三章　与犬同车　正月二十日
第四章　兰花指头　正月廿五日
第五章　发财妙语　正月三十日
第六章　吝人庆寿　二月初一日
第七章　鱼之种种　二月初五日
第八章　电车之中　二月初六日
第九章　二年不见　二月十五日
第十章　无须晋谒　二月二十日
第十一章　自印诗集　三月十六日
第十二章　甘为犬马　五月初三日
第十三章　六言韵示　五月廿四日
第十四章　驱蚊檄文　六月初二日
第十五章　权充文牍　六月初三日
第十六章　央人作文　六月初十日
第十七章　犹之乎传　六月十一日
第十八章　八圈麻雀　六月十三日
第十九章　学务委员　六月十九日
第二十章　马屁学校　六月三十日
第二十一章　鹊桥相会　七月七日
第二十二章　汽车之王　七月十五日
第二十三章　野鸡武后　七月三十日
第二十四章　虎邱之游　八月初五日
第二十五章　中秋夜宴　八月十五日
第二十六章　一饭之恩　八月三十日
第二十七章　重开花选　九月初一日
第二十八章　追悼老五　九月十四日
第二十九章　弥留之语　九月廿九日
第三十章　梦里悲声　小马二续

《自序》兹录如下：

马二曰：余撰拍马日记，累三万余言，其中涉及他人之事者居其半，翁之拍马史亦居其半，自谓对于近世社会状况，人心趋向，颇能描写其万一，阅者幸勿以寻常滑稽小说视之，则感激靡涯已。虽然，犹有说焉，余操拍马术以问世，碌碌一生，依然故我，与今之达官贵人相较，盖有霄壤之别，彼所谓达官贵人者，其初亦何尝不以吹拍为攫夺权利之捷径，一朝得志，昂首青云，骄邻里而傲朋友，翁则年年伏枥，蠖屈不伸，媚富绅而趋权势，为术则同，结果乃异，其中殆有天命存耶，非人力之所能强致欤，抑以翁之术未精，用之不得其道欤，思之重思之，不得其解，质之阅者，以为如何，抑余作此记，谬误百出，阅者诸君，多聪明条达积学之士，幸勿嗤为不通，则尤深感荷，此非余之谦辞，亦非故态复萌，拍诸君马屁，盖余非文学家，又非如海上伦奴，略识一二字，便自命为文学家者可比，此则不可不乞阅者诸君格外原谅者也。

庚申夏日马二翁自撰于申江寓次

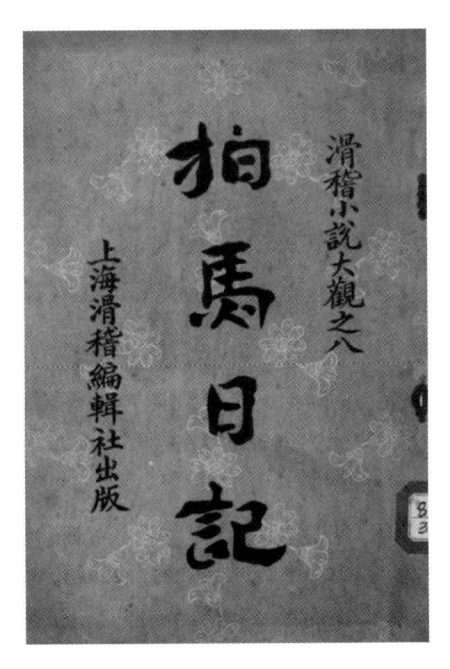

每章之末有闲鸥子的评语，摘录两段如下：

闲鸥子曰：作滑稽小说，不可徒使引人发笑，即谓能事已毕，必须隐有警惕之意，斯为上乘。如本文中有曰，今之文人墨士，必不肯拍马二翁之马，而为马二翁作传，可见今之文人墨士，只为达官贵人作传矣，接财神，恶俗也。而此文能以滑稽的口吻，劝导世人，堪称独到。

闲鸥子曰：阎罗天子，亦喜拍马，思之可笑。马二翁至死不忘其故智，卒售其技，亦幸也夫。其子自知地盘不固，当追隋（随）阿父于地下，然则可立而待也。彼滑头新文学家，专著变相之淫书，害人不浅，不入地狱，谁入地狱我于此，为之叹息不置焉。

十五　世界书局《说部丛书》叙录

世界书局是商务印书馆高级职员沈知方（绍兴人）于1921年在上海创立，是民国时期仅次于商务印书馆、中华书局的第三大民营出版机构。其宗旨是以通俗图书迎合小市民阅读兴趣，以便获得丰厚利润。其出版物主要有社会科学类，如《社会学大纲》《经济学大纲》《地理学》等；科学技术类，如《生理学》《优生学ABC》《相对论ABC》等；语文类，如《世界儿童国语》《中国声韵学》等；丛书类，如《诸子集成》《大时代文艺丛书》等；工具书类，如《标准国语学生字典》《四库全书字典》等；中外文艺类，如《法国文学史》《佐拉小说选集》《现代中国文学史》《留东新史》等；期刊类，如《红杂志》《红玫瑰》《侦探世界》等。该书局拥有自己的发行网络，主要有上海四马路世界书局总发行所、北京、汉口、广州、杭州等地的世界书局分发行所。[①]

（一）世界书局《三种演义》叙录

1918年起，世界书局出版了根据三种戏曲改编的演义，即《琵琶记演义》《桃花扇演义》《西厢记演义》，这是把戏曲改写成小说的一种尝试，作为一种文学现象，不可忽视。

《琵琶记演义》

《琵琶记演义》，湖北聂醉仁著、江苏江荫香润文，上海·世界书局民国七年（1918）十一月一日出版，民国十年（1921）六月十日再版，民国十四年（1925）二月十一日六版。笔者所见为再版本与六版本，二

[①] 参见朱联保《近现代上海出版业印象记》，上海：学林出版社1993年版，第138—146页；《琵琶记演义》版权页。

者基本同。印刷者为上海广文书局，总发行所为上海世界书局，分发行所有北京、汉口、广州、杭州四地的世界书局分局。全一册，凡118页，定价大洋六角。【中国国家图书馆藏】

该作根据《琵琶记》曲本改编，凡四十一章（楔子除外），有章目，依次为：

楔子	第二十一章　琴诉荷池
第一章　高堂庆寿	第二十二章　代尝汤药
第二章　牛氏规奴	第二十三章　宦邸忧思
第三章　蔡公逼试	第二十四章　祝髪买葬
第四章　南浦嘱别	第二十五章　拐儿绐误
第五章　丞相教女	第二十六章　感格坟成
第六章　才俊登程	第二十七章　中秋望月
第七章　文场选士	第二十八章　乞丐寻夫
第八章　临妆感叹	第二十九章　瞷询哀情
第九章　春宴杏园	第三十章　几言谏父
第十章　蔡母嗟儿	第三十一章　路途劳顿
第十一章　奉旨招婿	第三十二章　听女迎亲
第十二章　官媒议婚	第三十三章　寺中遗像
第十三章　激怒当朝	第三十四章　雨贤相遘
第十四章　金闺愁配	第三十五章　孝妇题真
第十五章　丹阶陈情	第三十六章　书馆悲逢
第十六章　义仓赈济	第三十七章　张公遇使
第十七章　再报佳期	第三十八章　散髪归林
第十八章　强就鸾凤	第三十九章　李旺回话
第十九章　勉食姑嫜	第四十章　风木余恨
第二十章　糟糠自厌	第四十一章　一门旌奖

卷首有序，卷末无跋。《序言》兹录如下：

　　说部之庸滥，今日可谓极矣。其醉心情场者，率多卑靡之音，求能震聋警聩而有裨乎？世道人心，百不得一焉。余友聂子醉仁，尝私憾之，亟思有以矫正。今秋归自吴门，出其行箧中《琵琶记演义》示余，余读之既竟，因顾谓曰：昔高东嘉痛王四之不义也，虚假蔡中郎事，作记以讽之，其寓意良厚，固非儇薄者流，所可拟议。今子重演斯文，岂亦有感于中乎？聂子：曰君不见夫今之轻薄少年耶，强说自由，擅越礼教，灭伦败德之事，层见叠出。其能贫贱无渝，白首同归者尠矣。余虽不文，未忍缄默，述此冀为警俗之一助耳。余闻其言，甚壮之，因与之酒而祝曰：子之文，不第与世长寿，其有功于浇风薄俗，诚非浅鲜。夫岂庸滥之说部，所敢望其项背哉？戊午孟秋黄梅吴醒亚谨识

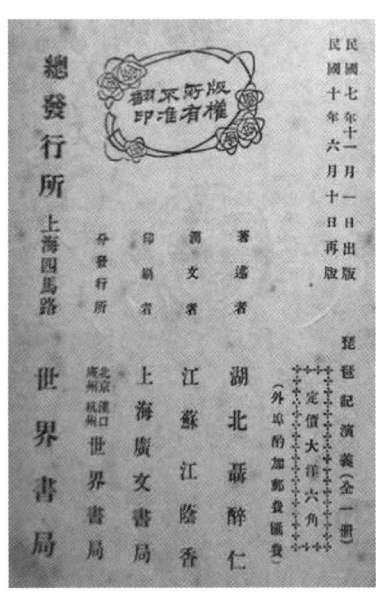

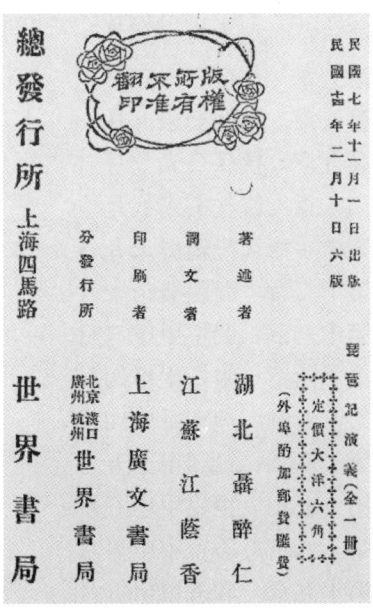

《桃花扇演义》

《桃花扇演义》，上海世界书局民国八年（1919）一月初版，民国十七年（1928）七月八版，民国廿二年（1933）五月十一版。著述者为梦花馆主江荫香，眉批者为听鹂轩主陆云伯，印刷者为世界书局，发行者为世界书局，印刷所为世界书局（上海大连西路），总发行所为世界书局（上海四马路中市），分发行所有北京、汉口、广州、杭州四地的世界书局分局。全一册，每部定价银七角。十一版本与八版本的封面和版权页基本相同，前者载录，后者从略。

全书凡218页，另外书末附《附桃花扇名人小史》，凡34页，合计凡252页。

该作章回体文言小说，根据孔尚任的《桃花扇》改写。凡四十章，有章目，依次为：

第一章　先声康熙甲子八月	第二十章　移防甲申六月
第一章　听稗癸未二月	第二十章　闲话甲申七月
第二章　傅歌癸未二月	第二十一章　孤吟康熙甲申八月
第三章　哄丁癸未三月	
第四章　侦戏癸未三月	第二十一章　媚座甲申十月
第五章　访翠癸未三月	第二十二章　守楼甲申十月
第六章　眠香癸未三月	第二十三章　寄扇甲申十一月
第七章　却奁癸未三月	第二十四章　骂筵乙酉正月
第八章　闹榭癸未五月	第二十五章　选优乙酉正月
第九章　抚兵癸未七月	第二十六章　赚将乙酉正月
第十章　修札癸未八月	第二十七章　逢舟乙酉二月
第十一章　投辕癸未九月	第二十八章　题画乙酉三月
第十二章　辞院癸未十月	第二十九章　逮社乙酉三月
第十三章　哭主甲申三月	第三十章　归山乙酉三月
第十四章　阻奸甲申四月	第三十一章　草檄乙酉三月
第十五章　迎驾甲申四月	第三十二章　拜坛乙酉三月
第十六章　设朝甲申五月	第三十三章　会狱乙酉三月
第十七章　拒媒甲申五月	第三十四章　截矶乙酉四月
第十八章　争位甲申五月	第三十五章　誓师乙酉四月
第十九章　和战甲申五月	第三十六章　逃难乙酉五月

第三十七章　劫宝乙酉五月　　　第四十章　入道乙酉七月
第三十八章　沈江乙酉五月　　　第四十章　馀韵戊子九月
第三十九章　栖真乙酉六月

卷首有《自序》《桃花扇原序》《桃花扇演义后序》。《桃花扇演义后序》从略，《自序》兹录如下：

> 自来北曲推《西厢》为巨擘，南曲让《琵琶》为魁首，一以艳丽胜，一以哀怨胜，鲜有能及之者。惟《桃花扇传奇》一书艳丽等于《西厢》，哀怨甚于《琵琶》，实兼二者而有之。且其所载事实原原本本，如数家珍，无一人无考证，无一语无来历，则非《西厢》、《琵琶》所能比拟矣。前者都中盛行此戏，为贤士大夫所称赏，厥后黄继起，昆弋中衰，是剧因而辍演，良可惜也。推原其故，曲文精邃，音律高深，世人知之者寡耳。今见《西厢》、《琵琶》既作演义行于世，而《桃花扇》独付阙如，余甚憾之，用是不揣鄙陋，不计工拙，易词曲为评话，改句法为文言，回目则悉仍其旧情节，亦未敢更新，务求浅显，宁可依样葫芦，不尚描摹，庶几存庐山面目。虽自知点金成铁，难免为大雅所讥，然未尝以意害辞，或当为世人共谅，爰志数语弁诸简端。己未春月，上澣江荫香序于梦花馆。

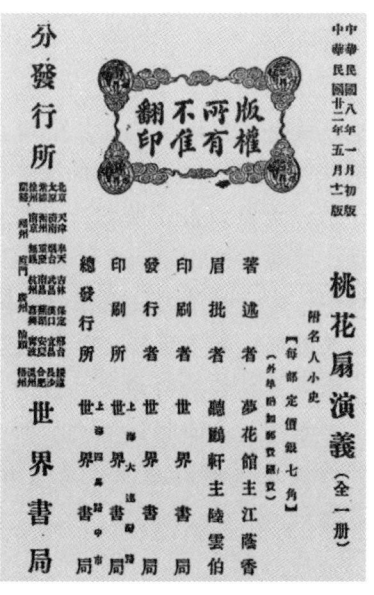

《西厢记演义》

《西厢记演义》，著作者为绮情楼主喻血轮，印刷者为世界书局，分发行所有北京、汉口、广州、杭州四地的世界书局分局。上海世界书局民国七年（1918）十一月一日出版，民国十二年（1923）八月十日四版【中国国家图书馆藏】，民国十三年（1924）五月十五版，民国廿四年（1935）三月十版。笔者所见为四版本、五版本与十版本，三者基本相同。全一册，定价大洋六角。十版本的封面和版权页载录，其余的从略。

该作为中篇小说，根据《西厢记》传奇改编，末附唐元稹《会真记》。凡十六章，有章目，依次为：

第一章　惊艳	第九章　　前候
第二章　借厢	第十章　　闹简
第三章　酬韵	第十一章　赖简
第四章　闹斋	第十二章　后候
第五章　寺警	第十三章　酬简
第六章　请宴	第十四章　拷艳
第七章　赖婚	第十五章　哭宴
第八章　琴心	第十六章　惊梦

篇末有按语，兹录如下：

按《西厢》真本只有十六出，起于"惊艳"而终于"惊梦"也，故余亦仅译至"惊梦"而止。至其所续"捷报"、"猜寄"、"争艳"、"荣归"四出，文既不佳，情节又凌杂无次，且其间一言一语、一举一动皆如浪子荡妇，直将张生、莺莺身分一齐扫地，不惟将张生、莺莺身分扫地，直将普天下佳人才子一齐辱没。倘余亦照其文而译耶，余于心不忍，盖东妇颦效，丑已极矣，更从东妇而效之。不尤形其丑耶。若不照其文而译，势必另想结构，余又不敢。盖真本既只十六章，我若从而增之，直为画蛇添足，徒自多事耳。且《西厢》一书系缘《会真记》而作，而《会真记》中并无张生娶莺莺之事，若如《续西厢》所云，是大背古人原意，余尤不顾为也。愿阅者谅之。

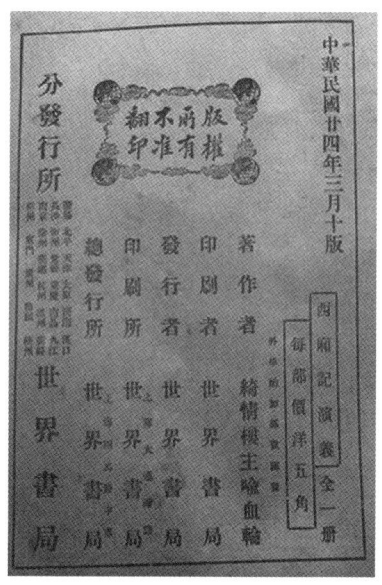

（二）世界书局《四大奇谋全书》（正续集）
  叙录

世界书局出版的《四大奇谋全书》，其中正续集各四种，合计八种。

《中外名将作战计划奇谋秘计》

《中外名将作战计划奇谋秘计》，全四册之一，笔记小说，版权页署"四大奇谋全书第一集"。编辑者为常熟贡少芹，印刷者为上海世界书局，发行者为上海广文书局，总发行所为上海世界书局（四马路怀远里），以及位于北京、汉口与广东的世界书局分局。民国十一年（1922）六月三版。全四册，另售每册六角，实售四角二分，合购四册二元四角，实售一元二角。

全书分四编，每编若干节，共四十篇，有眉批。目录依次为：
第一编　清代初叶名将之奇谋秘计
一　年羹尧计渡塌子沟
二　年羹尧计捉藏僧
三　岳钟琪计破西宁

四　岳钟琪计出八卦城
第二编　清代中叶名将之奇谋秘计
一　福康安计擒白寡妇
二　海南察计断敌人归路
第三编　清代中兴名将之奇谋秘计
一　曾国藩计克岳州城
二　郭嵩焘计败石达开
三　彭玉麟计夺小姑山
四　曾国荃计破安庆城
五　李鸿章计复上海
六　左宗棠计破回匪（一）
七　左宗棠计破回匪（二）
八　左宗棠计破回匪（三）
九　左宗棠计得吐鲁蕃
十　陈国瑞计破捻匪
十一　刘铭传计击赖汶光
十二　英翰计擒张洛行
第四编　清代末叶名将之奇谋
一　聂士成计夺摩天岭
二　冯子材计破法国兵

卷首有贡少芹所撰的《弁言》，兹录如下：

　　天忏生曰：现在时代简直儿成了一个兵战的世界了，但是战争这一层在表面上看起来，第一着非有兵不可，非兵多不可，非有训练素深的兵不可。其实就内容考究下子，兵不多怎能打仗？兵不精怎能杀敌？怎能争城？怎能夺地？这是人人都知道的。若问兵何以能打仗，何以能杀敌，何以能争城夺地，我赅括说一句：总在为将的有无奇谋及有无秘计为断罢了。我想现今世界文明的进步一天胜似一天，那计谋的设施一次更难于一次，古时代战争全是旧式的法子，颇不合近顷军事家之用，我也不必说了，我所说的是从前清时代起至民国成立后，迄今日为止，此二百余年中，大小战争不下数百次，如康雍间西藏青海金川之战，乾嘉间平苗平回平台湾之战，咸同间征洪杨征捻匪之战，光绪年间中法中日京津之战，宣统年间武昌革命之战，又如民国癸丑年赣宁之战，乙卯年川湘之战，丁巳年川滇之战，又近如湘南之战直皖之战，与夫桂粤之战，层见叠出，书不胜书，纪不胜纪。人见某军打胜仗便夸奖他兵队武勇，见某军打败仗便讥诮他兵队孱弱，其实，以我的眼光观察及心理推测起来，军队虽然打胜仗，并非军队的功，那军队虽然打败仗，也非军队的过，追本穷源，全视带领军队的将士能否设谋，能否用计，及所设之谋能否奇不奇，所用之计能否秘不秘为标准。夫谋固宜奇，假使人人猜得到他设的谋，则不足为奇；计固宜秘，假使人人测得出他用的计，又不足为秘。所谓奇谋者，此谋一出，不但敌人莫知其意思，就是自家人也猜不到；所谓秘计者，此计一施，不但敌人莫知其作用，就是自家兵也测勿透，直到战无不胜攻无不克的时候，旁观者都惊讶其怎样若是神速，如此方可称得起是个奇谋，是个秘计。他如何晓得主将固早已有成竹在胸中哩。但是奇谋诡计，千变万化，不止一端，有正用的，也有反用的，有直接用的，也有间接用的，有我用我谋我施我计而致胜的，亦有我藉人谋而我因谋成谋，更有我见人计而我将计就计以致胜的，此无他策，只在运用之妙凭己一心就行了。所以善设谋的人非止谋中有谋，而且谋外有谋，善用计的人非止计中有计，而且计外有计，如此方可谓之真奇，方可谓之真秘。吾是以于二百年来善于作战的将领中，择其用谋极奇与用计极秘的，搜罗若干人，更参引最近泰西著名将领，及中外女军事家的战略，分门别类编着成书，以供当世研究研究。虽不敢自诩为行军模范，然亦未尝无小补之助哩。抑更有进者，吾着这部《中外名将奇谋秘计》的书，全是确有根据的，不似那些撷拾书籍上唾，剪裁报章上鳞爪，东拉西扯，自命为奇谋，自命为秘计的。阅者诸君如不信么，即请将我这部书细细考察便知道了。民国十年一月，江都贡少芹志。

中外名將作戰計畫
奇謀秘計

中華民國十一年六月三版

四大奇謀全書第一集（全四冊）

編輯者　江都貢少芹
印刷者　上海世界書局
發行者　上海廣文書局
總發行所（上海）世界書局
·分設·北京·漢口·廣東

版權所有

另售每冊六角，實售四角二分
合購四冊二元四角，實售一元二角
外埠酌加郵費匯費

四馬路懷遠里

《恶律师与司法官大斗法奇谋秘计》

《恶律师与司法官大斗法奇谋秘计》，全四册之一，笔记小说，版权页署"四大奇谋全书第一集"。编辑者为江都吴虞公，印刷者为上海世界书局，发行者为上海广文书局，总发行所为上海世界书局（四马路怀远里），以及位于北京、汉口与广东的世界书局分局。民国十一年（1922）六月三版。全四册，另售每册六角，实售四角二分，合购四册二元四角，实售一元二角。

全书凡76页，分十四类，每类若干篇，有眉批，无序跋。各类及篇名依次为：

吸食鸦片类
　　恶律师刁难同法官
　　赖债趣谈因一千金害死老母
服食烟丸类
　　司法官逮捕恶律师
　　戒烟手段服食烟丸是否犯罪
借款涉讼类

恶律师同驳司法官
还债折扣二律师共同驳翻司法官

告奸要挟类

司法官合除恶律师
加重罪名三法官合力排除恶律师

请求离异类

恶律师调侃司法官
床笫之欢夫不肯为床笫之欢妻可要求离婚

伤害误杀类

司法官不如恶律师
有意无意误杀与过失杀之分别

女家赖婚类

恶律师试验司法官
文明女子女家违背判决必欲赖婚法官亦无可如何

离婚涉讼类

司法官讥笑恶律师
恩情难割妇欲离婚夫不承认恶律师被法官讥笑

私擅逮捕类

恶律师开除司法官
兄仇未报因私擅逮捕而成立掳人勒赎之罪

行求贿赂类

司法官猜穿恶讼师
空白支票以空白支票行求贿赂恶律师犯法

承继问题类

恶律师折服司法官
叔嫂缔婚妻有奸非之行夫无告诉之权

债务纠葛类

司法官教训恶律师
留心欠账子所欠债父无代偿之责任

诈欺取财类

恶律师陷害司法官
醉汉谈法恶律师唆讼得金四千司法官垂涎

抚养子女类

司法官大驳恶律师

离婚原因夫欲离婚诬妻奸生子女

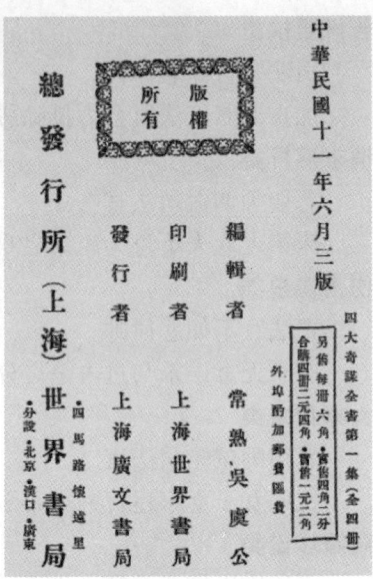

《对待万恶社会侦探破获机关奇谋秘计》

  《对待万恶社会侦探破获机关奇谋秘计》，全四册之一，笔记小说，版权页署"四大奇谋全书第一集"。编辑者为吴县江荫香，印刷者为上海世界书局，发行者为上海广文书局，总发行所为上海世界书局（四马路怀远里），以及位于北京、汉口与广东的世界书局分局。民国十一年（1922）六月三版。全四册，另售每册六角，实售四角二分，合购四册二元四角，实售一元二角。

  全书凡 90 页。分十类，每类二篇，共二十篇。有眉批，无序跋。各类及篇名依次为：

破获盗巢深险之机关
  豪侠客拔刀助官兵
  山间石壁
破获盗船抢劫之机关
  大侦探用计诱水寇
  天然船坞
破获女盗出没之机关

女侠盗深夜戏侦探
树底隧道
破获胡匪掳赎之机关
大侦探单身杀马贼
黑暗地窖
破获黑店谋害之机关
勇少年投宿逢贼人
活动土炕
破获凶党暗杀之机关
法学士访案得凶手
秘密钥匙
破获宗社结党之机关
旧军官密地侦皇党
专制内幕
破获僧房隐僻之机关
留学生仗义拯弱女
墙上画图
破获尼庵诡秘之机关
女侦探化装杀双奸
橱中门户
破获神庙活络之机关
警署员祈梦探神像
怪异金鞭

《恶讼师与绍兴师爷斗法奇谋秘计》

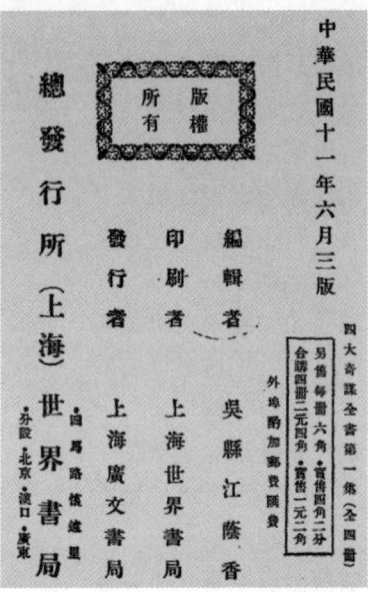

《恶讼师与绍兴师爷斗法奇谋秘计》，全四册之一，笔记小说，版权页署"四大奇谋全书第一集"。编辑者为常熟吴虞公，印刷者为上海世界书局，发行者为上海广文书局，总发行所为上海世界书局（四马路怀远里），以及位于北京、汉口与广东的世界书局分局。民国十一年（1922）六月三版。全四册，另售每册六角，实售四角二分，合购四册二元四角，实售一元二角。

全书凡88页。分十四类，每类二篇，共二十八篇。有眉批，各类及篇名依次为：

轮奸妇女类
  绍兴师父吓走恶讼师
  处女含羞被奸之女并不声张奸徒仍处死刑

疑贼杀人类
  恶讼师推翻绍兴师爷
  犬吠猪叫绍兴师爷既已判决恶讼师推翻其原判

家庭冤狱类
  绍兴师爷通缉恶讼师

隔室审案媳妇捏破夫父肾囊是否有奸情
嫖院惨事类
恶讼师胜过绍兴师爷
嫖客杀人讼师教授供词杀人可以无罪
教唆诉讼类
绍兴师爷绞杀恶讼师
麻袋奇案遗忘麻袋于人家即指为抢夺
恶计陷人类
恶讼师屡败绍兴师爷
索还贿赂既送贿赂于人仍可使之送还
伪造书信类
绍兴师爷窥破恶讼师
讳字图章因募捐不得杀死一家十七人
分析家财类
恶绍师辩驳绍兴师爷
父亲遗嘱胞兄自行溺毙胞弟受罪
娶妾异闻类
绍兴师爷处罚恶讼师
腐儒休妻强娶有夫之妇为妾可以无罪
讼师诈财类
恶讼师迭败绍兴师爷
傀儡老翁途中遇一老翁即可藉之诈财
家庭惨变类
绍兴师爷战胜恶讼师
杀妻无罪串通亲属诬告忤逆
文字冤狱类
恶讼师屈伏绍兴师爷
擅用赦字见人行述即行诬告
诬告叛逆类
绍兴师爷斩决恶讼师
保全家属研究罪名轻重
报复私仇类
恶讼师凌迟绍兴师爷
逆词倾陷恶讼师挽回天心

卷首有吴虞公所撰的《弁言》，兹录如下：

国家大法，所以范围庶类，然而人心不古，谲诈百出，桀黠者舞文弄法，矜深核以陷善良，务姑息以惠奸慝，于是法律之效亦仅矣。此种桀黠之徒，在前清有恶讼师与绍兴师爷，在民国有大律师与司法官吏，其才智聪明自有过人之处，迥非庸庸者所能望其项背也。良懦之民何以对付？惟有束手待毙，冤沉海底耳。虽然使恶讼师而遇绍兴师爷，大律师而遇司法官吏，则尔诈我虞，钩心斗角，如诸葛亮之与周瑜，福尔摩斯之与亚森罗频，各逞奇才以图获胜，在旁观者有不惊心骇目，叹为奇观者乎？今夫观两军战斗，壁垒森严，固惊为战术之大观矣，殊不知斗智、斗术、斗辩才、斗文墨之更有可观也。本书所载则皆绍兴师爷与恶讼师，司法官吏与大律师互相斗智、斗术、斗辩才、斗文墨之惊人事迹。然虽以智术辩才文墨为战斗之利器，要皆不离乎法，故统名之曰《斗法》。阅是书者，既饱览战斗之奇景，复得窥法理之精微，关于刑民各件，如债务、婚姻、分产、承嗣、诈财、贿赂等等，为世人所恒有，咸经大律师等往复辩难，阐扬微妙，阅者足以知趋避之方，操必胜之术矣，虽遇谲诈百出之徒，亦何惧哉？民国十年一月，常熟吴虞公识于上海

《恶讼师与绍兴师爷斗法奇谋秘计续集》

《恶讼师与绍兴师爷斗法奇谋秘计续集》，全四册之一，笔记小说，版权页署"四大奇谋全书续集第一集"。编辑者为常熟吴虞公、江都贡少芹、吴县江荫香，印刷者为上海世界书局，发行者为上海广文书局，总发行所为上海世界书局（四马路怀远里），以及位于北京、汉口与广东的世界书局分局。民国十年（1921）六月一日初版。全四册，零售每册六角，实售四角二分，合购四册二元四角，实售一元二角。

全书凡76页。分十二类，每类二篇，共二十四篇。有眉批，无序跋。各类及篇名依次为：

煽惑莠民类
  恶讼师离间绍兴师爷
  查无实据恶讼师肆行抢掠一书夜得以逍遥法外

调戏妇女类
  恶讼师计败绍兴师爷
  釜底抽薪绍兴师爷用香饵钓鱼计恶讼师用釜底抽薪计

催租用刑类
  绍兴师爷串杀恶讼师
  威力制缚两个绍兴师爷串通杀害恶讼师

设局诱杀类
  绍兴师爷监禁恶讼师
  诱人殴杀突然拘捕恶讼师判决杀人巨案

因奸谋杀类
  恶讼师激怒绍兴师爷
  诱人入房欲免奸情败露诱人入房而杀之

蒸检尸体类
  绍兴师爷杖责恶讼师
  串通医生恶讼师淆乱是非绍兴师爷独具只眼

和奸酿命类
  绍兴师爷制服恶讼师
  堕欢难拾奸夫杀死奸妇应处何罪

捉奸酿命类
  绍兴师爷轻视恶讼师
  少年争风未婚妻与人通奸未婚夫可否捉奸

鸡奸秽闻类

恶讼师利用绍兴师爷

查验粪门恶讼师贪图男色之狠心肠

赖婚抢亲类

恶讼师操纵绍兴师爷

名正言顺子弟犯罪父兄决非从犯

殴杀亲夫类

恶讼师提醒绍兴师爷

名分关系妻杀本夫罪不至死

索讨欠款类

绍兴师爷算计恶讼师

讼师末路两绍兴师爷同时算计恶讼师将讼师拟绞

《恶律师与司法官大斗法奇谋秘计续集》

《恶律师与司法官大斗法奇谋秘计续集》，全四册之一，笔记小说，版权页署"四大奇谋全书续集第一集"。编辑者为常熟吴虞公、江都贡少芹、吴县江荫香，印刷者为上海世界书局，发行者为上海广文书局，总发行所为上海世界书局（四马路怀远里），以及位于北京、汉口与广东的世界书局分局。民国十年（1921）六月一日初版。全四册，零售每册六角，实售四角二分，合购四册二元四角，实售一元二角。

全书凡84页。分十二类，每类二篇，共二十四篇。有眉批，无序跋。各类及篇名依次为：

征收牙税类
　　司法官欺负恶律师
　　一角之争县知事被律师控告去职司法官代为运动复任
夫妇不和类
　　恶律师玩弄司法官
　　一纸休书律师要休妻便休妻不愿休妻便不休妻
争夺田地类
　　恶律师敷衍司法官
　　三百亩田恶律师声泪俱下之文章司法官敷衍圆滑之手段
争继涉讼类
　　司法官纠正恶律师
　　四次驳斥长房乏嗣次房不得承继反由三房承继
法官渎职类
　　恶律师保全司法官
　　四大案件恶律师与司法官狼狈为奸反曲为直
债务纠葛类
　　恶律师佩服司法官
　　四百银元律师持四百元之借票因不能举出反证为法官所否认
诈欺取财类
　　司法官打消恶律师
　　五张期票律师诈财为司法官揭破律师上告为司法官打消
强暴凌虐类
　　恶律师计逐司法官
　　八罪俱发打伤四人竟成立八个罪名恶律师手段可怕
略诱妇女类
　　恶律师驳翻司法官
　　九层理由司法官袒护被告恶律师不服原告翻案
伪造文书类
　　司法官举发恶律师
　　十恶大罪恶律师私串通日本人敲诈前清太监银二十万两
争产交涉类

司法官劫夺恶律师

卅亩田良律师有良田三十亩为法官助人夺去

再嫁诉讼类

恶律师计欺司法官

百张局票妓女嫁人欲谋另嫁恶律师代为划策

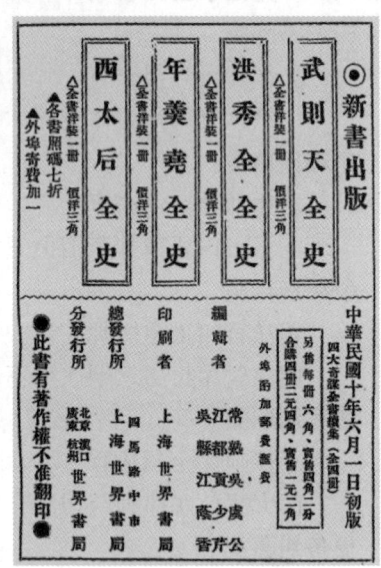

《中外名将作战计划奇谋秘计续集》

《中外名将作战计划奇谋秘计续集》，全四册之一，笔记小说，版权页署"四大奇谋全书续集第一集"。编辑者为常熟吴虞公、江都贡少芹、吴县江荫香，印刷者为上海世界书局，发行者为上海广文书局，总发行所为上海世界书局（四马路怀远里），以及位于北京、汉口与广东的世界书局分局。民国十年（1921）六月一日初版。全四册，零售每册六角，实售四角二分，合购四册二元四角，实售一元二角。

全书凡 104 页。分八编，每编若干篇，有眉批，无序跋。这八编接续正集，从第五编开始编号。各类及篇名依次为：

第五编　推翻满清名将之奇谋秘计

一　蔡汉卿计破清军

二　徐绍桢计克南京城

第六编　赣宁战役名将之奇谋秘计

一　李秀山计夺湖口炮台
二　冷遹计击雷震春

第七编　川滇战役名将之奇谋秘计
一　蔡松坡计取叙州城
二　方声涛计击刘存厚
三　谭延闿计走逃将军
第八编　讨伐复辟名将之奇谋秘计
一　段祺瑞计破辫子军
二　冯玉祥计截徐州兵
第九编　湘南战事名将之奇谋秘计
一　赵恒惕计赚张敬汤
二　赵恒惕计取长沙城
第十编　直皖战事名将之奇谋秘计
一　吴佩孚计胜边防军
二　阎相文计捉曲同丰
第十一编　女界名将之奇谋秘计
一　林夫人计保广信
二　朱小倩计诛敌将

三　左翠云计死苗匪
第十二编　欧洲战事名将之奇谋秘计
一　拿破仑计过鲍军峰
二　霞飞上将计胜德军
三　英亨利计沉潜行艇
四　美康登计换德飞机

（三）世界书局《四宫艳史》叙录

世界书局有份广告《四宫艳史》，载于1922年正月出版的《清宫艳史》。该广告列出四种作品名称，具体如下：

全书四册　定价　　洋壹元六角
《汉宫艳史》全一册，定价大洋四角。
《隋宫艳史》全一册，定价大洋四角。
《唐宫艳史》全一册，定价大洋四角。
《清宫艳史》全一册，定价大洋四角。

《清宫艳史》

《清宫艳史》，编辑者为天南野叟，印刷者为通俗小说社，发行者为上海世界书局，总发行所为上海世界书局，分发行所有位于北京、汉口、广州、航中的世界书局分局。民国十一年（1922）正月初版。全一册，凡44叶，每册定价洋四角（外埠酌加邮费汇费）。

该著为章回体中篇小说，凡二十回，有章目，无序跋。章目依次为：

第一回　闻清歌羁人感身世　伤往事宫女说前朝
第二回　如意洲孝贞奉遗诏　热河道丈帝遽宾天
第三回　闻逆谋荣禄告急变　对金表西后弄玄虚
第四回　拥嫡嗣慈禧设巧计　伏国法奸党罹机刑
第五回　结欢心建元称同治　护假监懿旨出深宫
第六回　分帝忧宝桢抚东鲁　采御服得海下南京
第七回　得奏章恭王申直谏　抱气忿西后舍瑚琏
第八回　惜乌丝严刑毙宫女　遵祖训传旨斩权阉
第九回　北京城帝王狎娼妓　香佛阁童子拜观音
第十回　演话剧毅然扫清兴　吸脑髓忽地回真阳

第十一回　纳忠言一心理政事　受激刺重作狭邪游
第十二回　立决心誓求推灵药　逞刁绞故意求出宫
第十三回　施残忍穆黄帝晏驾　被荼毒孝哲后戕生
第十四回　如心愿慈禧重训政　用尸谏御史报深恩
第十五回　李太监弄权收义子　荣统领恃宠乱宫闱
第十六回　寇连才单身攫门簿　康有为一意变新章
第十七回　袁世凯负心背明王　西太后趁势又垂帘
第十八回　植物园佛爷耽宸赏　畅观楼福晋逞舌锋
第十九回　立阿哥义和团作乱　认赔款小百姓遭殃
第二十回　壮志未酬千秋同悼　天良发现一死嫌迟

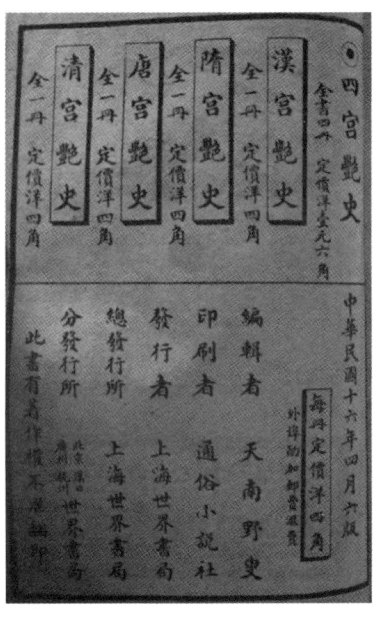

（四）世界书局《四大全史》叙录

世界书局有份广告《四大全史》，载于1921年六月一日初版的《四大奇谋秘计全书续集》。该广告列出四种作品名称，具体如下：

《武则天全史》，全书洋装一册，价洋三角。
《洪秀全全史》，全书洋装一册，价洋三角。
《年羹尧全史》，全书洋装一册，价洋三角。

《西太后全史》，全书洋装一册，价洋三角。

各书照价码七折，外埠寄费加一。

《年羹尧全史》

《年羹尧全史》，封面署"年羹尧全史"，正文署"年羹尧全传"。民国十二年（1923）六月四版。编辑者为上海世界书局，印刷者与发行者均为上海世界书局，总发行所为世界书局（上海四马路中市），分发行所为北京、汉口、广东、杭州四地的世界书局分局。全一册，凡72页，定价大洋三角（外埠酌加邮费汇费）。此外还有民国十五年（1926）四月七版本。四版本与七版本的封面图案不同，版权页基本相同。

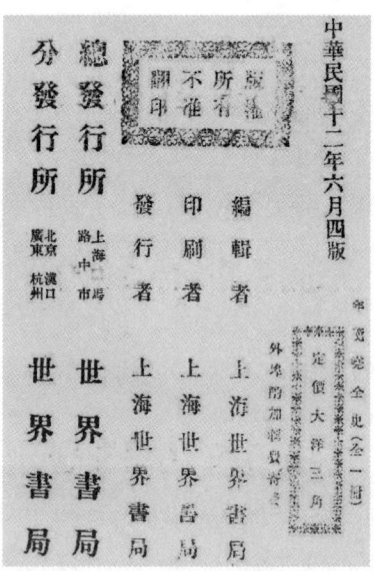

全书分上下两编，有目录，无序跋。目录依次为：

上编　年羹尧历史

一　年羹尧抛弃河中　　　　七　年羹尧遗祸族弟

二　年羹尧问难业师　　　　八　年羹尧火焚孝廉

三　年羹尧入居僧寺　　　　九　年羹尧独排众议

四　年羹尧欢遇知己　　　　十　年羹尧奉命出师

五　年羹尧纂修列传　　　　十一　年羹尧身着锯水

六　年羹尧猛用铁烙　　　　十二　年羹尧刮骨疗毒

十三	年羹尧巧制气球	二二	年羹尧私吞军粮
十四	年羹尧收录降将	二三	年羹尧出令去手
十五	年羹尧掘地行车	二四	年羹尧祷求甘泉
十六	年羹尧借力高僧	二五	年羹尧伤卧牛腹
十七	年羹尧谋断敌粮	二六	年羹尧途遇罡风
十八	年羹尧料敌如神	二七	年羹尧屠戮百姓
十九	年羹尧为子求亲	二八	年羹尧震惊主上
二十	年羹尧冤斩良将	二九	年羹尧降官受罚
二一	年羹尧夜遇暗杀	三十	年羹尧定罪弃市

下编　年羹尧轶事

一	年羹尧急智脱身	九	年羹尧遭逢女侠
二	年羹尧教鼠习操	十	年羹尧爱怜少子
三	年羹尧戏弄行人	十一	年羹尧酗酒杀婢
四	年羹尧面斥亲父	十二	年羹尧礼贤赠金
五	年羹尧掘冢盗宝	十三	年羹尧用鞭责子
六	年羹尧痛骂九卿	十四	年羹尧焚券市义
七	年羹尧误杀名医	十五	年羹尧图赖马价
八	年羹尧爱制厨夫	十六	年羹尧吞没古画

十七　年羹尧喜立生祠　　　十九　年羹尧老父免死
十八　年羹尧叠遇怪异　　　二十　年羹尧幼子匿苏
卷首有《年羹尧全史提要》从略。

《西太后全史》

《西太后全史》，封面署"西太后全史"，正文与版权页署"西太后全传"。著述者为藕香室主人，印刷所为上海世界书局，发行所为上海广文书局，总发行所为世界书局（上海四马路）。民国十七年（1928）四月八版。全一册，凡58页，价洋三角。

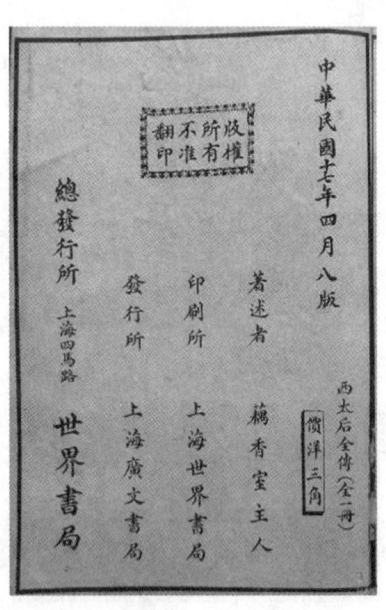

全书凡四十八节，有节目，无序跋。节目依次为：

一　西太后之母族　　　　九　西太后之情书
二　西太后之出身　　　　十　西太后之诈病
三　西太后之丧父　　　　十一　西太后之大计
四　西太后之被选　　　　十二　西太后之媚术
五　西太后之承恩　　　　十三　西太后之文才
六　西太后之狡谋　　　　十四　西太后之厄运
七　西太后之受宠　　　　十五　西太后之极谏
八　西太后之归宁　　　　十六　西太后之辣手

十七	西太后之急智	三十三	西太后之卖官
十八	西太后之密谈	三十四	西太后之守旧
十九	西太后之尊号	三十五	西太后之幽帝
二十	西太后之改装	三十六	西太后之赐寿
二一	西太后之知人	三十七	西太后之赐生
二二	西太后之内璧	三十八	西太后之仇教
二三	西太后之争权	三十九	西太后之纵匪
二四	西太后之秽迹	四十	西太后之悔过
二五	西太后之虐媳	四十一	西太后之发怒
二六	西太后之忍心	四十二	西太后之出亡
二七	西太后之诳言	四十三	西太后之酷刑
二八	西太后之立嗣	四十四	西太后之露宿
二九	西太后之畏罪	四十五	西太后之偷安
三十	西太后之进毒	四十六	西太后之受逼
三十一	西太后之吃醋	四十七	西太后之回京
三十二	西太后之归政	四十八	西太后之末日

卷首有"提要",从略。

(五)世界书局《十家说粹》叙录

《独鹤小说集》

《独鹤小说集》,短篇小说集,严独鹤著,世界书局民国十三年(1924)六月初版,民国十五年(1926)一月再版,民国十八年(1929)十二月三版。就1929年版而言,全一册,每部定价洋三角(外埠酌加邮费汇费)。总发行者为世界书局(上海四马路红屋),发行者与印刷者均为世界书局,印刷所为世界书局(上海闸北西虹江路),分发行所为北京杨、武昌、奉天、汉口、广州、长沙、太原、烟台等地的世界书局分店。

全书凡114页,内收《留学生一》《留学生二》《恋爱之镜》《月夜箫声》《如此牺牲》《可怜之女郎》,凡六篇短篇小说。

卷首有赵苕狂撰写的《本集著者严独鹤君传》与《序》，前者兹录如下：

> 严君独鹤，浙之桐乡人。幼而颖悟，从其舅氏费翼墀先生读。先生故浙中名士，学问渊博，识见尤卓绝。新学初萌，欧西学说流入中土，社会方诧以为怪，先生独深然之。平时课子弟，亦注重经史实学，从而受业者日众。门墙桃李，济济称盛，而独鹤尤勤奋异常儿。其于学业，成就独早。年十二，即能握管为文，千百言洋洋立就。十四应童子试，辄冠其曹，举茂才。与试者多老师宿儒，皆望尘莫及，一时有"神童"之目。顾独鹤虽在童年，已深知举业之不足用世，请于父，入方言馆习英文及诸科学。数年后学术愈精进，方思负笈渡重瀛。遽遭父丧，不果。年十九，即出主各学校讲习。家平贫，藉微俸以养母，艰苦倍尝，而声誉鹊起。尝远游赣中，光复后旋沪，历任各书局编辑。嗣入《新闻报》主笔政，辟《快活林》，为海内文艺菁华之所集。性嗜小说，儿时即熟读《水浒》、《红楼》诸书，课余辄把卷弗释，至废寝食。嗣又博览西方小说。故其所作，能融冶新旧，自成一家。散见于各报纸杂志者至伙。然其意中，雅不欲专以小说鸣于时。居报界垂十年，每发表政论，多主持正义，尤为后世所重云。

《禹钟小说集》

《禹钟小说集》，短篇小说集，沈禹钟著，世界书局民国十三年（1924）六月初版，民国十五年（1926）一月再版，民国十八年（1929）十二月三版。就1924年版言，全一册，每部定价洋三角（外埠酌加邮费汇费）。总发行者为世界书局（上海四马路红屋），发行者与印刷者均为世界书局，印刷所为世界书局（上海闸北西虹江路），分发行所为北京、武昌、奉天、汉口、广州、长沙、太原、烟台等地的世界书局分店。

全书凡105页，内收《车尘》《瓜棚下》《奴颜记》《赢海逃情记》《七夕》《股息》《学徒趣史》，凡七篇短篇小说。

卷首有赵苕狂撰写的《本集著者沈禹钟君传》，内容略。

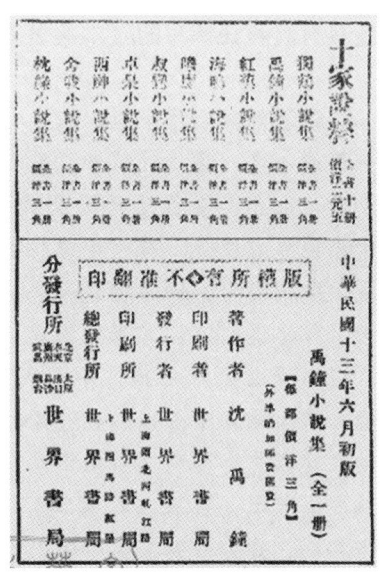

版权页上半部有一份世界书局《十家说粹》的广告，全书十册，价洋二元五角。具体如下：

《独鹤小说集》，全书一册，价洋三角。

《禹钟小说集》，全书一册，价洋三角。

《红蕉小说集》，全书一册，价洋三角。

《海鸣小说集》，全书一册，价洋三角。

《瞻庐小说集》，全书一册，价洋三角。

《叔鸾小说集》，全书一册，价洋三角。
《卓呆小说集》，全书一册，价洋三角。
《舍我小说集》，全书一册，价洋三角。
《西神小说集》，全书一册，价洋三角。
《枕绿小说集》，全书一册，价洋三角。

《红蕉小说集》

《红蕉小说集》，短篇小说集，沈禹钟著，世界书局民国十三年（1924）六月初版，民国十五年（1926）一月再版，民国十八年（1929）十二月三版。就1924年版言，全一册，每部定价洋三角（外埠酌加邮费汇费）。总发行者为世界书局（上海四马路红屋），发行者与印刷者均为世界书局，印刷所为世界书局（上海闸北西虬江路），分发行所为北京杨、武昌、奉天、汉口、广州、长沙、太原、烟台等地的世界书局分店。

卷首有赵苕狂撰写的《本集著者江红蕉君传》，内容如下：

> 江君红蕉之作小说，盖在九年以前。惟曩者所作，署名不一，或一篇署一名。署作红蕉者，盖在四年前也。四年之前，红蕉方襄助其友人，创办某银行，无暇及文墨。张君碧悟则方肆力迻（译）述，于小说界有重望，与红蕉曾共事于浙江之萧山，治沙地税课，颇相莫逆。既来海上，仍时相过从，乃谓红蕉曰：子盍稍撷余暇，仍理旧纸，作小说家言，有隽味焉。红蕉曰：诺！我方遘一顽感，将述之，立成《沥血记》一篇，不求人知，乃别署一名曰红蕉。盖以碧悟在旁，有所触发于心也。且红蕉之署此名，固尚有一段故实在，则其从伯江建霞先生即刊《灵鹣阁丛书》，有才子之目者，南游粤中，著清丽之词若干，曾有《红蕉词》之刊行。今海内存者仅二本，而红蕉得其一，弥为珍爱，因即取以为署，用志不忘耳。孰知不数年间，此红蕉二字，竟为小说界中之一红名哉！红蕉所为小说，君秀丽有致，多言情之作，而红蕉则自谓作社会小说，似较有把握。曾草《私生子》一篇，刊《申报》，仅千言，而写私生子为社会所凌逼，及其天才品格之高贵，使人无不涕下。有粤人张铸英及四川女中学杨女士者，竟驰函询问此私生子为谁，皆愿助一臂之力，以扶持之。初不料红蕉所写之私生子，乃为理想中人物也。夫一理想中之人物，红蕉写之，乃能使读者之注意如此。则其艺术之精，盖可知矣。红蕉尝谓小说与社会有极密切之关系，将穷其力而启发之焉。红蕉勉哉！红蕉名

铸。吴县人，年二十七，去年结婚，新妇叶女士绝美，红叶姻缘，人称佳话云。

严孙芙等人撰写的《民初旧派小说名家小史》已有收录，梁淑安主编的《中国近代文学家大辞典·近代卷》没有收录。

《海鸣小说集》

《海鸣小说集》，短篇小说集，何海鸣著，世界书局民国十三年（1924）六月初版，民国十五年（1926）一月再版，民国十八年（1929）十二月三版。就1924年版言，全一册，每部定价洋三角（外埠酌加邮费汇费）。

总发行者为世界书局（上海四马路红屋），发行者与印刷者均为世界书局，印刷所为世界书局（上海闸北西虹江路），分发行所为北京、武昌、奉天、汉口、广州、长沙、太原、烟台等地的世界书局分店。

全书凡107页，内收《五十年后的娼妓》《脚之爱情》《惧内的侦探家》《一个枪毙的人》《小说家之妻》《离婚的证据》《红倌人》，凡七篇短篇小说。

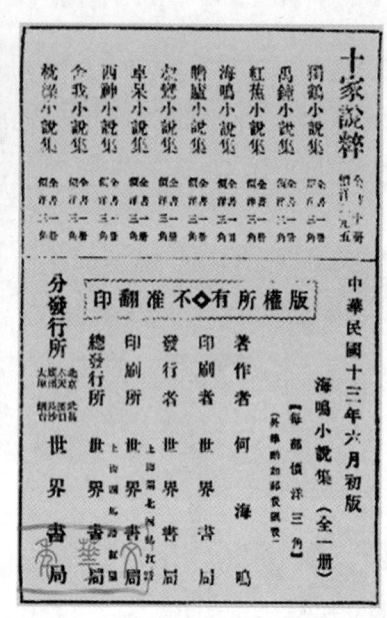

卷首有赵苕狂撰写的《本集著者何海鸣君传》，兹录如下：

何君海鸣，湖南之衡阳人，生于广东之九龙，时光绪辛卯年也。九龙，即香港对海之地，翌年隶于英。故君既长，辄嘘唏向人，谓不知吾生尚能重见其复为中国疆土否？年十五，只身游鄂，考入两湖师范礼字斋，颇为人所惊异。然卒以无力缴学费退学。入新军二十一混成协四十一标一营前队为兵。旋挑选为随营下士学堂学兵。时父母均见背矣。在军二年许，为下士及下级官。太湖秋操后，于军中组织文学社谋革命，事泄退伍，为汉口商业报《大江报》记者。旋以《大江报》文字狱，囚夏口狱。辛亥革命军兴，始出为汉口军政府参谋长。民国二年，民党二次革命失败，君只身入宁，重竖义旗，天下为之震动。其胆识殊非常人所能及。近年谢去军事生活，办《侨务旬刊》，一以宣达侨民之疾苦为职志。暇则草小说以自娱。各杂志时见其作品。笔锋之犀利，思致之沉著，一时无两。允堪独树一帜。其刊有单行本者，亦有多种。兹不赘述。

何海鸣（1891—1944），原名时俊，字一雁，笔名孤雁、衡阳一雁、求幸福斋主等，湖南衡阳人，具有叛逆精神。在湖北新军从职期间，结识

"文学社"创始人蒋翊武（后任武昌起义总指挥）、刘复基等人，1911年参加"文学社"。一生经历比较曲折复杂，从赵苕狂所撰写小传中可以略见一斑。其著述有《琴嫣小传》《倡门红泪录》《海鸣小说集》《求幸福斋随笔》等。严孙芙等人撰写的《民初旧派小说名家小史》与梁淑安主编的《中国近代文学家大辞典·近代卷》均有收录。

《瞻庐小说集》

《瞻庐小说集》，短篇小说集，程瞻庐著，世界书局民国十三年（1924）六月初版，民国十五年（1926）一月再版，民国十八年（1929）十二月三版。就1924年版言，全一册，每部定价洋三角（外埠酌加邮费汇费）。

总发行者为世界书局（上海四马路红屋），发行者与印刷者均为世界书局，印刷所为世界书局（上海闸北西虬江路），分发行所为北京、武昌、奉天、汉口、广州、长沙、太原、烟台等地的世界书局分店。

全书凡103页，内收《女诗人的马桶》《老鸨式的丈母》《热心》《七夕之家庭特刊》《但求化作女儿身》《眼睛器量》《透视眼》《瞒了鱼雁》，凡八篇短篇小说。

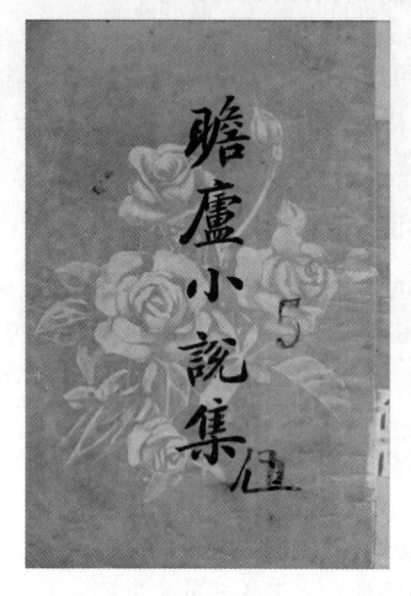

卷首有赵苕狂撰写的《本集著者程瞻庐君传》，兹录如下：

程君瞻庐，名文棪，吴县人。苕岁时厌弃帖括，喜颂古文辞。弱冠游庠，未几，废八股，改策论，君每应书院试，辄前列。年二十四，入苏省高等学校，屡试第一，遂拔充该校中文学长。毕业后，屡执教鞭，任期最久者，为吴中景海女中学校中文教务长，维时君兼数校教科。每周删改之中文课卷，叠案可尺许。君以为苦，幡然曰：人生贵自适，吾奈何疲精神于删字改句间耶？立辞各学校教务，专以著述自娱。校长挽留，诸生至有涕泣以尼其行者，君不为动也。自脱离教育生涯，君之著述乃日益富。君雅不欲以小说成名，仍肆力于古文词。过君斋头，插架中多名人专集。君日对一编，丹黄不去手，几忘其为小说家。惟兴到时，摊纸疾书，丽丽如贯珠，日晷移寸许，而属稿已经盈幅矣。恽铁樵君主任《小说月报》时，不轻赞许，独心折君所著之《孝女蔡蕙弹词》，谓为不朽之作。君所著之长短篇小说，散见于各报各杂志者不胜枚举。其刊有单行册子者，《同心梔》一卷，《孝女蔡蕙弹词》一卷，《明月珠》一卷，《哀梨记》一卷，《藕丝缘》两卷，《茶寮小史》上下各一卷，《新旧家庭》正续各两卷，均商务印书馆单行本。《鸳鸯小印》一券（卷），中华书局单行本。《原谅》一卷，世界书局单行本。

程瞻庐（1879—1943），江苏吴县人，名文棪，字观钦，号瞻庐，又号南国，别署望六居士。室名望云居，毕业于江苏省高等学堂，并担任该校的中文学长。之后，屡执教鞭，曾参加文学团体"星社"。著有《黑暗天堂》《新广陵潮》《茶寮小史》等长短篇小说数十种。此为其重要代表作，最为畅销。笔者所知程瞻庐已出版的著作（旧版本）按照出版时间排列如下：

《鸳鸯小印》，上海中华书局1917年版。

《哀梨记弹词》，上海商务印书馆1919年版。

《同心栀弹词》，上海商务印书馆1919年版。

《孝女蔡蕙弹词》，上海商务印书馆1919年版。

《明月珠弹词》，上海商务印书馆1920年版。

《茶寮小史》，上海商务印书馆1920年版。

《藕丝缘弹词》，上海商务印书馆1920年版。

《新旧家庭续集》，上海商务印书馆1922年版。

《众醉独醒》，（上下集），自由杂志社1924年版。

《废妾》，新声书局1925年版。

《街谈巷语》，上海世界书局1928年版。

《葫芦》，上海世界书局1929年版。

《情茧》，上海世界书局1929年版。

《快活神仙传》，上海世界书局1929年版。

《唐祝文周四杰传》，上海大众书局1932年版、1937年版。

严孙芙等人撰写的《民初旧派小说名家小史》与梁淑安主编的《中国近代文学家大辞典·近代卷》均有收录。

《叔鸾小说集》

《叔鸾小说集》，短篇小说集，冯叔鸾著，世界书局民国十三年（1924）六月初版，民国十五年（1926）一月再版，民国十八年（1929）十二月三版。就1924年版言，全一册，每部定价洋三角（外埠酌加邮费汇费）。

总发行者为世界书局（上海四马路红屋），发行者与印刷者均为世界书局，印刷所为世界书局（上海闸北西虬江路），分发行所为北京、武昌、奉天、汉口、广州、长沙、太原、烟台等地的世界书局分店。

全书凡109页，内收《孽海红筹》《汽车》《第一神相》《贪人之迷梦》《三年间的功罪》《捉刀记》《不是她的坟》《爱情之疑》《画堂闻歌记》《海外奇缘》十篇短篇小说。

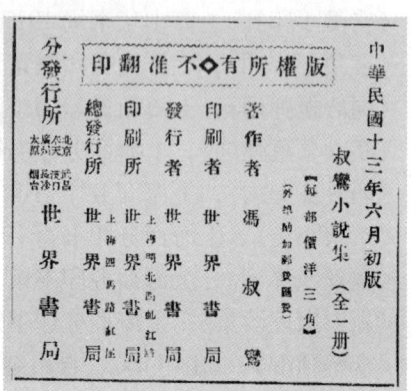

卷首有赵苕狂撰写的《本集著者冯叔鸾君传》，兹录如下：

> 冯君远翔，字叔鸾，涿县人，清涿鹿相国冯铨之后。兄弟行居第三，长曰远翱，仕于新疆，年未四十而卒。次曰远翼，即署名小隐，又号尊谭室主者也。其季曰远龠，长于综合之术，而君乃以文学鸣于时。民国初元，君始来上海，以评剧见知于社会。已而各报纸中谈剧之文，纷然杂作，君乃辍作，而从事于小说。顾不肯多作，尝自言世称为小说名家者，初不必以多胜人，吴敬梓、曹雪芹皆以一书而传。若夫今之杂缀字数，藉易枕头资者，我不为也。然君索性亢爽，每有兴到之作，求之立与，绝无所吝。故其作散见于南北杂志、日报中。《新中国》杂志中，曾刊有君之短篇三，胡适之先生见而语人曰：创作者能如此，亦足多矣。君幼时随其先人游宦，北至燕都，南入粤中。清末，君曾任宁省视学员两年，足迹几遍于大江南北。故其为文，新旧不拘一体，而对于社会人生之观察尤深。民国成立以后，君寄迹于报界间为政论，亦多精辟。君自谓志不在成一小说家，故恒隐其真姓氏，而自署为马二先生。上海社会中无论识与不识，殆莫不知

有马二先生其人云。

严孙芙等人撰写的《民初旧派小说名家小史》没有收录，梁淑安主编的《中国近代文学家大辞典·近代卷》有其词条。

《卓呆小说集》

《卓呆小说集》，短篇小说集，徐卓呆著，世界书局民国十三年（1924）六月初版，民国十五年（1926）一月再版，民国十八年（1929）十二月三版。就1926年版言，全一册，每部定价洋三角（外埠酌加邮费汇费）。

总发行者为世界书局（上海四马路红屋），发行者与印刷者均为世界书局，印刷所为世界书局（上海闸北西虹江路），分发行所为北京、武昌、奉天、汉口、广州、长沙、太原、烟台等地的世界书局分店。

全书凡103页，内收《狭窄的世界》《急性的元旦》《新人物》《七度新婚》《时髦税》《匣内之物》《上帝之大缺陷》，凡七篇短篇小说。

卷首有赵苕狂撰写的《本集著者徐卓呆君传》：

> 今人皆称徐君卓呆为小说家，实则小说特其余绪耳。其于社会，固尝创造二大事业，彰彰有可得而言者，二十年前，君负笈日本，专治体育。殆夫学成归国，时本国学校尚无体操一科，即有之，亦误以军队体操相授，敷衍了事，初非教育的体操也。君乃出其所学，创设中国体操学校，及体操游戏传习所，以为提倡，于是人始知军队体操之外，尚有学校体操焉。君致力于体育界者凡八九年，成书多种，门弟子得千余人，分布四方，各传其学，亦云盛矣。此其创造事业之一也。迨至清宣统三年，君于体育事业亦已成功矣。忽幡然有动于中，以为能开通社会者，莫新剧若耳，当一提倡之。时王君钟声方二次铩羽而去，郑君正秋正主某报剧评，鼓吹旧剧甚力，君乃于《时报》中，独辟一栏，专谈新剧，与之作相当之旗鼓。未几，正秋亦为所动，竟弃旧剧不谈，而从事于新剧，君亦贡身其间，擘画讨论，弥著勤劳，复著成剧本多种，以饷之，新剧事业遂赖之蓬勃以兴。此其创造事业之也。顾君虽创此二大事业，卒因个中人品不齐，颇有未能如其所望者，则亦辄掉首不顾而去，则其秉性之高洁可知矣。君少时已喜为小说，近年致力尤勤，散见于各杂志中者，殆不下百余篇，以滑稽一类为多，而隽永有味，弥含哲理，实能脱尽寻常滑稽小说科白，

而自成家数者。近复创作滑稽新体诗，成《不知所云》集一书，措词之妙，设想之奇，读者莫不为之捧腹，亦同为必传之作也。君和易近人，从未有疾言厉色之时，同辈皆翕然称之云。

严孙芙等人撰写的《民初旧派小说名家小史》与梁淑安主编的《中国近代文学家大辞典·近代卷》均有收录。

《西神小说集》

《西神小说集》，短篇小说集，王西神著，世界书局民国十三年（1924）六月初版，民国十五年（1926）一月再版，民国十八年（1929）十二月三版。就1924年版言，全一册，每部定价洋三角（外埠酌加邮费汇费）。

总发行者为世界书局（上海四马路红屋），发行者与印刷者均为世界书局，印刷所为世界书局（上海闸北西虹江路），分发行所为北京、武昌、奉天、汉口、广州、长沙、太原、烟台等地的世界书局分店。

全书凡105页，内收《杏花春雨记》《雪浪春痕》《秋蕤阁》《针楼艳忆》《一支桃》《龙舟艳影》《陌上花飞》《新旧夫妻》《猩红劫》，凡九篇短篇小说。

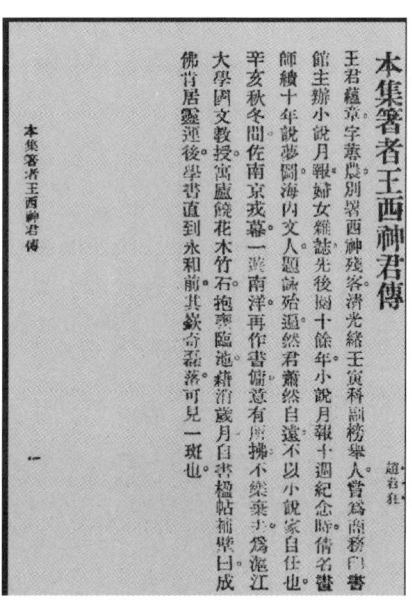

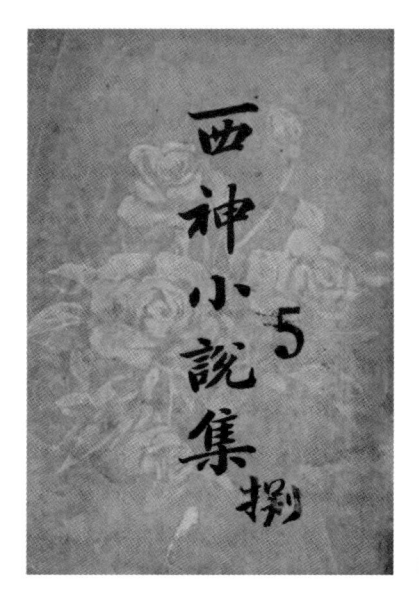

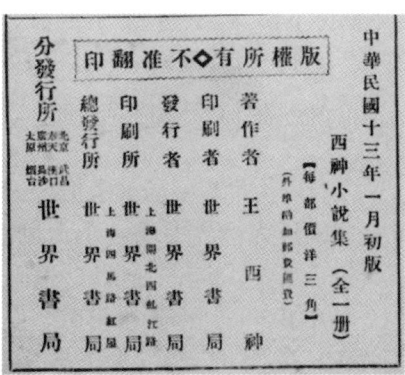

十五　世界书局《说部丛书》叙录　557

卷首有赵苕狂撰写的《本集著者王西神君传》，兹录如下：

王君西神，字莼农，别署西神残客。清光绪壬寅科副榜举人。尝为商务印书馆主办《小说月报》、《妇女杂志》，先后阅十余年。《小说月报》十周年纪念时,倩名画师缋(绘)《十年说梦图》,海内文人题咏殆遍。然君萧然自远,不以小说家自任也。辛亥秋冬间,佐南京戎幕,一游南洋,再作书佣,意有所拂,不乐弃去。为沪江大学国文教授,寓庐绕花木竹石,抱瓮临池,藉消岁月。自书楹帖补壁曰:成佛肯居灵运后,学书直到永和前。其欹奇磊落,可见一斑也。

严孙芙等人撰写的《民初旧派小说名家小史》与梁淑安主编的《中国近代文学家大辞典·近代卷》均有收录。前者关于王西神的小史与赵苕狂撰写的小传有一定互补性,兹摘录如下:

……他中举人的时候,还是一个十六岁的小孩咧。他所著的诗文,都是十分古逸,耐人咀嚼。他曾经办过商务印书馆的《小说月报》,自从他退职以后,《小说月报》的体裁就大变了。西神极擅小说,不过不大肯落笔,自从《半月》发行以后,引起他小说的兴味,他很高兴撰述,白话文言,俱擅胜场,不论那一家杂志报章,都拿他的小说,当做压台戏。他的书法得二王之神髓,求书者踵相接。暇时欢喜填词度曲,有《雪蕉吟馆集》待刊。

《舍我小说集》

《舍我小说集》,短篇小说集,张舍我著,世界书局民国十三年(1924)六月初版,民国十五年(1926)一月再版,民国十八年(1929)十二月三版。就1924年版言,全一册,每部定价洋三角(外埠酌加邮费汇费)。

总发行者为世界书局(上海四马路红屋),发行者与印刷者均为世界书局,印刷所为世界书局(上海闸北西虹江路),分发行所为北京、武昌、奉天、汉口、广州、长沙、太原、烟台等地的世界书局分店。

全书凡105页,内收《自由恋爱的究竟》《一个问题的两面观》《最高点的爱》《二十年后》《一个月内的六封信》《字纸篓裹的回声》《险极了》,凡七篇短篇小说。

卷首有赵苕狂撰写的《本集著者张舍我君传》,兹录如下:

张君舍我,名建中,字子方,小说函授学校校长也。以西历一千八百九十六年五月二十四日,生于江苏之川沙。性聪颖,以第一名卒业于上海榛苓小学,年只十五耳。时某报有招聘访员者,君投函自效,不数日复音至,则赫然聘书也。大喜过望,日奔走于会场,以刺探新闻,殆无人信其以乳而臭任访员之要职者。家赤贫,访员之职不能谋一饱,乃转而习商业,转而为小学教员,最后转而为商务印书馆之校对。然君有志于学,日埋头于纸堆中,雅所勿愿,乃复转入沪江大学之高级预科。君既入学,功课之暇,必伏身于藏书室中,番阅中西文学杂志,而君之学乃大进,于西洋小说之门径,了了胸中矣。顾君为苦学生,须兼为校中服务,或印讲义,或司电话,而所得犹不敷学费,乃译述名家小说,投之《小说月报》,藉资补助。后以长篇小说售诸商务印书馆,恽铁樵先生见而惊曰:真妙文也。会全校大考,倩某太史阅卷,太史亦惊曰:真妙文也,拟首选,因书古体文,降为第二名。年二十四,家益穷,复弃而习商。然君未尝以未卒业有所抱憾。益肆力于文学,而君之艺突进,不数年竟成为小说作者之巨子矣。君之作小说也,尝自言目之神圣,思想务求新颖,着笔不落恒蹊,故读其小说者,莫不有深刻之感想,而叹为奇观。且君效美国施笃唐氏而创问题小说,实为小说界放一异彩,以前未尝有此体裁也。君为人忠厚爽直,雅如其文。兄弟四人,妹一,父丧,家庭负担重,不忍弟妹之失学,故尚未授室云。

梁淑安主编的《中国近代文学家大辞典·近代卷》没有收录,严孙芙等人撰写的《民初旧派小说名家小史》已有收录,兹录如下:

张君舍我,名建中,江苏川沙人。家贫,父死后,一家数口,赖君橐笔为活。时君适出沪江大学,就知保险公司。暇时好弄翰墨,与瘦鹃友善,作短篇小说,富于理想,不落恒蹊,文学界咸许为确有见地。单行本着有《小说作法》行世,篇中所述,为君经验所得,一编甫出,君文名大振。著短篇小说,约近百篇,以《半月》及《快活》刊布最多。君精蟹行文字,译稿甚富,瘦鹃私叹弗如。君文诚恳朴实,一如其人。年二十七,尚未娶,尝立愿欲得一健全之内助。询之,则谓我侪文丐,所入宁有几何,倘娶一病妻,则心血之代价,岂敷药饵之需用云云。客冬胡蝶为君作伐,女虽貌艳如花,而君终以女瘦弱而罢。卓呆闻其事,戏撰一稿,题曰"张舍我的夫人",内有妙句云"能够当选张舍我夫人资格的女士,必须在水门汀上重重的掼上三掼而不贴伤膏药者方能合格"。

《枕绿小说集》

《枕绿小说集》，短篇小说集，张枕绿著，世界书局民国十三年（1924）六月初版，民国十五年（1926）一月再版，民国十八年（1929）十二月三版。就 1924 年版言，全一册，每部定价洋三角（外埠酌加邮费汇费）。

总发行者为世界书局（上海四马路红屋），发行者与印刷者均为世界书局，印刷所为世界书局（上海闸北西虹江路），分发行所为北京、武昌、奉天、汉口、广州、长沙、太原、烟台等地的世界书局分店。

全书凡 105 页，内收《项圈》《护新人》《艺术之淫》《不重生男重生女》《妻之妹》《爱河障石》《冒牌》《一块肉的反动》《林中》，凡十篇短篇小说。

卷首有赵苕狂撰写的《本集著者张枕绿君传》，兹录如下：

> 张君枕绿，江苏人，世居宝山县之罗溪镇。八岁丧母，时旅居于浦左。十六岁父又弃养，一家重负咸集于一身，遂辍读。君天性于文学为近。十五岁时，即已从事著作，崭然露头角，凡与著作界接近者，莫不知有青年小说家张枕绿其人矣。十八岁，有杂作集《绿窗泼墨》及社会小说《爱个丝光》之刊行。二十一岁，《十七年后的》

一书成，盖综其十七岁后之著作，撷其精华，刨订而成者也。君怀大志，颇思于出版界，有重大之贡献。而谋小说界之进步，持之尤力。尝集同志，创良晨好友社，发行《良友》；创青社，发行《长青》，屡蹶屡兴。初未尝以成败萦其怀。近复有《最小》之作，复创办印刷公司，盖有佛兰格林之风云。君之文字，短峭精警，别具家数，尤富有革新之气象。何子海鸣曾评以"融合新旧，自立田园而能不流于神秘……"等语，最能得其近似矣。今君年才廿三，一惨绿少年耳。而其于是文字上之成就已如是，实小说界中最有希望之一人也。枕绿勉乎哉！

十六　中华图书馆《说部丛书》叙录

中华图书馆由叶九如于民初（具体时间不详）在上海交通路创立。其宗旨是出版发行通俗读物以迎合小市民读者的兴趣。先后创办鸳鸯蝴蝶派刊物《自由杂志》《游戏杂志》《礼拜六》《香艳杂志》等，其中《礼拜六》影响甚大，可谓划时代的刊物。该馆出版图书较少，所出版的主要是文艺书籍，如《夕阳红泪记》《泪珠缘》以及四十多集的《戏考》等。其发行网络较小，主要是上海四马路中华图书馆总发行所以及各埠大书坊等代售处。[1]

（一）中华图书馆《退醒庐小说十种》叙录

《一线天》

《一线天》，《退醒庐十种小说之一》，题"探险小说"，民国十五年（1926）十一月十五日出版，著作者为海上漱石生，校正者为铁沙徐行素，出版者、印刷者与发行者均为上海图书馆，代售处为各埠大书局。总发行所为上海图书馆（上海四马路），全一册，凡167页，定价大洋六角。【上海图书馆藏】

全书不分章节。卷首有序，其文为：

> 数近日之名小说家，人必曰海上漱石生、海上漱石生。何以故？以海上漱石生撰小说垂四十年，人皆读其名著故。数近世脍炙人口之社会小说，人亦必曰《海上繁华梦》、《海上繁华梦》，何以故？以漱石生撰《海上繁华梦》二百三十余回，人皆震其熟悉社会情形，足

---

[1] 参见朱联保《近现代上海出版业印象记》，第94页。

藉是书以觇春江花月，并作海国阳秋故。虽然，漱石生所著，岂只《繁华梦》一书已哉。有野乘焉，《退醒庐笔记》是也。有谐铎焉，《如此官场》说部是也。有侦探焉，《一粒珠》是也。有武侠焉，《飞仙剑侠大观》是也。他如言情之有《十姊妹》，警幻之有《海上燃犀录》及《海上海指迷针》，皆为戛戛独造之作，无一不风行于世。而关于今古变迁之上海沿革考，巨帙已成，而犹末（未）印行。至于短篇小说之散见于各杂志者，尤不可以偻指计。乃漱石生犹以为未足，尝大声以语人曰：世界风俗，固千变而万化，而今日之变化，更一日而千里，不有记述，吾胸中之块垒不消，即世俗之魑魅魍魉亦不显。于是奋其酣畅淋漓之史笔，再接再厉，大书特书，撰成《退醒庐小说十种》，胥探险、军事、滑稽、社会、哀情、武侠、政治、家庭、怪异、侦探十项，一炉而冶之，如禹鼎之铸奸，如温犀之烛怪，而社会上一切魑魅魍魉，遂无遁形。海上漱石生胸中之块垒，亦于焉略消。书成，予读而善之，不啻苏子美之以汉书下酒也，遂不觉濡笔以成此。既毕，亦为之浮一大白。

民国十五年九月颍川秋水生序于元龙百尺楼

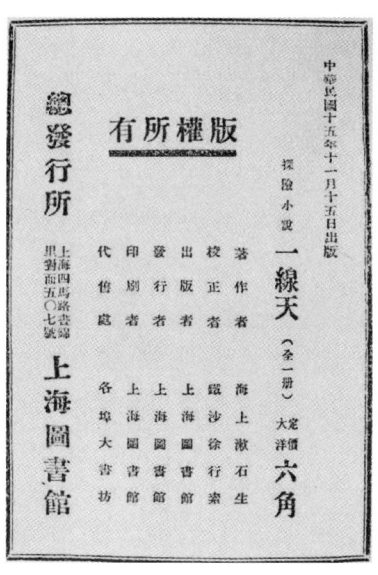

《孤鸾恨》

《孤鸾恨》(《退醒庐十种小说之五》),题"哀情小说",民国十五年(1926)十一月十五日出版,著作者为海上漱石生,校正者为铁沙徐行素,出版者、印刷者与发行者均为上海图书馆,代售处为各埠大书局。总发行所为上海图书馆(上海四马路),全一册,凡99页,定价大洋三角。【上海图书馆藏】

不分章节,无序跋。

该作类似用骈体,兹录一段如下:

> 碧山之阴,青溪之曲,疏林一抹,幽草数丛。中有坏土崇封,石阡兀立者,一凄然荒冢也。时当薄暮,惨淡之落日,返照冢上,作胭脂色,与天半朱霞相映,望之益满冢皆红。晚风微吹墓草,飘飘而动,媚于三秋枫叶,令人增停车坐爱之思。有老农荷锄携笠,彳亍由田间归,操作竟日,肢体殊惫,姑就墓旁草际而坐,藉资休憩。探腰出一尺许长之枸杞藤旱烟管,纳淡巴菰于黄铜烟斗中,击石取火,徐徐而吸,以稍少自慰其胼胝之劳瘁,状甚暇豫。

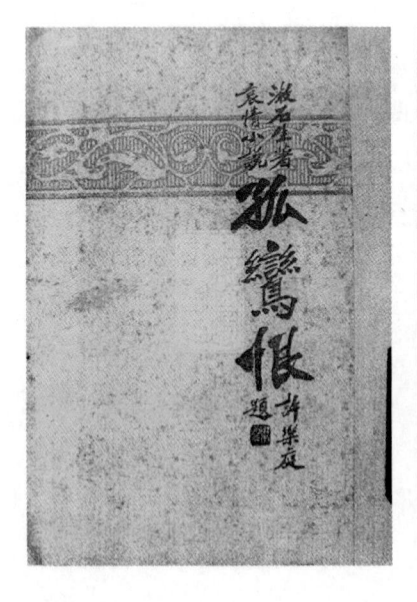

《破蒲扇》

《破蒲扇》（《退醒庐十种小说之九》），题"政治小说"，民国十五年（1926）十一月十五日出版，著作者为海上漱石生，校正者为铁沙徐行素，出版者、印刷者与发行者均为上海图书馆，代售处为各埠大书局。总发行所为上海图书馆（上海四马路），全一册，凡 100 页，定价大洋三角。【上海图书馆藏】

全书包括《扇子大会》《（辛）储蓄新税》等篇，无序跋。

篇首有《提纲》，从略。

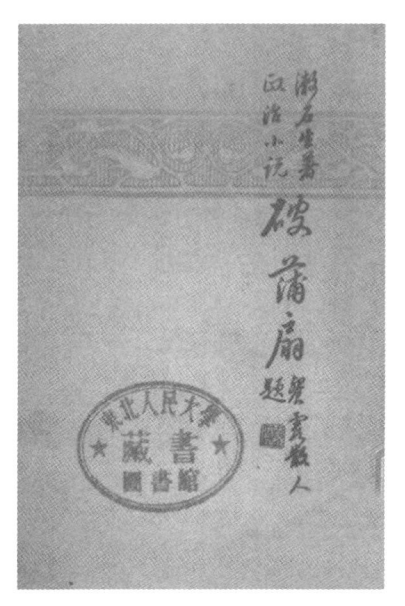

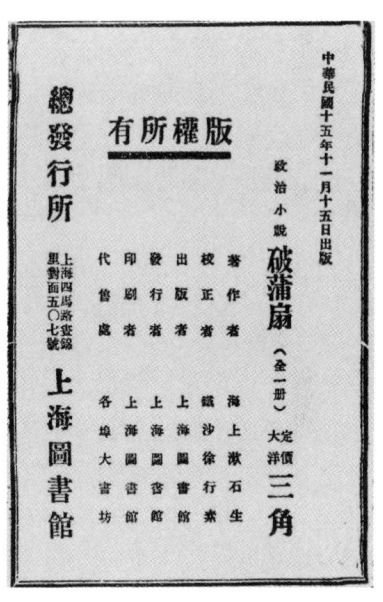

《一粒珠》

《一粒珠》（《退醒庐十种小说之□》），未见，所见者为上海文业书局1939年三版本。其版权页信息："中国侦探小说"，著作者为海上漱石生，校阅者为铁沙徐行素，出版者、印刷者与发行者均为文业书局，代售处为各省市各大书局。总发行所为上海文业书局（上海四马路）。民国二十八年（1939）九月第三版。全一册，凡 136 页，实售国币二角八分（外埠酌加运费汇费）。

全书凡十章，每章分若干节，有节目无章目，无序跋。从略。

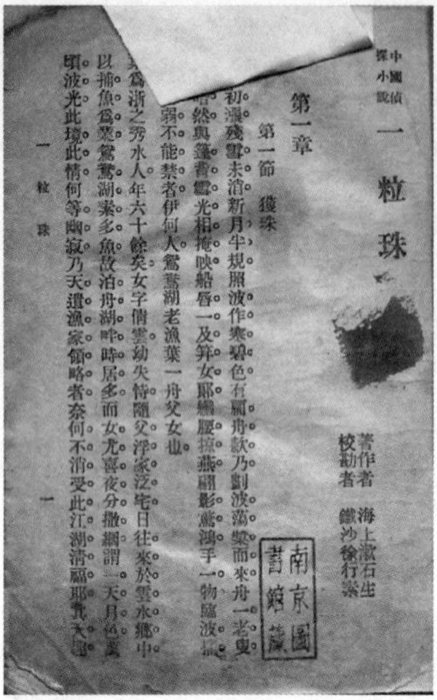

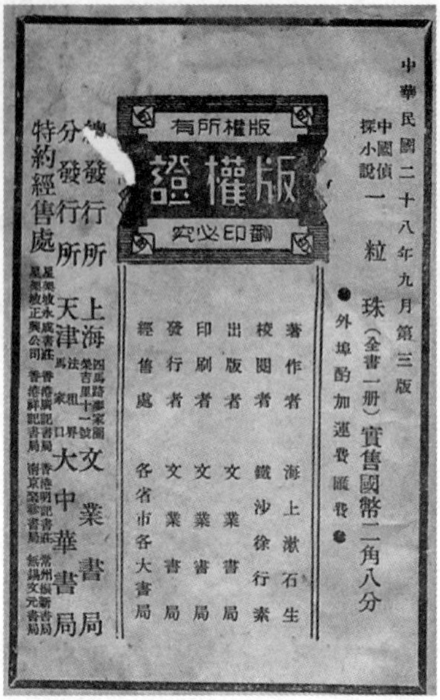

十七　大东书局《说部丛书》叙录

大东书局于 1916 年在上海创办，是一家中型民营书局，创办人有吕子泉（崇德人）、王幼堂（绍兴人）、沈骏声（绍兴人）、王均卿（吴兴人），合资经营。该书局一直延续至 1949 年初。[①] 以抗战胜利为界，大东可以分前后两个时期，前期是民营时期，后期官民合营、公私合营时期。其宗旨是出版和传播传统文化和新文化。主要出版书籍为中小学教科书、法律书、国学书、文艺书、社会科学书、儿童读物等。文艺书包括旧文学书局和新文学书局。该书局拥有自己的发行网络，在国内诸多省会设有分局、特约分局以及特约经理处，业务范围遍及全国 16 大省份，在香港地区和新加坡也设有特约经理处和特约分局。[②]

（一）大东书局《新小说丛书》叙录

大东书局出版的《新小说丛书》的情况应该比较简单，因为该丛书的每种作品封面上均印上了"新小说丛书之□"的字样，但由于一时难以全部搜齐，而相关广告信息与作品的版本信息存在一定的差异。大东书局有份广告，其中包括《新小说丛书》，列出作品十二种，作品总数为十五册（见下图），可是笔者所见的作品版本，已知最大编号为"十五"。现以作品版本为准，参考广告信息，对所搜集到的作品逐叙录。

[①] 朱联保：《近现代上海出版业印象记》，第 32—33 页。
[②] 参见朱联保《近现代上海出版业印象记》，第 32—34 页；赵佳：《大东书局的文学出版情况研究》，硕士学位论文，温州大学，2017 年。

新小說叢書 十五冊 六元八角

類別	書名	著譯者	冊數	價格
言情小說	軟監牢	徐卓呆著	一冊	四角
東方福爾摩斯探案	鈿箱	程小青著	一冊	四角
教育小說	斑竹痕	鬘李著	一冊	四角
言情小說	春痕秋影	王醉蠑著	二冊	一元
豪俠小說	魯濱遜歸航記	周瘦鵑譯	一冊	三角
言情小說	孤掌驚鳴記	范煙橋著	一冊	四角
言情小說	愛河情浪	金月石譯	二冊	一元
滑稽小說	新西遊記	包天笑著	一冊	五角
東方福爾摩斯新探案	顧博士	程小青著	一冊	四角
倡門小說	倡門紅淚	何海鳴著	一冊	五角
言情小說	賴婚	周瘦鵑譯	一冊	五角
武俠小說	俠盜查祿	周瘦鵑譯	二冊	一元

《軟監牢》

《软监牢》，封面题"新小说丛书之二""上海大东书局印行"。吴门徐卓呆编著，吴门周瘦鹃校阅，上海大东书局民国十三年（1924）三月再版。印刷所与总发行所均为大东书局，分发行所为大东书局各地分局。全一册，凡128页。每册定价大洋四角（外埠酌加邮费汇费）。【上海图书馆藏】

全书凡十五节，有节目，无序跋。节目依次为：

一　木桥　　　　　　九　堕落
二　无须老人　　　　十　墙外之声
三　香烟　　　　　　十一　畜生
四　红纸包　　　　　十二　命令
五　蔷薇　　　　　　十三　灯光
六　西楼　　　　　　十四　喇叭声
七　燕窝　　　　　　十五　请求
八　不治之病

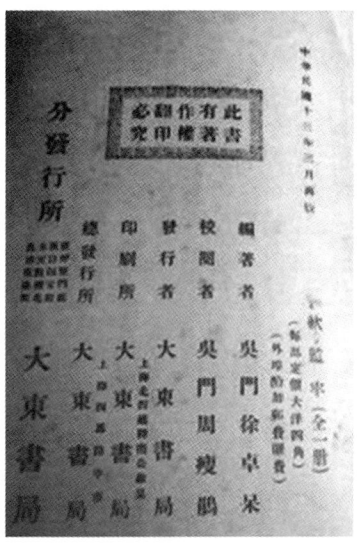

《箱尸》

《箱尸》，封面题"新小说丛书之三""上海大东书局印行"。上海程小青著述，吴门周瘦鹃校阅，上海大东书局民国十三年（1924）二月三版。印刷所与总发行所均为大东书局，分发行所为大东书局各地分局。全一册，凡 81 页。每册定价大洋四角（外埠酌加邮费汇费）。

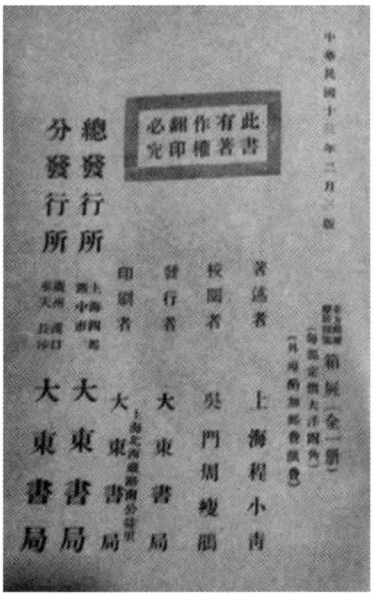

目录首、版权页书名之首、正文篇末均标"东方福尔摩斯探案"。全书凡十四章，有章目，无序跋。章目依次为：

第一章　挡不住的来客	第八章　一个女子
第二章　惨杀的故事	第九章　回电
第三章　察勘	第十章　霍桑的理想
第四章　太秘密了	第十一章　意外发见
第五章　推测	第十二章　你杀了一个人
第六章　火车站的探问	第十三章　惨史
第七章　觅尸	第十四章　结局

《斑竹痕》

《斑竹痕》，封面题"新小说丛书之四""上海大东书局印行"。吴门髯李著述，吴门周瘦鹃校阅，上海大东书局民国十一年（1922）十月出版、民国十一年（1922）十月出版发行、印刷所与总发行所均为大东书局，分发行所为大东书局各地分局。全一册，凡140页。每册定价大洋四角（外埠酌加邮费汇费）。此外还有民国十三年（1924）七月三版本。初版与三版本的封面和版权页基本相同，前者载录，后者从略。

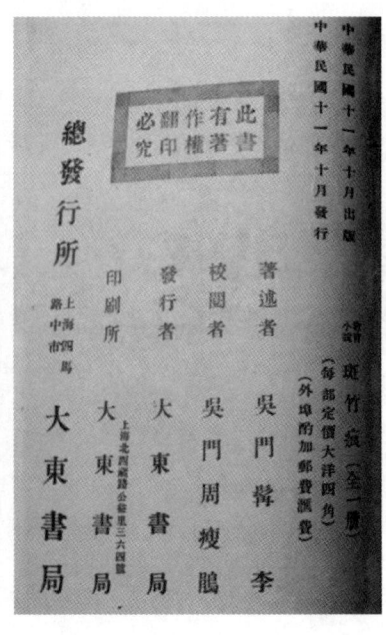

全书凡十六回，有回目，无序跋。标"教育小说"。回目依次为：
第一回　遭炎天荡子寻欢　煞风景贫儿纵哭
第二回　这世界何处清凉留片土　只家庭犹堪啼笑见天真
第三回　述塾规亦古亦今　逞淫威且笞且詈
第四回　思爱子挨饿傍重垣　惹非灾空房悲独宿
第五回　三少年访友渡江　一小贩负伤弃物
第六回　唯口启羞该遭一顿打　以工自活何在十年书
第七回　江天风月一扁舟　梧桐院落三人影
第八回　呢呢小儿语自饶风趣　渺渺大江水莫作波涛
第九回　月和影息息相随　夜连床惺惺自惜
第十回　在生日去在死日归　墙内者病墙外者哭
第十一回　干阿娴化作撮合山　打杂差绷倒教书匠
第十二回　掌教鞭引狼进虎　失砚台阳错阴差
第十三回　惟酒无量惟会是议　乘兴而来败兴以去
第十四回　任尔呼驴但求留饭碗　轮君拍马敢僭定朝仪
第十五回　留一片土平等冤亲　共三人影相联骨肉
第十六回　倚栏闲话何须师弟苦分明　平地起楼要引孤寒齐入学

《春痕秋影》

《春痕秋影》，封面题"新小说丛书之五""上海大东书局印行"。海南王醉蝶编著，吴门周瘦鹃校阅，上海大东书局民国十一年（1922）十一月初版，民国十二年（1923）六月再版，民国十三年（1924）三月三版。印刷所与总发行所均为大东书局，分发行所为大东书局各地分局。全两册，上册凡200页，下册凡175页。每部定价大洋一元（外埠酌加邮费汇费）。三个版本的封面和版权页基本相同，上册与下册的封面也基本相同。三版本的封面和版权页载录，其余从略。

全书分上下两集，每集一册，均十六回。上集的前六回分别为：
上集
第一回　挽颓风别演伤心史　隆世谊两小种情根
第二回　慕虚荣书生学干禄　诛革党能吏着先鞭
第三回　博欢颜改妆双庆寿　看情面破格委优差
第四回　南浦歌离相思化蝶　北堂侍疾汤药亲尝
第五回　急友难玉郎几折足　失亲慈莞姐自戕身
第六回　误金壬重返金陵椟　献珍玩初调单父琴

第七回　贤宰官重续鸳鸯偶　老刑幕思联秦晋欢
第八回　逞雌威懦夫甘就范　施阃教弱女暗吞声
第九回　恶继母有心布疑阵　侠徐傥恋妓却良缘
第十回　叙衷肠良言出苦口　施巧计负气猛回头
第十一回　供京职落魄都门邸　逢旧雨改官太原城
第十二回　林夫人多情为月老　钟公子负笈走天涯
第十三回　烽火白门家人离散　凄凉京口慈父招魂
第十四回　诛异族血染太原府　救弱女被困汾阳庄
第十五回　出樊笼深宵投古庙　仗侠义二次救婵娟
第十六回　历艰辛卧病津沽道　筹医药献技中和园

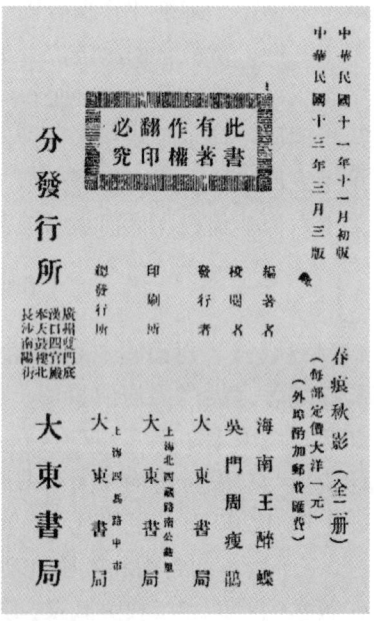

下集

第一回　无赖子危城作虎伥　守财虏乱世遇狼贪
第二回　苦莞春失路逢宵小　义张媪救主脱火坑
第三回　瘗遗珠朗斋辞人世　挟资产徐氏赋归宁
第四回　奔父丧遄返真定府　探夫讯重游春申江
第五回　忧患余生人离蓟县　相逢劫后诗咏渭阳
第六回　惊噩耗玉郎感重疾　忧后嗣敬老训痴儿

第七回　陈铁叟喜订鸳鸯谱　容秋娘允叶凤鸾俦
第八回　卧西窗秋宵听苦雨　返故里快意说新闻
第九回　秋菊春兰一堂斗艳　新恩旧谊各具深情
第十回　二美同心甘居退让　良缘谁属无计安排
第十一回　真牺牲巧作遁世计　苦撮合惊看绝命书
第十二回　钟玉纯再入销魂狱　徐慕侠远作扶桑游
第十三回　蓬瀛居他乡逢旧雨　花月夜故剑续新盟
第十四回　鸳锦初呈惊闻奇讯　凤舆双展伫候归帆
第十五回　剧伤心秋星填恨海　惊惨变莞春返情天
第十六回　勉抑悲怀扶榇归国　痛抒哀感洒泪成词

上集卷首有《自叙》，上下两集均无跋。《自叙》兹录如下：

> 余癖嗜说部，而不喜言情之作，良以儿女喁喁，无关治乱，郑声靡靡，意涉海淫，故于闺帏媟嫚之词，兰麝绮罗之什，视为无益于世，且有损焉。虽然，天地一情场也，人生一情窟也，以人之灵，虱于大地之间，事事物物，形形色色，所以能相系相维而不相失者，实赖此情之一字，有以联缀之耳。世道沦胥，人心叵测，机械变诈，顷刻万端，虽在骨肉之间，其不以庐山面目相向者，比比矣，遑论其他。独情之所钟，生生死死，境无论丰啬，道无论隆污，百折千磨，惟情是殉。先民有言：妃匹之际，生民之始，君不能得之臣，父不能得之子。至哉言乎！始犹以为非圣人之言，今而知圣人人情之至也，乃有斯言。余亦犹是人情，人情岂甚相远。自以陟历世态，坎坷频年，耳目身心，备尝险巇，见夫人之于人，舍此生生死死，冀得一当之情，殆无所用其真，而感人最深、引人最切者，亦惟此发抒情愫、陶写情怀之语，魄力雄厚，视圣经贤传而有余。雨窗岑寂，偶译旧闻，传当局恳挚之情，动旁观哀慕之情，愿天下有情人，触类旁通，无一不用其至情，其庶乎略回浇薄之风，而免载胥之溺欤？情天不老，情种常存，犹有人情，当不河汉吾言。
>
> 　　　　　　　上章涒滩之年重光大荒落之月海南王醉蝶识

《孤掌惊鸣记》

《孤掌惊鸣记》，封面题"新小说丛书之七""上海大东书局印行"。版权页信息：民国十四年（1925）三月三版（初版时间不详）。编译者吴门范烟桥，校阅者周瘦鹃，发行者大东书局，印刷者大东书局（上海北西藏路南公益里），总发行所大东书局（上海四马路中市），分发行所全国各地大东书局分理处。全一册，定价大洋四角。【上海图书馆藏】

全书凡102页，除"引子"外，共十四回，有回目，回目如下：

第一回　冠群童已多豪气　拜名师痛下功夫
第二回　全贞节铁瓮城救弱　显武艺扬子江留名
第三回　夺耕牛千斤无力　援游女两臂多能
第四回　济冻丐冲寒穷巷　挟老妇救火危楼
第五回　劈墓石人惊一掌　入古寺僧会寸心
第六回　富春江三弹拒劫　兰溪县一鼓滞行
第七回　贩酒客狂赌输金　入旅店假言得票
第八回　黑越越空山有窖　红光光枯庙成灰
第九回　救货船敲冰送米　助迈寡赎女还银
第十回　除土豪三年禁狱　来远客一挥空棺
第十一回　乍相逢连翩应聘　假结交探线寻踪
第十二回　说甘言扁舟饵盗　露口气穷巷逃身
第十三回　施妙技群惊仙异　化顽性讹说鬼灵
第十四回　深韬晦灌园养性　避征访辞病全真

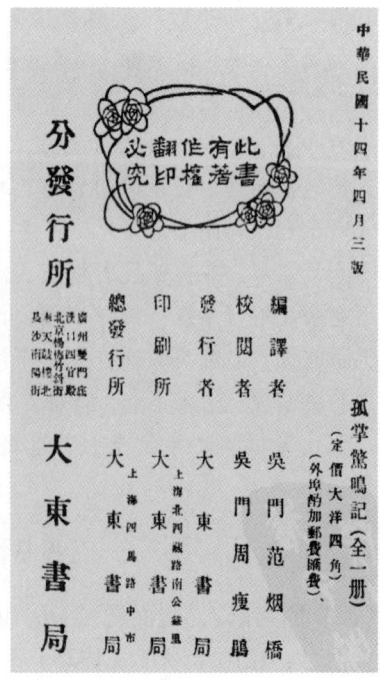

《赖婚》

《赖婚》,"新小说丛书之□",未见,所见为另两种版本,即再版本与三版本。民国十五年(1926)正月三版(初版时间不详)。译述者为吴门周瘦鹃,发行者为大东书局,印刷者为大东书局(上海北西藏路南公益里),总发行所大东书局(上海四马路中市),分发行所全国各地大东书局分理处。全一册,定价大洋五角。【浙江省图书馆藏】再版本与三版本封面和版权页基本相同,前者的封面和版权页载录,后者的从略。

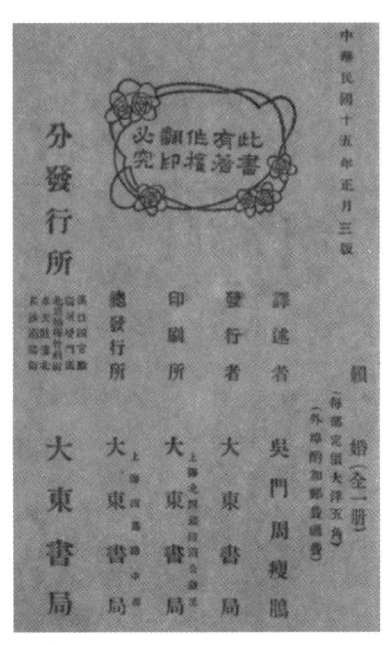

全书凡十七章,有章目,无序跋。章目依次为:

第一章　一时代的英雄　　　　第七章　可怜的母女
第二章　两情脉脉　　　　　　第八章　昙花一现
第三章　甘言　　　　　　　　第九章　望门投止
第四章　赚婚　　　　　　　　第十章　意外的重逢
第五章　一瞥而逝的天良　　　第十一章　一夕之乐
第六章　青天霹雳　　　　　　第十二章　红愁绿怨

第十三章　不堪回首　　　　第十六章　风雪之夜
第十四章　中伤　　　　　　第十七章　云破月来
第十五章　诉爱

卷首有谢公展与谢介子合撰的《赖婚题词（清平乐）》，兹录如下：

　　茫茫冰海，雪浪翻奇彩。万丈衷情终不改，险绝悬流一块。
　　几回苦忆当年，泪球滚断心弦。不是精诚到底，怎教补得情天。

电影影片评论《赖婚》予以收录，以资参考。

1923年北京真光剧场编辑出版的《赖婚》是电影影片评论。全一册，凡70页。封面印"真光剧场特刊"，包括说明、评论两部分。说明部分收《赖婚》剧本、说明书等；评论部分收理白、孙伏园、厉南溪、依声、郑拔驾等10人的评论文章。附"三剑客内容特点""三剑客说明书"。篇目依次为：

（甲）赖婚说明部分
一　《赖婚》之剧本及导演者
二　《赖婚》之情
三　《赖婚》之景
四　《赖婚》在各地开演之盛况
五　《赖婚》之资本
六　《赖婚》之名伶
七　《赖婚》之说明书
八　《赖婚》之批评者
（乙）《赖婚》评论部分
一　本院征求《赖婚》评论宣言
二　《赖婚》的一个科学评论
三　评《赖婚》影片
四　看了《赖婚》的感想
五　看《赖婚》影片的回想
六　看了《赖婚》影片以后
七　《赖婚》评论
八　《赖婚》之感言
九　《赖婚》与社会之关系
十　《赖婚》杂话

十一　评《赖婚》
（丙）附录
一　三剑客内容特点
二　三剑客单简说明书

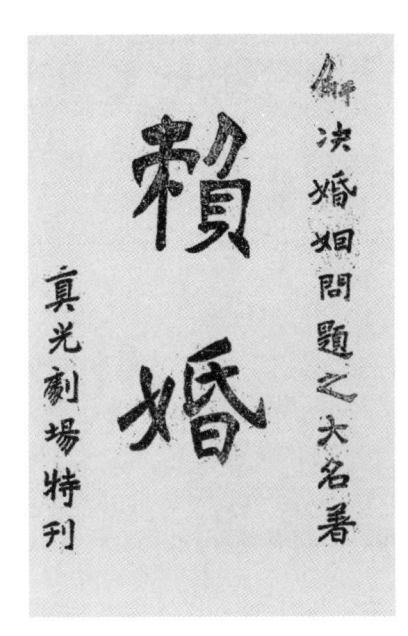

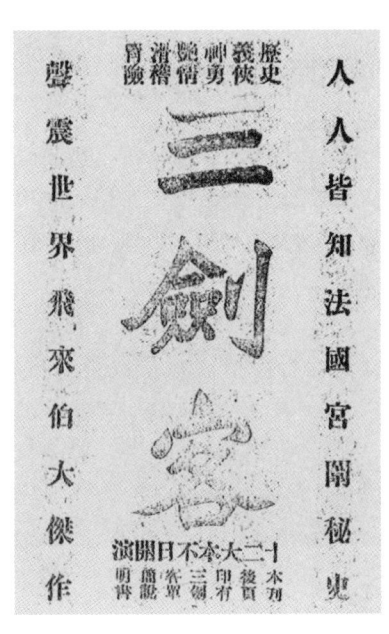

《侠盗查禄》

《侠盗查禄》，封面题"新小说丛书之十五""上海大东书局印行"。吴门周瘦鹃译述，上海大东书局民国十五年（1926）八月出版，民国十五年（1926）八月发行。印刷所与总发行所均为大东书局，分发行所为大东书局各地分局。全两册，每部定价大洋一元（外埠酌加邮费汇费）。

全书分上下两册，每册九回。有回目，有无序跋待考。上册回目为：

第一章　大言不惭的军曹
第二章　突如其来
第三章　先生你提防着
第四章　客店中之活剧
第五章　浦立度田庄中的上客
第六章　求婚与却婚

第七章　好男子
第八章　小使命诡计
第九章　刀下留情

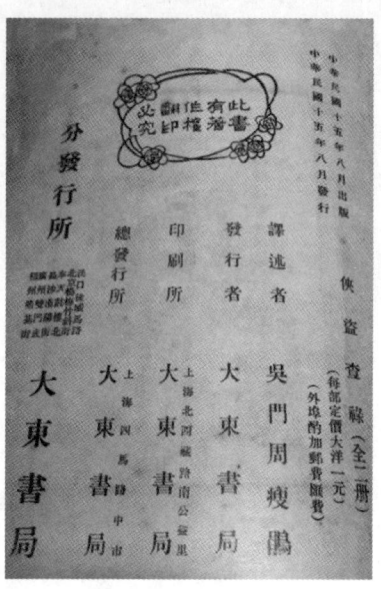

《尸变》

《尸变》，"新小说丛书"，未见，所见为 1923 年 11 月版本。版权页信息：著述者为上海张舍我与上海李无咎，周瘦鹃译述，发行者为大东书局，印刷者大东书局（上海北西藏路南公益里），总发行所大东书局（上海四马路），分发行所全国各地大东书局分理处。民国十二年（1923）十一月出版。全一册，凡 124 页，定价大洋三角。【上海图书馆藏】

全书分若干节，无回目，无序跋。

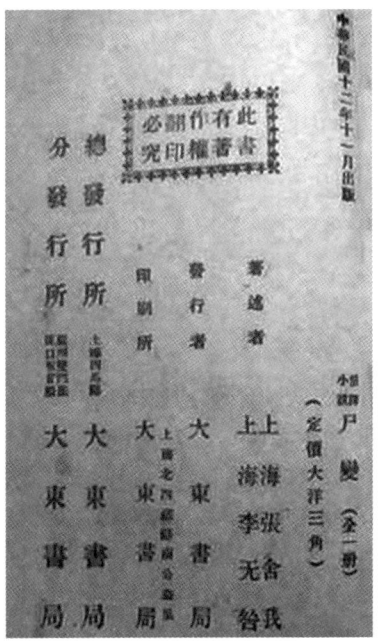

（二）大东书局《名家小说丛刊》叙录

1924年5月，上海大东书局开始出版《名家小说丛刊》，共两集，第一集凡八种，第二集凡六种，这十四种作品的书名分别如下：

第一集	理想世界
歇浦新潮	第二集
家庭说库	言情小说集
说海精华	别裁小说集
情海新潮	社会小说集
社会镜	家庭小说集
侦探世界	武侠小说集
滑稽世界	倡门小说集

这些作品均为短篇小说集，一般并非出自一人之手，而是汇众家之作。这些作家被视为民初旧派文人，这些作品被视为民初旧派小说，实则为晚清"谴责小说"之流亚，既体现了他们共同的文学趣味，又体现了

时代风尚。

第一集

《滑稽世界》

《滑稽世界》，大东书局编译所编译，大东书局民国十三年（1924）五月，凡152页，缺版权页。【上海图书馆藏】

全书分为二十一编，第一编"滑稽之社会"，篇目依次为：先知术（严独鹤）、政客之秘诀（严独鹤）、眼睛器量（程瞻庐）、狭窄的世界（徐卓呆）、急性的元旦（徐卓呆）、滑稽之王（王西神）、疯人日记（谈老谈）、先生之发（江红蕉）、第一神相（马二先生）、笔生花（范烟桥）、三张过时的贺年片（严独鹤）、延请主笔（程瞻庐）、老鸹式的丈母（程瞻庐）、匣内之物（徐卓呆）、时髦税（徐卓呆）贪人之迷梦（马二先生）、秋天的棺材店老板（姚民哀）、乔迁之喜（严芙孙）、闹丧（毓清女士）、五月初三夜（孙季康）、龟奴之语（刘煜生）。

卷首赵苕狂1923年暮春撰写的《序》，兹录如下：

人常轮舱冈坐，车窗枯树之时，何者足使之解行役之困，而纾旅行之苦乎？则莫不曰佳小说，佳小说。人当病榻寂寥，愁城坐困之际，又何者足使之忘病魔之扰，而袪中心之忧乎？则莫不曰佳小说，佳小说。以此之故，余乃怦然有动于中，而有此《滑稽世界》之辑矣。则以滑稽小说，实较其他小说为尤动人。而此辑所载，又皆出自名家手笔，不啻滑稽小说之精华也。当夫行役之时，闷坐之际，手此一编而读之，必弥津津有余味，笑口常开，烦忧悉解，此余所敢断言者。矧今世何世乎？烽火遍于中原，豺狼布于当道，疮痍满目，灾变时闻，不有解忧之方，殊鲜藏身之计。屈子湘江，既奋激之可议；信陵醇酒，亦衰飒之足嗤，皆非事之正者也。然则不屈不挠，不卑不抗（亢），觅桃源于别境，忘此世之尘嚣，其或在是欤？其或在是欤？民国十二年暮春苕狂序于海上忆凤楼

第二集

《倡门小说集》

《倡门小说集》，吴门周瘦鹃编，上海大东书局民国十五年（1926）十一月出版发行。印刷所与总发行所均为大东书局，分发行所为大东书局各地分局。全一册，凡150页，定价大洋六角（外埠酌加邮费汇费）。

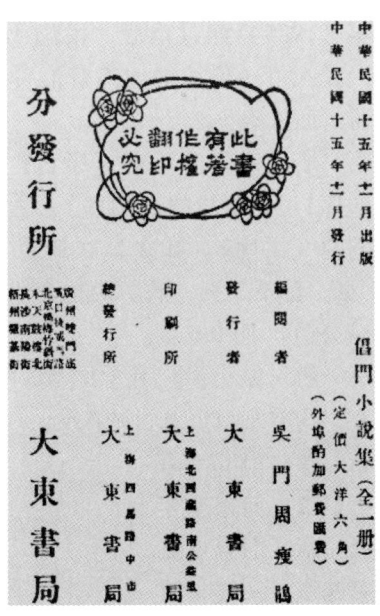

全书收录：天堂与地狱（周瘦鹃）、倡门之父（许仅父）、从政与从良（包天笑）、老琴师（求幸福斋主）、云霞出海记（包天笑）、从良的教训（何海鸣）、倡门之女（姚民哀）、倡门之母（求幸福斋主）、倡门之子（求幸福斋主）、倡门之衣（徐卓呆）、温文派的嫖客（求幸福斋主），凡十一篇。无序跋。

（三）大东书局《亚森罗苹案全集》叙录

1925年，大东书局开始出版的《亚森罗苹案全集》共二十四册。共有五版，所见者1925年版、1929年三版、1933年五版。1925年版与1933年第五版，作品的排序相同，但封面图不同，前者封面是人物图；后者封面是猫头鹰。1929年三版与1925年版，封面图相同，都是人物图，但作品的排序有别。

《贼公爵》（第一、二册）

《贼公爵》，法国勒白朗原著，编译者为沈禹钟，校阅者为周瘦鹃，发行者为大东书局，印刷者为大东书局（上海牯岭路一〇一号），总发行所为大东书局（上海四马路中市），分发行所为各地大东书局分局。民国十四年（1925）四月出版，民国十八年（1929）十二月三版。全二册，定价大洋八角（外埠酌加邮费汇费）。二册封面相同，第一册封面载录，第二册封面从略。

第一册《贼公爵》有《序言》六篇，即袁寒云的《袁序》、包天笑的《包序》、胡寄尘的《胡序》、程小青的《程序》、张枕绿的《张序》、周瘦鹃的《周序》。其次是《亚森罗苹案作者之言》，再次是《凡例》，共22页。目录2页，插图两幅2页，正文凡138页，合计164页。第二册《贼公爵》凡146页。

第一册《贼公爵》凡十二章，第二册《贼公爵》凡十一章，合计二十三章，均有章目。章目依次为：

第一章　爵邸闲谭	第五章　警耗传来
第二章　何来恶客	第六章　隔窗人影
第三章　旧事重提	第七章　仆仆宵征
第四章　一样含情	第八章　别墅被窃

第九章　贼足留痕
第十章　大侦探家
第十一章　主人莅墅
第十二章　袋中耳坠
第十三章　噩耗频来
第十四章　别有洞天
第十五章　警颇芳心
第十六章　铅粉堪疑

第十七章　救出蛾眉
第十八章　一张照片
第十九章　公爵化身
第二十章　出险归来
第二十一章　一缄往复
第二十二章　珠还合浦
第二十三章　伊人在抱

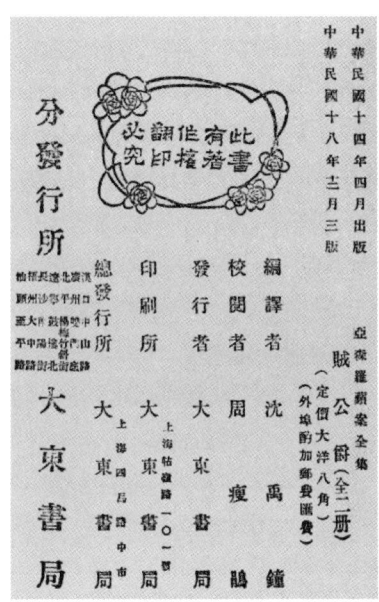

袁寒云的《袁序》兹录如下：

　　欧美警士，工侦察之术，而盗贼遂亦肆其技巧，以图苟免。为小说家言者，乃假之以为说部，其中能卓然人表，不坠平凡者，有英之柯南达尔，法之勒白朗焉。柯托私家探者福尔摩斯，以缜密之思，而发奇诡；勒则演为巨盗曰亚森罗苹，其雄健谲狡，有非柯之所能敌者。予最喜读侦探小说，而尤好勒著。今瘦鹃盟弟汇而译之，新旧撰作，都若干卷。编成，属序于予，因纪数言而归之。

　　甲子八月袁寒云序

《虎齿记》(第三、四、五册)

《虎齿记》，法国勒白朗原著，编译者为吴雄倡，校阅者为周瘦鹃，发行者为大东书局，印刷者为大东书局（上海牯岭路一〇〇号），总发行所为大东书局（上海四马路中市），分发行所为各地大东书局分局七家。民国十四年（1925）四月出版，民国十八年（1929）十二月三版。全三册，定价大洋一元二角（外埠酌加邮费汇费）。三版本第三、四、五册封面相同，第四册封面载录，第三、五册封面从略。

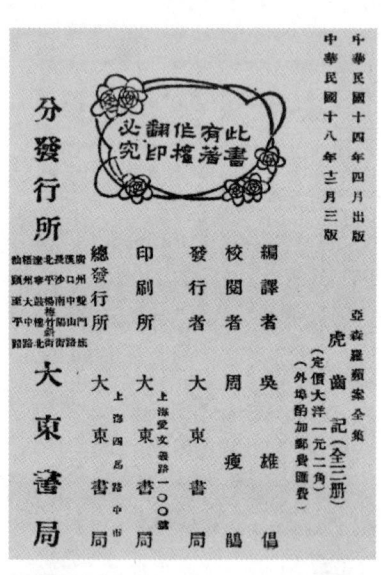

第三册凡七章。第四册凡七章，凡 100 页。第五册七章，凡 108 页。合计二十一章，有章目，依次为：

第一章　遗嘱	第十章　桑佛兰自述
第二章　测绘工程师	第十一章　伟伯中计
第三章　父子暗杀	第十二章　困兽
第四章　翡翠戒指	第十三章　三点钟时的轰炸
第五章　铁帘	第十四章　水落石出
第六章　乌木手杖人	第十五章　不知名的后嗣
第七章　莎氏乐府第八集	第十六章　批利那被捕
第八章　恶魔之邮局	第十七章　旧时壮史
第九章　方夫人宣告无罪	第十八章　飞艇追汽车

第十九章　井　　　　　　第二十一章　大功告成
第二十章　苦尽甘来

包天笑的《包序》兹录如下：

　　世有福尔摩斯，然后有亚森罗苹，物固必有相待也。福尔摩斯藉其智慧，使人无遁形；而亚森罗苹，亦藉其智慧，遁人于无形，由是以观，则凡人之智慧，亦宁有穷期也。英法小说家，每好以奇诡之笔，写特异之人，佐之以科学，纬之以理想，又故为险境，以震荡人心魂，富于刺激之力。吾国人无不喜读福尔摩斯、亚森罗苹之书者。然福尔摩斯不过一侦探耳，技虽工，奴隶于不平等之法律，而专为资本家之猎狗，则转不如亚森罗苹以其热肠侠骨，冲决网罗，剪除凶残，使彼神奸巨憝，不能以法律自屏蔽之为愈也。拉杂书数语，以告阅是书者。

　　甲子十二月天笑序

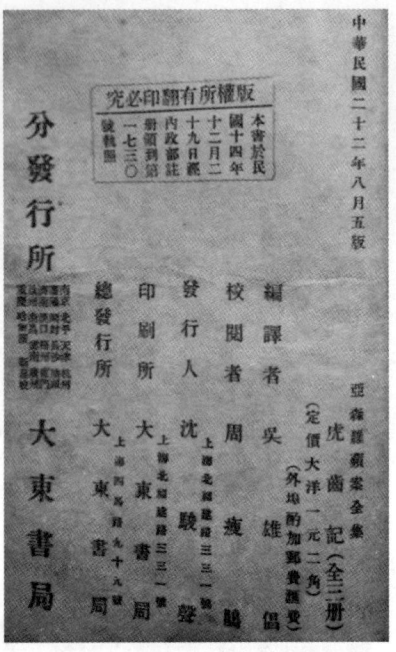

《金三角》（第六、七册）

《金三角》，法国勒白朗原著，《亚森罗苹案全集》第六册、第七册。版权页信息为：编译者为高祖武，校阅者为周瘦鹃，发行者为大东书局，印刷者为大东书局（上海爱文义路一〇〇号），总发行所为大东书局（上海四马路中市），分发行所为各地大东书局分局六家。民国十四年（1925）四月初版，民国十六年（1927）九月三版。全二册，定价大洋八角（外埠酌加邮费汇费）。

该作为长篇侦探小说，分上下两册，上册凡106页，下册页数待补，有章目，无序跋。卷首署法国勒白朗原著，高祖武译。章目依次为：

上册

  第一章 劫女

  第二章 半片的佛珠

  第三章 惨睹

  第四章 烤火之刑

  第五章 四百万法郎

  第六章 惨死

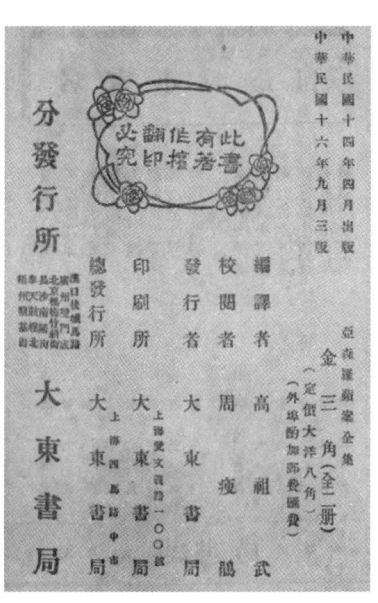

第七章　不可思议之照片簿
第八章　两颗枪子
第九章　废园
第十章　意外之变

下册
第十一章　一九一五年四月十四日
第十二章　天窗上的人面
第十三章　"煤气——经不起了"
第十四章　救星
第十五章　中计
第十六章　耀本之死
第十七章　请君入瓮
第十八章　罗苹之胜利
第十九章　云破月来
第二十章　"义士亚森罗苹"

胡寄尘的《胡序》兹录如下：

  侦探小说以曲折胜，然尤须合于情，中于理。勒白朗氏亚森罗苹案之作，极神奇诡谲之致，而一终其篇，则其情其理，固未逾轨范也。余喜读侦探小说，尤喜读亚森罗苹案。大东书局近集亚森罗苹各案，汇为一集，此说界之盛事也。爰为之序。胡寄尘

《古灯》（第八册）

《古灯》，法国勒白朗原著，编译者为程小青，校阅者为周瘦鹃，发行者为大东书局，印刷者为大东书局（上海牯岭路一〇一号），总发行所为大东书局（上海四马路中市），分发行所为各地大东书局分局。民国十四年（1925）四月出版，民国十八年（1929）十二月三版。全一册，定价大洋二角（外埠酌加邮费汇费）。

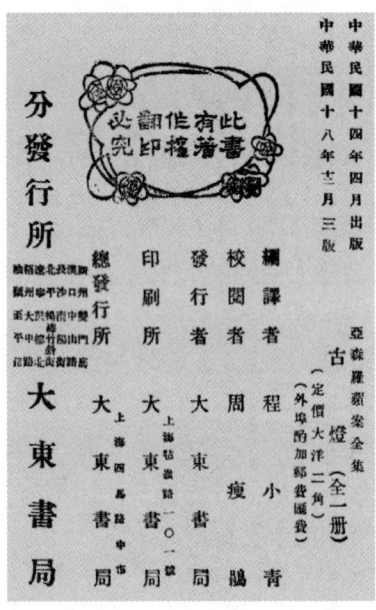

正文首署程小青、朱青云同译。分上、下两部分，无目录。
全一册，凡72页。
程小青的《程序》兹录如下：

　　侦探小说之正宗，率以一侦探为全篇之主角，篇中叙述，皆侧重于侦探之机智技能，虽或故起波澜，神奸巨憨，角智斗力，侦探亦有时而蹉跌，而最后胜著，要终归诸侦探，盖正面文章也。亦有以剧盗

为主，专写其诈谲行为，案中侦探，每蠢如鹿豕，匪惟不足抗盗，辄被盗玩诸股掌，此则侦探小说中之反面文矣。正面之作，虽足汗牛而充栋，要当以柯南道尔之福尔摩斯探案为巨擘；而反面之最著者，则当推玛利瑟勒白朗之亚森罗苹诸案。良以勒白朗氏理想超轶，文笔恣肆，结构布局，尤能推陈出新。其写侠盗罗苹之行径，虽间或失诸过火，而兔起鹘落，极离奇诡诘之致，殊足令读者目眩神悚。此在侦探小说中，固属异军突起。即以同样性质之反侦探作品而论，亦足以首屈一指也。吾友瘦鹃，最服膺罗苹诸案，平素推崇既至，且多所介绍。兹又穷蒐博采，汇一专集。凡二十余年来罗苹氏之长短各案，罗列靡遗。吾知此书出世，必得爱读者之欢迎无疑。而亚森罗苹之名，亦必因以益彰，足与福尔摩斯后先媲美，则瘦鹃不独为爱读侦探小说者之功臣，抑亦为亚森罗苹案作者勒白朗氏之知己矣。

甲子冬月程小青识于曾经沧海室

《三十柩岛》（第九、十册）

《三十柩岛》，法国勒白朗原著，《亚森罗苹案全集》第九、十册。版权页信息为：编译者为徐卓呆，校阅者为周瘦鹃，发行者为大东书局，印刷者为大东书局（上海牯岭路一〇〇号），总发行所为大东书局（上海四马路中市），分发行所为各地大东书局分局六家。民国十四年（1925）四月初版，民国十六年（1927）九月三版。全二册，定价大洋一元（外埠酌加邮费汇费）。

该作为长篇侦探小说，分上下两册，上册凡 141 页，下册凡 152 页，有章目，无序跋。卷首署法国勒白朗原著，徐卓呆译。章目依次为：

发端　爱投蒙家的诱拐案	第九章　逃走
第一章　空房	第十章　神罚
第二章　大西洋岸	第十一章　赴刑场
第三章　叛逆者之子	第十二章　上帝弃我
第四章　四个女子	第十三章　特累特老僧
第五章　小犬	第十四章　牺牲的洞窟
第六章　师徒	第十五章　王的坟墓
第七章　第二封信	第十六章　残忍的王子
第八章　死□窟	第十七章　神石之秘密

张枕绿的《张序》兹录如下:

　　社会阶级,至足唾弃之鸡鸣狗盗者流,其中果有智勇兼全,任侠慷慨如亚森罗苹者乎？观其措置盗泉,如老吏断狱,揶揄官中,又妩媚若好女子。吾亟欲一觌其人,向之鞠躬,与之接吻矣。吾今得之于书卷之中,亦百读不厌,寝馈弗忍释之矣。此作者艺术手段之影响,不待精于小说学者为之分析评赞而知之,国人读此而得眉飞色舞,大快心意,则译者之赐可感也。罗溪张枕绿赘言

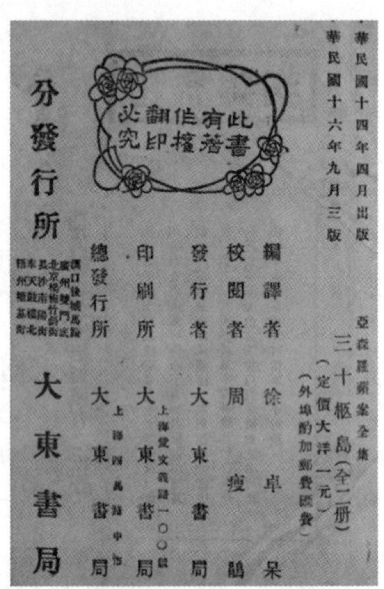

《短篇五种》（第十一册）

　　《短篇五种》,法国勒白朗原著,《亚森罗苹案全集》第十一册。版权页信息为:编译者为包天笑、孙了红、周瘦鹃,发行者为大东书局,印刷者为大东书局（上海牯岭路一〇一号）,总发行所为大东书局（上海四马路中市）,分发行所为各地大东书局分局六家。民国十四年（1925）四月出版,民国十八年（1929）十二月三版。全一册,定价大洋五角（外埠酌加邮费汇费）。

　　该作为短篇侦探小说集,凡五篇,即《红肩巾》（24 页）、《结婚指环》（22 页）、《恶继父》（28 页）,该三篇均为包天笑所译,《绣幕》（28

页），由孙了红所译，《铁箱》（18页），由周瘦鹃所译。合计120页，无序跋。

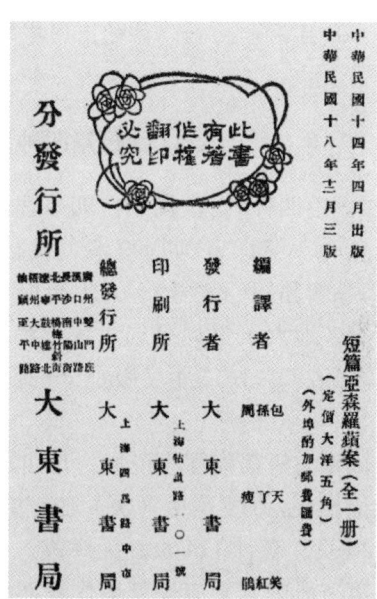

第一册中周瘦鹃的《周序》，兹录如下：

十年以还，治小说家言，于西方说部，多所浏览，或写社会，或言闺阃，或记侦探之发伏摘奸，或传侠士之锄强扶弱，旁及科学、历史、理想、军事诸名作，类皆以情文并茂胜，而波谲云诡，离奇变化，令人不可捉摸者，莫如法兰西名小说家勒白朗氏所作亚森罗苹诸奇案。亚森罗苹者，勒氏理想中之怪杰也。有时为剧盗，为巨窃；有时则又为侦探，为侠士。其出奇制胜，变幻不测，乃如神龙之夭矫夭半焉。吾人平昔读侦探小说，虽布局极曲折，而略加思索，便可知其结果如何，惟罗苹诸案则多突兀，出人意表，非至终卷，不能知其底蕴。其思想之窈曲幽微，几类出于神鬼，此亚森罗苹诸案之所以难能可贵也。抑又有说者，罗苹虽为盗为贼，而生平未尝杀人，时且出其才智翦除凶残，以匡官中之不逮，而为无辜者一伸冤抑。其行事往往有侠气，所谓盗亦有道者，非欤？今吾国之盗贼亦多矣，神奸窃国，挟群小以自豪。其所作为，不啻盗贼，武人用事，雄据各方，拥兵以自重，亦何异于盗贼之啸聚。至若阛阓之中，为不正当之营业者，虽不操戈矛，而杀人如麻，其与盗贼之为害闾阎，又奚别焉？亚森罗苹，虽身为盗贼，而有时不为盗贼之行。以视吾国之非盗贼而行同盗贼者，其贤不肖之相去为何如哉？于是乎，吾传亚森罗苹。

民国十三年六月吴门周瘦鹃识于紫罗兰盦

《短篇四种》（第十二册）

《短篇四种》，法国勒白朗原著，《亚森罗苹案全集》第十二册。版权页信息为：编译者为周瘦鹃，发行者为大东书局，印刷者为大东书局（上海牯岭路一〇一号），总发行所为大东书局（上海四马路中市），分发行所为各地大东书局分局六家。民国十四年（1925）四月出版，民国十八年（1929）十二月三版。全一册，定价大洋五角（外埠酌加邮费汇费）。

该作为短篇侦探小说集，凡四篇，即《亚森罗苹就擒记》《亚森罗苹系狱记》《亚森罗苹兔（冤）脱记》《王后项圈》，分别24页、34页、32页、26页，合计114页，无序跋。

第一册中《亚森罗苹案作者之言》，兹录如下：

英伦海峡一衣带水间，有二大小说家崛起于时，以诡谲俶傥之思，成酣畅淋漓之作。一造大侦探福尔摩斯，一造大侠盗亚森罗苹。造福尔摩斯侦探案者，人无不知为英国之柯南道尔；而造亚森罗苹龙骧虎跃之诸奇案者，人亦无不知为法兰西之玛利瑟勒白朗 Maurcie Leblanc。勒白朗者，今之振奇人也。生平所为小说，多半言剧盗亚森罗苹事，奇谲恣肆，不落寻常窠臼。其风行于欧洲也，与福尔摩斯探案同，而文字思想，亦正与柯南道尔工力悉敌。法兰西之人往往以此自夸，谓不让英吉利人以福尔摩斯骄人也。勒氏所著书，其专言亚森罗苹者，长……书数卷，如是而已。君谓予曰：此小寮者，即吾之书室也。吾平昔着书，多在门外，冬间居巴黎时，亦建寮于园中，用为着（著）书之地。每日午前，走笔弗辍，午后则掩帷默坐，构思书中布局，凡此山光水光，花影树影，皆足助吾构思也。予曰：君描写大奸巨猾，何生动若是？君曰：是皆出于理想。吾生平实未尝与盗贼一交语，凡吾书中之人，皆为脑府中虚构而成者，即生龙活虎之亚森罗苹，亦属子虚乌有。惟吾于无意之中，适造成此人物而已。曩年有至友拉菲德君者，方主纂某杂志，索吾短篇小说。斗室独坐，颇涉遐想，因草《亚森罗苹就禽（擒）记》一篇，以授吾友，出版后颇为读者所欢迎。吾友因语吾曰：君作良佳，曷再为亚森罗苹之小说授吾，他日有成，当与柯南道尔之福尔摩斯同垂不朽也。吾曰：然。罗苹已就禽（擒），吾无能为矣。吾友立曰：曷再思之，君讵不能救罗苹耶？吾以为可，遂于第二篇中救罗苹出狱，后此吾亦颇喜其人，续成多篇，卒乃荟为一集，名之曰《侠盗亚森罗苹》。此为最先之亚森罗苹，盖亦如婴儿堕地，呱呱然初试其喉声耳。第二种为《亚森罗苹》，尝编为剧本，演之梨园。继其后者，又有《双雄斗智录》《空心石柱》《古城秘密》诸书，后此尚拟续有所作，以公诸世。然吾书中如火如荼之事实，则无一非响（向）壁虚造者。予听至是，颇震其理想之奇诡，因又问曰？然君于著述之暇，亦尝读论列罪恶之书耶？君曰：吾但读美国作家波氏 E. A. Poe 与吾国白尔石氏 Balzac 之说部耳。吾书之结构布局，颇得力于二子，并深得弈棊之助。吾之剧本说部，多有于弈棊时构思而成者。予唯唯，寻乃谈及福尔摩斯。君立曰：吾自作《双雄斗智录》一书后，人有以剽窃柯南道尔见罪者，实则唐突有之，剽窃则未也。吾有良友，好读柯氏之作，谓不妨以福尔摩斯阑入吾书，令与亚森罗苹相见。吾然其言，因戏着是书。惟罗苹每胜，福尔摩斯每败，唐突柯氏之罪，自知不免焉。虽柯氏之作，多脱胎于吾国作家亚卜利哇 Gaboriau，而吾钦佩之诚，未尝少杀，故吾于斯事，至今引以为憾。且虞此书之出，或亦有伤英人感情也。予少默，已又言曰：然吾以大奸巨猾如亚森罗苹者，介绍以入世界，不将为世道人心忧耶？君恳恳答曰：否！吾扪心自问，或不至是。天下诚实之人，未必以吾书而移易其心志，果如君言者，则狄根司作"倭利物吐威斯德"（按即贼史），非诲人以行窃。莎士比亚作《马克白司》，非诲人以谋杀耶？况吾书中，时亦盛道其义侠，每犯一案，未尝杀人，实与寻常杀人越货之流，有不可同日而语者。吾于一般童稚，固雅不欲贡以亚森罗苹之书，深恐其素丝未染之心坎中，或留一作恶之根。顾吾子克劳德常读吾书，君可一问其作何感想也？方语时，有稚子踊跃而至，年可十三四，状至明慧。予因出至寮外，引其手问曰：小友，君亦好罗苹耶？克劳德曰：然。曰：奚为好之？曰：罗苹智勇兼全，非常人也。曰：君亦深慕其人耶？曰：吾非慕其盗窃，特慕其智勇耳。予至是，深服其答语之得当。又戏问曰：然则君他日欲为罗苹乎？克劳德立掉首曰：否，否。今夕彼果阑入吾家者，吾当斥逐之。予又与勒白朗君闲谈片刻，始兴辞而出。

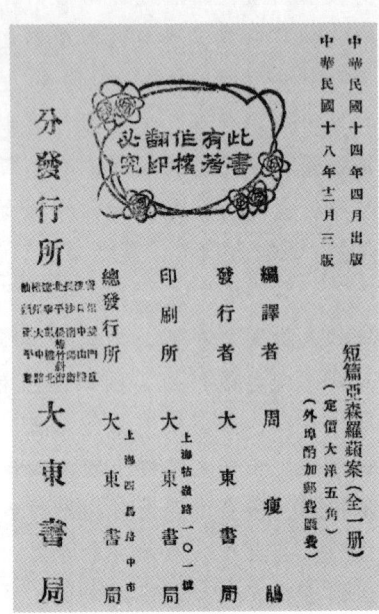

《鸣钟八下》（第十三、十四册）

《鸣钟八下》，法国勒白朗原著，《亚森罗苹案全集》第十三、十四册。版权页信息为：编译者为张碧梧，校阅者为周瘦鹃，发行者为大东书局，印刷者为大东书局（上海爱文义路一〇〇号），总发行所为大东书局（上海四马路中市），分发行所为各地大东书局分局六家。民国十四年（1925）四月初版，民国十六年（1927）九月三版。全二册，定价大洋八角（外埠酌加邮费汇费）。第十三册与第十四册封面和版权页基本相同，前者载录；后者从略。

下册凡124页，凡八卷，有卷目，依次为：

卷一　塔顶

卷二　水瓶

卷三　伊盎路岛事件

卷四　影中人

卷五　情海血波

卷六　挟斧妇人

卷七　雪中足印

卷八　玛瑙钩

上册即第十三册的卷一之前，有《弁言》，兹录如下：

> 以下八事，皆亚森罗苹昔日所告吾者，云系其友人来宁亲王之事不涉彼也。然以吾观之，则此来宁亲王之言行品性，一一逼肖罗苹，殊不能不疑二人之即为一人矣。亚森罗苹固富于想象力者，不难以他人之事，引为己事，而又以己之所为者，诡称为他人之事，要在读者之辨别耳。玛利瑟勒勃朗识

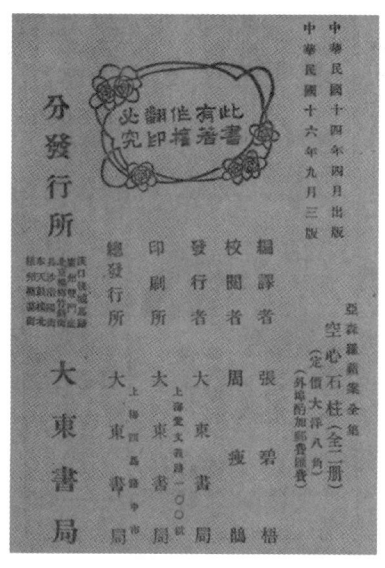

《双雄斗智录》（第十五册）

《双雄斗智录》，法国勒白朗原著，《亚森罗苹案全集》第十五册。版权页信息为：译述者为荆鹃魂，校阅者为周瘦鹃，发行者为大东书局，印刷者为大东书局（上海爱文义路一〇〇号），总发行所为大东书局（上海四马路中市），分发行所为各地大东书局分局六家。民国十四年（1925）四月出版，民国十六年（1927）九月三版。全一册，凡182页，定价大洋六角（外埠酌加邮费汇费）。

该作为长篇侦探小说，凡六章，有章目，无序跋。章目依次为：

第一章　小写字桌

第二章　蓝钻石约（戒）指

第三章　空屋中之一夕
第四章　漏网之鱼
第五章　亚森罗苹放逐福尔摩斯
第六章　最后之胜败

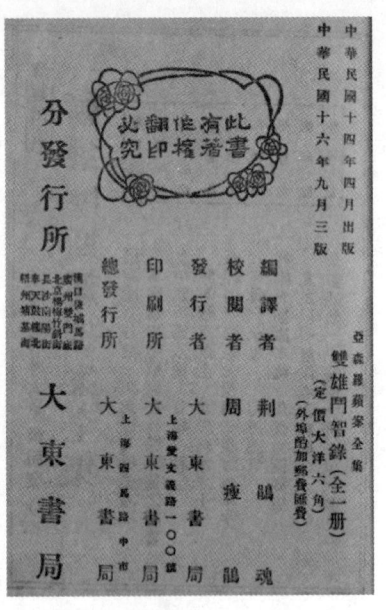

第一册中的《凡例》兹录如下：

　　一、亚森罗苹诸案，吾国间有译本，顾皆为勒氏一部分旧著。本书则将其生平所作，尽行迻译，汇为一编，以成全豹。

　　一、亚森罗苹诸案作者，系法国名小说家玛利瑟勒白朗氏，故原作皆为法文。本书广为搜采，有时不得法文本，则复求之于英文本，或日文本，无不加意迻译，不失原作精采。

　　一、亚森罗苹诸案，不特为盗贼作行述，亦复注重于义侠与侦探，故读本书，即不啻于读盗贼史，外兼读义侠小说、侦探小说二大部，观其情文兼至，大可开豁心胸。

　　一、亚森罗苹诸案，因译自英法日三国文字，故所有通用之人名地名等，亦略有参差。其有可以对核查考者，仍力求统一，以便读者。

　　一、亚森罗苹诸案，原文极窈曲有致，今一律译以白话，弥觉明白晓畅。

一、亚森罗苹诸案，计得短篇十八种，长篇十种，罗致既伙，迻译为劳，积三年之力，始克告成。举勒氏历年所作亚森罗苹案，悉备于此，故曰亚森罗苹案全集。

《一纸名单》（第十六册）

《一纸名单》，法国勒白朗原著，《亚森罗苹案全集》第十六册。版权页信息为：编译者为钱释云，校阅者为周瘦鹃，发行者为大东书局，印刷者为大东书局（上海爱文义路一〇〇号），总发行所为大东书局（上海四马路中市），分发行所为各地大东书局分局六家。民国十四年（1925）四月出版，民国十六年（1927）九月三版。全一册，凡204页，定价大洋六角（外埠酌加邮费汇费）。

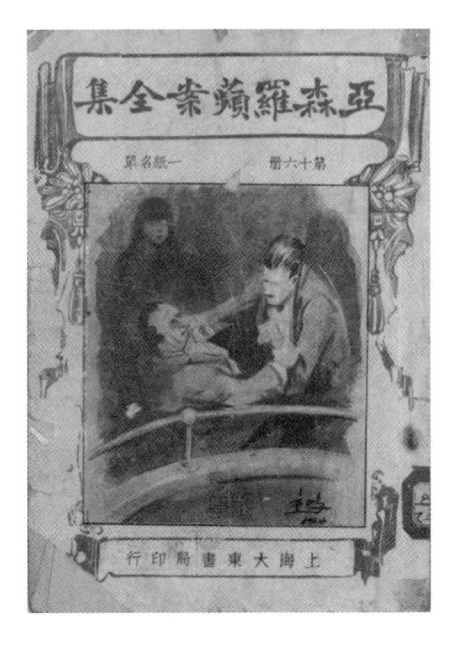

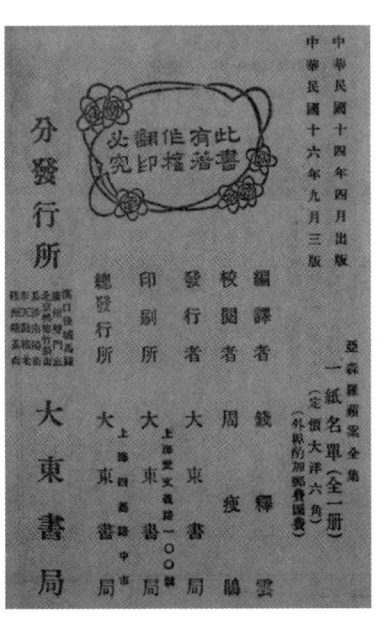

该作为长篇侦探小说，凡十三章，有章目，无序跋。章目依次为：

第一章　墨旦别墅中的血案

第二章　怪女客

第三章　剧场中的恶斗

第四章　敌魁

第五章　瓶塞里的名单
第六章　判决死刑
第七章　碎象牙片
第八章　塔中
第九章　黑雾重重
第十章　你也能喝一杯吗
第十一章　老仑勋章
第十二章　执行死刑
第十三章　眼睛里的名单

《古城秘密》（第十七、十八、十九、二十册）

《古城秘密》，法国勒白朗原著，《亚森罗苹案全集》第十七册至第二十册。版权页信息：编译者为周瘦鹃，发行者为大东书局，印刷者为大东书局（上海爱文义路一〇〇号），总发行所为大东书局（上海四马路中市），分发行所为各地大东书局分局六家。民国十四年（1925）四月出版，民国十六年（1927）九月三版。全一册，定价大洋一元二角（外埠酌加邮费汇费）。1933 年五版本的四册均为所见。

全书分四册，分别为 130 页、118 页、116 页、120 页。

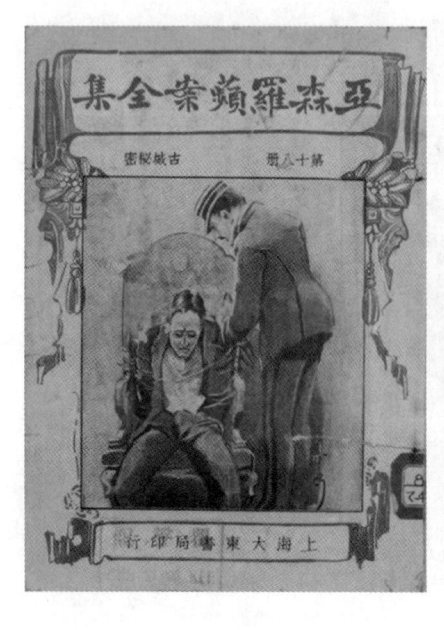

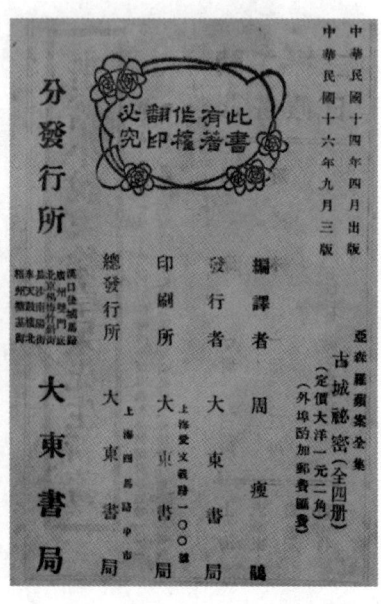

三版本的第十七册未见，第十八、十九、二十册封面相同，载录第十八册封面，其余两封面从略。四册共版权页。三版本第二十册载有广告《滑稽小说家徐卓呆先生新著》。另一版本第十七册与第十八册封面相同。

第十七册

第一章　四百十五号房间

第二章　十秒钟间

第三章　双重盖内的怪字

第四章　胸口的名片

第五章　刑事科长仑特

第六章　贴纸上的怪字

第七章　旅馆戒严

第八章　又有一人被杀了

第九章　匣内的字

第十章　总长室内之会议

第十一章　十分钟间

第十二章　两件证物

第十三章　内阁总理的难问题

第十四章　戒严令下

第十五章　第三次发见之八一三

第十六章　可怪的病人

第十七章　墙壁上的公开信

第十八章　李亚山死了么

第十九章　穷诗人

第二十章　编成的戏剧

第二十一章　话旧

第二十二章　"我很佩服你"

第十八册

第二十三章　夜半的自杀者
第二十四章　迷离惝恍之生死
第二十五章　断指
第二十六章　亚森罗苹第二次的公开信
第二十七章　三个大秘密
第二十八章　刀光灯影
第二十九章　摩托车的追逐
第三十章　"唷这一只纸烟匣"

第三十一章　红头发的女子
第三十二章　水葬
第三十三章　"亚森罗苹我等好久了"
第三十三章　含毒的糖果
第三十五章　灌木丛中
第三十六章　属垣有耳
第三十七章　罗绮失踪
第三十八章　包围中

第十九册

第三十九章　困兽
第四十章　手枪之围
第四十一章　惊人的真相
第四十二章　狱中
第四十三章　预审
第四十四章　裁判所中的一幕
第四十五章　大秘密之由来
第四十六章　不可思议的遗笔
第四十七章　罗苹的宣言
第四十八章　帽中的通信

第四十九章　夜半客来
第五十章　交换条件
第五十一章　还我自由
第五十二章　打罢十二点钟
第五十三章　痴女子
第五十四章　狭路相逢
第五十五章　日记簿
第五十六章　麻醉剂
第五十七章　古钟
第五十八章　拿破仑室

第二十册

第五十九章　刑事科长亚森罗苹之宣言
第六十章　恶魔之党羽
第六十一章　凶犯的姓名居然明白了
第六十二章　恶党之恶计
第六十三章　凤去楼空
第六十四章　擒贼擒王
第六十五章　穷诗人之角色
第六十六章　死刑之宣告
第六十七章　紫檀的小镜
第六十八章　是梦么

第六十九章　户籍册子上改过的字
第七十章　凶手的真相
第七十一章　可怕的美人
第七十二章　小簿子中的一张照片
第七十三章　赶得上么
第七十四章　天花板下挂着的尸身
第七十五章　付之一炬
第七十六章　别矣
第七十七章　结束

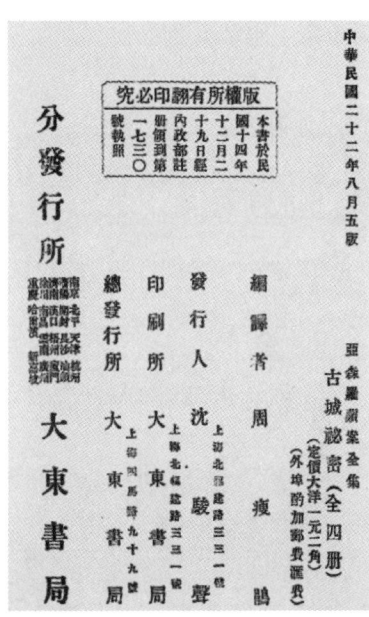

十七 大东书局《说部丛书》叙录 601

《空心石柱》(第廿一、廿二册)

《空心石柱》,法国勒白朗原著,《亚森罗苹案全集》第廿一、廿二册。版权页信息为:编译者为张碧梧,校阅者为周瘦鹃,发行者为大东书局,印刷者为大东书局(上海北西藏路难公益里),总发行所为大东书局(上海四马路中市),分发行所为各地大东书局分局五家。民国十四年(1925)闰四月出版,民国十四年(1925)闰四月发行。全二册,定价大洋八角(外埠酌加邮费汇费)。

全书分两册,上册凡142页,下册凡124页。

该作为长篇侦探小说,凡十章,有章目,无序跋。章目依次为:

第一章 恐怖的两夜
第二章 青年侦探大活动
第三章 尸身
第四章 敌人见面
第五章 "我的父亲何在呢"
第六章 历史上的诡计
第七章 一场空欢喜
第八章 丛山之中

第九章　地道中
第十章　水陆并进

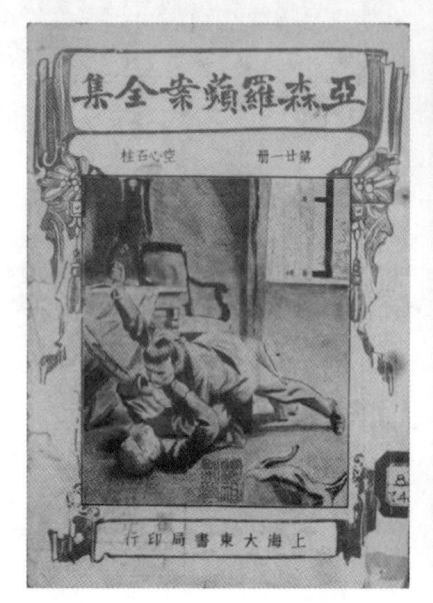

（四）大东书局《名家说集》叙录

《江红蕉说集》

《江红蕉说集》，大东书局《名家说集》之一，无编号，短篇小说集。版权页信息：撰述者为江红蕉，发行者为大东书局，印刷所为大东书局（上海牯岭路一〇一号），总发行所为大东书局（上海四马路中市场），分发行所为各地大东书局分局。上海大东书局民国十六年（1927）五月出版，民国十六年（1927）五月发行。全一册，凡133页，定价大洋四角（外埠酌加邮费汇费）。【上海图书馆藏】

全书收入《月下》《怄气》《释狱》《不幸之邮差》《母亲的心血》《茭白壳的命运》《红泪》《教育大家》《继母之病中》《晓风残月》《主笔夫人的失踪》《猩红》《代人受过》《瘠》，凡十四篇。

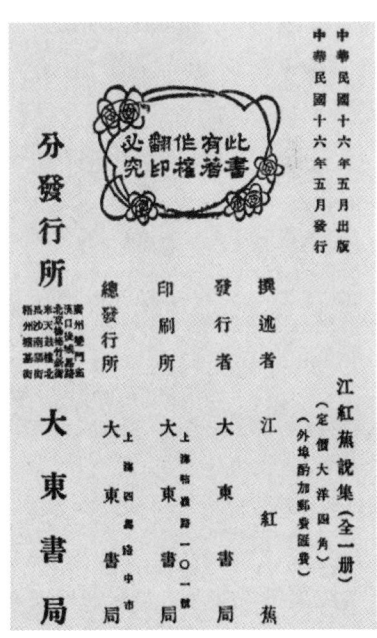

《何海鸣说集》

《何海鸣说集》，大东书局《名家说集》之一，无编号，短篇小说集。版权页信息：撰述者为何海鸣，发行者为大东书局，印刷所为大东书局（上海牯岭路一〇一号），总发行所为大东书局（上海四马路中市场），分发行所为各地大东书局分局。上海大东书局民国十六年（1927）五月出版，民国十六年（1927）五月发行。全一册，凡125页，定价大洋四角（外埠酌加邮费汇费）。【上海图书馆藏】

全书收入《压岁钱》《面孔的改造》《可怜的债主》《离婚后的交情》《儿童公育》《闺中怨语》《大沧二沧》《音乐组合》《V光线》《十三情人》（上、下），凡十篇小说。无序跋。

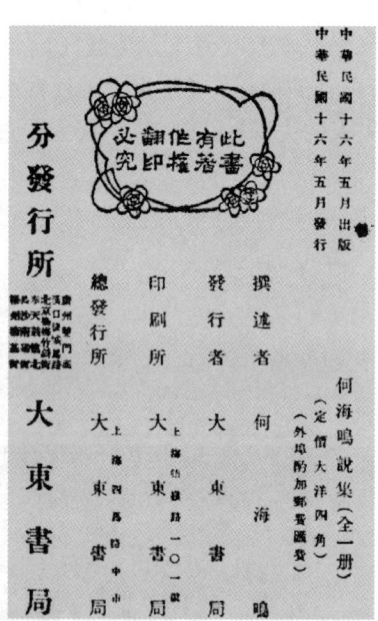

《沈禹钟说集》

《沈禹钟说集》，大东书局《名家说集》之一，无编号，短篇小说集。版权页信息：撰述者为沈禹钟，发行者为大东书局，印刷所为大东书局（上海牯岭路一〇一号），总发行所为大东书局（上海四马路中市场），分发行所为各地大东书局分局。上海大东书局民国十六年（1927）十二月出版，民国十五年（1926）十二月发行。全一册，118页，定价大洋三角

（外埠酌加邮费汇费）。【中国国家图书馆藏】【上海图书馆藏】

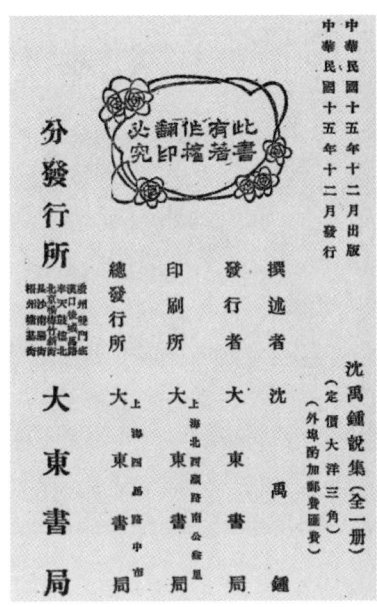

本书收入《故屋》《荒碑记》《山居》《婚夕》《电话的时间过去了》《迁居》《寒宇记》《有些疯了》《两日记者》《环境之爱》《春夜》《归来》《归宁》《邂逅记》，凡十四篇小说。无序跋。

《许指严说集》

《许指严说集》，大东书局《名家说集》之一，无编号，短篇小说集。版权页信息：撰述者为许指严，发行者为大东书局，印刷所为大东书局（上海牯岭路一〇一号），总发行所为大东书局（上海四马路中市场），分发行所为各地大东书局分局。上海大东书局民国十六年（1927）五月出版，民国十六年（1927）五月发行。全一册，凡43页，定价大洋二角（外埠酌加邮费汇费）。【上海图书馆藏】

本书收入《布饼胡》《手帕俱乐部》《鹆啄梅》《娜环缩影》《劳工艳活》等，凡十五篇小说。无序跋。

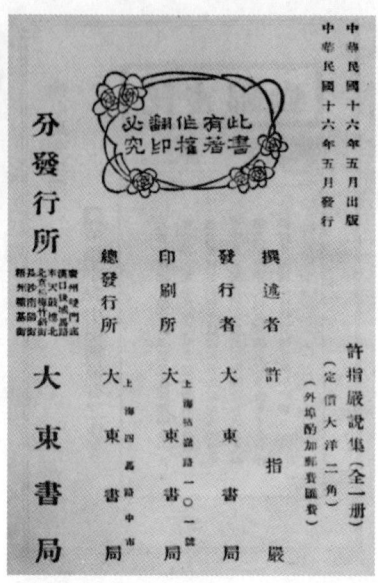

《毕倚虹说集》

《毕倚虹说集》，大东书局《名家说集》之一，无编号，短篇小说集。版权页信息：撰述者为毕倚虹，发行者为大东书局，印刷所为大东书局（上海牯岭路一〇一号），总发行所为大东书局（上海四马路中市场），分发行所为各地大东书局分局。上海大东书局民国十六年（1927）五月出版，民国十六年（1927）五月发行。全二册，定价大洋六角（外埠酌加邮费汇费）。【上海图书馆藏】

本书分上下卷册，上册收入篇目有《雷下良心》《金屋啼痕》《雪窖骑兵语》《嫉社记》《捕马记》《塔下》《慈善事业》《新旧军衣》《婚后的弟兄》《吃人家饭的第一天》《儿时》《第一梦》《贫儿院长》《美术家之情人》《不离婚的离婚》《青衣红泪记》，凡十六篇。下册收入篇目有《离婚后的三封信》《傀儡婚约》《七个自杀的妇人》《北里婴儿》《一星期的买办》《崔将军妾》《十月姻缘记》，凡七篇。无序跋。

《张碧梧说集》

《张碧梧说集》，大东书局《名家说集》之一，无编号，短篇小说集。版权页信息：撰述者为张碧梧，发行者为大东书局，印刷所为大东书局（上海牯岭路一〇一号），总发行所为大东书局（上海四马路中市场），分发行所为各地大东书局分局。民国十六年（1927）五月出版，民国十六年（1927）五月发行。全一册，凡81页，定价大洋三角（外埠酌加邮费汇费）。【上海图书馆藏】

全书收入短篇小说凡八篇，篇目为：《月语》《邻舍家的夫妻》《黑夜飞刀》《眼波》《悲苦之爱》《弃儿》《豹子山》《视死如归》。无序跋。

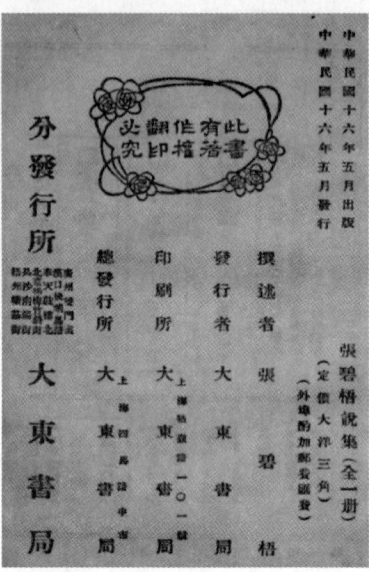

《赵苕狂说集》

《赵苕狂说集》，大东书局《名家说集》之一，无编号，短篇小说集。版权页信息：撰述者为赵苕狂，发行者为大东书局，印刷所为大东书局（上海牯岭路一〇一号），总发行所为大东书局（上海四马路中市场），分发行所为各地大东书局分局。民国十六年（1927）五月出版，民国十六年（1927）五月发行。全一册，凡82页，定价大洋三角（外埠酌加邮费汇费）。【上海图书馆藏】

全书收入短篇小说凡十篇，篇目为：《半月》《儿戏》《窗》《两篇帐（账）目》《证据误人》《钻祸》《来去自由》《琴韵鞋声》《理想与实行》《自寻烦恼》。卷首有一页"半月"书稿手迹。无序跋。

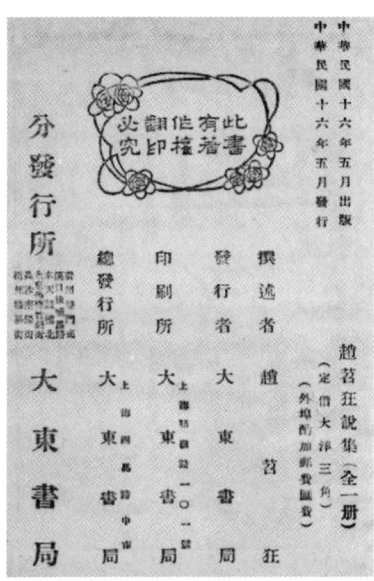

《严芙孙说集》

《严芙孙说集》，大东书局《名家说集》之一，无编号，短篇小说集。版权页信息：撰述者为严芙孙，发行者为大东书局，印刷所为大东书局（上海牯岭路一〇一号），总发行所为大东书局（上海四马路中市场），分发行所为各地大东书局分局。民国十六年（1927）五月出版，民国十六年（1927）五月发行。全一册，凡52页，定价大洋二角（外埠酌加邮费汇费）。【上海图书馆藏】

全书收入短篇小说凡九篇，篇目为：《不相关的爱》《归宁》《烦恼》《杨奶奶的女儿》《刑场欢声》《嫁衣》《双臂记》《招牌》《花轿》。卷首有"不相关的爱"书稿手迹。无序跋。

中華民國十六年五月出版
中華民國十六年五月發行

此書有著作權翻印必究

嚴芙孫說集（全一冊）
（定價大洋二角）
（外埠酌加郵費匯費）

撰述者　嚴芙孫
發行者　大東書局
印刷所　大東書局　上海福建路一〇一號
總發行所　大東書局　上海四馬路中市
分發行所　大東書局

十八　北新书局《欧美名家小说丛书》叙录

北新书局是1925年创办于北京的一家中小型民营书局，后迁移上海。其创办者李小峰也是该社的主要编务负责人，他与后来加入的赵景深一起定下了"文艺加科学"的出版方针。尽管在组织结构上具有家族式特点，但在业务上鲁迅发挥着重要作用。其出版物主要有三类：新文艺类、社会科学类、教科书类。新文艺类有《乌合丛书》《未名丛书》《新型文艺丛刊》《儿童文学丛书》《民间故事丛书》等，社会科学类有《吴稚晖近著》《李大钊文集》等，教科书类有《高小国语》《高小历史》《初中英文》《初中本国史》《初中外国史》等。该书局拥有自己的发行网络。[①]

1927年7月，再版的《法国名家小说杰作集·卷下》载有北新书局的《欧美名家小说丛书》广告，列出作品九种，加上《法国名家小说杰作集·卷下》，则刚好十种。这十种作品为：

《薄命女》，都介涅夫著，张友松译，实价五角。
《曼殊斐尔小说集》，徐志摩译，实价七角。
《三年》，契诃夫著，张友松译，实价五角半。
《处女的心》，果尔蒙著，（姚）蓬子译，实价八角。
《法国名家小说杰作集（卷上）》，鲍文蔚译，实价七角。
《契诃夫短篇小说集上》，张友松译，实价四角半。
《契诃夫短篇小说集下》，张友松译，印刷中。
《显克微支短篇小说集》，鲁彦译，印刷中。
《我的旅伴》，高尔蒙著，朱溪译，印刷中。

[①] 参见朱联保《近现代上海出版业印象记》，第159—165页；陈树萍：《北新书局与中国现代文学》，博士学位论文，华东师范大学，2006年。

《处女的心》

《处女的心》，《欧美名家小说丛刊》之一，无编号。著者为法国果尔蒙，译者为蓬子，发行者为北新书局（上海四马路）。一九二七年出版，缺版权页。全一册，凡224页，实价八角。

该著为长篇小说译作，凡十八章，无章目，无序跋。该作采用白话。

该作还有另外一种版本，即1947年7月姚蓬子自己创办的作家书屋出版。版权页信息：著作人为法国古尔蒙，译者为姚蓬子，发行人为姚蓬子，发行所为作家书屋（上海中正中路六一〇号），经售处为全国各大书店。民国三十六年（1947）七月初版。该版本内容与北新书局版本相同。封面五"桃心"图案。

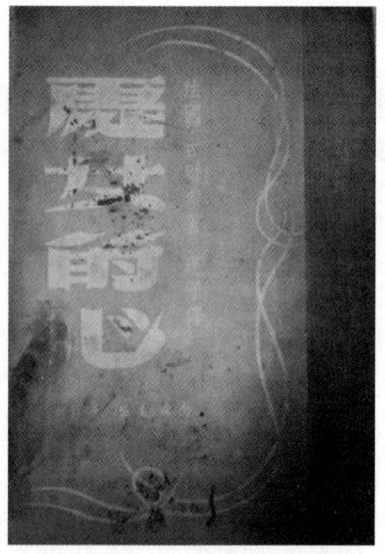

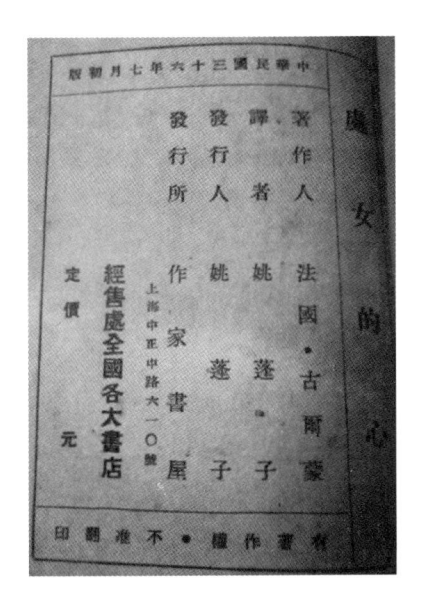

十八　北新书局《欧美名家小说丛书》叙录　613

《春潮》

　　《春潮》，《欧美名家小说丛刊》之一，无编号。著者为屠介涅夫，译者为张友松，发行者为北新书局（上海四马路）。一九二八年六月初版、一九二八年十一月再版。全一册，凡329页，实价九角。

　　该著为长篇小说译作，全书凡四十四节，无节目，无序跋。

　　第一节之前有"楔子"，兹录数段：

　　　　他从来不曾觉到过身体和精神有这般的疲劳。那一晚的工夫他完全陪着许多妩媚的女子和许多上等的男子一同消度了；那些女子之中有几个是很美的，至于那些男子，差不多个个都是具有特殊的智力或才能的；他自己的谈话也是非常得意的，甚至可以算是说得很漂亮……

　　　　于是他就不由得想起来……慢慢的，错乱无章的，愤怒的想。他想到人类一切的事情都是无谓的，无用的，鄙恶虚妄的。人的一生所有的各个时期都一一在他心灵的注视之前过去了……

《法国名家小说杰作集》（卷上）

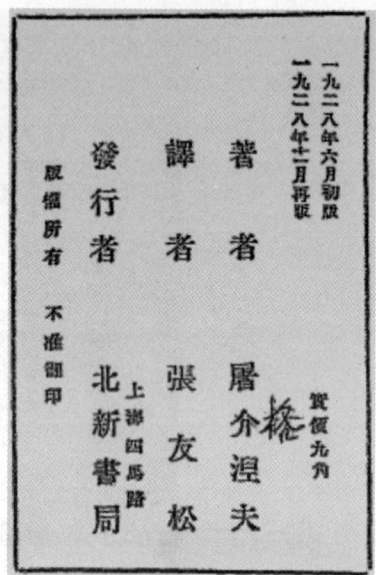

《法国名家小说杰作集》（卷上），《欧美名家小说丛刊》之一，无编号。译者为鲍文蔚，发行者为北新书局（北京东皇城根、上海四马路），一九二七年三月初版。全一册，凡250页，实价七角。

该著为短篇小说译作，共收入短篇小说五篇：《苏兰殊》（大仲马）、《克鲁亚锡侯》（缪塞）、《侯爵夫人》（乔治桑）、《哀耳的维纳》（梅立美）、《磨坊之役》（曹拉）。

无序跋。

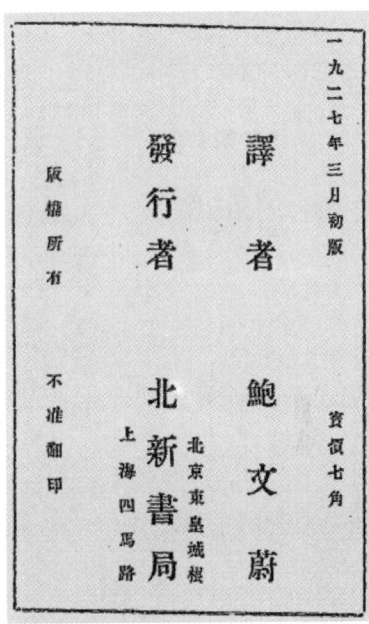

《法国名家小说杰作集》（卷下）

《法国名家小说杰作集》（卷下），《欧美名家小说丛刊》之一，无编号。译者为鲍文蔚，发行者为北新书局（北京东皇城根、上海四马路），一九二七年五月初版，一九二七年七月再版。全一册，凡214页，实价七角。再版本与初版本的封面与版权页基本相同，从略。

该著为短篇小说译作，共收入短篇小说八篇：《两所客店》（杜德）、《Boule de Suit》（莫泊桑）、《背囊》（尤斯孟）、《仇台总督》（法郎士）、《都耳的一双爱人》（白蕾）、《一对结发夫妻》（蒲莱伏斯）、《一对老夫妇》（陆蒂）、《还家》（菲立伯）。

无序跋。

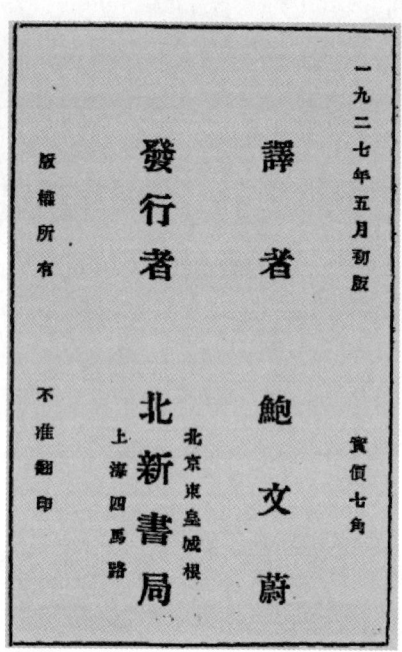

《曼殊斐尔小说集》

《曼殊斐尔小说集》，题"欧美名家小说丛刊之一"，无编号。原著者为曼殊斐尔，译者为徐志摩，发行者为北新书局（北京东皇城根、上海四马路）。一九二七年四月初版，一九二七年七月再版。全一册，凡194页，实价七角。印数1—1000册。

该著为短篇小说译作，共收入短篇小说8篇：《园会》《巴克妈妈的行状》《毒药》《一杯茶》《深夜时》《幸福》《一个理想的家庭》《刮风》。无序跋。

原著者曼殊斐尔，今通译为曼斯菲尔德，新西兰短篇小说作家，享有世界声誉，长期侨居英国。译者徐志摩慕名拜访，她当时患有严重的肺结核，二人见面时间很短，但给徐志摩留下了深刻的影响。

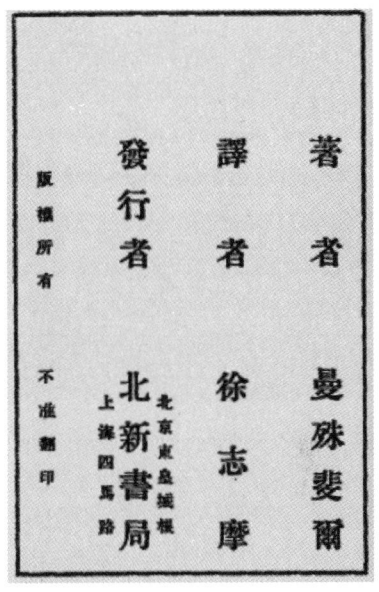

十八　北新书局《欧美名家小说丛书》叙录　617

《契诃夫短篇小说集上》

《契诃夫短篇小说集上》，题"欧美名家小说丛刊之一"，无编号。原著者为俄国契诃夫，译者为张友松，发行者为北新书局（北京东皇城根、上海四马路）。一九二七年四月初版，一九二七年六月再版。全一册，凡172页，实价四角半。印数1—1000册。

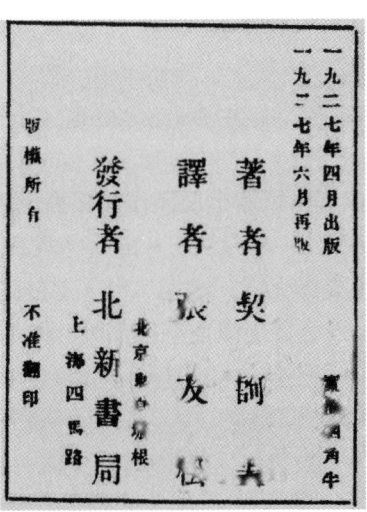

该著为短篇小说译作，共收入短篇小说四篇：《两出悲剧》《阿丽亚登尼》《哥萨克兵》《蚱蜢》。卷首有一九二六年五月十日译者撰写的《译者的序》，待补。

《显克微支小说集》

《显克微支小说集》，题"欧美名家小说丛刊之一"，无编号。原著者为波兰显克微支，译者为王鲁彦，发行者为北新书局（上海新闸路仁济里）。扉页印一九二八年一月初版，二版权页印一九二八年三月初版。全一册，凡170页，实价五角。印数1—1000册。

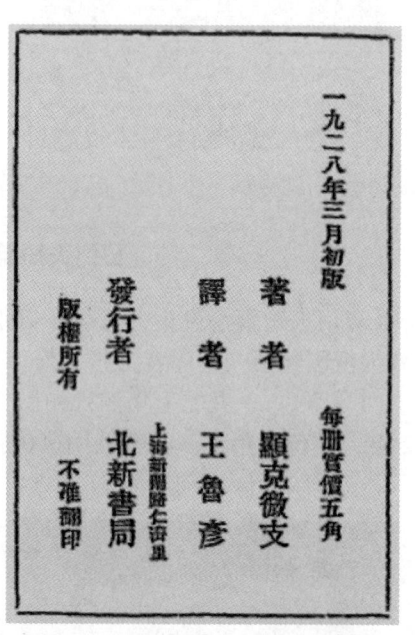

该著为短篇小说译作，根据世界语本，并参照英译本转译。共收入短篇小说七篇：《泉边》《宙斯的裁判》《乐人扬珂》《天使》《光照在黑暗里》《提奥克房》《老人仆》。卷首有《序》，另附图像四幅《显克微支像》《巴音博士像》《格拉波夫斯奇像》《丽茄柴孟霍甫女士像》。钱君匋作书面。

译者王鲁彦一九二七年三月十三日在长沙撰写的《序》摘录如下：

这三部作的根基都筑在波澜十七世纪史的背景上。《火与剑》

写的是和哥萨克人的战争,《洪水》是描写瑞典的侵略,《浮罗提约斯基先生》则是写这个骑士在和土耳其战争时的冒险与勇敢。

三部作的内容真是无可比拟,读者仿佛正活在那个时代,听见那时的语言,看见那时的决斗、战争、超人的豪举和田园的景物。在历史的事实在中,作者又处处加入丰富的幻想的产物。他的英雄们爱着,战斗着,争着胜利——燃烧着读者心中的火,逼迫出读者眼中的泪。他给那时的一大群英雄们创造生命,给他们以呼吸。

《我的旅伴》

《我的旅伴》,朱溪译,题"欧美名家小说丛刊之一",无编号。未见。录入1942年程之编译本,以便参阅。其封面书"我的旅伴","高尔基短篇小说集""高尔基著""程之编译""桂林育文出版社",版权页信息:原著者为高尔基,编译者为程之,发行者为育文出版社,经售处有六家,印刷者为三户印刷社。民国三十一年(1942)十二月初版。全一册,凡154页,每册实价国币□元(外埠酌加邮费汇费)。

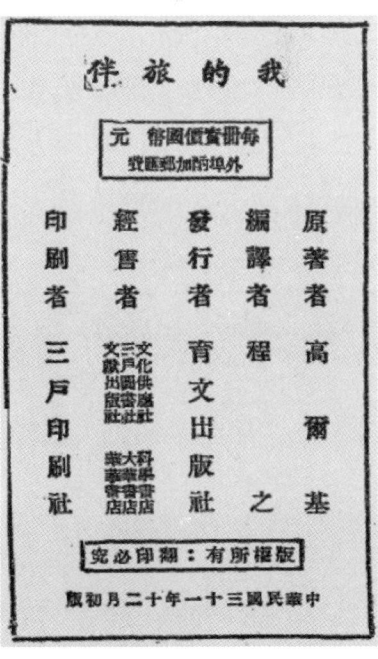

全书收入单篇小说凡七篇，篇目有《我的旅伴》《强果尔河畔》《一个人的诞生》《她的情人》《秋夜》《可汗和他的儿子》《筏夫——一段复活节的故事》。无序跋。

十九　其他书局《说部丛书》叙录

（一）开明书店《侦探谈》叙录

开明书店由夏莱颂（清贻）于清末（具体时间不详）在上海创办，署名"公奴"的《金陵卖书记》即为他所撰。《汴梁卖书记》的作者王维泰就是该书店的股东。其宗旨为"广开风气，输布文明"。出版物主要有教科书类，如《普通地理读本》《中学物理教科书》《中学生理教科书》；历史类，如《美国独立史》《法兰西近世史》等；杂著类，如《中国魂》《新民说上》《仁学》《赫胥黎天演论》《爱国精神谈》等。发行网络不详。[①]（此"开明书店"与章锡琛创办的"开明书店"不是同一个书店）

《侦探谈》由陈冷血（景韩）编译的《侦探谈》凡四集，这可谓晚清最早翻译出版的侦探小说丛书。第一集由上海时中书局光绪二十九年（1903）七月出版，后三集则改为上海开明书店出版。四部译作中有不少的陈冷血与爱克斯光的篇首或篇末之"批"，这些批评文字体现了当时批评者的政治思想与文艺思想，颇有价值。所谓"爱克斯光"者，疑为陈冷血之化名，或与陈冷血观点相近之人也。

《侦探谈一》

《侦探谈一》，冷血（陈景韩）译，爱克斯光批。版权页信息为：光绪二十九年（1903）七月一日印刷、光绪二十九年（1903）七月五日发行。编辑兼发行者为时中学社，校对者为钮永建，总发行所为时中书局

[①] 参见朱联保《近现代上海出版业印象记》，第77页；付建舟：《开明书店》，付建舟编《晚清民营书局发行书目》，黑龙江教育出版社2016年版。

(上海高昌庙桂墅里),印刷所为时中书局印刷部(上海高昌庙桂墅里)。全一册,凡94页,价洋叁角陆分。此外还有再版本。

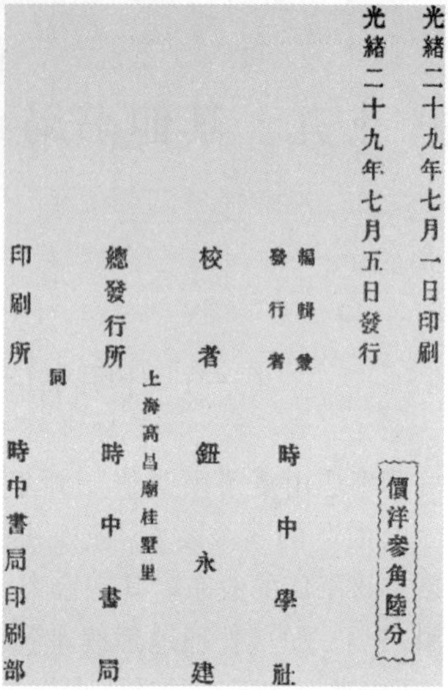

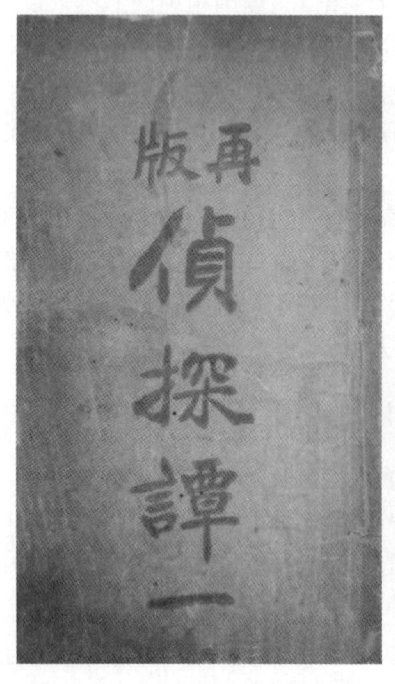

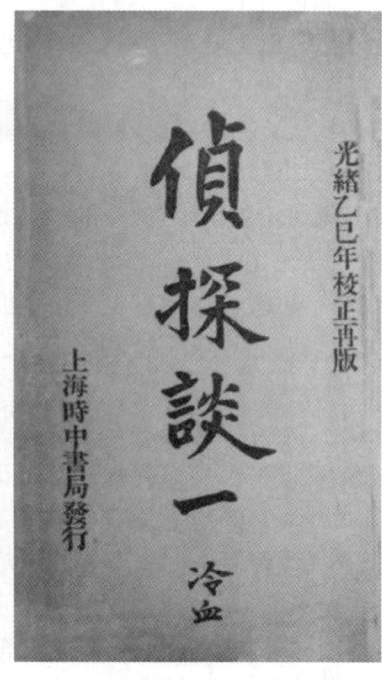

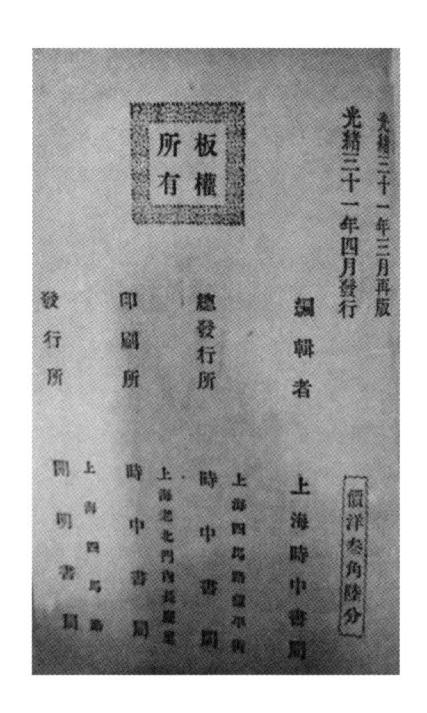

《侦探谈一》收入《游皮第一》(包括《发觉》与《审判》两篇)、《大村善亮第二》(包括《书生风》《长函》《遗恨》,以及译者的《附语》)。

《游皮第一》篇首署"法兰西余谷著""冷血译""爱克斯光批"。原著者"余谷"是 Victor Hugo,今译为"雨果"。《游皮》之原作为"Hubert, The Spy",为 Choses Vues 所收。思轩居士译为《探侦ユーベル》,刊载于日本杂志《国民之友》第37号附录至第43号(1889年1月2日至3月2日)。思轩居士的《译文探侦ユーベルの后に书す》刊载于《国民之友》第44号(1889年3月12日)。《大村善亮第二》篇首署"日本中村贞吉著""冷血译""爱克斯光批"。该译作叙述日本侦探缉民政党大村善亮之事。①

卷首有"谈者"的小记,其一名为《侦探谈》,其二名为《东西两大贼合传》。前者文字较长,摘录如下:

或问:译侦探谈者安在?曰:已死。问曷为已死?曰:译侦探

---

① 参见樽本照雄《清末民初小说目录》第九版,第5828页。

故，自知其已死。

或问：译侦探谈者何故死？曰：无手无足，无耳无目，无口（无）鼻，无脑窍，故死。问：曷为言无是种种？曰：有是种种而不能用，故言无。问：曷以知其不能用？曰：为译侦探谈故，自知其不能用。

或问：译侦探谈者究以如何死？曰：为水死，为火死，为刑死，为贼死，为种种不经意死。问：何以言若是？曰：我闻世有水溺者，我闻世有火焚者，我闻世有刑戮者，我闻世有贼害者，我闻世有种种不经意遇祸者，幸而所遇者皆非我，不然则已死。然又乌知我终不遇，则又无时无地不可死，故言。

或问：何以译侦探谈？曰：为我死，为我国人亦咸死，唯死，故示之以生。

后者较短，兹录如下：

第一　民贼　游皮
第二　君贼　大村善亮

侦探之敌，为贼，故请先谈贼。彼小贼不足谈也，故请先谈此二大贼。

《游皮第一》篇首有《例解》，摘录如下：

冷血曰：游皮，法兰西人余谷 Vicor Hugo 氏所著也。氏为十九世纪之文学大家，故其文变化可爱。余深之实诬甚愧甚。

是篇虽如小说，然确是实事。殆无一语虚构。盖余谷氏不肯自欺之人也。亡士为那破仑三世所逐之法国志士。曰革命党，以去除现政府为主义者。曰共和党，以建立民主政府为主义者。曰社会党，以通国之人建一大政府者（归人民地田器具等于公共）。总之，皆与那翁之君主政府相反对，故不并容。

《发觉》《审判》篇末均有《批解》，兹录《发觉》之《批解》一段如下：

冷血曰：上篇阴狠。

爱克斯光曰：余有不解处，《游皮》如此刚毅，何以独虑一美立；《游皮》如此周密，何以藏致毛白信于葛笼，重底葛笼为置要物处；《游皮》置之，决非粗忽，然观书中语实无可留作凭之故。且早当寄之毛白，不当置之葛笼，若为草稿，则亦当早送之祝融，不当置之葛笼。今乃置之葛笼，是似密实疏也。呜呼！余每见世有以二物破人秘密者，一曰妇女，一曰文字。意者，人生色情固最难断，而思虑固难无或漏欤？

《大村善亮第二》篇首有《例解》，摘录如下：

冷血曰：日本治客栈，读者须知之，客栈有两种，一曰旅人宿，一曰下宿。旅人宿者，往来之过客暂寓之。下宿者，远地之学生或久寓此间者来寓之。其价大廉，其应待稍不备。

日本之地界名，读者须知之。大者为国，次为府县，又次为市郡，又次为区，又次为町，又次为番地。

高知县属土佐，在四国岛，其地为自由党根据地。自由党为日本有名政党之一，始板垣伯倡立之，后归并于伊藤侯之政友会，今政友会瓦解，自由党有复起状。

士族为日本人民揩级之一，日本人民之揩级有三，曰贵族，曰士族，曰平民。

《书生风》《长函》《遗憾》篇末均有《批解》，从略。《附语》也从略。

《侦探谈二》

《侦探谈二》，爱克斯光批。版权页信息为：光绪二十九年（1903）十一月印刷、光绪二十九年（1903）十二月发行。著者为冷血（陈景韩），印刷者为公利活版所（开明书店经理），总发行所为开明书局（上海四马路东首）。全一册，凡95页，价洋两角半。

《侦探谈二》收入《关口太三郎第一》与《格儿特奇第二》，以及附录一《松野贯一附一》、附录二《梅脱附二》、附录三《落勃脱附三》。《关口太三郎第一》凡十二节，无节目。《格儿特奇第二》凡四节，无节目。《关口太三郎第一》由日本渡边氏为藏著，《格儿特奇第二》由法国彭氏脱著，《松野贯一附一》由日本上野和夫著，《梅脱附二》与《落勃脱附三》由英国皮登著。

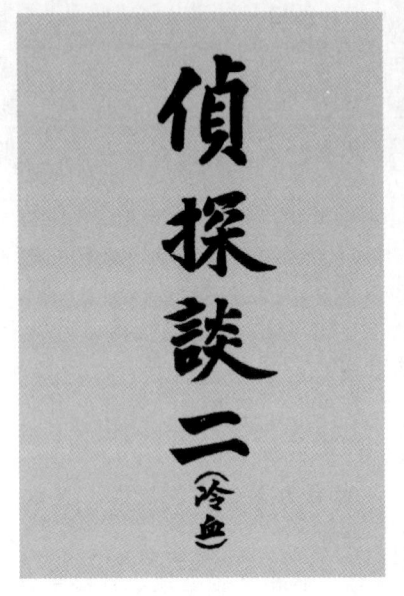

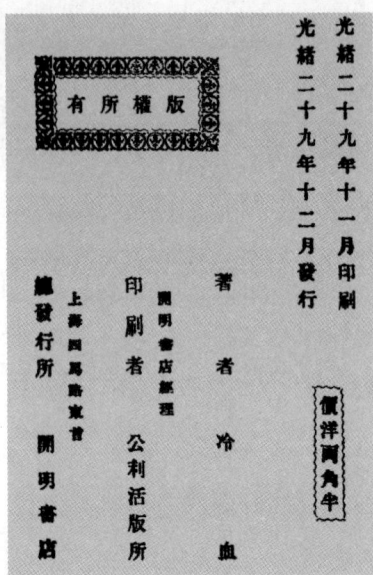

《关口太三郎第一》与《格儿特奇第二》篇末均有《批解》，兹录《关口太三郎第一》之《关口太三郎第一》一段如下：

冷血曰：人心恶；又曰：人心浅短。

爱克斯光从而解之曰：我观小说百十种，其间非杀人夺财之事者，不过十一二；我观杀人夺财之小说百十种，其间专以杀人夺财为业，而非适逢可杀可夺而杀之夺之者，亦不过十一二。夫见可欲而不欲，见可取而不取者，世实希其人，此天下之所以多杀夺也，亦人心之所以谓恶，不见可欲而求其欲，不见可取而求其取者，世实亦希其人，此天下之所以可专业于杀夺也，此人心之所以谓浅短。呜呼！于为恶事且然，于为恶事且然，此天下之所以多风潮而少暗流。

《松野贯一附一》摘录一段如下：

文明者，人事复杂之别称欤？世界益文明，社会益多事，社会益多事，分业之法益细，分业之法益细，而其业益精巧。文明之价值，其在于兹，其在于兹。

十九 其他书局《说部丛书》叙录 627

斯言也，万事尽然，而于我业侦探者亦如是。警察之中，既分一类曰侦探，侦探之中，又分各专门，如余者，乃专探伪造货币类者也。

夫天下事，固无一不难者。然执业而至我侦探，侦探而至专探伪造货币者，则诚难之又难者。何则？其犯罪在隐微幽独，则难以剖晰，其为人类奸巧明达，非赌博窃盗下等人可比，则难以监察。

《侦探谈三》

《侦探谈三》，爱克斯光批。版权页信息为：光绪三十年（1904）四月初版。译著者为冷血（陈景韩），印刷者为开明书局（上海新马路福海里），发行所为开明书局（上海四马路东首），贩卖所为上海各书坊。全一册，凡 86 页，定价两角半。

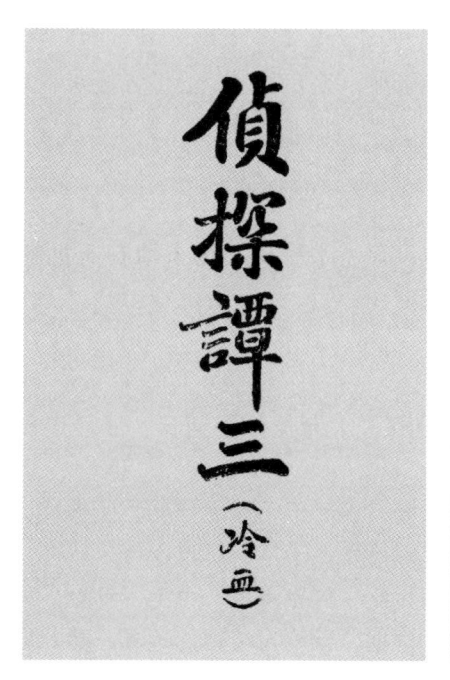

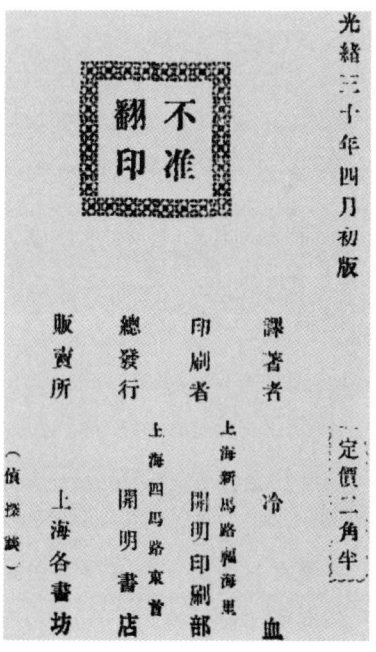

《侦探谈三》收入《三缕发》，分上篇《疑团》、中篇《推度》、下篇《冰释》三篇。原著者为日本的泪香小史（即黑岩泪香），初题为《无惨》，载《小说丛》第 1 册（1889 年 9 月 10 日），1890 年 2 月 21 日上田

屋书店出版，1893年10月15日再版时改题为《探侦小说 三筋の髪》。①

篇首有《读法》与《附疑难例》，前者兹录如下：

> 读此篇时，须思我国人在外国之情状。
> 读此篇时，须思我国人十四五年前在日本之权力。
> 读此篇时，须思日本人之人情风俗。
> 读此篇时，须思人生今世，无论为何事，科学实不可少。
> 读此篇时，须思天下道理，有一层更有一层，其深实无底，未读谷间田语。须思我若遇此事如何？既读谷间田语，须思谷间田此语如何？再读大鞆语，须思大鞆语如何？既读全篇，又须思谷间田语、大鞆语如何？我又当如何？如或不弃，再读我《疑难例》，又须思我《疑难》如何？

后者兹录如下：

> 译者译此文迄，觉此文周密精细，无可驳击。然仍穷思力索，吹其毛，求其疵，不嫌武断。摘其一二，记其数于上，详其说于篇末，以助阅者余兴。

上篇《疑团》、中篇《推度》、下篇《冰释》之篇末均有《批解》，《冰释》的《批解》之末还有《附疑难（一）》和《附疑难二》。《疑团》之《批解》兹录如下：

> 冷血曰：此节是以侦探探侦探，大鞆能探谷间田，谷间田能探大鞆。
> 然大鞆之探谷间田也，以术数；谷间田之探大鞆也，以感触。
> 何为术数？内先有其心，而后外发之于事，所谓作而后动也。积学深思之学者，其对付于物也每如此。何为感触？内无所用心，当乎外有所觉而遽应之，所谓动而后作也。世故人情之练达者，其对付于物也每如此。观于大鞆之餂谷间田，谷间田之问仆人以大鞆语，约略可见。
> 大鞆之得探谷间田也，所谓乘其骄也；谷间田之得探大鞆也，所

---

① 参见樽本照雄《清末民初小说目录》第九版，第5829页。

谓乘其疎也，而其实皆由于自鸣得意，故人凡于自鸣得意时，最易为人所探。

　　人之评大鞈谷间田者，必以大鞈之探谷间田，为非偶中，而其实谷间田之探大鞈，亦非偶中。何则？凡好理想者多务于内，习世事者多务于外。其实务于内者有误会，务于外者亦有误会。务于内者有偶中，务于外者亦有偶中，且也务于外之偶中，或且多于务于内者。何则？世情大抵浅而甚繁，务于内者，每失之深，每失之简，唯苟遇深心人，则务于外者，亦无所施其技。

　　或曰：谷间田之得探大鞈，究偶然耳，假令谷间田于洗沐时，不见仆人，则不问，不问，则即不得知。假令谷间田虽问，而当大鞈自言时，仆人适不在，则亦不得知。假令仆人虽在，而大鞈有是心，而出诸口，则又不得知。则答曰：是固然。然大鞈之探谷间田，亦未必非偶。假令大鞈虽饵谷间田，而谷间田不受饵，则亦不得知。

《附疑难（一）》摘录如下：

　　大鞈谷间田，如是周到，如是精细，而竟不能推出被杀者亦是支那人，自是疎忽处。谷间田俗夫，固不足责，若大鞈，乃所谓有学问思想者，今知论理学、物理学，而不知人种学，其与侦探之道，毋乃未备。我于曩月，送两友至东留学，抵长崎，为之剪辫易服。然而友初来，西服未具，我乃尽我所有者全假之，不足，继之以我所身被者，而我乃反服中服，饰假辫焉。及至火车，日人以日俄战事方殷故，宪兵巡查，来查问数数，而居我之旁，我友两人勿问也。何则？以我戴辫髮，服中服，而我友乃无髮辫，服西服也。今我观大鞈谷间田之探是事，毋乃类是。

《侦探谈四》

　　《侦探谈四》，爱克斯光批。版权页信息为：光绪三十年（1904）十月初版。译著者为冷血（陈景韩），印刷者为开明印刷部（上海新马路福海里），发行者为开明书局（上海四马路东首），贩卖所为上海各书坊。全一册，凡222页，定价银四角。

　　全书分《侦探谈四上》即《美人狩》和《侦探谈四下》即《自杀俱乐部（上）》。《美人狩》凡十九节，无节目。《美人狩》的原著者不详，日本芙蓉生译成日语，1893 年 4 月 17 日由春阳堂出版。《自杀俱乐部（上）》由斯吐爱沙氏所著，其英文名为 Robert Louis Stevenson，原著的英文名为 "The Suicide Club"（"New Arabian Nights", No. 1, 1882）。日本平山雄一则怀疑是 Stevenson 的作品，原作可能是 Story of The Young Man With The Cream Tarts。陈景韩根据日本千叶奈曾一（秀浦）译本《自杀俱乐部》（新声社 1902 年 9 月）汉译。

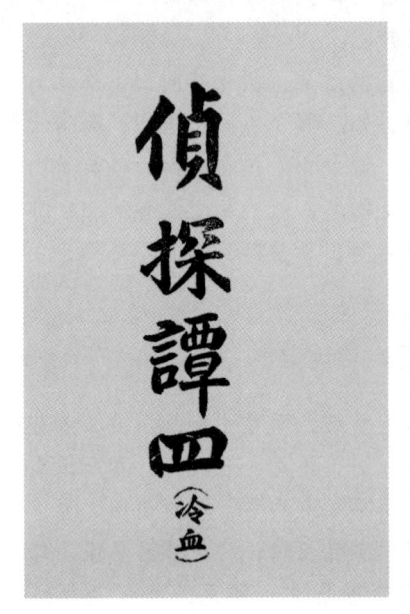

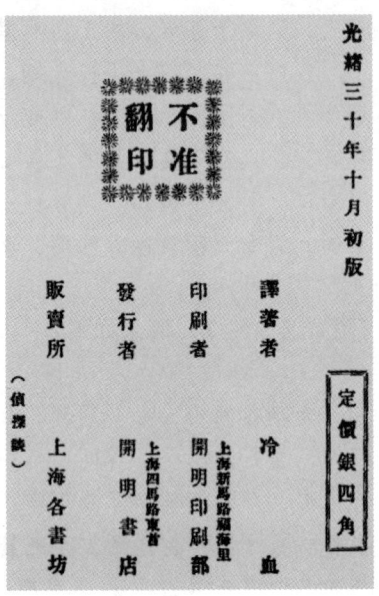

《美人狩》篇首《题解》，篇末《批解》，《题解》兹录如下：

> 此篇实尽世界人类之所欲所愿者，而咸网罗之。
> 第一财产，人之所欲也，而有二百万。
> 第二美色，人之所欲也，而有秀子。
> 第三侠客，人之所欲也，而有松井敏雄。
> 第四妖怪，人之所欲闻者也，而有男怪女妖。
> 第五妖巧，是人之所爱而恶之者也，而有专六。
> 第六秘密地，是人之所欲营者也，而有山穴。
> 第七鸡鸣狗盗之徒，是人之所欲驱策者，而有铁三。
> 第八投间伺隙间隙者，人之所欲投伺者也，而有为田之死。
> 第九棋逢敌手，将遇良才，敌手良才者，是人所欲逢之遇之，而

始能为棋为将者也，而有专六，即有敏雄。

第十才子配佳人，愿天下有情都成了眷属，是人所偶遇之而传为佳话者也，而有秀子之美，有敏雄之才，有秀子与敏雄结婚。

天下之人汲汲营营，尽力为小说之材料者，大抵尽于是耳。

是篇共分是段：

妖怪是第一起至第七

山穴是第八起至第十一

伪死是第十二起至第十五

假装是第十六起至第十九

译者记

《自杀俱乐部（上）》篇末《批解》，兹录如下：

冷血曰：富贵子弟，无识见，无胆量，见色而惑，入其玄中，而不自知。聪明子弟，有识见，有胆量，见色而惑，借惑以为用，仍入其玄中，而不自知。美妇人，果可畏若是。

自杀俱乐部会长，借妇人手，以杀大佐之弟。亲王之使大佐，亲王又借自杀俱乐会长之旧友，以擒会长。然则旧友之可畏与美妇人等，夫人生过四十，情欲之念淡，投以色，未必受。其与旧友疏，可乘之以为用。是故人之投入之隙也，须视乎其年。

又曰：此篇之事皆以好奇来，亲王大佐之发见自杀俱乐部也，以好奇故；少尉之得遇与此决斗者也，亦以好奇故。然则好奇者，其为得遇奇事之母乎？万事由此生，何但一侦探？

又曰：此篇写侦探事，皆在暗处，读者须自寻之。

（二）作新社《小说丛书》叙录

作新社系留日学生戢元丞与日本著名女教育家下田歌子于1902年创办于上海。下田歌子意在推广女子教育，而戢元丞意在在长江流域宣传新文化，广译世界学术政治诸书，也为沪上革命党之交通提供了极大便利。社中有不少日本人担任编辑和印刷人员，其出版物有不少是日书中译本和日语的学习读本。① 其宗旨正如《大陆报》发刊词所言："以欧洲大陆为师"，"以开进我国民主思想为宗旨"。② 作新社出版的书籍，数量和品种很多，且以译著为主，涉及政治法律方面的有美国伯盖斯的《政治学》、法国铁佳敦的《支那国际论》、日本长冈春一的《外交通义》等，历史方面的有松平康国《世界近代史》、高山林次郎的《世界文明史》、中岛生《朝鲜政界活历史》等③，也有少量文学书籍，如《苦学生》《政海波澜》等。其发行网络很小，寄售是其重要发行方式。

《孟恪孙奇遇记》

《孟恪孙奇遇记》，封面书名首题"小说丛书之一"，版权页信息：编辑兼印行者为公洁，印刷者与发行者为作新社（上海四马路），另一发行者为开明书店（上海四马路）。光绪三十年（1904）七月初一日出版。全一册，凡36页，定价洋一角。

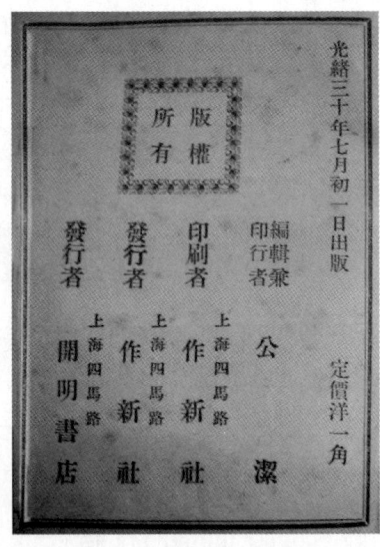

该书为译作，原著者与原著分别为 Rudolf Erich Raspe "Baron Munchhausen's Narrative of His Marvellous Travels and Campaigns in Russia"

---

① 邹振环：《〈支那航海家郑和传〉：近代国人研究郑和第一篇》，《社会科学》2011年第1期，第148页。
② 《大陆报》1902年第1期第1页。
③ 邹振环：《〈支那航海家郑和传〉：近代国人研究郑和第一篇》，第148页。

("The Surprising Adventures of Baron Munchausen")。正文首标"支那谔谔译"。栾伟平认为,林乐知、沈毓隐同译《奇言广记》三卷就是所流行的《孟恪孙奇遇记》。① 张治认为,《奇言广记》分上、中、下三卷,署"美国林乐知译、古吴沈毓隐笔述",书名页的题词时间和林乐知序的落款时间都是光绪庚辰秋八月,即 1880 年仲秋。鲍隐庐是《万国公报》华文主笔沈毓桂(1807—1907)的别署。②

全书不分章节,卷末无跋,卷首有《译者志》,兹录如下:

> 孟恪孙德之男爵也,性豪侠,好游历,故当十八世纪之末,以冒险家闻于时,而是书所载即其一生所遇诸奇事也。观其所述,类归国时自录以示人者。然流传甚广,译为英、法诸文者亦尝见之。今从日本所印英文本中译出,虽事太离奇,转滋人惑,然亦未始非振作冒险精神之一助也。译者志。

林乐知所作《奇言广记序》,兹录如下:

> 宇宙间奇奇怪怪之事,真令人不可思议、不可猜度也。溯数百年前,欧洲各国骚人奇士,驾言出游,凡耳所未闻,目所未睹,一旦寓于目、入于耳者,不禁快然叹曰:……迨归故国,或与友剧谈于一室,或泚笔汇记于一编,诚以奇怪之事,宣于奇怪之言,出于奇怪之笔矣。兹有孟高升者,日耳曼人也。性情高旷,言语惊异,曾于百年前有志四方,迹遍寰区。其间闻见,悉是奇奇怪怪,反而告诸二三知己,是真是假,可信可疑,质于诸君。请臆度之,孰真孰假,孰信孰疑……友人闻其言遂摹于书。今余值馆课之暇,就西文口译,倩友人梅溪垂钓叟笔述。共一十七章,汇集一册。颜其名曰"奇言广记",足以壮天壤之奇观,亦足以纵人世之异闻。是书刊成,以博一笑。③

(三)乐群小说社《小说丛书》叙录

乐群小说社简介,不详,待考。

---

① 参见樽本照雄《清末民初小说目录》第九版,第 2935 页。
② 参见张治:《新见晚清翻译小说〈奇言广记〉》,《南方都市报》2014 年 8 月 31 日。
③ 录自张治《新见晚清翻译小说〈奇言广记〉》。

《当头棒》

《当头棒》，正文第一页题"最新小说"、署"小说丛书之二""遁庐新著"。版权页署光绪丙午年（1906）六月初一日发行。总发行乐群小说社（上海棋盘街），发行者与印刷者均为乐群小说社，分售者各省书局。全一册，凡84页，定价大洋四角。【芜湖市图书馆藏】

著者遁庐，清代戏曲作家，姓名、里居、生卒年、生平事迹均不详。除《当头棒》外，还撰有《学生现形记》（八回）、《苏州新年》（不分回）、《斯文变相》（十回）。

全书八回，有回目，无序跋，回目依次为：

第一回　菡萏洞野老说妖精　杏花楼居士中迷药
第二回　掷火签枷打王灵官　放排枪捉拿廖师父
第三回　抛偶像开办新学堂　谈史论演说封神榜
第四回　梦周公姜子牙逐客　骗财主冯教习掘坟
第五回　争福地兄弟闹空棺　报私仇阴阳唆纵火
第六回　扮火神跳阁毁图书　审父台当堂讲律例
第七回　借神靴租芒婆掌嘴　扮乔装小花旦游街
第八回　柳刁氏小饮芙蓉楼　凤抚宪高吟菡萏洞

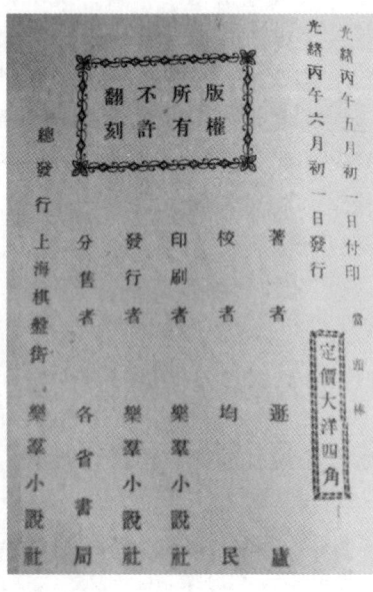

《学生现形记》

《学生现形记》,未题小说类别,正文第一页有"小说丛书第三"字样。遁庐著,均民校对。光绪丙午年(1906)闰月初一日付印,光绪丙午年(1906)五月初一日发行。总发行乐群小说社(上海棋盘街),发行者与印刷者为乐群小说社,分售者为各省书局。全书凡76页,全一册,定价大洋三角半。

共八回,有回目,无序跋。

第一回前有《调寄满江红》词:

> 狡狯人猿,尽游戏大千世界,骗尽了红尘俗眼,齐声喝彩。错认长房工缩地,真成精卫能填海。便英雄汉武也沉迷,鱼龙骇。神仙技,从谁卖,苍生祸,凭谁解。叹腹书簏火,纷纭变态,斗米翻兴张角乱,方车宁免蚩尤败。誓粪除云雾觌青天,销遗害。

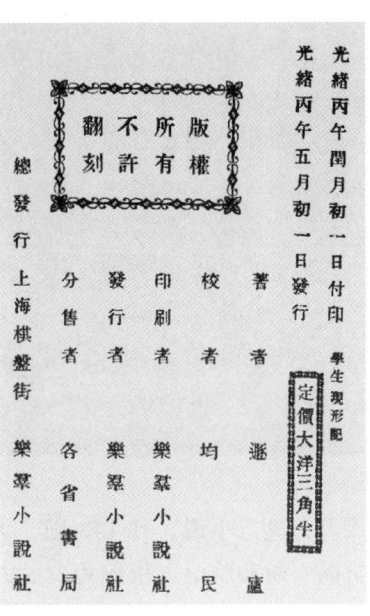

（四）小说进步社《说部丛书》叙录

小说进步社简介，不详，待考。

《新笑林广记》

《新笑林广记》，正文首署"撰述者　浙江王楚香"，版权页署宣统元年（1909）四月初版。印刷者、发行者与总发行所均为上海小说进步社，印刷所为上海汇通信记书局，分发行所有各省各大书坊。全一册，定价大洋二角半。作为该社《说部丛书》之一。【南京图书馆藏】

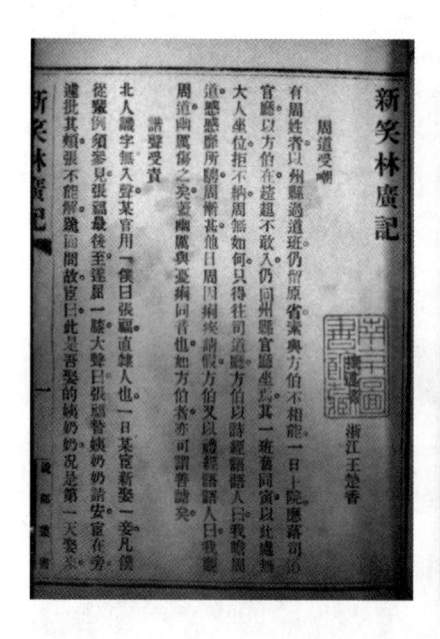

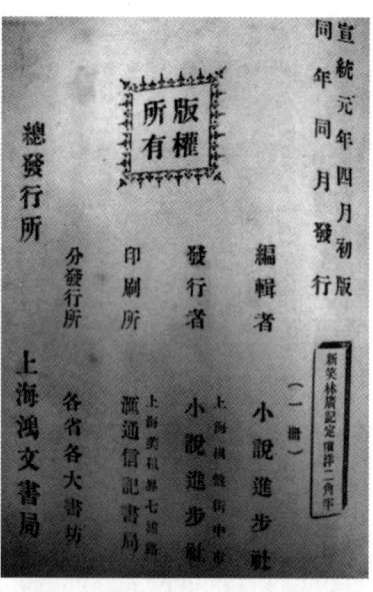

该著为笔记小说，凡 148 则，无序跋。包括：周道受嘲、谐声受责、磁壶防祸、箭参谑语、疮痂免责、大令奇贪、乞丐谑官、太守糊涂、送钟被斥、大令家书、考官解嘲、空手求差、审案奇闻、小溲罚镪、求医妙语、典史善澳、大僚好赌、烟员说谎、乡老嘲官、新奇召租、一字笑人、典史谐声、小菜偷情、便壶跳鼠、训子奇谈、骏父逐媒、孩儿揭隐、误称父执、请封谎语、为母留须、子称猫鼠、父称老犬、新娘善笑、门外犬交、不识三字、尼生和尚、不许做梦、怕夫笑谈、山货开局、面交误解、

错认张仙、错称老伯、娶妾灵签、八字谈媒、鼓牌家信、店伙作书、周五先生、康蔡相嘲、夫子妙解、厨夫视菜、骏徒写帖、不识节字、半鱼入馔、口福吟诗、嫖赌巧证、圣庙小溲、武员放屁、黄阁同嫖、右行别字、妓嘲留学、烫毙小孩、误认野鸡、阿宝寻姘、阿珠卜嫁、老汉推车、茶园遇子、西妓验臀、游园接吻、费聋重听、斗牌谑语、子母成姘、洋狗跳台、妙语解颐、巧言赖局、新奇方案、医者问猫、胡须妙喻、刁骚妙解、聋医重听、医妓同论、儒语服僧、千里呼门、头薙一半、须薙一半、嘉兴土音、灯谜土音、惊逃笨贼、近视诨名、赌目奇闻、误视忍饥、误会官才、不识县名、瞎碰状元、异想搋拳、便壶戏语、重金购火、法人调情、印人调情、什么东西、绝大萝葡、少尼露隐、开光大吉、推算狗命、看狗出神、女子嘲发、磷寸烧须、让坐妙法、老□巧语、误解店招、乞火笑闻、戏侮绍人、喜谀自侮、三只钉鞋、索饮隐语、陈耳周壳、画师画象、善作文辞、苏州土产、尊称不敢、孟子临终、伯牛镛制、四书别解、小字笑谈、酒徒失兴、恶洋好洋、搜买旧货、麟鼻受愚、讳聋笑话、咏箸佳诗、咏鸡谐语、戏评劣诗、寺僧嘲诗、舟子嘲诗、寿帖奇称、索债谐谈、误解覆书、医生误会、丐抢馄饨、矮胖二庙、误贴门联、乡人说衣、乡老吓疯、乡人吃面、学究谈嫖、趁航巧计、犯僧作剧、说书妙谑、嘲说笑话。

《新新三笑》（初编）

《新新三笑》（初编），题"言情小说"，署新阳蹉跎子著，上海小说进步社宣统元年（1909）四月出版。封面署"新新三笑"，其他各处均为"新三笑"。作为该社《说部丛书》之一。【首都图书馆藏】

全书四卷，每卷五回，合计二十回。有回目，依次为：

第一回　留学	第十一回　登轮
第二回　赴沪	第十二回　抵日
第三回　投宿	第十三回　闯社
第四回　闹赌	第十四回　莅会
第五回　一笑	第十五回　去东
第六回　追美	第十六回　三笑
第七回　入场	第十七回　拒婚
第八回　二笑	第十八回　寄书
第九回　思梦	第十九回　结姻
第十回　惜红	第二十回　回苏

卷首有《新三笑序》，兹录如下：

古今言情之作，不下数千百种，至衍为盲说弹词，既莫厕著作之林，而入风雅之室，抑亦骚人逸士所不屑乎？虽然，亦视其言情何如耳？晚近风气，日趋雅正，凡淫词亵语，说鬼谈狐，皆在禁律，将欲言情，于何著乎？古娄蹉跎子，本世家旧族，秉姿聪颖。髫年入泮，才情恣肆，迥迈恒流，而志趣倏然，不与新学竞声华，宁于故纸求生活。鄙人由沪返苏，便道过访，出所著《新三笑》四卷见示。读之觉情词婉曲，情节离奇，其浪游东海也，是谓豪情；其巧遇沪渎也，是谓幽情。一曲求凰，千里附骥。若有情，若无情，迨至仙缘幸，缔明月随圆，爱好情，美满情，固结不解，而情天情海，遂终古无穷期矣。视前明唐子畏，留情《三笑》，有若是之感情欤？情之所钟，正在吾辈。世有多情少年，风流自赏，试于酒后茶余，灯残梦醒时，偶一展阅，当亦一往情深。若目为俗耳筝琶，曾无当于发情止礼之旨。

宣统元年初夏吴县杨廷栋序于齐东草舍

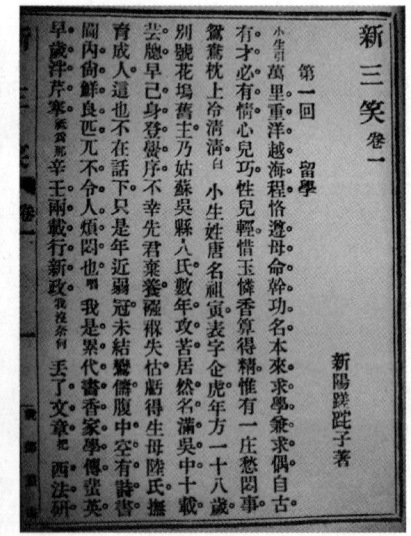

《金钱龟》

《金钱龟》，社会小说，正文首标"最新白话社会小说"，一边的页码

十九　其他书局《说部丛书》叙录　639

下方题"说部丛书",另一边的页码下方题"小说进步社印行",冷眼氏著。宣统二年（1910）十二月出版。总发行所鸿文书局（上海棋盘街中），发行所益新书局（上海四马路中），分发行所集成公司（棋盘街）与改良小说社（麦家圈）。全一册,价洋三角。缺封面,有版权页。

全书凡64页,共十回,有回目。

卷首有冷眼于宣统二年（1910）撰写的《自序》,该序较短,兹录如下：

> 或问于冷眼曰：金钱龟何为而作乎？自古讽世小说,类皆心存忠厚,使人知其过,而不绝其自新之路,未有直揭人隐恶如《金钱龟》者,何刻苛乃尔。冷眼笑答曰：然！此非汝所知,汝不见夫孔孟之劝世乎？同一讲道德,孔子时但言仁义,而孟子则倡言良心,世风有升降,故立言有深浅,风俗之污秽,至今已达于极点。苟尚敷衍粉饰,为隔靴搔痒之谈,则无耻之徒,听之仍如不闻,反以为吾之秘密,世人莫我知也,愈足张为恶者之赤帜矣！故不为此直捷痛快之谈。以直刺其中心点,不足以摄其胆而夺其魄也,苛刻云乎哉！

作者冷眼氏,生平不详。

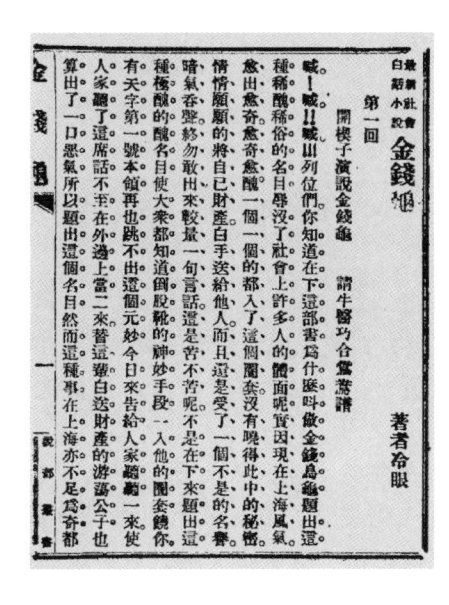

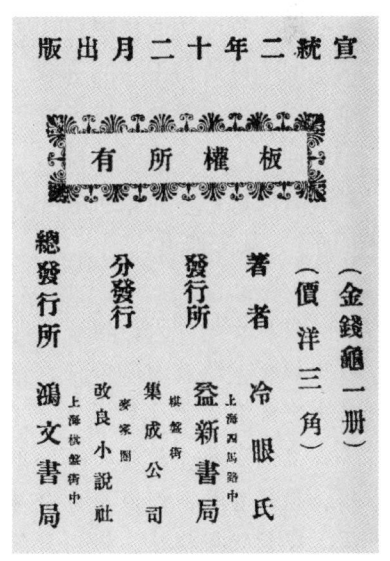

《最新女界鬼蜮记》

《最新女界鬼蜮记》，封面题"社会小说""最新女界鬼蜮记""上海小说进步社印行"。版权页署"编辑所　小说进步社"，"发行者　小说进步社"，"印刷者　汇通信记书局（上海新衙门对过七浦路）"，分发行所有南京的启新书局、南京的南洋官书局、北京的龙文阁、天津的龙文阁、天津的煮字书房、奉天的会文堂、广东的会文堂、长沙的鸿文书局、苏州的汇文轩、河南的茹古书房、厦门的开新书局、成都的源记书庄、成都的粹记书庄。总发行所为鸿文书局（上海棋盘街中市）。宣统元年（1909）十月初版，同年同月发行。全一册，定价五角。

分上下两卷，每卷五回，合计十回，有回目，依次如下：

上卷
第一回　立昌中校燕姊争名　　慕时下风莺娘放足
第二回　赠自由液说旧谈新　　开方字班穷思幻想
第三回　购唱歌书羞了二美　　入影戏馆魔杀诸生
第四回　览插画如见小儿女　　拈纸牌狂骂老祖宗
第五回　驳告白主席宣理由　　代签名先生显本领

下卷
第六回　起风潮校长暗警心　　辞职任学监决退志
第七回　争选举通禀阁督抚　　演体操误会一二三
第八回　讨蒲马王一鹃草檄　　痛蒋吴沈三凤作歌
第九回　论勾股谑辞成创解　　叫出局美女胜奇男
第十回　设分会选婚订规章　　办毕业上书求奖励

卷首有何稚仁于宣统元年（1909）冬十月何稚仁撰写的《最新女界鬼蜮记序》，其文如下：

粤自女娲补天，辅断鳌以立极，西陵佐帝，创育蚕以被民，缋□权舆嫘祖，胎教溯原挚任，秦火历劫，伏生女口授尚书，兰台遘诬，曹大家踵成汉史，厥后才子有扫眉之号，进士标木栉之誉，遂古迄今，名媛不数，乌庨尚已。然而扬左芬之才，天生丽质，托罗敷之婿，世总羞称，妇道不闻外事。夫纲漫许平权；礼严出捆，诗戒遗罹。夜行犹需执烛，姆训只解藏闺，问有驰驱乎文场，遨游乎列国，雌伏争雄，叙横饰弇，通脱联同胞之袂，招摇开讲学之堂。盖亦数千年立国以来，二十世纪载而后，欧风日竞，时会所趋，发新学之光明，成女界之变相，此吾友王君所以有现形记之作也。君以吴下高才，为江左望族，字识之无，白香山幼秉凤慧；芬流芹藻，王子安早噪文誉。只以自赏孤芳，鄙夷时尚，骥宁伏枥，龙好卧冈，莳花竹以娱情，握铅椠以著述，当兹梅雨连天，沈霾翳日，依牖下而无聊，作书生之柔弄，纵笔所至，含毫渺然。其述立校也，广布珊罗；其劝放足也，富有理想。观影戏，坐马车，南武生之新石头，不足喻其纵横跌宕也。唱新歌，拈叶子，东京梦之留学记，不足儗其清丽芊绵也。至若莺歌燕舞，拂柳穿花，雁碧鹦红，开筵招妓，既倜傥而风流，亦娇憨而顽艳，面况王一鹗之草檄，胜上官斜封，沈三凤之薤歌，陋虞姬一阕。推之求奖励则柔肌侠骨，争选举则飙起霞轩，莫不摹绘入神，淋漓尽致。而或者谓欲文明之发达，在绳尺之谨严，意必潜颂圣经，静参奥旨；浏览披唐宋史编，研究综中外地理，而只此驰骛极远，窥豹失斑，安在吐诗书之气，扬巾帼之眉，讵知寓正于谐，不淫而乐；借酒杯以浇块垒，砭俗耳以试筝琶，笔墨何心？烟云满纸，世情幻梦，镜月同缘，是编之成，汉江游女，亦足撷词藻而抒怀，闺塾名师，或将作座箴以警。婉言多讽，谲谏主文，盖以见风气之月异日新，而益叹女学之扬镳分道也。爰书缘起，聊弁简端。

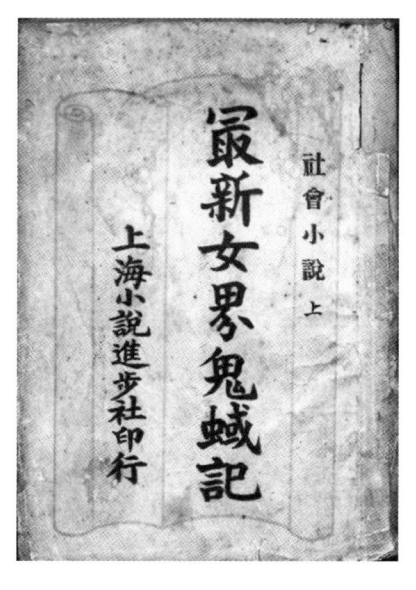

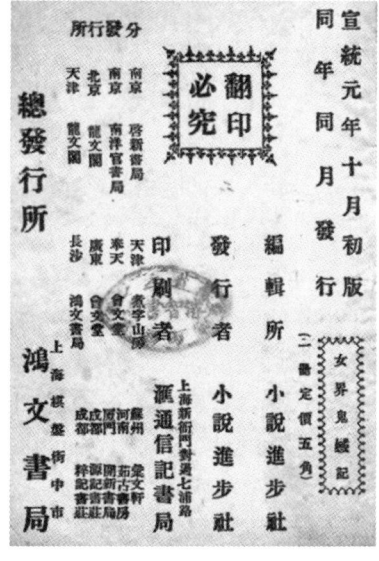

（五）最新小说社《说部丛书》叙录

最新小说社简介，不详，待考。

《夜花园之历史》

《夜花园奇事》又名《夜花园之历史》，题"诸夏三郎编辑"，上海最新小说社宣统元年（1909）七月出版发行，上海最新小说社《说部丛书》之一。诸夏三郎还著有《女滑头》（1909）等。缺版权页，定价不详。

凡一章六节。卷首有龙门经天略于宣统纪元年（1909）六月在饮胆楼撰写的序，序文摘录如下：

诸夏三郎，以馔述称雄瀣上。一日造饮胆楼，叩于余曰：天之所覆，地之所载，芸芸众生，均动物也，何以别之曰人，曰禽，曰兽？余答之曰：无他，人，动物之灵者也。若禽与兽动物之蠢者也，坐是而有别。

三郎再叩曰：均是人也，何以别之曰男女？均是禽也，何以别之曰雄雌？均是兽也，何之别之曰牝牡？余再答曰：无他。气之别也。气之所以别，阴阳所由分，于是夫形体乃随之而大异。

三郎曰：男也，雄也，牡也，宜若气之阳者也；女也，雌也，牝也，宜若气之阴者也。阳之模也，厥状维凸；阴之范也，厥形维凹。凹凸相交错，阴阳相感合，厥类乃生生不息，永永无穷。是故二气各相化，形体不一式，吾知矣夫。

虽然，男之于女也，雄之于雌也，牝之于牡也，人之于若禽与兽也，仍一般之动物也。壹归宿无分歧，灵也，蠢也，别之无有。余嗒之曰：譆！是诚妄人之吻矣，乌得谓之无别哉？殆有特别存焉，居吾语女。

夫灵之云然也，知廉耻，有伦理。知廉耻，故交必有定规，其定规曷若？日时必夜，帐必垂，衾必拥，烛必灭，暗中摸索，不肯露相，何故？盖所以存廉耻也。有伦理，故合必有定耦（偶）。何谓定耦（偶）？曰：夫必施其妻，妾必承其主，我之妻与妾不许他人偷窃，他人之妻与妾，我不图苟得。人人私其私，乐其乐，何故？盖所以饬伦理也。眷之以情,节之以礼;乐不极,欲不纵,此人之所以灵,而异于禽与兽也。

夫蠢之云然也,反是。此若禽与兽之所以蠢,而不类于人也,乌得谓之无别乎?女(汝)休矣,毋复言。

三郎闻而哑然曰:呸!子之见,坐井窥天之见也;子之识,以蠡测海之识也。耳不聪邻语,目不明五步,岸然厕夫儒者之列,不足羞矣!所谓一孔之儒者,殆吾子也耶?

余闻而勃然,思有所辩,气结,唇动,良久不能成语。

三郎袖出小册子一笑,且语曰:子其读之,当知夫天之所覆,地之所载,芸芸众生,均动物矣!何别夫动物之灵?何别乎动物之蠢?

余乃请凹目镜,临于鼻端,拈稀微须,执小册子。噙噙之音,若断若续。读竟,曰:譆!有是哉,余知之矣。所谓夜花园者,幻市也;而夜花园之历史,寓言也。吾谁欺?欺天乎?

三郎曰:毋复言。吾与子游。可乎?余曰:可。乃驾言出游,蹄声得得,车声隆隆,零露瀼瀼,微风习习,几忘却浔暑时矣。载驰载驱,于西郊之西,阅半小时,约五七里,乃抵一园。园之中,现何状,呈何形,具有历史在。

雄鸡一声天下白,一般狡荡,作鸟兽散。余亦归来,凹砚中犹存湛然一滴水,书此冠诸简端,以餍三郎之请。

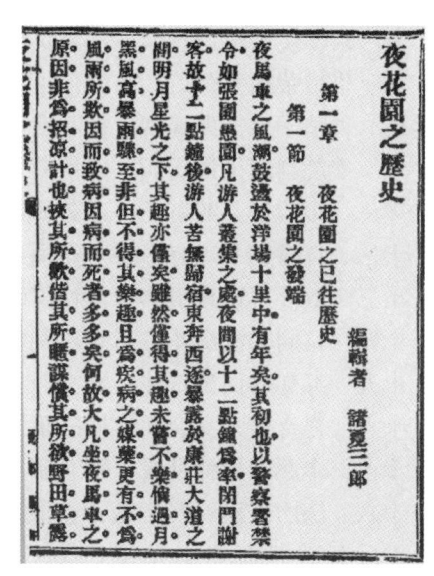

（六）译新书社《说部丛书》叙录

译新书社简介，不详，待考。

《海外奇缘》

《海外奇缘》，封面题"说部丛书第三编""海外奇缘""上海印行"等字样。扉页增题"言情小说""总发行所译新书社"等。版权页署编辑者为"古盐补留生"，发行者为科学书局、普及书局、文明书局、清江燮记书庄、丹阳春记书庄、镇江文成堂。书中有序，从中可知该书作者为"小隐主人"。光绪三十三年（1907）二月付印，光绪三十三年（1907）四月发行。定价洋贰角五分。

凡十八节，有节目，节目依次为：

一　岳巡抚辞职归田里　邹暌逊设计昧天良
二　遭奇祸千金被劫　应速报邹贼受诛
三　奇女子临危设奇谋　恶奸贼逞志遭恶报
四　一叶片舟听天由命　总司水师仗义济困
五　大元帅拯救弱质　小女子因祸得福
六　千金女感恩承继　烟花妓受惠拜师
七　留学生游玩留春园　岳素贞改名岳瀛仙
八　华世荣遇美赋诗　岳瀛仙见才留情
九　种情子感情失魂魄　痴心女因痴害相思
十　宏统制闻讯询疾病　华世荣干谒起疑心
十一　接竹报急煞游子　亲芳泽密谋佳人
十二　订婚姻了却心头愿　得消息喜逐朵颜开
十三　效环薄窃窥玉体　设计谋暗渡蓝桥
十四　订同心洞房花烛　告离别航海桑梓
十五　拜观察面试奇才　会翻译背说真情
十六　喜奇遇母女会面　回故里父子团聚
十七　奉慈命再缔良缘　别严亲重结旧欢
十八　庆团圆鹿府开华筵　立根基申江作娇客

卷后有满洲梅如于光绪三十二年（1906）岁次丙午季秋撰写的"序"，其文如下：

余友孤山小隐主人所著小说甚夥（伙），随时刊印出售，其中或浅言或白话，上追齐髡滑稽之遗，远附庄子寓言之旨，间或出以嘲讽，亦必意在劝惩。鄙人素好小说，于近时新出诸书所见已不下数百余种，求其结构谨严可称完璧者，固非无其书；而拉杂成篇，徒耗目力，阅之生厌者，不知凡几。甚且一书而异其名，几令购者望洋生叹，无所适从。今小隐主人所著《海外奇缘》一书，离奇变幻，信笔诙谐，草创自出心裁，花样全翻旧谱，可以资谈柄，可以遣睡魔，而前人有激而云之旨，即寓乎其中。有识者自能辨之，无俟鄙人之赘论也。兹因小隐主人以序属余，爰志数语弁之简端。

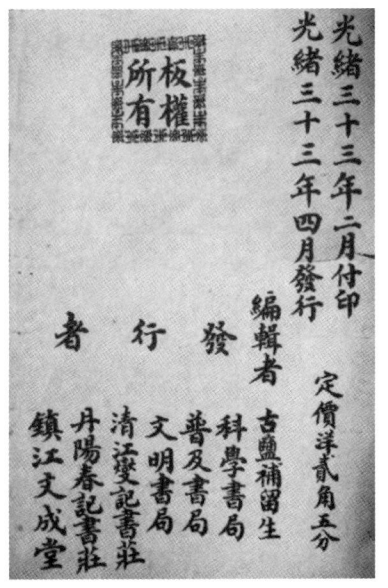

（七）东亚书局《说部丛书》叙录

东亚书局简介，不详，待考。

《情奴遗爱录》

《情奴遗爱录》，冯韵笙编，"说部丛书"第1集第1种，东亚书局

1911年9月初版。该版本未见，所见为上海宏文图书馆1925年8月版本。缺版权页。

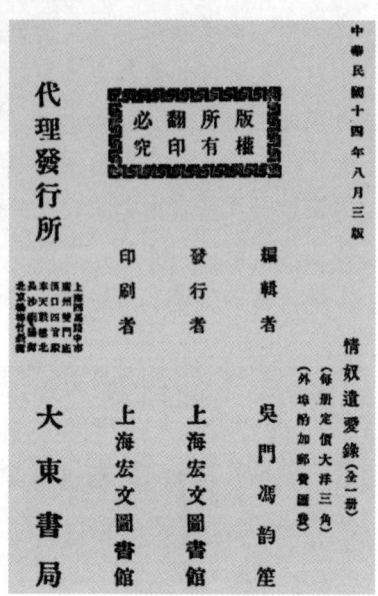

该作为言情小说，全一册，凡73页，凡八章，有章目，依次为：

第一章　度蜜月

第二章　锦襄朝母墓

第三章　锦襄居丧

第四章　乐子毅通书

第五章　知己之感

第六章　锦襄叙心

第七章　良友与贤妻

第八章　结论

卷首有序言，序言之后有题词，卷末无跋。《序言》兹录如下：

　　南瞻部州女子冯韵笙，造《情奴遗爱录》一卷。既迄，心有明白，而罢万虑。人亦有云，欢愉难工，忧愁易好。吾始惑之。惑乎天地间文章，何必以欢愉忧愁为界。欢愉忧愁，悉起于内，如幢遭风，自然而动，工与不工，易与不易，文章之诣力，与欢愉忧愁，又何关哉？文章自一事，欢愉忧愁又为一事，为斯言者，得匪眩于幻而肤于理者乎？我今得而证之也。一切世界，惟心所造；一切幻妙，唯心所私。众生之心，即我之心，我无复能禁众生以我为心，于是为欢愉，为忧愁，现于众生，众生即我也。文章我自为之，则欢愉忧愁其因，文章其果也。欢愉未有不忧愁者也，忧愁亦未有不欢愉者也。无我无以有人，无此无以有彼。欢愉忧愁，离而为名，实发一辙。自非愚蒙，何别爱憎？爱憎亦一因，因中之因。其尤幻者，如是为文章，难乎其言工与易也。女子冯韵笙，禀赋不实，乏大愿力，敢以柔翰，津梁一世。然其所悟，亦有端矣。

  佛言："一切众生，于空海中，妄想为因，起颠倒缘，唯然。"

  世尊云："何为名？妄想为因，起颠倒缘。"

  佛言："善哉。汝善思惟，我今当说。妄想因（内）者，是大空海，常自和合，非见面法。常自寂静，非别离法。无有彼我，非不数法。一切具足，非可数法。众生无明，不守自性。自然业力，如风鼓荡。于是妄想，微细注流。先于无我清净地中，妄起计者，谓此是我。既已有我，于彼无余无量非我，纯清净法，自然不得不名则人。由是转辗，彼诸非我，名为人者，亦复妄起。各各计著，皆悉自谓：此决是我。既已各各自谓为我，则彼于我，自然各各以为非彼。既已非彼，自然不得不又名我，反谓之人。如是众生，并住一国。或一聚落，乃至一家。于其中间，生诸慕悦，以慕悦故，则生爱玩。爱玩久故，则笃恩义。恩义极故，伸诸语言。或复倚肩，或复促膝，或复携手，或复抱持。密字低声，指星誓水：我于世间，独爱一人，所谓一人，则汝身是。我真不爱其余一人。复有言语：我今与汝，便为一人，无有异也。复有言语：汝非是汝，汝则是我，我亦非我，我则是汝。伸如是等诸言语时，两情奔悦，犹如渴鹿而赴阳焰。不受从旁一人教练，亦复不令从旁之人得知其事。于其家中，起一高楼，并校严饰，极令华好。中敷婉筵，两头安枕。箫管箜篌，琵琶鼓乐，一切乐具，毕陈无缺。如是二人，坐着楼中，以昼为夜，以夜为昼，一切世间人所难作，如是二人无不皆作。复次世间人不难作，如是二人亦无不作。其楼四面起大危垣，楼下阶梯尽撤不施，并不令人得暂窥见，乃至不令人得相呼。如是众生，沉在妄想颠倒海中。妄想为因，作诸颠倒；颠倒为缘，复生妄想。颠倒颠倒，如是众生，堕坠其中。从于一劫，乃至二劫三劫四劫，遂经千劫，如人醉酒，中边皆眩，非是少药之所得愈。"

  于是尊者即从座起，涕泪悲泣，重白佛言："大慈世尊，如是众生，云何度脱？"

佛言："善哉。汝善思惟，我今当说。如是众生，可以变脱。虽以如来大慈大悲，方便说法，极大巧妙，犹不能令得度脱也。何况以下须陀提人、斯陀含人、阿那含人、辟支佛人，而能为彼作大度脱？"

尊者重又白佛言："大慈世尊，如是众生，如是尊言，然则终不得度脱耶？"

佛言："善哉。汝善思惟，我今当说，如是众生，终不变脱。设以先世有福海故，不度脱中，忽应度脱。则彼众生自作度脱，非是余人来相度脱。云何名为不度脱中，忽应度脱。是彼众生自作，先世福海，忽然至前，则彼众生，便当离别。或缘官事而作离别，或被王命而作离别，或受父母之发遣而作离别，或罹兵火之波迸而作离别，或遇仇家之所迫持而作离别，或遭势力之所胁夺而作离别，或自生嫌而作离别，或信人谗而作离别，乃至或因一期报尽，死王相促，长作离别。汝善思惟，夫离别者，一切妄想颠倒，众生善知识也。离别名为疗痴良药，离别名为割爱慧刀，离别名为抉纲坦涂，离别名为释缚恩赦。汝善思惟，一切众生，最苦离别，最难离别，最重离别，最恨离别，而以先世福海力故，终亦不得不离别时，自此一别，一切都别。萧然闲居，一梦还觉，身心轻安，不亦快哉。汝善思惟，设使众生于先世中无有福海，则于今世终无离别。既无离别，则久颠倒，颠倒既久，则成怨嫉。"

韵笙述佛言竟，感激作而言曰："佛说离别之法，明矣、彰矣，世人不解离别之法，徒恋乾矢橛耳。我持此一卷，以度脱众生，至其文章，至其欢愉忧愁，至其工易，与我毫不相干。我此一卷，盖即《大藏拟字函·佛化孙陀罗难陀入道经》，阐宣之者，我但浅演之、普讲之耳，曰《情奴遗爱录》者，即说离别法，妄想为因，起颠倒缘，众生亘奴也。因得别离，而遗爱至于无穷矣。而佛说离别法，至于无穷矣。吾书中之乐君子毅，毅疗痴良药、割爱慧刀也。然吾讵止写一乐君子毅者，我乃深叹众生颠倒妄想空海中，皆失此法。若白种之相残，若黄种之妄动，复次若一国假名器，愚黔首率兽食人，纵欲塞智，劫劫自堕，辛至汤火不离其身，罪孽不离其命者，无离别法也，并不知有离别也。呜呼，可以休矣！若执欢愉忧愁、文章之工易以衡吾书者，不亦骇慎之尤者欤。"

岁在庚申　地藏王菩萨宝诞日　女子冯韵笙盥手顶礼序次

参考文献

阿英：《晚清文学丛钞》，中华书局1960年版。

阿英：《晚清小说史》，江苏文艺出版社2009年版。

陈大康：《中国近代小说编年史》，人民文学出版社2014年版。

陈平原、夏晓虹：《二十世纪中国小说理论资料》（第一卷）（1897—1916），北京大学出版社1997年版。

范泉等：《中国近代文学大系》，上海书店出版社1997年版。

付建舟：《商务印书馆〈说部丛书〉叙录》，中国社会科学出版社2019年版。

江苏省社会科学院明清小说研究中心：《中国通俗小说总目提要》，中国文联出版公司1990年版。

刘永文：《民国小说目录》（1911—1920），上海古籍出版社2011年版。

刘永文：《晚清小说目录》，上海古籍出版社2008年版。

上海图书馆：《中国近代现代丛书目录》，上海图书馆2009年版。

魏绍昌：《民国通俗小说目录资料汇编》，上海书店出版社2014年版。

翁长松：《漫步旧书林》，上海远东出版社2008年版。

习斌：《晚清稀见小说鉴藏录》，上海远东出版社2013年版。

习斌：《晚清稀见小说经眼录》，上海远东出版社2012年版。

杨世骥：《文苑谈往》，中华书局1945年版。

张泽贤：《中国现代文学小说版本闻见录》（1909—1933），上海远东出版社2009年版。

张泽贤：《中国现代文学小说版本闻见录》（1906—1949），上海远东出版社2012年版。

章培恒、王继权等：《中国近代小说大系》，百花洲文艺出版社、江西人民出版社1988—1996年版。

周欣平:《清末时新小说集》,上海古籍出版社2011年版。

[日] 樽本照雄:《清末民初小说目录》第九版,日本清末小说研究会,2017年。

后　　记

　　本书是继《商务印书馆〈说部丛书〉叙录》之后的又一部叙录性著作，是向清末民初《说部丛书》全面拓展的产物。

　　我对清末民初《说部丛书》的研究已有较长时间，这种研究出自兴趣和热情。最初并不是做"叙录"这种工作，而是以晚清小说期刊尤其是四大小说期刊为依托，研究小说界革命。其中有的小说期刊的一些小说又一本一本单独成册，分别编入各自的《说部丛书》，如《绣像小说》所载的一些小说单独成册，编入商务印书馆的《说部丛书》之中；《月月小说》所载小说制作成群学社《说部丛书》。于是，我对《说部丛书》产生兴趣，希望弄清各套《说部丛书》的基本面貌。最初集中接触的是商务印书馆的《说部丛书》，包括"十集系列"和"四集系列"，以及"袖珍小说"系列、"小本小说"系列、"欧美名家小说"系列、"林译小说丛书"系列等，遂有《商务印书馆〈说部丛书〉叙录》的问世。后来，随着自己视野的不断扩大，我接触到更多的清末民初《说部丛书》作品，于是希望揭示这些《说部丛书》的基本面貌，遂有《清末民初〈说部丛书〉叙录》。

　　然而，这一过程十分艰辛，搜集资料和整理资料颇费时间和精力，视力搞坏了，颈椎搞坏了，体力透支了，身心憔悴，可谓吃亏不讨好。也许这类研究不属"论著"，也许被人不屑一顾，我心情不免波动，但研究热情并未大减。就在情绪波动之际，我得到本单位古代文学和古代文献学专业一些老师的认可和支持，得到学界一些同人的关心和支持，尤其是我的博士后合作导师黄霖先生和博士导师关爱和先生的长期关心和支持，还得到日本学者樽本照雄先生的充分肯定和不断鼓励，更受到国家社科基金后期项目匿名评审专家的肯定和鼓励。这些力量使我不断前行。在此，我衷心感谢他们。尤其使我感动的是，樽本先生不仅为拙著《商务印书馆〈说部丛书〉叙录》撰写了数千字的"序言"，拙著出版后还撰写了一万多言注重学理的"书评"。这种鼓励使我力量倍增，勇往直前。

有人给我发微信说："我真心实意地觉得，你做的这些课题、写的文章，没有深厚的积累、优秀的学术写作能力，以及长久的科研热情，是没有办法达到现在的成就的。"还说："你的长处在于整理资料和将它们归类，分析大量文本并发现它们之间的关联的能力，也就是你的科研能力。"并奉劝："我觉得你这么拼命工作不单单是喜欢它，还在于你想通过它来证明自己。但问题是，这样的证明过程，终点在哪呢？如果不是真正地接纳自己，认识到自己已经足够优秀，那么这种证明是没有终点的，会累死的，我不想看到你这么累。我想看到你的生活里不仅仅只有工作，还能有一些和读书、写文章无关的爱好，能让你真正享受生活的快乐的事情。"这几段话，实话也罢，谬奖也罢，却一语中的。我还能说什么呢，简直无言以对。

浙江省属社科重点研究基地浙江师范大学江南文化研究中心负责人陈玉兰教授长期对我大力支持，使我不断进步，在此特表谢忱！

课题组成员浙江师范大学外国语学院王昕讲师参加了本书的资料搜集整理工作，我的博士生颜梦寒、宁倩、汤吉红、郭沁，硕士生陈小燕、张黎、宋嘉润、覃燕、卫俐米、胡旻悦、顾文婷，参加了本书的校对工作，在此表示感谢！

付建舟于听雨斋